COLLECTION FOLIO

Sophie Chauveau

Diderot, le génie débraillé

Gallimard

Sophie Chauveau est auteur de romans dont *Les belles menteuses*, *Mémoires d'Hélène*, d'essais et d'une monographie sur l'art comme langage de l'amour. Elle s'est documentée durant quatre ans pour écrire *La passion Lippi*, premier volet d'une trilogie qu'elle a poursuivie avec *Le rêve Botticelli* et *L'obsession Vinci* sur le siècle de Florence. Avec *Diderot, le génie débraillé*, elle s'est penchée sur le siècle des Lumières et des encyclopédistes.

À Liliane Kandel,
et cette amitié sans pareille.

À Jacqueline Peker,
de tout mon cœur.

LES ANNÉES BOHÈME
1728-1749

J'aime la vie à la folie, cent vies ne me lasseraient pas.

CLAUDE LANZMANN

CHAPITRE 1

1728

Première fugue

> ... Tu recules à l'aspect de leurs cheveux ébouriffés et de leurs vêtements déchirés. C'est ainsi que j'étais quand j'étais jeune, et c'est ainsi que je plaisais, même aux femmes et aux filles de ma province. Elles m'aimaient mieux débraillé, sans chapeau, quelques fois sans chaussure, en veste et pieds nus, moi, fils d'un artisan que ce petit monsieur bien vêtu, bien poudré, bien frisé, tiré à quatre épingles, le fils de madame la présidente du bailliage...
>
> *Correspondance*

— Chut !

— Quoi ?

— Moins de bruit ! Arrête de bouger, tu vas réveiller toute la maison.

— Et là ?... C'était combien, là ? Quelle heure vient de sonner ?

— Ah quand même. Cette fois tu as entendu. Un coup après minuit, ça peut être le quart, la demie, moins le quart, ou l'heure. Et dire que ça va continuer comme ça jusqu'à deux heures...

— On n'a pas intérêt à rater le deuxième coup ! ajoutent-ils ensemble, à voix très basse, en éclatant de rire.

Un rire sous cape, un rire interdit, un rire clandestin,

un rire d'enfance aussi, fait de répétition, de connivence et d'habitude. Un rire qui ne veut pas finir.

— Quand même, t'es fort, un fou rire dans un moment pareil ! Alors que tu dois mourir de peur.

— Tu es folle ! Peur ? Au contraire, je suis terriblement excité, j'ai hâte...

La fluette petite Denise, toute gracile dans sa grande chemise de nuit flottante, ses longs cheveux blonds lâchés sur ses épaules, à peine éclairée par deux minuscules bougies, ressemble à une trop jeune mariée. Ou à une fée bébé. Son grand frère Denis, son aîné de deux ans, il aura 15 ans dans quelques semaines, est lui tout habillé. Prêt à affronter le froid, la nuit, l'aventure. C'est un grand adolescent monté en graine, maigre mais costaud, musclé et nerveux, assez long et des épaules déjà charpentées. Ce qu'on remarque dès l'abord, ce sont ses yeux luisants comme des aiguilles. Son regard perçant, incisif. Et ses gestes, on les croirait indépendants, sinon de sa volonté, du moins de lui-même. Ils soulignent et accentuent tout, son corps a l'air de les suivre. Avant de parler, il a bougé ses mots. Ses mots se sont exprimés par des mouvements, son corps sait avant lui ce qu'il va dire et l'indique, le précise. Comme il y a des sanguins ou des nerveux, lui c'est un musculaire. Son physique parle pour lui et parle bien, il a de beaux gestes. Dans la pénombre de sa chambre de jeune garçon, où la petite est enfermée avec lui depuis un moment à guetter, à attendre la bonne heure, il a la mine d'un conspirateur amateur. Et elle, d'une comploteuse enfant.

Ils préparent le plus gros coup de leur enfance : la petite aide l'aîné à prendre la fuite. À s'échapper. Tout simplement. À fuir sa famille, sa ville, son avenir ici tout tracé. Son destin, ajoute-t-il, pour se donner du courage. Il part cette nuit, tout seul, pour la capitale, et Paris depuis Langres en Champagne, ce n'est pas la porte à côté.

Ça fait si longtemps qu'il nourrit ce rêve secret, au moins dix mois ! Seule sa petite sœur est dans la confidence. Près d'une année qu'il l'abreuve de ses imaginations, de ses désirs, de ses espoirs, de ses ambitions. Fuir Langres pour réussir à Paris. Ni le frère ni la sœur n'ont besoin de préciser davantage. Réussir signifie *a minima* devenir Voltaire ou Montesquieu. Au pis, Marivaux. Auteurs parvenus jusqu'à Langres mais sous le manteau, sulfureux mais incontestables. Faire connaître sa pensée, diffuser ses idées, peser sur le cours des choses... Et pourquoi pas, changer le monde à l'aide de ces auteurs que le jeune Denis Diderot lit le soir à sa petite sœur, et qu'il renonce à emporter dans sa fuite pour rester léger. Ces auteurs qu'il lui lègue... Tout prend ce soir des proportions au bord de l'abîme.

On ne s'habitue pas à pareille pénombre, surtout qu'ils ont choisi exprès une nuit sans lune. Bien que ce soit une idée insistante de la petite, c'est lui qui va se heurter à la nuit noire.

Il inspecte chaque recoin de sa chambre d'enfant à l'aide d'une flamme vacillante comme pour mesurer l'étendue du fouillis qu'il abandonne, ou faire l'inventaire de ce qu'il emporte : outre deux besaces et un havresac trouvé au grenier, entreposés derrière la porte, il tient ses croquenots à la main, le reste est dans le noir. On devine sur le lit étroit la toute jeune fille, assise en tailleur — les rideaux sont tirés sur la nuit, la pièce déjà sent l'abandon. Denis embrasse les lieux d'un coup d'œil prolongé, animé du sentiment ambivalent de partir pour toujours, tout en promettant à sa sœur de revenir... Finalement en dépit de sa peur, ça ne lui semble pas encore très réel, peut-être même que sa fuite n'aura pas lieu...

Comme elle s'agite, la jeune fille qui joue à la petite épouse, elle s'active, vérifie les sacs, remet dans une poche de côté un énième gâteau, confectionné en cachette dans l'après-midi pendant que son grand frère...

— Tu y es vraiment allé ?

— Mais oui ! Quand je dis une chose, je le fais.

— Alors raconte.

Le grand frère se tait. Elle insiste...

— Allez, raconte... Juste un peu.

— Écoute...

Il ne sait pas comment dire, par où commencer.

— Elle s'appelait Fanchon. Elle avait des cheveux blonds, plus blonds que les tiens, moins longs, des yeux marron, des petits seins très haut perchés, très mignons. Elle m'a laissé les embrasser parce qu'elle m'a trouvé gentil. Je lui ai dit que je ne pouvais pas arriver puceau à Paris et ça l'a fait rire. Elle a été adorable. Elle avait la peau des cuisses d'une douceur, tu n'as pas idée, incroyable.

— Toutes les filles ont les cuisses douces... Ensuite ? Tu n'as pas eu peur ?

— Si. Un peu. Avant. Mais je te dis, elle a été tellement gentille. Et puis, tu avais raison, elle m'a trouvé beaucoup plus propre que les paysans ou les curés qu'elle voit d'habitude. Elle m'a même dit que ça la changeait en bien. Alors je lui ai expliqué plus en détail que pour rencontrer les grands poètes, je ne pouvais pas être vierge. Elle m'a promis que je ne le serais plus du tout et... On n'a plus parlé.

— Alors donc, ça y est, tu es un homme ?

— Oui. Je peux partir.

— Tu es sûr que tu veux vraiment... Il vaut peut-être mieux attendre le printemps. Ou la nuit prochaine...

— Non, c'est maintenant, c'est aujourd'hui, c'est décidé.

— Tu me laisses toute seule. Si tu me quittes comme ça, c'est que tu ne m'aimes plus...

— Sœurette, arrête. Tu sais que je t'aime. Là n'est pas la question.

— Alors pourquoi tu m'abandonnes ?

— Pour vivre ma vie. Ma vie. La vraie. Et tu sais bien que dès que je pourrai, je te ferai venir... Je viendrai te chercher...

— Mais tu n'es pas triste de quitter maman, et Père ?

— Je ne veux pas y penser, surtout à maman. Je ne dois surtout pas penser à elle...

— Elle sera triste.

— Bien sûr, mais il lui reste toi et Catherine et Angélique et le petit Didier...

— Oui, mais moi, je serai toute seule sans toi.

— Je te laisse mes livres.

— Tu sais, j'ai pensé voler un jambon...

Tous deux éclatent de rire.

— Ah non !

— Moins fort, tu vas tous les réveiller.

— Tu veux me faire rattraper par les chiens errants...

— Mais non, c'était pour rire, tu te souviens ?

— Comment veux-tu que j'oublie. J'en ai encore les marques sur les mollets. Ah çà, ton jambon ! Tous ces chiens affamés qui nous suivaient en hurlant qu'on avait volé le jambon. Non, vraiment, il a suffi d'une fois pour m'ôter le goût du jambon en plein air...

— Et encore, cette fois-là, c'était de jour.

— Et je n'étais pas en fuite. Imagine...

— Je t'ai dit que c'était pour rire. Pour que tu n'oublies pas comme tu as été heureux avec moi, ici...

Sa voix se perd dans un sanglot gravement réprimé.

— Ma Sœurette, je sais. Je n'oublierai pas. Je ne peux pas oublier, mais ma vie, mon avenir, c'est à Paris. Si je veux devenir quelqu'un, ça ne peut pas être ici. On en a parlé cent fois. Je me sens trop différent pour que ça ne veuille pas dire quelque chose. Je dois me faire confiance, me fier à mes sentiments. Suivre mon instinct, et mon instinct m'envoie à Paris. C'est comme si j'étais appelé, et pas par Dieu, crois-moi.

— Mais alors, c'est quoi ?

— C'est comme une lumière. La gloire, le pouvoir de faire des grandes choses.

— Mais tu vas faire quoi pour devenir un grand homme ?

— Je ne sais pas exactement... Écrire, déclamer au théâtre, arrêter les injustices... Tout peut-être... Je ne sais pas encore. Je me sens une ambition à ne pas tenir en place, à ne plus supporter la cage de Langres. Je dois devenir moi, et je ne le peux que loin d'ici, où je me sens entravé. Donc, c'est forcément à Paris où sont tous ceux que j'admire.

— Tu te rappelles les pièces qu'on a jouées ici tous les deux ? Tu vas en faire d'autres, c'était tellement bien.

— Je te les ai laissées. Avec les *Lettres persanes*. Je n'ai emporté qu'Homère et Horace. Je t'ai aussi laissé Marivaux et l'*Œdipe* de Voltaire mais ceux-là, tu les caches, tu as promis. Si Père te trouve avec...

— Qu'est-ce qu'il te ferait ? Tu es plus fort que lui maintenant... Depuis ta dernière bagarre, tout le monde a peur de toi. On parle de ta force comme dans les légendes...

— Ici, j'ai l'air costaud comme ça, parce que je n'ai pas peur de faire le coup de poing, mais jamais je ne pourrais lever la main sur mon père. J'ose à peine lui tenir tête.

— Et s'il me demande où tu es ?

— Tu dis la vérité, que tu n'en sais rien. Est-ce que moi-même, je sais où je vais atterrir ? Mais je dois trouver où il faut aller pour devenir grand. Sans doute la Sorbonne. Ils en parlent tous, même Voltaire le dit. C'est là qu'on fabrique les grands esprits.

— J'ai volé l'argent de la quête de ce matin, tiens. Avec ça, plus le reste, tu dois bien pouvoir tenir... je ne sais pas moi, 123 livres une centaine de sols... peut-être une semaine, un mois...

— Merci Sœurette... Sans toi... Vraiment merci. Le curé n'a rien vu ?

— Il trouve seulement que ses paroissiens sont de plus en plus grigous.

Denis fait les cent pas en chaussettes sur ce parquet tant de fois arpenté. On dirait un ours en cage. Denise l'invite à s'asseoir puisqu'il refuse de s'allonger. Il a trop peur de s'endormir.

— Énervé comme tu es, ça m'étonnerait. Mais si tu continues à tourner en rond, tu vas finir par les réveiller.

— Comme la fois où j'étais malade. Qu'est-ce que j'ai pu avoir peur en les voyant tous débarquer dans ma chambre...

— Faut dire que tu avais mangé un poulet entier. Et volé encore.

— J'avais faim.

— Non, tu es un glouton, voilà tout.

Et ils éclatent de rire. Rire qu'à nouveau Denise étouffe sous un coussin. Depuis sa naissance, elle entend son frère dire qu'il a encore faim, et ses parents répéter en chœur qu'il n'a plus faim et qu'il n'est qu'un glouton.

Plaisanterie de l'enfance qui, à cette heure ardente, a le don de les souder davantage.

— Tu vas tellement me manquer...

— Je t'écrirai chez le cousin Victor, c'est entendu. Mais tu ne me fais pas prendre, tu détruis mes lettres, jure-le-moi.

— Je te l'ai déjà juré vingt fois.

Un long temps. Denise ne sait plus qu'inventer pour attirer l'attention sur elle, il revient toujours à sa fuite imminente. Alors bon, tant pis, elle insiste.

— Tu n'as vraiment pas peur.

— De plus en plus à mesure que l'heure avance.

— Peur de te faire prendre ?

— Mais oui, évidemment. Ensuite, si j'arrive à Paris, à moi la belle vie.

— Chut ! Tu parles trop fort.

— Tu as raison, mais je n'en peux plus. Il faut que ce soit l'heure.

Ils se taisent. Un temps. Puis la petite se lève et va se lover dans les bras de son grand frère. Très grand par rapport à elle. Il la serre de toutes ses forces, mais la repousse presque aussitôt.

— Je ne dois pas penser à maman.

— Tu peux remercier Hélène, elle « t'a » fait un deuxième pain aux raisins. Et un flan. Elle ignore tout ce que j'ai pu lui chaparder pour toi mais je suis sûre que demain, quand elle aura compris que c'était pour toi, elle ne dira rien. Enfin, je crois.

Denise va pleurer, elle sent les larmes monter, elle ne voit plus à quoi se raccrocher pour les empêcher de couler.

— Tu sais...

— Oui, mais si tu m'en parles encore...

— Mais toi aussi.

— Moi aussi évidemment, mais moi j'ai besoin de toutes mes forces, de tout mon courage... Arrête, je t'en prie, ne me l'ôte pas. Et jure-moi que tu ne diras rien à personne. D'ailleurs tu n'as pas intérêt à te vanter de m'avoir aidé...

— Chut, moins fort...

Denis reprend plus bas mais tout de même très remonté.

— Parce que ça se retournerait contre toi, et comme ils ne m'auront plus sous la main, c'est toi qui prendras pour moi...

— Tu es drôlement intelligent, tu penses à tout.

Avec cette gamine futée, maligne et si vive, Denis ne

sait jamais si elle l'admire autant qu'elle le lui témoigne, ou si elle se moque ouvertement. Sans doute un peu des deux. Son immense orgueil l'autorise à croire sincère son admiration, mais tout de même. Elle l'adore, il lui est une sorte de dieu de l'enfance. Depuis sa naissance, ils sont tout l'un pour l'autre. Et c'est vrai qu'après son départ, elle va se sentir seule. Leurs autres frère et sœurs sont bêtes. En tout cas, trop petits pour une complicité de ce tonneau-là.

Mais il ne doit pas penser à elle. Il ne doit pas penser à autre chose qu'à son départ, imminent, à son arrivée à Paris... Il est bientôt deux heures, l'heure qu'ils ont choisie après maintes discussions comme la plus sûre. L'heure du plus profond sommeil. Plus tard, vers trois-quatre heures, leur mère descend parfois manger un fruit, dit-elle.

— C'est l'heure ? s'alarme la petite.

— Non, pas encore, il vient juste de sonner un coup, sans doute moins le quart...

— Arrête de gigoter, tout est prêt. Tout est prêt. On a déjà fait mille fois l'inventaire de tes affaires, si tu as oublié quelque chose, c'est que tu as oublié d'y penser. Mais ça m'étonnerait, ajoute Denise, les yeux écarquillés d'amour.

Oui, c'est bien de l'admiration. Il a toujours été le héros de son enfance.

— Et tu sais, dit-elle encore plus bas, au point qu'il doit se pencher sur elle, toujours en tailleur sur le lit, pour l'entendre, j'aimerais que ça rate. Que tu me restes. En plus je suis horriblement envieuse.

— Ça ne peut pas rater, tranche Denis, qui ne peut nier l'ambivalence de ses propres sentiments aussi, car bien sûr, c'est pire chez lui.

« Partir, ne pas partir » se mêlent depuis des semaines dans sa tête, mais l'action l'emporte, et Paris demeure la seule clef d'entrée dans le monde des grands hommes.

— Ça ne doit pas rater, il en va de mon existence, de ma liberté, de ma vie entière...

— Mais qui va me faire découvrir à moi, toutes les belles choses du monde ?

— Mais si je ne les connais pas, je ne pourrai pas en inventer de nouvelles à t'offrir.

— Tu as toujours été absolument obstiné.

— Oui, et je sais avec entêtement que je dois partir d'ici pour grandir.

— Mais il y a quoi ici qui t'empêche ?

— La bienveillance et la surveillance. La douceur et la mollesse. L'amour et le piège, l'avenir tout tracé en barreau de prison, et ces remparts qui bornent tout l'horizon...

— Ils ont raison, tu es une forte tête.

— Si ça veut dire que je me sens ici trop à l'étroit pour me déployer comme je dois, appelle ça forte tête si tu veux.

— Mais je vais mourir de peur.

— Tu dis ça chaque fois que je fais quelque chose mais en réalité tu ne meurs jamais.

— Arrête de te moquer.

La petite est prête à fondre en larmes.

— Mais non, je me donne du courage. Hé ! Tu as entendu ?

— Oui, cette fois, ce n'est plus le quart. C'est bien deux heures qui ont sonné.

— Ben oui. Faut y aller. Prête ?

— Tu as pris tes gants ?

— On a déjà tout vérifié cent fois.

— C'est peut-être mieux si on remet à demain...

— Sœurette ! Tu sais bien que ce sera pareil demain.

Frère et sœur enlacés retiennent leur souffle, étouffent leurs sanglots. Ne pas pleurer, ne pas s'effondrer.

Denis enfile son havresac, attrape du même bras ses deux autres sacoches, pendant que Denise tout doucement, avec le moins de grincement possible, lui entrouvre la porte et murmure dans un souffle : « Va. Descends, je reste sur le palier. Embrasse-moi, je t'aime. »

Une dernière fois, sa paume se détache de la joue si douce de l'enfant. Il était temps, les larmes l'envahissent aussitôt. Mais Denis n'a rien senti. Il a déjà filé.

À pas de loup et dans une totale obscurité, il descend les vingt et une marches qui mènent au vestibule, encore plus sombre si c'est possible. Il a tout prévu. Il s'est arrangé pour que la porte ne soit pas verrouillée, mais seulement repoussée. Il y a veillé.

Sans doute a-t-il atteint la porte, se dit Denise de là-haut, étonnée de n'avoir pas encore senti une bouffée d'air frais, on est en septembre tout de même. Quand, soudain, une lumière. La lumière d'un flambeau au moins ou de plusieurs, dessine des ombres gigantesques et déformées dans la cage d'escalier. Denise ne voit rien, mais elle entend tout. La flamme s'immobilise en tremblant. Alors la voix de son père s'élève, mauvaise.

— Où comptais-tu aller à cette heure si terriblement matinale ?

— À Paris, croit entendre Denise, ou bien c'est parce qu'elle le sait — peut-être que tétanisé son frère n'a rien pu dire.

Son père reprend un ton au-dessous. Denis semble cette fois lui répondre, mais Denise n'entend plus. Elle a le cœur qui bat. Elle est contente et désolée. Inquiète surtout, que va-t-il se passer maintenant ? Denis saura-t-il convaincre ce père si sévère ? Il en a le talent. Elle en est sûre. Et après tout, c'est pour d'excellentes raisons qu'il a besoin de s'en aller. Mais est-ce que son père peut entendre ses « raisons » de gloire, de théâtre, d'amour de l'étude et des arts ?... Son besoin de se mesurer à Voltaire, à Montesquieu, à tous ces grands hommes qu'il ne connaît pas, à sa folie de changer le monde ?

Rien de très solide aux yeux de leur père, elle s'en doute un peu. De toute façon, Denis est tellement surpris qu'il ne trouve aucun des fameux arguments qui ont tant séduit sa sœur. Sur un ton impératif et assez menaçant, elle entend à nouveau la voix de son père.

— ... Monsieur Diderot, sachez que ça ne se passera pas comme ça.

Denis a dû vouloir ramasser ses affaires, car son père, furibard, lui crie de tout laisser là, qu'il va en faire l'inventaire lui-même, et qu'on verra ce qu'on verra...

Demain.

CHAPITRE 2

1728
Tribunal familial

> Celui qui serait sage n'aurait point de fou. Celui donc qui a un fou n'est pas sage ; s'il n'est pas sage il est fou, et, peut-être, fût-il roi, le fou de son fou.
>
> *Le Neveu de Rameau*

Des puceaux, elle en a déjà « fait » souvent, de jeunes paysans à déniaiser, de malheureux clercs échappés du petit séminaire, et même quelques bourgeois à la peau douce et fine, mais des comme celui-là, jamais ! « Mon poète », elle l'appelle, la petite Fanchon. Et elle n'en est pas revenue.

— Je ne peux absolument pas arriver à Paris garçon. Je dois devenir un grand homme mais avant d'être grand, je dois être un homme.

Ça, elle n'avait encore pas entendu. C'était à la fois drôle et joli. Elle n'a pas pu s'empêcher de courir tout raconter à Lison, son amie de cœur et sa sœur de lait, pensionnaire comme elle de cette petite maison de plaisir, unique maison entre les murs de Langres. Bien sûr, Lison qui a aussi l'esprit poète a savouré l'anecdote, et l'a aussitôt racontée à son Mathieu, un bon gars, qui l'épousera peut-être un jour. Pour l'heure, il est encore apprenti en coutellerie. Aussi a-t-il vu tout de suite quel parti tirer de cette histoire, s'il la déballait à temps à son patron, Didier Diderot, propriétaire de La Perle, fabrique de lames d'excellente réputation depuis 1628.

C'est donc grâce à lui que le père de Denis a su jusqu'à l'heure fixée de la fuite de son fils aîné ; et même ses motifs grandiloquents ; qu'il a pu se dresser face à son fils, à l'instant où celui-ci s'apprêtait à franchir le seuil de la maison paternelle, au grand dam du jeune fugueur, partagé entre rage et dépit, honte et vexation. Et pourquoi ne pas le dire, un rien de soulagement...

Le lendemain dès neuf heures, toute la famille dûment convoquée jusqu'à la parentèle maternelle, se tient assemblée dans le grand salon des jours de fêtes. L'oncle curé, frère de sa mère, trône en place d'honneur. Il a l'œil qui frise, insolite en ce jour de tragédie. Sous une apparente gravité, il semble savourer le moment. Il est naturellement bienveillant. Et là, en dépit du climat de drame intentionnel, il réprime difficilement un sourire de connivence.

En aparté, le père lui chuchote qui l'a informé de l'entreprise de son fils, comment, en quelle circonstance, et grâce à quoi il a pu le prendre sur le fait. Sitôt qu'il a fini de raconter à voix basse ces singulières et risibles aventures, le patriarche exige le silence de sa famille réunie. Personne ne sait pourquoi officiellement. Mais tout le monde se doute. Cette convocation à une heure si matinale le confirme : une catastrophe couve, elle est palpable.

Père est le portrait craché en plus vieux du fils qu'il juge, difficile de faire plus ressemblant. Grand et musclé, un visage expressif, un nez fort, un grand front, et des yeux qui vous éclaboussent quand ils se posent sur vous d'une lumière d'exigence. Un personnage de Noble, dit-on au théâtre, un être qui n'appelle pas le soupçon. L'honnêteté faite homme. Encore plus grand que son fils mais on sent que ce dernier n'est pas loin de le rattraper, peut-être de le dépasser. Près de lui,

Denis fait penser à un de ces jeunes chiens dont les grosses pattes pataudes et si démesurées indiquent une croissance inachevée.

Dans le coin le plus éloigné du théâtre où se joue la grande scène, *mezza voce* les enfants se chamaillent. Les deux petites sœurs, six et cinq ans, dans l'ordre Catherine et Angélique, et le petit dernier de quatre ans, Didier, sont littéralement enchantés que leur aîné soit l'objet d'un courroux si grave et si spectaculaire qu'eux-mêmes sont convoqués pour assister à l'événement. Du côté des pleureuses, enlacées, Angélique la mère et Hélène Brûlé la servante qui, à son insu, a confectionné de quoi alimenter la fugue, et Denise, écartelée entre les larmes de frayeur des femmes et son admiration pour l'attitude de son frère. Fier, grave, sans un mot depuis son réveil, il fixe son père dans les yeux. Déjà en entrant, il n'a pas eu un regard pour l'assistance. À aucun moment il ne baisse les yeux. Il semble retenir ses gestes, immobilisés par sa force d'âme, les bras le long de son corps. Roide. Le silence se fait plus lourd, seulement entrecoupé des chuchotis des petits et des reniflements des femmes. Un long temps après l'aparté avec le curé, le père ouvre les sacs de voyage de son fils. Et en sort solennellement un à un tous ses effets en les nommant. Précautionneusement, et non sans les avoir exhibés à hauteur des yeux du public, il prend plaisir à les énumérer, les inventorier en détail. Pains et chaussettes, linge et saucisses, fromages et écharpes, livres et paletot... pour finir par une bourse qu'il renverse sur le guéridon d'acajou.

— D'où vient, monsieur, tout cet argent ? À qui donc l'avez-vous volé ?

— Je l'ai économisé longuement, Père.

— Taisez-vous, vous êtes un menteur, en plus du reste. Et ces victuailles, toutes ces provisions de bouche accumulées, vous les auriez aussi économisées sur vos repas depuis des semaines ?

Denis ne dit plus mot.

— Alors ? J'attends. Je veux immédiatement savoir le nom de vos complices.

Denis persiste en son mutisme.

— Ne me dites pas que vous vous êtes servi de cette malheureuse enfant pour accomplir vos forfaits ! Vous n'avez tout de même pas osé la transformer en voleuse ? Et en criminelle de surcroît ! Car qui d'autre pouvait-elle voler sinon ses père et mère ?

— Mais Père, il ne m'a jamais forcée à rien, avoue malgré elle la petite Denise qui, bravache, s'est détachée du groupe des femmes pour clamer haut et fort à la face de son père son amour pour son frère sans songer qu'ainsi elle le perd.

Aussitôt sa mère la tire par la manche pour la faire taire et rentrer dans leur rang.

Reste donc seul au centre du motif et du salon l'accusé, et devant la fenêtre, son juge, son père, dressé comme la justice mais quasi en ombre chinoise tant la lumière est forte en ce frais matin d'automne. Et dans le haut fauteuil, l'oncle curé porte sur la scène un regard indulgent. Après tout, Denis est le plus brillant de ses neveux, et il ne revendique que d'aller étudier, ce pourquoi ils l'ont élevé. Les jésuites d'ici lui ont dit tant de bien de ce petit-là qu'il est prêt à croire au grand homme qu'il s'est vanté de vouloir devenir auprès de la petite putain. Eh oui, pourquoi ne pas le laisser aller chez les jésuites de Paris, faire de plus solides études que Langres ne saurait lui offrir ?

Le silence se fait de plus en plus lourd, comme tombé après une avalanche, de l'aveu de la complicité de la petite sœur.

— Avez-vous d'autres complices, monsieur ?

— Non, j'ai agi seul.

Pourtant les soupçons de son père se portent naturellement sur l'auteur des gâteaux. La tendre Hélène qui semble avoir offert sa vie à cette famille et la sert avec un dévouement confinant à l'abnégation. Par la seule qualité de ses sentiments et sa hauteur d'âme, elle a gagné parmi eux une place et une considération particulières qu'aucune autre servante n'a atteintes jusqu'ici : quand il n'y a pas d'invité, elle est même conviée à la table familiale. Elle est devenue sinon la meilleure amie, du moins la plus proche confidente d'Angélique, la mère des enfants. Cette grande Lorraine franchement rousse, aux cheveux relevés très haut, enserrés dans un fichu aux heures de travail, débagoulant soir et dimanche, a le teint des vraies rousses : blanc laiteux, semé de taches de son. Un vrai portrait flamand. Charpentée pour les travaux de force, musclée et pourtant déliée, il y a en elle quelque chose de la déesse des moissons, aux yeux de Denis l'helléniste qui l'adore en secret, comme un homme. Denise aussi l'adore. Plus directe et plus familière que leur mère, elle leur témoigne la tendresse de qui n'a pas d'enfant à soi, tendresse qu'elle n'ose exprimer devant les autres.

Sa mère est plus réservée, elle est si soumise à son coutelier d'époux. Si blonde, si fragile, presque effacée, plus pâle et plus fatiguée que toute sa tribu. Plus âgée aussi, elle a huit ans de plus que son mari. Elle s'est d'ailleurs mariée tard, et n'a sans doute jamais récupéré de la naissance de ses six enfants très rapprochés. Ou peut-être de la mort de l'aînée. Elle a la voix de son physique, frémissante et haut perchée, sauf qu'elle se contente depuis toujours de murmurer.

Sans les confidences d'Hélène, les deux aînés ne sauraient pas qu'elle ose à son heure tenir tête à son mari, mais exclusivement à propos de ses enfants. Ce qui les rend plutôt confiants pour la suite des événements. Denis et Denise regrettent de ne plus l'avoir pour eux, entièrement requise par les trois petits derniers, qui l'épuisent. Elle semble pourtant toujours inconsolable de la mort de sa première fille, une petite Catherine née avant Denis, morte à deux ans. En tout cas, tout la touche au cœur.

Par Denise, elle a su un jour que Denis avait été blessé d'un coup de lance par un garde suisse chargé de lui interdire l'accès à l'école. Denis avait été renvoyé suite à de rudes bagarres qu'il ne pouvait interrompre puisqu'il avait le dessus. Pourtant il tenait plus que tout à ne pas rater un devoir de latin et un cours de mathématiques. Donc il avait enfreint l'interdit armé du Suisse, qui le voyant se faufiler quand même, l'a poursuivi et blessé au flanc. Diderot a réussi à lui filer entre les doigts pour s'engouffrer dans sa classe et participer au devoir de latin, thème plus version, vingt sur vingt, comme toujours : Denis Diderot premier de classe. Ensuite sans se faire voir, il s'est glissé au cours de mathématiques, puis s'est escamoté pour rentrer chez lui sans revoir le méchant. À tout le monde, il a dissimulé sa plaie ouverte. Seule Hélène en ramassant son linge le soir au coucher a vu du sang sur sa chemise, seule Hélène, sous le sceau du secret, a insisté et obtenu le droit de le soigner. Denise, une fois son frère guéri, fièvre tombée, cicatrice refermée, l'a confirmé à leur mère, histoire de vanter l'immense courage de son Denis adoré. La mère regarde soudain ce fils tout debout, tout roide au milieu du salon, et essuie discrètement une larme à l'évocation de ce souvenir héroïque, de l'endurance de cet enfant et de sa terrible capacité à dissimuler.

« Il partait sans te dire au revoir », comme le lui a seriné son mari depuis cette nuit, afin de l'armer contre ce fils qu'elle couve trop. « Il partait sans me dire au revoir... Mais où partait-il ? et pourquoi ? », voilà ce qu'elle aimerait savoir, mais n'ose demander devant tout le monde. Son mari ou son frère le curé devraient le faire, mais ils s'y prennent si maladroitement ! Didier lui a pourtant promis...

Elle serre plus fort la main d'Hélène qui lui rend sa pression. Elle non plus n'en mène pas large : ne sont-ce pas ses gâteaux, ses pains dorés, reconnaissables entre tous dans cette famille de gourmets ? Ses réserves de confiture fabriquée de ses mains... Bien sûr, elle n'a jamais dit à personne qu'autant de nourriture a disparu. Oh, elle s'en est rendu compte, allez ! Mais... Bah !

Et là dans l'inventaire du havresac, chaque victuaille la désigne comme complice. Pourtant elle ne savait rien des projets du jeune chien fou. Sinon... ? Eh bien, sinon elle l'aurait encore plus aidé ! Denis pouvait compter sur elle, comme sur sa sœur, pour ne rien dire. Nier lui est d'autant plus aisé là, qu'en dépit des faits qui l'accusent, vraiment, elle ne savait rien.

Denise, elle, tremble de tous ses membres. Les mains un peu sèches de sa mère, ni celles d'Hélène, plus rêches, ne contiennent sa peur. Complice ? Oh oui, s'il y en eut jamais. Et prête à recommencer demain ! Elle recommencera d'ailleurs, elle en est sûre. Toujours elle fera passer son frère avant les siens, et même avant elle.

Le curé a terminé son sermon sur le vol, le mensonge, la probité, toutes choses que les enfants auraient pu réciter à sa place. Certes, il est dans son rôle, mais là il fait spécialement court. Les trois petits n'en sont pas moins secoués de rire, et ne cherchent même plus à s'en cacher. Ils adorent qu'on gronde ce grand frère arrogant et méchant, trop fier pour jamais jouer avec eux. Et comme là, ils ne sont pour rien dans l'histoire, ils en profitent tout leur saoul. Qu'ils n'espèrent tout de même pas ce que prêchent les contes dont on les abreuve : non, il n'y aura pas de bastonnade. Ce qu'ils déplorent. On est chez des gens de bien. On cherche avant tout à comprendre, et ça fait bâiller les plus petits.

Il est temps que Denis s'explique. Ne s'est-il pas assez tu ?

L'étalage de ses larcins, ajouté à la mise au jour de son forfait, et à la culpabilité de sa complice, ont assez duré. Après les remontrances doivent venir les explications, prêche le curé, exige son père, insiste chacun.

— Dites-nous un peu pourquoi Paris et ce que vous comptiez y faire ? demandent-ils tous à leur manière.

Denis est au centre, on le somme de s'expliquer, on est prêt à lui accorder une réelle attention. Bien. Il a eu le temps de juguler sa peur, on lui donne la parole. Il l'accepte. Il la prend. Il n'a plus rien à perdre, alors perdu pour perdu, il va plaider la vérité. Sa vérité. Et pour la première fois de sa vie, tout dire de soi aux siens.

— Je montais à la source du savoir. Père, vous n'avez pas été sans remarquer mon goût pour l'étude, ma passion pour Horace, pour le latin, pour le grec, pour toutes les matières enseignées à l'école, toutes choses où, si je n'ai pas excellé, personne à Langres n'excella. Monsieur mon oncle peut vous le confirmer, ses collègues de la Compagnie n'ont jamais eu à se plaindre de mon travail.

— Certes, mais on ne peut en dire autant de votre conduite...

— C'est que j'en ai jugé les règles idiotes. Je veux être abreuvé de savoir, or l'activité principale de ce collège consiste à nous aligner en rang pour nous faire marcher par deux en silence, durant des temps infinis et donc perdus pour l'étude.

— Où voulez-vous en venir ?

— Apprendre, étudier, comprendre, c'est forcément poser des questions, approfondir, aller de-ci de-là, à la bibliothèque, en promenade d'observation, et pas en rang par deux et en silence... J'ai fait le tour des maîtres de Langres...

Et l'emballement monte... L'exaltation s'empare de lui. En parlant, il se met en mouvement, il marche de long en large, fait de grands gestes, accélère, s'emporte de plus en plus, plein de ses rêves en train de se réaliser sous ses yeux... Il s'essouffle, mais pourrait continuer de rêver son avenir à voix haute toute la journée. Les yeux de son oncle témoignent qu'il est plus admiratif que vraiment fâché, il semble même se féliciter de ce que son neveu en veuille autant. Se réjouir de tant d'ambition. Et dire presque à voix haute, « ce jeune homme a de l'avenir. Il promet ».

— ... Aujourd'hui, je ne crois pas qu'ils puissent m'en apprendre davantage. Ce que je veux savoir, ce que je veux admirer, ils ne l'ont pas. Je dois m'instruire auprès de plus grands maîtres, je veux devenir plus grand, plus savant, un grand parmi les grands, et seule la capitale réunit autant de talent, je veux aller m'en abreuver.

Monsieur Père se drape de plus en plus dans la posture de l'autorité. Plus il prend l'air sévère, plus il paraît grandi aux yeux intimidés de l'assistance.

— Je veux, je veux... Croyez-vous vraiment être en état et en âge de décider de votre vie ? Qui donc êtes-vous pour vous plaindre de vos maîtres ? Un futur grand homme, dites-vous ? Mais vous n'êtes encore qu'un tout petit homme, un garçonnet quasi à la mamelle, et qui se conduit en criminel, en voleur, en menteur, en fugueur, en bagarreur...

À ce moment, il est en colère, il ne la feint plus.

— ... Je sais tout, ne croyez pas m'avoir rien dissimulé. Les bons pères m'ont tout raconté. Vous êtes indiscipliné à un point qui nuit à vos études, certes brillantes, mais il n'y a pas que cela dans la vie. Vous avez reçu la tonsure, vous ne semblez pas vous en rappeler souvent, ni respecter beaucoup les commandements de l'Église, à commencer par l'humilité et la déférence due à vos supérieurs.

L'oncle curé se sent obligé d'opiner aux propos du père. Après tout, c'est de son métier qu'on parle. Mais comme il a beaucoup de tendresse pour ce brillant neveu, il est curieux, il se demande ce que ce dernier va bien pouvoir répondre. En une fraction de seconde, Denis trouve le seul argument imparable.

— Mais mon père, c'est que je suis bien trop choyé ici. J'ai besoin de l'anonymat de la grande ville. Ici où que j'aille, partout, je suis le fils de l'honorable coutelier, le neveu de feu monsieur le Chapelain, et de monsieur le curé, tant aimé de ses paroissiens. Si je suis si bon élève, je vous supplie de me croire, c'est que je suis allé au bout des programmes. Alors, bien sûr, la discipline ! Oh vous avez mille fois raison, mon père, mais c'est qu'ici tout m'est permis, sinon pardonné. Et vous avez encore raison, j'ai besoin d'être plus encadré. Tenu, diriez-vous. Il faut donc me rendre anonyme, afin que je fasse mes preuves à moi, sans le soutien d'une réputation familiale immaculée. Il faut me donner des maîtres plus gradés et plus exigeants, que je peine à comprendre et à satisfaire. Il faut me mettre en pension sous une sévère tutelle que rien n'amollisse, il faut m'éloigner des merveilleuses douceurs d'Hélène, des tendresses de ma mère, et même de vos gronderies. Pardon, ma mère, mais la seule certitude de vos bras si doux m'autorise toutes les bagarres, tous les mauvais coups. Vous consolez si bien. Et puis, ne m'avez-vous pas toujours tout pardonné, comment aurais-je pu ne pas me croire tout permis ?

Le curé est absolument soufflé. Son génial neveu a esquivé, plié l'échine au bon moment et finalement emporté le morceau.

Alors, et pour la première fois depuis qu'il a commencé à parler, sa superbe s'effrite, un lointain trémolo dans sa voix... Pourtant il ne s'est rien passé, sans doute un trop-plein. Il n'aurait pas dû s'adresser directement à sa mère. C'est son talon d'Achille, son amour pour elle. Il se reprend.

— Bien sûr, je vous demande pardon d'avoir cherché à vous quitter en cachette, mais comment aurais-je eu le courage d'affronter le regard de ma mère en lui disant « adieu, tu m'aimes trop » ?

Un sanglot l'oblige à s'interrompre, à quoi répondent comme en écho les hoquets des femmes. Denise, Hélène et sa mère enlacées sanglotent, en s'efforçant mal de faire le moins de bruit possible. Renifler sans bruit n'est pas aisé. Le curé se demande si ce prodigieux neveu est complètement sincère ou s'il leur joue une spectaculaire comédie. Il ne sait si l'émotion l'a saisi ou s'il s'est tant investi dans un personnage que celle-ci l'a submergé... Mystère.

Profitant de la pause, entrecoupée de petits reniflements, le père de Denis se penche vers le curé et, à voix très basse, entame un dialogue qui échappe à l'assemblée.

Denis n'ose reprendre la parole que sa faiblesse a interrompue, mais s'avance vers le clan des femmes afin de leur demander réellement pardon. Aussitôt sa mère cherche à le prendre dans ses bras, effectivement très enveloppants, très rassurants...

— Oh non, Mère, je vous en prie, ne m'affaiblissez pas davantage.

Il s'éloigne pour ne pas repousser ses caresses...

Après son conciliabule, Père se redresse et de sa grosse voix, qui n'est plus de colère, mais de gravité, plus en harmonie avec sa bonhomie naturelle, annonce à l'assemblée que, suivant son vœu, Denis partira bel et bien continuer ses études à Paris, mais que ce ne sera plus un départ improvisé, mais préparé, planifié, organisé. Il va d'ailleurs de ce pas faire partir des courriers afin d'assurer à son fils une place dans un établissement des plus sévères.

— ... Puisque nous sommes bien d'accord, telle est votre volonté...

Les femmes redoublent de sanglots. Le curé se lève et bénit son neveu.

— Et j'insiste, ajoute-t-il. Que ton père demeure à Paris le temps de s'assurer que tu es bien installé et déjà au travail...

Comme le curé a une grande influence sur sa sœur, laquelle ne cesse décidément de pleurer, tous souscrivent à ses propositions. S'il dit que son neveu doit partir accompagné de son père, son neveu partira, et son père avec.

Seule Denise se réjouit, quant à Denis, il est un peu ivre, abasourdi par toutes ces paroles dites, ou, peut-être, enfin entendues...

Les petits sont repartis avec Hélène et leur mère. Ils ont fini par s'ennuyer, il n'y a vraiment pas assez de bagarre. Père et curé se congratulent : n'ont-ils pas décidé au mieux ? Oui sûrement...

CHAPITRE 3

1728-1729
À nous deux, Paris !

> Plusieurs années de suite j'ai été aussi religieux à lire un chant d'Homère avant de me coucher, que l'est un bon prêtre à réciter son bréviaire. J'ai sucé de bonne heure le lait d'Horace et de Virgile, d'Homère, de Térence, d'Anacréon, de Platon, d'Euripide, coupé avec celui de Moïse et des prophètes.
>
> *Correspondance*

— Alors, mon père, êtes-vous content de mon enfant ?

En homme sans façon, Diderot père attaque sans préambule. Il a préparé sa phrase dans sa tête afin d'obtenir la réponse la plus favorable. Il est passé chez le barbier se faire tailler la barbiche, ce qui a pour vertu de le rendre plus sûr de lui. Trois semaines tout de même qu'il n'a pas visité son fils, trois semaines qu'il erre dans Paris en attendant que son rejeton trouve ses marques et s'adapte à sa vie nouvelle. Là, il ne tient plus. Paris est peut-être la plus belle ville du monde mais surtout c'est la plus puante, crottée, boueuse, infecte...

Le Langrois a vite fait le tour des couteliers revendeurs de ses fabrications. Quelques anciens apprentis, qui après avoir été formés par lui sont venus eux aussi « réussir à la capitale ». Il a même eu assez de loisir pour étoffer sa clientèle. Maintenant il lui faut savoir si son fils aîné fait autant d'étincelles qu'à Langres, si en trois semaines, les jésuites ont déjà discerné ses mérites. C'est avec une sorte d'orgueilleuse appréhension qu'il s'enquiert auprès du Principal en charge des études au collège Louis-le-Grand.

— Certes, certes... Oui, sujet brillant, vraiment... Mais comment dire ? Peut-être un peu trop.

Comment ? se retient de demander M. Diderot. Il attend la suite. Qui ne vient pas. Alors, plus hésitant, il réclame l'explication du *trop*.

— Lors d'un devoir d'une simplicité biblique, « rédiger le discours que tient le Serpent de la Genèse pour convaincre Ève de goûter au fruit de l'arbre de la connaissance du bien et du mal »...

Là, c'est de stupéfaction qu'est saisi M. Diderot.

— Pardonnez-moi, quelque chose m'échappe, pouvez-vous m'éclairer ?

— Tant que c'est dans mon domaine de compétence...

— Je suis extrêmement étonné de ce sujet, et plus encore qu'à cette occasion, vous ayez pu juger mon fils *brillant*. Quels arguments a-t-il utilisés pour que vous, mon père, ne le jugiez pas blasphémateur ? Ou bien l'a-t-il été, et c'est ce que, par euphémisme, vous appelez *brillant* ?

— Mais non. Au contraire. Il a fait un choix très pertinent, il est parti du caducée qui, vous le savez, symbolise à la fois le serpent luciférien et l'arbre du bien et du mal.

— Mais cet énoncé, ce sujet même oblige à se faire l'avocat du diable, au sens propre.

— Le Serpent n'est autre que Lucifer, l'ange de lumière, chéri entre tous, le plus talentueux des anges. Votre fils a su trouver mieux que quiconque les arguments que Dieu lui-même aurait pu employer...

— Je me demande ce qu'il a bien pu écrire...

— Oh ! il s'est livré à un éloge du savoir, cette précieuse nourriture de l'âme, un éloge de tous les apprentissages qui haussent l'homme au-delà de lui-même...

— ... Jusqu'à se prendre pour l'égal de Dieu...

— Oui, et c'est bien ce qui a provoqué la chute de Lucifer... Tout le paradoxe est là. Jusqu'où l'homme peut-il s'élever sans entrer en concurrence avec Dieu ? Nous jésuites, considérons que si Dieu a créé l'homme à son image, c'est aussi pour qu'il tente de l'égaler.

— N'est-ce pas un péché ?

— Pas de notre point de vue puisque la nature même de Dieu empêche à tout jamais l'homme de le surpasser.

— Mais alors, pardon mon père, mais je ne comprends pas. S'il n'a pas été scandaleux, s'il n'a pas blasphémé, en quoi mon fils s'est-il montré trop *brillant* ?

— Ça n'est ni le sujet ni son traitement qui lui vaut l'adverbe « trop ».

— Mais alors, quoi mon père, je vous prie ?

— Mettons qu'il ait fait du zèle ! Oh, il a sans doute voulu n'être que serviable en aidant un camarade plus faible. Mais les professeurs connaissaient le bas niveau de cet élève à qui votre fils a cru pouvoir innocemment prêter son talent. Et il est allé trop loin : il l'a élevé, au vu de tous, à un niveau jamais atteint par ce malheureux Bertrand. Aussi ont-ils conclu que sa copie ne pouvait être de lui. Ils ont demandé que celui qui avait rédigé ce devoir se dénonce ! Personne n'a bougé, bien sûr. Mais quand est tombée la menace de représailles envers toute la classe, votre fils a levé la main. Forte tête mais grand cœur.

— Ce n'est donc au fond qu'un problème de discipline, conclut soulagé le père du *trop brillant* sujet.

— Oui, et c'est pourquoi désormais nous le gardons à l'œil. Ses deux devoirs brillaient donc d'une intelligence formidable, il est parvenu à trouver des arguments différents et justes les deux fois.

— Et en dépit de ça, vous comptez le garder chez vous ?

— Oui monsieur, le garder à l'œil et chez nous. Sous notre férule. Tant qu'il lui plaira d'étudier. Il semble doué. Avide et doué.

— Je puis donc rentrer chez moi en toute confiance et le saluer avant de quitter Paris.

— Je le fais appeler. Au revoir, monsieur, et soyez sans crainte, il est en de bonnes mains.

Ça, c'est l'unique doute qui se soit levé dans le cœur de Diderot père durant cet échange : sont-ce vraiment de si bonnes mains que celles qui exigent d'un jeune cerveau qu'il endosse le discours du Malin ? Demeuré seul au parloir à attendre son fils, le père se rejoue cette étonnante conversation. Doit-il en parler ou pas lors de ses adieux à ce fils *trop brillant* ? Tout de même, il se remet mal qu'on l'encourage à pareille transgression. Ça ne lui semble pas correct. Décidément, ces trois semaines parisiennes ne lui ont rien valu. Oh, il a conclu quelques contrats avec de nouveaux revendeurs, il en a fortifié d'autres, son livre de commandes est plein pour quelques années, mais un provincial à la grand'ville a vite fini sa besogne, et n'était ce fils chéri, il serait rentré bien plus tôt. Las, il s'est engagé envers sa femme à vérifier son installation et surtout son « bien-être », avait-elle précisé, insisté même. Son bien-être ! S'est-on jamais soucié de ça à son époque !

Si son fils se plaît ici, grand bien lui fasse, mais ces concentrations de populace, ce brouhaha constant, cette dangereuse circulation, ces attroupements pour les choses les plus futiles du monde, voire honteuses, comme une voiture qui verse, ne sont plus de son âge, si tant est qu'ils l'aient jamais été. Dans ce parloir feutré où ne perce aucun bruit, il attend son petit pour lui donner ses ultimes recommandations. Il ne peut s'empêcher de l'accueillir par un sermon.

— Rédiger à la place d'un très mauvais élève une très bonne copie est-ce vraiment le seul moyen que vous ayez trouvé pour vous faire remarquer à peu de frais ? Vous devez cesser. Faites-vous oublier ou reconnaître seulement par votre intelligence pure de toute vantardise.

Le très jeune homme qui s'efforce sans trêve d'être parfait et vient de passer trois semaines d'un régime épuisant de perfection sur-jouée est contrarié que son père lui prêche encore plus d'humilité. Il aurait pu être fier, fut-ce quelques secondes, de ses premiers succès. Diderot est, quant à lui, très satisfait de ses copies, surtout celle signée d'un autre.

Il n'en a rien dit, mais lui aussi, comme son père, s'est étonné en son for intérieur d'un sujet pareil. D'abord, ça l'a surpris, mais en posant quelques habiles questions, à la manière jésuite, il a compris ce que le maître attendait. Et cet esprit de paradoxe le séduit au-delà de tout. Comme il a eu raison de vouloir venir à Paris ! Tout lui plaît ici, à commencer par les façons de faire de la Compagnie de Jésus, sa tournure d'esprit. Il n'a pas encore compris comment tout cela marche qu'il y a déjà adhéré.

La scène d'adieu du père au fils menaçant de s'éterniser, Denis adopte une attitude de respect total. Son père est finalement facile à gruger, Diderot mime la soumission et ce dernier, naïf, le croit déjà changé ! Ainsi repart-il content. Pour la première fois, le fils se sent plus fort, plus âgé, voire plus roué que son père. Lequel le bénit, le baise au front, essuie un fantôme de larmes, Denis lui évite le sermon en s'engageant de lui-même à respecter scrupuleusement les règles par lui enseignées. Le tour est joué ! Le voilà libre et seul à Paris.

« Paris ! Pari gagné ! Je suis à Paris, j'ai réussi, je suis le roi de Paris ! Demain, à moi, Paris », se répète-t-il chaque soir en s'endormant, alors qu'il n'ose encore s'adresser à aucun de ses condisciples, qu'il observe, épie, avec l'impression de traîner de la boue à ses chaussures, d'être pris en flagrant délit de rusticité. Ce couvent de jésuites où son père l'a fait enfermer dès sa descente de fiacre, donc sans avoir rien vu de Paris, est une vraie prison. Pas de sortie, des horaires de travail ininterrompus, une surveillance permanente... Tout le jour, le couvent est gardé, et le soir, fermeture des portes et extinction des feux pour tout le monde à la même heure.

Denis n'a pas de chambre pour lui, cinq autres garçons du même milieu et de la même classe la partagent. Ce qui, au moins les premiers temps, lui permet d'observer sans se mêler, d'essayer de comprendre les mœurs du lieu et de sa population, replié dans un silence curieux et une solitude intimidée.

Quel incroyable grouillement ! Ainsi lui apparaît le Quartier latin. Aux heures de début de cours, le matin, et aux heures de soupe, offerte aux miséreux, entre Louis-le-Grand et la Sorbonne, semble se concentrer l'essence de la vie du quartier. Plus de trois mille élèves hantent ce périmètre. Au-delà existent au moins vingt autres collèges qui se touchent et s'interpénètrent. De quoi terroriser le jeune provincial habitué au silence.

C'est chez les jésuites que l'on compte le plus d'externes. Visiblement ils sont plus riches, mieux vêtus, mieux nourris que les internes, lesquels ont tous plus ou moins l'air nécessiteux. L'œil de Diderot s'accoutume vite à les repérer. À Langres, jamais il n'a croisé autant de diversité humaine et de castes si éloignées. Ici l'enseignement est gratuit pour tous. Mais pas la pension. Et elle est chère : entre 300 et 400 livres tournois l'année. Les plus démunis sont logés et nourris du pain des pauvres certes, mais nourris, au même titre que les indigents et les gueux qui font la queue dehors. Les mois d'hiver, la longue file peut s'étirer sur plus de huit cents mètres. Diderot s'intéresse de près à ces malheureux qui ne sont pas étudiants et pourtant partagent la même soupe. Il les regarde revenir chaque jour aux heures où l'estomac crie famine en essayant d'imaginer leur vie.

Il existe un autre moyen de survie pour élèves pauvres : exploiter la générosité ou le goût pour l'abus de pouvoir de leurs riches condisciples, toujours ravis de les utiliser, qui pour faire leurs devoirs, leurs courses, qui pour cirer leurs bottes... Il en est même qui servent officieusement de domestiques aux plus riches. Diderot espère ne relever d'aucune de ces deux catégories. Du moins il s'y emploie. Parmi les plus pauvres, les plus avancés dans leurs études donnent des cours de rattrapage aux plus jeunes ou aux plus paresseux, repère-t-il. Une troisième catégorie lui apparaît ensuite, celle des externes de la noblesse. Parisiens, ils vivent dans leur famille et arrivent bruyamment en carrosse chaque matin, embouteillant la rue Saint-Jacques ; provinciaux, ils louent de belles maisons particulières, proches du collège. Les seigneurs de province ont la possibilité d'habiter les annexes luxueuses de Louis-le-Grand, le plus souvent accompagnés de leur laquais, et parfois de leur précepteur particulier. Quand la noblesse condescend à suivre quelques cours publics c'est à la carte, au choix. Alors ils se mêlent à leurs condisciples, mais ne s'intéressent que de loin à cet enseignement collectif. Leurs précepteurs particuliers les y contraignent parfois. Les plus émancipés mènent une vie à peu près indépendante. Ce sont eux que Diderot envie.

Peu nombreux, les internes, par principe : les jésuites y sont hostiles. Ils détestent devoir surveiller les mœurs adolescentes toujours compliquées. Deux catégories d'internes, les boursiers, petit groupe misérable destiné, de gré ou de force, à la prêtrise, traités en parias, partout à la dernière place. Les autres sont de petits hobereaux de province, distribués par chambrées de cinq à dix collégiens, avec alcôve individuelle. Dans chaque cellule, un lit, un coffre, une table, deux chaises, sous la surveillance d'un préfet, jeune religieux d'une ou deux années de plus, qui en même temps suit les cours de théologie ou de philosophie du collège. C'est là qu'on a installé Diderot et ça lui convient. Seul sans l'être. Il comprend qu'il ne sait rien de cet univers compliqué, qu'il doit l'étudier avant d'y pénétrer.

Les jésuites ont mis au point un mode d'enseignement qui n'appartient qu'à eux. Ils se sont fait réputation et gloire d'attirer tous les enfants destinés à jouer un rôle dans les affaires du monde, ils se vantent de savoir dépister les intelligences précoces. Un pamphlet janséniste fait dire à un jésuite : « Je suis le souverain des enfants des seigneurs de toute la terre. Les enfants règnent sur leurs mères, les mères dominent leurs maris, leurs maris gouvernent le monde... Je suis donc le souverain de tout l'univers. »

Diderot met quelques mois à comprendre cette énorme machine, tant la foule grouillante lui bouche la vue. La cloche sonne pour tout le monde entre cinq et six heures. Après la prière commune, les internes se retirent chacun dans sa cellule jusqu'à sept heures : révision des leçons puis récitation devant le préfet. On partage là le déjeuner, pain et vin.

Après sept heures et demie, les externes font leur tapageuse entrée, et la classe commence. Pléthoriques, les classes ressemblent à de terribles monômes. Le préfet, censé les superviser, est souvent trop jeune pour avoir la moindre autorité. Les jésuites ont beau rêver d'une discipline sévère, la vénalité règne en maître. Personne n'est incorruptible. Un sac de billes achète une bonne note. Diderot n'a pas de billes. Quant à la popularité, elle grise n'importe qui, fût-il de haute noblesse. Aussi s'entraîne-t-on à tour de rôle devant ce public indomptable de lycéens blasés, à les séduire à coups d'éloquence ! Mise à l'épreuve avant l'heure et test impitoyable : réciter ses leçons devant les autres en tentant de retenir leur attention ! Obtenir ne fût-ce qu'une minute de silence ! Féru d'exemples antiques, comme les autres, Diderot se sent l'âme d'un tribun. Bonne mise en train pour la suite : l'entrée solennelle du maître. Qui corrige d'abord les devoirs de la veille. Il en commente les fautes, apprécie les meilleures copies. C'est son tour de faire son numéro. Le maître triomphe dans le commentaire des grands textes. Lire, résumer, traduire, analyser. Et ça, Diderot adore. Il apprend le plaisir d'un beau balancement, la justesse des expressions, la richesse des tournures, le jeu enivrant de la meilleure traduction, l'équivalent le plus juste, le plus évocateur pour rendre le latin et le grec dans un français digne de traduire le luxe des métaphores...

Si le latin reste la langue officielle, les élèves sont punis si on les surprend, même en récréation, à se parler en français, de plus en plus de grands auteurs de langue française s'invitent dans le cursus. À commencer par Corneille, du moins chez les jésuites... Mais Diderot met un point d'honneur à parler un latin parfait. Il n'a pas été tonsuré pour rien.

La classe du matin dure deux heures et demie, suivie immédiatement de la messe de onze heures. Ensuite on dîne : potage, entrée de mouton ou de bœuf, viande rôtie, légumes, le dîner s'achève par un ou deux desserts, ces jeunes sont en pleine croissance. À la récréation qui suit, dehors par beau temps, l'hiver dans les chambrées, ou dans les couloirs, on joue aux quilles, à la boule, à la paume, au trictrac, aux échecs ou aux dames... Mais surtout on joue ! Immense surprise pour le provincial. À Paris, le jeu a gangrené la société entière et n'épargne nullement les couvents, les clercs et leurs élèves.

L'après-midi répète la matinée, messe en moins. Jusqu'au souper de six heures : légumes, viandes et desserts. Suivi de trois quarts d'heure de récréation, puis d'une libre causerie qui rassemble élèves et préfet jusqu'à vingt et une heures. Les sujets tournent généralement autour de l'histoire, la géographie et les fortifications. Puis extinction des feux.

Une certaine bigarrure sociale règne à Louis-le-Grand. Des fils d'artisans comme Diderot côtoient les enfants de courtisans postés à Versailles, des promis à l'échoppe ou au greffe jouent en récréation avec de futurs ministres, maréchaux ou évêques dans une apparente camaraderie toute temporaire. Les inégalités, ni de naissance ni de fortune, ne font d'obstacle visible à l'amitié. Le tutoiement est de rigueur jusqu'à la fin des études où, impitoyablement, les castes se reforment et condamnent les anciens meilleurs amis à la trahison et à la rupture, cette fois définitive. L'égalité n'est qu'apparence. Règne une aristocratie du logement, du laquais et du précepteur privés. Leur tenue les révèle à livre ouvert, ils sont souvent vêtus de l'habit de fonction de leur père. Portant l'épée, la robe ou le mantelet et selon le grade familial. Pas d'uniforme, chaque métier a son costume. Aussi la profession ou les grades des pères, on les exhibe.

Si le collège fonctionne réellement en république, ses règles y sont aristocratiques. Par chance, Diderot a reçu la tonsure l'an passé, ça l'autorise à porter le petit habit noir des clercs, abolissant la différence de classe mieux que n'importe quelle tenue.

Aussi surprenant que ça lui paraisse, à Paris, Diderot se révèle timide. Chez lui, il n'a jamais été confronté à cette humeur honteuse, sorte d'humiliation anticipée.

À Louis-le-Grand, c'est immédiat. Ça lui est tombé dessus en arrivant, et ça persiste comme une gêne permanente, un caillou dans sa chaussure qui se rappelle à lui à chaque pas. Aussi passe-t-il ses premiers mois à observer. Le temps de décrypter, sous l'emploi du temps rigide, sous les règles égalitaires, tous les manquements, toutes les infractions tolérées, toutes les opportunités...

Puisqu'il ne peut exercer sa chaude et naturelle familiarité comme il l'a toujours fait, il se lance à corps perdu dans les études. Il est là pour ça. Il veut ne se faire remarquer que pour son excellence, voire sa supériorité scolaire. Cet orgueil sans but encore précis toujours le tenaille. De populaire à Langres, ici il sera le plus doué. *S'évader par la cheminée*, comme on dit dans l'argot des jésuites, c'est-à-dire par l'étude, ou pour être plus explicite, *en travaillant du chapeau*. Mieux encore, *en faisant fumer ses méninges*. Sans rien prendre pour argent comptant du dogme qu'on lui assène avec une finesse de raisonnement qui le laisse pantois, comme ivre, le temps de se dégriser de tant d'intelligence. La route à prendre pour s'évader est la plus passionnante qu'il emprunte de sa vie, le chemin pour y arriver n'est pas aisé, mais il le parcourt en entier. Sans sauter un paragraphe.

Dans sa chambrée, ils sont six, un abrégé de ce que le collège accueille. Un garçon avec qui d'emblée il ne s'entend pas, pas du tout, sorte de faux rival, d'antithèse de ce qu'il est, Nicolas de La Mettrie. Il y a l'Antoine, un pauvre garçon, timide et rougeaud, doué pour les études mais accablé d'un visage d'une laideur repoussante. Le plus proche c'est Étienne Benjamin Belle, comme lui fils d'artisan, son père est joaillier, comme Diderot il se sent vaguement dépaysé. Pour qu'il fasse de bonnes études avant de reprendre la boutique, son père l'a fait enfermer chez les jésuites. Il y a aussi un dénommé Dominique de la Crételle qui tente de discréditer ceux qui ne sont pas de bonne naissance. Bizarrement Diderot est insensible à ce mépris-là, il n'entend se mesurer qu'à l'aune de bien meilleures raisons, celles qui les rassemblent en ces lieux : leurs résultats scolaires où il ne craint personne et n'a aucun mal à briller. Parmi les aristocrates, un ou deux sont solidement entraînés, mais dans l'ensemble, il n'a pas de mal à se tailler la réputation du « meilleur ».

Pour la fantaisie qu'il sent bouillir en lui et cet humour qui lui fait trouver la vie plus drôle que belle, il lui faut les tenir sous le boisseau. Ce n'est ni le lieu ni le moment. Lui-même n'est pas prêt à se montrer sous son vrai jour, il observe, cherche à percer tous les codes. Quant à la fraternité, l'amitié, qui lui est aussi vitale que la lecture quotidienne d'Horace, elle trouve à s'épanouir avec François de Bernis. Un peu plus jeune que lui, d'une vieille famille noble, trop désargentée pour lui offrir une carrière militaire, il fait ses humanités à Louis-le-Grand avant d'intégrer le séminaire où le condamne la « pauvreté » de sa famille. Pauvre certes, mais tout de même, il possède un appartement pour lui seul, ce qui demeure l'apanage des nobles. Les deux amis prennent vite l'habitude de s'y retrouver. Ils apprennent à se connaître et envisagent à eux deux de changer le monde. Pas moins ! L'intensité de leurs sentiments, l'absolutisme de leur âge, tout les y pousse. Un appartement privé mais ni laquais ni précepteur, et les études de Bernis en pâtissent. C'est pourtant un esprit vif et précoce, il a deux ans de moins que Diderot mais huit quartiers de noblesse lui ont transmis un patrimoine culturel que Diderot n'a pas, ne connaît pas et qui l'intéresse follement. Séduit et curieux, il veut en savoir plus. Bernis est rêveur et paresseux comme une couleuvre. Diderot comprend rapidement que s'il veut le garder près de lui dans sa classe, il va devoir le maintenir à son niveau, aussi collectivise-t-il son travail.

Voyant comme sa famille se plaint du mal qu'elle a à tenir son rang, Diderot découvre les arcanes d'un système étrange où paraître compte plus qu'être. Une microsociété aux règles iniques mais au sens de l'honneur et de la bassesse hypertrophié.

Bernis et Diderot vivent là une de ces amitiés adolescentes, amitié formatrice et d'une folle intensité, vouée sans doute à la déception, à toutes les trahisons... En cette première année, c'est encore le miracle des ressemblances, des aspirations jumelles, des rêves en commun. Venant de mondes que tout oppose, se trouver pareille fraternité...

Diderot comprend pourquoi il doit soutenir scolairement son ami. Celui-ci est affecté du vice le plus à la mode et le mieux partagé du temps, que par hasard (!) lui-même méprise, le jeu. Il commence à peine à s'apercevoir qu'il s'agit là d'un fléau qui dévaste toute la société. Pas de classe sociale indemne, de haut en bas de l'échelle et c'est fou comme à Paris, l'échelle a plus de barreaux qu'à Langres, tout le monde est atteint. Et joue. Et triche. Et perd sa vie. Le crime des clercs le plus fréquent dans les couvents, c'est le jeu. À Versailles, chaque nuit, des fortunes changent de main. Le jeu envahit tout, infeste la société jusqu'en son tréfonds, sorte de remontée des égouts, relents infects... Tous les sexes, toutes les classes, tous les milieux sont touchés, le jeu, partout le jeu. Cette vacance de l'âme, cette horreur d'oisiveté, cette déshérence du cœur, Diderot n'en est bizarrement pas atteint. Il a même une forte réticence, quasi un dégoût pour cette activité factice s'il en est, grâce sûrement à son amour pour l'étude, le grand, le vrai jeu de la pensée... Mais aussi par peur de déplaire à son père, et assez vite de se déplaire à lui, de passer à côté de son rêve.

Il cherche par tous les moyens sinon à guérir Bernis, du moins à l'empêcher de se faire prendre, sauver ses études et préserver son avenir. Au point que vers la fin de l'année scolaire, ce dernier lui propose un arrangement.

— Écoute, toute l'année, tu m'as fait mon grec et mon latin. Si j'ai surnagé, c'est grâce à toi, aussi je te propose qu'on ne s'arrête pas en si bon chemin. Que dirais-tu de venir passer les vacances chez moi à Saint-Marcel d'Ardèche avec le statut officiel de répétiteur ? Mes parents seront aux anges, qui désespèrent de me voir prendre goût aux études. Comme ça, tu ne retournes pas chez toi, ce que tu sembles redouter, et mieux, tu gagnes un peu ta vie puisque mes parents voudront forcément te rétribuer. Et si ça te gêne trop, on partagera l'argent pour aller chez les filles. Ça te va ?

Et comment ! Des vacances au château ! Gagner de quoi ne rien coûter à ses parents et surtout ne pas rentrer à Langres où la peur d'être pris dans la sentimentalité familiale alors qu'il a tant d'appétits à rassasier à Paris... En prime, goûter à nouveau à la douceur de la chair, des baisers, des étreintes des filles. Comment refuser ? D'autant qu'à la fin des classes, Diderot est particulièrement gâté côté prix, félicitations, tableau d'honneur et d'excellence pleuvent sur lui.

Les parents de Bernis sont enchantés d'accueillir un si brillant sujet. Et l'accueillent noblement. S'il pouvait avoir une bonne influence sur leur fils... Ils sont les premiers nobles châtelains qu'il rencontre sur leur terre. Nobliaux plutôt, précise le père, ils sont simples, bien élevés, respectueux, rien qui les distingue de son père à lui, sinon le château et l'absence de métier. Diderot découvre ahuri ce que signifie comme humiliations de n'être qu'un « cadet de famille ». À l'aîné, l'étendue des charges, du patrimoine, du titre, de la fortune ; au cadet, à son ami donc, de se débrouiller dans l'armée, d'en tirer gloire ou d'en mourir. Il se félicite de n'être que fils d'artisan, où frères et sœurs sont tous égaux. N'empêche, même désargentés, ces nobles du Vivarais ne vivent pas comme nous, ne semblent effectivement pas respirer le même air que nous. Ça le passionne, il fait là ses premières expériences d'entomologiste humain !

Le château est vaste, les terres alentour arides, rien de luxueux sinon l'espace, et pourtant, tout lui semble venir d'un autre monde. Il apprend, il retient, il se forme. Les filles promises sont d'autant plus accueillantes que Bernis est le fils du seigneur du comté, mais aussi qu'ils sont jolis garçons, qu'ils ont la peau et les mains douces, qu'ils sont bien élevés, assez tendres et bons payeurs. Le fils du châtelain a déjà ses usages dans la petite maison de plaisir locale. Les filles ne leur refusent rien, elles sont sensuelles et généreuses. Diderot rêverait que ça continue toute la vie. Ici où Bernis ne trouve personne pour assouvir sa passion du jeu, il fait quelques progrès en latin, grec et français. Surtout en français. Les deux amis jouent à rédiger les discours de réception à l'Académie et dans les grands corps du royaume.

Le retour au collège est pourtant une grande joie ; ces vacances dans la vraie noblesse lui ont fait prendre de l'assurance, il ose davantage être lui-même. Mieux dégrossi, il commence à comprendre comment marche la vie occulte de ces collèges. Du moins le croit-il. Osant davantage, on le voit davantage. Il devient populaire. Il devient un peu plus lui-même.

Cette année à Louis-le-Grand, enseigne le fameux abbé Porée, le célèbre abbé Porée. Une majesté dans le monde de l'étude. Si en première année, Diderot et lui se sont mutuellement observés, cette fois, ils sont sûrs d'eux : Diderot a trouvé son maître, et Porée son disciple. N'est-ce pas lui qui « a fait Voltaire », ainsi qu'on le murmure dans les rangs... Pas trop fort, Voltaire reste un nom d'infamie, à ne jamais prononcer chez les bons Pères. Pourtant d'aucuns tel Porée s'honorent d'avoir formé son esprit ! Les jésuites ont vraiment des mœurs étranges. Et de bizarres tolérances. Voltaire est interdit de lecture et de citations, mais il n'est pas honteux de se vanter de l'avoir inventé ! En partie à cause de Voltaire et son aura de soufre, Porée suscite une ferveur chez les adolescents, une admiration passionnée. On se bat pour être son préféré. Et le rôle échoit à Diderot, comme ça, de chic, en moins de deux ans. Que de jalousies il suscite. Même pas noble ! Brillant certes, mais sans esbroufe, travailleur amoureux du travail et sans le moins du monde s'en cacher, comme certains qui réussissent, prétendent-ils, sans rien faire, en dormant. Il faut dire que l'abbé a un visage qu'on ne peut qu'apprécier, beau comme un Greco, long, maigre, hâve et décharné, il n'est qu'un sourire aussi large qu'il a les yeux plissés, une bouche épaisse qui prend toute la place, un nez long et fin qui relie ses yeux souriants à sa bouche riante. Son physique prêche pour sa paroisse, il est à l'image d'un certain bonheur austère.

Diderot se fait facilement remarquer, très tôt, il s'avère un orateur brillant. Un acteur en herbe. Lui-même découvre qu'il adore avoir un public. Sitôt que d'autres le regardent, il fait montre d'une exubérance physique et oratoire.

La pédagogie jésuite déploie un amour immodeste pour le théâtre, l'abbé Porée amène souvent ses élèves à la Comédie-Française écouter du Corneille, qu'il préfère à Racine, toujours soupçonné de jansénisme. Diderot en retient vite les plus beaux passages par cœur. Il colle idéalement à l'image de l'élève doué. Il travaille avec ardeur parce que son maître sait développer chez lui cette passion pour l'étude qu'il portait au profond. Le succès lui est encouragement à rêver encore plus haut. Si à Langres, il visait la gloire, ici c'est à la grandeur qu'il aspire. Et à l'audace de la vouloir.

En première année de rhétorique, il a fait le tour des bons professeurs, en seconde année, il cherche à séduire ceux qu'il a élus. Là encore, ça marche. Il faut dire qu'entre 15 et 17 ans, il s'est terriblement allongé : très grand, une tête de plus que ses congénères dont il avait la taille l'an passé, maigre mais musculeux, il donne une impression de santé invulnérable. De force et d'aisance physique. Son visage aussi s'est allongé, il commence à se ressembler. Un très grand front, des joues bien marquées, une bouche sensuelle, gourmande, un nez charpenté comme pour mieux sentir, et un regard aiguisé comme un des couteaux de son père. Un mélange de sensualité et d'intellectualité assez équilibré. Il apprend à saisir l'impression qu'il produit — et ça ne lui déplaît pas.

Ces années-là lui servent d'entraînement à plaire à qui il veut, à mettre au point un irrésistible numéro de charme, d'intelligence et de spéculation, et ça opère de mieux en mieux. Il conquiert qui et quand il veut. Frondeur mais jamais assez révolté pour être pris en défaut, il semble la parfaite illustration de la pédagogie jésuite. Il va pourtant tomber sur un bec. Il y a encore en lui du provincial mal dégrossi. Son amitié pour Bernis ne fait qu'augmenter. Toujours malheureux au jeu, celui-ci ne peut plus payer l'étendue de ses dettes. Alors son créancier principal, Mathias de La Tour-du-Pin, lui offre de sauver son honneur. Il lui met ce marché en main : « Tu feras tous mes devoirs de latin et de grec jusqu'à la fin du trimestre. » Impossible de refuser. Mais impossible d'accepter, vu que depuis un an et demi, c'est Diderot qui fait ses devoirs. Lui seul peut le sortir de cette impasse. Lui qui déjà fait tout le travail en double, va-t-il pouvoir le faire en triple, avec en prime l'obligation de remettre le meilleur devoir au maître chanteur, puisqu'il a exigé d'être toujours classé devant Bernis ? Ce sale corrupteur pique ainsi à peu de frais et sans le savoir la tête de classe à Diderot. Ce qui à terme ne vaut rien pour l'orgueil du Langrois. Il veut bien beaucoup travailler, travailler en triple, mais il a quand même besoin d'en être gratifié. Si c'est un autre, qui plus est un ennemi qui rafle les lauriers, il le vit mal.

Aussi sans rien dire à Bernis, torche-t-il un beau jour une raclure de devoir pour le méchant noble. Un devoir si horrible que ce dernier se ramasse, outre un « zéro moins l'infini » devant toute la classe, un blâme des plus humiliants : il lui est reproché, compte tenu de la qualité de ses précédents travaux, d'avoir délibérément cherché à se moquer de l'autorité en faisant exprès un devoir crapoteux.

— Ça, tu vas me le payer, salaud de Bernis, crache-t-il dès la sortie du cours.

Diderot jusque-là invisible, inconnu du maître chanteur trop noble pour s'abaisser à lui adresser la parole, lui saute dessus. Pas mécontent de l'occasion.

— Non, ce n'est pas à lui, c'est à moi que tu dois ta note, comme toutes les précédentes d'ailleurs, c'est moi qui rédige tes devoirs depuis que tu fais chanter Bernis, et vois-tu, j'en ai eu marre de te voir plastronner.

— Toi ! toi ! fulmine La Tour-du-Pin. Je ne me salirai pas les mains en les levant sur toi. Je vais te faire bastonner par mon laquais.

À ces mots, Diderot se rue sur lui et de toutes ses forces, lui envoie un coup de tête en pleine poitrine. À Langres, son goût pour la bagarre était célèbre, il ne l'a pas perdu. Au point de l'envoyer valdinguer à l'extrémité du couloir. Avant que l'autre ne se relève, plus vif qu'un jaguar, Diderot l'a rejoint et l'attrape au collet, le ramasse et le soufflette de droite et de gauche plusieurs fois à toute vitesse. Quand enfin les jésuites parviennent à les séparer, ou plutôt à ôter à Diderot sa proie, le jeune noble n'a pas encore commencé à se défendre. Aux interrogatoires des Pères, aucun des protagonistes ne peut donner le motif de cette bagarre. Diderot perdrait Bernis et La Tour-du-Pin ne peut avouer le chantage exercé, voire la réduction en esclavage de ses débiteurs.

Aussi change-t-il de stratégie et se plaint-il d'une attaque sauvage sans cause ni raison. Les Pères condamnent Diderot à présenter ses excuses les plus plates, histoire d'en finir avec ces billevesées.

— Je me contenterai d'excuses à genoux, insiste magnanime le fils du fermier général.

Opiniâtrement, Diderot se mure dans un refus grandiose.

— Pas question. Plutôt mourir.

— Alors ce sera le fouet, tranche le régent.

Compte tenu de sa position toujours assez faible, et de son origine plus humble que ses élèves, le régent est forcément du côté du plus fort. À l'heure du procès, le fils d'un noble riche et puissant a forcément le pas sur celui d'un coutelier de province.

Si pas d'excuses alors le fouet ! entérinent les autorités, elles aussi sensibles au titre de grande noblesse de celui qui se prétend l'outragé.

Bernis ne peut rien faire pour s'y opposer. Il a supplié son presque frère de présenter ses excuses, même insincères, histoire d'en finir.

— À s'opposer à un puissant, on est toujours vaincu, lui serine-t-il.

Il le pousse tant qu'il peut à ne pas s'opposer frontalement à plus fort que soi. En vain.

— Et puis, ne t'inquiète pas, une occasion de vengeance viendra plus tard...

— Non.

Donc Diderot est fouetté. Publiquement fouetté. On le déculotte devant tout le collège réuni pour pareille fête dans le préau d'honneur. Un frère bourreau s'est emparé d'un long fouet à lanières de cuir assez beau, juge Diderot, avant de se voir mis à genoux de force et poussé en avant jusqu'à se retrouver à quatre pattes, position des plus humiliantes. Au premier coup de fouet que lui annonce un claquement de lanières, il se cabre intérieurement. C'est douloureux, mais supportable et rien de ce qu'il ressent ne doit apparaître. Le regard muré, les dents serrées, il résiste. Pas un son ne franchit ses lèvres. Il toise le noble qui assiste au premier rang à son châtiment. Et jubile. Denis Diderot s'efforce de glisser dans son regard une fulgurance de haine définitive. Et même de menace.

Il se promet de s'en souvenir toute sa vie !

L'humiliation demeure brûlure. Il ne pardonne pas à la noblesse d'en manquer — de noblesse justement —, d'exercer l'abus de pouvoir, en plus d'user contre des collégiens des privilèges de caste. Ni à Bernis de n'avoir pas levé le petit doigt. À cet instant, pendant que le fouet cingle, il décide de quitter Louis-le-Grand. Et tant pis, de ne pas faire sa classe de philosophie avec ces serviles jésuites. Oh bien sûr, il regrette déjà l'intimité de l'abbé Porée, mais lui non plus n'a rien fait pour lui éviter les coups qui lui tombent sur les reins. Le lacèrent, c'est à hurler. Pas un son ne franchit ses lèvres.

Alors ? C'est dit, c'est juré, c'est fait. Le temps de se remettre, Diderot traverse la rue, frappe chez les ennemis jurés des jésuites, ces fameux jansénistes qui se prétendent insensibles aux privilèges, autres que ceux qu'accorde irrationnellement la grâce divine.

Et si on ne veut pas de lui là-bas, tant pis, il se fera moine !

CHAPITRE 4

1730-1731

Il sera curé, mathématicien, acteur...

> J'allais, en hiver, par la saison la plus rigoureuse, réciter à haute voix des rôles de Molière et de Corneille dans les allées solitaires du Luxembourg. Quel était mon projet ? d'être applaudi ? Peut-être. De vivre familièrement avec les femmes de théâtre que je trouvais infiniment aimables et que je savais très faciles ? Assurément. Je ne sais ce que je n'aurais pas fait pour plaire à la Gaussin, qui débutait alors et qui était la beauté personnifiée ; à la Dangeville, qui avait tant d'attraits sur la scène...
>
> *Correspondance*

Sitôt qu'il en fait la demande, les jansénistes l'accueillent à bras ouverts, sa réputation de « meilleur élève de Porée » a traversé la rue bien avant lui. Mais avant d'intégrer le collège d'Harcourt où les jansénistes dispensent leur science, Diderot doit chercher où passer l'été. Il trouve asile pour la nuit et le souper au collège de Beauvais qui fait internat toute l'année. Alors que certains collèges, comme Harcourt, ferment pour la durée des vacances. Il passe ses journées, longues en cette saison, enfermé à Louis-le-Grand dans la cellule de l'abbé Porée. Il travaille pour payer sa pension dans cette succursale janséniste qui ne l'avoue pas encore. Le combat entre jésuites et jansénistes bat son plein. Pour l'heure on est parvenu à un statu quo dont Diderot profite pour passer de l'un à l'autre. Juste avant, c'eût été impossible.

— C'est bien beau l'orgueil et l'entêtement, mais d'ici la rentrée, tu vas vivre de quoi, mon petit ? chuchote à Diderot l'abbé Porée, la veille des vacances.

Depuis son châtiment public Diderot s'est renfermé sur lui-même au point de n'avoir plus parlé à personne. Sinon à l'ami Belle qui lui reste à Louis-le-Grand. Une rue les sépare, difficile à traverser. La question de son entretien mine sournoisement Diderot, aussi sent-il fondre son cœur aux mots de Porée.

— Ben, justement...

— Moi j'ai besoin qu'on mette mes cours au propre. Ça t'avancera pour l'année prochaine, ce sont les cours de philosophie, et je peux te payer... D'accord ?

— D'accord.

Depuis, Diderot revient chaque jour à Louis-le-Grand sur la pointe des pieds et en rasant les murs, il affiche une apparente désinvolture pour le cas bien improbable où il croiserait La Tour-du-Pin. À cette heure, il y a fort à parier qu'il est sur ses terres à en faire fouetter d'autres, serfs ou paysans qui travaillent pour lui — néanmoins il reste sur ses gardes chaque fois qu'il traverse les parties communes de Louis-le-Grand. L'accès aux précieux documents, que Porée le paye pour recopier, lui est une source vive où s'abreuver durant ces longues journées d'été. Chaque soir en retraversant les couloirs vides il se sent plus riche, plus sûr de soi. Son plus grand plaisir, c'est toujours l'étude.

Matin et soir, sur le chemin du collège de Beauvais à la rue Saint-Jacques, il passe rue d'Enfer devant le magnifique couvent des Chartreux. Parfois une étrange sensation l'envahit, que ce dernier lui fait de l'œil, l'aguiche. Pourquoi choisir l'austérité janséniste par réaction à la servilité nobiliaire des jésuites, alors que spontanément sa nature le porte à un excès bien plus radical ? Chaque jour il ralentit devant l'entrée des Chartreux. Sa décision mûrit. Radical pour radical, austérité pour austérité... Bien sûr, les Chartreux ! Se faire chartreux. Carrément, sans hésiter.

Le choix est drastique, sans repentir, l'enfermement définitif dans le silence et la contemplation. Personne chez les Diderot n'a jamais abandonné l'idée, la certitude même que Denis, tonsuré à treize ans, entrerait plus tard dans les ordres. Ses études n'ont pour but que de lui faire grimper les degrés de la hiérarchie cléricale. Puisque les jésuites l'ont déçu, il se dit qu'à l'extrême opposé, les chartreux feront mieux son affaire. La règle est de silence, de solitude, de prière, au pis de travail manuel, histoire de subvenir à la survie de la communauté. Un jour, il n'y tient plus, il frappe et demande à voir le père prieur. Tonsuré, il porte toujours son petit habit noir d'abbé, aussi le portier des chartreux fait-il appeler le prieur qui l'accueille comme un des siens.

Face à l'excès de sa requête, le prieur, un vieillard revenu de tout, le met en demeure de fournir des preuves de sa réelle détermination.

— Oui, mon père, je veux devenir chartreux. Absolument.

— Mais mon fils, où en êtes-vous de vos études ?

— J'ai achevé mes deux années de rhétorique.

— Quoi ! Pas encore en philo ? Et la théologie alors ? c'est pour quand ?

— Mais enfin mon père, si je choisis l'ordre des Chartreux, c'est pour l'intégrer tout de suite.

— Avec ces mains-là ? Ça je ne le crois pas.

— Qu'ont-elles mes mains ?

— Elles appartiennent à une tête qui pense. Elles ne se sont jamais salies et ne le feront pas plus à l'avenir.

Le vieux prieur a visiblement l'esprit aiguisé et l'humour de sa tâche.

— Autrement dit, il faut les mains sales pour vous plaire et avoir le droit de s'abîmer en prière, commence à s'énerver Diderot.

— Qui vous parle d'abîme, mon fils ?

— Pardon mon père, je m'emporte, je m'emporte, mais vous comprenez ce que je veux dire...

— Oui, mon fils ! Je crains même de voir mieux que vous-même, et c'est précisément le problème. Votre intelligence, la hauteur de vos aspirations...

Le prieur se tait. Comme s'il avait fini.

Gros et replet, il est à l'image du moine gras heureux et sans souci, ceux que l'Église elle-même dépeint et défend comme des bons vivants de Dieu. Le prêtre connaît bien les âmes impétueuses de ces jeunes hommes qu'une malheureuse histoire d'amour précipite derrière leur clôture, et qu'une heureuse histoire d'amour reprend. Il a pour mission de les éconduire, surtout quand ils insistent, mais bah, il y en a si peu !

On verra bien si celui-ci s'accroche. Il y a très peu d'éligibles, encore moins d'élus. Il est certain aussi que sa mission consiste à présenter la règle des chartreux en un sacerdoce excessivement contraignant, mais comme c'est ce que Diderot prétend rechercher, le ton monte assez vite.

— Vous prétendez donc... Vous vous arrogez le pouvoir de décider à la place de Dieu... Et vous m'annoncez de but en blanc que, parce que j'ai les mains blanches, je serais un mauvais chartreux, qu'en conséquence Dieu me renvoie à mes études et au monde !

Diderot fulmine, il n'arrive pas à se contenir.

— Parce que j'ai les mains blanches !... Et vous croyez que ce détail importe tant à Dieu...

— Mais je ne parle pas au nom de Dieu, triple buse. Je te dis que tu es tout sauf apte à faire un chartreux acceptable ! Déjà, tu penses trop.

— Ah ! Parce que Dieu veut des serviteurs idiots.

— Mais tu as fini de faire parler Dieu ! Je te dis, moi prieur de ce couvent, que pour servir Dieu de ton mieux, tu ferais bien de redescendre à la Sorbonne, d'y accomplir de solides études de théologie. Là tu as une chance éventuellement d'apprendre à peser sur les âmes, de faire quelques bons pratiquants, quelques savants reconnaissants. Tu veux être un bon moine ?

— Oui, mon père, évidemment.

— Alors cours te rasseoir à l'école. Tu ne sais rien. De ton nez coule encore du lait. Là est ta place. Si tu tiens tant à rester dans les ordres, petit abbé râleur et capricieux ! Mais même ça, je ne suis pas sûr que ce soit ta place : trop arrogant, trop orgueilleux.

N'y tenant plus, c'est assez d'injures et de rebuffades, Diderot « claque » la porte du couvent. En réalité, c'est impossible tant elle est lourde et amortie. Mais il est si furieux qu'il s'y emploie quand même. Il marmonne à mi-voix en courant vers son « dortoir » : « Ah c'est comme ça ! Ah, Dieu ne veut pas de moi. Alors moi non plus, je ne veux plus de Dieu ! »

Et pour bien montrer — à qui grands dieux ? — qu'entre Dieu et lui, les ponts sont coupés, il renonce au petit habit noir d'abbé. Faute de moyens pour se constituer une garde-robe laïque, il en conserve quelques éléments, mais le « déshabille » de tout attribut religieux. Ne veut plus être identifié comme tonsuré. Ah ah !

Très mécontent de Dieu mais très content de lui, il se prépare psychologiquement à gagner ses galons de licencié ès art. Et à intégrer le collège janséniste d'Harcourt. Maintenant qu'il n'a plus Dieu dans ses projets, il lui faut de meilleurs diplômes !

Il décide de ne plus tricher sur la fonction cléricale, de se présenter en simple collégien. Mais a-t-il jamais triché ? Sa passion pour l'étude l'a pourvu d'une solide rigueur, et sa violente réaction à la partialité jésuite, d'un goût profond et aride pour l'austérité. Il adopte immédiatement la simplicité prônée par les disciples de Mère Angélique, la fondatrice de la secte janséniste qui porte le doux nom de sa mère. Il y est d'ailleurs accueilli sans bruit ni heurt. Comme une évidence. Il se coule dans le moule janséniste, comme il y a deux ans à son arrivée à Paris, il s'est adapté aux mœurs jésuites. Le contraste entre les deux ordres relève pourtant du grand écart. À Harcourt, l'élite est exclusivement intellectuelle. Si la grâce peut exceptionnellement s'acquérir au mérite, elle est surtout aléatoire, pas donnée à tout le monde. Certains en seront définitivement empêchés et jamais Dieu ne dira pourquoi. C'est « la grâce suffisante ».

La loi de saint Augustin que revendique le jansénisme est appliquée à la lettre. Diderot y perçoit une sournoise volonté de casser l'élitisme de naissance et de fortune qui règne en face, chez les jésuites de Louis-le-Grand. En basant leur enseignement sur la langue française, et non plus sur le latin que les enfants des basses classes n'ont pas tété dès la naissance, les jansénistes ouvrent le champ à tous. De plus à Harcourt les classes se font en groupes restreints, jamais plus de vingt-cinq élèves, du coup la relation avec le maître y est souvent forte.

La chance de Diderot, c'est qu'enseigne ici le célèbre révérend Rivard, et il enseigne de vraies disciplines scientifiques. Il est alors seul au monde à dispenser ces matières. Ce pour quoi il est très connu, mais Diderot, fraîchement parisien, l'ignore encore.

Sa réputation n'est pas usurpée : il est aussi passionné que passionnant. C'est une révélation. Diderot bascule corps et biens dans la matière scientifique, qu'il élève à l'égal d'Homère tant il en fait son miel. À nouveau, il s'est trouvé une vocation. Mathématicien !

Adieu tout autre rêve, c'est décidé, l'avenir est à la mathématique.

Que fait-il d'autre l'année de ses 17 ans ? Des mathématiques, des calculs à l'infini dans un bonheur total, sans une once d'ennui ni le moindre état d'âme. C'est donc ça étudier, n'avoir de place pour rien d'autre, ni amitié, ni humiliation, ni mise à l'écart, ni popularité grisante, rien que l'enfouissement dans le raisonnement abstrait qui rend heureux et libre. Qui entraîne chez lui un retour aux valeurs sacrées de l'enfance, humilité, obéissance. Valeurs qui soudain le rassurent et lui permettent de déployer ses talents sans arrière-pensées. Il n'est plus encombré par les parasites de la concurrence, du paraître, de l'épate jésuite ! La foi dans le libre-arbitre, tellement encouragé par les jansénistes, le conduit à affermir puis affirmer son jugement. Et de plus en plus à se faire confiance.

Les théories professées ici l'enchantent ; il a découvert que le terme même de jansénisme était réducteur, voire péjoratif. Ici on parle d'augustinisme.

Il adopte donc la théorie augustinienne, et la trouve belle. Enfin il croit qu'il y croit. Ce qui lui offre au milieu de ses études une année à la fois studieuse et brillante. La foi en Dieu ou dans les mathématiques ? Peu importe, une forme de foi en tout cas. Les mathématiques l'ont tant pris qu'il n'a plus le temps de s'interroger sur lui-même. Passionné par l'abstraction lyrique de ces beaux théorèmes, il a l'impression de devenir de plus en plus abstrait. Vive la règle augustinienne, la mise en sommeil des affects. Ce qui pourrait s'apparenter à une forme de sécheresse, si l'estime et l'attention des professeurs ne compensaient largement toutes sortes d'amitiés plus compliquées que bienfaisantes. Diderot vient d'en faire l'expérience et n'a pas envie de la renouveler. Pour l'instant, la réussite dans ses études et la reconnaissance de ses maîtres lui suffisent. Ils sont d'ailleurs en train de faire de Diderot un pur esprit. Il ne voit pas passer l'année. C'est précisément à la fin de celle-ci qu'il passe les trois épreuves qui valident la fin de son cycle, et lui ouvrent le suivant.

La première des trois épreuves pour la maîtrise ès art a lieu à la fin août, Diderot la réussit haut la main, thèmes et versions grecques et latines, il est à son affaire. La deuxième se déroule en septembre, dissertation sur un sujet littéraire, il tombe sur Homère, autant dire chez lui, il rend la meilleure copie, et arrive encore premier. Quant à la dernière, qu'on appelle simplement « le grand oral », elle se déroule dans l'amphithéâtre de la Sorbonne, plein comme un œuf, et consiste en une improvisation sur thèmes choisis par Rivard — chic, Diderot va enfin briller en sciences —, suivie de questions pendant six heures. Diderot le passe en octobre et reçoit les félicitations du jury. Cette année encore, puisque ces épreuves se déroulent pendant la période des vacances, Diderot échappe au retour à Langres qu'il redoute tant. Il ne saurait dire pourquoi. D'autant que sa sœurette, sa chère Denise, lui manque terriblement, sans parler des bras de sa mère. De l'odeur sucrée d'Hélène… Une peur primitive, inexpliquée.

Il s'adonne aux révisions avec une fougue renouvelée. Après un an d'abstraction scientifique sous la férule de Rivard, retrouver le grec, le latin, la joie des dissertations pour son diplôme, lui semble un jeu d'enfant. Et un immense plaisir. Diderot se met au travail seul, aussi aisément qu'un gourmand s'installe à table. Il a la sensation qu'il peut se passer de tout sauf d'étudier. Chez les jansénistes, l'absence de distraction donne à sa passion pour le savoir un léger goût de transgression. Il s'y épanouit. C'est flagrant lors de son grand oral. Déjà on dirait un maître. Il a acquis une éloquence, une sûreté de soi, un don pour l'improvisation autour d'un thème qui emballent le jury. Rivard est aux anges, Diderot est sa meilleure recrue depuis longtemps. Diderot n'est pas mécontent non plus, d'abord parce qu'il devance, mieux il écrase son rival, ce Nicolas de La Mettrie, petit noble prétentieux et provocateur, qui le suit et souvent le talonne depuis Louis-le-Grand. La Mettrie n'a pas son brio, ni sans doute ses facilités. Mais sans cesse marche sur ses brisées. Et ne manque pas d'ambitions. Diderot est fier de ses succès. Pour la première fois depuis qu'il est à Paris, ceux-ci sont réellement spectaculaires. Unanimes. Indéniables.

Après avoir été si brillamment reçu maître ès art, le révérend Rivard accède à son désir de demeurer une année supplémentaire en classe de philo. Non comme redoublant, mais comme assistant du régent, un tout petit homme, assez jeune mais déjà dégarni, le teint jaune cireux et un nez, un nez..., d'une démesure telle que même les plus charitables des élèves esquissent un fou rire la première fois qu'ils le voient. Le pauvre est en outre affublé d'une tâche qui, bien qu'elle lui revienne chaque année, le dégoûte absolument. Il est sommé de composer une pièce de théâtre en vers latins avec un rôle pour chaque élève. Cette année, ils sont douze. Diderot lui propose son aide. Le régent nommé Pascal, en hommage à Blaise — on est chez les jansénistes —, Pascal donc saute sur la proposition du plus doué des assistants qu'on lui ait jamais donnés. Il accepte à condition que ça reste un secret entre eux. Aussi laisse-t-il à Diderot toute la place, sachant que le succès, si succès il doit y avoir, lui reviendra, et qu'il pourra toujours mettre l'échec sur le dos de cet élève assistant.

Diderot n'imagine pas une seconde de ne pas s'écrire le rôle principal. Il préside à la distribution, s'occupe activement de la mise en scène, se prend au jeu, fait exécuter décors et costumes, veille à tout avec un plaisir indissimulable. Une joie singulière, inédite, insoupçonnée, totalement hors de proportion avec le travail fourni, s'empare de lui. Il a déjà ressenti les prémices de ce plaisir-là lors de son grand oral, au milieu de sa péroraison, quand une sorte de second souffle a envahi sa poitrine et lui a inspiré un réel talent pour convaincre, une force de persuasion neuve qu'il ne se connaissait pas. Il a d'abord cru à un dépassement de soi pour réussir son examen, un état de grâce accidentel. Or là, à chaque répétition, ça recommence, ça ne s'use pas ! Écrire pour le théâtre, fût-ce en latin, lui plaît beaucoup, mais jouer, faire l'acteur, interpréter, oh ! ça vraiment, c'est incomparable. Sa plus grande joie !

Encore que le mot *joie* lui semble impropre, tant cette explosion de plaisir dure, dure..., au moins autant que la représentation. Faire du théâtre, voilà désormais toute son ambition, sa vocation, la voie de sa réalisation. Il se prend au jeu au point de s'y croire absolument. Même si son succès est attribué au régent, le bonheur fou qu'il en retire le dédommage par avance de ce petit accroc à sa vanité. D'ailleurs il l'oublie aussitôt.

Le jour de la représentation, Rivard est épaté par la révélation de « son » Diderot sur les planches. Il ignore tout de son travail d'écriture, en revanche son interprétation ne lui échappe pas. Le bon Rivard trouve ce succès mérité. Il a assisté à ses examens. Tant de dons. Trop de dons... Il s'inquiète pour l'avenir de sa brillante recrue. Il espère que ce dernier ne rêve pas de basculer dans le théâtre... Eh si ! évidemment !

Amusé et interloqué, le révérend tente de lui démontrer que poursuivre ses études est sans doute le seul moyen de savoir pour quelle discipline il est réellement fait. Mais au théâtre, le succès est si grand par rapport aux lauriers que rapporte un prix de sciences, qu'il doute de la portée de ses arguments. Sauf que Diderot, fort de ce même succès, a le sentiment que désormais plus rien ne lui est inaccessible. Que toutes les portes peuvent s'ouvrir, toutes et en même temps... Oui. Mais à condition d'avoir l'assentiment de son père !

Diplômé, apprécié de ses maîtres, encouragé, voire favorisé par Pascal, son régent, qui espère bien renouveler « leur » exploit théâtral l'an prochain, il est en quelque sorte « invité » à demeurer une année supplémentaire. Diderot se considère comme un étudiant beaucoup plus libre, autorisé à se rendre au théâtre chaque semaine. Exclusivement à la Comédie-Française, le temps passant il s'affranchit des autorisations et se risque à fréquenter d'autres lieux de représentations, et des acteurs, et les cafés où ceux-ci se réunissent... Il n'ose encore approcher les trop belles actrices. Il en meurt d'envie, ce qui n'est pas très janséniste. Mais elles sont tellement belles.

Après s'être cru, s'être voulu voué à Dieu et à l'étude, voilà que le démon des filles...

Alors il écrit à son père, soutenu et même encouragé par le révérend Rivard, pour lui annoncer qu'il a décidé de continuer ses études, ici on le croit doué pour, et qu'il envisage de faire sa théologie à la Sorbonne. En réalité, face aux dilemmes de Diderot, à ses erratiques hésitations, le révérend lui a mis le marché en main : « Mathématiques ou théâtre, il faut choisir. Mais au fond tu sais déjà que tu n'as pas le choix. Tu dois aller jusqu'à la Sorbonique... »

Diderot voit le monde s'ouvrir et se fermer successivement sous ses pas : il sait qu'il ne peut choisir le théâtre. Il a compris que, ni noble ni rentier, il ne saurait en faire un métier, il devra se contenter de le chérir, le cultiver comme un vice. Officiellement et pour l'instant. Pour compenser et conserver quelques heures de mathématiques, il choisit la théologie. Continuer ses études, c'est aussi reculer l'heure du choix.

Pourquoi pas la théologie ? N'est-il pas officiellement toujours membre de l'Église ? Le régent Pascal, qui compte sur sa promesse de lui écrire et de faire jouer « sa » pièce de l'an prochain, soutient toutes ses requêtes, y compris auprès de Rivard. Du coup, celui-ci l'aide à convaincre sa famille de le laisser vivre chez l'habitant, comme nombre d'étudiants de la Sorbonne, l'an prochain. Ainsi dès la rentrée ne sera-t-il plus en pension, mais libre... Libre !

Si ses études ont toujours été gratuites, sa pension, certes moins onéreuse chez les jansénistes que chez les jésuites, a jusqu'ici toujours été réglée par sa famille, aussi Diderot a-t-il le sentiment de les alléger en choisissant l'hébergement chez des particuliers du Quartier latin, nettement moins cher, nettement moins confortable. Il pousse le culot jusqu'à le présenter à son père comme une mesure d'économie.

Pauvre certes, mais libre, libre...

Bernis, qui s'est échappé quelques heures du séminaire de Saint-Sulpice pour applaudir son ancien meilleur ami dans sa gloire théâtrale, lui rappelle par sa seule présence que, si rien ne lui semble désormais impossible, il n'égalera jamais le dernier des aristocrates, même dénué de talent. Il retrouve Bernis comme s'ils s'étaient quittés la veille, sauf que dans le cœur de Diderot quelque chose est cassé. Il ne l'a pas défendu. Il est du côté de ses ennemis. Étienne Belle aussi a franchi la frontière morale et même pire, qui sépare Louis-le-Grand d'Harcourt, ou plutôt les jésuites des jansénistes, pour tomber dans les bras de Diderot, fondu d'admiration pour son exploit théâtral. Avec lui, sans le moindre doute, règne une belle égalité. Belle va partir aux Pays-Bas parachever sa formation de tailleur de pierre, les meilleurs y sont. Ça ressemble à des adieux. Mais Diderot est si content, qu'il ne doute pas de le retrouver encore.

Une troisième année chez les jansénistes finira de lui remettre ses valeurs en place, ne prônent-ils pas que les vrais aristocrates, les vrais « meilleurs » sont irrémédiablement Homère et Horace hier, Boileau et Racine aujourd'hui, anciens élèves des jansénistes ? C'est vers les poètes et les penseurs qui savent écrire que Diderot se dirige irrésistiblement.

Même s'il ne sait comment s'y prendre, un jour, Diderot tutoiera les plus grands. Il n'en doute pas.

CHAPITRE 5

1731-1735

Années abstraites, années d'études

> Nous ressemblons à de vrais instruments dont les passions sont les cordes.
> Un homme sans passion est un instrument dont on a coupé les cordes ou qui n'en eut jamais.
>
> *Pensées philosophiques*

Années abstraites, années pur esprit, années d'études et de solitude... Tels sont les vœux pieux et les proclamations d'intention de Diderot à son père par écrit, quand il s'engage à achever sa théologie, jusqu'à la Sorbonique, le diplôme le plus élevé. Vœux à lui-même surtout pour juguler la tentation. Toutes les tentations, et Dieu sait qu'il y est sujet !

D'autant qu'il est libre désormais. Libre. Tous les jours il se rend à la Sorbonne. Les cours ont lieu en amphithéâtre pour des centaines d'étudiants. En première année de théologie, l'amphithéâtre déborde. Diderot découvre qu'il peut s'absenter sans que ça se voie. Grand changement après les cours quasi particuliers des jansénistes. Peu à peu, tout doucement, il se met à piocher dans ses cours, à choisir ceux qui le passionnent, à en délaisser d'autres plus..., enfin moins... S'il ne rate jamais ceux de Rivard, s'il a la joie de retrouver l'abbé Porée, il est d'autres professeurs qui ne connaîtront jamais son visage. Ces matières qu'il se permet de négliger, soit il en avait déjà fait le tour, soit il gagne du temps en les étudiant seul. Ainsi acquiert-il d'autres connaissances non enseignées mais dont il ressent un vif besoin.

Depuis ses premières années, encore à Langres, il s'est amouraché — il n'y a pas d'autre mot — des écrits de Montesquieu et de Voltaire, noms à ne jamais prononcer dans l'enceinte sacrée de la Sorbonne. Pour des raisons politiques que Diderot commence à peine à percevoir, l'un puis l'autre ont trouvé refuge en Angleterre, qui en exil, qui en voyage de découverte très prolongé. L'un comme l'autre y ont exalté l'idée de liberté déployée dans tout son faste. Diderot rêve d'aller y voir de plus près. Comme il est dans l'incapacité économique de s'y rendre, il lui reste à en apprendre la langue, afin de comprendre, au moins en lisant les grands penseurs anglais comme Hume. Il sera prêt le jour où...

Années studieuses donc. Las, il faut pourtant que jeunesse se passe et que le corps exulte. Diderot va avoir vingt ans. Certes, il s'est juré de ne se consacrer qu'à l'étude. Mais il y a de si ravissantes raisons à ses entorses. Parmi ses apprentissages, il ne peut faire fi de tout ce qu'un étudiant doit savoir. Un étudiant de cette ville, qui pousse au bas du Quartier latin — près de la Seine, entre l'Opéra et la Comédie-Française, sis entre l'Odéon et le Procope vers la rue Dauphine —, qui draine dans ses cafés et autres bouges alentour une faune grouillante, pauvre, souvent famélique mais plus magnifique encore, surprenante, poétique, lumineuse, irrésistible.

Diderot se passionne pour les échecs. Il y a dans les jardins du Palais-Royal à la belle saison, et dans les cafés du Procope et de la Régence par temps froid, quelques magnifiques pousseurs de bois. Il les observe de nombreuses soirées avant de s'y risquer. Il doit devenir très bon, sinon ça n'est pas la peine. Dans ces cafés près des théâtres, acteurs et actrices retrouvent leurs admirateurs. Tous se lient facilement aux buveurs, surtout aux jeunes hommes pétris d'admiration, les yeux écarquillés devant tant de beauté et de nouveauté...

De plus en plus, Diderot dissimule aux siens ce qu'il fait, ce qu'il pense, ses rêves, ses ambitions. Ses lettres à ses parents, qui se sont déjà pas mal espacées, se banalisent. Même à Sœurette, sa si chère Denise, il cache l'essentiel. Ce qu'il peine à s'avouer aussi à lui-même. L'influence de ses nouvelles relations sur son âme, comment ces insolites joueurs d'échecs l'entraînent dans des abîmes de remise en question quant à son avenir. Les voir jouer, anticiper leurs coups, les calculer des heures à l'avance, n'est-ce pas un formidable apprentissage, un indispensable complément à la pensée mathématique ? Sa mauvaise foi ne va pas jusqu'à s'en vanter auprès des siens. Idem pour l'anglais, inestimable outil de connaissance fort utile à ses yeux puisqu'il lui ouvre l'accès aux écrits les plus subversifs du moment.

Désormais il habite chez une logeuse pour étudiant de la rue de Poitou, matrone bon marché, très mauvaise cuisinière mais si brave femme — et puis, est-ce que ça compte la nourriture à cet âge ? À l'étage mettons plus noble niche Peter, un jeune Anglais accompagné de sa « nurse », encore assez jeune fille. Elle a pour tâche d'améliorer l'ordinaire des repas de son maître, de repasser son linge, de préparer ses vêtements, d'entretenir sa chambre... Diderot a déjà sympathisé avec le jeune homme qui parle couramment français, et lui demande l'autorisation de prendre quelques cours de pratique avec sa « nurse ». Certes Peter lui donne quelques fondamentaux en grammaire, les verbes irréguliers..., mais pour l'accent, prétexte Diderot, il préfère la jeune femme terriblement dégourdie — comme une

Anglaise —, conclut hâtivement le jeune Langrois. En tout cas avec elle, il fait des progrès fulgurants. En échange de ses leçons d'anglais, Diderot donne à Peter des cours de mathématiques. Contre des heures de pratique avec little Dorothy, Diderot toutes ses nuits lui dispense de la tendresse. Il faut dire qu'elle est rousse, comme Hélène sa belle Lorraine, idéal amoureux de l'enfant Denis, incroyablement rousse, et que pour la première fois Denis approche enfin de si près cette peau magnifique, pleine de gaieté, ces odeurs musquées, *marvelous*... Sa première rousse, sa première Anglaise, sa première vraie liaison à Paris. Il se sent « affranchi ». Même s'il n'ose croire à pareille bonne fortune. Avec elle, il prend concrètement langue dans cet idiome qu'il juge évidemment de toute beauté.

Diantre, pourquoi l'Église exige-t-elle l'abstinence de ses clercs ?

Diderot qui reste avant tout un chercheur obstiné, passe plusieurs heures dans la grande bibliothèque de théologie de la Sorbonne, à décrypter les textes des Pères de l'Église à la recherche de l'origine de cette étrange notion... Et ne trouve rien !

Enfin rien au-delà de la parole du Christ : « Si quelqu'un veut être mon disciple, qu'il renonce à lui-même, qu'il se charge de sa croix et me suive. » Est-ce que renoncer à soi, c'est renoncer au plaisir partagé ? Diderot ne le croit pas. Les grands textes n'ont jamais parlé de chasteté. Sauf pendant de brèves périodes récurrentes, comme le carême et autre chemin de croix. L'Église a besoin que ses ouailles s'aiment, donnent l'exemple et se reproduisent. Même Paul de Tarse est obligé d'en convenir ! Diderot est naturellement sensuel et débordant de désir. Personne ne l'empêchera jamais de laisser ses mains aller doucement sur un dos qui les accueille ou les réclame.

Par chance, si leur hôtesse cuisine mal, et Diderot est

quand même assez gourmand pour le déplorer certains soirs de famine, elle est aussi très sourde. Ou très libérale ? En tout cas, elle feint de tout ignorer des va-et-vient nocturnes de la fameuse nurse.

Si Diderot travaille toujours avec autant d'acharnement, peut-être même davantage, il dort de moins en moins. Et ça ne le fatigue pas. Il s'en réjouit. Il n'a vraiment pas assez d'heures ni à ses journées ni à ses nuits. De plus en plus, ses soirées sont vouées au plaisir, à l'amitié, au théâtre et ses belles actrices, à l'opéra et ses encore plus magnifiques chanteuses...

Il a vingt ans, toute l'avidité du monde, un cœur gros comme ça, et un corps à la mesure de sa gourmandise. Il est heureux, et n'imagine pas de ne pas l'être. Toujours.

Partagé entre l'étude intensive et le plaisir ardent, il ne connaît pas de meilleure existence. Si, pourtant. Les écrits de Voltaire. Ah ! S'il pouvait en faire autant...

Après deux séjours en prison et trois années d'exil anglais, Voltaire rentre en France où il s'installe loin de Versailles et même de Paris. D'Angleterre, il a ramené un goût très neuf pour une liberté plus politique que celle, désordonnée, qu'il revendiquait jusque-là. Avant lui, il ne s'agissait pour chacun que de conquérir sa liberté propre, de s'émanciper de la tutelle du roi, de ses fermiers généraux et autres représentants officiels, pour penser à sa façon et tenter de « vivre sa vie ». On est sous Louis XV, la Régence n'est pas si loin, il suffit à ce roi-là d'être sobre et courtois, bien disposé envers son peuple, pour être surnommé le Bien-Aimé. L'heure des réformes a sonné, rêve Voltaire à haute voix, mais loin de la cour. Depuis qu'il s'est mis à penser anglais, il a compris que le combat qui commence outre-Manche sera long. À son tour, Diderot s'efforce de comprendre les rouages de l'oppression du royaume afin de progresser vers un ciel plus libre.

Entre les mathématiques qu'il persiste à perfectionner — quoiqu'un diplôme de théologie n'exige en rien ce type de sciences trop exactes pour être honnêtes —, la langue anglaise à laquelle il s'adonne avec ferveur, à la vitesse de ses amours, le latin, le grec, la composition française qu'il ne néglige jamais, il finit toujours ses journées avec quelques vers d'Horace..., la physique, parent pauvre de l'université, commence aussi à lui faire de l'œil... Oui mais... et le théâtre..., et la musique..., et les échecs..., et l'opéra..., et les amitiés..., et les amours..., comment se contenter d'une seule vie ? Il a de moins en moins de temps pour dormir. Plus il pousse sa propre bête, plus il parvient à en faire, ça marche. Il n'a plus besoin de sommeil. Il le supprime et cumule travaux pour la Sorbonne, pour lui-même et son bon plaisir, avec la découverte de la vie nocturne dans ce qu'il croit être les « bas-fonds », et qui n'est pourtant qu'une assez aimable bohème artistique et littéraire. Celle qui gravite autour des théâtres, des cafés et des échiquiers...

Cette formidable énergie lui permet de passer sa matinée en cours à composer, à expédier des exercices de mathématiques ou de physique, des versions grecques et des thèmes latins, de dîner ou souper en langue anglaise, d'enchaîner parfois sur une sieste exténuante, puis de reprendre l'étude, avant de rejoindre ses « cours » d'échecs, puis de théâtre, ce qui consiste à déclamer avec ses amis de café des tirades plus belles les unes que les autres... Sa mémoire est un instrument de haute volée, il peut tout lui demander. Hier chez les jésuites, il retenait à la vitesse de l'éclair Bossuet ou Corneille. Maintenant c'est Marivaux, Voltaire qu'il ne peut oublier... Un soir, il cède au défi d'un acteur pris de boisson : « savoir sous huitaine *La Henriade* par cœur en entier ». Chiche ? Chiche ! *La Henriade* est la dernière pièce de Voltaire, rapportée de son exil anglais, en l'honneur d'Henri IV et de ses idées de tolérance. Qu'à cela ne tienne. Cinq actes ! Diderot relève le pari. Quelques soirs plus tard, debout sur une table du Procope, il déclame toute la pièce sans hésiter, par cœur, au grand dam des tenanciers vaguement inquiets qu'on transforme leur établissement en tribune de propagande frondeuse. Diderot a du mal à les persuader qu'il ne s'agit que d'une pièce de théâtre, la dernière de « Monsieur de Voltaire » comme il est le seul à l'appeler : à ses yeux tant de talent vaut quartiers de noblesse. Il est connu pour n'être qu'un pauvre étudiant en théologie, pas un acteur, mais il déclame ce texte avec une telle fougue, qu'aux oreilles des auditeurs, ce ne peut être qu'un appel à la révolte.

Ainsi se déroulent les études supérieures de Denis Diderot.

Paradoxalement, alors qu'il jouit à la Sorbonne comme dans les cafés d'un début de gloire populaire, il ne se fait plus d'amis. Comme s'il n'en avait plus le temps. Et il n'en souffre pas. D'ami véritable comme Bernis avant sa lâcheté, il préfère se passer, trop douloureux. Avec lui, c'est bien fini. Il fait à la fois une brillante carrière dans la religion et brillamment semblant d'y croire. C'est un libertin achevé. Bientôt cardinal, ministre... Bah, après tout si c'est comme ça que l'Église les préfère ! Il n'oublie pas les rebuffades du père chartreux.

Il travaille très seul, pourtant il devient un petit chef de bande. Il ne réussit pas mais n'essaie pas non plus de fédérer ses troupes comme il le devrait s'il en était un. Tout de même, son charisme s'exerce dans le cercle de ses études. Il a pour spécialité, sitôt sorti d'un cours, de le refaire en langage simple, d'abord pour lui-même afin de le mémoriser aisément, puis pour ceux qui font grappe autour de lui dans le but avoué d'entendre la traduction en français courant de ce qui vient d'être enseigné. Il traduit pour ceux qui n'ont pas sa vivacité, sans jamais donner l'impression d'être plus intelligent ni de se mettre à la portée de son auditoire, il se parle comme on rêve à voix haute, comme s'il ne refaisait le cours que pour lui.

Il rêve d'ailleurs de plus en plus haut, de plus en plus ambitieux. Il ne se sent pas autorisé à l'avouer, mais ça doit se sentir. Ses rêves prennent plus d'ampleur, du coup lui aussi. « En trois ans, je me suis fait bachelier, dans cinq ans, je serai docteur... Qu'est-ce que je veux ? Jusqu'où puis-je aller ? Si rien ne m'en empêche... Voltaire, toujours ! C'est le grand, l'unique modèle. Avec Montesquieu. »

Comme ses espérances s'amplifient, il ne parvient pas à les dissimuler, aussi entraîne-t-il de plus en plus de gens derrière lui. Comment atteindre Voltaire ? aller plus loin ? plus haut ?... Écrire, rêver, parler, parler... Parler beaucoup dans la nuit des idées...

Quand on a de semblables ambitions, il faut s'en donner les moyens. Régler certains détails : besoin de perfectionner son anglais ? Il envisage de traduire *Gulliver*, ce chef-d'œuvre de Swift dont bruit toute l'Angleterre. Après quoi, il se présentera devant l'Académie anglaise, puisque Montesquieu et Voltaire en sont membres, pourquoi pas lui ? Vu tout ce qu'on dit et écrit sur la liberté en Angleterre, surtout la liberté de mœurs, il commence à se sentir incompris en France. En réalité ses rêves le dépassent de beaucoup. Il ne se comprend plus bien, sa boulimie de savoir épouse toutes les formes. Il veut tout... Il veut être tout. Il se sent ogre face à n'importe quoi, il désire toujours tout très haut, très fort. L'anglais à peine avalé, il passe à l'italien, il veut comprendre l'opéra, ses magnifiques chanteuses. La musique ne lui est pas familière. La modernité en musique vient d'Italie, répète-t-on. Une jeune recrue de l'Opéra accepte de coucher avec lui en italien ? Il prend langue voluptueusement. Après tout, c'est du latin simplifié. À son tour, il peut huer Scarlatti.

Tant de langues étrangères encore inconnues de lui, tant d'idiomes à déchiffrer. Ce n'est pas seulement pour savoir l'anglais, l'italien, la musique ou la logique mathématique qu'il s'y jette à corps perdu, pas seulement pour parler ces langues étrangères — et la musique comme les mathématiques sont pour lui autant de langues étrangères que l'italien ou les échecs —, que pour en comprendre le fonctionnement. Comment ça marche, quelles structures semblables ou différentes sous-tendent ces idiomes.

Son insatiable curiosité ne supporte pas de se sentir exclu d'un groupe qu'il ne comprend pas, n'entend pas. Rien ne doit lui résister. C'est tout. Il a 20 ans, 21, 22, bientôt 23, il fonce dans toutes les directions. N'est-ce pas cela les études ? Et pourquoi cela devrait-il s'interrompre un jour ? Que ne se fait-il officiellement pédagogue ? Puisque dès qu'il a compris, il faut qu'à son tour il explique en langage simple à ses pairs plus lents, moins curieux, moins brillants. Il restitue ses cours les plus passionnants à Denise en de longues lettres didactiques voire techniques. Ce n'est pas pour rien qu'il l'a surnommée « Socrate femelle », elle veut tout savoir, tout comprendre, mais elle n'a que le truchement de son frère pour y parvenir. N'en apprend-il autant que pour tout lui transmettre ? Sans doute pas uniquement, mais ce devoir constitue un bon moteur. La longueur de ses lettres à sa sœur permet de faire l'économie de ses états d'âme, de ses confidences et de toutes sortes d'effusions. Il se méfie de sa propre sensiblerie, aussi se caparaçonne-t-il sous la science. Par exemple après un cours de théologie éblouissant fait par un jeune abbé « libéral », Diderot pour son public d'habitués fait une immédiate traduction littérale. Comme il a pris l'habitude pour Sœurette de tout transcrire en langue simple, il s'entraîne sur elle par écrit, puis auprès de ses habitués, pour un cercle de moins en moins restreint, à qui il résume, réduit, en quelques formules lapidaires, explicite le plus limpidement possible, que chacun puisse y avoir accès. Il sera bientôt prêt. Prêt à quoi ? Pourquoi pas à enseigner à son tour comme l'y incite vivement le révérend Rivard ? Ah non ! Pas tout de suite, en tout cas. Choisir c'est éliminer, et Diderot veut toujours tout. Alors, prêt à quoi ? On verra. Il ne perd jamais de vue sa haute ambition, même s'il ne peut préciser laquelle au-delà d'une vague notion qu'il appelle « Voltaire »...

Par exemple sur l'Immaculée Conception, il affirme péremptoirement que Jésus n'est pas né d'une vierge. « Vierge » est une mauvaise traduction, une traduction fautive du latin « virgo » qui veut simplement dire « jeune fille ». Laquelle jeune fille est très régulièrement mariée avec Joseph et personne n'a jamais affirmé que ce mariage n'a pas été consommé. On se demanderait pourquoi, et les Pères de l'Église auraient dû fournir pléthore d'explications. Il est certain que « le fruit de ses entrailles a été sanctifié par l'archange Gabriel, l'envoyé de Dieu », de cela, nul ne doute, mais si quelqu'un « a été conçu sans péché » dans cette histoire, c'est Marie, née d'une femme stérile et d'un père absent depuis plus d'un an. Anne et Joachim ne pouvaient avoir d'enfants, la petite Marie leur est donnée par divine anticipation afin qu'un jour, elle mette au monde le Sauveur.

Diderot ne s'interdit pas de réduire les problèmes compliqués à des réponses simples et s'illustre dans les raccourcis de pensée, parfois saisissants.

Par goût, par passion, pour réaliser ses rêves, sans cesse il se remet à l'œuvre. Trop de motivations le tenaillent pour avancer lentement, il lui faut foncer, tracer, aller de l'avant. Il se fabrique une mémoire colossale. Après Corneille chez les jésuites, *La Henriade* l'an dernier, aujourd'hui c'est de la prose qu'il mémorise, et de la prose libertine et cruelle s'il vous plaît, du Marivaux, pas moins. Il a aussi besoin de plaire — pas de s'attacher, il n'en a ni le temps ni les moyens, mais de séduire. Marivaux lui entrouvre une porte dérobée vers le plaisir.

Sitôt qu'il découvre une chose inconnue, toute affaire cessante, il s'en fait une spécialité. À la moindre provocation du destin, il fuse tous azimuts, monte sur ses grands chevaux et domine au plus vite le sujet en question... Les yeux plus gros que le ventre, disait la bonne Hélène quand il était petit, aujourd'hui on dit de lui qu'il est mégalomane et boulimique.

Il craint de n'avoir pas assez d'une seule existence pour vivre toutes ses vies. Il veut tant vivre, il veut tout vivre. Partir en Angleterre ? Il sait assez l'anglais. À moi Londres, je suis prêt ! Réussir en musique, écrire un livret d'opéra, être joué à la Scala ? *Buongiorno* l'Italie, et Venise, et Florence, et Rome... Ah Rome ! Aimer toutes les femmes, goûter tous les mets, humer tous les vins. Les actrices surtout l'attirent, qui brûlent parfois avec lui leurs nuits parisiennes... Mais aussi faire du théâtre, écrire pour la Comédie-Française, renouveler le genre, être joué, applaudi, célébré... Il s'arrange pour y aller presque tous les soirs, sa logeuse est bonne fille, qui l'autorise à rentrer à Dieu sait quelle heure, voire à ne pas rentrer. Il passe une partie de ses nuits avec les troupes de passage qui se succèdent dans les théâtres des bords de Seine. Beau et beau parleur, il séduit aisément, très ardent, il a beaucoup d'amies. Et sans exclusive, il s'offre là une vraie jeunesse. Un tourbillon. Le reste de son temps est voué à l'étude. Il n'oublie jamais qu'il lui faut aussi devenir un grand savant en mathématique, ou en physique, ou en... Peu importe. C'est grand qu'il veut être, ensuite, les disciplines comptent nettement moins. Il s'attelle à tout comme un fou.

Ces trois années de théologie se déroulent sur un ruban de perfection. Il réussit tous ses examens, emporte la Sorbonique haut la main, achève avec maestria ses études, brille en anglais, chante en italien, jubile au théâtre, se fait un petit nom aux échecs, est assez aimé par quelques remarquables soprani de l'opéra, s'est fait de nombreux compères dans les cafés... Il adore la vie, sa vie, et la vie le lui rend bien.

Quand tombe la lettre de son père. « Mes félicitations pour tes beaux diplômes. Maintenant il est temps de rentrer à la maison afin d'y exercer ton sacerdoce. L'évêque de Langres est prêt à te recevoir pour te transmettre ton bénéfice le 13 décembre 1735. Nous nous réjouissons tous infiniment de te revoir enfin. Ton père qui t'aime... »

Comment faire autrement ? Comment s'échapper ? Adieu Londres, Rome, Milan, le théâtre et l'opéra, les femmes, les amourettes et les grands systèmes astronomiques qu'il allait mettre au jour, les mathématiques compliquées, Homère et même son cher Horace, le destin inexorable et prévisible, ce sera Langres. L'Église. Le tombeau.

CHAPITRE 6

Hiver 1735

Retour à la case départ et deuxième fugue

> La Maréchale : Que gagnez-vous donc à ne pas croire ?
>
> Diderot : Rien du tout, madame la Maréchale. Est-ce qu'on croit parce qu'il y a quelque chose à gagner ?
>
> *Entretien d'un philosophe avec la Maréchale de* ***

Retour à la case départ.

Tout ça pour ça !

C'est impossible. Diderot ne parvient pas à se convaincre de ce retour. Le retour de l'enfant prodigue ! Le contraire de ce dont il a toujours rêvé.

Oh, ce ne sont pas ses parents, sa famille qu'il redoute de voir, non, ils sont adorables et s'il est honnête, certains lui ont beaucoup manqué. Non, c'est le jeune homme en lui, presque l'enfant qui, il y a sept ans déjà, n'en pouvait plus, au point d'organiser — mal — sa fuite.

S'il est parvenu à ne pas y retourner une seule fois en sept ans, il a de profondes raisons, outre les piètres excuses qu'il a chaque fois inventées. Même s'il n'a pas envie de les inventorier.

Ce retour-là est pire que toutes les vacances auxquelles il a échappé. Car, comment, pourquoi quitter Paris maintenant ? Tous ses désirs, toutes ses espérances y sont rassemblés. C'est « sa » ville, c'est là qu'est sa vie, là qu'elle doit s'épanouir. Même si elle n'est pas encore glorieuse, c'est d'ici qu'il prend son élan. Son envol.

Pourtant en ce début d'hiver, Paris est sinistre. Diderot en souffre qui toujours a des fourmis dans les jambes et besoin de marcher deux à trois heures par jour, sous cette lumière sombre, où le jour se lève de plus en plus tard, se couche de plus en plus tôt, et laisse le promeneur gelé et crotté ou pis, mouillé. Paris est triste et glaciale. C'est pourtant cette cité-là, en cette saison-là, qu'il ne veut pas quitter ! N'est-il pas fou ? Officiellement, il rentre à Langres pour s'y installer jusqu'à la fin de ses jours.

Pour toujours ?

Toujours !

Mais comment, quand a-t-il décidé de quitter Paris pour ne jamais y revenir ? C'est comme s'il n'avait pas le choix, y était acculé par une force supérieure. L'obéissance à son père !

La mort dans l'âme, en dépit de sa volonté, il se prépare au départ. Il se résout à vendre quelques-uns de ses livres. Les plus précieux, les plus aimés, il les confie à deux de ses récents copains de café, Eidous et Toussaint, qui promettent de les lui garder précautionneusement à condition de pouvoir les lire — peut-être les vendre, s'il fait trop faim, au moins Diderot est prévenu, sauf qu'auparavant, ils les auront lus ! Ils promettent de les lui rendre à son retour. Mais puisqu'il ne rentrera pas ! Puisqu'il part pour toujours ! Non. Impossible qu'il ne revienne pas !

Il ne cherche pas à démêler l'écheveau de ses contradictions. Il donne congé à sa logeuse, rompt plus ou moins avec sa dernière maîtresse, la belle soprano, dans la loge de qui cependant il passe ses dernières nuits parisiennes.

Ça y est, il a réservé sa place dans la diligence. Déprimé par ces préparatifs de départ qu'il craint irrémédiables, il se fuit lui-même jusqu'à se réfugier dans cette semi-somnolence qui ne laisse aucune place à l'introspection. Des ciels lourds et noirs déversent de grandes eaux sur ses larges épaules de colosse. Il fait nuit la plus grande partie du jour, et mauvais tout le temps. Et triste, et froid, et Diderot se sent seul, et mal de devoir quitter sa vie, sa joie, ses projets, ses rêves... Et voilà qu'il se découvre une sensibilité météorologique.

Fin novembre... C'est la dernière limite. Il embarque corps et biens, et la mort dans l'âme. Ces sept jours de voyage se passent dans un total brouillard. Brinquebaillé et secoué comme dans n'importe quelle chaise de poste, importuné par les uns et les autres, il parvient tout de même à passer les trois quarts de son temps à somnoler. Fatigue, épuisement, décompression, appréhension ?... Il ne fait que dormir. À peine descendu, il oublie immédiatement ses douze compagnons de diligence.

Son baluchon est des plus légers. Ses diplômes, seuls... Après sept ans d'absence, il rapporte, outre son Quinquenium, sa maîtrise ès art et son baccalauréat en théologie... Vrais trophées ! Tout ça pour recevoir le bénéfice de l'évêque de Langres sous la forme d'une minable petite cure dans sa ville natale, pas même une abbaye, quoique, le temps aidant, avec de la bonne volonté, et de la patience... Mais même si c'était un archevêché... Il choisirait Paris la grand'ville.

Le voilà à Langres. Oh comme il ne le voulait pas. Il ne parvient pas à s'imaginer y passer sa vie entière, à intriguer au sein de la hiérarchie ecclésiale... Pourtant, il y est... Il s'y est rendu comme un bœuf à l'abattoir, mais il s'y est rendu...

Son arrivée est une telle fête. Adulé, adoré, loué, félicité, et terriblement gêné. Sept ans, à ces âges, c'est très long. Les embrassades immenses. Sœurette, ah, enfin ! Ils ont tant à se dire, mais tous le sollicitent, il se doit à l'ensemble. À plus tard l'intimité recouvrée avec Denise.

Ils ont tous sept ans de plus. Et la vie n'est pas tendre en province. Mère, la plus chère à son cœur, celle qu'il a le plus désiré revoir s'est toute ridée, toute ratatinée, abîmée, l'âge l'a frappée de plein fouet. Elle a toujours eu huit années de plus que Père, mais maintenant, Diderot le voit. Elle parle de plus en plus bas, sur un souffle, elle regarde son fils intensément, mais sitôt qu'il lui rend son regard, gênée, elle baisse les yeux. On dirait qu'il lui fait peur. Qu'il lui est devenu un étranger, un danger. Il croit qu'elle n'est lointaine qu'envers lui mais non, elle est très fatiguée, elle s'est beaucoup éloignée des siens, de tous les siens. Même son amour pour lui, son cher fils aîné, semble avoir vieilli. Père en revanche s'est anobli. Il a blanchi, s'est desséché, mais il reste très droit, une image à peine caricaturale de la droiture. À la question Père, Denis répond « Sévère » comme si c'était le nom d'une couleur. Pas d'autre épithète pour lui. En proportion de l'impression d'autorité qu'il ressent et à laquelle il vient de faire allégeance. Sinon Père a le teint frais de qui mène une vie saine, équilibrée, bien aérée. Père a les mains sûres et les gestes mesurés. Père parle bas mais alentour, chacun tend l'oreille parce que ce qu'il dit est toujours juste. Père ne semble pas pouvoir être pris en défaut — se réjouit et se désole à la fois son fils. Quant au passage du temps sur lui, il n'a pas perdu une once de sa haute taille, on dirait même qu'il se tient plus droit qu'hier.

Si, peut-être, ces cernes bleutés sous les yeux, comme une légère flétrissure du temps.

Ses frère et sœurs sont tous devenus plus beaux, plus grands, plus attirants, sauf la petite Catherine, la filleule de Denis. Elle est d'une pâleur inquiétante, blanche, diaphane. Transparente. Couchée tout le jour, officiellement on la dit « malade » mais personne ne sait ce dont elle est censée souffrir. Très faible, elle peine à esquisser un sourire en reconnaissant son parrain de grand frère. C'est son maximum, elle se rendort aussitôt. Veillée par sa mère, qui après avoir embrassé son fils presque précipitamment, est retournée s'isoler avec la petite malade.

C'est Denise, sa sœur adorée qui l'accoutume à l'idée que Catherine est bien davantage que malade. Mourante.

Ces deux-là se sont retrouvés comme ils se sont quittés. En symbiose, enlacés, dans une connivence qui réveille leurs rires jumeaux. Ils s'étreignent plus qu'ils ne se parlent. Denise est devenue femme sans rien perdre de son allure juvénile, ce qui lui confère une étrangeté vague, un air androgyne qu'accentuent ses gestes, ses grands pas, ses mouvements brusques et assez masculins. Elle a une telle liberté de mouvement qu'on n'imagine pas une femme accomplie se le permettre. Ses bras prennent l'initiative d'enlacer, de s'agiter, d'expliquer... Elle se pend sans cesse au cou de son portefaix de frère, le seul qui a la force de la soulever de terre, le seul qu'elle aime avec cette ferveur et cette certitude. Elle lui raconte tout. Y compris ce qu'elle redoute, que leur petite sœur meure avant la Noël et emporte Mère avec elle. Depuis qu'elle la soigne, elle a vieilli et perdu tout son goût pour la vie.

Denise est devenue ce qu'elle promettait. Une Socrate femelle, comme Denis l'avait surnommée hier. Ce surnom, elle le mérite aujourd'hui. Visiblement les hommes, les enfants, fonder une famille, l'avenir des filles à marier ne l'intéressent pas. Son énergie se déploie dans l'administration des biens familiaux, les fermages de la campagne alentour. Cette activité semble la combler. Elle aime à commander, avoue-t-elle à son frère, mais pour améliorer le sort de tous.

Denis ne met pas deux jours à le constater, c'est elle qui fait marcher la maison. Oh ! elle a beaucoup d'amies qui la rejoignent à la campagne lors de ses tournées de fermages. Elle ne s'ennuie pas une seconde, elle sait à peu près tout ce qui se dit, se fait, s'écrit dans cette Europe qui communique de plus en plus vite.

Denis s'en étonne.

— Jusqu'à Langres ?

— Quand on s'intéresse, on peut tout savoir, réplique-t-elle, en péronnelle qu'elle n'a cessé d'être.

Quant à la petite Angélique, c'est une sorte d'ange. Elle a 15 ans, frêle, toute pieuse, illuminée. Denis a beau la trouver merveilleuse et belle, quelque chose en elle l'inquiète. Sa trop grande foi ? Non. Il n'est tout de même pas devenu si mécréant !

Décidément ses trois sœurs sont d'étranges créatures. Catherine se meurt, Angélique ne semble pas de ce monde et Denise s'en est créé un où peu de gens trouvent grâce à ses yeux.

Inchangée, la seule dans les bras de qui il retrouve tous les parfums de l'enfance, c'est sa belle Lorraine, Hélène Brûlé, la toujours tendre servante, fidèle au poste, forte et ferme, solide et sûre. C'est visiblement sur elle que Denise s'appuie pour faire tourner la maisonnée. Et ça marche plutôt harmonieusement. N'était la hargne mauvaise et qui s'est encore étoffée de Didier, le jaloux petit frère. C'est aujourd'hui un adolescent rugueux, à croire que ses défauts d'enfant se sont épanouis avec lui. Il est devenu de ces croyants fanatiques, effrayants. Il impose une forme de terreur, pour commencer dans sa famille. Manière d'entraînement pour plus tard, en plus grand.

« On ne mange pas ça, on ne parle pas de ci... »

En l'écoutant prêcher — car il ne parle pas, il prêche — Denis comprend ce qui a brouillé le cerveau d'Angélique, la pauvrette, plus fragile, elle aura basculé corps et âme sous les diktats de son frère. Le ver est dans le fruit.

Une fois les portes refermées sur la famille au complet, le climat n'est pas sain. Oh ! l'accueil est des plus chaleureux, chacun témoigne de sa joie à le revoir, de son bonheur de le ravoir ici. De sa fierté pour le savant qu'il est devenu. Tous sauf le mauvais petit frère.

Denis a 22 ans, donc Denise en a 20, Catherine 17, Angélique juste 15, et le petit Didier 13, mais il possède déjà la méchanceté d'un fanatique de l'an mille. Tout ce branle-bas pour le retour de l'enfant prodigue, dont les espions de son père n'ont pas dissimulé les frasques parisiennes, lui paraît disproportionné. Au lieu de lui faire fête, le petit dernier le mettrait volontiers au pain sec et à l'eau, voire en prison s'il en avait les moyens. Par chance, il ne les a pas, mais Denise invite quand même son aîné à s'en méfier. La profonde inimitié qui le lie au seul autre garçon de la fratrie semble dater de sa naissance.

À Denise seule, Denis fait le récit circonstancié, quoique passablement arrangé, de ses années loin d'elle. Il lui parle de ses contemporains admirables, l'abbé Porée, le révérend Rivard... De ses chagrins, de son amitié pour Bernis qui lui a laissé une plaie au cœur, de son admiration déçue pour les jésuites. De sa compréhension, oh très calme, de la doctrine des jansénistes. Mais surtout, surtout, il lui raconte par le menu le théâtre et les actrices qui jouent Marivaux.

Pourquoi se sent-il soudain, après sept ans d'absence eh oui, d'indifférence, une mission protectrice à mener toutes affaires cessantes auprès de cette sœur qui semble s'en sortir plutôt mieux que tout le monde ici ? Toujours est-il que le voilà qui la met en garde contre tout ce qui peut ruiner la vie et la réputation d'une fille. Il pense que Marivaux est le plus à même de lui plaire, aussi en use-t-il comme d'un repoussoir pour mettre en lumière aux yeux de cette jeune provinciale ce qui est licite chez les riches, les nobles ou simplement dans une grande ville, mais qui peut vous perdre ailleurs. Il lui raconte par le menu comment un de ses amis qui a engrossé une fille est allé poser à l'université des sciences toutes les questions utiles pour lui venir en aide, et a découvert la base de l'aliénation des femmes. Denise, consciente des efforts de son frère pour la prévenir contre les aventures dégradantes, péremptoirement le rassure.

— Ne t'affole pas pour moi. Je n'aurai pas d'enfant. Je n'en veux pas. C'est décidé. Puis tu sais, à part toi, les garçons... Évidemment tu n'es pas obligé de le répéter à la famille. Et toi, si tu te décidais à me parler un peu de tes vrais sentiments ?

À ses questions de plus en plus indiscrètes sur la vérité de sa vie, Diderot ose pour la première fois confier le fond de son cœur à sa sœur, son amour pour les femmes, toutes les femmes, sa facilité, sa grâce et même — oui il se vante — son talent pour les conquérir. Ce jeu grisant entre tous de la séduction quand elle opère. Et ses craintes et sa solitude et ses ambitions qui n'ont fait que croître... Et les femmes... il y revient, il ne s'en éloigne jamais quand sa sœur lui demande d'être sincère, c'est surtout des femmes qu'il parle.

Denise s'étonne tout de même qu'il en parle autant sans jamais évoquer ce dont chacun se plaint sitôt qu'il s'agit d'amour, les chagrins, la jalousie, les mille et une douleurs... C'est surtout cet aspect dont on lui a brossé le tableau. Alors Denis se lance. Et lui raconte par le menu comment Dorothy, sa maîtresse d'anglais, l'a quitté un jour, comme ça, pour un plus riche que lui; comment lui-même a abandonné sa Ninon, une tendre boulangère de la rue de Buci, pour une actrice de la Comédie-Française qui l'a fait tourner en bourrique ; et comment Fiammeta la soprano milanaise qui lui a transmis sa belle langue, l'a consolé de l'actrice, avec qui il a passé ses dernières nuits parisiennes ; et le tout, sans larmes, sans chagrins, sans cris, ni crises. Il détaille comment se passent ses amours, comment il croit être parvenu à s'affranchir de la sentimentalité, pour lui source de toutes les peines.

— Sinon, ajoute-t-il, ce qu'il y a de sûr, c'est que l'étude guérit de tout. Après les échecs, le jeu des échecs, tu avais compris ? je me suis mis à la musique... Entre chaque amour, l'étude d'une nouvelle langue...

Denise comprend aussi ce que la somme de ses acquisitions a nécessité de solitude, d'entêtement, de volonté ; ce pour quoi elle admire son frère et le lui dit.

Il lui répond à voix basse, pour ne heurter personne, qu'il sait désormais ne pouvoir compter que sur ses propres forces. Ses seules ressources sont celles qu'il se fabrique. Et, bravache, il jette à sa sœur tout ce qu'il a déjà réussi à conquérir pour s'en sortir seul.

Elle l'adore, elle l'enlace, et sème des baisers sonores dans son cou. Il la chatouille, ils ont dix ans, ils rient de bon cœur, il y a quelque chose d'indéfectible entre eux : à la vie à la mort. Comme hier, comme toujours, se jurent-ils.

Denis-Denise ! Immédiatement, leur très ancienne fraternité reprend toute la place. Pauvres frère et sœurs, ils ne connaîtront jamais les secrets de leurs aînés. C'est vrai que Denise est grande, mûre, qu'elle a sans doute compris la première que Denis n'avait pas la possibilité de la faire venir auprès de lui, en dépit de ce qu'il lui avait promis. Elle s'est fait une raison, et elle a trouvé ici d'autres formes de vie qui lui conviennent. D'ailleurs le temps passant, elle redoute d'en bouger ; ici elle règne sur son univers. Là-bas ? Quant à Denis, il ose auprès d'elle émettre des doutes quant à sa capacité à vivre à Langres. À se suffire pour toute activité d'une petite cure à administrer. Elle pressent qu'il ne va pas rester, lui ne sait pas encore comment il va s'y prendre pour repartir sans fuir, déjà elle n'en doute plus.

Pourtant la date approche. Cette fameuse date du 13 décembre où il a rendez-vous avec l'évêque de Langres afin d'y recevoir son bénéfice. Sans doute après un succinct interrogatoire sur ses connaissances théologiques.

— Et ça te fait peur ?

— Ah çà non ! En théologie, je ne crains personne !

— Même pas un évêque ?

— Je peux même répondre en latin à ses questions, c'est te dire. Ils sont de plus en plus nombreux à ne le parler que par cœur. En tout cas, il ne le parle sûrement plus aussi bien que moi aujourd'hui...

Denise éclate de rire.

— Tu es sûr qu'il comprendra ton latin ? Alors fais-le, qu'est-ce que tu risques ? Ça vaut le coup de le tenter, non ?

C'est ainsi que Diderot s'en va d'un pas ferme « défier » son évêque.

Oh ! La solennité de la cérémonie le fait un peu mollir. Mais, au fond, ce cérémonial, il le connaît, s'il ne l'a jamais pratiqué, il l'a appris dans les livres, il sait quoi faire et comment. Il s'incline, le reste suit. Le petit test de connaissance est remporté haut la main. Les questions, comme prévu, lui sont posées en français. Diderot n'ose répondre seulement en latin, alors, il joue le bilingue, et redit en français ce qu'il a d'abord affirmé en latin. Grand effet. L'évêque est épaté, il n'a même pas l'air de le trouver pédant ni cuistre, ce qu'il est pourtant à ses propres yeux. Diderot a l'impression d'en savoir plus que son juge, et ça le grise. Les études de théologie de la Sorbonne sont célèbres pour être les meilleures d'Europe, l'évêque s'incline, ravi de sa nouvelle recrue et de pouvoir le lui annoncer sans plus tarder.

— Si la cure n'est pas grande, elle est néanmoins promise à un bel avenir. Pourquoi pas un rattachement à l'évêché dans quelques années...

L'avenir se compte ici en dizaine d'années...

Diderot rentre chez lui fièrement. Il a toujours aimé courir embrasser sa mère, couvert de lauriers. Brillamment reçu, il sait que ça leur fait plaisir, il pavoise. Sur l'instant, même s'il n'envisage pas sérieusement de se faire curé, et de s'installer pour la vie ici, ce succès n'est qu'un diplôme de plus. Quand poussant la lourde porte de sa maison natale, un vent de panique l'assaille. Toute sa parentèle est rassemblée au grand salon, et visiblement pas pour saluer le nouveau curé de Langres. Non. Personne ne songe même à l'en féliciter.

Catherine est entrée en agonie. Catherine se meurt.

Pendant que se relaient médecins et rebouteux, apothicaires et potards, on chuchote. Hélène a dû céder une partie de son royaume à quelques apprentis alchimistes qui tentent de nouvelles potions médicinales sur la pauvre enfant, qui geint de plus en plus faiblement. N'empêche, sa respiration pénible, sa plainte, son râle sont les seuls bruits qui résonnent dans la grande bâtisse, personne n'émet un son. Chacun pense que c'est fini, que ça va finir, qu'il faut d'ailleurs que ça finisse. Ces semaines de l'Avent, si joyeuses en temps normal — dans l'espérance de la naissance du Christ, où la vie entière se concentre sur les cuisines, où l'on s'emploie fébrilement à concocter les meilleurs et les plus riches mets de l'année, où la maison n'a pas honte de son abondance et de son raffinement —, sont là terriblement oppressantes. Les enfants se groupent tels des conspirateurs autour de Denis et Denise dans la chambre de l'aîné, pieusement conservée en l'état où il l'a laissée les jours où il préparait sa première fugue. Pourquoi première, en envisage-t-il une autre... ?

Denise est persuadée que rien ni personne ne peut sauver leur petite sœur.

— Ils n'auraient jamais dû l'appeler Catherine. Tu étais né, toi, quand la première Catherine est morte ? Tu t'en souviens ?

— Écoute, toi aussi tu étais née. Et moi j'avais à peine trois ans.

— Raconte tes souvenirs, moi je n'en ai pas.

— Je me rappelle simplement qu'elle était là puis qu'elle n'y était plus. C'est tout.

— Mais de quoi est morte la première Catherine ? demande d'une voix trop douce la petite Angélique.

— Je ne sais pas. Je crois bien ne l'avoir jamais su. On a toujours dit « Dieu nous l'a donnée, Dieu nous l'a reprise », mais ça n'est pas une maladie, ça, c'est la vie.

— Elle est morte de son prénom, assène Denise. C'est un prénom qui porte malheur. La première Catherine, maintenant la seconde.

— Arrête avec tes superstitions d'un autre âge, la rabroue Denis, avant d'être brutalement interrompu par un souvenir qui resurgit du lointain. Là où tu as raison, j'étais assez petit, mais je n'avais pas trouvé bien qu'on redonne ce prénom... à celle qui meurt là-haut... Comme si ça pouvait effacer la précédente...

En dépit de la gronderie de son frère, Denise soutient qu'il existe des prénoms prédestinés, dans certaines circonstances en tout cas. Et des destins tragiques liés à des noms qui portent la mort. Diderot visiblement ne supporte pas. Il sort en claquant la porte. Bruit énorme, premier bruit autre que le râle exténué de la jeune mourante, dans cette maison où depuis des heures, chacun étouffe sa respiration.

Prier semble consoler Angélique, Didier et leur mère. Pas Denis et Denise qui n'y parviennent pas.

— Prier pour qu'on ne meure pas à cet âge ! C'est du délire. Ça paraît plus normal de vivre, non ? Alors prier pour que son âme s'envole directement vers le bon Dieu... Avec le peu qu'elle a vécu, qu'aurait-elle bien pu faire pour mériter l'enfer ?

Diderot marche sur le pavé de sa ville. Il fait un froid de gueux. Il marche plus vite, de plus en plus vite, il arpente sa ville, en longeant les remparts toujours en plein vent. Il en fait plusieurs fois le tour, il l'aime bien sa ville quand il y marche seul, de son pas pressé à la nuit tombée. Plus que tout, il redoute de rentrer dans cette maison qui sent l'encens, la bondieuserie, les médecines, et l'irréversible.

Arrive Noël. À la cuisine, timidement, on prépare le repas d'après la messe de minuit.

— Qui va garder Catherine pendant la messe de Noël ? demande Hélène anxieusement.

— Moi, dit Denis, la messe, je puis me la dire dans ma tête, je vous en prie, laissez-moi la veiller. Allez-y avec maman, elle a besoin de s'éloigner un peu.

Toute la soirée, il surveille le petit visage amaigri et gris de la jeune fille, ses cheveux flottent emmêlés sur l'oreiller, ses mains tremblent un peu comme son menton et sa lèvre. Diderot lui chuchote des mots gentils, elle entend, elle semble comprendre, mais elle ne peut répondre. Elle imprime quelques pressions à son index posé sur la main de son frère. Il lui dit le soleil, la chaleur de l'été, la joie des printemps qui vont refleurir rien que pour elle, il lui raconte le meilleur de la vie, ce qu'elle a connu et déjà goûté, il veut impérativement qu'elle sache, même si ça doit s'arrêter, que rien n'est meilleur qu'un premier amour. C'est comme le jour où on regarde se lever un soleil d'été sur un cerisier en fleur. Ça, elle a aimé.

Il lui propose de dire avec elle un « Je vous salue Marie » histoire de prier ensemble, elle accepte mais son filet de voix ne franchit pas ses lèvres.

Le bruit de ceux qui rentrent de la messe de minuit. Sa mère, Hélène, Denise... veulent le relayer au chevet de Catherine, afin que Denis puisse aller souper. Non, il a décidé de ne pas quitter sa sœur de la nuit. « Restez entre vous, je suis bien avec elle. » Le lendemain, la journée de Noël avec ses gâteaux et ses chants... font qu'au soir Diderot épuisé s'endort tôt. Un pressentiment le réveille à l'aube, il monte en courant chez Catherine, veillée par sa mère et Hélène. Il se tient debout devant la porte qu'il vient à peine de refermer, quand la voix de sa mère, neutre, blanche et sans intonation, dit : « C'est bien que tu sois venu, c'est la fin. Bénis-la. »

C'est vrai. Catherine a cessé de respirer. La maison retient ses larmes. Seule la mère est dévastée. Muette de douleur sans plus de pudeur pour la camoufler. Le curé, l'évêque, les oncles et tantes, tous se déplacent jusque chez les Diderot, se succèdent auprès d'elle pour lui porter réconfort et consolation. Denis écoute ces pauvres mots, techniques, professionnels que chaque homme de Dieu chuchote ou psalmodie pour tenter de soulager la peine d'une mère à qui un Dieu injuste vient d'arracher son enfant pour la seconde fois ; les mots du métier qu'il exercera demain. Lui, le frère aîné de la petite morte, il a envie de vomir !

Ces mots, comment oserait-il les proférer ? Évidemment que ça ne marche pas. Ça ne peut pas marcher : rien ne peut consoler de cette perte. Un ange de 17 ans arraché à la vie ! Pour quel crime ? Aucun. Comme ça ! La loterie du bon Dieu. Non, Diderot n'arrivera pas à les dire, à y croire, jamais... Et l'évêque qui lui propose comme une faveur de l'assister après-demain lors de la messe des funérailles de l'enfant... De sa petite sœur. D'officier à ses côtés, d'enterrer sa sœur, oh s'il le désire, s'il en a la force, bien sûr... « Trop endeuillé », prétexte Diderot pour décliner l'invitation à célébrer, pour sa première messe, celle de l'enterrement de sa filleule. Il aurait trop honte, avoue-t-il. Trop révolté surtout par ces inutiles rituels. D'ailleurs il se sent incapable de jamais les prononcer, ces pâles phrases, même envers des inconnus. C'est une découverte considérable. Jusqu'ici il a tout accepté, sans toutefois se demander quel était son vrai désir, ni comment il vivait cette officialisation de son existence sous les ordres du clergé. Il s'est laissé faire, un vague courant le poussait qui ne lui convenait pas, mais qui le portait sans le brusquer, doucement, et lui offrait une vie somme toute attendue, annoncée, mais là... La mort de Catherine creuse un abîme entre hier et aujourd'hui, son désir et son avenir.

Hier, il met encore une touche de fanfaronnade à jouer au latiniste devant l'évêque, à le séduire, à l'épater, lequel donc lui offre son bénéfice avec ses compliments, hier est encore un jeu, alors qu'aujourd'hui ?...

Aujourd'hui il sait, il a compris. Aujourd'hui il ne peut pas. Il ne pourra ni vivre à Langres, ni se faire clerc à plein temps pour la vie. Il lui faut au plus tôt faire machine arrière. Est-ce possible ? Comment s'y prendre ?

Il descend dans les cuisines consulter Hélène, sa douce Lorraine, son idéal amoureux de petit garçon. Elle l'a toujours consolé de tout, soutenu en tout. Elle est si tendre, si bienveillante. Elle peut tout comprendre. Sa foi est simple, si tranquille. Oui, mais solide. Et s'il risquait de la peiner en lui révélant l'étendue de ses doutes ?

À qui demander de l'aide ? Sa mère, toute fanée, toute recroquevillée sur ce chagrin sans âge qui l'a revêtue et visiblement ne la quittera plus. Elle semble manquer d'air, de soleil, de lumière, de sève, avoir déjà un pied au tombeau. Outre sa première fille née avant Denis, on lui arrache encore une fille de ses entrailles ! C'est trop. Deux petites filles qu'elle a aimées, caressées, cajolées, vues grandir. Et qui ne sont plus là. Qui ne seront plus jamais là. Elle ne les aura plus jamais près d'elle, dans ses bras. Et l'on voudrait qu'elle s'en remette ?

Son père alors ? Avouer ses drames intimes à son père, à la droiture même, à la dignité incarnée ? Impossible. Ne reste que Denise, comme d'habitude, sa sœur chérie, celle qui peut tout comprendre parce qu'elle sait déjà tout, qu'elle a tout anticipé.

— Tu es parti depuis sept ans et tu as changé. Pas nous. Pas Langres. À Langres, on ne change pas. Pas eux, tu vois bien. Ils sont tout figés. Et tu aurais fait toutes ces années d'étude pour revenir t'enfermer ici aux commandes d'une petite cure qui peut, au mieux, après beaucoup d'années de mesquines combinaisons, se transformer en évêché ? Pas même en archevêché ! Que je sache, tu n'as jamais rêvé de devenir pape ?

— Je ne peux tout de même pas leur dire *farewell*, et leur balancer comme ça « ce retour est très décevant, pas à la hauteur de mes espérances. Alors *ciao*, je rentre à Paris, mon vrai chez moi désormais »

— C'est pourtant ce qui va se passer, n'est-ce pas petit frère ?

— Mais quelle excuse invoquer, comment me justifier, Sœurette ?

— Catherine.

— Quoi Catherine ? Je ne peux pas me réfugier derrière l'horrible mort de Catherine toute ma vie.

— Pas toute ta vie, juste aujourd'hui, pour t'aider à ne pas rester.

— À refuser la cure, les ordres, la religion..., tu veux dire ?

— Tu n'es pas obligé d'aller jusque-là.

— La cure de Langres, non. Mais je dis quoi pour remplacer ?

— Que tu remontes à Paris creuser plus avant ta vocation.

— Et Père ?

— Tant pis pour lui. Tant pis pour tous les tiens qui comptent sur toi pour s'offrir des indulgences auprès du bon Dieu. Que veux-tu, tu ne seras pas homme d'Église. Moi je l'ai toujours su, note bien. Et puis, il en suffit d'un, dans une fratrie, et Didier le sera pour nous tous et plutôt dix fois qu'une. D'ailleurs, ne m'as-tu pas écrit que Dieu t'avait déjà récusé une fois ?

Denise est pire que lui. Elle ne lâche jamais le morceau. Par pire, Diderot entend plus crue, plus audacieuse, elle n'a pas plus peur des mots que des idées. Plus cynique aussi sans doute et, il n'ose même pas le formuler, plus incroyante.

Comment leur dire à tous ? Comme toujours dans ces cas-là, après quelques heures de ratiocinations solitaires et totalement vaines, il retourne demander de l'aide à Denise. Comme il y a sept ans, lors de sa première fugue ratée.

— Essaie de voir Père seul et vas-y simplement : dis-lui la vérité. Il se fâchera sur le moment, mais t'en saura gré plus tard.

Diderot est quand même interloqué.

— Mais c'est quoi, la vérité ?

— Eh bien qu'après la mort atroce de ta filleule, tu ne supportes plus les paroles lénifiantes que l'Église impose à ses représentants, ni d'ailleurs la vie dans ta famille où tout te parle de la pauvre petite Catherine ! C'en est une, non, de vérité ?

— Oui. Mais à l'évêque, je dis quoi ?

— Oh ! lui, il a déjà dû comprendre, mais la même vérité vaut pour lui aussi.

En fait, c'est la vision du petit visage de Catherine durant la nuit précédant Noël qui lui donne soudain le courage d'affronter la peine de sa mère.

Elle y est encore, assise, les mains inertes, inutiles sur les genoux, assise sur le petit prie-Dieu de la chambre de la jeune morte. Assise à côté du lit vide, tellement vide, elle est immobile sinon que des larmes coulent doucement sur ses joues définitivement humides. Larmes qui ne tariront plus. Diderot est entré, il demeure silencieux sur le seuil. Quand elle lui fait signe de la rejoindre, il s'agenouille devant elle, elle le prend dans ses bras, toujours sans un mot, elle toute petite, si frêle, encore rapetissée par la peine, pourtant elle le berce, et Denis se laisse gagner par le rythme de ce bercement, le plus doux de l'enfance, la première douceur connue. Reconnue.

— L'Église ne console pas, je sais. On a beau nous seriner que notre petite Catherine est mieux au ciel que dans nos bras, comment y croire, comment l'accepter, quand on l'a vu mettre en bière, descendre au tombeau. Non, Mère, je ne peux pas, je ne pourrai jamais, je n'oserai jamais proférer ces mots-là à des gens qui souffrent ce que nous souffrons. J'aurais trop honte de mon impuissance. Et de celle de Dieu.

Sa mère ne dit rien, ne répond rien, elle caresse la tempe de ce fils tant aimé, de ce fils à genoux devant sa douleur. Elle est toujours assise devant la fenêtre, ses mains ne sont plus inertes, elles caressent un autre de ses enfants.

Après avoir dit ce qu'il croyait devoir dire, il a posé sa tête sur les cuisses de sa mère et d'un geste lent, régulier, immémorial, elle a arrêté le temps. Des mains glissent de sa tempe au front et du front à sa tempe. Longtemps, sans la moindre variation de rythme.

— Je sais bien mon tout petit que tu vas repartir, mais au moins, toi tu es vivant, tu es bâti pour la vie, pour la joie. Va et garde-toi en vie. Reste droit, juste et vrai. Ne te force pas. Tout ce qui respire en moi forme des vœux pour ton avenir, loin d'ici mais vivant et heureux. Tu es doué pour ça, je sais. Va... Mais jure-moi de te garder longtemps, je t'en supplie. Pour l'amour de moi...

Denis jure, les yeux fermés, à voix très basse, des sanglots bloquent sa respiration. Il se laisse bercer jusqu'à l'apaisement du sommeil.

Avec son père, c'est « une autre paire de manches », comme dit Denise ! Ici, les femmes savent tout. Elles sont douées du don de prophétie, les hommes, c'est plus rude.

D'emblée, l'entretien se présente mal. Didier y assiste, droit comme la justice. Bizarrement, la rumeur a déjà armé son père contre lui. Ce n'est pourtant que ce matin qu'il a parlé à sa mère. N'empêche, le coutelier le voit venir. Et l'interroge sur ses projets immédiats.

— Rendre le bénéfice, ne pas devenir curé !

— Ça, vois-tu, j'avais compris. Mais pour faire quoi à la place ? et où ?

Pour tenter de l'amadouer Denis a soudain l'idée saugrenue de troquer une robe contre une autre, le tribunal de Dieu contre celui des hommes ; études de droit contre cure à Langres. Visiblement, il commet une erreur d'appréciation ; il croyait flatter la naïve vanité de son père en jetant sa chasuble contre une toge, calotin pour robin, mais celui-ci rêvait sincèrement du retour de l'enfant prodigue dans l'habit d'un homme de Dieu. Paradoxalement son méchant petit frère le sauve sans le vouloir.

— Père, à quoi bon vouloir faire un mauvais moine de ce mécréant ? Faute de sauver l'âme de mon frère, respectez celle de ses ex-futures ouailles.

Le père y consent, mais pas sans condition.

— D'accord, je veux bien t'offrir encore trois années d'études — de droit —, puisque tel est ton nouveau bon plaisir. Mais j'exige que tu loges chez un mien ami, le coutelier Foucou, qui me rendra compte de ta vie et de ta conduite. Il me fera un prix pour ta pension, et me tiendra au courant de tes éventuelles frasques. Entendu ?

Le père est aussi furieux que déçu et malheureux. Il attendait tout de ce fils chéri, et voilà qu'il abandonne au début du chemin. Quelle trahison !

— Entendu.

Est-ce que Denis a le choix ?

Bien sûr qu'il accepte. Tout, il accepterait n'importe quoi pour retourner à Paris avec la bénédiction de son père. Aussi saute-t-il sur l'occasion. Va pour Foucou. D'autant que celui-ci a la bonne idée de demeurer rue de la Harpe, autant dire chez lui, dans son cher Quartier latin, à deux pas du collège de Beauvais. Il n'aura pas loin à aller pour déménager ce qu'il a laissé à Paris et surtout pour retrouver ses marques, ses compères, ses maîtresses, ses cafés, ses... eh oui, ses études et sa chère Sorbonne. Et Paris. Paris qu'il aime comme une femme très désirable, toujours désirée.

Mûrie, marinée pendant trente-six heures sans dormir, maintenant sa décision est prise et pas trop mal vécue par l'ensemble de la famille. Et il ne tient plus en place. Le climat dans la maison est au diapason de celui du dehors, pluie, neige, vent, verglas, grêle... Tout est sombre dehors comme dedans. En sa présence, l'air est irrespirable. On lui en veut de ne pas vouloir vivre la même vie qu'eux. Et dans cette province triste, hivernale, boueuse ou glaciale, où dès la tombée du jour, plus rien, nulle part où aller, ni opéra, ni théâtre, ni café, ni musique, ni amis, ni auberge... Denis n'en peut plus.

Et Denise, sa sainte sœur, qui l'aime absolument, l'aime pour lui-même et non pour son bon plaisir, qui préférerait le voir rester à ses côtés, se réjouit pour lui en faisant attention de ne pas se désoler pour elle. Ce frère chéri est son siamois. À ses côtés, elle se sent exister vraiment, la vie à plein comme elle dit, mais elle connaît et anticipe les effets délétères de cette vie sur son âme et sur ses ambitions. Elle l'aime tant qu'elle ne veut que son bien. Elle l'aide à hâter son départ. Il a promis de la faire venir dès qu'il serait installé chez lui, pour de vrai. Elle sait qu'il n'en fera rien, qu'il en sera mille fois empêché ; et qu'au besoin, elle refusera de s'y rendre. Bref qu'elle n'ira sans doute jamais à Paris. Mais elle l'aime comme ça, la bouche pleine de promesses et le cœur sincère.

Pendant ce temps, Hélène et sa mère sont au travail, elles ont même embauché la douce Angélique : elles cousent, elles cousent, elles brodent. Denise qui a compris avant son père, et même avant Denis, qu'il allait repartir, a commandé à ses femmes « le trousseau d'un jeune homme qui ne sera pas clerc, et qui s'installe à Paris ».

Si elle ne coud pas elle-même, au moins veille-t-elle à tout. Depuis toujours, elle a choisi les travaux d'homme, et dans cette maison, ils ne manquent pas. En l'absence de Denis, et vu l'incapacité du jeune mystique à s'investir dans autre chose que le tribunal de Dieu, elle ordonne et tente de garder une vue d'ensemble sur la maisonnée. Elle veut son frère sobre mais élégant, et l'ouvroir s'échine jusqu'à la tombée du jour à lui fignoler un trousseau de futur robin.

Il n'y aura pas d'adieux déchirants, elle le sait. Dès que ses affaires seront prêtes, il partira au petit jour, en catastrophe, pour ne pas rater la poste.

Sans saluer son père, bien trop peur, sans embrasser sa mère, bien trop mal. Quitter Langres c'est toujours fuir. Diderot file comme Denise l'a imaginé, sans demander son reste.

CHAPITRE 7

30 décembre 1735

Une semaine en chaise de poste !

> Je me pique d'ignorer qui l'on est, d'où l'on vient, où l'on va et pourquoi on est venu... sans en être plus malheureux, ce n'est point ma faute si j'ai trouvé ma raison muette quand je l'ai questionnée sur mon état. Toute ma vie j'ignorerai, sans chagrin, ce qu'il m'est impossible de savoir. Pourquoi regretterais-je des connaissances que je n'ai pu me procurer et qui, sans doute, ne me sont pas fort nécessaires puisque j'en suis privé...
>
> *Correspondance*

Comment ai-je fait pour dormir à l'aller ? Dieu que cette humanité palpite !... Comment tout saisir ?...

Ainsi roulent les pensées de Diderot une heure après que la chaise de poste s'est ébranlée. D'abord déçu, à l'arrivée de la diligence, quand il voit qu'elle est déjà pleine, que son confort sera réduit à sa petite place de troisième catégorie, loin d'être la meilleure, et plus encore quand il est coincé entre une jeune femme très enceinte, proche d'accoucher, voyageant avec sa mère en chaperonne, et de l'autre côté un mystérieux militaire, dont tout, à commencer par l'uniforme dépenaillé, semble interlope, et désigne son mystificateur. Très vite, sa déception se change en intérêt et l'intérêt en passion ; oui, il se passionne pour ses compagnons de voyage au point de ne bientôt plus trouver une seconde pour fermer l'œil, ni rentrer en lui-même, se remémorer son récent passé et la sorte de petit exploit grâce auquel il se retrouve dans cette diligence...

La future mère est terriblement angoissée à l'idée d'accoucher en route, au point que sa mère ne sait que dire ni que faire. Le drôle de militaire répète à qui veut l'entendre, autant dire à tout le monde, il tonitrue même en parlant bas, que « ce qui doit arriver arrivera et qu'il est inutile de s'en faire puisque tout est écrit là-haut », ajoute-t-il, en montrant du doigt le postérieur de leur cocher. Car ce dernier a de si longues jambes — il est d'ailleurs d'une taille très hors du commun, un échalas tout en hauteur — que pour mener ses chevaux, il a posé son banc sur le toit de la voiture, ainsi a-t-il toute latitude de laisser glisser ses longues jambes le long de la carrosserie. Cette bizarrerie donne à l'ombre de leur voiture quand elle se découpe sur la neige tombée en abondance, l'air d'un animal préhistorique.

— De toutes les manières, si elle doit accoucher, elle accouchera. On a rarement vu que des ventres pareils ne portent pas des petits d'homme...

Rien à répondre à cela. Ce qui n'empêche pas cet étrange soldat de le répéter encore trois mille fois sous des formes à peine différentes.

Quand un homme entre deux âges et plutôt mieux vêtu que la plupart des membres de cette équipée, propose sur un ton cérémonieux et pourtant ferme à la jeune femme de l'ausculter ce soir à l'auberge.

— Histoire de vous rassurer. Je suis médecin, s'excuse-t-il à voix basse.

La mère acquiesce et dit qu'elle lui paiera un bon prix pour cette consultation si opportune. Celui qui se dit médecin sort de sa poche une pipe, interroge toute la voiturée.

— Le tabac de pipe vous incommode-t-il ? Le mien vient des Amériques.

Personne sans doute ici n'a jamais eu le loisir de comparer différents tabacs de pipe, aussi tous acquiescent. Après tout, c'est lui le médecin. Après l'avoir lentement et presque théâtralement bourrée, allumée sous les regards de la moitié de l'assemblée qui ne sait encore rien de cette herbe à Nicot, il lâche à l'adresse de la mère :

— Je ne me fais payer que lorsque je suis sollicité, et au grand jamais, quand j'offre mes services. Ce serait par trop indélicat.

— Il n'y a rien à décider puisque tout est écrit là-haut, précise celui qui ne s'exprime que via la plume du bon Dieu.

Tout à l'avant — les détenteurs des billets de quatrième et cinquième catégories sont les moins bien lotis —, Diderot a repéré deux frères peut-être, en tout cas deux hommes du même âge, la trentaine abîmée par le plein air, mêmes costumes de paysans pauvres, sans doute des saisonniers, même taciturnité. Depuis le début du voyage, ils n'ont pas échangé un seul mot, sinon quelque gromelot incompréhensible, et surtout ils n'ont cessé de saucissonner. Le fumet de leurs provisions de bouche est parvenu aux mieux installés qui, du coup, pressent le cocher en frappant sur la carrosserie afin d'avancer la pause déjeuner. Toute la diligence salive en les écoutant mâcher, roter, déchiqueter leur pain et ce qu'il y a dedans. N'y tenant plus, juste derrière eux, d'une voix chantante, un jeune homme se présente à l'assemblée.

— *Buongiorno*, je m'appelle Marcello, *io canto* l'opéra et j'ai faim. Si on cassait una crouta comme vous dites ?

Chacun d'opiner — ou presque, parce qu'à ses côtés, dort depuis l'ébranlement de la chaise, et peut-être même avant, un jeune soldat, visiblement retour d'une de ces guerres qui excitent tant le roi Louis XV. Diderot n'a pu lui parler — il n'a jamais été éveillé —, pourtant il aimerait beaucoup l'entendre raconter ce qu'il a vu. Il rêve d'en savoir plus : il n'aime ni la guerre ni la mort, mais ne dédaigne pas un beau champ de bataille, une stratégie intelligente. L'intéresse aussi le point de vue de ce jeune homme, si visiblement éprouvé. Il y a encore un autre homme terriblement silencieux, plus encore que le soldat, car lui n'a pas l'excuse du sommeil. Il ne s'est pas présenté comme tout le monde au moment du départ, fut-ce succinctement, fut-ce mensongèrement, qui ira jamais vérifier ? Quand le cocher lui adresse la parole, il grommelle, peut-être en une langue étrangère.

Le militaire qui ne parle pas sait en revanche partager fraternellement son pain bis et son jambon épais et rose, avec le chanteur affamé, qui promet de lui payer généreusement à boire, ce soir à l'auberge. Et exceptionnellement, le drôle de militaire — celui qui parle trop — n'ajoute pas que c'est écrit là-haut ! Ouf ! Diderot commence à saturer de ce bavard fataliste. Sauf qu'entre-temps, le fataliste a commencé de leur chuchoter ce qu'il croit savoir sur le taiseux éveillé. « C'est un renégat particulièrement célèbre dans la contrée pour avoir renié père, mère, Dieu, le diable et sa patrie. »

Ce qui a le don de faire pousser des cris d'orfraie à la future grand-mère. Sa fille peut-elle raisonnablement voyager dans la proximité d'un pareil homme ! Le médecin rassure *mezza voce*, le médecin fait ça très bien.

— Les mauvaises pensées ne sont pas contagieuses, savez-vous chère Madame ? On n'attrape les idées des autres que si on le veut bien.

— Teu teu teu, si Dieu le veut, reprend à voix de stentor celui qu'on ne présente plus.

— Oui-da, tranche Diderot, qui pour la première

fois, se mêle à la conversation générale, encore faut-il que les autres cherchent à vous en convaincre ou y aient quelque intérêt.

Jusqu'ici, et la journée tire sur sa fin, personne ne peut se vanter d'avoir entendu le son de sa voix.

— Votre petit-fils à naître ne risque pas grand-chose.

Le médecin approuve de la pipe. Qui semble une excroissance très expressive de son corps.

— Ce soir, à l'auberge, hein ? C'est sûr, vous ausculterez ma petite ?

— Mais oui, madame, je ne me dédis jamais.

Le soir, l'accueil à l'auberge est des plus mornes, la bâtisse ayant subi récemment une inondation, toutes les femmes doivent se grouper pour dormir dans la chambre de l'aubergiste, qui laisse sa dame là-haut, et rejoint les hommes dans la salle basse où, installés à la va comme je te pousse, une trentaine d'hommes de toutes conditions, de tous âges et de toutes origines, s'arsouillent de concert afin de parvenir à trouver un sommeil commun dans l'ivresse.

Diderot est aux anges. Même au pensionnat, il n'a jamais eu l'occasion de dormir à près de quarante, si les comptes de l'aubergiste sont justes. Quelle puanteur d'humanité, quel bruit aussi, quand ça ronfle ! Passionnant, juge le futur juriste. Trois ou quatre chaises de poste relayent ici ce soir. Qui vautré sur une table, qui sur un banc, qui roulé en boule par terre... Même à proximité de la grande cheminée, l'hiver est de plus en plus froid.

Sans qu'il soit besoin de le lui rappeler, le chanteur italien a effectivement payé à boire au drôle de soldat triste, et pendant qu'il y était, aux deux paysans et au phraseur. Ce dernier a enfin dit son nom sous l'effet assez immédiat de l'alcool, et en a presque oublié la fatalité.

— Je suis le Jacques de mon capitaine, appelez-moi

donc comme lui, même si personne ne peut jurer que c'est mon nom de baptême, ni qu'il y eut jamais un curé pour s'en soucier.

Étrange, songe Diderot, autant d'anonymat et d'intimité à la fois. Peut-être est-ce la certitude de l'un qui autorise l'autre. Après tout, on peut tout dire, tout montrer, jusque sa plus grande nudité, puisqu'on ne se reverra jamais. Avec l'Italien un peu gris, le Jacques et le médecin, ils se sont regroupés dans le coin de la cheminée. Diderot l'alimentera de grosses bûches jusqu'à la fin de la nuit. Il n'a pas sommeil, trop curieux, trop intéressé par cette bigarrure d'humanité.

À l'aube, leur cocher est le premier à atteler, il veut les meilleures bêtes. Ensuite, il fait l'appel de son troupeau humain. Il étire longuement ses immenses membres décharnés, il a l'air d'aimer son métier, les bêtes et les gens qu'il conduit, ça lui plaît, ce petit matin sombre où à l'aide d'une lanterne sourde, dans cette salle basse en enjambant les dormeurs, il identifie les visages qui lui appartiennent. Le médecin a scrupuleusement tenu parole, mais respecte le secret médical à propos de l'état de la future mère. Ah si ! on sait désormais qu'elle s'appelle Émilie. On commence d'ailleurs à savoir les noms des uns et des autres. N'empêche, il lui fait changer de place. Elle doit reposer ses jambes légèrement en l'air sur les cuisses de sa mère surélevées d'un sac puis de deux.

Diderot est toujours son voisin, mais il a sa mère en face au lieu du médecin qui partage désormais sa banquette. Pour la journée en tout cas. Qui se passe encore mieux que la veille. Chaque groupe fait davantage connaissance, au relais de poste de midi, on s'échange des victuailles, à peu près identiques, puisque confectionnées par la femme de l'aubergiste, et pourtant vendues à des prix différents, ce qui les fait tous rire. Personne ne l'a vue sauf Émilie et sa mère, qui assurent qu'elle était très raffinée, très au-dessus de sa condition d'aubergiste. Sûrement déclassée par la misère ou quelque faute inavouable, conclut la mère, qui semble s'y connaître en la matière.

Ainsi se passe la journée, on sympathise, on s'intéresse, on avance ou l'on recule dans la connaissance de l'autre. Quand Diderot, on ne sait pourquoi, à la suite d'échanges badins avec ses voisins, en vient à poser une question à la cantonade, à propos des fautes — tiens, justement, des fautes — qui leur inspirent le plus d'indulgence. De légère et court-vêtue jusque-là, la conversation vire au confessionnal, si ce n'est au tribunal. D'inquisition. Finalement, le médecin instaure une sorte de tour de table. Tour de diligence ! Et chacun de se reconnaître une indulgence coupable pour ses pires faiblesses. Seul le renégat n'a pas ouvert la bouche, le sujet semble mal choisi pour qu'il commence maintenant.

Les deux saisonniers peut-être frères avouent une terrible indulgence pour la goinfrerie, et... oui... même l'ivrognerie. Ils se disputent pour savoir si c'est plus l'une que l'autre. À la pause, on questionne aussi le cocher, il n'y a pas de raison, on est tous sur le même bateau, ajoute le Jacques.

— Pour quoi que j'ai le plus d'indulgence ? Sans hésitation, les fautes de calcul.

Effectivement Diderot a vu ses difficultés, réelles ou simulées, à rendre la monnaie sans se tromper à son avantage.

Madame future grand-mère avoue une faiblesse pour la chair. Elle ne condamnera jamais une femme séduite.

— Nous sommes si faibles...

Ce qu'approuve à sa façon le Jacques.

— Ce n'est jamais la faute d'une dame quand elle

s'abandonne. D'abord on l'y a invitée, ensuite c'est écrit là-haut.

Le musicien n'a d'indulgence que pour les fausses notes et encore, après un effort pour trouver la juste. Le médecin qui aimerait bien connaître la faiblesse qu'excuse Diderot feint pourtant de s'intéresser quasi professionnellement au soldat qui dort. Lequel daigne ouvrir les yeux, fixer son regard dans les siens et, très lentement, comme s'il articulait avec effort, répondre les yeux écarquillés : « la peur ». Il en porte les stigmates.

— Et vous cher jeune étudiant ?

Voilà Diderot bien ennuyé. Jusqu'ici, ce qu'il tolérait et donc pratiquait le plus aisément c'était l'ambiguïté. Toutes les situations ambiguës où il n'avait pas à trancher. Maintenant qu'il a osé affronter l'Église, sa famille, son père qui représente le roi à la maison, les grandes et terrifiantes institutions qui régissent sa vie pour s'en libérer d'un seul coup, croit-il, il n'ose plus. Pourtant à ses compagnons de route, il voudrait dire une chose sincère, bien sentie. Il a l'impression étrange que sa vie en dépend, qu'il doit la vérité à ces inconnus qu'il ne reverra jamais. Pour se donner le temps de songer à ce qui le définirait vraiment, il retourne la question sur le Jacques qui, à force de parler sans arrêt, de commenter ce que chacun dit, est passé au travers du tour de diligence. Il n'a en tout cas rien révélé de lui que son terrible fatalisme.

— La faute que je pardonne, dit-il, oh sans hésiter, le mensonge. On se débrouille comme on peut tout seul avec la vérité, mais avec les gens, c'est une autre paire de manches. Souvent vaut mieux mentir.

Bizarrement Diderot est presque tenté de lui donner raison. À la fois, ce Jacques l'agace, mais quelque chose de ce qui le fait parler et peut-être penser l'intéresse. Il ne trouve toujours pas la faute pour laquelle il a le plus d'indulgence, il a beau passer ses défauts en revue avec toute la complaisance dont chacun est capable envers soi, rien ne lui paraît ni si grave ni pardonnable non plus. En revanche spontanément, celle pour laquelle il en a le moins...

— Où je pourrais aller jusqu'à tuer... enfin, peut-être, c'est le mépris. Ça je ne pourrai jamais le pardonner...

Et chacun d'enchaîner sur ce qu'il juge le plus impardonnable. Là encore, se révèlent les caractères des uns et des autres avec une saisissante vérité. Diderot est ravi d'avoir lancé le sujet. La future mère qui, jusqu'ici, s'était contentée de faire mine de somnoler, s'éveille pour dire que « la tromperie, la tromperie sur les sentiments, ah ! rien n'est pire ».

Quant au jeune soldat, qui dormait tant jusqu'ici, la folie de la peur au fond des pupilles, il déclare sobrement que la lâcheté est pour lui impardonnable. Lui si indulgent pour la peur ! Chacun de remarquer cette étonnante proximité voire contradiction, mais compte tenu de son état, personne n'ira le lui reprocher, ni même le questionner.

Il s'est donc instauré en moins de deux jours dans cette chaise de souterraines et réelles solidarités. Diderot s'en étonne et s'en félicite comme s'il y était pour quelque chose. Après tout oui, peut-être un peu. Chacun ici, à sa façon, y a mis du sien. Le médecin propose à l'homme qui hait la lâcheté de lui faire une décoction, ce soir, à l'auberge, d'herbe apaisante.

— Ça apaisera quoi ?

— Après l'avoir bue, vous pourrez dormir sans soubresauts ni cauchemars ; simplement bien dormir d'un sommeil réparateur.

— Je ne sais si je peux accepter.

Il regarde les autres, inquiet. Il se demande s'il a crié dans son sommeil, s'il les a incommodés.

— J'ai fait du bruit ? J'ai parlé ?

— Non, dit Diderot, ce n'est pas pour nous protéger de tes bruits, c'est pour ta tranquillité que le médecin te donnera l'herbe. Et il ne te la fera pas payer, ne t'inquiète pas. Quand c'est lui qui propose, c'est gratuit. Il ne fait ça que pour soulager.

Le soldat se détend un peu. Après tout, il n'est plus à la guerre, ils ont l'air de lui vouloir du bien, ils sont comme ça aussi entre eux.

Les deux saisonniers inséparables, ce qu'ils détestent par-dessus tout, ce sont les fêtes. Le monde s'étonne.

— Les fêtes, toutes les fêtes chômées.

— Elles nous privent de pain.

— Nous empêchent de travailler.

— Ces jours chômés nous ôtent tout.

— Pour les fêtes, nous, il faut qu'on fasse ceinture. Le bon Dieu ne peut pas avoir besoin qu'on le fête au point de nous faire mourir de faim...

Jacques se lisse sa barbe naissante.

— C'est pas si bête, pas si bête...

Chacun veut parler, visiblement pris du vif désir de se confier.

Madame mère ne pardonne évidemment pas la trahison, dont sa fille a dû être victime, et peut-être elle-même. Toutes les deux, séduites et abandonnées ? Pourquoi pas même engrossées, hier madame mère dans les conditions qui sont aujourd'hui celles de sa fille...

Et Marcello, le tendre chanteur italien, qu'est-ce qu'il juge impardonnable ?

— Le froid. Laisser les gens au froid. C'est horrible. Le plus affreux c'est que le froid existe. Des fois, rien qu'en y pensant ça me fait venir des larmes.

Toute la chaise de s'ébranler d'un grand rire, non tant de moquerie que de tendresse. Qu'il s'en prenne de la sorte au froid, et avec son accent si chaud, on croirait qu'il parle du diable en personne, lequel semble pourvu des pires intentions envers lui.

— Que vient donc faire un si frileux Italien dans les brumes du Nord, demande Diderot ?

— *Cantare*. Chanter vos opéras, votre musique française qui est toujours la meilleure. *Bene* qu'elle soit souvent et même de plus en plus d'origine italienne.

Le médecin lui donne une accolade d'approbation.

— À Paris, vous verrez, les cafés sont bien chauffés, précise Diderot compatissant.

Et lui-même, le bon médecin, cette fois encouragé par Marcello, que hait-il sans merci ?

— La maladie, la souffrance, la mort, et mes échecs personnels.

— Pourtant tout n'est-il pas écrit là-haut ? insiste Jacques.

— Dis-moi l'ami, s'il est en mon pouvoir de te soulager d'une grande douleur, peut-être même de te sauver la vie, et que je m'y refuse, diras-tu encore que c'est la volonté de Dieu ?

— Oui, à cette heure-là Dieu me voulait près de lui, ou ne voulait pas que vous me sauviez la vie. Car vous êtes qui, dites donc, vous, pour le remplacer, user du pouvoir de vie et de mort, hein ?

C'est insoluble.

On fait une pause. On s'est arrêté pour « croutare » comme dit Marcello, sous un auvent couvert de neige. Le soleil brille, argenté sur le sol glacé, ça craque de partout, ça fond lentement.

— Et le cocher, lui, que déteste-t-il plus que tout ?

Sa réponse fuse sans une seconde de réflexion.

— Les méchants qui battent les chevaux. Il suffit de leur parler doucement à l'oreille pour qu'ils fassent ce qu'on leur demande, et avec le sourire, en plus.

Diderot trouve ce cocher très drôle, mais se retient de rire, des fois que ce ne soit pas dit pour faire rire.

Il apprend au cours de ce voyage les méandres de l'altérité. Tant de diversité oblige à quelques adaptations par rapport à tout ce qu'il a connu jusque-là.

— ... bref, achève-t-il à voix presque basse, tous les gens qui abusent d'un pouvoir...

Là, le cocher s'interrompt, convaincu d'en avoir trop dit. Si jamais un homme du roi s'était glissé dans sa chaise... Oh, il a le nez, il l'aurait déjà repéré, mais on ne sait jamais, ils sont doués pour le camouflage. Le renégat qui ne dit jamais rien pourrait aussi bien être un espion. Mais non. Sous la douce autorité du médecin, il sent que chacun l'approuve, que toute la chaise, sa chaise, est de son côté, qu'il n'a rien à craindre d'eux. Qu'il peut, non pas reprendre, on ne l'a que trop bien compris, mais ne pas s'inquiéter des suites. Se détendre et partager le pain, le lard et le pâté avec ceux qui ont encore faim.

Diderot aimerait maintenant dire pour quoi il a le plus d'indulgence. Ça y est. Il sait, il a trouvé, il en est sûr, s'il a osé se l'avouer, il peut bien le leur dire à eux, envers qui la confiance la plus folle s'est installée.

Ce qui lui inspire le plus d'indulgence, désormais c'est l'orgueil. Oui, le désir de gloire, ose-t-il préciser, le rêve de se dépasser.

— Jouer Dieu, comme le médecin ? interroge le Jacques.

— Non, pas exactement, lui faire concurrence plutôt, précise le médecin en entourant de son bras les épaules du jeune Diderot, ébloui par le courage de ce jeune homme.

N'empêche, dans l'accolade approbatrice du médecin, il y a une poigne, une fermeté qui semble aussi lui commander d'en rester là.

— D'ailleurs, enchaîne le cocher avec un drôle de sens de l'à-propos, ce soir, je vous amène chez la Mère Poularde, vous allez voir ce que vous allez voir... C'est bien simple, si vous ne vous régalez pas je rembourse ! Non, hein, c'est pour rire, mais quand même, c'est pour dire.

Pour la première fois depuis qu'ils sont confinés dans le même espace, le renégat tend l'oreille et montre quelque intérêt à la conversation. Marcello l'interpelle.

— Et vous, quoi haïssez-vous le plus ?

— Les curieux qui posent des questions.

La réponse est sobre. Jacques explique ce qu'il croit avoir compris.

— C'est que Monsieur est un gourmet, et que la réputation de la Mère Poularde est parvenue jusqu'à lui, aussi montre-t-il soudain un vague lien avec nous. Notre cocher est bien introduit, on sera mieux servis. Et ce soir c'est fête, comment appelez-vous ça, la Saint-Sylvestre ? Il y a toujours une trêve, ces nuits-là, plus d'ennemis, plus de dénonciations, on boit et l'on mange en paix...

Et se dit Diderot, alors que chacun reprend sa rumination solitaire, le Jacques est sans doute dans le vrai.

Plus qu'à la hauteur de sa réputation, la Mère Poularde. Ou alors elle s'est surpassée. Des plats pour nourrir un régiment. Et pas seulement copieux mais bons, gras, salés, parfumés, mijotés, des merveilles, et du vin, du vin au tonneau, généreux, pétillant et d'une étrange couleur. Un pain, des pains, plein de pains, la multiplication des pains de toutes consistances pour accompagner des jambons tièdes et épais, des pâtés de foie gras et goûteux... Des brioches et des confitures, des plats de toutes sortes, le royaume de la goinfrerie. Un enchantement pour le palais. Marcello et les deux saisonniers sont aux anges. Une flambée royale a patiemment réchauffé la grande salle basse où la diligence de Diderot a pris place. Une grande assemblée de tous les compères de voyage, et pour eux, « la meilleure table parce qu'ils sont accompagnés de deux femmes dont l'une est enceinte ». La Mère Poularde a du savoir-vivre.

— Quand les dames sont bien traitées, les hommes sont moins à boire ou à se battre...

Elle est aux petits soins envers eux. Le charme du cocher ? Le médecin penche plutôt pour celui de Diderot qui, tout à ses émerveillements d'observateur débutant, n'a rien vu.

— ... Ce sont elles qui font avancer la civilisation... Pas vrai, monsieur le philosophe, dit-elle bizarrement à Diderot qui ne l'est pas, mais doit bien reconnaître qu'elle-même philosophe assez correctement.

En plus, elle sait discerner l'étudiant sous la défroque du robin. Pas mal, Mère Poularde ! Vous êtes au moins aussi fine et vive que votre cuisine.

— Et vous savez quoi, ce soir ?

Personne n'a trop l'air de savoir. La journée a été longue, épuisante, passionnante certes mais aussi très fraîche, la température a encore baissé. La chaleur de l'accueil, la splendeur des mets, les ont littéralement saisis de fatigue...

— ... Vous savez quoi ? Ce soir, c'est vin à volonté. On fête l'an neuf, tout le monde doit s'embrasser sous le gui, la verveine ou le houx vert, j'en ai pour tous les goûts, toutes les contrées. Seul compte le baiser...

Selon la région où chacun a grandi, chacun sa coutume... Diderot le découvre. La tradition du Sud se compare à celle de l'Ouest, du Nord ou de l'Est. On échange us, coutumes et recettes de festins. Comment on enterre l'année ici ou là, comment on fête l'an neuf. C'est vrai, Dame Poularde pose des yeux de louve sur Diderot : elle a tout de suite vu, se vante-t-elle, le noble sous l'habit noir. Pendant qu'elle roucoule, les deux saisonniers complètement ivres ont décidé de faire parler le renégat. Mais leur méthode n'est pas bien efficace, le médecin doit le leur retirer avant qu'ils ne l'écharpent, sans plus de résultat qu'un vague grognement. Monsieur le Jacques, sans doute avec la permission de Dieu, lui prête renfort. Ils sont soigneusement avinés, aucune parole ne les fera lâcher leur proie, il y faut une force supérieure. Jacques de conclure, brillamment juge Diderot :

— Ce n'est tout de même pas sa faute s'il est renégat !

Diderot qui depuis le début du voyage a tendance à trouver passablement agaçant cet imbécile fataliste, le juge finalement intéressant. Ce fatalisme excuse tout, permet tout, ouvre tout. Bien sûr, ça ôte aussi tout libre arbitre, mais en est-on tant pourvu que ça ? Est-ce que le malheureux soldat que l'effarement n'a pas quitté depuis qu'il est sorti du jeu de la guerre a le moindre poids sur son destin, le moindre choix sur sa vie ? Est-on finalement si libre que Diderot aurait aimé le croire ?

Mais alors, si l'homme, mettons l'homme moral, est aussi déterminé par les lois universelles que l'homme physique — on est génial ou stupide, géomètre ou poète, bien ou mal faisant par « nature » — l'on n'a plus aucun mérite, aucune vertu, ni, non plus, aucune scélératesse à soi en propre ! On se contente d'être bien ou mal né, et les mots de bien et de mal n'ont d'ailleurs de valeur que relative, puisque la responsabilité a disparu, et avec elle sombre corps et âme ce pour quoi Diderot a eu l'impression de commettre un exploit, se trouver seul sur la route pour aller à Paris tenter sa chance : la liberté.

Il en est là des réflexions que Jacques lui inspire, et qu'à voix basse, il livre au docteur Bordeu — Mathias Bordeu, médecin voyageur, ainsi se présente-t-il —, quand soudain, une grosse bouche sensuelle, sucrée, un rien alcoolisée, pulpeuse surtout, vient s'aboucher à la sienne. Se plaquer contre celle de Diderot pour n'en plus bouger. Pour le faire taire ? Mais non, pour lui souhaiter la meilleure année 1736.

Dame Poularde s'est effectivement choisi pour commencer l'année en beauté, le plus joli de ses voyageurs, celui qui a les mains les plus fines, donc les plus douées pour caresser.

Ensuite... ? Mais ensuite, qui s'en souvient ? La proximité de Reims leur a permis de goûter, que dis-je goûter, de s'enivrer de ce vin léger, transparent et plein de bulles, qu'on ne fabrique que dans cette région champenoise, et qu'on appelle justement du champagne. Trois barriques s'envolèrent dans la nuit, et quand le cocher vint tirer Diderot des bras de Dame Poularde pour qu'il reprenne sa place dans la chaise de poste fraîchement attelée, ça n'a étonné personne qu'il aille s'installer près du postillon dans l'air glacé du matin. Il met quelques heures à dégriser dans le grand vent frais.

Le champagne ne lui a pas valu seulement une nuit d'amour, mais aussi les confidences du renégat.

— Pourquoi moi ? lui demande Denis.

— Parce que tu t'en souviendras, et tu vas les écrire, mes secrets.

— Mais je n'écris pas, moi, et pis, je vais à Paris pour me faire procureur et dénoncer les gens comme toi. Tu devrais te défier de moi au contraire.

— De toi ? Oh non, tu es bien trop tendre. Tu ne seras jamais méchant, ni d'ailleurs procureur, crois-moi, je les connais, tu n'en es pas.

Diderot n'est pas peu fier d'être le seul de leur petite bande à savoir qui est le renégat. Il lui en coûte, mais il ne le répète à personne. Pas même à Bordeu.

En revanche, madame la future grand-mère tient à le féliciter un peu bruyamment.

— Quand vous êtes ivre, mon jeune ami, vous restez étonnamment courtois, vous avez vraiment été très bien élevé, félicitations à madame votre mère.

Diderot sourit, un peu niais mais content. Il ne se rappelle pas grand-chose de la soirée d'hier, mais d'être resté poli ne l'étonne pas. Tout ce qui se passe dans cette chaise depuis qu'il a quitté Langres le passionne. C'est donc ça, la vraie vie !

Quant aux deux saisonniers, ils lui adressent les compliments inverses.

— Tu dis que tu ne te souviens de rien, mais à toi tout seul, tu as bien bu autant que nous deux, et c'est beaucoup.

— Ça, pour boire, tu sais boire, garçon, ajoute le Jacques, comme un adoubement ou peut-être comme si c'était lui qui avait appris à Diderot à si bien se tenir.

La pause déjeuner, les reliefs d'un somptueux repas de Dame Poularde et en quantité, en plein champ, ce 1er janvier a quelque chose de vraiment neuf pour Diderot. Et de fastueusement ludique. On joue à faire la dînette en plein air.

En une nuit — allez, n'ayons pas peur des mots, disons-le, d'orgie, puisque ce sont les choses qu'ils désignent qui doivent inspirer de la crainte —, il a bel et bien été adopté par tous les membres de sa chaise de poste. Même le malheureux soldat apeuré consent à s'asseoir près de lui pour lui conter, oh, à l'oreille, ses visions de la guerre, qu'à la nuit dans l'auberge suivante, sans Dame Poularde, sans champagne, Denis se hâte de noter. Le renégat a peut-être raison. Il écrit. Mais c'est sans autre but que de s'en ressouvenir, de ne pas oublier l'effet effroyable de ces confidences sur son cerveau. Ah ! il voulait savoir ? Eh bien, il en a eu pour son argent si l'on peut dire. La vision de ces malheureux déserteurs jetés dans le feu tout vivants, il a le sentiment d'avoir entendu leurs cris.

Pour Diderot, cette première journée de l'année est une révélation. Il est devenu un homme autonome, indépendant des familles, des écoles, des institutions.

Un homme comme tous les hommes. Libres, seuls et vaillants. Oui, même le pauvre soldat, même le renégat, et Diderot ne dit rien de leur cocher pour qui il s'est pris de tendresse, de Marcello qu'il se promet de revoir à Paris, de Mathias Bordeu qu'il aimerait compter parmi ses amis, et même du Jacques, tous désormais il les tient en haute estime. Ce sont des figures humaines qu'il se promet de ne pas oublier. Ce sont eux les vrais figurants, les vrais acteurs de la vie. Des mondes uniques, chacun, tous. Lui aussi, Denis Diderot. Surtout pour quelqu'un qui rêve de gloire populaire, en une nuit de beuverie partagée, de soûlographie au champagne — « la boisson la plus prisée et la plus chère à Versailles », c'est Dame Poularde qui l'a dit —, Diderot est devenu le héros de sa chaise. Même la jeune future mère lui adresse quelques sourires vagues qui se rapprochent d'une œillade timide. Comme si l'étreinte de la généreuse aubergiste l'avait oint d'une aura érotique universelle. Après les caresses de Dame Poularde, désormais toutes les femmes vont le trouver à leur goût ! Diderot rêve. Son ambition couvre toutes les disciplines, tous les domaines, sauf peut-être, le renégat a raison, celle du droit qu'il est censé aller étudier puis pratiquer à Paris. Pour assister un procureur, il faut connaître le rudiment des lois, donc d'abord retour à sa chère Sorbonne.

Au soir de cette folle journée, pour la première fois, Marcello sans que personne ne l'en prie, mais pour le plaisir de tous, décide de chanter. Ce qui leur vaut, dans une mauvaise auberge tenue par un veuf plutôt revêche, la meilleure table près de la cheminée. Il chante bien, le bougre. Diderot n'aura pas honte de lui présenter ses belles amies de l'opéra. Car c'est promis, il va l'introduire dans le monde interlope qui est le sien, qu'il rêve de retrouver, des auberges, des théâtres, des cafés, des bouges...

Qui a dit qu'on ne revoyait jamais ses compagnons de voyage ?

C'est ce même Denis Diderot qui, à la fin de cette semaine de découvertes qui se déroule jusqu'au bout comme un rêve, n'en finit pas de se féliciter d'avoir osé s'opposer à son évêque et à son père.

La vraie vie commence. Maintenant. Aujourd'hui. Être un homme comme tout le monde, c'est autrement passionnant que d'être étudiant. Comme tout le monde mais aussi comme Voltaire.

Évidemment.

CHAPITRE 8

1736-1740
Les années Neveu

Mes pensées ce sont mes catins.

Le Neveu de Rameau

M. Foucou ne ressemble pas du tout à l'idée que Diderot s'en est forgé à partir de la sévère description de son père. Pour un peu, n'était sa mission d'espion, ce serait un ami. Rondouillard, au physique comme au moral, bon vivant, toujours joyeux, d'une infinie tolérance. Comment son père peut-il s'en remettre à lui pour surveiller sa conduite ? Vraiment un brave type. Diderot s'est présenté chez lui en arrivant assez sale de la chaise de poste, et il l'a tout de suite accueilli comme un neveu.

Sitôt qu'il a su que Diderot avait habité dans le coin, il a proposé ses bras, et même son diable, pour aider au déménagement de ses vieilles affaires.

— Si vous saviez le peu que je possède... Non merci, c'est vraiment gentil, mais en un voyage, j'y arriverai.

De la rue de Seine à la rue de la Harpe, quelques centaines de mètres. Nullement dépaysé, Diderot a aussitôt retrouvé ses habitudes et ses amis, Eidous et Toussaint. Ils ont effectivement dévoré ses livres en son absence, et lui donnent un coup de main reconnaissant pour s'installer chez le coutelier. La chambre que celui-ci lui concède est beaucoup plus vaste que toutes celles qu'il a occupées jusque-là. Aussi s'installe-t-il comme un pacha. C'est du moins son impression première, surtout quand Mme Foucou frappe délicatement et lui demande la permission de lui offrir des petits gâteaux qu'elle a faits exprès pour lui, et lui chuchote, gênée :

— Ici, il vaut mieux ne pas amener, enfin, vous voyez... des filles... Mon mari qui est bonhomme a extrêmement peur des accidents d'enfants. C'est qu'il est lui-même un enfant trouvé. C'est-à-dire, en vérité, abandonné à la Pitié. Par chance, votre père lui a appris un bon métier. Grâce à lui, il s'en est sorti. Mais, attention, hein, pas de bébé, il est très à cheval là-dessus...

À cheval sur les bébés... Les petits gâteaux sont délicieux.

Des bébés ! Diderot y a-t-il seulement pensé ? S'est-il jamais interrogé là-dessus ? Il se sent si jeune. Il a l'impression d'avoir la vie devant lui, toute la vie, tout l'avenir et pas une minute à perdre. Un bébé ? Où le mettrait-il ? Pas de place pour un bébé dans ses rêves de gloire, dans sa vie décousue, ses nuits dissolues. Il n'a pas non plus besoin d'amener des filles chez Foucou, elles sont si accueillantes... Paris est une ville si accueillante, pleine de jardins, d'abris discrets, de loges d'artistes, pour s'aimer, ou au pis, d'écuries...

Ce retour, il en fait une vengeance, il a quelque chose à rattraper, et pas seulement du temps.

À nouveau, Diderot n'a plus assez d'heures dans ses journées, dans ses soirées, dans ses nuits, dans ses semaines... Les mois s'enchaînent... Les années. Il ne trouve pas le temps d'écrire à ses parents, de remercier les uns, les autres, ni même à sa Denise chérie, ni à sa tante Marguerite qui continue de broder son trousseau, et de le lui faire tenir pièce après pièce... Il n'a le temps de rien. Que de vivre. Dans ce tourbillon joyeux et dilettante, ce qu'il a tendance à escamoter aisément, ce sont ses fameux cours de droit ! Car, grande découverte, pour un amoureux de l'étude, le droit, quel ennui ! Vraiment, la basoche n'est pas pour lui. C'est la première fois de sa vie qu'apprendre lui répugne autant. Bah, le droit peut attendre, Diderot a sa vie à vivre. C'est nouveau, il veut goûter tous les plaisirs, toutes les joies, entrevues hier mais jamais expérimentées. Là, il s'y vautre, plutôt que de souffrir aux cours de droit.

Comment pourrait-il se lever de si bon matin à une heure où il n'est encore pas couché ? On veut donc qu'il ne dorme jamais. Ses nuits sont consacrées à la fête, à l'amour, à la Beauté, alors que ses soirées sont d'échanges, de poésie, de philosophie, de musique, de chants. Quelle richesse que le monde, comment en retrancher un instant ? Et pour quoi faire au juste ? Apprendre le droit, toujours le même droit depuis les Romains... Alors que la vie est si riche, si changeante...

Diderot ne sait où donner de la tête. Tant de rencontres, d'amitiés, de conversations, de projets plus ou moins fumeux, mais si sérieux aux petites heures de l'aube, tant de rêves rêvés à plusieurs, de femmes qui s'offrent à lui... Il n'a jamais eu autant de succès. C'est son heure, sa saison. Il ne peut céder un pouce de ce terrain nocturne où tout semble éclore sous ses pas. Il plaît beaucoup. Il n'a pas conscience qu'il est plutôt un beau garçon, musclé, bien découplé, fort, très fort, on fait souvent appel à lui pour les travaux les plus durs ; en plus, il est très grand, il dépasse le mètre quatre-vingts, un côté force de la nature manifeste, surtout face aux gens des villes. Une voix de stentor, un grand front, le regard vif, ça oui, très vif, il voit tout d'un seul coup d'œil. L'air intelligent, effet secondaire du grand front, mais l'œil éparpillé, partout, tout le passionne. Son trait le plus saillant reste l'enthousiasme. Et la gourmandise. Et l'exaltation, et la surabondance, et une certaine forme de puissance qui ne se perd pas avec l'âge. Toujours jeune dans l'émerveillement, il n'a pas fini de voir par là qu'il regarde déjà là-bas, ou ceci d'encore plus près... Alors oui, il a de grands cernes, dessinés par le manque de sommeil chronique, des cheveux ébouriffés comme un qui aurait dormi dans la paille, ce qui peut arriver à l'occasion, ou qui se lève d'une sieste exténuante sans avoir le temps de s'ébrouer... Alors de se peigner !

Par la rue de la Harpe, il rejoint la rue Saint-Jacques, sa préférée, celle où sont regroupés imprimeurs et libraires, relieurs et graveurs, papetiers et enlumineurs, et les parcheminiers... quel joli mot, parcheminier ! Tous s'y côtoient, vivent au-dessus de leur boutique, et se font la conversation quand le chaland n'y est pas. Chaque échoppe est pavoisée, la rue décorée d'enseignes qui dansent dans le vent et donnent à Diderot l'impression d'une permanente bonne humeur. Il y a toujours pas mal de vent rue Saint-Jacques. Outre ces artisans, que le fils du coutelier respecte absolument, il y a la présence magique des livres dans les boîtes ouvertes sur la rue. Il ne peut pas souvent s'en offrir, mais la rue descend, elle est très en pente vers la Seine, et il court vite. Très vite. Vêtu comme un robin dépenaillé, il se croit difficilement identifiable sinon sa haute taille, son visage souvent masqué par ses cheveux trop longs... Il n'a jamais été rattrapé... Mais n'allez pas croire, il ne vole pas souvent. Il faut une singulière conjonction, et qu'il n'en puisse plus : un grand manque d'argent, mais ça, c'est propre à son état, les étudiants demeurant chez l'habitant sont les plus pauvres de tous. Une vague faim permanente qui le tenaille et lui donne des ailes, surtout, à l'étal d'un libraire, un inédit de Voltaire ou de Montesquieu, les deux seuls auteurs qui jusqu'ici l'ont poussé au crime. Il anticipe son geste, il court déjà avant de s'en saisir. Mais il note scrupuleusement ses forfaits, et l'adresse du libraire spolié. Il se promet, une fois riche, de les rembourser. Il se l'est juré.

Il le fera, c'est sûr. Quoiqu'un copain de café lui ait chaudement déconseillé de conserver sa liste de rapines sur lui. On ne sait jamais, la police royale aura tôt fait de la déchiffrer.

En dépit de sa gigantesque désinvolture qu'il considère comme sa nature, l'argent est pourtant en train de devenir un problème. Il a évidemment dépensé toutes ses économies. Son père, vexé par sa décision et furieux au fond d'y avoir cédé, l'a mis à la portion congrue. Et le fils met un point d'honneur à ne rien réclamer. Certes il est gâté par Dame Foucou qui n'ayant pas d'enfant — la vieille peur de son mari — s'autorise un rattrapage intensif avec ce beau jeune homme, hélas, un peu plus homme chaque jour, et ce d'autant qu'il est mieux nourri ! À elle, son manège nocturne n'a pas échappé. Son mari est si débonnaire qu'il dort toutes ses nuits d'un seul souffle et n'a jamais entendu rentrer son hôte aux petites heures pâles de l'aube.

N'empêche, le temps passe. Bientôt il presse.

Même en droit, discipline assez méprisée par Diderot, et par tous ceux qui comme lui ont leur diplôme de théologie, matière noble s'il en est !... même en droit donc, on passe des examens. Diderot prévoit de s'y mettre au dernier moment. Il ne doute pas de l'agilité de sa mémoire ni de son cerveau. Ses années jésuites et jansénistes, puis sorbonicoles l'ont solidement entraîné à donner le change. Équipé intellectuellement pour affronter ce genre de situation, vers le mois de mai, il se rend à la Sorbonne pour s'inscrire auxdits examens. Devant l'étendue du programme, son orgueil doit sérieusement en rabattre ! Pour cette année, il doit y renoncer. Impossible de passer le moindre examen avant l'an prochain ! Comment l'annoncer à Foucou ? Son père l'a menacé de ne plus lui payer la pension de son fils s'il ne le tient pas scrupuleusement au courant de l'avancée de ses études. Diderot doit entrer comme clerc en septembre chez le procureur de Ris. Tout est prévu, arrangé. Sinon qu'il n'a pas la première notion de ce en quoi consiste ce travail... Bah ! C'est dans si longtemps. Ses nuits sont si douces, ses amantes si tendres, ses amis si passionnants, non, vraiment il n'a pas le temps. Pas maintenant. Il est trop occupé à vivre, à découvrir le monde interlope de la nuit des cafés, de cette étrange faune peuplée d'autant de poètes que de « mouches ». Les mouches, comme vient de le découvrir Diderot, sont des espions, qu'on soupçonne de l'être ou carrément qu'on croit tels, pauvres petits délateurs, sycophantes sans envergure, défrayés par la police pour trahir leurs amis. Membres ou apparentés à cette canaille pseudo-artistique comme ceux qui frayent aux environs du cimetière des Innocents.

Ces plaisirs parisiens peuvent mener à de plus glauques rencontres. En s'enfonçant plus profond dans la bohème littéraire comme elle s'autoproclame, Diderot fait la connaissance de quelques-uns de ces drôles. Énergumènes misérables mais aussi parfois grands caractères, personnages passionnants. Les hautes figures de la folie mais aussi les seules qui défrayent la chronique dans toutes les classes du royaume où ils s'insinuent.

Plus jeune, à l'orée des années trente, comme tout Paris, Diderot a été fasciné par une affaire parvenue à percer les murs épais des couvents où il résidait. Même les clercs, jansénistes ou jésuites, différemment mais avidement, n'ont pu s'empêcher de murmurer à propos de ce scandale public qu'on a appelé le scandale du diacre Pâris, et qui a incendié jusqu'au Quartier latin. Les autorités ont préféré l'appeler « l'affaire des convulsionnaires de Saint-Médard ». Aujourd'hui Diderot peut enfin reconstituer ce qui s'est passé. Un diacre donc, appelé Pâris, et fervent janséniste, meurt vers la fin des années vingt « en odeur de sainteté » selon l'expression consacrée. Peu après son enterrement au cimetière

Saint-Médard, commencent processions et miracles. Très vite, ça se sait, la foule se précipite. Et les miracles s'amplifient. La crédulité publique aussi. Le mort opère toutes sortes de guérisons, des écrouelles aux chagrins d'amour. Des scènes de folie collective ont lieu à même le gisant. Prodiges, hallucinations, épilepsies, hystéries en tout genre, le cimetière Saint-Médard ne désemplit pas. Un cardinal tient le registre des prétendus miracles. Ces « convulsionnaires », comme on les nomme, depuis qu'ils forment une foule, se livrent à mille extravagances.

Voilà ce qui se chuchotait pendant les années d'études de Diderot. Qui y croyait sans y croire. Un jour, un externe l'a emmené se balader du côté de l'hospice de l'Hôtel-Dieu, et là, il a pu voir en quel état se mettaient ces fanatiques. On le lui avait dit, mais il ne l'a cru qu'en les voyant, automutilés, défigurés, atrocement abîmés et, ce qui étonne le plus l'enfant de Langres humilié par les jésuites il n'y a pas si longtemps : toutes les classes de la société sont touchées par cette hystérie collective. Personne n'y échappe.

Des récits se chuchotent comme des obscénités, où des femmes de tous âges miaulent la nuit, hurlent à la mort, se dévêtent toutes seules avec la rage des amants, rampent et se tordent sur ordre du diacre mort ! Il n'y a pas que l'imagination de Diderot qui s'enflamme, celle de tout le royaume s'embrase. Cet étrange phénomène fait le tour du pays. On processionne de plus belle, la foule enfle. Il faut faire cesser ce prétendu miracle. En juillet 1731, l'archevêque de Paris ordonne la fermeture du cimetière et obtient du pape un décret interdisant tout culte au fameux diacre. Le Parlement, par haine des jésuites, refuse d'enregistrer ce décret. La guerre de religion, ou plutôt des religieux, reprend de plus belle. Le diacre Pâris a bon dos. Il s'agit d'une rivalité non tant de dogme que d'influence. Jésuites et jansénistes se disputent l'exercice souterrain du pouvoir.

Une ordonnance royale de janvier 1732 défend d'ouvrir les portes du cimetière sauf pour les enterrements. Le reste du temps, les morts sont interdits de visites. Le lendemain, sauvagement accolée à la porte close du cimetière, une pancarte proclame : *De par le roi, défense à Dieu de faire miracle en ce lieu.* Et le plus plaisant, chuchote-t-on, c'est que Dieu obéit. Janséniste, mais paradoxalement, pas dénué d'humour. Ce qui semble à Diderot antinomique voire impossible. Mais après la fermeture du cimetière, ces phénomènes miraculeux cessent bizarrement. Plus rien. Pas la plus petite guérison. À croire que le décret du roi a maté Dieu et ses miracles.

Il se passe pourtant toujours d'étranges choses dans les cimetières parisiens. Au cimetière des Innocents existe une vie bien plus interlope qu'à Saint-Médard. Il est ouvert sur la ville, traversé par elle, aucun mur ne l'isole des vivants qui, donc, ne cessent d'y piétiner les morts. C'est Eidous, à qui Diderot a confié le gros de ses affaires laissées à Paris lors de son départ *définitif* pour Langres, Eidous qu'il a donc revu sitôt de retour, et qui est devenu un véritable ami, qui l'initie à ces mystères. Il ne cesse de lui présenter ce monde de l'entre-deux où lui-même survit. Diderot en inlassable curieux peut rester attablé des nuits entières pourvu que les histoires qu'on lui conte soient à son goût. Il apprécie les descentes aux enfers modestes auxquelles l'entraîne Eidous, cet Eidous qui raconte « ses » cimetières. Il se prénomme Marc Antoine, mais l'idée ne vient à personne de l'appeler par son prénom. Il prétend avoir été officier dans l'armée espagnole avant de venir à Paris, où il remplit tant bien que mal son existence en faisant de la traduction au mètre ! Il a la réputation de rendre l'anglais dans une langue qui n'appartient qu'à lui, une langue proprement *eidousienne*. Pour l'instant, il gagne sa vie palpitante comme écrivain public « bilingue ».

Souvent pris pour une « mouche » par les vraies arsouilles du Procope ou de la Régence, alors qu'en des bouges moins raffinés, il fait figure de Monsieur. Il parle anglais et latin, ne rechigne pas à la besogne. Diderot l'a d'abord agréé parce qu'il connaît des histoires incroyables sur ce Paris secret qui lui est encore inaccessible. Puis il lui a présenté son meilleur ami, Toussaint. Pareil talent en amitié mérite qu'on s'y arrête, ces deux-là s'entraident comme des frères et se mettent mutuellement en valeur, chacun rivalisant dans le bien qu'il dit de l'autre. L'ami s'appelle Vincent, là encore on oublie le prénom. Il est l'auteur en herbe d'un ouvrage toujours futur, mais qui l'occupe beaucoup. Il veut l'appeler *Les Mœurs*, parce qu'il compte les y décrire par le menu. Pour avancer dans son écriture, il s'alimente de ses échanges souvent unilatéraux avec Diderot, leur nouvel ami. Ce dernier lui déconseille pourtant de publier ses notes en l'état. « Trop délateur, trop vrai », dit-il. Toujours se défier de la censure, même sans avoir rien publié, on ne peut l'ignorer pour peu qu'on soit français.

Eidous et Toussaint sont souvent sans pain. Ils passent l'essentiel de leur temps à chercher l'occupation qui leur en procurera. Comme Diderot se trouve dans le même cas, ils mettent leurs pistes en commun. Le plus débrouillard est sans conteste Eidous. Toussaint et Diderot le suivent, un brin gênés. Il y a des métiers pour lesquels ils se sentent nobles, voire versaillais. Même avec des pincettes, ils ne s'en approchent pas.

Eidous a toujours la recette, ou l'expédient indispensable quand il fait trop faim. Par exemple, au fameux cimetière des Innocents, d'où, dit-il un doigt sur la bouche et en baissant la voix, il tire son argent, oh, pas la fortune, mais de quoi vivre.

— Et c'est quoi ta recette ?

— Écrivain public. Et la clientèle sait nous trouver au fameux cimetière, qu'on appelle plus communément le Charnier des Innocents.

C'est là qu'Eidous travaille, rencontre ses clients, et aussi qu'il dort mais ça, il ne l'avoue pas. C'est Toussaint qui gaffe. Ici comme partout on enterre d'abord les morts, mais après six-huit mois sous terre, on les déterre encore assez frais, pour les entasser dans les greniers qui surplombent le cloître, afin qu'ils finissent de sécher, sous ces arcades où précisément officient les écrivains publics.

— Et, précise Toussaint, pour le moment, il gagne pas mal sa vie avec cette besogne.

— Il y a parmi ces traîne-savates des gens qui s'en contenteront toute leur vie, précise Eidous.

— Mais pas Toussaint, pas toi, pas nous, fanfaronne Diderot qui n'a pas encore eu trop faim.

Eidous est ambitieux. Ça n'est qu'une étape, un palier, un palliatif à la faim.

— Moi, j'ai des goûts de luxe, précise Toussaint, et toi, tu es trop savant pour faire ça plus d'une saison.

Diderot n'est pas ambitieux, ce n'est pas le bon mot, il veut manger le monde, pas moins. Le dévorer, et sa faim est insatiable. Demain il sera journaliste, s'il le peut, après-demain écrivain, et puis quoi ensuite ? Voltaire. Voltaire toujours. Voltaire ou rien.

Plus souvent flanqué d'Eidous, même s'il sympathise davantage avec Toussaint, le premier a plus de temps libre, son « métier » lui en laisse davantage que les expédients toujours un peu sauvages, ou à la limite de l'honnêteté de l'ami Toussaint, qui tente aussi des études de droit. Quand on vit à ce point à la marge, il n'est pas inutile de connaître la loi. En dépit de l'arbitraire royal.

À ses côtés Diderot parcourt ses cours de droit et tente de se les faire expliquer. En vain. Il revient sans cesse à des sujets plus palpitants.

Force est de reconnaître que, depuis Bernis à ses débuts parisiens, l'amitié lui a manqué, cette fraternité chaude, solide, compacte, pure. Eidous et Toussaint sont ses premiers vrais amis depuis cette époque déjà lointaine. Il se sent à la fois en confiance et en amitié, oui c'est le mot, avec ces deux garçons. En plus, ils ont plein de rêves communs. Et il adore ça. Ce lien-là est une rêverie magnifique à plusieurs voix.

Diderot est taillé pour l'amitié. Dommage que ce ne soit pas un gagne-pain, il ne doute pas d'y devenir très riche. Il est curieux, follement, de tout ce qui touche ses amis, il veut tout savoir de la vie de l'un et de l'autre. Eidous a sans doute plus à cacher, il ne lui fait visiter que son présent. Il l'emmène dans son antre, cette soupente ouverte sur le cimetière, dans le grenier de laquelle s'entassent à claire-voie les cadavres déterrés pour sécher. Plus que les vivants, les morts sont terriblement encombrants et en pleine expansion, Paris a besoin de place.

Diderot se juge chanceux et soudain extrêmement reconnaissant envers son père qui lui offre ses études à rallonge. Allez, il va lui faire plaisir et se mettre sérieusement au droit.

Voilà un an qu'il tourne autour sans oser approcher, il est temps. Dans la foulée, il entre comme clerc chez le procureur Clément de Ris, un Langrois à qui son père l'a recommandé. Finie la fête ? Oh non ! Les inutiles activités d'un clerc de procureur n'ont pas de quoi lui occuper l'esprit. Durant ses heures au bureau, il se remet à ses études, jongle avec ses matières de prédilection, se perfectionne en anglais, en philosophie, en mathématiques, en musique... Rien n'étanche son immense soif de savoir. Il a acquis quelques rudiments de droit pour conserver son poste mais pas assez pour ne pas s'ennuyer, ni pour briller. Non plus s'y intéresser. Alors, il triche, il s'occupe d'autre chose. Eidous lui confie quelques travaux d'écriture dite publique qui ne l'ont obligé ni à frayer avec la clientèle, ni à stationner au Charnier des Innocents envers lequel il éprouve une vague répulsion.

— Le problème, c'est que j'adore la vie, et que cette odeur de mort... Je n'y arrive pas... Paris pue partout et tout le temps, mais l'odeur de la mort... Non.

Ses travaux clandestins vont de la lettre d'amour à la pure contrefaçon de documents officiels, Diderot a une somptueuse écriture qu'Eidous exploite immédiatement. Tout est aisé à contrefaire chez un procureur, il dispose des sceaux, des cires, etc. Diderot fait tout cela sans qu'il y paraisse. Il a tant l'air de se désintéresser du droit... qu'on lui donnerait le bon Dieu de la basoche sans confession, et personne ne le soupçonnerait d'en savoir assez pour faire des faux.

Sa spécialité, ce sont les lettres d'amour, il fait aussi, parce qu'il y en a beaucoup, les missives au roi, puisque celui-ci a le pouvoir de régler la vie entière, des conflits familiaux aux sentences de mort, toujours iniques, en passant par les lettres de cachet. On écrit beaucoup au monarque et Diderot rédige, pour et au nom des demanderesses, d'improbables requêtes qui parfois l'émeuvent aux larmes. La clientèle d'Eidous est-elle exclusivement composée de femmes seules qui ont l'audace de s'adresser au souverain ? Diderot découvre qu'il adore écrire comme une femme. Comme s'il en était une, il use d'un « je » féminin.

Pour implorer le roi, comme pour cajoler leurs amoureux, elles veulent du beau langage. Cette ferveur pour la belle langue chez les gens du peuple enchante Diderot. Il juge que c'est bon signe même s'il ne sait pas de quoi. Eidous le rétribue en sous-main, chacun y trouve son compte.

Las, son père n'a pas confié qu'à Foucou le soin de surveiller son rejeton. Le procureur aussi est de Langres. Il ne peut lui cacher plus longtemps, une bonne année tout de même, que son fils ne fiche littéralement rien, bâille toute la matinée, quand il ne s'endort pas, lové entre ses propres bras, et se distrait sans jamais progresser en droit. Il en savait plus en arrivant, au moins avait-il l'air un peu curieux.

Même du droit, il est revenu.

Alors surgit un troisième espion. Le chef des espions, qui pourrait leur en remontrer à tous, il s'appelle Frère Ange. Par antiphrase, sans doute. Ce prieur-là est terriblement angoissant : très long, très maigre, très pointu, pas une once de gras, rien de mou. On imagine sans peine son cœur en pierre. Sa mâchoire est aussi carrée que son vocabulaire martial. Rien de religieux sinon l'austérité : on lui soupçonne un silice. Ses dents sont noires comme l'enfer.

Frère Ange épie Diderot, le guette. Un jour, il l'attend à la sortie du Procope, l'attrape par le paletot d'une main plus que ferme et exige — en tant qu'ami de son père et homme de Dieu — que Diderot lui révèle son emploi du temps par le menu, pendant et après le travail, histoire d'y opérer des « ponctions » sans prévenir, à sa convenance. Oh ! il a déjà mené son enquête : cafés, bouges, soirs d'ivresse, opéra, théâtre, alcool, nuits dans les bras des femmes, écroulé dans les écuries... Il sait tout vraiment. Tout. Que Foucou ferme les yeux, que le procureur s'en fiche, libre à eux, mais lui, Frère Ange, il ne faiblira pas. Dorénavant, tout ce que fera Diderot sera fidèlement rapporté à monsieur son père. Déjà il a dénoncé le gentil Foucou à qui son père a ordonné de le mettre dehors avec ses affaires, et de ne plus le nourrir, même s'il pleure famine. La Dame Foucou chuchote à Denis en lui tendant ses malles : « Il y aura toujours une assiette pour toi ici, passe seulement par-derrière et gratte doucement, comme le chat... »

Il va devoir habiter chez le procureur, c'est-à-dire demeurer de nuit comme de jour au même endroit, sans permission de sortie. Frère Ange se charge de surveiller ses horaires, et promet, ou menace, de faire des inspections surprises, quand ça lui chante.

À ce régime de terreur, Diderot ne tient pas un mois. Frère Ange, Frère-la-Menace plutôt, hante jusqu'à son sommeil qu'il a toujours eu excellent. Diderot voit ses bras maigres surgir des manches noires de la soutane, et se transformer en serres qui le broient lentement. Toute la nuit. Tous ses rêves. Il le hait, et ne pardonne pas à son père de le faire surveiller comme les jésuites eux-mêmes ne l'auraient pas osé. Finie la vie dans les tavernes, finis cette chaude fraternité, ces merveilleux échanges d'amitié avec ses compères qui lui offraient leur ville par les souterrains, par les cuisines et les bas-fonds. Finis ces grouillements d'humanité si généreuse. Finies ses nuits d'amour chantées, dansées, caracolées, finies les soirées à l'opéra, les matinées au théâtre... Finie la vie !

Il prend conscience que ce n'est pas pour mener pareille existence qu'il est venu à Paris. Si, par deux fois, il a choisi l'exil pour la capitale, ce n'est pas pour passer des journées de misérable petit employé de bureau, des soirées d'obsédé de plaisirs forcément trop hâtifs, et penser chaque heure comme une vengeance. Frère Ange, toujours à rôder dans les coins sombres... Rien à voir avec son rêve.

En premier, se débarrasser de cet épouvantable ange gardien. Ce salaud d'Ange qui n'hésite pas à attribuer à Diderot tout seul chaque échauffourée qui enflamme le Quartier latin, après chaque passage d'examen, de concours... Des classes entières tentent de piller des boutiques, des tavernes ennemies... d'incendier, de dévaster, de ravager le quartier... Selon le rapport du Frère Ange à Langres, tout est toujours de la faute à Diderot. C'est lui le meneur. Il est derrière tout ce qui est mal. De déconvenues rapportées, d'exploits avortés en prouesses inventées par le délateur, pour complaire au père de Denis, Frère Ange a persuadé la famille de la mauvaise vie que mène l'aîné, livré à lui-même dans la ville la plus dangereuse d'Europe, le dernier des coupe-gorge... Des bagarres défrayent régulièrement le Quartier latin, Frère Ange place Diderot au centre en instigateur. Parfaitement. Et compte tenu de l'orgueil des pères, ce dernier y croit, et même, l'y voit.

Fuir Frère Ange occupe une partie du mois, Diderot a pourtant autre chose en tête. Ah si seulement on lui en laissait le temps... Lui naît un nouveau sujet d'adoration par demi-heure... Ses amis, ses amours, ses passions, et les expédients pour se les offrir... Ses ambitions, ses rêves...

De sa famille, il ne veut plus rien savoir. Il est très en colère. Lui faire ça, lui mettre Frère Ange sur le dos. Impardonnable. Il questionne sa sœur chérie, mais elle n'a pas l'air au courant de l'espion en soutane. Son père n'a pas dû en parler aux femmes de la famille. En revanche Mme Foucou lui a glissé, outre de bons petits plats, que son père avait embauché toute une police parallèle pour le faire surveiller, qu'il lui fallait être davantage sur ses gardes, que cette fois il envisage sérieusement de lui couper les vivres. Même le procureur de Ris, à force de trouver des excuses à ce sympathique garçon, est à son tour à court d'arguments. Il ne peut davantage engraisser pareil paresseux ! Après de si bonnes études, quel gâchis !

— Ah c'est comme ça. Eh bien, je ne vais pas lui laisser ce plaisir. Ni l'initiative. J'en ai ma claque de ce jeu du chat et de la souris avec ce mauvais Ange. Si mon père me veut autre que je ne suis, s'il aspire pour moi à d'autres rêves que les miens, c'est qu'il ne désire pas mon bonheur mais la satisfaction de sa vanité. Dans ce cas, c'est moi qui refuse son pain. Et s'il croit m'avoir à l'usure, ou que la faim, la misère, la nécessité ou même l'âge vont me faire rentrer dans le rang, il se trompe. Je vais de ce pas le lui démontrer.

Il prend sa décision le jour même, et l'applique illico. Diderot est convaincu que sa détermination aura vite raison, sinon de son père, qu'il sait endurant, mais de sa mère, de ses sœurs et surtout d'Hélène... Les âmes sensibles de la famille ne vont pas le laisser mourir de faim. Elles sauront l'infléchir dans le sens de la bienveillance.

Aussi Denis, plutôt fier, informe le procureur qu'il en a assez, que ce n'est pas une vie pour un jeune homme de son ambition de vivre avec pareille épée de Damoclès. Ni d'ailleurs, croit-il honorable d'ajouter, pour qui l'emploie de subir pareil chantage : couper les vivres de l'un, cesser de payer la pension de l'autre.

— Pour vous comme pour moi, c'est indigne. Refusons cela tout net. Désormais aucun lien entre nous que l'estime, ajoute Diderot en lui tendant la main pour prouver au procureur qu'il le quitte, certes, mais en ami et comme un égal, libéré de toute tutelle.

Clément de Ris ne saurait le désapprouver. Il a vu comme il était peu fait pour la basoche, comme il s'y ennuyait, comme il préférait la bohème pour pimenter ses heures de reste. N'empêche, il admire le courage de sa décision et sa volonté pour la mettre en œuvre. Et la beauté du geste. Il n'est pas sans remarquer que c'est le jeune qui libère l'aîné...

À nouveau Diderot déménage. Il troque un galetas dans le Quartier latin pour un autre que Frère Ange ne connaît pas encore. Il ne peut quitter ce quartier, c'est le sien, et celui des étudiants sinon des études. C'est là aussi qu'on trouve les garnis meilleur marché. À peine posé, il repart « gagner sa vie » maintenant qu'il est libéré de toute activité étudiante ou officielle. Eidous et Toussaint lui ont mis le pied à l'étrier des expédients de la bohème. Temporaire, aléatoire, le statut d'écrivain public lui va assez bien pour le moment. Sinon l'obligation de s'établir au Charnier des Innocents pour rencontrer sa clientèle. Tout de suite, Diderot frappe fort, il n'est plus le sous-commis d'Eidous, désormais il établit sa pratique en son nom et proclame : « En français, latin, grec, anglais, italien... Lettres d'amour, lettres de réclamation et de doléances... »

Il s'avère doué pour les réclamations. Où s'exerce son sens inné de la justice. Aussi est-il d'une sincérité à toute épreuve pour défendre les causes les plus douteuses, il lui suffit d'y croire pour y faire croire. Il préfère pourtant les lettres d'amour où il laisse courir son imagination. Il n'est pas jusqu'à sa calligraphie qui ne lui assure une bonne réputation et pour un peu une situation rentable.

On lui achète aussi beaucoup de lettres aux familles, ce qui lui rappelle qu'il n'a plus donné signe de vie à la sienne. Pas même à Sœurette. Il doit trouver un moyen de lui faire tenir de ses nouvelles. Denise est la seule à pouvoir lui narrer par le menu comment son père a pris l'annonce de sa rupture unilatérale. Et s'il passait par sa bonne tante Marguerite qui l'adore ? En plus, elle est la mère de Victor, seul cousin avec qui Diderot ait jamais entretenu des liens d'enfants et sur qui éventuellement il croit pouvoir compter. Oui, sa tante est la bonne personne pour joindre Denise sans lui faire courir de risque.

Au nom de la liberté, il a tout laissé, se vante-t-il dans sa lettre à Sœurette. Enfin libre, enfin seul, enfin en passe d'exaucer ses rêves. Sans contrainte ni surveillance à redouter. Même s'il a cru voir Frère Ange au

Charnier des Innocents où il tient boutique, quel mal peut-il lui faire désormais ? Il est libre. Il paye chaque heure, chaque minute, au prix de sa liberté.

Libre mais souvent sans ressources. Sans feu ni bois pour se chauffer. Son léger trousseau de futur robin a fait long feu. Jamais durant ces années, il n'a assez d'argent pour se faire confectionner des habits neufs, un manteau épais surtout, car même si les hivers parisiens n'ont rien de commun avec les gelées langroises, Diderot n'a pas chaud. Heureusement, il y a les cafés. Et leur poêle. Mais souvent mal nourri, Diderot claque des dents. Alors, oui, il avoue à sa sœur dans quel état de dénuement il lui arrive de sombrer, mais la rassure en lui racontant par le menu les rêves qui emplissent toujours sa tête et sa poitrine, ses projets, ses désirs fous.

Denise a le cœur aussi exercé que l'œil, elle lit entre les lignes. Elle connaît son frère jusqu'à l'âme : s'il avoue « froid », c'est « faim » aussi. À cette même époque, ses amis le décrivent drapé de dignité maigre, enveloppé dans ce qui fut une redingote, mais n'est plus qu'une peluche grise aux manchettes trouées, avec des bas de laine noirs, recousus de fil blanc... Les joues et le ventre creux, oui vraiment. Creux, Denise ne se trompe pas, elle croit le voir sous ses mots.

Alors elle s'en ouvre à Hélène qui, toujours sous le sceau du secret, en parle à leur mère de ce ton calme et impératif qu'a toujours eu la belle Lorraine. Elle convainc ou plus simplement annonce à la douce Angélique Diderot qu'elle a l'intention de se rendre à Paris « porter du linge de rechange et plus chaud à Monsieur Denis. Il a aussi besoin de sous puisque Monsieur Didier lui coupe les vivres ». En plus des économies de Denise, Hélène pense que madame mère pourrait joindre son obole. Elle est sûre que son cœur de mère ne peut que fondre...

Et c'est à pied, seule sur la route, qu'Hélène Brûlé,

servante au grand cœur et aux longues jambes bien entraînées, fait le trajet de Langres à Paris, afin de ne pas toucher aux économies qu'elle porte à l'aîné des Diderot et auxquelles elle joint les siennes. Arrivée à Paris, elle se rend à Notre-Dame remercier Dieu de l'avoir menée jusque-là. Ensuite elle va chez les Foucou, Madame Marguerite lui a dit qu'ils savaient comment trouver Denis. De là, accompagnée de Mme Foucou, qui l'a évidemment nourrie au passage, elle se rend chez le procureur de Ris. Qui les envoie au Procope. Sinon sur les cinq heures, elles sont sûres de le trouver dans les jardins du Palais-Royal, allée d'Argenson, où s'affrontent les meilleurs joueurs d'échecs... Et il a raison. Hélène aperçoit son Denis sur un banc en train de noter des mots dans un calepin. Elle s'approche tout doucement. Il ne l'a pas vue, il est très concentré. Par-derrière le banc, elle dépose près de lui un gâteau de sa façon. Et court se cacher dans le bosquet le plus proche. Denis le voit, le prend, le goûte... Instantanément, il se retourne dans tous les sens. Sitôt dans sa bouche, il n'a plus de doute, c'est Denise qui l'aura apporté, c'est le gâteau d'Hélène. Eh non, elle surgit du buisson où elle s'était dissimulée pour assister à la scène. Et le prend dans ses bras comme le bébé qu'il n'est plus. Lui, il veut des mots, comprendre comment elle est arrivée là. Toute l'histoire, comment c'est possible...

Quand de sa bouche toute simple, il apprend qu'elle est venue « à pied, de Langres ! toute seule ! », il l'embrasse, il l'étreint... Il pleure à chaudes larmes.

Après toutes ces années, Hélène, la tendre Hélène est venue à pied, parcourant soixante lieues, lui porter tout ce qu'elle a, tout ce que mère et sœur, ce qui désormais lui tient lieu de famille, ont rassemblé pour lui. Il est bouleversé. Pour un peu, il repartirait avec elle remercier mère et sœur, mais la liberté ? La liberté...

Après l'avoir obligée à se reposer et se restaurer, il

raccompagne Hélène au départ des chaises de poste, et puisque sa bonté ne l'autorise pas à s'offrir un voyage en voiture, Denis lui paye sa place avec l'argent qu'elle lui a porté. Qu'au moins elle fasse le retour assise et au chaud. Il l'installe avec force couvertures dans la diligence. Diderot est si confus d'être secouru par cette femme si bonne, si bienveillante, et tellement de son côté... Car en plus, elle l'a approuvé d'avoir pris sa liberté. Elle l'a chaudement encouragé à persévérer dans ses ambitions. Elle croit en lui. Elle n'a pas eu l'air trop effrayée par son allure de traîne-misère. Mais n'a rien voulu lui dire quant à la réaction de « Monsieur Didier », ni demeurer ne fût-ce qu'une seule nuit, le temps de récupérer. Elle est partie, aussi légère qu'elle est venue.

Tout de même, Denis est gêné... Toute cette fatigue pour nourrir, vêtir, financer ses débauches... N'est-ce pas ainsi que son père appelle sa vie, pour peu qu'il en ait vent ? N'empêche. Libre. Libre et amoureux de toutes les femmes, couvert d'amis avec qui chaque nuit, il reconstruit et améliore l'univers... Certes, le froid, la faim, et souvent une certaine solitude, le sentiment que rien de ce qu'il fait pour les sous ne se rattache à sa grande ambition de changer le monde. Rien ne le relie à rien, à peine y trouve-t-il l'écho de ses curiosités successives ou simultanées. Il se remet à étudier pour lui-même, lit en anglais des livres dont il ne peut faire état, tant ils sont subversifs. Rien de ce qui le passionne n'a de lien direct avec la vie courante. N'empêche. Il s'entête, il persiste, il continue. Tout vaut mieux que Langres. Il a le temps de flâner, de lire et de rêver, désormais...

Il règne un grand mélange des genres dans les cafés, la lie de la terre y côtoie nobles voire « versaillais » en goguette. Tous savent distiller les cancans et les propager au-dehors. C'est d'ailleurs, avant même de désaltérer, la fonction première de ces lieux : le colportage des nouvelles, vraies ou fausses. La fabrication vengeresse ou drolatique de rumeurs à mettre discrètement en circulation.

Marcello, le chanteur italien de la chaise de poste, l'a rejoint et Diderot l'a présenté à tous ses amis, ses amies surtout, les chanteuses d'opéra, enfin à toute la troupe de la Comédie et de l'Opéra. Marcello conquiert son monde. Aussi par reconnaissance, quand il est en fonds, il le rend au centuple à l'étudiant de la chaise. Diderot doit encore déménager, cette fois, à la cloche de bois, et pour la rue du Vieux-Colombier. C'est comme pour les livres « empruntés », le jour où il en aura les moyens, il remboursera tout le monde. Y compris ses logeurs, même les mauvais coucheurs.

En attendant, il n'a pas tous les jours de quoi se payer un café au Procope. Mais il possède une chose beaucoup plus rare et précieuse que des sous, des amis, qui à l'occasion lui payent à boire. Au jeu d'échecs, maintenant que l'ami Roguin l'a pris en main et lui a confié les rudiments de son art, il lui arrive de gagner de quoi souper. Ça ne finit donc jamais ! Sa vie est une course. Et Diderot court à perdre haleine. Parfois, à l'aube, quand il s'écroule sur son galetas tout habillé, il a peur de la perdre, sa vie, de se perdre... Mais non, le jour se lève, la lumière grise qui flotte sur Paris peu avant l'aube s'estompe au profit de roses et de parme puis de bleus encore plus pâles... Incertaine encore, la beauté du jour se reflète sur les toits de Paris qui l'environnent. Il loge toujours à l'étage des pauvres, le moins cher. Brûlant l'été, glacé l'hiver, et sans eau, jamais livrée dans les étages élevés, mais c'est si bon marché. Ces successions de lumières colorées l'ensorcèlent. Il aime Paris, il aime sa vie. Il va y arriver. Il y arrivera. Il sent dans sa poitrine quelque chose d'unique, de singulier, il ne peut se tromper là-dessus, sa voie est là. Il ignore où elle le mène, quelles embûches il va encore devoir contourner, mais ça ne peut manquer d'arriver. Il le sait. Il sent qu'il a des choses importantes à dire, à faire... Comment, dans quelle langue, quel mode d'expression ? Ça, il l'ignore encore. Mais ça vient.

S'il veut être honnête, il doit reconnaître qu'il n'a fait que déchoir. Choir. Tomber de plus en plus bas. Où sont ses rêves ? Survivre d'un jour l'autre, d'une saison l'autre, vraiment ? Il n'a pas d'autre ambition ? Lui, Diderot, et ses rêves de lauriers ! Ils ont sombré avec lui dans les stupides difficultés de la survie de l'instant. Au vrai, il n'a pas avancé d'un iota et s'il est sincère, il juge qu'il a régressé. Il a commencé de régresser. S'il ne se reprend pas au plus tôt, il se voit sur une pente inexorable. Il regarde ses amis les arsouilles et autres canailles qui n'ont de littéraire que l'ambition, il a peur de ne pas s'en démarquer, de se mettre à leur ressembler. Comment dans cet état de dénuement conserver intacts sa liberté intellectuelle, sa « conquête de la gloire », le maintien de son indépendance et trouver le moyen de subsister, mettons dignement ?

Où en sont ses projets de gloire pharaonique, cette réussite inouïe ? Voltaire, pas moins !

Quand il a faim, quand il souffre d'engelures, il n'est pas loin d'un certain mépris de soi. À ces heures-là, il ne se reconnaît plus. Ni lui ni ses rêves. Il commence à redouter le passage du temps. Les saisons se succèdent sans que rien ne change.

Il aura bientôt 28 ans, voilà quatorze ans qu'il vit à Paris. Qu'a-t-il accompli pour affirmer, affermir son génie, accéder à la grandeur qu'il s'est promise ? La gloire de Voltaire.

Pour peu que le jour ne se lève pas avec quelque talent, que la lumière sur Paris ne l'éblouisse de toute sa beauté, que le désir d'une belle, ou de revoir une pièce de Marivaux, ou d'écouter Monteverdi, ne le prenne pas par la manche et ne lui ôte, de fait et de force, ses si sombres pensées, il se met à tourner à vide. Pas d'issue. Plus d'issue... Le désespoir, que faire, où est Voltaire ?

Plus d'issues ? Si, toujours, il en reste une que l'énergie de son corps ne saurait refuser : sortir marcher, partir arpenter les rues de cette ville magnifique où il a choisi de vivre.

Et réussir ? Demain.

Quel chagrin que ces aubes où il marche d'un pas vif, d'autant plus vif que ça l'empêche de ressentir trop impérativement la faim, la soif, l'épuisement, la pitié, ces aubes où il court au-devant de ses rêves sans jamais, jamais les attraper.

CHAPITRE 9

1742

De la bohème à la littérature, du libertinage à l'amour

> La pensée qu'il n'y a point de Dieu n'a jamais effrayé personne ; mais bien celle qu'il y en a un tel que celui qu'on me peint.
>
> *L'Encyclopédie, article « superstition »*

Diderot saute de joie sur le trottoir de la rue de l'Odéon devant le *Mercure de France*. Ça y est, il vient d'y décrocher son premier article. Commandé. Sûr. Officiel. Le voilà payé pour écrire ! À nous deux Voltaire ! D'avance il se lèche les babines, non tant pour les sommes gagnées que pour la reconnaissance qu'il en escompte ! Payé pour écrire ! Un rêve d'enfant. Pour écrire quoi au juste ? Oh mais il s'en fiche bien. Tout. N'importe quoi. C'est sa plume qu'on rétribue ! C'est l'auteur qu'on paye, lui comme auteur. À ses yeux, ça n'a pas de prix. Si, d'ailleurs, ça en a un, et pas négligeable. Il est même franchement bien payé pour une besogne qui lui fait tant plaisir. Il déménage pour la rue de la Parcheminerie. C'est minuscule, mais quel joli nom et quelle prédestination ! S'installer rue de la Parcheminerie pour écrire, n'est-ce pas un peu redondant ? Il rit tout seul.

Et alors ? Un article, deux, trois, plusieurs articles, et voilà, il est journaliste. C'est assez mal vu dans la noblesse à Versailles ou dans les salons à la mode, mais dans la bohème littéraire où tous se piquent d'écrire et ne rêvent que de se faire connaître, reconnaître, par n'importe quel moyen d'expression, c'est une promotion. Il gagne plutôt pas mal son pain, et surtout tellement plus facilement qu'au Charnier des Innocents. Sitôt assuré d'un peu de sous d'avance, il redéménage pour plus grand, rue de l'Observance, une toute petite rue qui monte en escaliers vers la rue Monsieur-le-Prince. À l'étage au-dessous du sien, il se fait un ami, pas aussi intime que Toussaint ou Eidous, mais bon ami quand même. Wille est allemand, il a une peau de rouquin, fragile et couverte de taches de son, la voix éraillée mais belle, il chante bien, une force physique à étendre Diderot au bras de fer. Il n'a encore jamais perdu, et y met un point d'honneur. Ce Wille qui chante si magnifiquement est d'abord à Paris pour perfectionner l'art des graveurs. Le sien. Et il se trouve si bien ici qu'il y fait venir son meilleur ami, Preisler, graveur comme lui, et aussi peintre, mieux dégrossi. Deux Allemands, deux artistes en puissance comme tous se croient dans ce coin de Paris. Par rapport aux habituels gobe-lune, ces deux-là ont des œuvres à montrer. Leur travail de graveur et de peintre est pas mal avancé pour autant que Diderot soit à même d'en juger. En trois nuits arrosées, ils ont beaucoup sympathisé. Entre eux désormais, c'est à la vie à la mort. Et ils sont saxons, ils croient tout ce qu'ils disent.

Un bonheur comme celui qui l'étreint quand tombe sa première grosse commande d'articles pour le *Mercure de France*, ça se fête. Et comme rien ne se fête seul, il va faire bombance avec ceux qu'il aime. Fastueusement. Ses amis germains sont de fins gourmets, ils lui ont offert du très bon vin du Rhin. Aussi Diderot doit-il leur offrir ce que la France a de meilleur. Terrible orgie où Diderot imite un menu du roi. Pour eux trois, il a commandé pas moins de dix-huit plats. Et toute la nuit, ils supplient leur hôtesse de leur réchauffer cette fabuleuse cuisine. Et l'on ne dit rien des vins ! Ils sont tous trois amateurs des meilleurs, aussi en fin d'agapes, raisonnablement éméchés, édictent-ils une loi valable pour tous leurs repas à venir.

Article premier : Nous mangeons à la même table. Aucun de nous ne doit murmurer si telle ou telle denrée nécessaire à la vie n'y serait en abondance, ou même y manquerait absolument. Par exemple, quoique peu vraisemblable qu'il n'y eût pas de pain, faudrait-il faire du bruit pour cela ? Non, les gâteaux feuilletés, les biscuits du palais, les meringues à la crème le remplaceront aisément. De même, on ne doit pas être inquiet si les viandes de boucherie sont rares, elles peuvent être suppléées par des dindes aux truffes, des jambons de Mayence, des chapons du Mans, des hures de sanglier, ou selon la saison, par des perdrix rouges. Si les sardines de Marseille, les harengs secs de Hollande, les merluches des îles de Miquelon ne sont pas encore venus, on se jetterait sur les brochets, les truites, les carpes du Rhin, et les anguilles de la Seine. En y ajoutant les excellentes huîtres de Cancale ou les vertes d'Angleterre. Après avoir mangé tant de belles et bonnes choses, il doit être question des vins et quoique nous ne soyons pas de grands buveurs, les vins de Suresnes, de Brétigny et des environs de Vitry devraient nous suffire. Avec de bons mets, il faut de bons vins, tels que du Cap de Bonne-Espérance, de Malaga, de Chypre, de Madère et du Clos Vougeot de Bourgogne. Avec tout cela, le dessert ne doit jamais manquer, mais supposez qu'il n'y eut ni noisettes, ni nèfles, ni poire de martin sec et autres fruits du pays, dans ce cas, nous mangerions selon moi et très volontiers des ananas, des olives de Provence, des figues sèches d'Italie, des oranges de Malte et des dattes du Levant. Et si, pour faire une digestion parfaite, le fromage carré de Marolles serait introuvable, ceux de Parmesan et de Roquefort seraient mis à la place. Le café moka ne sera pas oublié, il servira au lieu de thé pris très complètement.

Et quand il n'y aurait rien de tout cela ? Ceinture comme d'habitude, sans en faire un drame. La vie est légère, libre et joyeuse. Même quand les conditions sont plus difficiles et que revient la faim. Ils n'ont pas toujours de fromage à mettre sur leur pain sec. Ils se targuent de connaître les meilleurs.

Sans doute devaient-ils être encore très gris en rédigeant leur code de savoir vivre, manger et partager, parce qu'on y attend encore l'article 2. Quant aux suivants...

Journaliste un jour, mais pas toujours, on lui refuse quelques papiers, il est fier, il se vexe. Et le voilà à nouveau à la recherche d'un gagne-pain. Heureusement c'est une époque bénie pour les gazettes, il y en a une nouvelle chaque mois.

Diderot préfère toujours prendre des cours qu'en donner. Et que gagner sa vie d'une façon ou d'une autre. La plus simple étant les cours particuliers, dans n'importe quelle matière et, sans doute, n'importe comment. Il prétend savoir assez de tout pour enseigner à n'importe quel écolier. Gagner sa vie, son pain, même sans fromage, n'est pas toujours aisé à ces jeunes hommes que les bonnes gens nomment avec un vague frisson de peur la canaille littéraire. En dépit de ses réticences, Diderot est souvent obligé de donner des cours de mathématique, la discipline la plus méprisée durant ses études, la plus prisée aujourd'hui, et qu'il a sans doute approchée davantage qu'un autre. Sûr de n'en jamais savoir assez, il court tout Paris afin d'assister aux cours publics de Prémontval, qui, au milieu de formules compliquées, répand quelques insolences qui le font rapidement exiler de France. Diderot restitue ce qu'il croit savoir de cette belle science à quelques écoliers qui font le désespoir de leurs parents. Si l'écolier est vif, malin et curieux, Diderot ne compte pas ses heures, il transmet avec passion. Si c'est un sot, il décampe sans songer à demander son dû. Et n'y retourne pas. Il n'enseigne que ce qu'il aime et seulement à des gens qui ont l'air de s'y intéresser. Il adore ça, dévoiler ce qui paraît mystérieux, rendre intelligible, lever cette idée de secret privé qui s'attache au savoir, tout le monde doit y avoir accès, c'est sa volonté, et autant qu'il peut, il l'applique. Comme hier quand il traduisait en français courant pour Sœurette ou ses congénères les cours de théologie donnés en latin.

Souvent les parents de son écolier sentant la nécessité où il se débat le payent en linge, en vivres, en livres ou en meubles. Et comme il déménage souvent, et souvent en tapinois, il abandonne le peu qu'il a pu amasser. Il se réinstalle chaque fois à partir de rien.

Puisqu'il y a foule aux cours publics de l'abbé Nollet ou de Prémontval, la faim le pousse à ouvrir une boutique pour y vendre sa science mathématique, sous la forme de cours collectifs. Pour un public aussi trié sur le volet, espère-t-il, que celui qui se presse en carrosse chez l'abbé Nollet, où un embouteillage de duchesses, de pairs de France et de jolies femmes riches, tous avides de physique expérimentale, font la queue pour entrer. L'abbé a lancé une mode avec ses démonstrations et ses expériences de physique en public. Il fait passer des réclames attrayantes dans le *Mercure de France* pour appâter le chaland, la chalande surtout, il lance dans le grand monde une nouvelle distraction : la science physique et ses expériences amusantes. Peut-être que grâce à lui et à quelques autres, l'université se décidera à l'enseigner à son tour.

Contrairement à Prémontval ou Nollet, excellents donneurs de cours publics, Diderot n'a pas grand succès. Il est incapable de se plier à la contrainte d'horaires récurrents, même fixés par lui ! Un jour, il fait cours, ça plaît, on en parle, on y revient, on s'inscrit. Lui-même dit à demain à ses étudiants. Mais un joli minois, une course urgente, un service à un ami... et il ne reparaît de la semaine. Aussi doit-il fermer sa boutique de mathématiques, après quelques mois, sans regret mais toujours sans argent.

Sans argent !

Et la faim qui se réveille...

Un de ces mauvais jours-là, froissant des pensées maussades, en remontant la Seine qu'il aime pourtant d'amour, il croise celui grâce ou à cause de qui il en est là. Aujourd'hui c'est plutôt « à cause », la faim le met de très mauvaise humeur. Le hasard donc le place nez à nez avec Frère Ange. L'horrible Frère Ange. Frère ! Il est donc d'un quelconque couvent où trois repas chauds lui sont servis chaque jour. Quel couvent déjà ? Ah oui, le Carmel déchaux, un des plus riches ordres mendiants.

Nécessité fait loi... Ventre affamé n'a pas d'oreilles... Diderot ne réfléchit pas deux secondes, et se jette à la tête de Frère Ange... Non, il lui tombe littéralement dans les bras. Comme s'il défaillait de faim. Dans son état, ce lui est aisé. Il feint facilement l'inanition.

— Ah ! Frère Ange, Frère Ange, mon Dieu, mon Dieu comme vous aviez raison ! Ah, si j'avais su, comme j'aurais dû vous écouter, suivre votre exemple, le chemin que vous m'indiquiez ! Ah vous pouvez dire que je m'en repens tous les jours...

Ce dernier qui, comme Diderot l'a su depuis par sa sœur, n'a pas rapporté très honnêtement l'état des mœurs de son « protégé », a d'abord un mouvement de recul, puis charité chrétienne oblige, et sens de l'observation en action, il n'a visiblement pas de quoi se défier d'un pareil hère. Maigre à faire peur, dépenaillé, sa paillasse en partie dans sa tignasse en bataille, pas ou mal lavé, un ancien beau linge oublié de la repasseuse... Les joues creuses. Extrêmement creuses...

— Mon fils, qu'as-tu donc, je te trouve en effet bien pâle, peut-être un peu maigri ?

— C'est le remords. Le désespoir... Ah comme je me

repens de n'avoir pas gardé l'habit noir. À l'heure qu'il est, je serais en prière dans quelque monastère de province, au lieu d'errer dans ces rues, sales, boueuses, venteuses, au milieu de ces mœurs dissolues, arriérées, dans ce Paris où croupissent d'infects ruisseaux, où de grands seigneurs insolents, débauchés, et un petit peuple misérable mais déjà perverti, obséquieux et bruyant... Ah mon père, si vous saviez...

Diderot a le sentiment d'en faire trop, mais il se rappelle la théorie d'Eidous, « plus c'est gros, mieux ça marche ». Et comme là, il n'a rien à perdre... Les hommes d'Église n'ont-ils pas d'abord pour mission d'en susciter d'autres ? L'état où cette âme est rendue n'est-il pas propice à son entrée aux Carmes ? Frère Ange n'y résiste pas et le lui propose aussi directement que ça lui vient.

— Oh mon père, je me repens tellement d'en être sorti.

— Bien. Très bien. Je vous attends, mon fils, aux premières heures, demain pour vous présenter au Père supérieur, je tâcherai de plaider votre cause au mieux...

— Oh ! mon père...

Diderot est stupéfait. Pour un peu, il se dédirait, mais tel n'est évidemment pas le but...

— Oh mon père, c'est que je ne peux m'escamoter de la sorte du monde... Auparavant je dois régler quelques affaires en cours...

— Quel genre d'affaires ?

— Des affaires d'honneur. Enfin... d'argent.

— Des dettes, en quelque sorte ?

— Des dettes, oui hélas...

— Combien ?

— Mon père, vous n'y pensez pas.

— Combien te faut-il ? l'interrompt Frère Ange, qui ne va pas laisser passer si belle recrue pour quelques louis.

Il le sent à sa main, prêt à lui céder sur tout. Il faut battre le fer pendant qu'il est chaud.

Diderot ose un chiffre.

Énorme.

Le frère ne réagit pas. Mais fouille sous sa soutane. Jamais Diderot n'aurait pu s'imaginer qu'un homme d'Église possédât une telle somme sur lui.

— Tiens. Prends ça et va payer tes dettes, mais sois à l'heure demain au Carmel pour rencontrer le Père supérieur.

Le lendemain, encore plus hâve et mal rasé, toujours une partie du matelas de ses débauches dans ses cheveux trop longs — il a aimé une jeune arpète dans une écurie toute la nuit, les traces en sont visibles, mais on peut les prendre pour des signes de repentance.

— Alors mon fils ?

— Alors mon père... Il faut que je vous dise... Hier, je n'ai pas osé vous avouer le pire.

— D'autres dettes ?

— Plus grave... L'engagement d'une âme...

— Comment ça ? Explique-toi. Que veux-tu dire ? Tu ne peux rejoindre le carmel ?

— Pas avant d'avoir libéré la jeune fille que j'ai... que je... qui est... par ma faute... dans un état, enfin, vous comprenez. Je ne peux l'abandonner ainsi. Il me faut l'aider, comment dire ? lui donner quelques subsides pour la tirer de là...

Et Frère Ange, qui n'a pas eu l'occasion de se montrer sous un meilleur jour aux yeux de cet arrière-neveu langrois, lui donne encore une conséquente somme d'argent.

La veille, déjà, Diderot en a profité pour payer l'essentiel de ses dettes, sa logeuse, ses notes de café, de linge...

Cette fois il peut tirer des plans sur la comète... Que va-t-il en faire ?

— Je te le donne, mais sans faute, demain, tu te présentes au parloir...

— Demain, c'est trop tôt. Elle n'est pas de Paris...

— Après-demain ?

— Lundi plutôt.

Ce lundi-là, Diderot n'y est pas. Celui d'après non plus. Trois semaines plus tard, pitoyable et encore plus déguenillé, il frappe chez Frère Ange. Manifestement il a trouvé comment dépenser la somme avancée.

— Les choses ne se passent pas toujours comme on veut, j'ai une vie à rattraper, mon père... J'ai pensé que je ne pouvais me présenter en ce piteux état devant le vicaire de Dieu, il me faut aussi un trousseau de couvent, je dois me faire tailler un peu de linge...

Frère Ange qui, ne le voyant pas revenir à l'heure dite, l'a cru perdu pour toujours et en a fait son deuil, n'y tient plus.

— Non, non et non. Pas un sou de plus. Un trousseau ? Je te le ferai confectionner quand tu seras installé. Plus un sou avant.

— Vous ne voulez plus me donner d'argent ?

— Tu m'as bien entendu. Plus un sou, plus rien. Tu files au séminaire, on verra pour le linge après. Tu as bien vécu jusque-là avec tes vieilles frusques ? Tu peux continuer.

— Vraiment ? Vous ne me donnerez plus d'argent ? insiste Diderot, à la fois sincère et cynique.

— Non, plus un sou. Au couvent.

— Dans ce cas, je ne prends plus l'habit. C'est que je n'en veux pas, moi, de votre couvent, et même autant vous le dire tout net, je n'en ai jamais voulu. Adieu Frère Ange. Tâchez donc de vous faire rembourser par mon père. Puisque vous m'espionnez pour son compte.

Et Diderot de filer à vive allure en sifflotant, pas mécontent de sa « petite vengeance ». Il abandonne Frère Ange pour toujours, le laissant coi, épaté, arroseur arrosé sur son banc devant le carmel où Diderot n'a jamais eu l'intention de mettre les pieds.

Oui.

Mais...

Comment trouver de quoi vivre, essentiellement de quoi manger et se chauffer (pour le reste Diderot sait repérer les belles occasions) sans aliéner sa précieuse liberté ? N'est-ce pas là le grand enjeu, l'unique enjeu ?

Il y a bien sûr l'élégance des amis qu'il court retrouver au Procope dès la tombée du jour. À qui bien sûr, il paye à boire en leur racontant sa magnifique farce.

— Ce qu'il ne faut pas faire certains jours, tout de même, pour s'offrir un bon vin de Malaga ! a la tendresse de conclure Toussaint.

Les jours de grande famine, reste Dame Foucou. Elle s'entête à lui cuisiner des petits plats désormais en cachette même de son mari, dûment chapitré par Frère Ange, qui invoque le nom sacré de son ancien maître, Didier Diderot, le père du petit qui a faim. Désormais il gratte à la porte de service. Sur la pointe des pieds, elle le fait entrer dans une semi-obscurité et s'affaire à le gaver. Ce jour-là, elle lui chuchote qu'il est sauvé, qu'elle lui a trouvé une sinécure.

— Un *percepteur* du roi... — ces deux mots-là lui enflent la bouche, qu'elle a gourmande —, un percepteur du roi — elle prend plaisir à le répéter —, qui vit à Paris, le rassure-t-elle, a urgemment besoin d'un *précepteur* pour ses rejetons. Je lui ai parlé de toi et, figure-toi, tu ne pouvais mieux tomber, il est prêt à te prendre tout de suite, et en pension complète s'il vous plaît. Je peux t'assurer que tu ne le regretteras pas, c'est une bonne maison...

Faut-il qu'il soit à bout de ressources...

Nourri, lavé, rhabillé de propre et rasé de frais par les soins de Dame Foucou, Diderot est aussitôt agréé par Randon de Massane qui demeure rue de Richelieu, à deux pas du Louvre, près de la fontaine. Voilà Diderot soudain « enfermé » en tête à tête avec trois marmots, deux garçons, une fille, à sa charge de jour comme de nuit. Pas seulement précepteur, mais nurse aussi. Les enfants, il l'ignorait, ça ne l'intéresse pas du tout. Il n'aime pas ça. Pas plus qu'il supporte de ne pas disposer de son temps, de ses heures. Certes la table est exceptionnelle, Dame Foucou est une connaisseuse. Mais très vite, en réalité, tout de suite, il n'y tient plus. Il résiste pourtant trois mois. Le temps de se refaire du lard. Quasiment en comptant chaque heure. Mais aujourd'hui, c'est fini, il donne son congé, et file sans demander son reste. Toute la bohème va-nu-pieds au sein de laquelle il court se lover, où il est chez lui, l'accueille en héros, et se gargarise des mots que Diderot se vante d'avoir prononcés en prenant congé : « Monsieur, regardez-moi. Un citron est moins jaune que mon visage. Je fais de vos enfants des hommes mais chaque jour, je deviens un enfant avec eux. Je suis mille fois trop riche et trop bien dans votre maison, c'est pourquoi il faut que j'en sorte. Mon but dans la vie n'est pas de vivre ainsi mais de ne pas mourir. »

— « Le Loup et le Chien » ! Tout à fait « Le Loup et le Chien » ! La fable de Jean de La Fontaine illustre à merveille l'état où tu t'es trouvé acculé, déclare Daniel Roguin qui trône à la Régence, fier de le prendre dans ses bras et de le féliciter devant les meilleurs pousseurs de bois de Paris.

Roguin est un des rares joueurs d'échecs à qui Diderot trouve du talent et qu'il admire. « Il joue sans aucune bassesse », dit-il à son propos. Roguin d'entonner :

« Attaché ? dit le Loup : vous ne courez donc pas
Où vous voulez ? — Pas toujours ; mais qu'importe ?
— Il importe si bien, que de tous vos repas
Je ne veux en aucune sorte,

Et ne voudrais pas même à ce prix un trésor. »

— À boire ! À boire pour tout le monde, conclut Diderot presque en larmes.

Il les étreint tous les uns après les autres. Eidous et Toussaint, Roguin et Wille...

La longue séparation d'avec les siens, les siens choisis, lui a rendu l'âme sensible.

Larmes, rires, vins partagés. Toussaint s'inquiète à mi-voix.

— Mais qui va payer tout ce vin, l'ami ?

Diderot exhibe deux bourses pleines.

— Je n'ai pas pu en dépenser une once. Enfermé et gavé trois mois, imagine !

— Mais, animal, reprend Eidous, tu ne vas pas tout transformer en alcool en un soir, il te faut un toit, et du temps pour tenir...

Ces deux amis-là sont sans doute les plus bohèmes de tous. Pourtant il n'y a pas plus mère poule envers leur héros.

Roguin a repris sa partie. Flanqué d'un nouveau venu. Nouveau pour Diderot absent depuis des mois mais apparemment personne ne l'a encore jamais vu. Le nouveau annonce à la cantonade chercher un hôtel par ici. Il a une petite voix fluette et nasillarde mais assez douce, avec un accent incroyablement chantant, même un peu traînant, mais très chantant. De belles boucles châtain clair, d'immenses yeux, qui agrandissent son front. Clairs les yeux comme la peau et les cheveux.

— Du Nord ?

— Non, de l'Est, répond-il. De Genève précisément, ajoute-t-il avec fierté comme s'il y était pour quelque chose.

Diderot lui conseille son hôtel préféré.

— On y loge pour trois sous, l'hôtesse est un ange, elle cuisine bien. Et c'est près de la Sorbonne.

— Merci, répond chaleureusement l'étranger.

Qui se présente. Il dit s'appeler Jean-Jacques.

— Moi c'est Denis, et même Diderot.

— Jean-Jacques et même Rousseau.

Ils se serrent la main. Se dégage du nouveau venu une immédiate sympathie. Communicative. Personne ne l'a encore vu, mais il est visiblement doué pour l'amitié. Chacun veut être son ami. Il est assez féminin, de fines attaches, des poignets comme des allumettes, très menu, et pourtant un visage charpenté, un nez fort, un menton sec, et dans le regard, une manière de défi. Mais tous en sont encore à fêter le revenant. Et s'empressent autour de Diderot.

— Trois mois sans toi ! Le Procope, la Régence et même le Panier fleuri qui a failli faner. On n'y buvait plus si tard, on s'y ennuyait. On rentrait chez soi le cœur en berne.

— Même tes voisins allemands, ajoute Eidous, sont venus jusqu'ici aux nouvelles. Inquiets de ce qui avait pu t'arriver, ils t'ont cru mort.

— Et ils y sont restés, persifle Wille, attablé justement à l'échiquier d'à côté. Et depuis comme tu vois, on est devenus des familiers.

— D'abord ils t'ont cru en prison, précise Toussaint.

— En prison, ils n'avaient pas tort, sourit Diderot.

— En prison, s'inquiète le nouveau venu, il existe donc des raisons de te mettre en prison ?

— D'où viens-tu toi pour ignorer qu'en France, il n'est nul besoin de raison pour se retrouver enfermé ? Il suffit d'être pauvre, ou dénoncé par un rival.

— Dis-donc toi, à propos — c'est Roguin qui a levé la tête de son échiquier pour apostropher Diderot —, tu as du répondant en théologie ? On m'a même dit que tu avais failli prendre la bure.

— Oui. Enfin non. Pas la bure, l'habit noir, pourquoi ?

Diderot est soudain sur ses gardes. Tout ce qui lui

rappelle son père, ses promesses non tenues, Frère Ange...

— Échec et mat, conclut sobrement Roguin en se levant sans un regard pour son adversaire terrassé.

Il prend Diderot à part pour lui expliquer qu'un sien cousin des Missions étrangères l'a sollicité pour un travail bien payé, mais pour lequel, lui Roguin, se sent incapable.

Diderot déjà a bondi.

— Missions étrangères, il faut quitter Paris ?

— Mais non, pas toi, lui ! Les Missions sont une sorte d'hôtel pour ecclésiastiques en déplacement. De passage à Paris, les tonsurés étrangers peuvent y demeurer. Ce ne sont évidemment ni les plus malins, ni ceux qui ont fait les meilleures études, mais au moins sont-ils plus aventureux et plus curieux que les autres. Enfin, c'est comme partout, on exile les moins bons ou les plus dangereux.

— Et donc ?

— Donc il y en a un, qui m'est un peu cousin et doit être plus que d'autres conscient de ses manques. Aussi cherche-t-il en catastrophe — il part bientôt pour les colonies portugaises —, quelqu'un d'un peu féru dans sa matière, pour lui écrire une demi-douzaine de sermons à l'usage de ses futurs sauvages à convertir. C'est dans tes cordes ?

— Un sermon, ce n'est jamais que trois points, précédés d'un exorde et suivis d'une péroraison. N'importe qui sait faire ça.

— Eh bien, je ne dois pas être n'importe qui. Tant mieux pour toi si tu maîtrises cette sorte de construction, grommelle Roguin.

— Et c'est payé combien ?

— Écoute, pour ça, mieux vaut que tu voies directement avec lui, mais il est de la bonne branche de la famille, la branche aisée. Et comme, en plus, il ne doit pas être fier de devoir faire appel à une plume mercenaire, il paiera le double pour qu'on ne le répète pas.

Le Roguin curé que Diderot court aussitôt visiter rue du Bac l'agrée à la même vitesse ! Depuis sa « libération », c'est sa première affaire. Il l'a rondement menée. Six sermons pour les colonies portugaises, au-delà de l'Atlantique, en « terre de braises » comme ils disent. Porter au loin la bonne parole du seul Dieu qui vaille... Tout imprégné de la controverse de Valladolid, Diderot s'intéresse vite à ce nouveau travail. Oh ! comme il a eu raison de choisir théologie, plutôt que droit ! Dieu et ses œuvres le passionnent toujours. Finalement Dieu ouvre sur le monde entier. Et c'est extrêmement bien payé, soixante écus pièce. Il doit en rédiger six !

Grâce à Dieu, le voilà riche ! Oh pour quelques semaines. Comme quoi, conclut-il, il faut toujours payer à boire aux amis.

Soudain, tout s'arrête. Il n'a plus le temps de payer à boire, plus envie non plus. Ni de boire, ni de voir ses amis. Ni même de revoir ce garçon, ce Jean-Jacques qui lui a tant plu, le jour de son retour d'exil de chez les enfants, cet homme au regard si acéré et qu'il se promettait de revoir tous les jours, avec qui il avait si fort sympathisé... Personne, plus rien, il lui arrive quelque chose qu'il ne connaît pas, ne reconnaît pas, n'a peut-être jamais connu...

Il n'est plus lui-même, plus en lui, mais cette fois corps et biens, tout en entier livré à une autre.

Que se passe-t-il ?

Ça doit être ça l'amour.

CHAPITRE 10

Janvier 1743

Amoureux et publié !

> Partout où il n'y aura rien, lisez que je vous aime...
>
> *Correspondance*

Voilà, c'est ça. Diderot est amoureux, follement, démesurément, amoureux...

À nouveau, plus rien ne compte, à nouveau il ne pense plus à rien. Enfin à rien d'autre qu'à elle. Le signe le plus sûr que son cœur est très atteint ? Il n'a plus faim. Lui, le plus gros mangeur qu'il connaisse, c'est simple, il ne mange plus ! Il marche dans la ville des heures, des nuits entières ; il compose des poèmes dans sa tête, exclusivement aux heures où il marche, le mouvement les lui dicte. Il n'a faim que d'étreintes, de baisers, de ventres tièdes, de museau doux, de cœur battant, de se frotter l'un contre l'autre... La tête lui tourne.

L'objet de son amour est la plus belle fille du Quartier latin, de la rive gauche, de Paris, peut-être du monde... D'abord il tente de la séduire comme les autres, l'apostrophant en public avec son impitoyable humour qui lui permet de la héler avec grâce en pleine rue pour lui proposer son aide quand elle ploie sous sa charge. En général, les galéjades de Diderot font éclater les filles de rire, là, rien ; elle le toise avec arrogance. D'habitude ça marche, Diderot a du charme et il sait en jouer, il est grand, beau, et surtout, il a tellement envie de plaire qu'il est très convaincant. Là, rien. Elle le bat froid, une statue de marbre ne serait pas plus sensible à ses compliments. Ni moins belle. Elle résiste. Il persiste. Comme par un fait exprès, elle demeure près de chez lui, et il ne l'avait jamais rencontrée jusque-là.

Depuis, et le hasard n'est pas seul coupable, il la croise sans arrêt. Plus Diderot s'arrange pour la croiser, plus elle est dédaigneuse, hautaine, méprisante. Si de loin, elle l'aperçoit, ostensiblement elle détourne les yeux. On ne peut plus odieux. Il enquête dans le quartier. Elle est chaste. Elle vit seule avec sa mère veuve. Elle a un peu étudié chez les sœurs jusqu'au jour où sa mère l'a prise pour l'aider dans son atelier de lingère-couturière à façon. Elle s'appelle Anne-Toinette Champion, ou Anne-Antoinette, les commères ne sont pas fixées. Il apprend aussi qu'elle demeure et travaille rue Boutebrie.

Il veut la voir, la revoir encore, et la revoir... Comment faire ? N'est-elle pas lingère ? Justement, il a besoin de linge. Le sien laisse terriblement à désirer. Le trousseau du robin a fait long feu. Du linge ! Mais avec quel argent acheter du tissu et avec quoi lui en régler la façon ?

L'argent des Missions étrangères ? Il y a beau temps qu'il l'a mangé, changé en bois de chauffe et en bon vin. Plus un sou. La fille est magnifique. De plus en plus belle... Et pas le moindre morceau d'étoffe à lui porter pour qu'elle le transforme en chausse ou chemise de corps... Alors ? Ni une ni deux, il ôte la chemise qu'il porte et la déchiquette fougueusement. Sa dernière chemise ! Il se fait plus misérable qu'il n'est, prend l'air d'un provincial dépaysé, frais débarqué, qui ne sait rien, ne connaît rien, vit seul et meurt de faim, de froid et de solitude. Fin prêt, il frappe chez les dames Champion, un nom pareil, a-t-on idée ? C'est de la préméditation. En le voyant, elle baisse aussitôt les yeux. Vu ? reconnu ? Comment savoir ?

— Une voisine vous a chaudement recommandée comme couturière. Je n'ai que cette chemise, je vous supplie de la rendre mettable. Je vous en prie, acceptez...

Elle s'est emparée du haillon qu'elle retourne sous toutes les coutures. Ne dit rien, n'a pas l'air de comprendre. Elle fait non de la tête, avec un air d'impuissance absolue. Elle ne peut rien faire de cette toile en lambeaux.

— Revenez avec du tissu, je vous en ferai une neuve très vite.

Elle bouge... C'est un délice ! Elle est souple, agile, rapide, fine... et en se déplaçant offre toute sa personne. Ses bras qu'elle a nus au-delà du coude sont d'une beauté... Ses mains, longues, déliées... Ah ! Et sa démarche pour traverser l'atelier... Il se pâme. Elle ondule plus souple qu'un félin. Elle est pourtant de haute taille, avec une poitrine pleine et posée très haut sur son buste tel un ornement. Aussi grande que moi, pense Diderot avec appétit, il la voit très bien, très vite, tout de suite, le corps accolé au sien dans un parfait ajustement. Vraiment un beau brin de fille, comme on dit dans sa province. Elle éclabousse les lieux d'une lumière particulière, au point que Denis n'a pas remarqué la présence d'une vieille femme au fond près de la fenêtre. Madame sa mère.

Il revient aussitôt à la plus jeune qu'il supplie de lui montrer comment raccommoder lui-même son haillon. Il n'a plus rien à se mettre. Il lui donne ses derniers sous, qu'elle tend à sa mère en lui reprenant l'ouvrage des mains. Elle tente un point sous ses yeux. Et tel un prestidigitateur, elle fait tenir ensemble ce que Diderot a si bien déchiré...

Il sort de chez elle en morceaux, les jambes coupées. Il n'en peut plus de désir. Il l'aime. Il l'aime. Il se répète ces deux mots. Se les chante, les psalmodie. Il s'en convainc sans peine, il l'adore. Il a compris que pour la revoir, il lui fallait du linge, et du beau linge. Il ne veut pas la laisser sur cette misérable impression de pauvre à chemise unique.

Puisqu'elle ne l'a pas éconduit, alors qu'elle l'a sûrement reconnu, elle n'aurait pas si brutalement baissé les yeux à son entrée, il a donc la liberté de continuer sa cour. Persister, trouver du tissu, du linge fin, à faire façonner par ses mains, ah ses mains... et insister, faire plein d'essayages, décider que ça ne va pas, recommencer...

Mais où trouver l'argent, ou le linge ? Il fait le tour des Langrois de Paris, mais Frère Ange lui a fait une terrible réputation. Même Dame Foucou, sa presque mère pourtant, ne peut rien pour lui, des petits plats tant qu'il a faim et en cachette, mais d'argent point. Alors, toute honte bue, il écrit à sa bonne tante Marguerite, à sa sœur, à un lointain cousin à qui il n'a encore jamais écrit. Il fait feu de tout bois. À tous il donne son adresse pour qu'on lui envoie du linge, plein... Six semaines plus tard, Hélène arrive à Paris, toujours à pied, et toute chargée de tissus doux. Et de ses économies, et de celles de sa mère, et des miettes amassées par Denise. L'émoi l'assaille à nouveau. Il fond en larmes. De plus en plus sensible... Être amoureux amplifie terriblement ses émotions. Il a aussi un peu honte. Faire venir cette sainte femme, il n'y a pas d'autres mots, pour assouvir ses penchants amoureux ! La honte le saisit à la gorge. Mais pas longtemps : il aime. Il est très épris. Il passe quelques heures douces près d'Hélène. Il ose lui confier son amour, elle comprend tout, elle encourage, elle console, elle donne même des conseils de femme à cet enfant si peu homme pour ces choses, du moins le juge-t-elle ainsi. Puis à nouveau, il l'installe confortablement dans une chaise de poste.

Riche et nanti, la tête haute, il revient chez les dames Champion se faire tailler un beau trousseau. Et là, pour ne pas l'effrayer, et se ménager la joie de revenir à volonté, il s'invente un avenir de clerc. Il prétexte devoir intégrer son couvent en... mettons, janvier prochain — on est en octobre. Le couvent est décidément son subterfuge préféré. Et là ça marche encore mieux. Ça émeut, ça touche, ça rassure ces deux femmes que l'insistance et le nombre d'essayages exigés par ce beau jeune homme, qui les charme de sa voix, commençaient à inquiéter. Si c'est pour la bonne cause, s'il doit consacrer sa vie à Dieu... il peut bien s'autoriser un peu de loisir avant l'enfermement derrière la clôture.

Il y va tous les jours, il l'effleure en essayant ses chemises, il lui parle, il leur parle, il les enjôle, il les charme. La mère est presque toujours présente, alors il la met de son côté avec de jolies phrases, des petits compliments. On l'accueille de plus en plus gentiment. Puisqu'il va entrer dans les ordres, quel mal y a-t-il à ce qu'on le voit fréquemment chez ces dames ? Rien à craindre, aucun risque. Au contraire, c'est un peu comme si l'on prenait des indulgences chez le bon Dieu en traitant son futur vicaire comme un fils, comme un frère. Lui, il est de plus en plus épris. La fable du couvent ne va pas tenir. Elle est si belle, son Anne-Toinette, encore embellie par la cour qu'il lui fait de moins en moins discrètement, et à laquelle elle n'est pas insensible. Légèrement plus âgée que lui, plus mûre, plus prometteuse aussi, terriblement attirante...

Finalement, un jour qu'ils sont seuls, il avoue, il s'embrouille... Il raconte que oui, bien sûr, il devait rentrer au couvent mais c'était avant de tomber amoureux d'elle. En même temps, il lui avoue en pleurant qu'il n'a inventé cette entrée au couvent que pour l'approcher, l'amadouer... Bref il dit tout et son contraire, mais surtout qu'il l'aime, qu'il l'aime...

Elle est touchée, sous le charme, prête à s'abandonner. Nonobstant les mensonges, les excuses embrouillées, elle entend seulement qu'il l'aime. Elle aussi se sent attirée par lui. Elle s'abandonne. Il n'en peut plus, il l'enlace, ne la lâche plus, elle ne se défend pas longtemps. Sa mère est partie pour la demi-journée, elle s'abandonne vraiment. Elle le laisse s'emparer d'elle. Entièrement. Ils font l'amour sur une pile de linge comme si l'un et l'autre n'avaient attendu que ça toute leur vie, tant leurs corps s'entendent immédiatement. Frottées l'une contre l'autre, leurs peaux font des étincelles tant le désir les tenaillait. Diderot sait à quel point c'est miraculeux pour une première fois. Il n'en est que plus épris, plus reconnaissant, plus prêt à toutes les folies. Elle était vierge, lui confie-t-elle entre larmes et baisers. Elle a honte, terriblement. Très soumise à sa mère, très pieuse, très croyante. Et son confesseur est un homme très sévère. Perdre sa virginité hors du sacrement du mariage, c'est pire qu'un péché mortel.

Elle ne peut garder ce secret par-devers elle longtemps. En confession, puis à sa mère, elle avoue tout. Sa mère exige réparation, le mariage, même si le jeune homme est pauvre. Après tout, il a sûrement des arrières, son linge est de qualité, il a les mains blanches, et sa ruse pour les approcher est d'un homme éduqué. Qu'il épouse donc sa fille puisqu'il n'épouse plus Dieu !

Et comme un bonheur n'arrive jamais seul un certain Briasson, un compagnon de taverne, un de ces déclassés de la bohème avec qui Diderot erre depuis pas mal d'années, hérite soudain d'un petit pécule et décide de le faire fructifier dans la librairie. Libraire, donc éditeur. Quoi publier ? À qui demander conseil dans le petit cercle des claquedents littéraires qui traînent dans les mêmes cafés ? Diderot est à cet instant-là le plus brillant, et surtout il parle anglais. Les livres les plus subversifs, les idées les plus recherchées viennent d'Angleterre. Pariant sur l'imitation des Français, Briasson veut traduire les livres qui font fureur à Londres. Il charge Diderot de les lire et de les lui résumer. Tout de suite, il tombe sur l'histoire de la Grèce par Stanyan, livre qui allie son amour pour la Grèce, son admiration pour le régime politique athénien, et la modernité des penseurs anglais. Briasson est vite convaincu. Diderot peut-il le traduire ? Oui, mais il a terriblement besoin d'argent.

Qu'à cela ne tienne, il sera payé, et bien payé pour un crève-la-faim comme lui, une fortune ! Le libraire héritier spécule sur le succès des livres anglais.

Publié ! Diderot va être publié. Ça se fête. Au Procope. Il court arroser ça avec tous les gueux, les pousseurs de bois, les diseurs de vers étincelants, les chanteurs aux voix d'ange et autres affamés d'étoiles, avec qui il vient de passer toutes ces années à rêver. Il a pris l'habitude d'aller chaque soir dans l'un ou l'autre de ses cafés, Régence ou Procope, Procope ou Régence, sitôt qu'il ne fait plus assez clair ni assez chaud pour travailler chez lui. Amoureux certes, mais d'autant plus seul qu'il ne peut voir tout son saoul l'objet de ses émois. En plus, il a besoin de ses amis. De cette chaleur fraternelle des cafés et des buveurs, des joueurs et des rêveurs. Eidous et Toussaint sont toujours dans l'un ou l'autre, ou Wille et Preisler, ou Marcello, le chanteur italien de la chaise de poste qui revient fidèlement saluer Diderot. Il a intégré la troupe de l'Opéra-Comique, et lui en a une éternelle reconnaissance. Des hommes comme Briasson ou Laurent David, aventureux de la même eau ; quant à Roguin, il règne sur la Régence. Sitôt embauché, Diderot trouve à employer ses amis les plus démunis. Il charge Eidous, qui parle couramment anglais, d'inventorier tous les noms techniques, mythologiques et politiques chez Stanyan, afin d'en donner la traduction la plus juste. Pour le reste, il se fie à son instinct, et surtout à son besoin de semer son grain de sel partout. Traduire n'est-ce pas toujours trahir ? Diderot se sert des idées de Stanyan pour étayer les siennes, les développer, voire les détourner ou les tirer à lui. Qui le verra ? Si peu comprennent et lisent l'anglais. Ces traductions lui sont un prétexte pour s'entraîner à fixer sa pensée. *Il n'est pas nécessaire d'entendre une langue pour la traduire, puisque l'on ne traduit que pour des gens qui ne l'entendent point*, prône-t-il.

Enfin l'ami Jean-Jacques Rousseau est revenu, quel bonheur de le revoir ! L'incroyable joie de retrouver celui avec qui il n'a pourtant pas eu le temps de faire amitié. À les voir si proches, on croirait bien que si. C'était un coup de foudre d'amitié.

Son retour n'est pas glorieux, les choses ne vont pas bien pour lui. Il est tout chiffonné de s'être fâché avec sa dernière protectrice. Diderot le console. Diderot se console de l'absence de Toinette en consolant Rousseau. L'intimité s'installe entre eux comme une évidence.

Pendant ce temps, les deux tourtereaux n'ont plus le droit de se voir, madame mère fait monter la pression, mais ils sont amoureux, donc ils le prennent. Toinette lui fait porter des petits mots au Procope lui annonçant que sa mère sort pour une heure ou deux, si le mot le trouve assez vite, Diderot se précipite chez elle et c'est l'embrasement. Sinon la frustration est sévère.

Mme Champion fait semblant de rien, mais ce n'est pas sans arrière-pensée que, de temps en temps, elle les laisse en tête à tête. C'est pour mieux l'acculer au mariage. Las ! Diderot n'a pas encore trente ans, l'âge de la majorité, il n'est pas libre de disposer de lui-même à sa guise sans l'autorisation de son père. Jusque-là, impossible de convoler.

Entre-temps, il a achevé sa traduction et n'a plus

qu'une hâte, c'est de voir paraître son ouvrage. Il en attend la publication avec impatience. Être enfin posé à l'étal des libraires, et finir dans les boîtes de la rue Saint-Jacques...

Les femmes Champion le harcèlent pour qu'il se rende à Langres mander la bénédiction paternelle. Il leur faut ce mariage. Elles l'ont décidé. Et Toinette n'est pas moins exigeante que sa mère. C'est qu'elle l'aime, se dit Diderot. Qui s'imagine difficilement obtenir l'approbation de son père et, en prime, une petite pension pour démarrer une vie à deux. Diderot freine, recule, rechigne. Il se doute que son père verra d'un mauvais œil son installation avec une orpheline sans le sou, inculte et lingère. Il juge cette démarche prématurée sans savoir au juste ce qui pourrait un jour la rendre légitime. À part une grossesse !

Madame mère comprend ces choses et n'hésite pas. Elle souffle à Antoinette de mimer la future mère d'avance épuisée. Dans ce cas évidemment !

Alors Diderot, la mort dans l'âme, s'en va pour Langres, non sans avoir longtemps tergiversé, hésité, atermoyé, mais l'autorité des deux femmes, ajoutée à la menace d'un enfant, le jette sur la route.

Auparavant, il prie Briasson de lui faire porter au plus vite les épreuves à corriger de son premier livre à Langres chez son père. Il espère l'impressionner favorablement, et que ce travail le mette dans les meilleures dispositions d'esprit à son égard.

Le voyage en chaise passe comme en rêve. À peine parti, il est arrivé. Il s'enferme d'abord avec Denise pour lui demander conseil. Il lui raconte tout ce qu'elle ignore de sa vie parisienne. Sauf la grossesse, ça il n'ose pas. Et il a raison. Elle se fâche. Elle juge qu'il profite mal de sa liberté. Qu'il va se faire rembarrer par leur père et que ce dernier aura raison. Eh ! sa seule alliée le lâche. Que faire ? Comment s'y prendre ? Il a recommandé à Toinette d'envoyer ses lettres à l'adresse, et surtout au nom de sa sœur, comptant sur sa complicité. Elle les reçoit, elle les ouvre, elle les lit, et elle est furieuse. Elle juge l'auteur de ces lignes d'une irrémédiable bêtise, sans aucun intérêt, irrécupérable. Sans relâche elle tente de le dissuader d'aller plus avant dans cette aventure, et surtout d'en toucher le moindre mot à leur père. Diderot est piégé. De cela aussi, elle se rend compte, et ça l'énerve encore plus. Il est terriblement épris, donc ses mots tombent à côté, pis, ils l'encouragent à persévérer tel un martyr de l'amour.

La passion comme piège... La leçon n'est pas perdue pour Denise.

Les lettres de Nanette sont truffées de fautes d'orthographe, de syntaxe, de grammaire... Elle bêtifie d'une ligne sur l'autre, d'un mot l'autre. Sœurette est horrifiée. Les arguments amoureux de son frère ne sont pas malins non plus. L'amour rend bêtes les gens intelligents. S'en défier, toujours.

— Tu es sûr de devoir épouser ?

— Je n'ai pas le choix.

— Et tu penses sérieusement vivre avec elle toute ta vie ? Vraiment ? Tu vas demeurer avec cette analphabète...

C'est la première dispute entre le frère et la sœur. Ils s'aiment pourtant d'un amour très sincère, mais où la vérité a sa place. Ce qui ne facilite pas les projets de Diderot ou plutôt la mission dont les dames Champion l'ont chargé.

— Tu n'es qu'une épouvantable jalouse. C'est parce que j'en aime une autre que toi...

— Ouais, ben si tu l'aimais tant que ça, tu n'aurais pas hésité à le clamer devant Père et Mère à la minute où tu es arrivé, plutôt que de me demander conseil sur comment présenter les choses pour qu'elles ne se passent pas trop mal.

— Mais tu le connais... Tu sais bien...

— Oui. Mais toi aussi, je te connais. Si tu ne lui en as pas encore parlé depuis une semaine que tu câlines ta mère et te fais mousser auprès de lui, c'est bien parce qu'au fond tu rêves qu'il t'empêche de faire cette bêtise.

Piqué au vif, le grand frère.

Puisque c'est comme ça, il va prouver sur-le-champ à Denise qu'elle dit n'importe quoi.

Il fonce chez son père et, tout à trac, lui déballe les vrais motifs de sa venue, d'une seule traite, sans respirer.

Le même jour, la poste livre son premier « jeu d'épreuves » de sa vie. Une chance, croit-il. La preuve qu'à Paris il ne fait pas rien, comme son père a tendance à le redouter. Et même qu'il entame une carrière peut-être prestigieuse. On est en France où — même à Langres — le Livre, ça impressionne. Ça n'a fait que retarder le courroux du coutelier qui se sent doublement trahi par ce fils qui a renoncé aux bénéfices des études qu'il lui a offertes pour faire *écrivassier*, et qui veut en prime épouser une fille de rien, même pas de Langres ! Très atteint, il réagit violemment.

— Je t'interdis absolument de te marier. Et plus encore, d'épouser cette fille-là. Et si par hasard, tu songeais à me désobéir, considère-toi comme déshérité. D'autant que déjà tu me dois une assez grosse somme.

— Ah vraiment, et à quel sujet ?

— Ne fais pas l'imbécile, tu ne t'imagines tout de même pas que Frère Ange ne m'a pas rapporté l'étendue de tes frasques et comment tu l'avais escroqué.

À quoi, furieux des conditions dans lesquelles se déroule cette scène, conditions stupides qui dictent aux acteurs des rôles de convention, et à Diderot, celui du fils rebelle, il se sent tenu de rétorquer aussi bêtement :

— Si tu ne me donnes pas tout de suite une avance sur ma part d'héritage, je t'assigne en justice.

C'est monté trop vite, le ton comme la teneur de l'échange. L'orgueil et la douleur de chacun ne leur laissent aucun moyen de faire marche arrière. Une tension terrible dresse le père et le fils l'un contre l'autre. Prêt à tout face à l'opiniâtreté de son rejeton, sans lui adresser la parole, et surtout, sans consulter sa femme, le père court chez le représentant du roi afin d'obtenir sur-le-champ une lettre de cachet. Muni d'icelle, il va quérir la maréchaussée pour s'emparer de son fils aîné. Sans argumenter davantage. Diderot les voit venir et n'en croit pas ses yeux. Denise l'a pourtant prévenu. D'ailleurs toujours de son côté, elle l'exhorte à fuir séance tenante, à cacher un maximum de ses affaires, à mettre le reste à l'abri chez leur bonne tante. Les deux anciens enfants s'enferment dans la chambre de la première fugue, où à la va-vite, Denise lui coud une sorte de cache secrète dans la doublure de sa chemise afin d'y dissimuler quelques sous. Il lui confie lettres et papiers et la charge de les tenir à l'abri de l'ire paternelle, qui ne saurait durer.

Pendant ce temps, la maison est en grand branle-bas. Sur le seuil, Mère essaie de convaincre son mari de ne pas laisser entrer les argousins ni — quelle horreur — se saisir de son fils. Devant tout le monde !

Ah ! elle se sent mal. Elle défaille. Elle suffoque. Hélène la recueille dans ses bras. Trop tard, Père est entré, a franchi le seuil et donne à la maréchaussée l'ordre de le suivre.

Derrière la porte de sa chambre, Diderot Père exige que son fils sorte sans finasser. Ce dernier refuse. Alors, solennel et furieux, Père ordonne aux argousins d'enfoncer sa propre porte dans son propre logis ! Faut-il qu'il soit en colère, et juge ce crime impardonnable. Mais il est dans son droit, il a la société de son côté. Dans sa famille, en tant que père, il est le représentant du roi. Et se doit, en son nom, de faire régner l'ordre.

Diderot se débat comme un beau diable, contre quatre hommes d'armes, il ne fait pas le poids. Ils ont tôt fait de le ligoter « comme un rôti avant d'aller au four », commente Didier le petit frère, aux anges.

Une fois la porte enfoncée, la scène se déroule devant la famille au complet, alertée par le tumulte, toute la coutellerie incluse. En chœur, les femmes hurlent, les sœurs pleurent... Le teigneux petit frère se frotte les mains. Domestiques et employés observent dans un silence navré. Denis est très populaire auprès d'eux. Il a beau être monté réussir à la grand'ville, à chacun de ses retours, il a un mot pour tous, et n'en oublie aucun. « Ce Denis, qu'il est gentil », c'est vrai, mais il est aidé par une mémoire sans faille. Il se rappelle les prénoms de chacun des enfants des ouvriers de son père.

Personne pourtant ne peut plaider sa cause. Le père est tout-puissant, et ils sont soumis à son autorité. Aussi quand le prisonnier est tiré hors de la maison, effondrées les femmes se tordent les mains, sans pouvoir s'interposer, et les autres suivent le cortège, désolés et impuissants. Tristes, ils l'escortent de sa maison natale au relais de poste, sous les lazzis des voisins, sortis sur le pas de leur porte, ameutés par tant de bruit, et qui regardent passer ce malheureux jeune homme, lié comme un sanglier après une chasse victorieuse.

Tout Langres assiste à l'embarquement du fils rebelle dans la diligence royale. Hurlant, gesticulant, refusant de ses dernières forces de se laisser mettre au tombeau de la sorte, quel que soit son futur tombeau. De force, donc, on l'enferme dans la voiture qui s'ébranle aussitôt pour l'emporter loin des siens et de Langres. Où l'emmène-t-on ? Où va-t-on l'enfermer ? Pour combien de temps ? La lettre de cachet est le symbole le plus arbitraire du pouvoir royal. Et son père a osé s'en servir contre son fils aîné, son enfant le plus chéri, croyait jusqu'alors Denis.

CHAPITRE 11

1743

Du cachot au mariage clandestin

Il est très important de ne pas prendre de la ciguë pour du persil mais nullement de croire ou de ne pas croire en Dieu.

Pensées philosophiques

Déshabillé de force, il se débat comme un fou furieux contre quatre moines qui le revêtent d'une bure. On lui a laissé son linge intime. Sa chemise dans le coin de laquelle sont dissimulées ses économies.

Il se débat toujours, quand d'un coup, on l'abandonne. Avec force bruits de serrures et cliquetis de verrous. À peine ses yeux s'accoutument à la pénombre du lieu que les mêmes bruits grinçants de ferrailles sinistres annoncent le retour des mêmes moines, plus un, un moine barbier. Un éblouissement soudain, quatre torches pour éclairer quoi ? Diderot n'a pas identifié le barbier sous la bure, on l'assied de force, on le tient, on lui ordonne de ne pas bouger, sinon... La lame redoutablement coupante agit comme une menace. Diderot se fait statue. Un coup, deux coups, trois coups de rasoir, délicatement derrière l'oreille, la nuque bien dégagée, on lui enveloppe la tête dans une serviette. C'est fini ? C'est parfait, sauf qu'en plein milieu de son travail et donc, de son crâne, le moine barbier s'est interrompu. Diderot n'a pas de miroir, mais de sa main, il vérifie qu'il n'a pas rêvé. Non, ses sens ne l'ont pas trompé, on lui a vraiment tondu la moitié du crâne seulement.

Il pose mille questions. Imperturbables, les cinq hommes muets repartent comme ils sont venus, à grand renfort de bruits de clefs. Sans un mot, le laissant à nouveau en pleine pénombre. Pourquoi ne lui a-t-on rasé que la moitié de la tête ? Sur l'instant, il ne comprend pas. Avant que la nuit ne soit totale, il inspecte les lieux. Le tour du propriétaire est vite fait. Dix pieds sur quatre, une fenêtre petite, très haute et pleine de barreaux. Ils ont pensé à tout. Les murs uniformément chaulés de gris sont d'une folle gaieté. Outre un froid piquant — on est en janvier — le confort est rudimentaire. Un lit, une tinette, un broc d'eau, un banc et une bible posée dessus... Dans la porte au verrou si sonore, une trappe est ménagée à mi-hauteur ; toute la communication avec l'extérieur a lieu par là : vider la tinette, recevoir ses trois repas par jour, remplir son broc... Une main sans visage ni voix passe, tend, pose et se retire plus ou moins délicatement. Diderot en conclut qu'il y a une main pour le matin, et une autre, l'après-midi, le soir, il n'y a plus personne.

Hormis cela, rien. Pas un bruit, pas un échange, depuis qu'il a cessé de tambouriner, cogner, hurler, crier à l'injustice..., il n'entend plus que son sang qui bat furieusement à ses tempes.

Ce qu'il a pris pour une prison n'est que le cachot d'un modeste couvent situé quelque part entre Langres et Troyes. Les cloches et surtout le chant des pères à l'heure des prières le lui confirment. Il n'a pas de bougie, et la Bible pour toute lecture. Il doit se coucher quand la nuit tombe, et on est en hiver. Il réclame de quoi lire, des bougies... Peine perdue, ses cris tombent dans le silence abyssal de l'absence. Il n'y a personne. Les moines qui semblent se relayer pour le garder la journée l'abandonnent sitôt que les cloches du soir les appellent aux vêpres. Il apprend à reconnaître la nature du silence qui l'environne, habité ou non. Il est bel et bien enterré. Escamoté à toute humanité. Personne ne peut l'imaginer en pareil lieu. Il peut aussi bien y mourir. Son père a-t-il vraiment décidé de l'éliminer ? Il n'arrive pas à le croire. Un fond d'optimisme... Il n'y a pourtant aucune raison d'espérer. Sinon que l'animal en lui jamais ne se résigne. Sûr de lui ou de son père, les premiers jours, il n'a même pas usé de la technique des bâtons dessinés ou gravés sur le mur pour compter le temps, ce que tous les prisonniers réinventent spontanément sitôt enfermés. Il ne s'y est mis que le troisième ou peut-être le quatrième jour. Il était temps : déjà il ne sait plus où il en est, tant s'évanouit vite la notion de durée. Aujourd'hui il en compte huit. Donc peut-être plus. Or depuis tous ces jours, rien. Pas un mot, pas une visite. Pas une seule sortie. Rien. Le silence est très excessif, la pièce exiguë... Il ne comprend pas. Hébété, prostré, abasourdi... Comment peut-il se trouver là sans la moindre affaire personnelle, sans personne au monde pour répondre à ses questions, expliquer, consoler... ? Vu l'arbitraire qui l'a fait enfermer, quel autre arbitraire pourrait l'en sortir ?

Il est là depuis dix bâtons sur le mur, quand une main introduit la clef dans la serrure à une heure insolite. La porte s'ouvre et laisse passer sa sœur chérie et sa tante préférée. Denise et Marguerite Humblot, la petite sœur de son père, sa seule alliée. Elles ont donc réussi à le faire céder. Denise se jette dans ses bras, ravagée de chagrin, et sans desserrer son étreinte, elle ne peut dire un mot. On a dû la chapitrer pour qu'elle se taise. Lovée dans les bras de son frère, des larmes silencieuses coulent le long de ses joues alors que sa tante parle, parle comme dans un salon, des affaires courantes.

— Ah, tiens, je t'ai apporté du travail. « Il n'est pas

bon que l'homme s'ennuie. » Tes premier, deuxième et troisième « jeux d'épreuves », comme tu appelles ces papiers. Ton père m'a autorisée à les faire reprendre sitôt que tu les auras corrigés, et je les renverrai moi-même à Paris, à ce M. Briasson, libraire. À part ça, j'ai récupéré ton linge, ajoute-t-elle, en baissant la voix comme si c'était intime, il est chez moi, en sûreté. Il t'attend.

— Quand ?

— Quoi, quand ?

— Tu as bien entendu, je te demande si mon père me sortira un jour de ce tombeau.

— J'ai aussi rangé chez moi des effets t'appartenant, persiste tante Marguerite comme si de rien n'était.

C'est le moment où Denise se détache de lui et, tout en larmes, lui demande s'il a l'intention de renoncer à cette Toinette...

— Tiens, voilà sa dernière lettre, jette-t-elle en vrac et décachetée sur le lit.

Plus enflammé que jamais, plus arrogant aussi, n'est-il pas là pour elle, pour ne pas avoir renoncé à sa Toinette ? N'est-ce pas par amour pour elle qu'on le retient dans ce cachot ? Ah mais non ! Non, il ne cédera pas. Prêt à s'emporter contre Denise, pourtant l'être au monde qu'il a toujours préféré jusqu'à l'arrivée de Toinette. Il irait jusqu'à la haïr pour peu qu'elle insiste...

Denise est désolée, navrée. Et ne peut le lui cacher.

— Quand la lettre de ta promise est arrivée, Père me l'a arrachée des mains. Il m'a absolument interdit de te l'apporter. Mais j'ai vaillamment résisté, et ne lui ai cédé que l'enveloppe. J'ai réussi à garder la lettre. D'ailleurs ce qu'il voulait, c'était l'enveloppe avec l'adresse des dames Champion. Désormais il l'a.

— Leur adresse ! Mais pour quoi faire ?

Denise ne sait que dire pour consoler, calmer, apaiser son frère. Elle connaît la détermination de son père.

L'obstination de son frère. La tante continue de parler comme si elle était dans un salon. Elle vérifie l'état d'esprit du prisonnier, l'interroge sur ses intentions. Buté, lui n'a d'autre idée en tête que de courir retrouver son amour, l'aimer, l'aimer... et l'épouser.

— Hélène t'a cuisiné ton gâteau préféré, tu sais, celui avec des noix...

Denise le lui tend. Il le repose avec une totale indifférence pendant que Marguerite tente de le raisonner. De tout son cœur, toute sa vie, Denise a toujours été du côté de son frère contre le reste du monde, mais pas pour cette folle idée de mariage avec celle qui, dans ses lettres, qu'elle ne se prive pas de lire, lui apparaît comme « une vraie dinde ». Bêtifiante, nunuche, sans imagination ni la moindre orthographe, visiblement inculte aussi. Qu'attend-il pour s'en apercevoir ? N'est-ce pas son devoir de sœur de lui ouvrir les yeux ? Hélas, il refuse de la laisser faire. Elle ne peut que donner raison à son père : « Ce mariage est une idiotie et une bourde. »

Diderot s'inquiète de ses dispositions envers lui. En son for intérieur, il est vexé, dépité, déçu, il espérait que les larmes de sa mère l'auraient fait craquer plus tôt. Il n'a pas prévu que ça dure autant.

— Et à votre avis, ça va durer longtemps ?

— Oh ! il est encore très en colère...

Denise n'ose lui révéler la teneur de la lettre que son père a envoyée à Mme Champion mère. Son père la lui a lue pour avoir son avis. Mieux vaudrait oublier cette fille tout de suite. Après cette lettre, normalement, c'est elle qui n'en voudra plus.

Secondée par sa tante, elle essaie doucement de lui faire entendre raison.

Entendre raison ! C'est contraire à tous les rêves de Diderot. Il ne cédera pas. Il l'a décidé.

— Tant pis, j'en mourrai.

Ostensiblement, il se drape dans cette posture, il s'y plaît. Il n'en bougera pas.

— Père ne te délivrera que si tu renonces à ce... mariage.

Elle pensait « mésalliance », mais elle n'a pas osé.

— Alors je resterai en prison jusqu'à mourir d'amour...

Donc c'est une pose ! Pour la première fois Denise le trouve ridicule. D'ailleurs ne pouvant aller plus loin après cette sortie, il les envoie balader. Violent, hargneux, en voulant à tout le monde et surtout à lui-même, se sentant effectivement piégé, mais avant tout mauvais. Sa première visite depuis dix jours, neuf en réalité, lui ont-elles appris, et il les renvoie comme des malpropres, comme ses pires ennemis.

Décidément « seul contre le reste du monde », son amour l'aveugle, mais le martyre lui plaît, il n'en démord pas.

Sur le seuil Denise insiste.

— Tu n'es pas sérieux. Tu ne veux pas mourir. Tu crois que Père cédera si tu emploies tes grands mots. Ce n'est pas son genre, méfie-toi.

— Tu es tout sauf un garçon qui veut mourir, conclut sa tante pour se (et le) rassurer tout en franchissant le seuil de sa prison.

— Pour mon amour, j'y suis prêt. Le chêne rompt, mais ne plie pas. Je ne plierai pas.

Accablées, elles s'en vont. Sœurette a oublié son missel. Déjà se promener avec un livre pareil n'est pas son genre, mais alors, l'oublier... ! Elle l'a bizarrement laissé en évidence, sur son oreiller. Peut-être un mot dedans ? Il s'y précipite pour comprendre, quel signe elle veut lui faire ? Il l'ouvre. Mais... c'est un faux missel ! Il a été évidé, creusé en son centre afin de dissimuler un couteau soigneusement aiguisé. Aussitôt Diderot l'essaie. Impossible de desceller le moindre barreau avec.

Impossible d'entamer ce sol de pierres dures et glacées. Donc ce couteau ne sert à rien. Décidément, Sœurette n'est plus la même. Qu'avait-elle en tête en le lui apportant ? Entre eux, l'entente s'est perdue. Il se sent victime du destin.

La prostration l'a rattrapé sitôt que le gardien a reverrouillé la porte derrière elles. Il trouve sa cellule encore plus grise, les barreaux plus épais, la fenêtre plus étroite, le jour plus sombre, le broc plus sale, la tinette plus puante, la gamelle plus vide, désespérément vide, et il est toujours affamé, toujours. Denise a raison, il n'a pas la moindre envie de mourir. Mais justement cela n'en serait que plus beau ! En attendant, reste le gâteau d'Hélène, sucré et tendre comme elle. Il le dévore, ce qui n'a même pas le pouvoir de lui rendre le moral. Il s'endort, des larmes plein les yeux.

À ses deux visiteuses, il a narré avec force détails pathétiques son arrivée en ces lieux, son incompréhension qui dure encore. Il trouve sa situation incroyable, il répète cette épithète, jusqu'à la psalmodie. Je ne suis pas un criminel quand même ! Ces fameuses lettres de cachet sont une réelle infamie. Qui symbolisent de façon abstraite l'arbitraire de la justice royale. N'importe qui pour n'importe quoi, et surtout pour rien, dans n'importe quel milieu, peut dans l'heure se retrouver enfermé *ad vitam aeternam*... Maintenant pour Diderot c'est on ne peut plus concret.

Il égrène ses doléances pour tenter de s'en soulager. Comment on l'a privé de toute dignité, en le déshabillant de force, en le dépossédant de toutes ses affaires personnelles, comment ils se sont mis à cinq pour lui tonsurer la moitié du crâne, afin — il a enfin compris — « qu'au cas très improbable où je parviendrais à m'évader, la demi-tonsure me fasse immédiatement repérer ».

Trois fois par jour, de la voix, il tente de retenir la

main qui lui passe et lui reprend ses plats. Vide sa tinette, remplace son eau... Impossible, pas de réponse, jamais de réponse. Il est peut-être muet ou même sourd, se dit Diderot qui n'envisage pas qu'on ne réponde pas « exprès ». D'autant qu'il a usé de tous les tons possibles pour l'amadouer : crier, implorer, tempêter, pleurer... Rien n'y a fait. La main ne répond pas. Denise lui a confirmé que ses gardiens exécutaient à la lettre les ordres de son père : aucun contact. Aucun contact ! C'est ce qu'on peut faire de pire à Diderot. Son père l'a deviné.

Il est sale, il sent mauvais, la sinistre odeur de la peur. Il n'a pas assez d'eau pour boire *et* se laver.

L'infini déroulement des heures est scandé par les cloches, lesquelles déclenchent le chant des moines, en chœur, et sans doute en procession, ça fait un bruit qui déambule. Il en a repéré les va-et-vient dans le grand silence du couvent. C'est ça, ils ont dû faire vœu de silence. C'est pourquoi la main ne lui répond pas. Diderot n'est pas doué pour prêter de la méchanceté aux autres, il leur trouve toujours des excuses. Il n'est d'ailleurs lui-même pas équipé pour la méchanceté.

Le temps se fait compact comme un ciment qui prend, et de plus en plus dur... Dur comme la pierre de ce couvent. Mais impalpable aussi comme les nuages qui défilent à toute vitesse depuis sa lucarne. Diderot se voit enterré vivant. Il est de plus en plus mal. Seule le maintient la pensée que c'est l'ultime épreuve pour obtenir la main de sa Nanette, retrouver son amour... Maintenant ça fait plus d'un mois qu'il l'a laissée à Paris, qu'il ne l'a pas vue, pas embrassée, pas... Et vingt jours qu'il ne lui a plus écrit, sa dernière lettre à elle date d'il y a quinze jours... Elle doit être morte d'inquiétude, folle de chagrin. Puis il se rappelle ce que Denise a raconté : son père lui aurait arraché l'adresse des dames Champion pour le déconsidérer à leurs yeux... Les adjurer de renoncer à ce mariage... Alors, non, ce n'est pas inquiète qu'elle doit être, mais furieuse, en rage et fâchée contre lui...

Le temps ne passe plus. La tinette se remplit. La tinette se vide. Diderot approche du désespoir. Sinon le fanal de son amour, c'est la mort qu'il appellerait de ses cris. Mais sitôt qu'il ferme les yeux, il revoit Nanette, ses belles hanches, ses beaux bras, ses yeux si noirs, flamboyants, ses épaules de bonheur, ses seins gonflés de lait pour l'enfant qu'elle porte. Ah ! quelle misère...

Qu'a bien pu dire son père ? Est-ce irréparable ? Et si elle ne l'aime plus, alors il subit tout ça pour rien... Parfois il vaut mieux mourir.

Dix jours plus tard, suite à un interminable trou noir dans le temps, la porte est soudain déverrouillée à une drôle d'heure. Et laisse passer son père, grand, terriblement droit. Seul. Direct et sans fioritures.

— Tu demandes pardon. Tu renonces. Tu oublies cette amourette et l'on rentre ensemble à la maison, annonce-t-il dans l'encadrement du seuil.

— Non. Je l'aime. Je l'épouserai. Ou je mourrai.

— Alors, adieu mon fils

Demeuré debout à la porte, son père n'a qu'à se retourner, taper sur la trappe pour disparaître.

Denis le rattrape de la voix.

— Tu prétends vouloir mon bonheur ? Et tu me jettes au fond d'un cachot sans jugement.

Dans le regard de son père, il croit voir passer une nuance de chagrin, fugace mais sans doute est-il réellement triste d'être réduit à ça.

— C'est pour ton bien.

Le coutelier ne doute pas. Il souhaite qu'un mois entre ces murs le réduise à quia, à moins d'intransigeance en tout cas, à une position moins arc-boutée. Il le préférerait libre, mais sa stupide attitude l'accule à le laisser moisir le temps qu'il faudra.

C'est la guerre de deux intransigeances embrasées, exaltées.

— Donne-moi une seule bonne raison de te relâcher. Par exemple, du bon usage que tu ferais de ta liberté.

— Tu m'as fait enfermer en criminel parce que je suis amoureux d'une femme que tu juges d'un milieu inférieur au tien. Et parce que je l'aime et que je refuse de la déshonorer et parce que je veux l'épouser, tu me fais jeter en prison ! Oh comme tu as raison. Quels crimes certes que l'amour et le respect. Libère-moi sans condition, ou renonce à jamais à avoir un fils aîné.

Furieux de l'obstination de son fils, et tout autant contre ses propres principes, le père considère qu'il ne lui laisse pas le choix, qu'il le contraint à la dureté. C'est fini. Il frappe pour qu'on le fasse sortir.

— Fort bien, mon fils. Adieu.

À quoi Diderot repartit, son père déjà à demi sorti :

— Comment peux-tu espérer que je cède ? Ne suis-je pas ton digne fils ? N'es-tu pas mon modèle ?

La porte s'est refermée. Dehors, on pousse les verrous, on tourne des clefs, on chuchote, le père donne ses ordres. C'est comme si la nuit tombait pour toujours. Diderot s'allonge dans un état d'affliction et de rage contre son père, contre lui-même, contre tout. Il ne peut contenir ses sanglots. Il pleure à gros bouillons. Pas d'issue, pas d'issue, issue, issue...

Pour la seconde fois, il envisage de s'évader. Puisque ni son père ni sa sœur ni personne ne se décident à l'aider, il doit sortir par ses propres moyens, trouver seul comment fuir. Cette fois, la nuit est vraiment tombée. La trappe s'ouvre pour la gamelle du soir. C'est l'heure des vêpres. Ensuite tous les moines se dirigent en chantant en chœur vers la chapelle, y compris son gardien. Diderot a repéré la signification de presque tous les bruits qui rythment la vie du couvent. C'est là que germe son projet de fuite. A-t-il d'ailleurs le choix ? Acculé à rendre la violence qu'il subit, il prépare sa sortie. Il rumine son coup, il en répète chaque seconde... De vêpres jusqu'aux prochaines vêpres demain soir, il dessine l'aventure dans sa tête avec la plus grande rigueur et une minutie de détails qui l'étonnent. Il n'en dort pas de la nuit. Ce qui n'est pas malin, il va avoir besoin de toutes ses forces.

Son plan se déroule comme il l'a imaginé. Avant vêpres, le lendemain, la trappe s'ouvre, la main tend la gamelle... Diderot se jette sur la main, l'attrape, la tire de toutes ses forces jusqu'à parvenir à amener tout le bras à l'intérieur, puis à coller le front et l'épaule du moine contre la porte. Sans le lâcher, de son autre main, il brandit le couteau de Sœurette, qu'il pose à l'aveugle mais quelque part sur la gorge du moine immobilisé.

— Donne-moi la clef, ou je te tue.

S'il est muet, il n'est pas sourd. Il obéit aussitôt.

À peine le moine entré dans la cellule, Diderot l'assomme, le bâillonne des fois qu'il sache crier, lui arrache son trousseau et l'enferme à sa place. Il lui prend son capuchon qu'il enfile pour cacher sa demi-tonsure, et file, file à toute vitesse. Son instinct lui souffle la bonne direction. À chaque porte, il tombe sur la bonne clef, le bon Dieu est avec lui ! La nuit est tombée, le couvent est noir, les moines sont à la chapelle, Diderot les entend chanter.

Il est sorti. Il est sauvé. Il se fond dans les bois, il court, il court, il se cache, il a si peur d'être repris. Il se dissimule dès qu'il fait trop clair. À l'aube, il trouve dans les champs de quoi ne pas mourir de faim, la fameuse part du pauvre ou portion du voyageur. Il relève des deux catégories. Pain rassis, fromage de même, les fruits sont généralement encore bons, la preuve : ils sont béquetés d'oiseaux. Tout cela est pourtant insuffisant pour ce solide gaillard avide de tout et surtout de liberté. Après une nuit de marche à rythme forcé, une journée en partie caché dans une grange en ruine, où le froid l'a réveillé, il se met à neiger. Pour ne pas se perdre dans toute cette blancheur, il doit emprunter le chemin du coche, caillouteux à se tordre les pieds, mais balisé. Il trouve une étable, avec des vaches, s'y réchauffe et leur vole un peu de lait tiède. Non. Beaucoup. Il en prend à toutes les vaches, comme ça, on n'y verra que du feu. La tête lui tourne. Des pommes l'attendent sur des claies, il en bourre son capuchon. Il chaparde. Oh, il mendierait bien, mais il a peur de s'approcher des villages. La neige empire. Il a de plus en plus froid, ça s'insinue sous sa bure. Une masure isolée, dont la cheminée fume, c'est trop tentant. Il n'y résiste pas. Au pire, il a son couteau. Il n'a pas hésité la première fois à en user. Il se fait confiance. Allez, il y va. Il existe tout de même aussi des braves gens. Il tente. Il frappe. Un couple de vieux paysans s'efface sans méfiance pour le laisse entrer. N'est-il pas vêtu en moine ? Il court à la cheminée. Se réchauffer d'abord.

— S'il vous plaît, aidez-moi. J'ai un peu d'argent, je vous le donnerai.

Sont-ce des braves gens ou seule la perspective de ces quelques sous... ? Tout de suite, ils lui remplissent une écuelle de soupe épaisse, nourrissante, chaude. Un verre de vin, un autre. Alors, il ôte son capuchon et les prie de regarder sa demi-tonsure : « Lettre de cachet. Évadé ! »

Les paysans reculent, horrifiés.

Alors il explique. Il est amoureux, et son père n'a rien trouvé de mieux pour l'empêcher d'épouser sa promise que le cachot d'un couvent. Rassurés, ils se rapprochent pour écouter la suite de l'histoire.

Pauvre enfant, victime de pareille injustice, pouvoir

royal, pouvoir paternel, c'est tout pareil, partout de l'abus. Oh, oui, bien sûr ils vont l'aider.

— Et d'abord, t'égaliser l'autre partie de la tête à la hauteur de l'autre, afin que l'ensemble ait la même longueur de cheveux, décrète la vieille femme. Et te trouver des vêtements civils.

Ils ont eu un fils, mort à la guerre, il y a déjà longtemps, mais on garde tout chez les gens de peu. Les paysans sont les premières victimes de l'arbitraire royal, via la féroce vénalité des fermiers généraux qui les rançonnent littéralement. En fin d'hiver, ils n'ont généralement plus qu'à déterrer quelques raves pour ne pas mourir de faim. L'injustice, ils connaissent. Ils compatissent. La femme l'aide à ajuster à ses mesures les vieilles frusques de son garçon. Pendant que le vieil homme le plaint et l'encourage à courir vers son aimée. Mais d'abord on le supplie, on lui ordonne même de dormir un peu. Mû par une sorte de confiance épuisée, Diderot se laisse aller au sommeil toujours dangereux pour un fugitif. À l'aube, le vieux attelle sa charrette avec son unique cheval, homme, femme et cheval, tous ont l'air d'avoir le même âge, et le mène au plus proche relais de poste à Fontaine-les-Grès. Pendant la nuit, Diderot a décousu l'ourlet de sa chemise de corps qui contient ses économies. Il en cède les trois quarts au brave paysan si secourable. Lequel le bénit, le remercie et lui jure de se taire toujours. Diderot le croit, qui ne songe déjà plus qu'à retrouver sa Toinette, à s'expliquer, à lui faire porter une lettre qu'il peaufine pendant tout le trajet. Il veut se faire plaindre, admirer, cajoler. La brave paysanne lui a préparé un panier, de quoi tenir pendant les cinq jours de voyage : pain, fromage et pâté. Il ne finit même pas ses précieuses provisions. D'abord il écrit sa supplique à Toinette puis s'endort jusqu'à Paris. Il récupère.

À peine débarqué, au relais de poste central, place de

Grève, il file droit à la Régence. Il espère y trouver Rousseau ou l'ami Wille, puisque c'est là qu'il travaille pendant l'hiver. Chance folle ! Wille est bien là. Ils s'embrassent. Diderot le tire à l'extérieur alors qu'il fait un froid de gueux, et lui chuchote à l'oreille, comme on complote, l'étendue de ses malheurs.

— Je me suis évadé, aide-moi.

Il ne se sent pas libre. Des hommes de son père ou du roi peuvent l'arrêter n'importe où, n'importe quand. Peut-être sont-ils en train de l'espionner. Méfiance. Il apprend à n'être qu'un fugitif. Il demande à Wille de l'aider à trouver une chambre. Son ancienne adresse est trop dangereuse, son père la connaît, Frère Ange aussi. Dès qu'on saura son évasion, Père jettera tous les Langrois de Paris à ses trousses. Diderot doit vivre caché, dans la clandestinité. Il se croit recherché par toutes les polices du royaume. Sans doute en fait-il un peu trop mais il se sent réellement en danger.

Wille alerte Eidous qui prévient Toussaint. À eux trois, ils l'installent le soir même dans une chambre temporaire. Entièrement dissimulé dans le grand manteau de l'un d'eux, Diderot leur demande de l'accompagner jusque la rue Saint-Louis-en-L'île. N'est-il pas suivi ? L'île jouit d'une sorte d'immunité policière ou judiciaire. Diderot a appris ça, quand il faisait des études de droit. Toussaint confirme. Diderot sait la discrétion de ses trois amis, et les supplie de porter à Toinette son mot de billet.

Fontaine-les-Grès, février 1743

Ma chère amie

Après avoir essuyé des tourments inouïs me voilà libre. Te le dirai-je ? mon père avait porté la dureté jusqu'à me faire enfermer chez des moines qui ont exercé contre moi ce que la méchanceté la plus déterminée pouvait imaginer. Je me suis jeté par les fenêtres la nuit de dimanche... Je viens d'atteindre le coche de Troyes qui passe à Fontaine... Je suis sans linge... Heureusement j'ai quelque argent dont j'avais eu soin de me pourvoir avant que de déclarer mes desseins... Je l'ai sauvé des mains de mes geôliers dans un des coins de ma chemise.

Si tu me savais mauvais gré du peu de succès de mon voyage et que tu me le témoignes, je suis chargé de tant de chagrins, j'ai tant souffert, tant de peines m'attendent encore, que mon parti est pris : je finirai tout d'un coup. Ma mort ou ma vie dépend de l'accueil que tu me feras. Mon père est dans une fureur si grande que je ne doute pas qu'il me déshérite comme il m'en a menacé. Si je te perds encore, que me reste-t-il qui puisse m'arrêter dans ce monde ? Je ne serai point en sûreté dans mon ancien appartement, je ne doute point que le frère Ange n'ait déjà reçu l'ordre de me faire arrêter, ordre qu'il n'est que trop porté à remplir. Fais-moi donc le plaisir de me chercher une chambre garnie aux environs de chez toi ou ailleurs...

Je compte arriver lundi au soir, je t'embrasse de tout mon cœur aussi bien que Mme Champion. Quel chagrin pour elle que la nouvelle que je t'apprends ! Dérobe-lui-en une partie. Peut-être y aura-t-il moyen de remédier à tout ? Tout ce qui est différé n'est pas perdu.

Je suis autant à toi que jamais.

Wille ne trouve pas les dames Champion rue Boutebrie, par chance elles sont connues dans leur pratique et le quartier sait où elles ont déménagé. Wille se précipite rue Poupée et trouve Nanette. À qui il essaie d'expliquer la situation de Diderot. Peine perdue. Anne-Toinette Champion renvoie le porteur du billet « comme un chien », précise-t-il à Diderot. Elle est sûrement au désespoir, mais sa fierté l'empêche d'agir autrement.

« Que ferais-je d'une famille qui ne veut pas de moi...

Dehors ! Et qu'il passe au large désormais », a-t-elle ajouté.

Après ces mauvaises nouvelles, Diderot se terre, personne ne le voit, ne l'a plus vu, il a disparu. Dans aucun des cafés où il a ses usages... Une semaine après l'avoir aidé à s'installer, Toussaint alerte Rousseau. Lequel l'a croisé les premiers temps de son retour, et l'a trouvé pâle, nerveux, sur ses gardes : Diderot l'a même forcé à sortir de la Régence afin de lui confier ses peurs dans l'allée des Feuillants, sous une pluie battante. De ce jour-là Diderot a disparu dans les brumes. C'était... oh, il y a plus d'une semaine...

Alors Rousseau se fait conduire par Toussaint au nouveau logement de Diderot sous le fallacieux prétexte de livres, à rendre ou à emprunter. Chance, la clef est sur la porte. Sans force ni couleur, couché depuis... Pas rasé, sale et amaigri, à toutes les questions pourtant pressantes de ses amis, Diderot ne répond pas ou grommelle. Il n'est pas audible. Il a sombré dans une mélancolie impitoyable. Dévasté physiquement, il n'est pas mieux moralement. Rousseau n'en tirera pas un mot, et pourtant Dieu sait qu'en peu de temps Diderot s'est follement attaché à lui. C'est dire si son état est sérieux.

Wille prend sur lui de retourner chez les dames Champion au moins pour les informer de son état. Il sent bien leur résistance, aussi insiste-t-il en noircissant le tableau jusqu'à piquer leur curiosité.

— Mourant ?

— Peut-être.

Il leur faut vérifier par elles-mêmes. Et là, c'est l'effarement. Il est très mal, réellement. L'état des lieux en témoigne. Diderot est presque inconscient. Toinette, qui d'abord n'y avait pas cru, est prise de remords. Il a une fièvre immense. L'air est irrespirable. Personne n'a nettoyé, ni vidé les lieux d'aisance, ni changé son linge. Il est prostré, immobile dans son lit, et surtout, surtout, totalement muet. Voilà le vrai motif de leur alarme. Close la fameuse Bouche d'or — comme Mme Champion l'appelle parce qu'elle le sait capable de convaincre n'importe qui (sauf son père) de faire le contraire de ce qu'il a décidé. Bouche d'or est muet. Coi. Ça c'est vraiment le signe qu'il va mal. Règne un grand silence de mort. Il ne peut quitter son lit, son état de faiblesse semble empirer à vue d'œil. Il n'a pas dû se nourrir depuis... qu'il ne s'est plus changé.

Pourtant, décrète Toinette, impossible de le soigner sur place. Elle décide sa mère à le prendre chez elles.

Parmi ses affaires sommairement assemblées, une lettre de Denise traîne dans le courrier que Diderot n'a eu ni la force ni la curiosité d'ouvrir. Toinette, si. Curieuse autant qu'indiscrète, elle l'ouvre et pousse un cri de joie.

— Malgré ta fuite, ta sœur dit que ton père ne t'a pas déshérité. Ta tante t'envoie ton linge, et « l'on t'apportera un peu d'argent ». Qui c'est « on » ?

Diderot ne parle toujours pas.

Bah ! on verra bien puisque tout n'est pas perdu. C'est ce qu'en retient Toinette.

À partir de là, tout s'enchaîne. Diderot se remet à la vitesse où l'amour de Toinette le ressuscite. S'il n'est pas déshérité, il peut donc épouser. Le 6 octobre, il sera majeur. On est en mars. Il leur reste quelques mois à patienter. Le printemps à Paris est souvent délicieux. Cette année, il est exceptionnel. L'amour les jette à nouveau l'un contre l'autre. Mme Champion ne reste pas fâchée longtemps. Elle consent à donner sa fille à Bouche d'or. C'est elle qui lui explique :

— Non, elle n'est plus enceinte. Le chagrin de la séparation lui a fait perdre le bébé.

Et Diderot la croit. Pourquoi ne la croirait-il pas ? Il n'est pas doué pour la stratégie.

Il a pendant plusieurs jours quarante de fièvre. Le

jour où Nanette le prend chez elle, il n'en a plus, plus rien, guéri ! Il court au Procope rassurer ses amis, remercier aussi. Ils l'ont sauvé, lui et son amour.

Dans les semaines qui suivent, la parution de son *Histoire de la Grèce* le requiert à plein temps, qui lui vaut ses premiers succès et, surtout, l'estime de ses pairs. Toute la bohème littéraire lui fait fête ; et il empoche cent écus de Briasson, le libraire. C'est la gloire sinon la fortune.

Il redéménage. Les dames Champion lui ont trouvé un logement à deux pas de la rue Poupée où elles se sont installées en son absence.

Il attend ses trente ans pour se marier. Tout le monde attend son anniversaire, Toinette et sa mère pour sortir enfin de cette situation infamante. Diderot demande à celui qui est devenu son meilleur ami, qu'il retrouve tous les soirs, dont il n'imagine plus se passer, de lui servir de témoin de mariage. Jean-Jacques décline. Il tente même de le dissuader de se marier.

— Tu n'es quand même pas obligé d'épouser pour aimer, ni de te marier pour vivre avec elle. Moi aussi je suis épris d'une fille du genre de ta Nanette. Elle est servante à l'hôtel où tu m'as envoyé. Elle s'appelle Thérèse, elle est belle comme le jour, elle m'aime follement, je vis avec elle. Elle garde son travail, moi ma vie. Fais-en autant...

Diderot insiste. Il doit à Toinette de l'épouser. Et depuis sa mise aux arrêts de rigueur, il se le doit aussi ! Il implore Rousseau d'être son témoin, qui ne dit ni oui ni non. Jusqu'au moment où ce dernier hérite d'une bonne excuse. L'ambassadeur de France à Venise l'invite à le rejoindre comme secrétaire particulier. Fou de joie, enfin la vraie vie ! Certes il doit quitter son ami, son frère, celui dont il ne peut se passer. Mais puisque c'est pour assurer sa future gloire... Il sera loin quand Diderot épousera, puisqu'il est obligé d'attendre ses trente ans. Diderot est très triste. Rousseau aussi, du moins en a-t-il l'air. En même temps, il n'est pas fâché d'échapper au rôle de témoin de cette noce qu'il réprouve.

Ladite noce a lieu en cachette de tous. Comme on déménage à la cloche de bois, on se marie de même. En catimini, à la mi-nuit. Il existe à Paris des églises, des curés pour marier clandestinement les fils de famille qui réparent des bêtises ou pis encore. Là c'est seulement parce qu'il ne faut pas que la famille de Diderot ait vent de ces épousailles. Ni aucun des Langrois de Paris. Personne ne doit savoir que Diderot se marie. Il se souvient avoir travaillé comme clerc. Il va rechercher un ancien client du procureur de Ris, juriste lui-même, qu'il choisit comme témoin, et de qui il exige une totale confidentialité. Toussaint, qui a fait du droit, rédige le contrat de mariage, réduit à rien, compte tenu de l'état de dénuement des mariés. Et le 6 novembre, la chose a lieu. Peu de monde à minuit, dans l'église Saint-Pierre-aux-Bœufs, dans l'île de la Cité. Ils sont huit, Wille et Toussaint pour Diderot, deux amies de Toinette, sa mère et sa sœur, Marie. Tous disent oui, s'embrassent, se congratulent et les voilà mariés !

Le lendemain, les nouveaux époux s'installent ensemble. En revanche, chacun conserve son nom. Ce dont Toinette est très marrie. Elle veut être mariée, très mariée. Une demoiselle Champion demeurant avec un Sieur Diderot lui donne l'air d'une courtisane, d'une fille facile, d'une... Pis encore. En tout cas aux yeux des gens, elle vit toujours dans le péché. Pour Diderot, il s'agit de sauver les apparences. Il ne désespère pas d'attendrir un jour les siens. En revanche, si son père apprenait ce mariage avant que son fils ne le lui annonce dans de bonnes conditions, il pourrait toujours le déshériter.

Et cela, il n'est pas certain que Nanette, « son amour, son bécot, son bichon... », le lui pardonne jamais.

CHAPITRE 12

1744-1746

Du mariage d'amour aux grandes amitiés

Un homme de lettres sensé peut être l'amant d'une femme auteur d'un livre mais ne doit épouser que celle qui sait coudre une chemise.

Correspondance

L'amour tous les jours. L'amour sans trêve. L'amour toujours...

Diderot s'adonne à une véritable furie amoureuse, Nanette ne vit que pour lui. L'extase dure.

Se marier n'a pas été aisé pour lui, matériellement mais surtout moralement. C'est la première fois qu'il accomplit un acte d'insubordination irréversible envers sa famille. S'ils l'apprennent, c'est la guerre.

Incapable de se l'avouer auparavant, il se dit aujourd'hui que cette vie de coureur de jupons, de cafés, de bandes d'amis plus ou moins louches, de petits travaux plus ou moins bien rétribués, cette vie qui partait dans tous les sens... finalement, cette vie-là, il n'en pouvait plus. Oh, il l'adorait, certes, mais tout de même, parfois, quelques dissonances, certains soirs, une légère lassitude, une vague impression... de vacuité. Surtout il y a Nanette. Il a Nanette tous les jours. La folle beauté de Nanette, l'emprise sensuelle qu'elle exerce sur lui.

Non, il ne regrette pas d'avoir transgressé la loi des siens. Il est entré en amour comme on entre en religion.

Et s'il s'écoutait, si elle le laissait faire, il passerait sa vie sous les jupes de sa femme comme le nouveau converti sous la coupole bleutée des églises.

Les premiers jours de son mariage, il ne quitte pas ses bras. Nanette est si belle. Elle se lève, elle s'étire, elle est nue, elle marche nue dans la chambre, de ce pas dansant qui le rend fou. Et ses gestes !... Oh ! là, là ! Ses gestes ! Le moindre de ses gestes appelle l'étreinte. La beauté ! Magnifique, une statue célèbre mais laquelle ?... Toutes.

Fous d'amour, ils se jettent dans les bras l'un de l'autre comme sous l'effet de pressions élémentaires. Des mois d'amour sous leur ciel de lit...

Puis un beau matin, Toinette décide que ça suffit. Fini, on arrête. Il est temps que Diderot la présente officiellement à sa famille, et lui donne son nom. Il l'aime, il l'aime, soit, que fait-il pour le prouver ? Ainsi cette fièvre de passion physique, elle la fait tomber net. Exprès. Oh bien sûr, elle aussi, elle l'aime, mais elle ne veut plus rester dans le péché, ni surtout dans l'apparence du péché. Alors ?

Alors s'il veut continuer à l'aimer nuit et jour il n'a qu'à l'officialiser.

Diderot perd pied. Que répondre à cela ? Non. Il ne peut faire ça à son père, le mettre devant le mariage accompli, lui jeter au visage qu'il a osé épouser celle à qui il s'est tellement opposé. Non. Il ne peut se le permettre.

Puisque c'est comme ça, Nanette non plus ne peut continuer à faire l'amour avec un homme qui ne la respecte pas assez pour braver sa famille. Le soir même, elle se refuse à lui. Il la prie, la supplie, il tente de temporiser, il la veut, il ne peut se passer d'elle. Et tout de même, il l'a épousée pour en disposer à loisir !

— Oui, mais si ce mariage doit rester secret, ce n'était pas la peine.

— Bien sûr, tu as raison...

En dépit de l'amour et du désir légitime de Nanette, il ne s'y résout pas. Elle se ferme sur-le-champ.

— Va donc dormir dans ton bureau.

Dès le lendemain, elle lui annonce l'installation de sa mère chez eux.

— J'ai besoin d'elle. Tu refuses de me donner tes parents, je reprends ma mère. Et je la garde.

Depuis qu'ils ont emménagé rue Saint-Victor, Diderot ne sait pourquoi, il respire mieux. Il a une pièce à lui, rien qu'à lui, pour écrire, lire, travailler, rêver... L'arrivée de sa belle-mère gâte tout : cette vieille sorcière, plutôt hostile à ce qu'il représente, toujours violemment du côté de sa fille, par sa présence, fût-elle muette, et elle ne l'est pas, ne fait qu'envenimer les choses. En plus, elle le chasse de sa pièce pour s'en faire une chambre. Elle reste dans les murs à toutes les heures du jour qui, jusque-là, étaient aussi des heures d'amour. Restent les nuits, quand il remporte sa femme dans leur chambre. Mais même là, Nanette se fait moins présente. Plus farouche. Une gêne, qu'il attribue benoîtement à la présence de sa mère, à une pudeur naturelle depuis qu'elle vit là. Mais qui ne fait pas l'affaire de Diderot. Il insiste. Oh, il n'est pas près de renoncer à son épouse nue étendue sous lui. Il la veut à lui tout le temps. Maintenant qu'il a pris tous ces risques pour l'épouser, il la veut à lui chaque nuit, et la posséder autant qu'il peut. Plus il insiste, plus elle se refuse.

Elle a trouvé le meilleur moyen de chantage, le plus ancien du monde, le stratagème de Lysistrata, la grève des ventres, pour obtenir ce qu'elle veut. Mais l'attachement de Diderot aux siens est tel qu'il préfère se priver du sel de sa vie plutôt que de meurtrir ses parents.

À force de se refuser, elle déclenche le moteur le plus irrationnel qui puisse s'emparer d'un homme. Malgré elle, elle libère le ressort de la jalousie. Si elle se refuse, c'est qu'il y a quelqu'un d'autre dans sa vie, forcément ! Le voilà puni — ferré et jaloux ! Mais oui, Diderot est jaloux. Ses raisonnements s'en ressentent, le voilà idiot. Denise a raison, cette Nanette le rend bête.

Puisqu'il l'a séduite en lui commandant du linge, n'importe quel gandin du quartier peut en faire autant. « J'étais tellement prêt à tout pour la séduire ! Elle est encore plus belle aujourd'hui ! Des fous comme moi, ça court les rues. Il faut désormais qu'elle demeure enfermée chez nous ! »

Finie la lingère, il lui interdit de continuer sa pratique. Elle est mariée, elle obéit. Si elle se refuse à ses étreintes, c'est qu'elle a quelqu'un d'autre. En lui interdisant de continuer d'aller travailler, il la prive de toute autre rencontre avec un public toujours suspect.

— Je suis ton mari, il m'appartient de te faire vivre. Ma mère n'a jamais gagné sa vie. Ce sont des gens de peu, dont les femmes travaillent.

Donc, en conclut, la bouche pincée et l'âme vexée, Mme Champion mère :

— ... Vous allez devoir gagner vraiment de l'argent.

— Comme si jusqu'ici j'avais vécu de l'air du temps !

Empêcher Nanette de rapporter ses trois sous au ménage fait découvrir à Diderot qu'elle y contribuait pour plus de la moitié ! Le voici dans l'obligation de réussir. Et sa femme sera toute à lui...

La rue Saint-Victor se transforme en ruche, il y vit, il y dort, il y travaille, sa femme vaque toute la journée dans l'appartement sous la gouverne de madame mère qui sait comment tenir un balai, un homme et une maison. Des bavardages sans trêve, un épouvantable bruit de fond. Diderot devrait retourner au café pour retrouver sa concentration. Las, il est encore trop amoureux et jaloux, aussi reste-t-il claquemuré à traduire, traduire, traduire de l'anglais. Il lui faut pourtant s'en retourner dehors pour décrocher d'autres traductions. D'autres articles, d'autres sources d'argent...

Entre les courses au-dehors et l'enfermement au-dedans, il perd un peu de vue sa Nanette, reprise en main par sa mère. Les tête-à-tête allongés, les soirées d'amoureux, les ébats échevelés, tout est brisé par sa présence. Quant aux petits matins où Diderot s'étirait si bien contre le beau corps de sa femme, elle s'empresse de se lever tôt pour mieux le faire languir. Elle le fait tourner en bourrique à sa façon râleuse et colère.

Incapable de rester plus longtemps inactif, même face aux caprices de sa femme, lui aussi se reprend à sa façon, laborieuse. Aux premières heures du jour, après une marche rapide dans le jardin du Luxembourg, histoire de calmer ses nerfs, il file au Procope, rue de la Comédie, ou chez Laurent, rue Dauphine, pour boire, écrire, parler, rêver, enquêter, traduire, lire, redorer son ego. La plainte change de camp. Désormais Nanette lui reproche de n'être jamais là, de vivre au-dehors avec son horrible bande de canailles des cafés, d'être toujours par monts et par vaux, précisément quand ils pourraient être enfin seuls... Et toujours occupé, quand elle aurait du temps pour lui.

Ce qu'elle lui reproche par-dessus tout, c'est de ne rien vouloir faire d'autre avec elle que l'amour. C'est qu'elle s'ennuie la belle, sans travail, sans loisir, ni sortie. Toujours fille aux yeux du monde puisque Diderot lui interdit de porter son nom pour ne pas alerter ses parents, elle n'ose pourtant plus vivre comme une jeune fille. Et se morfond.

Arrive ce qui devait arriver, ce pour quoi, au fond, les filles se marient et consentent aux effusions de leur époux. Ce pour quoi les garçons, quant à eux, daignent les épouser. Elle est enceinte. Elle attend un petit Diderot. Il la prend dans ses bras. Il la fait virevolter en tous sens, elle crie, elle rit, il l'embrasse, il est fier, il a peur.

Ça le bouleverse, ça l'affole. Elle aussi. Car en vérité, avoue-t-elle alors, c'est la première fois qu'elle est enceinte.

— Avant ?

— Bah ! Avant c'était une ruse de ma mère pour que tu m'épouses.

Au lieu d'être horrifié d'avoir été manipulé de la sorte, il est fou de joie. Cet enfant qui s'annonce efface tout, lui fait passer ce mensonge par pertes et profits puisque maintenant, enceinte, elle l'est vraiment, suffit de regarder ses seins qui se gonflent de lait sous ses yeux ; et ça l'émeut. Et — mais il n'ose le lui dire — ça l'horrifie. Hier encore, il était garçon, et demain à la tête d'une maisonnée de quatre bouches à nourrir ! C'est terrible, comment va-t-il y arriver ? Comment s'organiser, s'en sortir... ? Oh, mais il n'est plus temps de chercher la réponse, Mme Champion mère veille, et le dégrise aussitôt.

— Ben va falloir vraiment gagner des sous maintenant. Et puis c'est pas l'tout ! Va aussi falloir déménager. Des sous, des sous...

L'urgence est aux sous. Tanné par sa belle-mère, affligé par sa femme, il prend la tangente. Se réfugie dans des travaux d'écriture en tout genre, articles, traductions... qu'il accumule.

Elle a maintenant une bonne raison de se refuser à lui : attention au bébé ! Il est toujours aussi désireux, mais la gésine l'oblige à plus de respect. Ce qui le rend vraiment malheureux. Elle finit sa grossesse dans le lit de sa mère tant elle se défie de lui. Six mois sans amour. Au piquet, au pain sec et à l'eau.

Alors il reprend ses usages de café, passe l'essentiel de son temps avec ses amis, des actrices, des chanteuses, renoue avec sa vie d'avant, ses amis déclassés et bohèmes avec qui il était si heureux hier. Moins aujourd'hui. Malgré lui, il s'est éloigné. Ils ne sont qu'ambitions rentrées, déçues — amertumes et aigreurs — alors que peu à peu Diderot est sur la voie des siennes. Ses articles sont désormais publiés par le *Mercure de France*, souvent repris ailleurs, on en parle, on les commente dans ces mêmes cafés. Ses traductions sont plus lentes à sortir, toujours en plusieurs volumes, mais issues de l'anglais, donc très attendues, elles font souvent sensation. Il acquiert un début de notoriété. Oh ! entre gens de lettres, dans son tout petit milieu, bien sûr, mais n'est-ce pas le premier échelon de la gloire : être reconnu par ses pairs. À quand les grands ? Demain, Voltaire, demain...

Il ne partage plus les mêmes rêves de grandeur de ces délicieux gobe-lune avec qui il commence généralement ses nuits. Il n'est plus tout à fait comme eux. Autre déjà. Tout l'argent qu'il gagne provient de l'écriture, et il n'a plus besoin de ces petits boulots annexes et humiliants : répétiteur d'enfants, professeur de musique ou de mathématiques, écrivain public...

Sitôt qu'il a su sa femme enceinte, il a négocié avec Briasson une nouvelle traduction à meilleur prix. Le même Briasson vient de s'associer avec Laurent David, un autre libraire, qui a considérablement enrichi son entreprise. Ils lui ont commandé la traduction d'un dictionnaire de médecine en six volumes — un succès outre-Manche — rédigé par un certain James, que Diderot a suffisamment lu pour savoir ce qui, dans la pensée de l'auteur, peut servir de support à ses idées propres. Ces idées qu'il rumine de plus en plus au-dedans de lui et souffre de devoir contenir. Par le truchement de James, il va les exposer. C'est ce qu'il appelle « adapter l'anglais au goût et à l'esprit français ». Pour achever l'ouvrage rapidement — il a vraiment besoin d'argent —, il fait embaucher par ses libraires ses deux complices, Eidous et Toussaint. Le premier pour traduire littéralement l'anglais, le second pour

« l'arranger » en français courant. Il faut faire vite. L'enfant va naître. Quand Nanette et sa mère se plaignent trop, Diderot file au café. Si l'humeur est vraiment mauvaise à la maison, les discussions de travail autour d'un verre se prolongent des journées entières. La plainte des deux femmes ne porte que sur le manque. Manque d'argent, manque d'espace, manque de reconnaissance...

Certes Diderot va avoir un enfant, mais personne dans sa famille ne doit le savoir, aussi Nanette s'est-elle persuadée qu'il a honte d'elle. Pour l'en punir, elle fait tout pour lui donner raison. Sitôt qu'il reçoit chez eux collaborateurs, libraires ou amis, elle l'insulte telle une harengère. Elle le rabaisse en se rabaissant. Diderot fuit pareille ambiance qu'il met sur le compte de la grossesse. État célèbre pour modifier les humeurs. Il suffit d'être patient, et il la retrouvera dans quelques mois comme il l'aime. Oubliant tout de ses précédentes rebuffades.

En attendant, il étire les heures de travail au-delà du nécessaire. Il prête sa plume anonymement aux uns, aux autres ; il a autant de plaisir à voir les ouvrages des autres complets et intéressants que les siens propres.

Il fait nombre de comptes-rendus scientifiques des séances publiques à l'académie de Bouguer, de La Condamine, de l'abbé Nollet. Ses articles dans le *Mercure* ne sont pas toujours signés, mais l'allégresse et la vivacité de leur style le trahissent. Ses compagnons de misère et autres « rêve creux » qui peuplent son univers ne suffisent plus à son besoin de controverse et de confrontation d'idées. Il doit trouver de quoi assurer sa gloire et sa réputation, échapper aux frustrations domestiques, se captiver davantage. C'est rue Saint-Jacques, chez le libraire Babuti avec la fille de qui il entretient une amourette très espiègle, qu'il tombe sur un ouvrage de Shaftesbury. Un Anglais à la mode même en France, dont Diderot s'entiche en quelques lignes. Il s'agit d'un *Essai sur le mérite et la vertu* qu'il parcourt à toute vitesse, et adore instantanément. Il en lit beaucoup de ces ouvrages, debout dans les librairies de la rue Saint-Jacques, aussi a-t-il désormais grande confiance dans son jugement, il sait immédiatement quand c'est vraiment bon. Il convainc aussitôt ses libraires de lui en confier la traduction. Il s'y attelle, tout en supervisant l'achèvement du dictionnaire que peaufinent ses « tâcherons ».

Shaftesbury est un somptueux prétexte pour dire enfin ce qu'il pense. Caché derrière lui, il ose pousser ses idées, il profite de Shaftesbury pour structurer et affermir sa pensée, tester son raisonnement. Il se fait les muscles et les neurones sur les idées de l'Anglais qu'il tire à lui de plus en plus. Traduire lui devient prétexte à semer son grain de sel qu'il épice sans cesse. Prétexte à élaborer sa philosophie : il grave noir sur blanc ses premières théories personnelles. Infidèle à l'auteur anglais qu'il prétend servir et adorer, il se paye le luxe de lui prêter ses propres audaces, et toute l'insolence qui mûrit en lui. Cette nouvelle manière de traduire l'exalte, il sent que, tout doucement, il s'approche de ce qu'il a vraiment envie de faire avec sa plume. Changer le monde, le dévoiler, le révéler pour autant qu'il le connaisse, le devine et le perce à jour. Transmettre au plus grand nombre les arcanes de tous les secrets entretenus par les pouvoirs qui y ont le plus intérêt. Ce que d'aucuns appellent son indiscrétion est chez lui un souci constant de transparence, c'est même sa raison d'être philosophe : tout dire au plus grand nombre, ne rien celer. Révéler. Éclairer le monde.

Plus la grossesse de Nanette avance, plus son caractère se révèle difficile, et c'est un euphémisme. Capricant, acariâtre, exigeant, mesquin, défauts que Diderot s'empresse d'attribuer à cet état de gésine, mystérieux quand on le côtoie de si près.

Tolérant — amoureux —, il attend que ça passe. Bienveillant, il fait le dos rond. Mais la vie à trois devient infernale, Diderot prend peur. Comment sera-ce à quatre ? Il se souvient de ce que prônait Rousseau : « Bah, il y a des nourrices. » Rousseau, voilà un interlocuteur dont il aurait besoin ces temps-ci. Comme il lui manque.

La chaleur caniculaire de ces journées d'été — ils demeurent toujours sous les toits — est encore plus agressive pour la pauvre Toinette chaque jour plus lourde et haletante. Elle se relaie avec sa mère en une sournoise guerre d'usure afin de l'obliger à déménager. La canicule achève de le contraindre d'installer rive droite femme, belle-mère et enfant à naître, en un quartier où tous sont inconnus, donc sans mauvaise réputation à contrecarrer. En dépit de toutes ses scènes, ses cris et ses larmes, Diderot ne cède pas sur le nom, Nanette doit continuer de porter son nom de jeune fille.

C'est près de la Bastille, rue Traversière, que Diderot trouve à loger son petit monde. Loin de son cher Quartier latin, mais l'appartement est plus grand, plus frais... Et il était temps : à peine installés, dans l'après-midi du 12 août, le bébé se présente. Au milieu de ballots de linges, Nanette accouche d'une belle petite, à qui Diderot donne le prénom de sa mère, Angélique. S'il ne peut lui annoncer qu'il l'a faite grand-mère, au moins saura-t-elle plus tard, quand elle l'apprendra, combien il pensait à elle. On la baptise le 13 août à Saint-Nicolas-du-Chardonnet. Comme prévu avant le déménagement, on a des arrangements avec le curé, c'est le confesseur de Nanette. Eut-elle fugitivement l'impression d'un marché de dupe en se rappelant que Diderot avait prétendu s'enfermer au séminaire de cette paroisse-là, dans l'unique but d'entrer en relation avec elle ? Plus le temps d'y songer. Désormais la vie des deux dames Champion tourne autour du berceau, entièrement mobilisée par le bébé. Diderot est toujours seul dans son lit. Nanette n'a pas décidé de le rejoindre.

— Oh, vous savez, tant qu'elle allaite..., semble l'excuser madame mère.

Il perd courage. Son amour commence d'être entamé par ces neuf mois et plus de refus systématique. Son désir pour elle ne décline pas, mais...

Mieux vaut se replonger à temps plein dans le travail, oublier, n'y pas penser. Mais son corps ne le laisse pas en repos.

Il est furieux. Il essaie à nouveau. Elle le repousse. Violemment. Elle se dit prête à appeler au secours, à crier par la fenêtre, prête à s'y jeter même, s'il approche, s'il la touche... Elle ne se laisse plus enlacer, embrasser. Plus rien. Il est pourtant persuadé que seuls l'apaisement des corps, l'exultation des sens, la sensualité débridée de leurs débuts, leur apporteraient un renouveau d'amour et de paix.

Nanette et sa mère constamment penchées sur l'enfant ne lui en laissent pas le loisir. À peine aperçoit-il sa toute petite fille qu'aussitôt on la lui ôte, comme si l'on se défiait de lui. Il n'a pas le temps de comprendre ce que la paternité change à sa vie, qu'en quelques secondes, une terrible tempête dévaste la maisonnée : la petite fille meurt. Elle dormait. Elle respirait calmement. Normalement. Puis soudain, sans qu'il se soit rien passé, Nanette ne l'a pas quittée, elle ne respire plus. Elle est toute bleue. Elle est morte. Endormie et morte. Sans raison.

La toute petite Angélique, morte. Elle s'est éteinte comme ça, sans un cri, sans un signe annonciateur, dans la nuit du 29 septembre. Et Nanette qui l'allaite encore ! Que faire de tout ce lait ? Oh ! il se tarit d'un coup quand, au petit matin, elle la trouve toute froide dans son berceau, déjà roidie. Nanette est prise d'une crise de détresse d'une violence que Diderot n'aurait pas crue possible. On l'enterre le lendemain, dans une toute petite boîte en bois, au cimetière Sainte-Marguerite. Puis on rentre à la maison sans pouvoir échanger un seul mot. Le curé dans un silence prostré a récité ces paroles à cause desquelles Diderot s'est retiré de l'Église. Inconsolable, comment peut-on se réjouir qu'une petite âme soit montée au ciel, c'est ici qu'elle portait la joie, le bonheur, sa mort interrompt toute espérance. Diderot ne sait comment passer les minutes, les heures, les jours qui suivent ce cataclysme. Il ne peut consoler Nanette, réfugiée dans les bras de sa mère, mais lui aussi a besoin de bras autour de lui. Il ne comprend pas à quoi il est confronté, il sent juste une frontière entre sa vie hier et sa vie demain. Mais l'aujourd'hui est invivable.

L'entourage arrive chargé de victuailles. L'entourage, ce sont essentiellement les relations des deux femmes, des voisines du nouveau quartier, des clientes de l'ancienne lingère. On mange beaucoup autour de la mort, s'étonne Diderot. L'entourage et les mets ont pour fonction de consoler comme les paroles de l'homme de Dieu.

« Tout le monde perd un enfant, au moins un, quand ce n'est pas davantage... » L'entourage le sait bien, l'entourage le répète, l'entourage insiste. L'entourage a un côté madame-je-sais-tout qui agace Diderot. D'autant que Nanette n'écoute pas, Nanette n'entend pas, prostrée, elle s'enferme dans son chagrin. Sa mère reçoit les visites, écoute et répond. Même elle n'a plus accès à sa fille. Et ce grand deuil, ce chagrin qui eût dû rassembler les jeunes époux les éloigne davantage. Nanette a l'air d'en vouloir à son mari comme s'il était responsable. La mort le chasse comme l'avait fait la naissance.

Dans les parages de l'enfant, vivant ou mort, l'homme est toujours de trop.

— Toinette..., l'implore-t-il.

Toinette se refuse à lui encore plus hargneusement, haineusement, dirait-on. Elle le punit de son chagrin. C'est de sa faute si l'enfant est morte. Le fait que ça arrive à d'autres ne change rien. On lui a volé sa petite Angélique, son tout petit... Elle est inconsolable. Diderot n'ose même pas dire sa propre peine. Pourtant elle seule, sa femme, rien qu'en posant la main sur son front l'apaiserait sûrement. Mais elle reste enfermée dans la pensée et le camp de sa mère.

Pour Mme Champion, pas de doute, c'est le manque d'argent qui a tué l'enfant. C'est donc la faute de ce claquedent, incapable de faire vivre dignement sa famille. Mauvaise, la belle-mère lui en veut ouvertement. À croire qu'elle monte sa fille contre lui...

Diderot franchit le pas et, furieux, maladroit, s'en prend à Nanette. Au lieu de dire la peine, la solitude, le manque, le deuil, il lui reproche stupidement de ne plus dormir avec elle, de se refuser à lui.

— Si tu continues de me repousser, je vais aimer ailleurs. Je suis un homme de bonne composition, mais j'ai des besoins. Célibataire, je n'ai jamais eu de problème pour les assouvir. Si tu fais de moi un mari célibataire, je reprendrai mes anciennes habitudes, c'est à toi de décider, mais dépêche-toi.

— J'ai bien trop peur de me retrouver enceinte d'un futur petit mort pour te laisser me faire l'amour.

— Reviens au moins dans notre lit, nous saurons nous aimer sans danger, je te le promets...

Elle cède. Sans les injonctions de sa mère, elle ne trouve aucun argument à lui opposer. Elle trouve même qu'il a raison de la désirer de la sorte. Ce lui est un réconfort. Et lui aussi, implore-t-il, a grand besoin d'être consolé. Cette petite fille, il y tenait beaucoup, il allait l'aimer quand on la lui a enlevée. Il faut qu'ils se consolent tous les deux enlacés, c'était leur petite à eux deux. Elle le rejoint dans leur lit. Où ils inventent un nouvel érotisme qui permet à Diderot de jouir, et à Nanette de n'être pas fécondée. Ça va un peu mieux. Ils se détendent.

Puisque ce bébé à cause de qui Diderot a quitté son Quartier latin n'est plus, rien ne justifie son exil des lieux où il a toujours vécu, où sont ses libraires, ses amis, ces lieux qui exaltent sa vie à Paris. Il veut déménager à nouveau, les deux femmes refusent en chœur. En s'installant rue Traversière, outre une réputation neuve — c'est une telle douleur pour une fille grandie au couvent de laisser l'entourage croire son enfant illégitime —, elle espérait dépayser son mari, l'éloigner de ses mauvaises fréquentations, de toute cette canaille littéraire avec qui il passe son temps. Elle refuse de lui faire cette joie-là. Rentrer au Quartier latin, ce serait comme s'il l'abandonnait davantage.

Faire croire qu'il n'est pas marié autorise Diderot à mener sa vie de célibataire comme si rien n'était changé. Nanette en a conscience et se tient désormais sur ses gardes.

D'autant que cet homme qui a tant plu à Diderot, celui dont il s'est dit qu'il ne le quitterait jamais, vient de rentrer à Paris. Le si charmant Jean-Jacques Rousseau arrive chez les Diderot, encore tout essoufflé de ses quinze mois à Venise, dont il n'a pas envie de parler tant ça s'est mal passé pour lui, à l'inverse de ses espérances. Il est brouillé à vie avec son ambassadeur, il est ruiné...

Qu'à cela ne tienne, on parle d'autre chose. Ce ne sont pas les sujets qui manquent. L'amitié est là, bouillonnante, trépignante. Ils sont fous d'amitié l'un pour l'autre. Diderot est prêt à l'héberger, à lui donner sa bourse. Mais pour ça, il faut s'éloigner de chez sa femme. Sa belle-mère tient sa générosité pour un crime de lèse-foyer. Ils filent à la Régence, où ils commencent par reprendre leurs bonnes parties d'échecs. Rousseau gagne toujours. C'est assez la nature de Diderot, pour consoler un ami, que de le laisser gagner, c'est sa manière de lui témoigner son amitié. Toujours pétri de bonnes intentions, plein de fougue et d'exubérance, prêt à tout pour faire plaisir. Le timide Rousseau, torturé par son sentiment d'infériorité, a grand besoin de l'estime que lui témoigne Diderot qu'il voit comme un gentil géant. Il l'admire autant que Diderot l'intimide. L'amitié — cette amitié un peu inégale en taille comme en personnalité, ce qui ne les dérange ni l'un ni l'autre tant elle est fusionnelle —, cette amitié pleine d'effusions commence à se déployer sur le tempo que lui imprime Diderot.

Diderot parle, torrentueux, volubile, plein de fougue, Rousseau écoute, fait la moue, observe, se tait. Maladroit et incapable de reparties, il se laisse aimer. Diderot aime aimer et Rousseau supporte de l'être. Rousseau se laisse régenter avec bonheur tant la chaleur de Diderot est communicative, exubérante, contagieuse.

Amer et terriblement humilié par son expérience vénitienne, où il n'a pas été à la hauteur, ce qu'il impute à son ambassadeur, Rousseau frappe partout pour obtenir vengeance et réparation. Justice, crie-t-il désespérément. Secrétaire d'ambassade, il croyait que ça faisait de lui un presque ambassadeur. Il a dû déchanter, mais ne s'en console pas. Le reste du temps, il écrit un opéra, *Les Muses galantes*. La musique est ce qui l'intéresse le plus au monde. Il a des idées, il est sûr d'avoir une œuvre à accomplir. C'est par la musique que le monde va enfin le connaître. C'est là qu'il sera grand.

Et puis, Rousseau a retrouvé sa Thérèse, la servante

de l'hôtel d'Orléans, que Diderot lui avait recommandé — l'hôtel, pas la servante — et où il a pris pension près du Palais-Royal. Rousseau a repris son histoire d'amour là où il l'avait laissée, et il est très content comme ça. Diderot se dit que c'est l'occasion de changer les idées de Nanette en la sortant dans le monde, en la faisant entrer dans son monde à lui, dont elle lui reproche sans trêve de la tenir éloignée. La similitude de situations entre ces deux garçons, pleins d'ambitions et de rêves pas encore réalisés, tous deux amourachés d'une fille de peu, incite Diderot à présenter sa Nanette à la Thérèse de Rousseau.

Toinette n'a pas oublié qu'il a refusé d'être témoin à son mariage et n'a pas eu un mot de consolation pour l'enfant perdue, quand il est monté chez eux le jour de son retour. « Tant qu'on n'en a pas perdu un soi-même... » plaide Diderot. Qui rédige sans trêve des articles pour le *Mercure*, des traductions pour ses libraires... Sa quête d'indépendance l'oblige à conserver plusieurs moyens de subsistance. Plusieurs fers au feu pour ne pas dépendre d'un seul protecteur. D'ailleurs il décroche un nouveau contrat. La bohème qui lui sert toujours de terreau fertilisateur, et le soutient de sa chaude fraternité de rêveurs éveillés, lui amène un drôle de type, Jean-Paul de Gua de Malves. Un bizarre abbé, défroqué bien sûr mais très élégant, quoique assez sale, en tout décalé et détonant. Pourtant de Gua expose à Diderot un projet intéressant, ou plus exactement, un projet taillé pour lui. Sitôt qu'il en comprend la teneur, Diderot est prêt à se lancer dans l'aventure. Il n'attendait que ça, ses travaux journalistiques l'épuisent quand ils ne l'ennuient pas. Il préfère de loin les traductions de ces ouvrages au long cours qu'on n'ose écrire en France.

L'entreprise de Gua est d'apparence assez modeste. Il s'agit d'une traduction en quatre volumes in-folio de la

Cyclopaedia, or Universal Dictionary of Arts and Sciences d'Ephraïm Chambers qui a connu un immense succès en Angleterre en 1728. Depuis les Anglais n'ont cessé de l'actualiser et de la réimprimer. On en escompte autant. Il existe bien en France quelques dictionnaires techniques, mais rien d'aussi exhaustif couvrant toutes les découvertes du siècle. Ledit abbé de Gua a débauché trois des libraires qui ont publié Diderot, Briasson, Laurent Durant et David l'aîné, plus un nouveau, Le Breton, qui est dans les petits papiers du chancelier d'Aguesseau, l'homme de France qui accorde ou non les autorisations de publier. Le fameux Privilège.

Cet André François Le Breton chez qui de Gua amène Diderot n'est pas n'importe qui. D'Aguesseau l'a fait imprimeur officiel de l'almanach royal. Pas moins ! Il tient boutique rue Hautefeuille. C'est un gros homme plein de lui-même et sans doute de quelque influence. Âpre au gain, vaniteux et assez tortueux, il est d'humeur instable. Mais il vient de damer le pion de tous les libraires de la place en se procurant les droits de l'encyclopédie de Chambers qu'il exhibe devant Diderot.

À ces quatre libraires imprimeurs, il faut ajouter le premier rédacteur que de Gua a recruté et qu'il présente à Diderot. C'est lui qui emporte son adhésion. Il s'agit d'un dénommé Jean Le Rond d'Alembert, de quatre ans plus jeune que Diderot, mais déjà célèbre. Sitôt qu'on le voit, on comprend pourquoi. Il a tout pour plaire.

Fils naturel d'une des femmes les plus fameuses du début du siècle, Alexandrine de Tencin, ex-chanoinesse, grande amoureuse mais assez peu mère, et du chevalier Destouches, charmant mais négligent. À sa naissance, le bébé est déposé, pour ne pas dire abandonné sur les marches de l'église Saint-Jean-Le Rond, d'où il tient son nom. Il est recueilli par la veuve d'un vitrier, une certaine Dame Rousseau — rien à voir avec le Genevois — à qui Destouches verse une pension afin qu'elle lui serve de mère. Ça a si bien marché qu'encore aujourd'hui d'Alembert vit chez elle.

Bizarrement, il livre ces renseignements intimes à Diderot dès leur première rencontre, quand de Gua les met en présence. Comme s'il cherchait à excuser sa grande notoriété en se minimisant aux yeux de Diderot par sa triste naissance. Bâtard et abandonné, il lui faut compenser, c'est pourquoi il est déjà célèbre. Et d'une précocité et d'un talent incroyables. Alors que Diderot peine à se faire reconnaître, quoique les libraires aient insisté pour qu'il soit le maître d'œuvre du projet, on connaît sa rigueur et son expérience, associé à d'Alembert qui apporte lui, l'assurance d'une reconnaissance mondaine, l'aventure a bonne mine. À 25 ans, d'Alembert est déjà membre de l'Académie des sciences, il a publié un traité de dynamique, dont même Diderot a eu vent tant il a fait événement dans l'histoire des sciences.

La notoriété de l'un, le sérieux du travail de l'autre, pensent les libraires, garantissent le succès de l'entreprise, en accolant leurs deux noms en bas du contrat. Contrat qui n'entrera en vigueur que lorsque cet étrange abbé de Gua aura cessé de leur faire autant d'ennuis, et de les menacer de procès... Désormais il cherche à leur nuire à tout prix. Comme si, au seuil de réaliser son rêve, il en avait si peur qu'il préférait le saboter. Les libraires ont trop investi dans l'aventure, ils la veulent cette encyclopédie.

En attendant, Diderot et d'Alembert sont embauchés, et reçoivent une avance importante pour un travail indéfiniment différé. Diderot en a tant à achever que cet argent, sans rien faire en échange, est une aubaine. Sitôt qu'ils s'y mettront, ils seront rétribués par mensualités. Si tout va bien, l'avenir de son ménage est assuré pour une ou deux années.

La sympathie de Diderot pour d'Alembert est immédiate. Petit, frêle, pas plus haut ni plus gros que Rousseau, un visage merveilleusement intelligent, séduisant, plein de charme et même de joliesse, une voix de fausset perçante et sonore, qui lui permet des imitations des deux sexes avec un succès étonnant. Ajoutez à ça, pour Diderot qui aime tant à rire, un vrai sens de l'humour. Il est réellement drôle, d'une ironie terrible, quand même assez gentil. Et, ce qui ne gâte rien, lui aussi tombe immédiatement sous le charme de Diderot. Conquis par son intelligence et sa verve, sa fougue et sa gaieté, il le considère comme plus fort, plus doué, plus universel que lui, ce qui est rare pour d'Alembert qui a une assez haute idée de sa personne. Il perçoit Diderot comme un immense fleuve capable de tout charrier. Et le pense comme lui promis à un bel avenir. D'Alembert n'a jamais douté de sa réussite. Ni, à dater de ce jour, de celle de son nouvel associé.

Dans la semaine où ils font connaissance, Diderot lui présente Rousseau qui, en échange, leur fait cadeau de Condillac, son meilleur ami du moment. Lequel porte le petit collet des abbés de cour. Mine humble et courtoise, mais l'œil aux aguets, il est d'une impitoyable curiosité. Sous la soutane bat un cœur de passionné. Rousseau le présente comme un futur grand homme, d'un immense mérite et d'une science infinie. Bref, ne tarit pas d'éloges comme s'il était chargé de le vendre. Inutile, l'entente est immédiate. Presque aussi grand que Diderot, et tout aussi gros mangeur, ils sympathisent par-dessus la tête des deux autres. Alors que d'une égale petite taille, d'Alembert et Rousseau picorent et chipotent, Condillac et Diderot ont l'air de concourir à celui qui engloutit la plus grande quantité en moins de temps. Comme lui, Condillac remue encore sa fourchette quand il a la bouche pleine et continue de parler par gestes. Ils parlent autant qu'ils dévorent. On croirait leurs bouches en mouvement perpétuel, toujours occupées.

Entre eux quatre, une mutuelle et immédiate connivence, ils parlent la même langue, rêvent d'une même gloire. Des mois durant, ce quatuor refait le monde au moins un soir par semaine. Rousseau se pique d'écrire de la musique. Condillac, de la philosophie, il travaille à un traité sur les sensations dont il parle beaucoup avec Diderot, lequel ne peut s'empêcher de l'enrichir de ses réflexions passionnées. Pour mieux en tenir compte, Condillac reprend son livre de A à Z. Il veut y intégrer cette notion tellement neuve qui consiste à faire naître la pensée exclusivement des sensations. Du coup, il met plus de quatre ans à l'achever. Quant à d'Alembert, le plus savant des quatre, il survole tout avec brio, il éblouit, jongle de brillantes communications de mathématiques en exposés à l'Académie sur ses dernières trouvailles...

Diderot est le plus généraliste de la bande. Esprit universel, curieux de tout et en tout dispersé, il a de l'intérêt et des connaissances dans les domaines de chacun, une largeur de vues et des compétences dans toutes les matières, outre une capacité à introduire une note subjective, personnelle, sur n'importe quel sujet. Rien ne le laisse indifférent, tout l'excite, l'émerveille, le réjouit, le passionne. Ses amis sont ébahis par l'étendue et l'ouverture de son esprit. Diderot aimerait bien que le cercle de ses admirateurs, ceux qui reconnaissent ses talents, s'étende suffisamment pour résoudre à jamais ses problèmes d'argent. Si sa jeune gloire prend quelque ampleur, sa fortune est faite. Il n'en peut plus des sempiternelles plaintes des femmes de sa maison. Où « l'assassinat de sa fille Angélique par manque de sous » figure en tête de liste. Et s'il est parvenu à ne plus y accorder le moindre crédit, le rappel de cet atroce souvenir le peine toujours autant. Comment vivre avec des gens qui vous haïssent à ce point ? Nanette se plaint légitimement de ne pas partager la vie de son mari. Elle a raison. Désormais, c'est toute la vie de Diderot qui a lieu à l'extérieur de cet appartement d'où ne montent que jérémiades et méchancetés. Aussi profite-t-il de son amitié avec Rousseau pour tenter une sortie en ville. Nanette à son bras, Jean-Jacques avec sa Thérèse. Le dîner doit avoir lieu demain. Soudain il faut l'annuler. Il faut tout annuler. Mme Champion vient de rendre l'âme. Son cœur s'est arrêté de battre. Sans raison, mais y en a-t-il davantage à la vie, à l'amour ? La mort de sa belle-mère qui ne l'aimait pas est une catastrophe pour Nanette. Qui n'a jamais eu personne d'autre au monde. Mais après tout, elle va peut-être lui revenir, redevenir toute à lui... On l'enterre au plus vite. Diderot soutient sa femme, mais n'arrive pas à avoir de la peine. Très présent, il l'aide à survivre à la solitude de ses journées désormais désertes. Comme il a beaucoup de travail, il propose d'en faire une partie près d'elle, à condition qu'elle ne le déconcentre pas. Elle y parvient. Du coup, elle tolère mieux ses soirées au café, et quand il rentre tard la nuit, elle se fait plus tendre, et même plus chatte. Elle se laisse reconquérir sentimentalement, sensuellement. Elle est si perdue. La preuve, elle est à nouveau enceinte. C'est le moment qu'il choisit pour organiser ce fameux dîner à quatre.

Diderot et Rousseau ont beau préparer la soirée au mieux, croient-ils, le fiasco est total. Au premier regard, les deux femmes se détestent. L'une se conduit en pimbêche, fait tout pour avoir l'air d'une aristocrate déchue, et surtout misérablement traitée par son Diderot de mari, alors que l'autre joue la gourgandine comblée par le si peu sensuel Rousseau. Elles rivalisent de sottises, font concurrence d'ambitions plus bêtes et plus superficielles l'une que l'autre. Les deux hommes sont muets, tétanisés, ils assistent à ce mauvais spectacle, plus gênés qu'autre chose, mais l'un comme l'autre incapables d'y mettre un terme. Ils ne veulent pas risquer leur amitié.

Intelligemment, ils ont préféré le Procope à la Régence, où Diderot craignait de se laisser embarquer par ses chers pousseurs de bois. Comme tous les soirs traînent là ses amis et désormais associés Eidous et Toussaint, en compagnie d'autres bohèmes de leurs relations. De loin, Eidous comprend quel psychodrame se joue à la table de son ami. Comme il a déjà croisé Nanette chez elle, il la salue respectueusement, se fait présenter Thérèse, et entraîne à sa table en plus de Toussaint un autre de leurs compères, histoire de faire diversion. Quand ils approchent leurs sièges de la table, les femmes Rousseau et Diderot sont proches du crêpage de chignon, face à quoi ni l'un ni l'autre ne se sentent d'intervenir. Assurément incapables de séparer leurs épouses respectives ! Sans doute ont-ils tous un peu trop bu. Si Thérèse et Toinette ne peuvent pas se sentir, la jalousie que Rousseau manifeste envers Eidous, qui n'hésite jamais à afficher une grande intimité avec « son Diderot à lui tout seul, l'homme qu'il admire le plus au monde », cette jalousie-là l'emporte sur les autres tensions de l'instant.

Rousseau est d'une jalousie morbide, qu'il exhibe malgré lui, envers tous les amis de Diderot. Mais c'est la première fois qu'elle s'exprime avec tant de véhémence. À quoi est-ce dû, la querelle des femmes, l'échec de ce dîner, l'abus d'alcool ? Qui le sait ? Voilà en tout cas Rousseau sur le point d'exploser. Toute société dépassant quatre personnes le rend d'une timidité affreuse. Timidité qui sans raison apparente se change en violence. Quatre personnes, c'est son maximum. Et encore faut-il qu'il les connaisse toutes. Au-delà, il devient rustre, fâcheux ou taciturne. En tout cas, nul et imprévisible sauf quand il est au centre du motif. Or cet Eidous, ce Toussaint et surtout ce Jean-François, le comparse qu'ils ont imposé à table, ne sont bons qu'à rire et à faire rire, à s'amuser et à amuser la galerie. Se moquer est leur premier métier. Et que Diderot rie si bien de leurs plaisanteries irrite excessivement Rousseau. Toinette, sollicitée par Thérèse d'avoir un avis sur une de leurs saillies, la prend de haut, la toise, et fait soudain claquer sa lointaine naissance qui, effectivement, à l'origine était noble, même si, à l'arrivée, elle est plus pauvre que ces pauvres bohèmes... Ça dégénère. L'ambiance n'est pas bonne, quand le jeune gandin, au genre fêtard, cynique et superficiel, ce Jean-François, ami d'Eidous mais inconnu des deux couples, se met à plaisanter la Toinette sur ses grands airs. Et même à franchement s'en moquer.

— Et alors Marquise, combien de quartiers de noblesse ? Eh, mais c'est une belle duchesse que voilà... Et le cul, de quelle qualité de blancheur, de quelle variété de douceur, la peau des fesses ? Dites-nous tout, vraiment, ô ma grande noblesse...

Paradoxalement ce drôle de langage fait rire Toinette, rire bêtement ou rire jaune mais rire avec une certaine complaisance envers ce pas vilain garçon, qui après tout, semble s'intéresser à elle davantage qu'à la Thérèse. Va-nu-pieds et mal fagoté, mais des traits intelligents et une ironie mordante. Ce qui fait plaisir à Toinette, en revanche, fout en rogne son mari ! Eh oui, Diderot est aussi un jaloux, ombrageux et grotesque. Il le sait et déteste se montrer tel, surtout devant Rousseau. À jaloux jaloux et demi !

Les minauderies de Nanette soudain envahissent tout, Diderot ne se contrôle plus, il attrape le gandin au collet pour l'entraîner et en découdre si possible physiquement. Seule une bonne rouste le soulagerait.

Le jeune gandin s'appelle Jean-François Rameau, il est le neveu du célèbre compositeur Jean-Philippe et

Diderot est prêt à l'insulter avec bien plus que des mots. Mais celui-ci flambe avec brio et esbroufe. Tant qu'il est dans l'établissement.

— Je ne pense pas qu'il te soit réellement possible de mourir sur le pré sinon d'une indigestion de foin, ricane Rameau.

Sitôt que Diderot l'a mené dans la rue et s'apprête à en venir aux mains, Rameau se jette face contre terre en gémissant très fort, et se roule dans le caniveau.

— Arrêtez, je vous en supplie... Cessez de me frapper... Je vais mourir...

Et Diderot ne l'a pas encore touché.

Tout ce que le Procope compte de fripons et de gobelune s'assemble sur ce bout de trottoir, comme sur le balcon d'en face, qui appartient à la Comédie-Française, s'agglutinent les acteurs, ravis d'assister aux derniers hurlements de Rameau, célèbre pour toujours déclencher l'hilarité générale. Il est un protée reconnu, capable de se changer en prince ou en loque humaine à la demande. Et il est toujours ce qu'il feint d'être, jusqu'au bout, avec foi, sincérité et ferveur. C'est un personnage étonnant. Ajoutez à ce physique dérangeant, ébouriffé comme un chien de basse-fosse, de jolies fossettes d'enfant gentil, un grand beau front intelligent, une bouche des plus gourmandes, des yeux vifs, et surtout, ce dont il use volontiers ce soir, une voix de stentor, une tessiture de cathédrale. Là, toujours en hurlant qu'on le tue, il fait mine de s'évanouir à même le sol. Plus question pour Diderot de porter la main sur lui. Il rentre payer pour s'en aller au plus vite. Sitôt que retombe l'attention sur lui, avec la dignité d'un prince de ligne, le neveu du grand Rameau se redresse et, en rajustant son couvre-chef, à la cantonade jette un tonitruant :

— Rira bien qui rira le dernier !

Puis magnifique, disparaît sans laisser de trace ni

régler ses nombreuses pintes. Les convives de Diderot sont toujours aussi mal à l'aise. Quant au reste du café, médusé, il est sous le charme du traîne-savates évaporé.

Rousseau ne sait plus où se mettre, horriblement gêné de faire partie du cercle qui a créé ce tapage. Eidous et Toussaint s'éclipsent sans mot dire, chacun rentre chez soi la queue basse.

Diderot ramène sa « marquise » à la maison, en se promettant de ne plus la sortir jamais. Pas un mot sur la route. Piteux tous deux ? Oh non, une fois à la maison Nanette laisse dégorger sa colère et lui déverse des tombereaux d'injures plus ou moins méritées, juge Diderot, pas fier de lui.

Que faire ? Pour la première fois, il se prend à douter de cet amour pour lequel il a bravé père et mère, affronté tant d'obstacles, a enterré un enfant en cachette, en attend un autre... Impossible de s'avouer vaincu. Elle porte leur enfant. Il rentre en lui-même, il va patienter. Le travail ne manque pas. Jamais plus il ne recommencera pareil mélange des genres. Sa femme à la maison, ses amis au-dehors, le travail entre les deux.

Sans sa mère pour guider sa grossesse, elle reporte toutes ses craintes sur lui, et ne le lâche plus. Son angoisse augmente au fur et à mesure qu'approche le terme, Diderot n'en peut mais. Une fois reconquise sexuellement, il commence à sentir le poids de ce mariage « si mal assorti », comme le prophétisait sa sœur. La mort de sa belle-mère lui fait mesurer l'écart qui les sépare et semble se creuser. Seul avec elle, plus d'échappatoire intellectuelle, elle meurt de peur à l'idée d'accoucher, de ne pas savoir faire, de perdre à nouveau son bébé. Impossible de la rassurer suffisamment pour retourner à ses chères études. Il lui tient la main et cherche des sages-femmes à proximité pour le jour où.

CHAPITRE 13

1746

De la première maîtresse aux premiers vrais livres

On me dira des injures mais les injures ne sont pas des pierres. Rien ne me blesse.

Correspondance

Pendant la si pénible grossesse de Nanette, Didier, le petit frère de Diderot, arrive à Paris pour entrer au séminaire de Saint-Sulpice. Denis l'accueille à l'arrivée de la poste et le conduit directement au séminaire. Puis le quitte, et l'oublie.

À cette occasion pourtant quelques aimables lettres de son père le prient de jeter un œil sur son petit dernier, sa mère le lui recommande avec tendresse, même Sœurette, qui s'enquiert surtout de sa vie à lui, et des rumeurs qui le disent marié, voire pis, père de famille. Ça ne peut pas être vrai. Diderot ne répond pas. Si, bien sûr, il promet d'aller visiter son petit frère, d'en prendre soin, de le sortir... Mais Nanette qu'il ne peut laisser seule, son travail qui ne peut attendre... pas une fois, il n'en trouve le temps. Ou la force. Si déjà la rumeur le chuchote... Il a trop peur d'être dénoncé à son père pour ce qu'il est devenu. Surtout de son frère, il se défie. Et comme il ne peut le convier chez lui, il ne le visite pas davantage. Il se sait si grand gaffeur qu'il s'abstient. Diderot est célèbre parmi ses amis pour dire tout ce qu'il ne faut pas. Il a du mal avec les secrets, il n'en confie ni n'en garde. Il préfère rendre ses vies étanches plutôt que de courir le risque que son père apprenne d'un autre qu'il est marié et père demain.

En dépit de sa femme en gésine et le plus souvent en larmes, Diderot reprend ses sorties. Il met en place un système d'alertes afin que Nanette prévienne au plus vite les matrones de l'immeuble, chargées d'aller quérir la sage-femme. Tout, il a tout prévu pour échapper à cette vie conjugale plus infernale à mesure que Nanette s'arrondit.

Dehors, une grande exaltation amicale et intellectuelle le lie chaque jour davantage à Rousseau, d'Alembert et Condillac. Ils ont pris l'habitude de se retrouver une fois par semaine au Panier fleuri, un restaurant du Palais-Royal. À ce rendez-vous, Diderot le désinvolte ne manque jamais, contrairement à ses usages : il est coutumier des rendez-vous manqués, oubliés. Ensemble, ils envisagent de créer une revue, une gazette, un bulletin, enfin ils ne sont pas fixés, ils savent seulement que ce sera un écrit pamphlétaire, dont ils ont arrêté le titre, *Le Persifleur*. Ils en parlent tant et tant qu'ils ne trouvent pas le temps de s'y mettre. D'Alembert en son for intérieur n'y est pas favorable. Sa réputation d'académicien ne l'autorise pas à se faire remarquer comme un potache. Mais l'amitié l'engage à jouer le jeu.

Reste que les sentiments entre ces quatre-là sont d'une infinie richesse. La proposition des libraires d'œuvrer à cette fameuse Encyclopédie à la française les rassemble avec bonheur, et plus encore, la nécessité de trouver des collaborateurs, experts sur les mille et un sujets dont elle traitera. L'entreprise se met en place en ayant encore l'air de traîner dans les cafés de la bohème dépenaillée. Tant que de Gua leur fait des ennuis... N'empêche, on s'organise pour le jour où. Les libraires annoncent que ça ne devrait plus tarder.

Bizarrement, c'est Diderot que les libraires envoient

à d'Aguesseau, le très sévère directeur de la librairie, sorte de ministre de la censure, pour négocier le « Privilège d'impression de publication et de diffusion » de l'Encyclopédie. Ce Privilège est en gros un permis d'imprimer mais pas obligatoirement de diffuser. Sans lui, tout est interdit, avec on peut commencer à négocier. Le chancelier d'Aguesseau est un vieillard très chrétien et totalement conventionnel. D'Alembert, de l'Académie, n'aurait-il pas mieux fait l'affaire ? D'entrée, la personne de Diderot risque de choquer. Or contre toute attente, le vieux chancelier tombe sous le charme de Bouche d'or. D'Aguesseau lui trouve une intelligence tellement hors du commun qu'il se met, lui aussi, à rêver de son Encyclopédie. Il lui promet de la protéger envers et contre tout. Diderot a gagné. Il a le Privilège ! À lui, Denis Diderot. Grâce à quoi, il signe avec ses libraires un contrat plus avantageux que d'Alembert et qui le met à l'abri du besoin pour quelques années, à condition que ses besoins n'augmentent pas.

Dans toutes les publicités pour l'Encyclopédie, le nom de d'Alembert devance toujours celui de Diderot. Il est pourtant moins payé que le second. Présenté comme coéditeur de l'Encyclopédie sans distinction, d'Alembert, mieux connu des savants, apporte à l'entreprise caution et prestige de l'Académie des sciences. Diderot est perçu comme un obscur tâcheron des lettres auquel ses traductions et articles dans les journaux n'ont pas valu grande notoriété. Mais les éditeurs le connaissent, ils ont apprécié le travail considérable qu'il a fourni pour le dictionnaire de médecine. Bon traducteur, bon éditeur, bon chef d'équipe, il a mené la barque avec brio et rapidité. Des deux hommes c'est lui le professionnel, c'est donc lui qui a la responsabilité globale de l'entreprise, d'où sa rémunération qui pèse plus du double de celle de d'Alembert.

En attendant, Diderot continue de fuir son foyer au

bénéfice du travail et de l'amitié. Ses nouveaux amis l'enchantent, il les trouve géniaux, au sens le plus fort du mot. Et réciproquement. Pareille excitation intellectuelle débouche sur de nouvelles amours. À quoi Diderot ne s'attend pas, si préoccupé par la perpétuelle mauvaise humeur de sa femme. Lors d'un dîner rue Saint-Louis-en-L'île, chez Philippe de Puisieux, jeune avocat spécialiste en droit des traductions, où l'entraîne Rousseau, persuadé que Diderot se fait exploiter par ses libraires, Diderot le maladroit, toujours aussi gauche en société, se laisse capturer comme un papillon par la flamme. Il ne voit ce soir-là aucun des autres convives que l'épouse de l'avocat. Il n'a d'yeux que pour elle. Incapable de suivre ni même de faire mine de suivre la conversation, il bade leur hôtesse. Mme de Puisieux. Madeleine de Puisieux. Elle lui fait très rapidement comprendre qu'elle ne sera pas cruelle envers son désir, s'il accepte de l'aider à écrire ses propres œuvres. Car elle se pique d'écrire, cette blonde dont Diderot dit : « ... blonde, une de ces blondes qu'un philosophe devrait toujours éviter ». Elle se veut intellectuelle, et s'estime très au-dessus de la société. Sitôt qu'elle découvre quel homme il est, de quel talent et de quelle générosité il est capable, elle décrète qu'elle a besoin de lui, et qu'avec son aide, elle fera une œuvre véritable.

Madeleine de Puisieux est laide. Et même effroyablement laide, mais elle ne laisse pas à Diderot le temps de s'en rendre compte. Très cultivée, une conversation charmeuse, délurée et terriblement coquette... Il tombe immédiatement dans le piège des sortilèges qu'elle semble ne déployer que pour lui. Avec la promesse de lui révéler des talents plus cachés encore. Si elle n'a pas, loin s'en faut, la beauté de Toinette, elle s'attache instantanément Diderot par ses exigences érotiques et sa science des frissons. Cette femme est douée d'un exceptionnel talent sexuel. Elle sait traiter un homme au lit.

Et dans les salons, mène des conversations d'un assez bon niveau. À l'opposé de Toinette. Elle a accès, sinon au grand monde, du moins au beau monde, où elle donne magnifiquement le change. Chacun la prend pour une grande. Toutes choses interdites à Toinette. Cette excitation nouvelle ne succède pas à celle de l'amitié avec Rousseau et d'Alembert, au contraire. Elle la redouble, la triple, la centuple. Diderot ne sait plus à quel amour se vouer. Trop de sollicitations, trop d'occasions de faire le larron. Il en oublie sa femme enceinte et pleurnicharde.

Sous les compliments et les encouragements de Mme de Puisieux, il se lance dans une écriture personnelle. Il ose. Enfin. Comme s'il n'attendait que ça depuis toujours sans en avoir conscience.

Elle lui répète sans cesse qu'il est un génie, et comme tout en lui rêve de le croire, il la croit, sur parole et sur baisers. Et le devient un instant à ses propres yeux. Elle l'aime, elle l'admire, elle le veut riche et célèbre. Sous sa gouverne, il le deviendra, il n'a qu'à se laisser sculpter par elle, par ses mains agiles et expertes en caresses plus douces et terribles les unes que les autres. Elle a besoin qu'il soit le plus grand, il va l'être. Entre deux étreintes, il le lui promet. Elle rêve qu'il écrive de grands textes qui défrayent la chronique, il s'y jette à corps perdu. À corps vraiment perdu. Plus besoin du prétexte d'une traduction pour émettre ses idées propres, il se lance et il écrit enfin comme si ça allait de soi, comme s'il n'avait attendu que ça toute sa vie. Il engrange textes sur textes, à toute vitesse, sans trêve. Il n'a plus droit au repos ni au sommeil. Il produit ses œuvres, ça y est ! « Voltaire, j'arrive ! »

Il ose enfin dire les quelques certitudes, fondées sur les doutes que la religion a fait naître en lui et lui a permis d'articuler depuis l'époque où il s'apprêtait à se faire clerc, les motifs qui l'en ont détourné. Sa pensée n'a pas tranché entre déisme, théisme et athéisme. Le déiste est celui qui croit en Dieu mais qui nie toute révélation. Le théiste au contraire est celui qui admet la révélation comme fondement d'un culte. Quant à l'athée, lui nie l'existence de toute divinité. Il tâtonne. Il pioche dans les notes prises en traduisant Shaftesbury, ces pensées forcément issues d'un esprit formé par la Sorbonne, trop françaises, trop à lui, pour être imputées à l'Anglais. À toute vitesse, il rassemble et rédige ses *Pensées philosophiques*. Il oscille toujours entre théisme et déisme, s'il réfute encore l'athéisme, il laisse le champ ouvert, mais condamne sans rémission toute forme d'excès, de superstitions et avant tout l'intolérance révélée par les plus absurdes manifestations, tels les fameux convulsionnaires de Saint-Médard. Ses *Pensées* sont encore sur le métier, que déjà, ça ne suffit plus au bonheur de sa maîtresse.

Elle veut d'autres textes, elle veut la gloire pour son amant, et que les brillants écrits qu'elle lui inspire lui rapportent à elle. Ou pour mieux dire, elle veut aussi l'argent qu'il en retire. Ses *Pensées* ne sont pas publiées, mais circulent comme on dit sous le manteau, et bénéficient d'un succès d'estime et de bouche-à-oreille. La Puisieux se délecte de l'effet produit. Vénale et coquette, ses besoins de toilettes et de colifichets sont un gouffre qui excède de beaucoup les moyens de son juriste d'époux. Pour sonder la dépendance de son amant, elle tente des caprices de plus en plus coûteux. Diderot doit produire davantage. Produire plus vite pour gagner plus d'argent. Argent qui par nature doit échapper à son ménage pour se changer en toilettes et en bijoux pour sa maîtresse. Il doit aussi faire vivre sa femme, incessamment mère. C'est imminent. Comment y parvenir avec cette exigeante maîtresse, qui ne le laisse pas en repos ? En produisant plus ! Et Diderot découvre qu'il adore qu'on ne le laisse pas en repos. Il adore être surchargé de travail, il adore voir comme plus il accomplit de choses dans sa journée, plus il parvient à en faire et davantage encore, y compris la nuit. Ravi de pouvoir étirer sa puissance de travail et ses pouvoirs d'amant, passer de l'un à l'autre et recommencer. Ravi d'avoir réussi à finir un livre, son premier livre, de lui, seul.

— L'heure est au succès de Crébillon. Son texte licencieux *Le Sopha* fait florès à la cour et chez les gens aisés..., insinue Mme de Puisieux.

— Et alors ? ne comprend sincèrement pas Diderot.

— Pourquoi ne rédigerais-tu pas, oh juste là, comme ça, sur un coin de guéridon, un petit roman assez libertin pour émoustiller les lecteurs, suggère-t-elle, le corps lascif et encore abandonné contre celui de son amant. Chiche ? Ou peut-être n'en es-tu pas capable ! le provoque-t-elle.

— Tenu, relève imprudemment Diderot.

— Alors... Allez, debout, au travail, libertin.

Ainsi s'attelle-t-il aux *Bijoux indiscrets*. Un roman grivois. L'idée est des plus simples. La mode est aux mystères orientaux. Ses héros sont transparents, ils règnent au Congo, c'est-à-dire en France. De Louis XV, Diderot fait un sultan, Montgogul, de la Pompadour, Mirzoza sa maîtresse aimée et aimante. Par jeu, pour se distraire, ils parient sur l'infidélité définitive de toutes les femmes. Le sultan est doté d'un talent mystérieux pour faire parler les clitoris, autrement dit, le « bijou » fameux des femmes. Lequel, on ne sait pourquoi, ne saurait mentir. La nature ne ment pas ! Et se révèle d'un bavardage et d'une vantardise pas toujours flatteuse pour ces messieurs de la cour. Chaque bijou autorisant plus d'une anecdote, une femme bien née ne saurait se contenter d'un seul amant, Diderot risque de n'en jamais voir la fin. Il manque encore d'imagination en ce domaine et finit par solliciter ses fidèles compagnons d'orgie, pour qu'ils lui fournissent des scènes plus scabreuses les unes que les autres. Ses amis de bamboche s'amusent follement. Ravis, ils inventent ce qu'ils ne vivent peut-être pas. Tous les traîne-misère une fois lancés y vont chacun de leurs histoires d'amour très débraillées, débridées même, où de l'amour, il ne reste souvent que la chair. Des affaires de sexe assez osées. Collationnées par Eidous et Toussaint en moins d'une semaine, elles sont mises au propre par Diderot en quinze jours. Entre le Vendredi saint et le dimanche de Pâques, il parachève l'écriture de ses *Bijoux indiscrets* et l'annonce tout fier à sa belle. Et au libraire, qui lui promet de ne jamais révéler que Diderot en est l'auteur. Pour ce manuscrit anonyme que Briasson publie en Hollande sous l'indication « Au Monomotapa » il lui remet douze cents livres, une fortune. S'il n'avait qu'une seule femme, il serait presque riche, mais Mme de Puisieux est d'une folle gourmandise. Et s'est donné pour mission de l'épuiser tant au lit qu'à la table d'écriture. Avec science et conscience, elle y met tout son cœur, tout son corps et toute sa ruse. Elle exige toujours plus de textes faciles à vendre. Les contes se vendent bien. Qu'à cela ne tienne. Mme de Puisieux est prête à faire croire qu'elle est l'auteur de *L'Oiseau blanc, conte bleu* d'un érotisme très osé même pour un anonyme.

Elle réclame qu'il corrige aussi ses textes propres, et qu'il les épure de ses innombrables fautes d'orthographe. Ce qui l'amène à les réécrire presque en entier... Amour de la langue oblige et de sa maîtresse. Entre deux séances de sexe acrobatique, elle lui prouve qu'il ne sait encore rien des vraies femmes et de leurs désirs. Il ne demande qu'à apprendre. Mais quand ? Il n'a plus une seconde.

Pour assurer le tout-venant, sa femme et son ménage, il signe pour une nouvelle traduction anglaise. Pour son compte, maintenant qu'il y a pris goût, il ne veut plus s'en priver, il se lance dans un autre texte philosophique dont le thème cette fois porte sur les aveugles.

À la question « un aveugle-né auquel la vue est rendue distingue-t-il à distance la sphère du cercle, le carré du cube ? » Diderot répond par un relativisme généralisé : « Un aveugle n'ayant jamais vu couler les larmes de son prochain sera peu compatissant, voire cruel. Plus menacé il sera plus sévère pour le vol, à plus forte raison pour le meurtre. » En deuxième partie, il fait dialoguer le mathématicien Saunderson, un aveugle-né, avec le ministre Holmes qui le veut bon chrétien. « Un aveugle n'a aucune idée de la beauté du spectacle du monde, elle ne lui révèle donc aucun Dieu... L'existence même des aveugles est un démenti à l'ordre du monde... » Pour la dernière partie, il distingue sensations et perceptions confondues par Condillac et La Mettrie, et décrète que seules les sensations sont immédiates, les perceptions demandent du temps et des comparaisons de sensations. Ainsi subrepticement sans avoir l'air d'y toucher, Diderot fonde le matérialisme biologique ! *Rien de juste ou d'injuste dans la nature, tous les phénomènes y sont nécessaires et personne ne peut agir autrement qu'elle le fait.*

Longtemps avant de la laisser publier, sa *Lettre sur les aveugles à l'usage de ceux qui voient* se diffuse sous forme manuscrite, sans nom d'auteur évidemment. Comme elle est très demandée, le libraire Durand l'imprime et la domicilie à Londres pour la distribuer. En attendant, Diderot et d'Alembert œuvrent à la promotion de la future Encyclopédie. Mais la dame ne le laisse pas en repos. Elle le somme d'achever sa *Promenade du sceptique* qu'il a commencée mais traîne à finir. Il n'en est pas très satisfait, il hésite encore sur l'athéisme.

Eidous, Toussaint, Rousseau, Wille et d'Alembert, ses rares amis au courant, approuvent sa liaison avec la Puisieux. Puisqu'elle lui inspire des textes plus épicés qu'avant, plus nombreux, plus personnels, qu'elle l'oblige à diversifier ses activités, et donc à les solliciter, eux, pour des choses légères et plus amusantes que la traduction du vocabulaire technique anglais ; ils approuvent l'aventure à condition qu'il ne tombe pas amoureux, parce qu'une fois entiché, il est perdu pour la joie. Amoureux, Diderot l'a bien vu quand sa Nanette ne voulait pas de lui, et eux le savent, il n'a plus une once d'humour.

Le terme est proche. Aussi à bout de résistance, Toinette cède, Diderot a gain de cause, le couple se réinstalle rive gauche, rue Mouffetard, précisément où jadis ils se sont aimés et connus. Tout est bon pour ranimer un amour... C'est là que le 22 mai 1746 naît un beau petit garçon qu'ils nomment François Jacques Denis. Pour celui-là, Diderot ne prend aucun risque. Sitôt baptisé à Saint-Médard, il le met en nourrice, la plus chère, la meilleure, décrète-t-il. En nourrice pendant les mois tangents, ensuite... Ensuite, ce sera une joie pour Toinette de le récupérer. D'ici là, libre à elle de se rendre tous les jours à Sèvres où loge la bonne nourrice. Et de passer ses journées à apprendre près d'elle son métier de mère. Ouf, voilà Toinette enfin occupée. Et souriante. Diderot est heureux et fier de se trouver père, mais il est inquiet et reste sur ses gardes. Tant que l'enfant ne vit pas avec eux à la maison, il refuse de s'y attacher, il est échaudé plus qu'il ne le pensait par la perte de la petite fille. Mais n'en dit rien à Nanette qu'il laisse à sa joie.

Le mois suivant, donc en juin 1746, c'est au tour de ses *Pensées philosophiques* de naître vraiment c'est-à-dire d'être publiées, diffusées hors des cercles étroits des salons et des cafés, sans nom d'auteur ni d'éditeur, mais ça suffit au bonheur de Diderot. Le succès est immédiat et général. Considérable pour un débutant. Le voilà aussitôt sacré grand écrivain. Dans son petit cercle de lettrés et de curieux, l'accueil est unanime. Pour son premier ouvrage, c'est un coup de maître.

Comme il a eu raison de s'opposer à son père ! Comme il a eu raison de renoncer à tout autre métier ! Comme il a eu raison de s'entêter ! Le voilà, sinon récompensé, du moins encouragé à continuer sur le chemin qu'il trace de-ci de-là, sans trop savoir, au jugé, à l'intuition. Diderot se voit enfin sur le sentier de la gloire. Et le temps passe et ne le dément pas. Il jouit toujours de l'amour de Mme de Puisieux, de la tendresse d'amis très chéris, d'un grand nombre de commandes pour des travaux d'écriture collective et alimentaire, à ne savoir qu'en faire... Outre le désir de poursuivre une œuvre personnelle à peine esquissée et de mettre en chantier la grande affaire encyclopédique.

À la maison, son épouse apaisée dorlote leur héritier mâle. Qui ne porte pas le nom de Diderot mais ça ne l'inquiète plus. Il sait aujourd'hui que tout viendra en son temps. Il vit intensément, il est heureux.

Le bonheur ? Oui et il n'y a pas de raison que ça s'arrête, quand, brutalement, un bruit se met à courir Paris. « Ce livre est un scandale, un scandale, un scandale... »

Il s'agit de ses *Pensées philosophiques*. Le seul diffusé largement dans toute la France. La rumeur — Diderot aurait écrit un livre contre nature, voire pis — met l'année pour pénétrer tous les cercles de la société ! Au point qu'effectivement, un an après, en juillet 1747, le Parlement de Paris le condamne à « être lacéré et brûlé sur les marches du Parlement ».

Lors de ces autodafés, en réalité on ne brûle que du vieux papier. Ce n'est qu'une mise en scène conçue pour frapper les esprits, et, au passage, mais ça le Parlement ne l'a pas compris, donner un sacré coup de pouce aux ventes du livre. Si l'excitation et le succès sont au rendez-vous, la prise de risque et la publicité que lui vaut cette condamnation aussi.

Finalement Mme de Puisieux a ce qu'elle veut, succès, argent et scandale. Deux livres publiés sous son nom, même si on chuchote partout celui de son amant. Ses *Conseils à une amie* font peu parler d'eux. Elle y explique par quel type de « soins » retenir un mari volage. Autant dire qu'elle a couché ses propres exploits cette fois sur du papier. Quant à ses *Caractères* très transparents, ils permettent de reconnaître un trop grand nombre de libertins à la mode à qui le miroir qu'elle leur tend déplaît terriblement.

Avec la complicité des libraires Durant et Briasson, Diderot fait attention à ne publier qu'anonymement. Pour ses *Pensées*, ils avaient créé de toutes pièces une maison d'édition sise au Monomotapa, c'est-à-dire nulle part, avec une magnifique fausse adresse à La Haye. Pas de nom d'auteur, Diderot n'apparaît pas, n'est mentionné nulle part, ce qui n'empêche la rumeur d'attribuer ses *Pensées philosophiques*, qui à La Mettrie, que Diderot déteste depuis le collège, qui à Voltaire. Quel honneur ! Personne ne dément mais on s'étonne. Chacun est flatté de passer pour l'auteur de ce joli petit livre qui sent le soufre. Par quel biais finit-on par savoir le nom de cet insolent auteur ? Du jour au lendemain il est sur toutes les lèvres. À croire que la Puisieux a dénoncé son amant pour se faire de la publicité ! Elle n'y est sans doute pas étrangère. Si fière de s'être attaché un homme de si grand talent, elle ne manque pas de s'en vanter. Ou bien, c'est Rousseau le jaloux, qui ne récolte qu'un début de gloire mondaine, et ne parvient pas à faire interpréter ses compositions musicales, qui cherche à mouiller son frère Diderot ? Pervers comme l'est Rousseau, on peut tout imaginer.

Moins timide mais moins intrigant, moins farouche mais beaucoup plus indépendant, parisien depuis sa jeunesse, rebelle au grand monde, Diderot ne se laisse pas facilement entraîner hors du Quartier latin. La belle société lui pèse. Le grand monde l'ennuie. « Je préfère les gueux », dit-il, peut-être en manière de provocation, mais pas seulement. Et puis sa maîtresse qui déjà se prend pour une grande, lui suffit dans le genre mondain.

Pour l'heure, Diderot s'en moque. Il se moque de tout. Il est fou de joie. Il vient d'être adoubé par le grand Voltaire. Bien sûr il lui a envoyé chacun de ses ouvrages, sitôt imprimés. Pas ses *Bijoux*, ni ses contes libertins, juste les *Pensées*, sa *Lettre sur les aveugles* et le manuscrit de sa *Promenade* qu'il hésite toujours à faire imprimer. Il en change le titre, l'intitule *Les Allées*. Le relit. Non décidément, trop risqué, trop ouvertement athée.

À Voltaire seul, Diderot révèle qu'il est l'auteur de ces œuvres anonymes.

Or dès réception de ses *Pensées philosophiques*, par retour de courrier, Voltaire lui fait parvenir une lettre de félicitations flagorneuse, louangeuse, mais si bien sentie, comme il en a le génie. Diderot est fou de joie. C'est comme s'il venait de franchir un palier. Voltaire sait qui il est. Voltaire lui envoie toute son admiration. Quel bonheur !

En son for intérieur, le grand homme a plutôt tendance à désapprouver ce genre d'écrits, en particulier ces *Pensées*-là... En dépit de son opposition à cet opuscule précisément, Voltaire a l'œil. Il demeure chez Émilie du Chatelet, à Cirey proche de la frontière lorraine où il se tient à couvert du roi et de ses lettres de cachet depuis 1734. Mais de là il sait tout ce qui se passe, il suit toute la vie artistique et intellectuelle de Paris. Et il a tout de suite vu quel talent se cache derrière pareille prose. Il voit le penseur, il voit l'écrivain, il voit le rival. Oui, il peut sincèrement lui écrire que désormais le monde va devoir compter avec Diderot. Et, lui aussi, risque d'être menacé et même dépassé sur sa gauche par ce drôle. Mieux vaut l'adouber tout de suite et s'en faire un allié. Et Voltaire le lui dit, le lui écrit en toutes lettres. Presque mot pour mot.

Voilà qui fait le bonheur de Diderot. Absolument.

Voltaire ou rien, disait-il, rêvait-il...

À peine publie-t-il enfin ce qu'il a sur le cœur que Voltaire lui rend grâce. Et le nomme officiellement son rival !

CHAPITRE 14

1749
Au donjon de Vincennes

> Ô la sotte condition des hommes !
> Mariez-vous vous courez le risque d'une vie malheureuse, ne vous mariez pas vous êtes sûr d'une vie dissolue et d'une vieillesse triste. Ayez des enfants, ils sont plats, sots, méchants, et vous commencez par vous en affliger et finissez par ne plus vous en soucier. N'en ayez point, vous en désirez. Ayez-en d'aimables, le moindre accident qui leur survient vous trouble la tête ; vous vous levez du matin, vous vous asseyez à votre bureau pour travailler, rien ne vous vient. Et voilà précisément le rôle que je fais.
>
> *Correspondance*

Comment est-ce arrivé ? Était-ce prévisible ? Diderot aurait-il pu s'en douter, s'en méfier ?

Tout est allé si vite... Oui, mais justement. Depuis combien de temps ce tourbillon lui brouille-t-il la vue, dévoie-t-il son jugement ? Quels signes annonciateurs a-t-il négligés ? Est-il possible qu'il se soit laissé piéger comme un idiot ?

Depuis deux ans qu'il est officiellement directeur de l'Encyclopédie, c'est simple, il n'a pas touché le sol. Il se sait le roi d'un futur chef-d'œuvre totalement singulier, dont rien n'est encore paru mais dont les penseurs du moment attendent beaucoup. Pour l'instant, il en est surtout le valet. Il y travaille d'arrache-pied, chaque heure de chaque journée, avec plus de passion que s'il s'agissait de lettres d'amour. Dans un état de joie sauvage. Très vite ce travail est devenu sa vie même. Il y met toute l'invention dont il est capable. Il ne s'agit pas d'un livre de plus, ni même d'un dictionnaire de plus, mais d'un ouvrage absolument inédit. On s'est beaucoup éloigné de la « petite » Cyclopediae anglaise d'origine : on fait du neuf, du grand. Plus détonant, plus utile, plus progressiste... plus humaniste... plus révolutionnaire..., jamais conçu.

Des imprimeurs aux libraires, des censeurs au directeur de la librairie, il les a tous convaincus de la nécessité vitale, urgente de l'ouvrage. S'il ne parvient pas à changer le statut du genre humain avec ça, il aura vraiment raté son coup. C'est dire s'il est concentré sur mille autres choses que les obscures raisons qui lui valent une inquisition matutinale. Pour un peu il s'en ficherait. Mais non, tout ce qui retarde son travail est importun et parasite. Pour s'en débarrasser au plus vite, il doit comprendre ce qui arrive.

Au matin du 24 juillet 1749, à sept heures et demie, il fait déjà très chaud, quand frappent à sa porte deux hommes. Le premier se présente cérémonieusement comme l'inspecteur de la librairie, suivi d'un plus grand, tout aussi solennel pour décliner son titre d'avocat au Parlement de Paris, conseiller du roi et commissaire au Châtelet... Diderot n'a pas le choix. Il s'efface pour les laisser entrer. Ces gens lui sont inconnus mais pas l'ordre qu'ils brandissent de perquisitionner ses deux pièces de la rue de la Vieille-Estrapade où il vient à peine d'emménager. Ils y trouvent les manuscrits du dictionnaire Chambers comme attendu, mais aussi trois exemplaires de sa fameuse *Lettre sur les aveugles à l'usage de ceux qui voient* qu'ils ont mission de réquisitionner. Son *Mémoire sur différents sujets de mathématiques* ne les intéresse nullement, pas plus que ses travaux d'harmonie avec Jean-Philippe Rameau. Non, c'est cette lettre, sa *Lettre sur les aveugles*. C'est vraiment ça qu'ils veulent ! Diderot n'y croit pas. Grands dieux, pourquoi ? Elle a plusieurs mois d'existence clandestine, elle a été publiée en revue, et jamais personne n'y a trouvé à redire. Que se passe-t-il ? Ça ne peut être qu'une erreur. Depuis ses *Pensées*, c'est grâce à sa *Lettre* que Diderot se taille cette réputation de sérieux qu'il brigue depuis toujours, et que ses *Bijoux indiscrets* lui interdisaient, que ses *Pensées philosophiques* seules n'étaient pas parvenues à lui ouvrir. En toute quiétude, il remet un exemplaire de sa *Lettre* à ses inquisiteurs.

— Et les autres ? exige d'un ton rogue le commissaire du Châtelet.

— Quels « autres » ? demande Diderot encore en tenue de nuit.

— Les *Bijoux indiscrets, L'Oiseau blanc, conte bleu*.... — cette fois l'inspecteur de la librairie lit sa fiche.

— Je ne sais rien de ce que vous me débitez là. J'entends ces mots pour la première fois...

On a recommandé à Diderot de nier tout, toujours. Et comme le répète Eidous, « plus c'est gros, mieux ça passe ». Il est quand même surpris que la police ait connaissance de sa « participation » modeste, et surtout dissimulée, à ce *Conte bleu*. Il n'est jamais apparu comme son auteur. Jamais. Comment l'ont-ils su ? Qui l'a dénoncé ? Bien sûr qu'il l'a un peu écrit, mais il a laissé sa maîtresse le recopier à sa sauce. Alors, qui est l'auteur de ce conte ? Impossible pour Diderot en toute honnêteté de le revendiquer.

— Et ce texte qui s'appelle tantôt *La Promenade du sceptique*, tantôt *Les Allées*, vous ne l'avez pas écrit non plus, vous ne le connaissez pas ?

— Si, celui-là, si. Mais, ne vous fatiguez pas, vous ne

le trouverez pas, ni chez moi, ni ailleurs. Il y a déjà longtemps que je l'ai brûlé.

— Ah oui, et pourquoi ça ? Trop dangereux ?

— Non, quelle idée, c'était seulement trop mauvais ! J'aurais eu honte de le voir publié sous mon nom, j'ai préféré le faire disparaître. Les gens sont si malveillants.

— On se demande comment tout Paris peut en avoir connaissance s'il n'en existe aucun exemplaire en circulation.

Diderot lui-même s'étonne de ce qu'on lui révèle là. Sincèrement. Tout Paris bruirait de sa *Promenade* ? Il n'en croit rien. Bien sûr, l'irruption de ces agents l'inquiète, mais il ne comprend pas ce qu'on lui reproche ni ce qu'ils lui veulent réellement. Il est convaincu de n'avoir pas eu le temps de nuire ni de commettre de choses dangereuses, tant il est requis par l'Encyclopédie, mais comment s'y est-il pris pour mériter tant d'indignité ?

Ils ont repris leur fouille sans plus se soucier de lui. Ils veulent entrer dans la pièce à côté où Nanette et leur petit garçon dorment encore. Diderot refuse énergiquement. Ils cèdent. Aussi prend-il les devants, il va s'habiller et avertir sa femme de son départ pour « au moins jusque tard dans la soirée », afin de ne pas les inquiéter inutilement. Lui-même ne l'est pas. C'est l'affaire d'une journée pour débrouiller la chose, songe-t-il, il suffit d'y mettre du sien. Et il y est prêt. Il ne songe qu'à se libérer pour retrouver son travail qui ne peut souffrir le moindre retard.

Nanette ne croit pas un mot des explications embrouillées de son mari. L'intuition féminine toujours en alerte, à peine Diderot dans l'escalier, elle se précipite à la fenêtre. Et le voit en bas encadré d'un peu trop près par deux hommes en élégant uniforme, puis poussé dans un fiacre par deux policiers. Elle a compris. Diderot, toujours pas.

C'est la direction du fiacre et la longueur du trajet qui lui font prendre conscience de la nature alarmante des événements. De fait, arrivé au château de Vincennes, on ne lui en propose pas la visite, on le pousse sans ménagement jusqu'au donjon, où on l'enferme sans plus de précision. Cette sombre forteresse médiévale est à deux lieues de Paris. Coupé du monde ! Absolument. Personne ne sait où il est, lui-même ne sait pas pourquoi il y est. Pas un être humain qui lui adresse la parole, ni ne lui explique quoi que ce soit. Il est au secret.

Des motifs... ? Oh ! S'il doit commencer de s'interroger tout seul, et il n'a pas le choix, personne ne s'intéresse à lui, il n'en a que trop fourni aux autorités. Mais laquelle de ses actions peut-elle lui valoir cette condamnation sans jugement ?

S'agit-il d'une vengeance personnelle de Mme Dupré de Saint-Maur ? On la dit très fâchée. Ce serait une vengeance bien tardive. On raconte qu'elle aurait exigé de son amant, le chancelier d'Argenson, la tête de Diderot, sous le prétexte aussi futile et bête que le philosophe l'a traitée d'« yeux sans conséquence ». C'est vrai, il l'a dit et il est prêt à le répéter. Il a une excuse. Réaumur lui avait promis de le convier à la levée des pansements d'un aveugle nouvellement ressuscité à la vue. Or sur pression du chancelier, Réaumur lui a substitué Mme Dupré de Saint-Maur, ces fameux « yeux sans conséquence » puisque incapables de poser les questions cruciales que Diderot a conçues pour conclure sa *Lettre sur les aveugles à l'usage de ceux qui voient*. Quel intérêt, cette séance pour la maîtresse du chancelier sinon une stupide curiosité mondaine, même pas scientifique ? Comment Réaumur a-t-il pu se prêter à cette mascarade ? Car il a été jusqu'à organiser une « seconde première levée » des pansements pour Diderot qui, aux réponses de l'aveugle, a compris qu'il avait déjà vu et surtout déjà raconté ce qu'il avait ressenti en ouvrant les yeux sur le monde la première fois.

Diderot a dû chercher d'autres aveugles à interroger pour finir son ouvrage. Lequel est en circulation depuis plus de quatre mois. Si la justice avait dû le saisir pour complaire à d'Argenson, ce serait fait. Aussi n'arrive-t-il pas à croire qu'on l'enferme pour pareille faribole.

S'agit-il alors du contenu de sa *Lettre sur les aveugles* ? Les lieutenants de la censure auraient mis quatre mois à la lire ! C'est coquet. D'Alembert, qui l'a relu dans ce sens, lui a juré qu'il n'y mettait pas en péril les fondements de la religion ni du pouvoir divin. Certes Diderot y démontre par des propos abrupts et sans concession mais prêtés à son aveugle, qu'il est un vrai philosophe, et qu'il pense de façon très originale, ce qui signifie toujours dangereuse pour la royauté.

Rousseau prétend lui que ce sont ses écrits frivoles et faciles, ses bijoux érotiques, juste bons à entretenir son exigeante maîtresse, qui le mettent en danger et lui font courir le risque de la censure. Peut-être, mais de là à l'emprisonner ! Ça, même l'angoissé Rousseau n'y a pas songé. Les *Bijoux indiscrets* lui ont paru infamants, mais il est connu et moqué pour sa pruderie de vieille chatte anglaise. Ce qu'il désapprouve plus que tout, c'est cet oiseau de malheur... *L'Oiseau blanc, conte bleu* (sous-titre qui signifie simplement conte « à dormir debout »). Certes Diderot s'y montre polisson, mais est-ce qu'on emprisonne pour polissonnerie ? Sans compter toutes les œuvrettes qu'on lui prête, plus libertines les unes que les autres, et qu'il n'a même pas lues ! Dont il ne soupçonne même pas l'existence. Mais on ne prête qu'aux riches et le prisonnier de Vincennes est en passe de le devenir. Il ne parvient ni à croire ni surtout à penser que ses rêves de jeunesse, son désir de gloire, son appétit pour la grandeur sont incompatibles avec son amour de la vie, son insolence et son génie de la provocation.

La Promenade du sceptique, ou *Les Allées*, il les a brûlées. Sa philosophie y glissait trop clairement vers l'athéisme. Il doit en rester quelques exemplaires dans un ou deux salons. Mais ça paraît incroyable. Non, pour rien de ce qu'il a fait ou écrit, on n'emprisonne aujourd'hui, se rassure Diderot enfermé, que tant de silence et d'interrogations commencent à angoisser.

Il ne pense pas devoir tenir compte de ses *Pensées philosophiques*, jadis interdites et condamnées publiquement. C'était il y a plus de deux ans. Il y a prescription. On ne condamne pas deux fois pour le même ouvrage. Depuis il a beaucoup produit en peu de temps mais anonymement. On ne peut l'enfermer pour rien. Et pour combien de temps ? Personne n'a jugé bon de lui signifier ni les motifs ni la durée de son incarcération.

Nanette, sitôt son mari enlevé, court à la police demander des explications. Forte de son angoisse extrême, elle ose tout et même s'arrête au Procope, en franchit seule le seuil, pour chercher du regard, dans la pénombre de l'endroit, un visage connu. Apercevant Toussaint, une des âmes damnées de son époux, elle se précipite sur lui. Elle sait qu'il se couperait les deux jambes pour le sauver. Il l'aime et lui doit son gagne-pain.

C'est donc par lui qu'en moins d'une heure tout Paris est au courant. Huit heures plus tard, le bruit de cette arrestation atteint même Voltaire. Il réside pourtant en province, chez Mme du Châtelet. N'est-elle pas une parente du gouverneur de la prison ? Peut-être une proche parente ?

L'angoisse étreint Diderot, qui ne sait rien ni de ce qui se trame dans l'ombre ni du tapage des siens.

Dans ce donjon qu'il arpente comme pour le mesurer au centimètre près, sans répit, tel un fauve capturé, il cherche à comprendre. Il se remémore l'enchaînement qui a pu le mener là. Depuis l'autodafé de ses *Pensées* qu'il considère à l'aune de ce qui se passe comme un avertissement, il s'est déroulé un grand nombre d'événements minuscules, impossibles à récapituler. Dont Diderot n'a tenu aucun compte. Quand les *Pensées* anonymes, officiellement imprimées à l'étranger — et couronnées de succès peu après la sortie, il le reconnaît avec fierté —, lui furent attribuées, et dans la foulée condamnées à être lacérées et brûlées, ça l'a fait rire. Et tous ses camarades de café, envieux, jugèrent que c'était un fameux coup de pouce du destin. Grâce à quoi tout Paris désormais en connaissait l'existence, comme de leur auteur à peine dévoilé.

Certes il n'a écrit ça que pour plaire à la Puisieux au début de leur liaison. Un mois après que son fils est né, grand bonheur, Nanette est redevenue une femme heureuse et épanouie, à nouveau tendre et folle amoureuse de... son fils.

Et Diderot, pour qui tout se présente au mieux, outre ses traductions pour assurer le pain quotidien à sa famille, et l'immense chantier encyclopédique, s'est remis à des œuvres tendancieuses pour gagner davantage d'argent dévolu aux caprices de sa maîtresse. Laquelle en réclame toujours plus alors que Diderot est toujours plus épris. Le tourbillon l'a entraîné de plus en plus vite, et l'honnêteté l'oblige à reconnaître qu'il a adoré ça. La condamnation de ses *Pensées* l'a propulsé dans la cour des écrivains reconnus, ce qui lui a dissimulé les risques encourus. Il aurait dû se méfier, et avancer davantage masqué. Il l'ignorait. Il ne rêvait que d'amour et de gloire.

Ces heures, ces semaines... de réclusion silencieuse, à peine trouée de rares passages de ses geôliers, apprennent à Diderot que la police l'a à l'œil depuis un moment. Qu'il est surveillé de près depuis longtemps ! Lors de son premier interrogatoire, on lui met sous le nez une fiche le concernant, qui date de juin 1747, il y a déjà deux ans. Une dénonciation explicite est recensée aux fichiers de la police si bien tenus par M. Berryer.

« *Ce gaillard menant une vie besogneuse et désordonnée, auteur des* Pensées philosophiques *condamnées, et d'un autre ouvrage* [sans doute sa *Promenade du sceptique*, plus condamnable encore, ajoute ce grand ami de l'ordre public], *est un homme très dangereux qui parle des saints mystères de notre religion avec mépris, qui corrompt les mœurs et dit que lorsque viendra le dernier moment de sa vie, il faudra qu'il passe comme les autres et qu'il se confessera et recevra ce que nous appelons notre Dieu, non par devoir mais pour sa famille...* »

Soigneusement recopiées pour être excipées, ces informations le font sourire. Là encore, il a tort. Elles sont signées par le curé de Saint-Médard, le confesseur de Nanette. Les jours suivant son enfermement, le même curé se fait une joie de se rendre à une convocation de police pour certifier ses dires, et en rajouter.

« *Dridrot* [*sic*] *a passé sa jeunesse dans le libertinage... il s'est marié sans le consentement de son père et fait passer son épouse pour sa sœur.* »

Joli monsieur ! commente Berryer pour Nanette, revenue le supplier de lui rendre son mari. Le chef de la police semble prendre un vif plaisir à lui relire la déclaration de son confesseur. Elle est dévastée. Comment savoir si elle a plus envie de maudire son époux libertin ou son curé-délateur, dont ses propres confessions rendent le témoignage accablant ?

Je ne sais pas comment il sait ça ! se lamente Diderot

quand il l'apprend. Car le curé n'a pas fini. Il continue de débiter des propos que Diderot a effectivement tenus en privé. Visiblement très au fait des questions que Diderot se pose sur les théories théistes, déistes et athées.

« *Il débite aussi contre Jésus-Christ. Et même contre la Sainte Vierge ! Il dit des blasphèmes que je n'ose répéter... Je ne le connais pas personnellement* [qu'est-ce que ce serait s'il me connaissait ! Droit au bûcher, il m'enverrait], *mais on m'a dit qu'il fait paraître beaucoup d'esprit critique, et que sa conversation est des plus amusantes. Il s'est avoué l'auteur d'un ou deux ouvrages brûlés, il y a deux ans... Et travaille depuis plus d'un an à un autre, paraît-il plus dangereux encore, contre la religion. Je tiens ces faits d'une personne qui demeure dans la même maison...* »

Les relations de Diderot et Nanette sont assez détériorées : pour un peu, il l'aurait soupçonnée d'être sa délatrice. C'est malgré elle qu'en confession, le curé lui aura habilement tiré les vers du nez. Oui mais censément, elle ignore tout de son travail, et surtout de ses autres activités. Il faut qu'on lui ait fait réciter mécaniquement ce qu'elle entend malgré elle. Qui, sinon son confesseur, peut l'avoir contrainte à rapporter par le menu les conversations de son mari ? Elle, sa première visiteuse dans sa prison, elle, qui brave sa pudeur en pénétrant seule au Procope pour alerter son ami Toussaint ? Ça n'a pas de sens ! Pourquoi le dénoncer alors qu'elle dépend de lui pour vivre et faire vivre leur enfant ? Diderot s'en veut même d'y avoir pensé. Décidément, la prison abaisse l'âme, et lui fait l'esprit sensible à de sottes idées de complots. Nanette n'a pu chercher à lui nuire. Pauvrette, c'est d'abord contre elle que ces événements se retournent. Il ne sait à quel saint se vouer.

Alors, la Puisieux ? Sa maîtresse adorée qui le tient

par le bout du nez, et même pire, aurait voulu lui nuire ? Avec elle, rien d'impossible. De son galetas, il se remémore sa taille fine et légère au-dessus de son bel embonpoint, il se pâme encore. Il n'a jamais vu de couleurs plus vives, de peau plus animée, de plus belles chairs, d'yeux si pétillants qui inspirent autant le désir. Et c'est pis encore quand il pense à son esprit si vif, son amour pour les beaux raisonnements... Elle est la première femme à le faire bander tant avec son corps qu'avec son esprit. Experte en érotisme, intellectuelle de bon niveau, et perverse avec ça ! D'elle, il a au moins appris à s'attendre à tout. Est-elle assez méchante pour le dénoncer ? Oui. Mais elle n'est pas assez stupide pour immoler sa poule aux œufs d'or. Depuis deux ans, elle lui a soutiré une fortune, l'obligeant à en gagner le double. En a-t-il bâclé de ces textes pour la couvrir de colifichets ? et faire mieux vivre sa famille ! Rien que pour ces textes que sans elle il n'aurait jamais songé à écrire, il ne parvient pas à lui en vouloir.

Franchement s'il n'était retenu de force dans ce sinistre donjon, il se jugerait assez satisfait de sa production des dernières années. En tout cas du volume. Il en a couvert des kilomètres de parchemins... Il n'a pas arrêté. Il a engrangé échecs et succès, sans prendre le temps de souffler. Parmi les échecs qui ne sont pas passés, une humiliation majeure l'a marqué au fer rouge. Entre Voltaire qui ne pense qu'à le protéger, et sa maîtresse à l'appétit mondain sans bornes, Diderot est allé se faire pendre malgré lui ! Eidous et Toussaint ont tenté de l'en détourner, mais l'insistance — et les recommandations — de Voltaire, Fontenelle, Montesquieu soi-même, et plus timidement, de d'Alembert, firent pencher la balance du mauvais côté.

Voltaire prétend qu'entrer à l'Académie est le meilleur sinon le seul moyen de se mettre à l'abri, de ce qui arrive précisément à Diderot. La prison, l'arbitraire, l'injustice... Aussi Diderot s'est-il laissé présenter. Mais, et le rouge lui monte au front quand il y pense, on l'a rejeté. Pas une voix ! Personne à l'Académie n'a retenu son nom. Raté ! L'Académie l'a refusé... Et deux fois de suite. Elle n'a pas daigné le mentionner parmi ses candidats possibles. Pour acheter son ticket d'entrée, préalablement Diderot a fait pourtant paraître un *Mémoire sur différents sujets mathématiques*. Il a adoré se remettre aux mathématiques pour rédiger ce petit opuscule qu'il voulait savant mais qui à cause, d'aucuns diraient grâce à sa plume, ou son nom, s'est aussitôt vendu comme des petits pains. Pour un livre de mathématique, c'est un exploit, qui a popularisé le nom de Diderot dans toute l'Europe. Le hissant au niveau des scientifiques qu'il admire. Du coup, l'imbécile s'est cru protégé ! Intouchable ! Et comme un nigaud, il s'est présenté chez les Immortels qui l'ont sciemment ignoré, pis, méprisé. Quelle bévue !

Il se rappelle aussi, mais seulement aujourd'hui, qu'il a négligé calomnies et médisances qui n'ont pourtant cessé de courir sur son compte, et que sa naturelle forfanterie a sciemment entretenues. Car enfin, tout de même, il s'est sottement cru des motifs de contentement de soi. De vulgaire tâcheron, journaliste aléatoire, obscur traducteur, écrivain public en période de famine, travailleur à la pièce sans le sou, en moins de cinq ans, le voilà à la tête de la plus importante entreprise littéraire jamais conçue depuis des siècles. N'est-ce pas quelque chose, ça ?

Il est désormais salué par ses pairs comme philosophe, romancier, mathématicien et surtout, surtout, Monsieur le Directeur de l'Encyclopédie. Alors oui, il a cru son élection possible. Il s'est monté la tête, et a failli la perdre. Poussé par Voltaire, présenté par le physicien célèbre Jean-Antoine Nollet, soutenu par l'astronome Alexis Clairaut, encouragé par l'ingénieur Gaspard de

Courtivon, et louangé par le physicien naturaliste René Antoine de Réaumur pour se faire pardonner l'affaire de l'aveugle ! Excusez du peu. Avec de pareils parrains, on n'échoue pas. Ils se sont aussi démenés pour le faire entrer à l'Académie royale des sciences comme adjoint mécanicien. Première marche vers l'Académie française. La vraie. Un jour ? Et... rien. Pas une voix ! Personne n'a voulu de Diderot ! Se présenter lui a fait croire qu'il y avait droit, qu'en somme, il était devenu quelqu'un d'important. Il est tombé de haut. Et s'est juré qu'on ne l'y reprendrait plus. D'autant qu'aujourd'hui ce refus joue contre lui. Élu, on ne l'aurait pas traîné en prison. Son statut l'aurait protégé. Pressentaient-ils, ces beaux messieurs qui l'ont dédaigné, qu'il serait un jour condamné comme un vulgaire émeutier de papier ? On n'élit pas un criminel. Ne le met-on au cachot que parce que l'Académie ne le protège pas ?

La Pompadour a fait nommer Berryer lieutenant général de police, afin qu'il la protège des scandales de sa liaison avec le roi. À cet effet, il a créé un cabinet noir n'ayant pour fonction que d'ouvrir, lire et re-sceller la plupart des lettres qui transitent dans le royaume. D'où la disgrâce des ennemis de la favorite, et l'internement à la Bastille de tous les délinquants subalternes de la bohème littéraire. Parmi ces gens de peu, Berryer est devenu un sujet de crainte et de haine. Le petit peuple, scandalisé par la brutalité avec laquelle il procède aux rafles des vagabonds et des enfants errants, veut sa peau au point que le président l'ayant mandé au Parlement, il refuse de traverser Paris, craignant pour sa vie. La populace a juré de lui dévorer le cœur. La cour lui reproche paradoxalement son incapacité à museler les libellistes. D'où ce récent excès de zèle contre Diderot ?

Nanette, seule, folle d'angoisse, et inconsciente,

retourne chez le tout-puissant Berryer. Elle apprend que c'est *sur ordre D'Argenson qu'on a expédié à Vincennes le sieur* Dridot [*sic*] *auteur du livre de l'*Aveugle... *Le 23 juillet, une lettre de cachet est expédiée au gouverneur du château de Vincennes, François Bernard du Châtelet...*

Pour Berryer, Diderot c'est du nanan, le profil idéal, croit-il. Issu de ces bas-fonds littéraires d'où le ministre fait régulièrement rafler séminaristes en goguette, folliculaires cyniques, provinciaux besogneux aveuglés par le lustre de la capitale, maîtres chanteurs appointés, curés défroqués, pornographes aux gages, une bonne petite centaine de miséreux qui trempent leur plume dans les ruisseaux et survivent dans les bouges à la recherche d'une bonne fortune. Il les fait surveiller de près. Or ce Diderot a beau avoir publié avec succès quelques ouvrages qu'on dit de qualité, Berryer est persuadé de pouvoir le renvoyer à son ruisseau, et plus bas encore s'il le faut.

Après l'avoir fait enfermer, sa stratégie consiste à l'oublier, le laisser mariner dans son cachot. Où Diderot s'effondre.

Jusqu'au 31 juillet, où Berryer condescend à l'interroger.

Diderot nie tout.

Mais Berryer n'a aucun besoin de ses aveux, il sait déjà tout.

Ah vraiment ! Diderot n'a jamais rien écrit ! Ni *Lettre sur les aveugles*, ni *Bijoux indiscrets*, ni *L'Oiseau bleu* ou *blanc*... Peu importe, il y viendra. Qu'on le renferme. Si. Il veut bien reconnaître sa *Promenade du sceptique* puisqu'elle n'existe plus. Il l'a brûlée.

Cette belle résistance est inutile. Diderot l'ignore, mais ses libraires ont déjà tout avoué. Alertés par Toussaint. Avaient-ils le choix ? Prêts à payer toutes les amendes, prêts à tout en vérité pour récupérer au plus vite le maître d'œuvre de l'Encyclopédie. Il s'est échiné à peaufiner cette introduction. Il fallait présenter au mieux leur grand'œuvre. Diderot sait mieux qu'eux tous ce qu'il va en faire, il en connaît le plan global, l'architecture générale, il s'y est repris à dix fois. Il faut qu'à le lire, chacun rêve de s'en porter acquéreur sur-le-champ, d'avoir chez soi au plus vite le premier tome, puis le second, enfin tous les autres, pour s'approprier tous les savoirs du monde. Ce texte doit être parfait. La réputation et l'avenir de l'Encyclopédie se jouent là, l'avenir et la réputation de Diderot aussi. Il le sait. Il y manque encore d'ultimes retouches. Les libraires supplient les autorités. En vain.

Diderot reste dans son donjon. Seul, sans information, oscillant de l'abattement à la fureur, de la résignation à l'angoisse. À devenir fou. Il n'est pas seul, mais comment pourrait-il savoir qu'on vient d'arrêter la moitié de la canaille littéraire ?

La période est sinistre. Ça gronde de partout.

La paix d'Aix-la-Chapelle d'octobre 1748 a mis fin sans gloire à la guerre de succession d'Autriche. « Bête comme la paix », grogne le peuple, ponctionné de taxes et d'impôts. Impôts de guerre, impôts de paix... Il n'en peut plus, le peuple. Aussi fleurissent satires, libelles, épigrammes et chansons, seule façon de s'en prendre à ce pouvoir indifférent aux misères des humbles. Pouvoir qui s'essouffle. Les petites gens sont-ils allés trop loin ?

Moqué, le garde des Sceaux décide d'y mettre bon ordre en faisant *la chasse à tous ceux qui parlent mal du roi, de ses ministres, de sa politique, des impôts, de la religion...* La moitié de la France.

De mai à juillet, on embastille sans désemparer. Au tour de Le Bret, petit écrivain licencieux, de Jacques-Joseph Le Blanc, auteur du *Tombeau des préjugés*, un brûlot, de Pisandat de Mairobert, encore un habitué du

Procope. De quelques autres impudents qui ont diffusé des livres interdits. Tant d'autres encore, tout aussi arbitrairement envoyés aux galères... Et tant et tant. Le ministre d'Argenson réprime sans ménagement tous les hommes de plume, surtout ceux qui font profession de penser. Son frère, le marquis du même nom, en fin observateur à la cour, note dans ses carnets « *on a arrêté ces jours-ci quantité d'abbés, de savants, de beaux esprits et on les a mis à la Bastille comme le sieur Diderot, et d'autres professeurs d'université, de docteurs en Sorbonne... Ils sont accusés d'avoir fait des vers contre le roi, de les avoir récités, débités, d'avoir frondé contre le ministère, d'avoir écrit ou imprimé pour le déisme et contre les mœurs...* ».

Diderot a-t-il simplement été pris dans la nasse ? Bénéficie-t-il d'un sort particulier ? Il est à Vincennes, pas à la Bastille. Quel sens donner à cela ?

Les libraires font bien leur propagande. Tout le monde est au courant. Dès le 28 juillet, Voltaire écrit « Quel barbare persécute le pauvre Diderot ». Il récidive le 29, « Je hais bien un pays où les cagots font coffrer un philosophe ». Le lendemain, le grand Voltaire réclame « qu'on adoucisse autant que pourra la prison de Socrate-Diderot. Il est honteux qu'il soit en prison et que Roy ait une pension. Ces contrastes-là font saigner le cœur ». Peu nombreux savent qui est ce Roy, si même il existe, mais tous se régalent de l'homonymie. De bien-aimé, Louis XV bascule dans les rois haïs. Du jour au lendemain la France est ruinée, les guerres l'ont épuisée. Le roi est coupable.

Ça s'agite au-dehors, mais au-dedans, Diderot l'ignore. Il ne sait rien des démarches des uns, des aveux des autres... Il demande à se promener, à avoir des plumes, du papier pour travailler... On lui refuse tout. Il prend peur. À l'étroit, au secret, il ne parle à personne, personne ne semble s'inquiéter de lui. Il n'a ici qu'un petit Platon, le *Critias* en grec. Grâce à quoi son geôlier ne le lui a pas retiré. Et qu'il annote jour et nuit avec, en guise d'encre, de la poussière mouillée, et des échardes du parquet pour plume.

Berryer persiste à le maintenir dans l'angoisse, de son point de vue, il a raison. Le 1er août, Diderot craque, et rédige une missive à Berryer, une autre à d'Argenson. Il y réitère ses suppliques pour sortir, lire, écrire, recevoir des visites, comprendre ce qui lui arrive...

Je vous le demande les larmes aux yeux en embrassant vos genoux au nom d'une femme vertueuse qui ne mérite pas d'être misérable et d'un honnête homme qui ne mérite ni d'être ruiné ni de périr dans une prison comme il en est menacé par son désespoir... On peut me condamner à rester dans ma prison mais non à y vivre...

De quoi fendre le cœur de gens moins endurcis qu'un lieutenant de police.

Pas de réponse. C'est à devenir fou. Ce que fait Diderot. Il se cogne contre le mur de ce silence compact, opaque, meurtrier. Il a peur d'être oublié jusqu'à la fin des temps. N'est-ce pas ce qu'on raconte à propos des lettres de cachet ?

Depuis trois ans qu'il se démène pour fabriquer une équipe, quasi une famille à l'Encyclopédie, il a rencontré assez de Grands pour s'en recommander comme témoins de moralité. Il a trop peur pour avoir des scrupules ! Toute honte bue, il prie qu'on demande à la marquise du Deffand de plaider sa cause. La fameuse du Deffand qu'il ne connaît pas, mais dont d'Alembert est le favori. Cette despote de salon, en revanche, connaît tout le monde. Qu'on demande à Buffon, à Fontenelle, à la marquise du Châtelet, l'amie de Voltaire et la cousine du gouverneur de cette prison... Il fait feu de tout bois. Il ose tout.

En vain.

Oh, tous se démènent, s'entremettent pour lui, mais sans résultat.

Pathétique, il implore, il supplie.

Il s'humilie... Il pense sincèrement ne pas survivre à cet enfermement s'il dure cinq minutes de plus.

Il commence à comprendre qu'on attend de lui encore plus d'humiliations et de reniements...

Il n'avoue rien de précis, se repent de fautes qu'il nie avoir commises. Mais qu'il promet de ne plus commettre !

Berryer ne répond pas. Là encore, il a raison puisque le 13 août, Diderot cède. Cède tout, sur tout. Il avoue les *Pensées philosophiques*, les *Bijoux indiscrets*, la *Lettre sur les aveugles, La Promenade* ou *Les Allées...*

Il reconnaît même que *ce sont des intempérances d'esprit qui me sont échappées... Je cède à la haute opinion que j'ai conçue de vous avec tout le monde éclairé, et à l'extrême confiance que j'ai dans la parole d'honneur que vous me donnez que vous aurez égard à mon repentir et à la promesse sincère que je vous fais de ne plus rien écrire à l'avenir sans l'avoir soumis à votre jugement...*

Ce n'est pas brillant, il n'est pas fier, mais c'est prudent. Et il n'en peut plus. Il se sent de moins en moins à la hauteur de ce surnom de Socrate dont Voltaire l'a affublé. Méchanceté du grand ricaneur ? Diderot ne peut le croire. Il a honte. À ses yeux, il a déchu. Parviendra-t-il jamais à l'oublier ? D'autant qu'à sa résistance anéantie, il ajoute la trahison. Il n'a pas seulement avoué ses œuvres, il est prêt à dénoncer ses complices, libraires, imprimeurs, collaborateurs... Il ignore que ceux-ci se sont déjà dénoncés eux-mêmes dans l'espoir de le faire libérer.

Il ne leur fait pas courir grand risque mais il l'ignore. Il va plus loin encore. Il dénonce sa maîtresse comme l'unique auteur de *L'Oiseau blanc*. Il immole Mme de Puisieux sur l'autel de sa peur de mourir.

Je peux la nommer car elle ne s'en cache pas. J'ai corrigé son orthographe contre laquelle les femmes qui ont le plus d'esprit font toujours des fautes...

Paradoxalement la Puisieux n'est jamais inquiétée. Soit qu'on n'ait pas cru Diderot, soit qu'il n'ait pas été rentable pour Berryer de s'en prendre à elle, soit qu'elle ait été protégée par un lointain cousinage avec la famille d'Argenson...

N'est pas héros qui veut, ni Socrate. Diderot est peu doué pour le martyre, et plus que tout, il déteste la mort. Qu'on ne compte pas sur lui pour avaler la ciguë.

Berryer attend ces aveux depuis le premier jour. Mais... Oh, non, il ne va pas se précipiter pour le libérer. Il a tout son temps. Le 21 août, outre ses aveux, il lui fait signer un engagement à ne pas sortir du château, si jamais on l'autorise à quitter son donjon.

... *me soumettant en cas de désobéissance d'être renfermé toute ma vie dans le donjon, dont il a plu à la clémence du roi de me faire sortir...*

Diderot prend alors la décision aussi cruelle qu'humiliante d'écrire une supplique à son père pour qu'il lui envoie un peu d'argent. Il est persuadé qu'une fois au courant de son arrestation, il se précipitera à Paris pour le soutenir.

Cette démarche le gêne terriblement, du coup il s'y prend mal, se montre maladroit. Non seulement son père reste à Langres, mais commence par ne pas lui répondre. Alors, acculé par la peur, Diderot renvoie un appel au secours. Par retour de courrier cette fois, le 3 septembre tombe la réponse du père : affreuse. Pire que le silence. Radicale, épouvantable. Un refus clair, définitif et moralisateur. Cette lettre le bouleverse. Il ne sait plus vers qui se tourner. Il n'a plus personne, se sent seul au monde, abandonné, et... oui, quelque chose résiste en lui. Il ne parvient pas à croire à l'absolue méchanceté dont son père fait preuve.

« *Vous avez bien su mon fils, manquer de respect à notre sainte religion pour vous retrouver là où vous êtes...* »

La lettre de Diderot n'avait d'autre office que de mander quelques subsides...

« *... Quoi, un homme comme vous, qui travaillez à des ouvrages immenses, peut-il en avoir besoin ? Voilà 28 jours écoulés dans un endroit où il ne vous en a rien coûté. Je sais que sa Majesté par un effet de sa bonté fait donner une subsistance honorable à ceux qui en exécution de ses ordres sont traduits là où vous êtes...* [Diderot a tout de même trente-six ans.] *Mais si Dieu est au-dessus des rois, les rois sont au-dessus des pères et les fils doivent aux pères, aux rois et à Dieu respect et obéissance...* »

Son père commet une erreur. La pension est aux frais du prisonnier. N'empêche, ses railleries sont très douloureuses. Diderot ne croit pourtant pas à son rejet absolu. La preuve, son père a quand même joint quelque argent à son envoi. Bourru, caustique et même sardonique, il a glissé cent livres à ses moqueries.

Diderot est soulagé.

LES ENCYCLOPÉDISTES
1749-1784

Il y a une division de travail entre Dieu et l'homme. Dieu est responsable du début et de la fin. Nous sommes responsables de ce qui se passe entre les deux.

FLAUBERT

CHAPITRE 1

1749
L'Encyclopédie libérée

> J'ai été forcé toute ma vie de suivre des occupations auxquelles je n'étais pas propre, et de laisser de côté celles où j'étais appelé par mon goût, mon talent et quelque espérance de succès. Je me crois passable moraliste, parce que cette science ne suppose qu'un peu de justesse dans l'esprit, une âme bien faite, de fréquents soliloques et la sincérité la plus rigoureuse avec soi-même, savoir s'accuser et ignorer l'art de s'absoudre.
>
> *Correspondance*

Quelle année tout de même que cette année 1749 ! Pour la France, ce qui compte dans les almanachs comme l'événement le plus considérable est la première apparition d'un rhinocéros vivant, venu des Indes, exhibé à la foire Saint-Germain ! Diderot ne l'a pas vu et le déplore. En prison, il se remémore les années passées ! Il a le temps de revenir sur les mois écoulés... Et découvre ébaubi, furieux et scandalisé qu'il n'a jamais pris le temps de pleurer sa mère, ni sa petite sœur. Qu'il a refusé de toutes ses forces de s'y arrêter comme s'il pouvait les nier !

Sa mère est morte en octobre 1748. Il n'y a pas un an. Comment a-t-il pu se voiler la face si longtemps ? Comment ? Pourquoi surtout a-t-il feint que cette mort n'avait pas eu lieu, n'existait pas ? Pourtant il doit reconnaître qu'il ne s'en remet pas. Sa mère, c'est son amour secret, son amour blessé, la première femme qui l'a trahi, avec tous ses autres enfants qui, venus après lui, la lui ont volé. Mais au secret de son cœur, elle est toujours sa mère adorée. Et, depuis sa fuite dans le cachot où son père l'a enfermé, il ne l'a pas revue. Jamais. Il n'a pas été l'enterrer. Comme sa sœur Angélique dont il a appris la mort une semaine après que le couvent l'a inhumée. C'est ça qui a tué sa mère. Elle s'est consumée de chagrin, a écrit Denise, chagrin dû à l'étrange mort de son autre fille. Celle-ci avait vingt-cinq ans. Quelques années plus tôt elle était entrée au couvent des Ursulines, où très vite, elle est « tombée folle ». « Folle en Dieu », telle est l'expression consacrée ! C'est dire si ça doit arriver plus souvent qu'on ne le croit. Ils l'ont rendue folle, précise Denise qui, par chance, n'est pas relue par la police de Berryer, ni par le curé de Saint-Médard. Furieuse et inconsolable de ces morts iniques, elle blasphème sans vergogne Dieu et la religion, qu'elle accuse d'avoir assassiné sa sœur. Elle ne mâche pas ses mots. Sœurette, sa digne sœur.

Près d'un an après, Diderot n'a toujours pas réalisé. Sa mère et sa sœur, mortes ! C'est comme si la nouvelle lui parvenait seulement maintenant, la prison le contraint de suspendre son tourbillon d'activités, c'est comme si elles étaient mortes dans son dos, en cachette. Ne s'est-il étourdi de multiples besognes que pour mieux se le dissimuler ? Tant qu'il ne retournera pas à la maison, tant qu'il ne reverra pas son père, veuf, solitaire, il ne s'en rendra pas compte. Mais il ne veut pas aller à Langres, il refuse cette prise de conscience, il craint trop d'affronter le chagrin de son père.

Penser qu'en moins de trois ans, trois Angélique de sa famille, des plus proches, ont disparu : sa première fille, sa sœur, sa mère. Denise aurait-elle raison avec son histoire de prénoms maudits ? Non, non et non. La superstition n'a pas droit de cité dans sa vie. C'est par peur de révéler son mariage, a-t-il alors prétexté, qu'il n'est pas allé enterrer sa mère. Surmené par l'Encyclopédie. Épuisé par sa maîtresse, plutôt. Il a tout fait pour oublier. Mais en prison tout lui revient par vagues de chagrin qui le submergent littéralement.

À son arrivée dans ce donjon, d'un coup d'œil, il a mesuré la voûte, les murailles, l'épaisseur des murs et le silence des lieux. Puis il a chu dans un désespoir sans fond. Il peut désormais témoigner que rien n'est pire. Il a beau se remémorer ses années précédentes, rien ne justifie tant d'humiliation. Son geôlier qui vraiment ne sait rien — et Diderot est doué pour tirer les vers du nez des plus taciturnes —, le gouverneur du Châtelet, gentil, souriant, bienveillant, mais soumis aux ordres, et Berryer qui les donne, sont l'essentiel de son entretien du 25 juillet au 22 août.

Élargi par ses aveux — ou sa trahison —, il quitte le donjon, mais reste prisonnier au château de Vincennes, « hôte » du gouverneur du Châtelet, heureux de pouvoir l'honorer comme sa cousine le supplie de le faire. Il bénéficie aussitôt d'un bureau, d'un salon, d'une chambre pour son enfant, qu'il peut recevoir à sa guise ainsi que sa femme. Il profite essentiellement de son élargissement pour se remettre à l'Encyclopédie. Le maître des lieux le traite royalement. Diderot a des parrains importants qui l'ont chaudement recommandé à ce bon du Châtelet, qui a beau tenter de lui faire croire que Vincennes est réservé aux personnes de qualité, Diderot n'en croit rien.

Il prend donc ses quartiers d'été au château. Mais les soirées sont longues, les nuits de juillet courtes, il ne cesse de s'interroger sur les vrais motifs de son internement, ici plutôt qu'à la Bastille.

Le 30 août, François Bernardin du Châtelet informe Berryer que son prisonnier ne cesse de travailler et n'a usé que deux fois de sa permission de se promener dans le grand parc du château. L'Encyclopédie a pris tant de retard. Sa femme risque de manquer... Et son petit garçon, avec quoi va-t-on le nourrir ? Parce que aussitôt emprisonné, les libraires ont cessé de lui verser son salaire.

Quand on l'autorise à revoir du monde, il n'a toujours rien compris. Un mois d'incompréhension, c'est long pour un homme qui fait profession de penser. Les libraires sont trop investis dans l'Encyclopédie pour lui dire la vérité. Ils lui soufflent ce qu'il doit dire pour être relâché au plus vite. D'autant qu'il profite maintenant de son droit de recevoir. Les visites se succèdent. Dès le 22 août, les libraires lui apportent du travail. Nanette vient tous les jours. Puis Rousseau déboule, bouleversé par ce qui arrive à son ami, essoufflé — il est venu à pied —, il l'a vu mort, il penche toujours pour le pire. D'Alembert n'est pas en reste. Il n'y a pas jusqu'à la Puisieux qui ne vienne l'escagasser sur place...

Sa femme, la pauvrette, que sait-elle, que peut-elle savoir ? Il a tellement rendu ses différentes existences imperméables les unes aux autres. Elle ne peut pas lui être d'une grande aide, pense-t-il. N'a-t-il pas toujours cherché à la ménager ? Un autre qui semble ne rien comprendre, c'est Rousseau. Depuis que son ami chéri est son otage et qu'il peut l'aller voir quand ça lui chante, il ne l'a jamais tant aimé. Il l'a tout à lui. Il en profite pour parler enfin de lui. Il a mis du temps avant d'y parvenir, très inhibé et intimidé par le grand Diderot, mais le jour où il y parvient, on ne l'arrête plus. Il fait des scènes, une grande crise d'amitié amoureuse. Jaloux comme d'une femme, quand il trouve d'Alembert ou quelque autre près de Diderot. Il le veut tout pour lui. Rien qu'à lui. Diderot reprend son travail, et sa vie amicale intense avec le même acharnement qu'en liberté.

Il soupe le soir en tête à tête avec le gouverneur qui l'informe de l'évolution de sa situation. Car il se passe quelque chose que Berryer n'avait pas prévu. Entré presque inconnu du public sinon des gens de lettres au donjon de Vincennes, c'est désormais un philosophe célèbre qui y est retenu. « C'est Socrate qu'on martyrise », dit la rumeur citant Voltaire. Voltaire est doué pour les formules qui font mouche, la France qui pense l'adopte. Diderot devient le symbole de la persécution que subissent tous les penseurs du moment. En l'arrêtant, en lui offrant la palme du martyre, le pouvoir fait franchir à Diderot plusieurs barreaux dans l'échelle des valeurs sociales. Chaque jour davantage, il devient un prisonnier plus important. Victime de l'arbitraire royal, de ce que ce régime commet de pire, ce que le pouvoir incarne de réelle tyrannie. Persécuté pour ses idées et ses écrits, du jour au lendemain, le voilà héros, et même s'il s'y prend bien, héraut de son temps. En tout cas, figure emblématique du combat de la lumière contre l'obscurité. De la liberté contre le despotisme. Berryer n'a pas su l'anticiper. Pas de veine pour Louis XV.

Comme il n'est pas du monde, mais fils d'un artisan de province, Berryer a pensé ne rien redouter de l'escamotage d'un homme du peuple. Grave erreur d'appréciation. Maintenant que la police l'a élevé au rang de philosophe d'autant plus incontestable qu'emprisonné pour ses idées, on lui trouve du génie. C'est obligé. La grande chance de l'époque, c'est qu'il en a. Vraiment. Ce que Berryer comme l'époque ignorent à cet instant. Mais pas Diderot ni ses amis. Ni Voltaire.

On s'agite beaucoup en sa faveur. Pour son « meilleur ami », d'Alembert travaille la marquise du Deffand afin qu'elle joue de ses relations à Versailles et le fasse libérer. Elle finit par faire intervenir le président Hénault, un intime de d'Argenson. Avec succès ? Qui le sait ? S'il sort un jour ce ne sera que justice. Et Diderot pourra se dire qu'il a parlé sous la torture... Décidément sa trahison lui reste sur le cœur. Même s'il se jure de n'oublier jamais ses terribles semaines de détention au secret et dans la solitude, les infamants interrogatoires de Berryer, les mensonges auxquels ce dernier l'a contraint, les aveux qu'il lui a arrachés. Il a cru mourir de peur et de honte...

Aujourd'hui, un mois plus tard, Diderot jubile en découvrant tous ceux qui sont mobilisés sur son nom. Peut-être s'est-il prévalu à tort en arrivant de protections lointaines, maintenant toutes se remuent réellement pour sa liberté. Merci Berryer. Grâce à lui le statut de Diderot n'est plus le même. Et merci aussi à Voltaire, qui a beaucoup parlé, beaucoup écrit, et supplié sa grande amie Émilie du Châtelet de mobiliser le ban et l'arrière-ban de ses parents. C'est son cousin qui gouverne si aimablement « sa prison » qui un jour d'octobre vient lui présenter ses condoléances. Il est tout en pleurs. Émilie, sa cousine, Émilie du Châtelet, est morte en couches !

Voltaire sanglote aussi paraît-il, personne ne comprend comment cette femme savante, cette grande dame normalement guérie des amours immatures, revenue de toutes les tocades, cohabitant dans la meilleure intelligence avec l'homme le plus brillant de France, a pu se retrouver enceinte de ce tout petit poète de rien, garder son enfant et en mourir. Diderot qui ne la connaissait que comme la grande amie de Voltaire, console comme il peut son geôlier. Et remercie en son for intérieur cette belle dame morte de ses interventions à son endroit.

Ce fou de Rousseau a supplié par écrit la marquise de Pompadour de le faire relâcher. Ou qu'on l'enferme avec lui. Lettre trop peu raisonnable — même Rousseau en convient — pour être efficace. Non seulement il ne la connaît pas, mais surtout elle ignore même qu'il existe. Buffon, même le grand Buffon, dont Diderot vient de corriger la seconde édition de son *Histoire naturelle*, est intervenu auprès du ministre. Mais c'est surtout « son ami Voltaire », ils ne se sont jamais rencontrés, qui outré par la détention de celui qu'il ne nomme plus que Socrate-Diderot, jamais à court de correspondances, a écrit à « son ami le duc de Richelieu », oh, un arrière-neveu, hissé au rang de maréchal de France...

Une languissante fin d'après-midi, Diderot travaille quand on le fait appeler. Cachée sous ses voiles, une femme qui n'est pas la sienne demande à le voir. Aussi hautaine et fière que très élégante, on n'a pas cru bon la repousser. C'est la Puisieux venue exprès jusqu'à la prison de son amant arborer une nouvelle robe, plus que décolletée. Indécente. Elle prétend se rendre à une fête ainsi « dévêtue ». Oh ! Mais qu'il ne s'inquiète pas, au bras de son mari ! Pour ça, la coquette connaît son Diderot. Il ne doute pas qu'elle lui ait menti sur toute la ligne, sauf sur le lieu de la fête, qu'elle a étourdiment annoncé.

Fou de désir, elle était sacrément attirante dans sa nouvelle robe, mais surtout fou de jalousie, il prend tous les risques. Il fait le mur de la prison qu'il s'est engagé à ne jamais quitter, sous peine d'y être enfermé à vie, et il la suit, l'observe en cachette à la fête où elle fait un peu plus que batifoler avec un jeune gandin inconnu de lui mais visiblement très connu d'elle. À l'aube, il refait le mur à l'envers, trouve la porte fermée de l'intérieur et s'endort dans les massifs de dahlias fauves et odorants. Le jour à peine levé, il court tout confesser, folie et jalousie, au gouverneur. Lequel s'assure que personne au monde n'en peut faire état. Et lui pardonne sous promesse de n'en jamais plus reparler. L'amour et la jalousie ! Seuls crimes toujours amnistiés par ces hommes-là. Il est d'autant plus aisé à Diderot de jurer au marquis du Châtelet qu'il se sent enfin libéré de sa folle passion. Cette nuit l'a réellement dégrisé. Ça y est ! Il ne désire plus la Puisieux. Elle est morte à son cœur. D'avoir pris ce risque insensé pour la voir badiner niaisement avec un autre, l'a guéri d'un coup. Comme on s'éveille d'un cauchemar, certes trempé de sueur, glacé mais sans mémoire. Soulagé. Ce n'était pas de l'amour mais un désir redoutable. Le désir tombé, ne reste rien. Malheureusement la perte de ce qu'il a cru être une passion pour Madeleine de Puisieux n'est pas un bonheur de moins mais une peine de plus. Le temps de l'oublier.

Une autre visite le surprend en plein marasme.

Cet homme qu'il a tant aimé, tant admiré adolescent, dont il a tant désiré s'assimiler le savoir, ce fameux abbé Rivard, responsable aux yeux de Diderot du meilleur de ses études, a demandé et obtenu un droit de visite. Il se rend au château de Vincennes sans autre motif que de réconforter son ancien élève. Diderot qui n'a jamais été aussi fragile, sanglote à gros bouillons dans ses bras.

Nul besoin de la pantomime du confessionnal pour se retrouver en posture de pénitent honteux. Et Diderot d'avouer qu'il s'est renié, oh tellement, qu'il a dénoncé ses amis, donné sa maîtresse, vendu ses libraires, il a honte, honte... Même si tout ce qu'il a avoué était connu de la police, il ne se pardonne rien.

Soudain devant l'abbé, le rappel de l'innocence, la nécessité d'exposer sa honte. L'abbé l'accueille en une confession improvisée, comme un fils très chéri, à qui il pardonne tout. Sans jugement. Au nom de Dieu, il lui remet ses péchés. Mieux, en son nom, il le félicite pour son œuvre.

L'apaisement de sa présence, de sa parole et de son absolution fait plus qu'un long discours.

« Allez ! Plus de honte », l'exhorte-t-il. Il ne lui laisse que le chagrin d'avoir été injustement traité. « On ne met pas la pensée en prison. Ça ne sert à rien, et le roi le sait bien. »

La visite de cet homme de robe et d'intelligence et son absolution sont bienvenues dans la confusion où Diderot se débat.

Nanette aussi fait de son mieux. Présente et discrète à la fois. Elle lui porte des petits plats, va promener leur enfant dans le parc quand des amis assaillent son mari. Elle le laisse travailler en paix mais veille à tout, au linge, à son bien-être, son repos, son travail, aux va-et-vient des uns et des autres pour qu'ils ne se chevauchent pas trop. Elle semble avoir compris que grâce à son fils, il lui reviendra toujours, qu'en finale, elle aura gain de cause, alors elle prend son mal en patience. Puis, ce merveilleux petit garçon la sollicite tout entière. François est si joli, avec sa moue boudeuse et ses genoux griffés de ronces pour attraper les mûres, ses bras de grimpeur aux arbres, ses longs cils comme des bâtons, et ses joues toujours un peu sales. Il ressemble à une Nanette pas encore civilisée, il en a les beaux yeux noirs. Dès qu'il peut, Diderot joue dans l'herbe avec lui. Se réconcilie avec une forme de vie qu'il n'a pas souvent pratiquée jusque-là, et qui lui plaît bien. Sans doute parce qu'elle n'est pas prévue pour durer.

D'Alembert, Eidous, Toussaint, même Rousseau, et surtout les libraires, tous le renvoient au travail. Désormais, tous dépendent de lui et de son bon vouloir pour que puisse enfin paraître le premier tome de l'Encyclopédie.

Devant son père aussi, Diderot s'est humilié, mais l'abbé lui a dit que « c'était pour nourrir ton fils, donc pour la bonne cause... ». Aussi réécrit-il à l'auteur de ses jours. Ce lui est pénible mais indispensable. Sa femme et son fils vont manquer de tout, demain, ce soir, s'il ne trouve pas comment y remédier. Là encore, l'injustice de sa réponse le renvoie à une autre injustice, celle, déterminante, de sa jeunesse qui a peut-être fait dévier tout le reste : quand son père l'a fait enfermer au couvent de Langres parce qu'il était amoureux. N'est-ce pas ça au fond qui l'a obligé à se marier ? Il prend conscience des changements profonds qui se sont opérés en lui depuis, oh... ! moins de huit ans.

Hier, enfermé injustement je préférais mourir plutôt que de renoncer à mon amour ! Aujourd'hui, pour sortir de prison, je suis prêt à sacrifier toutes mes amours. Que s'est-il passé ?

Que s'est-il passé ? Du temps.

Pourtant à l'aune de cette aventure épouvantable — les argousins venus le cueillir de bon matin chez lui devant sa femme et son fils —, suivie de cet enfermement encore plus arbitraire si c'est possible, et qui n'a pourtant pas évité à la pauvre Nanette de subir, elle aussi, deux interrogatoires menés par Berryer en personne..., il réalise tout ce qu'il lui fait endurer, à elle, en premier lieu. Et soudain, il la trouve exceptionnelle. N'a-t-elle pas en permanence une conduite incroyablement solidaire, soudée, indissociable de lui ? À la hauteur de la situation et même davantage, digne, élégante, rare, une belle âme. Sans rien savoir de ce que Diderot avait ou n'avait pas fait, elle l'a défendu bec et ongles. Il aurait tout aussi bien pu être coupable voire criminel, infâme. Elle s'est pourtant montrée inconditionnelle. Mieux, quand elle a fini par comprendre ce qu'on lui reprochait, cette femme incontestablement pieuse, parfois dévote, n'a pas hésité à s'afficher résolument aux côtés de Diderot le libre-penseur, de Diderot l'athée peut-être, en tout cas de Diderot le philosophe, comme chacun après Voltaire se met à l'appeler. Cette femme, son épouse, dont il réalise qu'il ne l'aime plus autant et parfois plus du tout, à qui il ne sacrifierait plus sa liberté et moins encore sa vie, qu'en un mot, il n'épouserait plus, s'est montrée digne d'une héroïne pendant ces terribles semaines. Elle fait partie des quelques êtres essentiels à sa vie, des rares êtres constitutifs de son existence. Comme une sœur, une mère... Oui, ce doit être ça, fonder une famille. Essentielle à sa vie, à sa survie, elle fait preuve d'une réelle grandeur d'âme. Il ne doit pas l'oublier. Pourtant il mesure mieux que jamais la différence de ses sentiments pour elle entre ses deux séjours enfermés. Qu'elle manque d'esprit, surtout s'il la compare à la Puisieux, n'est pas douteux, mais en aucun cas de bonté. Et combien de grands hommes ont eu le même sort conjugal que lui ? Elle est une formidable ménagère, soucieuse d'ordre. Elle souffre de la vie désordonnée de son époux, qui ne la comprendrait ? Elle est son aînée de quatre ans et croit légitime de le diriger. Or il n'est jamais là, il la trompe et elle ne l'ignore pas. Il court les mauvais lieux et recherche les mauvais garçons, les filles légères et ailleurs les femmes savantes, elle ne peut rivaliser. Oui, à l'avenir il se promet d'être plus attentionné. À sa façon boudeuse et souvent colère, elle est irréprochable.

Pendant cette période trouble, d'Alembert aussi fait montre d'une amitié étonnante. Tout ce qu'il a croisé de beau monde dans sa vie a par lui été sollicité pour le faire libérer. Cet effort qu'il a refusé de déployer pour le faire élire à l'Académie, afin de ne pas entamer son crédit à la cour, il l'a fait pour sauver un homme qu'on traitait en criminel. Ça ne peut pas être seulement pour l'Encyclopédie, dont certes il a besoin pour subsister, mais il peut trouver mille autres sources de revenu. La reconnaissance de son propre génie, il l'a déjà. Non, c'est un sentiment profond, une affection qui ne souffre pas l'injustice faite à son ami. Un vrai sentiment d'amitié, Diderot ne trouve pas d'autre mot, qui s'est déclaré dans le cœur de d'Alembert.

C'est d'ailleurs en parlant avec lui qu'il mesure ce qu'effectivement on lui reproche. D'Alembert lui montre l'évolution de sa pensée, en quoi ? moins de quatre ans.

— De la traduction de Shaftesbury, qui prône l'existence d'une morale naturelle, indépendante de la religion, à tes *Pensées* qui véhiculent le venin du scepticisme et du déisme, jusqu'à ta *Lettre* qui flirte avec un matérialisme délibérément athée, tu as franchi à grands pas toutes les étapes connues qui inaugurent cette nouvelle philosophie des Lumières. Le surnom de philosophe dont t'affuble Voltaire n'est pas usurpé. Tu es en train d'inventer un jeu dangereux.

D'Alembert se trouve malgré lui en rivalité avec l'amitié ombrageuse de Rousseau, qui ne peut rien pour le sortir de prison ni l'aider à trouver des sous, ou même à publier. C'est toujours Diderot qui aide Rousseau. Jamais l'inverse. Oh, il ne manque pas de le visiter tous les deux jours, comme s'il ne pouvait s'en passer, ne fut-ce que pour penser à haute voix à ses côtés. Pour réfléchir il a besoin d'être près de lui, avoue-t-il. C'est d'ailleurs sur le long chemin qui le mène à Vincennes qu'un jour d'octobre, il a sa révélation ! Celle après quoi il devient Jean-Jacques ; celle grâce à quoi il cesse de se croire musicien pour se penser philosophe. C'est Diderot qu'il traite de sage-femme ! Diderot-Socrate l'accouche de lui-même, proclame Rousseau. Diderot fournit à Rousseau l'argument de sa thèse pour le concours de Dijon, mais en jouant, en plaisantant.

Dans le rapprochement qu'offre la prison, on en vient aisément aux confidences, d'Alembert apprend à Diderot pourquoi il n'est pas entré et n'entrera sans doute jamais à l'Académie. Son rêve de jeunesse, de gloire, de grandeur auquel il ne saurait renoncer sans se renier, est incompatible avec son entrée dans l'institution. S'il peut faire quelques concessions, il ne peut se dissocier de lui-même jusqu'à perdre son goût pour l'insolence et son amour immodeste pour la vie, le mouvement et le changement, toujours contraire à l'esprit de conservation de ces mêmes institutions.

Soit, il doit en rabattre, il ne sera jamais Montesquieu. Reste Voltaire, quand même. Lequel Voltaire, lui fait remarquer d'Alembert, qui avant d'être coopté par ses pairs a essuyé six refus de l'Académie !

Diderot ne peut s'empêcher de le regretter avec un pincement douloureux, c'est à sa mère que ces Académies le recevant à bras ouverts auraient fait plaisir, elle morte, son père s'en contrefiche.

Mais encore aujourd'hui, ici, l'étourdissement dans le travail l'empêche d'approfondir, et le protège de tout retour sur soi. Il n'arrête pas, il n'a pas arrêté depuis l'an passé. L'air de rien, il s'est mis à nourrir de son miel une ruche bourdonnante : l'Encyclopédie et ses dizaines de collaborateurs. Depuis il assiste à l'éclosion de fleurs nouvelles, comme si toutes ses abeilles avaient pollinisé en même temps, ensemencées par le grand' œuvre. Chacun des rédacteurs intermittents de l'Encyclopédie veut voir son livre édité. Même Toussaint, l'ami des mauvais jours, ombre amoureuse ou âme damnée de Diderot, à force de boire ses paroles, est en train de finir son livre. Tous ses membres publient, vont publier, se font remarquer. Diderot comprend que c'est évidemment ça qui insupporte Berryer...

Sa *Lettre sur les aveugles* lui vaut condamnation alors qu'elle traite du même thème que Buffon, mais lui est académicien, donc intouchable, ce qui l'autorise à achever le troisième volume de son *Histoire naturelle*, le pire, celui qui déplace vraiment toutes les lignes.

Quant au président du Parlement de Bordeaux, le grand Montesquieu, il lâche enfin sa bombe. Son fameux *Esprit des lois*, annoncé depuis longtemps, plus attendu encore, qui traîne sur son établi depuis des lustres, voit enfin le jour. Pas étonnant que le roi et ses lieutenants enferment ceux qui n'ont pas de protecteurs haut placés. Ils sont attaqués de partout. Le succès des assaillants est à la mesure des critiques et des persécutions. Tout ce qui sait lire en Europe bascule dans le camp de la vénération pour Montesquieu au point que le chancelier d'Aguesseau doit renoncer à interdire l'*Esprit des lois* à la vente. Il l'autorise à condition que figure sur la page de garde le nom d'une ville étrangère ! Impossible d'avoir l'air de laisser faire. Le roi le voulait à l'index. Mais Montesquieu est cent fois plus populaire que Louis XV !

Toussaint, le moins protégé de tous, doit en toute hâte quitter la France le temps qu'on l'oublie, car ses *Mœurs* sont un immense, un incroyable succès. Diderot le juge pourtant très ennuyeux, facile, et surtout, il attaque tout le monde et sur tous les fronts. À croire que le public n'a envie que de s'en prendre aux puissants. « Le poison est bénin, mais c'est un poison », conclut d'Argenson.

C'est seulement après sa libération que Diderot se relit et prend conscience de la teneur violente de certaines de ses *Pensées philosophiques*. Il comprend enfin ce qui l'a fait enfermer. Ce que d'Alembert tentait de lui expliquer hier. Il a commis l'erreur folle de se montrer sous son vrai jour. Même anonyme son forfait était signé. C'est la même pensée qui préside à l'Encyclopédie. Il en est le père ou le directeur. Grâce à son séjour ici, plus personne n'ignore quelle philosophie cet ouvrage cherche à promouvoir. C'est exactement celle qui l'a fait emprisonner. Et pour cause, elle est en phase avec l'époque, d'où l'erreur de Berryer qui assure ainsi la gloire de Diderot.

De sa villégiature à Vincennes, il garde une immense reconnaissance à Rivard et à son « absolution quand même ». C'est lui qui l'a fait basculer du bon côté lorsqu'il hésitait entre chagrin d'amour et dégoût de soi. Il se jure qu'on ne l'y reprendra plus.

Il écrira encore, mais ne livrera au public que ce que le roi peut supporter sans faire pendre l'auteur. Le reste, il le conservera dans ses tablettes. Désormais il se protégera. Pour ça, il a le meilleur bouclier qui soit, son Encyclopédie. C'est officiellement la sienne, maintenant qu'il a été en prison pour elle aussi, comme le croit l'opinion publique.

Il sort de prison le 3 novembre, ce même jour part à l'imprimerie le premier tome enfin prêt. Mais Diderot et sa bande sont déjà attelés aux suivants.

CHAPITRE 2

1749-1752

Les enfants perdus, le succès et la réconciliation

> Je fais bien de ne pas rendre l'accès de mon cœur facile, quand on y est une fois entré on n'en sort pas sans le déchirer.
>
> C'est une plaie qui ne cautérise jamais bien.
>
> *Correspondance (à Sophie Volland)*

Le 3 novembre 1749, Diderot est libre. Libre, mais après cent deux jours de prison, il ne se sent plus libre pareil, plus comme avant. Il n'est pas tout à fait le même.

Il reprend le travail. Mais a-t-il jamais cessé ? Disons qu'il reprend la course. Vole de sa table d'écriture aux corrections, des relectures chez les libraires, les imprimeurs, il va, il vient, il interroge les uns, les autres, fait le point, où en est-on ? Maintenant il faut que les tomes de l'Encyclopédie sortent dans les délais et se succèdent, annonce Diderot. Sa vie en dépend, dirait-on.

On ne dirait pas, « sa vie en dépend ». Il s'agite plus que jamais. Pour ne pas s'effondrer ? Peut-être. En vrai, au fond, il est anéanti, il a honte à en mourir. Il n'en meurt pas mais ne se le pardonne pas. Trahir tous les siens, oublier sa mère... Se renier, renier son camp...

Pas le temps d'aller mal, pas de place pour les états d'âme. Au travail ! Comme si de rien n'était. Sa nature est tellement plus forte que son mal-être. Il s'en convainc, et à la fin, effectivement, rien n'a l'air d'avoir été.

Pour son retour à la maison, Nanette lui fait fête. Peu après, elle est enceinte. Et comme il n'aime plus la Puisieux, il recouvre l'étendue de sa liberté. Ça tombe bien, pour Noël, Rousseau lui fait cadeau d'une nouvelle histoire d'amour, il a désormais de la place pour un vrai coup de foudre d'amitié réciproque. Rousseau lui présente Friedrich Melchior Grimm.

Ce dernier organise une fois par semaine chez lui « un dîner de garçons » où règne une franche liberté, à réconcilier Diderot avec les dîners en ville. Instantanément, la première fois que Rousseau l'amène chez Grimm, les trois se mettent à rêver à voix haute, ensemble, les mêmes rêves.

— Cet hiver est trop sombre. Partons vers la lumière.

— Au sud.

— En Italie.

— Comment ?

— À pied.

— Avec quoi ?

— À frais partagés. On met tout ce qu'on a en commun.

— Et chacun une carabine sur l'épaule pour chasser et se défendre.

Leur entente à trois est une sorte de miracle. Ils se voient au pied du Capitole. Ils imaginent déjà ce qui va leur arriver du Mont-Cenis à la Calabre.

— À Venise, prophétise Grimm. Diderot, qui ne sait pas se taire, citera l'*Esprit des lois* et on nous jettera en prison. Mais Rousseau qui a partout des amitiés à particule nous en fera sortir...

Ce voyage imaginaire n'a pas lieu, mais sa rêverie soude une magnifique amitié. Passionnée. La légendaire jalousie de Rousseau qui toujours exige d'être le préféré de tous, pâtit gravement de ce qui se développe entre Grimm et Diderot. Sitôt qu'il s'en aperçoit, il fait tout pour les monter l'un contre l'autre. Trop tard. Diderot aime Grimm et, comme toujours avec lui, c'est pour la vie. Grimm et lui ont en partage d'apprécier d'abord la solitude et un goût très vif pour l'étude. Avant tout, ils aiment travailler, lire, écrire, rêver... Ils ont aussi en commun, mais c'est plus difficile à avouer, d'être deux sauvages, en partie parce qu'ils se sentent ridicules et mal à l'aise dans les salons à la mode.

Éloigné du monde dès ma jeunesse, je n'en ai jamais contracté l'aisance. Et j'ai en horreur la pantomime exigée par toute société.

Rousseau aussi, mais lui parce qu'il redoute les nouveaux visages ; Grimm parce que sa lenteur a besoin de temps pour s'accoutumer. En revanche, tous trois après une journée de labeur adorent se retrouver. Mais entre eux, pas dans les grands salons qu'appréhende Diderot. Il y est intenable. On l'y craint.

... *Pas d'intérieur ni d'extérieur, pas de bordures ni de lisières, mais de continuelles et dangereuses bavures...* Diderot ne sait pas mieux se tenir en littérature. Il déborde de démesure. Quelles mauvaises manières pour un homme de lettres que ce manque de distinction tant dans ses livres que dans sa vie.

À la mort du comte de Frise, dont Grimm était le secrétaire et l'ami, il s'installe rue Neuve-du-Luxembourg, ce qui le rapproche de Diderot, toujours là-haut sur la montagne Sainte-Geneviève, d'où le surnom dont on l'a affublé de « philosophe de la Montagne » ! Celui de Grimm est « Tyran le blanc ». Blanc parce que son immense coquetterie le pousse à répandre toujours plus de poudre de riz sur son visage ; quant à Tyran, même Diderot tout énamouré qu'il est s'en rend vite compte : ça résume sa nature. Il tyrannise tout son monde. De fait, il prend un grand empire sur Diderot qui se laisse faire avec joie. Par Grimm, il aime à être commandé.

Dirigé pour tout ce qui n'est pas de l'ordre de la pensée. Ne pas se poser de questions autres que celles qui jonchent sa table de travail. D'où Nanette, l'autoritaire du foyer, et Grimm, tyran pour le reste.

Il est aussi supérieur à moi que j'ose me croire supérieur à d'Alembert, plus sage que moi, plus prudent que moi, ayant une expérience des hommes et du monde que je n'aurai jamais, ce que la plupart des hommes sont pour moi, des enfants, je le redeviens pour lui, dit Diderot à propos de l'Allemand.

En tête à tête, ils se complètent et se mettent mutuellement en valeur. Grimm, sceptique, pessimiste, se plaît à questionner un Diderot qui aime à fournir une, deux, trois, dix réponses différentes à la même question. Grimm objecte alors dans le sens le plus noir. Il est le parfait avocat du diable d'un Diderot confiant dans sa pensée comme dans l'avenir ou dans l'humanité, toujours en verve, toujours jeune, parfois jusqu'à l'immaturité, dans la folle démesure de ses emballements. Il prend tout par le bon côté, les gens, la vie, la politique et même le temps qu'il fait. Il n'envisage pas de questions sans réponses. Ou alors, il en invente. « Est-ce que Dieu qui peut tout peut créer une pierre qu'il ne peut pas soulever ? » Alors que Grimm parle peu, et adore écouter, Diderot ne cesse de penser à voix haute. En un mot Grimm est de Ratisbonne, un vrai Germain, méthodique et lent. Parfait compagnon et grand recruteur de riches souscripteurs pour l'Encyclopédie. Il a pour spécialité de ne fréquenter que les grands de ce monde, les plus riches ou le sang le plus bleu. On peut dire qu'il est snob s'il n'était d'abord tellement allemand.

Il arrive à Paris comme précepteur d'un jeune noble, en 1749, quand Diderot est au donjon de Vincennes, et que Rousseau essaie de se faire adouber par la noblesse. C'est en dansant la même pantomime que

Grimm et Rousseau se rencontrent. Ils se reconnaissent de la famille des imposteurs en ce milieu, et sympathisent. Grimm a 26 ans, dix de moins que Diderot, il est son opposé, froid et cynique. Très compétent en musique, sinon il n'aurait pas tant plu à Rousseau. Une bonne oreille allemande. Un goût très sûr, un critique omniscient. En même temps, une manière d'aventurier masqué sous un ambitieux mondain. Prêt à tous les voyages, à toutes les courbettes pour séduire les grands de ce monde. Son ambition est de faire carrière par et auprès d'eux.

Pendant sa nouvelle grossesse, le caractère de Nanette s'aigrit. La vie au foyer redevient pénible. Elle a battu la servante de sa voisine grièvement jusqu'à tenter de lui fracasser la tête contre le mur, au sens propre. Plainte est déposée à la police, Diderot est inquiet. On n'est qu'en avril, l'accouchement est pour octobre !

Aussi prend-il la fuite. Le printemps en cette année 1750 est précoce. Les jardins accueillants. Le matin, il prend ses quartiers et sa chaise au Luxembourg, à lire et corriger la copie des articles de l'Encyclopédie ; l'après-midi, il s'enferme au café pour écrire ; en fin de journée, il se rend chez l'imprimeur remettre sa copie du jour et corriger celle de la veille...

Ensuite, vive l'amitié. L'été promet d'être chaud. Brûlant même. Il doit rattraper celui de l'an dernier, raté, passé en prison.

Quand un drame le fige. Le glace pour plusieurs mois. Pour la vie peut-être. François Jacques Denis meurt, s'éteint. Son fils, son merveilleux petit garçon qui trouvait des trèfles à quatre feuilles dans le parc de sa prison. En moins de deux jours. Une mauvaise toux... Il ne survit pas à une quinte. Son cœur s'arrête. Net. Pour toujours. Rien à faire. Tout ce qu'on pouvait tenter l'a été. Et il est mort, comme ça, sous leurs yeux. Inexorablement. À la naissance de l'été.

Bien sûr, Nanette et Diderot ont déjà perdu un enfant, mais c'était un tout petit bébé, et puis on ne s'habitue jamais. Là, en plus, il était grand, il parlait... Là, ce bel enfant... Ils avaient eu plus de quatre ans pour s'y attacher, apprendre à l'aimer. Quatre immenses années de tendresse, de caresses, de rires, de baisers, et de rires encore. Quatre années trop courtes, inachevées, à jamais. Il disait « je t'aime » à sa mère en se pendant à son cou, il récitait des vers à son père, il était gai, tellement gai. Il rendait Nanette plus légère. L'air s'est alourdi, plombé... Encalminée, leur vie. Ils sont tellement tristes. Tellement tristes... L'impression que le soleil ne se lèvera plus jamais. Pourtant ça ne les rapproche pas. Chacun a perdu un fils, chacun son fils, on dirait que ce n'est pas le même. Ils n'ont pas le même chagrin. Ne pleurent pas le même enfant. Le même amour.

Deuil impossible face au ventre de Nanette qui s'arrondit de larmes amères. Comme si le délicieux petit François pouvait être remplacé, comme s'il était mort parce qu'un autre allait naître... Pis, pour qu'un autre prenne sa place ! Diderot voudrait fuir, mais cette mort horrible rend Nanette trop fragile pour qu'il la laisse seule. Elle ne peut plus se lever. Elle passe la fin de sa grossesse étendue, Diderot demeure à ses côtés, prostré, aux petits soins pour la servir, l'aider, la soulager, la consoler. Pas le choix ! Elle est seule au monde. Son caractère ne lui a pas donné le goût de l'amitié. Et payer une servante pour s'occuper d'elle, avec sa méchante humeur, et après ce qu'elle a fait à celle de la voisine ! Non. Il reste près d'elle, lui tient la main. Ce sont aussi ses enfants qui sont morts. C'est son enfant qu'elle porte... En tentant de digérer ces morts épouvantables, il revit celle de ses sœurs, celle de sa mère, sans lui. Les morts meurent donc toujours seuls...

L'enfant naît le 29 octobre 1750, c'est un très, très petit Denis-Laurent. On le baptise le lendemain à Saint-Étienne-du-Mont, avec pour parrain l'ami libraire Laurent David, et pour marraine, Mme Pissot, l'épouse d'un autre libraire. Et là... Au moment de le présenter sur les fonts baptismaux, elle a ce geste atrocement maladroit, inconscient certes mais épouvantable, méchant même vu l'état des Diderot, elle laisse choir l'enfant. Il tombe sur la tête, à même la dalle froide de l'église.

Personne ne peut l'aider, ni le secourir, la médecine déclare forfait. L'ami Bordeu, le docteur de la chaise de poste que Diderot n'a cessé de voir de loin en loin, appelé à son chevet, n'a pas compris de quoi se mourait l'enfançon, mais n'a pas douté un instant qu'il se mourait. Il ne peut pas vivre, il met pourtant quelques atroces semaines à mourir. Là le père et la mère restent glacés. Il meurt à l'heure de la naissance du Christ. C'est le Noël le plus misérable qu'aient jamais vécu les Diderot. Seuls, désespérés, ils enterrent l'enfant qui ne voulait pas vivre, ce tout petit qui ne pouvait survivre au chagrin de ses parents. Lessivés, anéantis, tous deux, père et mère, homme et femme, désemparés et là, unis dans leur désarroi. Ils n'ont plus de mots, plus de larmes, plus de désir. Prostrés, abîmés...

Le libraire Laurent David, parrain malheureux et témoin de leur malheur, s'occupe des va-et-vient entre la fabrication de l'Encyclopédie et un Diderot atterré chez lui, inerte et muet. Il lui porte les épreuves de chaque article, Diderot corrige sans un mot, et rend sa copie. Se tait. Il n'a plus la moindre énergie. Chez les siens, c'est l'alarme. Grimm, Rousseau, d'Alembert, les joyeux bringueurs Eidous et Toussaint, ses anciens voisins Wille et Meister, tous se relaient pour le distraire, le sortir, l'obliger à changer d'idées. Et même faire la conversation à Nanette, mère définitivement éplorée, se sentant incapable de garder un enfant vivant. À jamais.

Cette attention constante porte ses fruits. Diderot retrouve un peu de force pour rédiger quelques-uns des articles qu'il s'est engagé à donner à l'Encyclopédie. Officiellement, il a la permission de Berryer, qui a remplacé d'Argenson comme lieutenant général de police, d'imprimer, d'afficher et de vendre *le prospectus de l'Encyclopédie* à 8000 exemplaires. L'argument de d'Alembert reçoit l'agrément complet de Diderot, malgré leur style et leur tempérament très différents, les deux directeurs de l'Encyclopédie sont unis sur l'essentiel : laïques, quasiment athées, ils poursuivent le même but de rationalisation et d'organisation du savoir. C'est d'Alembert qui l'a rédigé et signé. Auteur moins risqué que Diderot qui sent toujours le soufre.

Aussitôt son salaire passe à 500 livres par trimestre. En même temps, négocié par Diderot, le libraire Pissot diffuse le *Discours sur les sciences et les arts* de Jean-Jacques Rousseau. Succès immédiat, dont Diderot se réjouit bien davantage que Rousseau, toujours ombrageux et râleur. C'est déjà Diderot qui avait porté son manuscrit chez l'ami libraire, qui en a signé l'imprimatur, pendant que Rousseau faisait mine de s'en désintéresser. Pourtant le succès de son meilleur ami est le premier signe d'un printemps, qui doit le ramener à la vie !

Ce même printemps, ses libraires distribuent sa *Lettre sur les sourds et les muets* qui cette fois a obtenu toutes les approbations des censeurs. Ses propos sont pourtant dans le ton de sa *Lettre sur les aveugles*... Ils lui font quasiment suite. Diderot se demande s'il ne doit pas cette complaisance à ses malheurs, habilement propagés par ses amis auprès des autorités de police. Il a le sentiment qu'on lui fait une fleur... Ou, plus inquiétant, a-t-il perdu ce qui le rendait subversif quelques mois auparavant ?

Quand, de Berlin, arrive un mot du célèbre Maupertuis, annonçant que son entremise a réussi : Diderot est élu à l'Académie royale des sciences et des belles-lettres de Prusse. Enfin ! Diderot l'en remercie chaudement. Il a su que Maupertuis avait pris fait et cause pour lui, envers et contre tous, y compris contre les dévots qui veulent sinon sa tête, du moins sa peau. Après son échec à l'Académie en France et à Londres, il s'attendait à être rejeté ailleurs aussi. Il envoie à Maupertuis un mot de gratitude accompagné de sa *Lettre sur les sourds et les muets*.

Séduit et même au-delà, ce dernier lui promet de le rencontrer sitôt qu'il passera à Paris. Diderot est enchanté. La réputation de ce Maupertuis le rend irrésistible. Depuis toujours, il charme le monde entier et chacun se l'arrache. C'est effectivement un être hors du commun. Et c'est lui qui réclame à voir Diderot, lui qui est demandeur, et s'incline devant le talent de son jeune ami ! Diderot note avec joie cette forme de consécration, impatient de connaître ce fameux physicien. On dit que tous, hommes, femmes, enfants, animaux domestiques ou sauvages sont magnétisés par lui, sous son emprise immédiate. Tout ce qu'on colporte sur son compte en fait un tel original que Diderot l'aime d'avance. Il habiterait avec Orion, un immense nègre qu'il traite comme son fils, et avec qui il partagerait un amour immodeste pour les animaux, toutes sortes de bêtes. Il n'est pas homme à se contenter d'un minou pour enfant ou pour chasser les souris, d'un chien pour garder sa maison ou d'un oiseau pour jouir de son chant. Non, lui c'est plusieurs chats, plusieurs chiens irlandais, des mésanges et des poules rares, des hamsters et des perroquets en pagaille, même des singes qui vivent en liberté dans un espace qu'on dit plutôt réduit !

Comme Condillac, Maupertuis prêche que les bêtes ont une âme, qu'elles sont capables de sentiments et de pensées. Si on veut lui faire plaisir mieux vaut lui offrir un chat angora, un hamster blanc... qu'un beau meuble. Son logement est une ménagerie composée de chats, de chiens, d'oiseaux, de singes dont il s'occupe personnellement. En son absence, Orion prend le relais. Cet amour des bêtes poussé jusqu'à la passion lui vaut de passer pour un original. Comme il laisse ses animaux évoluer en liberté, on assiste chez lui à des scènes surprenantes. On parle de quinze perroquets de toutes couleurs, de singes noirs venus des trois parties du monde. Le tout lui tient lieu de cour et d'académie.

Diderot veut absolument voir ça de ses yeux. Un être singulier dont en plus toutes les femmes sont folles. À commencer par feu Mme du Châtelet qui a eu un coup de cœur pour lui quand Voltaire l'a engagé à vivre avec eux pour lui transmettre tout son savoir. Même Nanette rêve de le connaître, Nanette à qui Toussaint a offert un chien pour combler son intense besoin de compagnie. Curieuse, elle se découvre un amour fou pour les animaux, son chien surtout, Nanette qui aimerait bien revivre, elle aussi, comme son mari, mais elle n'a pas de travail pour l'aider à guérir. Alors ? Son chien l'y aide qui la force d'aller le promener plusieurs fois par jour, et découvrir les jardins de Paris, les bords de Seine si jolis. Ça lui fait du bien.

À force, ses proches ont gagné, la « machine Diderot » commence à repartir, lentement — peu à peu, elle se gonfle d'énergie. Ils sont rassurés sauf Rousseau, qui n'y croit pas, mais lui, on commence à le connaître, il voit tout en noir. Cette posture est devenue sa seconde nature. N'empêche, à nouveau Diderot court par monts et par vaux, à nouveau il se rend dans tous les ateliers, les échoppes pour regarder, questionner les artisans pour comprendre comment se pratiquent les différents métiers que l'Encyclopédie traite par le détail.

Il évite d'être chez lui. Même si elle a des raisons que Diderot connaît et pardonne, sa femme est toujours aussi désolée que désolante, acariâtre et revêche.

Un soir en rentrant, Diderot apprend le scandale qui s'est déroulé en son absence. Si ses voisins ne le lui avaient rapporté, il l'aurait lu la semaine suivante dans *La Bigarrure*, feuille de chou et même, osons le mot, torchon qui fait son gras de la médisance des grands entre eux. Voilà Diderot hissé au rang de célébrité, rang dont il se serait bien passé, par le biais d'un fait divers ignominieux. La Puisieux, dont on n'entendait plus trop parler, est venue se pavaner sous les fenêtres de Diderot avec une traîne de trois ou quatre marmots à elle ou empruntés pour l'occasion, et elle a hurlé « madame Diderot, madame Diderot »... Oisive et commère, celle-ci a couru à sa fenêtre. Alors la mère de famille nombreuse, en désignant sa progéniture réelle ou figurée, l'a nommément attribuée au mari de Nanette. En des termes orduriers que chacun prend un infini plaisir à chuchoter.

« Tiens maîtresse Guenon, regarde ces beaux enfants, ce sont les bâtards de ton mari, qui ne te fait toujours pas l'honneur de t'en donner à toi... »

Quand on sait, et Madeleine de Puisieux ne peut l'ignorer, quels drames les Diderot viennent de vivre, ces propos sont inhumains. D'une cruauté si violente qu'à ces mots, Nanette a dévalé ses étages, s'est retrouvée en cheveux dans la rue, folle furieuse, elle s'est acharnée sur la Puisieux. Elle l'a frappée de toutes ses forces. Lui a tiré les cheveux, l'a mordue à l'épaule, l'a jetée dans le caniveau, lui a bourré les côtes de coups de pied...

Ça lui apprendra ! Un magnifique crêpage de chignon en bonne et due forme. Un régal pour le voisinage. Il aurait fallu plusieurs seaux d'eau pour les séparer, répètent les braves gens, toujours prêts à répéter n'importe quoi d'affligeant. Et la gazette d'ajouter qu'elles s'en furent sous les huées et les lazzis des témoins...

L'infâme torchon précise que, caché sous son bureau, Diderot aurait assisté à cette épouvantable scène sans broncher.

Deux ans après leur rupture, la Puisieux n'a donc toujours pas renoncé à son amant de plus en plus célèbre, donc de plus en plus utile. Qui va écrire ses livres s'il ne lui revient pas ? Se pavaner sous les fenêtres de Nanette avec des enfants attribués à son mari n'est pourtant pas la bonne méthode. Nanette ne le pardonnera pas à Diderot. Il en est à se demander si sa femme ne devient pas folle. Rousseau, depuis leur dîner de couples raté, la traite ouvertement de *pie-grièche* et de *harengère*. Pour Diderot, elle a, elle aura toujours toutes les excuses du monde ! Ses enfants morts le hantent. Il ne sait si un jour, il pourra penser à autre chose. Alors, elle ! Oh, pauvre Nanette. Abjecte, la Puisieux. À qui Diderot ne pardonne pas non plus d'être liée à sa pire trahison. Il n'oublie pas qu'il l'a dénoncée de lui-même sans que Berryer l'y force. Et que c'est pour elle ou à cause d'elle qu'il a commis ces vilains *Bijoux indiscrets*, qui font aujourd'hui une tache sur sa réputation de philosophe sérieux. Et qu'il se reproche. C'est à cause d'eux, lui a-t-on dit, que l'Académie le recalera toujours. Sans parler de *L'Oiseau blanc*. Littéralement envolé de sa mémoire. Si la police ne croit pas ses mensonges, Diderot lui y croit dur comme fer. Il peut jurer en toute loyauté n'avoir jamais écrit ni même lu cet indigent *Oiseau* qu'on lui attribue à tort. Et il est d'une absolue bonne foi.

En revanche le nom de la Puisieux le renvoie à son indignité. Il lui en veut d'être associée à son libertinage et à sa lâcheté. Ce qu'elle vient de faire à son épouse endeuillée n'a qu'un nom : ignoble. Il ne la reverra jamais. À l'avenir, fini, jamais plus il ne prendra pareil risque pour faire le coq aux yeux d'une femme avec qui il ne voulait jamais que coucher. S'il aime toujours qui il a aimé un jour, force lui est de reconnaître qu'il n'a pas aimé la Puisieux. Ce n'était qu'une histoire de testicules et de vanité, Nanette se refusait à lui. Oui, mais tout de même, elle l'a forcé à écrire. Ah ! Rien n'est jamais tout noir ou tout blanc.

Au travail...

Quoi qu'il arrive désormais il lui faudra être agréé par la puissance qui a la haute main sur la librairie. Même après la prison, c'est toujours lui que les libraires envoient faire ses demandes de Privilège : sa force de conviction emporte l'adhésion des plus hostiles, quitte à ce qu'ils se rétractent au vu du projet achevé.

À Diderot, le travail éditorial et l'organisation, la répartition des articles, leur choix, leur renvoi, leur déplacement : si un mot comme « janséniste » semble dangereux, on ne renonce pas à le traiter mais à la lettre U, comme *unigenitus*, le nom de la bulle qui les excommunie. Quand on ne peut traiter frontalement on biaise, Diderot biaise mieux que personne. À d'Alembert le recrutement des collaborateurs célèbres qu'il approche dans les salons ou à l'Académie. C'est lui qui chez Mme du Deffand le rencontre le premier, aussi convie-t-il le grand Montesquieu à les rejoindre. Pendant que Diderot embauche ses compères Eidous et Toussaint, Rousseau pour la musique, d'Holbach pour la chimie, Grimm pour en faire la réclame. À d'Alembert les missions délicates. Même s'il n'appartient pas au grand monde, il le côtoie. Son statut d'académicien lui ouvre nombre de portes fermées à Diderot et aux libraires.

Le plus rapide à faire des offres de services à l'Encyclopédie est Charles Marie de La Condamine, sympathique et chaleureux, doté d'un enthousiasme et d'une curiosité sans limites. Il n'attend pas le succès pour prendre contact avec Diderot et mettre à la disposition du grand'œuvre son expérience et ses connaissances scientifiques. Il soutient sa candidature, il croit en ses idées. Même si sa contribution reste modeste, elle se réduit à quatre courts articles, son adhésion spontanée à l'Encyclopédie est perçue comme un signe positif, faute de la participation immédiate des grands Voltaire, Buffon, Montesquieu, oh, qui soutiennent qui soutiennent, mais se font tirer l'oreille pour donner des textes, celle du célèbre voyageur académicien est un encouragement de poids. Autre collaboration spontanée, celle du chevalier de Jaucourt. À 27 ans, ce jeune homme d'une honorable famille protestante possède une immense culture. Et une grande fortune. Avec lui, Diderot tient le bon petit soldat de l'Encyclopédie, sinon le plus brillant, du moins le plus prolifique, il va pondre entre un quart et la moitié des articles des volumes suivants. Un tâcheron comme Diderot en rêvait.

Les premières années de leur collaboration, la relation entre Diderot et d'Alembert, que Voltaire a tout de suite surnommés « les *di* et *da* », est d'une grande densité intellectuelle et amicale. Convaincus de l'importance de leur projet, d'accord sur l'essentiel, ils forment le modèle du couple philosophique.

En politique Diderot a compris très tôt, encore chez les jésuites, qu'il fallait être bien né pour avoir voix au chapitre. Aussi se sent-il rarement concerné, sauf quand elle s'intéresse de trop près à lui. Généralement il s'en tient éloigné, et envoie d'Alembert en ambassade. Mais Encyclopédie oblige, il doit parfois en tant que directeur aller quémander des privilèges chez les directeurs de la librairie. C'est là que la chance passe dans son camp.

Guillaume Chrétien de Lamoignon de Malesherbes, fils de son père ministre chéri de Louis XV, hérite de la charge de directeur de l'imprimerie et de la Librairie, donc de la censure. Ce titre fait de lui le responsable de toutes les bévues de ses censeurs. Chaque livre qui paraît bénéficie de son approbation. C'est lui qui donne ou refuse le Privilège qui permet la diffusion d'une œuvre. Il est en charge des conflits entre les auteurs, les censeurs, les éditeurs, l'administration, les Parlements et même la censure ecclésiastique. C'est aussi lui qui alloue des pensions aux hommes de lettres méritants. Bref, la haute main sur tout ce qui touche aux lettres. Or au contraire de son père, un des ministres bigots les plus rétrogrades, son fils comprend que le monde change, qu'entre Voltaire et Montesquieu, il faut faire place à des écrits plus nuancés, que ce sont les philosophes et les écrivains qui sculptent l'époque. Ça étonne beaucoup Voltaire et ses adulateurs, mais Malesherbes juge Diderot modéré quant au sujet qui fâche alors dans toutes les classes du royaume. Qu'on l'appelle Dieu, Église ou la religion, c'est l'interdit majeur des conversations et surtout des publications. Selon Malesherbes, Diderot se contente d'interroger les dogmes, contrairement à Voltaire qui incite toujours à *écraser l'infâme*. Diderot veut comprendre et conduire chacun à se poser des questions. Diderot parle de ces choses avec une meilleure connaissance que tous les autres philosophes de l'heure, car il en parle, comment dire... ? de l'intérieur. Et pour cause, il a fait cinq ans de théologie, il sait de quoi il traite même quand il la maltraite. Seul philosophe de l'Encyclopédie aussi diplômé, à avoir fait des études aussi prolongées.

Malesherbes donne son imprimatur au prospectus de d'Alembert qui au fond ne dit pas autre chose que ce dont Diderot rêve à haute voix, « donner au monde les instruments pour le comprendre ». De toutes ses forces, qui ont quelque poids, Malesherbes l'encourage. Il donne son « approbation tacite » à sa *Lettre sur les sourds* afin de lui éviter d'être « ennuyé » et au gouvernement, embarrassé. L'autorisation dite « tacite » n'est pas le Privilège mais une forme sournoise d'autorisation sans mouiller la France, pas d'imprimeur français sur la couverture. C'est une ruse pour faire passer à bas bruit ce qui en Privilège plein, c'est-à-dire en plein vent, apporterait l'orage.

Enfin ça y est ! il est prêt. Il arrive. Il débarque ! Le tome premier, de A à Azymite, sort des presses le 28 juin 1751, accompagné du discours préliminaire de d'Alembert.

Le 3 juillet, on compte 1 431 souscriptions.

Alors, c'est reparti ? Le succès embellit tout.

Les amitiés sont ravivées, les rencontres fructueuses avec tous les savants du moment que Diderot sollicite pour les tomes suivants. Presque tous acceptent, et même s'engagent et souscrivent au vu du premier tome qui promet et tient déjà beaucoup... La Condamine, le chevalier Louis de Jaucourt, Voltaire, oui, même le grand Voltaire, qui remercie chaleureusement de l'envoi, mais décline à sa façon : « Non, pas encore, beaucoup de travail, pas vraiment... » Il ne parvient pas à s'engager, mais bien sûr, un jour, il en sera. Il fait sa coquette. C'est assez son genre. Oh ! mais de tout son cœur, de tout son esprit, le chef universel de la philosophie soutient l'entreprise qu'il juge même la plus importante du siècle. De toute sa force de flatterie qui est immense, il encourage Diderot... Même sincères, ses encouragements sont exagérés. Mais sincères.

Montesquieu, lui aussi sollicité par d'Alembert, promet quelques articles, qu'il ne manque pas d'envoyer au jour et à l'heure dits. Le président Montesquieu est homme de parole. Et d'une ponctualité effarante aux yeux de Diderot qui, lui, ne l'est jamais.

À l'instant où Louis XV, décidément rancunier, fait mettre à l'index son *Esprit des lois*, Diderot qui a plus que d'autres à perdre et à risquer, soutient Montesquieu de toute son intelligence. Envers lui, Diderot témoigne d'une rare solidarité. Indéfectible. Ils ne se sont jamais rencontrés et pourtant Montesquieu comme Voltaire sont ses plus anciennes amours, ses grands modèles. Pas besoin de les voir pour les aimer. L'admiration du cadet, exprimée avec autant de chaleur que de foi, a rendu l'aîné attentif à ses travaux. Ils vont se rencontrer, c'est sûr. Bientôt. Montesquieu est peu à Paris et Diderot suroccupé.

Le vacarme provoqué par la sortie du premier tome masque un temps le scandale qu'il déclenche au sein de la cléricature. Jésuites et jansénistes, exceptionnellement unis dans la haine, n'en reviennent pas qu'un livre pareil ait simplement vu le jour. Les jésuites surtout se déchaînent. À cette occasion, ils se comptent : ils sont encore les plus nombreux, bien que les jansénistes leur grignotent du terrain tous les jours, et surtout de l'influence. Les jésuites sont toujours à la tête des beaux esprits, et dirigent encore la majorité des gazettes. Une assez grande puissance de feu, en vérité.

Mais surtout il y a le *Journal de Trévoux*, gazette à la solde des jésuites, qui persécute tout ce qui fait profession de philosopher. Tout ce qu'on commence d'appeler *éclairé* y est haï d'avance. Bataille avant tout idéologique menée par un second puissant relais de la cour, du Parlement et de la Sorbonne : plus agressif que les jésuites, les *Nouvelles ecclésiastiques* des jansénistes. Pour ces religieux, l'ennemi, le criminel, l'athée, le païen, l'homme à abattre, c'est Diderot, pourtant issu de leur rang, plus que d'Alembert le savant, davantage que les libraires, pauvres petits boutiquiers contraints de se compromettre avec le diable pour gagner leur pain ! Tout le monde est forcément manipulé par le théologien, Diderot le retors, qui se fait un plaisir, mieux, une gourmandise de leur répondre. Pour une fois que son ennemi n'est pas le roi. Enfin pas directement. Car bien sûr, tous ces encapuchonnés prétendent parler au nom d'un royaume, celui-ci ou l'Autre. À leur répondre, Diderot s'en donne à cœur joie. Il se découvre une passion et un talent réels pour la polémique. Un avenir de pamphlétaire s'ouvre à lui, mais d'abord, défendre l'Encyclopédie. Donc attaquer, répondre pied à pied. Excité par le *Journal de Trévoux* qui l'attaque nommément et sans discontinuer, il donne toute sa mesure d'ironie et de cinglant. Ce *Journal de Trévoux* prétendait jusqu'ici être unique à traiter des sciences et des beaux-arts, l'Encyclopédie marche sur ses brisées.

Car c'est incroyable, totalement inattendu, inespéré, mais tellement désiré : le succès est immense. L'Encyclopédie se vend comme des petits pains. Plus, mieux qu'un succès. Une consécration !

Sans doute la polémique entre clercs n'aurait pas pris ces proportions de raz-de-marée si un autre scandale ne venait d'éclater en catimini. Sur le mode mineur, une bombe, la plus terrible de l'heure qui n'en est pas avare. L'anecdote initiale est si microscopique qu'elle passe inaperçue. À la mi-novembre 1751, Jean Martin de Prades, un abbé de 26 ans, collaborateur occasionnel de l'Encyclopédie — il vient de rédiger pour le tome II à paraître l'article *certitude* —, défend avec succès sa thèse de fin d'études, dite la Majeure. Son sujet : la Jérusalem céleste ou quel est celui sur la face de qui Dieu a répandu le souffle de vie. Cette thèse a semblé irréprochable à la Sorbonne, qui, personne n'en doute, fait « la vérité de la religion ». Il étouffe sous les plus hautes récompenses.

Alors ? La thèse de l'abbé de Prades prend l'homme à son origine, à l'état de nature, décrit son commencement puis le progrès de ses connaissances, indépendamment de toute lumière surnaturelle, pour le mener enfin à la religion. En toute bonne foi, il est un fidèle disciple de la philosophie de la sensation, dont le promoteur est l'abbé de Condillac, l'ancien ami de Rousseau, et comme lui, un des premiers collaborateurs de l'Encyclopédie. C'est de la sensation que surgit toute idée réfléchie. Elle est pour lui l'unique source de connaissance, puis l'expérience du besoin que nous avons les uns des autres fait le reste. Sans en avoir l'air, il transforme l'idée de justice en réaction des faibles contre l'oppression des forts.

Il s'en tire bien, ce petit jeune homme de Montauban, « maigre, brun, marqué de petite vérole, esprit vif et un peu fou » d'après sa fiche de police. Il s'est plié à toutes les formalités d'usage. Sa thèse déposée en temps et heure, affichée dans les délais, a dû être lue par tous les membres du jury. Ruse ou économie, Prades l'a rédigée en très petits caractères afin de la rendre apparemment moins longue, mais du coup plus pénible à lire. Si c'était le but recherché, il est atteint, personne de son jury n'a pris la peine de la lire. Après l'avoir présentée et discutée pendant les dix heures réglementaires avec le jury, il obtient son titre à l'unanimité... Et même avec les félicitations de la Sorbonne.

Jusque-là rien d'engagé ni de compromettant n'est sorti de sa plume. Catholique raisonnable, auteur de quelques articles de théologie. Nécessité fait loi, il cohabite avec les abbés Pestre et Yvon, lui aussi collaborateur de l'Encyclopédie. Prades travaille avec lui à un ouvrage à paraître, une apologie. Aucun d'eux n'a jamais fait parler de soi, c'est pourquoi la thèse de Prades passe inaperçue.

Sitôt que des yeux suspicieux s'y posent de plus près, on la juge « presque entièrement inspirée des premiers travaux de Diderot, et des intentions préliminaires de l'Encyclopédie ».

Diderot est à peine au courant et surtout il s'en fiche. Il n'a pas d'estime pour ce petit abbé, qu'il juge de caractère faible et sans intérêt. S'il est utile à l'Encyclopédie, va pour l'abbé de Prades ! On n'est pas obligé de s'en faire un ami. Diderot aurait bien continué sa route sans s'en soucier. Mais... l'affaire de Prades ne fait que commencer.

Le 15 décembre, quelques théologiens, alertés on ne sait par qui, se mettent enfin à lire ladite thèse. Immédiatement, ils la proscrivent à grands cris. Prades est rayé des listes des Bacheliers. Diantre ! Que s'est-il passé ?

Cabale contre l'Encyclopédie, conclut la bande de l'Encyclopédie. Qui contre-attaque en sommant la Sorbonne de s'expliquer. Comment peut-elle reconnaître qu'elle remet des diplômes à l'unanimité et avec félicitations à des thèses que personne n'a lues ? Les jésuites commencent par s'en prendre à Prades, « ... de taille au-dessous de la médiocre » ! Allez savoir si c'est au propre ou au figuré ! « Un nain en intelligence. Prestance gênée, bouche mauvaise... » On croirait entendre un maquignon parler d'un cheval... « Dents mal arrangées... Lourdaud, maladroit, jambes grosses, yeux petits, vifs, perçants, peu arrêtés, regard sombre noir, l'air audacieux, accompagné d'effronterie... » On insiste. Le 16 janvier 1752, on le dénonce comme « vivant dans la plus grande intimité de mœurs avec l'abbé Yvon, lui-même connu pour sa conduite très relâchée... » Bref, un impie, doublé d'un sodomite.

Le succès de l'Encyclopédie ne se dément pas. Si dans le premier tome la marque de Diderot apparaissait davantage que celle de d'Alembert, 1 980 articles, soit plus de la moitié, dans le second, il en rédige encore 1 592. Justement le volume sort des presses le 23 janvier. Il contient l'article de Prades sur la « certitude », tous les anti-Encyclopédistes s'y précipitent, l'article confirme ce qu'on a décidé de penser. La Sorbonne est embêtée. Elle qui ne voit là qu'un complot tramé par les Encyclopédistes pour insulter la religion est maintenant sommée de se justifier.

Par amour de la vérité, haine de l'Encyclopédie ou désir d'humilier ce jury de jésuites paresseux, les jansénistes élèvent à leur tour une terrible clameur contre la Sorbonne. Ils la blâment d'avoir approuvé une doctrine qui ose mettre en parallèle les guérisons opérées par le Christ et celles d'Esculape. Quel crime en effet ! Le bruit est tel que le Parlement de Paris s'en émeut, que les évêques enchaînent mandements sur mandements, lesquels remontent jusqu'à Rome. Le pape Benoît XIV y va de sa bulle. De l'archevêque de Paris à Rome, du Parlement au roi, cette thèse attire les foudres, autant des jésuites que des jansénistes. À ce stade, la cour ne peut faire moins que s'en mêler et la condamne au bûcher. Attention, s'écrie Voltaire, demain c'est son auteur qu'on pendra !

La Sorbonne, qui l'a approuvée, s'accorde pour la traiter d'impie. Humiliée, attaquée, la grande institution, acculée à confesser son erreur, condamne ce qu'elle a récompensé et invente les plus misérables prétextes, surprise, prolixité de la thèse, petitesse des caractères, pour se justifier de n'avoir pas décelé ses dangereuses erreurs.

L'heure est à la concurrence des blâmes, le Parlement, le roi, les jésuites, les jansénistes qui sont les plus virulents. La Faculté est même contrainte de publier les dix propositions incriminées.

Diderot ne s'en soucierait pas si son nom ne commençait de circuler comme inspirateur, ou porte-plume, ou pis, comme auteur de la fameuse thèse. Associer le nom de Prades à celui de Diderot gonfle l'affaire d'importance. Sa proximité avec l'Encyclopédie l'envenime. Diderot est furieux, c'est mauvais pour lui ;

et ce petit Prades ne va tout de même pas faire du tort à la grande Encyclopédie ! La médisance est plus rapide que la vérité, elle supplante même la grosse bourde de la Sorbonne. Qui trouve enfin plus coupable qu'elle. Si la thèse est de Diderot, son talent a noyé le poisson, la Sorbonne s'est fait rouler certes, mais elle n'est pas coupable. Conclusion inévitable : « De par le roi, le premier tome de l'Encyclopédie est interdit à la vente. » Et le second pour faire bon poids, dont la distribution est mise sous le boisseau. Différée.

Dans pareil climat, un mot de plus, et l'idée de complot est franchie.

La police envoie arrêter l'abbé. Envolé l'abbé, ce qui prouve sa haute culpabilité. Il a fui en Hollande. De là, il obtient la protection de Frédéric II de Prusse. À Berlin, il ne risque plus rien, que l'ennui. Sauvé ! S'il est hors de danger, l'Encyclopédie, elle, est en péril. Et ses auteurs, à leur tour, menacés de prison, d'exil. On parle de faire saisir leurs papiers. On conseille à Diderot de filer avant que... Non. Il ne bougera pas, ce serait avouer une quelconque culpabilité dans l'affaire. Ses amis et Voltaire insistent. Qu'il quitte, sinon la France, au moins Paris. Qu'il se rappelle Vincennes. S'il n'imagine pas retourner en prison, il n'envisage pas une seconde de paraître coupable en fuyant.

Ah ! On ne veut plus de son Encyclopédie ! Ah, on lui attribue cette thèse si mal écrite...

Il s'enferme quelques semaines pour rédiger, cette fois de sa main, une troisième partie à l'Apologie dudit abbé. Au nom de l'abbé, Diderot use du « je ». Mais c'est lui qui pense. Et ça s'entend. Il se sent plus libre de parler sous le nom d'un autre, alors il fonce. Il n'a pas même mis l'abbé au courant de son offensive. Il se bat. Il écrit. Ça suffit.

On chuchote que Diderot a pris la fuite, poursuivi par une lettre de cachet. Or il n'a pas bougé d'un iota. Il ne bouge même plus du tout : enfermé chez lui, jour et nuit, il écrit. Il ne se défend pas, il attaque. Et à nouveau, il trouve ça jouissif. Il ne se contente pas de signer du nom de Prades un texte exclusivement de lui, sa mystification n'est pas qu'un procédé dicté par la prudence et l'efficacité politique, elle témoigne du statut même de l'œuvre d'art, cette mise en fiction qui inaugure un dialogue entre l'auteur et son double. De cette ouverture jaillissent les émotions et les idées vraies.

C'est là que la chance et Malesherbes interviennent. Malesherbes surtout, le bon ange de Diderot et de l'Encyclopédie. Depuis qu'il dirige la Librairie, ce gros garçon de 29 ans qui ne paye pas de mine, timide et peu visible, fils d'un ministre omnipotent et conservateur, tranche par son ouverture d'esprit. Il reconnaît à la pensée, et précisément à la philosophie, le pouvoir d'améliorer les mœurs. Pour un homme au pouvoir, c'est culotté. Pis encore pour le censeur en chef. À la tête de la Librairie, il contrôle tout ce qui s'imprime et se diffuse dans le royaume, protégeant les auteurs, contre tous et surtout contre lui-même et sa propre fonction.

Fait exceptionnel, il se rend personnellement chez Diderot pour l'avertir que demain, il a ordre de faire perquisitionner chez lui, à la recherche de papiers compromettants à propos de l'abbé de Prades. Par exemple ces textes de la main de Diderot écrits soi-disant par l'abbé ! Malesherbes sait tout. Il lui conseille vivement de cacher les documents. Complètement pris au dépourvu, Diderot qui ne s'en souciait pas ne voit ni où ni comment dissimuler ces montagnes de papiers en quelques heures.

— Quels amis sûrs pourrais-je risquer de compromettre ?

— Moi, dit Malherbes, qui comprend le dilemme. Je m'en charge.

— Mais comment tout déménager en si peu de temps ?

— Mes hommes, ceux qui doivent vous saisir demain, je vous les envoie sur-le-champ. Employez-les à vider votre maison de tout document compromettant.

— Mais vous allez en faire quoi ?

— Les cacher chez mon père, Monsieur le Chancelier en personne. Y a-t-il abri plus sûr que les appartements du ministre pour cacher ce qu'il fait activement rechercher ?

L'Encyclopédie interdite doit être protégée à tout prix jusqu'au jour où l'on pourra à nouveau l'autoriser. Si quelqu'un n'en doute pas, outre Diderot qui préside à sa destinée, c'est le directeur de la Librairie.

Le lendemain, la perquisition officielle ne donne rien.

Quelques semaines plus tard, Diderot est toujours à Paris qu'il n'a jamais quitté fût-ce une heure. Et il écrit toujours. On annonce pourtant qu'il reparaît !

« Jusqu'ici l'enfer avait distillé son venin goutte à goutte, aujourd'hui ce sont des torrents d'horreurs et d'impiété », écrit d'Argenson l'autre, celui qui n'est pas ministre, dans ses notes intimes... « Malheur aux ennemis des jésuites. Malheur aux honnêtes gens qui ne maîtrisent pas assez leur langue sur la philosophie et la liberté. »

L'étau se resserre, Diderot a peur. L'Encyclopédie suspendue, de fait interdite, il n'est plus payé. Il n'a plus de quoi assurer son quotidien. Il est aux abois. Joie dans le malheur : pendant ces attaques, le nombre de souscripteurs de l'Encyclopédie interdite est passé à deux mille. Mais à quoi bon si elle ne peut plus paraître... Malesherbes lui prêche la patience. Fin politique et même visionnaire, il croit davantage à l'avenir encyclopédique qu'à celui des ministres à la mode ou des jésuites vexés.

En attendant, Diderot n'a plus de quoi vivre, il

s'écroule. Tant qu'il écrit, tant qu'il se bat, ça va, il tient le coup. Là, il craque, affolé. Les menaces ne cessent plus. Le désignant comme le vrai conspirateur de l'affaire de Prades. D'autant que d'Alembert ne va pas mieux, il a encore plus peur que Diderot. Le courage de l'un et l'orgueil de l'autre sont leurs seules réponses à la menace des lettres de cachet.

Comment gagner sa vie aujourd'hui, demain... Se réveille sa grande peur de la prison. Pour défendre l'abbé, il diffuse quelques exemplaires du manuscrit à peine secs de son *Apologie* — c'est-à-dire sa partie à lui. Quand les chiens sont lâchés... Il ne peut empêcher qu'elle circule... Elle court les salons.

Diderot n'est pas riche. C'est son luxe. Ça lui permet d'ignorer la cour, ses avantages et ses obligations. Les protecteurs et leurs caprices.

Liberté, vérité, pauvreté sont les trois mots que les gens de lettres devraient toujours avoir devant les yeux, déclare d'Alembert. Ce triptyque austère est l'expression du nouvel orgueil de l'intellectuel, qui a aussi pour nom exigence de dignité. À quoi bon la gloire, les titres ou la richesse s'ils se paient de compromission et de dépendance. La dignité entendue comme respect de soi, sens de l'honneur, fierté de sa condition. Diderot l'a compris le premier et mis en pratique sitôt qu'il a choisi bohème littéraire plutôt que bénéfice, rente ou appartenance à un grand comme ce Frédéric de Prusse qui cherche à débaucher tous les beaux esprits français pour en faire des paillassons. Sans bien savoir pourquoi Diderot s'en défie. Surtout quand Voltaire ou Toussaint qui y vivent comme coq en pâte insistent pour qu'il les rejoigne. À vingt kilomètres au sud de Berlin, Potsdam est le séjour préféré de Frédéric depuis qu'il a fait construire le Sans-Souci, sa résidence d'été.

Îlot de silence, de liberté et de recueillement ou « centre de l'ennui », mais lieu de méditation et de travail pour des gens comme Voltaire qui ont des œuvres à écrire. C'est là que Frédéric réunit son groupe de beaux esprits. Dont le délicat Italien Algarotti depuis 1742, La Mettrie depuis l'an 48, et surtout Maupertuis, Toussaint, Prades qui a couru s'y réfugier. Selon l'humeur de Frédéric et l'entrain de ses convives, il paraît qu'aucune table royale en Europe ne l'égale. Mais chez un despote, fût-il éclairé, la licence a des limites qui varient au gré de ses caprices. L'égalité est un mythe dont personne n'est dupe. Le roi est un cynique, pervers et dominateur, qui sous couvert de liberté exige une soumission absolue : nul ne peut quitter le royaume de Frédéric sans son autorisation. Et c'est là que Voltaire veut l'envoyer !

De toute façon il est incapable de bouger. Soudain il n'a plus de ressort. Quelque chose est brisé au-dedans de lui. Il sanglote sans raison. Il pleure comme on déglutit. De très loin, lui remonte la mort de sa mère. Il aurait besoin qu'elle le console et elle est morte. Elle seule savait. Elle seule pouvait. Il aurait besoin d'être un petit enfant dorloté et cajolé, et il abandonne sa femme à un état d'indigence dont il a honte. Avec le manque de mère, lui revient la mort des enfants que la malheureuse Nanette lui a donnés, dont il n'a su la consoler. Mais s'en console-t-on jamais ? Ne les pleure-t-il pas encore lui-même ?

Remontent aussi la trahison de la Puisieux et ses infamies. La méchanceté et le venin jésuite, la haine janséniste et la mort de sa sœur, précisément tuée par eux, ces hommes de Dieu qui l'ont rendue folle. Folle en Dieu... folle par Dieu, plutôt. Il n'en peut plus, il sent trop de misères et de menaces accumulées.

Nanette qui ne l'a jamais vu comme ça a une idée. Depuis un moment elle sent qu'il doit se reposer mais dans pareil état d'angoisse, comment l'aurait-il pu ? Elle ne se mêle plus beaucoup de la vie de son mari, mais là, il l'inquiète trop pour qu'elle n'essaie pas quelque chose.

— Et si tu partais voir ta famille à Langres ?

À croire qu'il attendait ces mots-là. Qu'il n'osait y penser de lui-même... Si Nanette le propose, elle qui a toutes les raisons d'en vouloir à son père, si Nanette lui conseille sincèrement de se rendre à Langres prendre l'air, du repos, des loisirs, se retrouver parmi les siens, alors...

Sans tergiverser plus avant, il se range à son avis. Sans s'enfuir ni trembler, il annonce à ses amis, libraires, collaborateurs, et même à Malesherbes, qu'officiellement, puisque l'Encyclopédie est suspendue, il part à Langres quelques semaines. Il en profitera pour rédiger l'article sur la coutellerie.

Le 20 mai, il est parti, le 27 il arrive. Il a pris une chaise de renvoi. Et... Oui. Son père l'accueille à bras et cœur ouverts.

Ça l'étonne tellement que des larmes perlent à ses yeux. Par chance, son père ne les voit pas. Sa sœur, si. Qui n'a de cesse de se retrouver seule avec son frère chéri. Si longtemps... Tant de choses à se dire... Tant de manques à combler, de larmes à rattraper, à partager, tant de deuils, tant de morts... Il n'est pas venu depuis qu'*elle* n'y est plus. C'est tout de suite insupportable, immédiatement tangible, sa maison sans sa mère. L'absence est concrète, matérielle.

Sa fille Angélique, sa sœur Angélique, sa mère Angélique, cela ne s'arrêtera-t-il jamais ?

Denise le console. Il pleure tout son saoul : la prison, la persécution anti-encyclopédique, sa mère, son petit François, ses bébés morts... Son désamour... Elle berce comme sa mère de ce geste ancestral qui guérit tout.

Avec son père, la conversation prend un nouveau tour. Il semble avoir accepté son fils tel qu'il est devenu.

Pardonné son mariage qui n'est plus un secret, avec une fille de peu mais peut-être une fille bien. Et son « métier » ! Oui, même son métier passe aujourd'hui. Il lui est revenu ce que le bon peuple pense de son garçon. Et ça lui a bien plu. Certes il déplace les lignes, mais en son for intérieur, le coutelier se demande pourquoi les lignes devraient être immuables. Après tout, le monde ne tourne pas si bien que ça. Si son fils peut l'améliorer... Il prétend œuvrer pour le bonheur de l'humanité, et à ce qu'on raconte, il s'adresse à l'intelligence. Et s'il plaît au père vieillissant de se reconnaître jeune homme dans les intransigeances de son fils aîné ? Est-ce le veuvage, l'obligation de jouer aussi le rôle de sa femme auprès de ses enfants, il s'est considérablement adouci, il a perdu quelque rigidité de principes... Diderot, qui craignait de retrouver un vieux monsieur abîmé de chagrin, est étonné par la vaillance sinon la jeunesse de son père. Celui-ci l'entraîne chaque matin dans un tour de ville en longeant les remparts, en plein vent et à vive allure. Le jeune peine à suivre l'ancien ! Il lui rend la flore de son pays natal, sa faune, ses brouillards, ses mystères et ses beautés. Le printemps langrois est magnifique. Ils poussent jusqu'à Blanchefontaine, la grenouille de la fontaine crache toujours son eau limpide sur ses trois étages de bassins. Ils s'en émerveillent ensemble.

La vallée s'étend démesurément jusqu'aux brumes de beau temps qui la ferment. C'est ce paysage qui a donné à Diderot le désir d'aller voir au-delà. Il le montre à son père, qui comprend... De bien belles heures partagées... Au cimetière sur la tombe de sa mère, ils s'étreignent, réconciliés.

Diderot reprend des forces, dans l'ombre encore droite de son père. Le vieux coutelier est toujours habité par son souci de justice mais avec plus de souplesse. Ils peuvent même en parler, le père en convenir. Il était plus raide, plus jeune, plus coupant hier.

Pour faire un exposé circonstancié sur l'art de la coutellerie, le fils fait parler le père. Ils prennent rendez-vous à l'atelier car « sans voir, on ne peut rien comprendre », décrète le vieil artisan. Ainsi Diderot exerce-t-il son métier d'habile questionneur. Son père finit de lui enseigner comment percevoir les arcanes d'un artisanat, par l'expérimentation. L'Encyclopédie profite immédiatement de la leçon. Il n'est qu'à lire les articles sur les principaux artisanats, tous de la main du fils.

Denise est de jour en jour plus individuée. Ses rapports avec leur dernier frère, le curé, sont exécrables. En dépit des apparences, elle le juge mauvais chrétien. Un cœur trop sec pour rien savoir de la bonté, de la miséricorde ni de la charité. Depuis la mort de sa mère, avec Hélène, Denise s'occupe à plein temps de son père qu'elle soigne à la façon d'une femme savante. Hélène s'occupe du matériel, Denise d'entretenir la flamme de l'intelligence. Elle n'aime que l'étude et ses amies, leur tendresse et l'art de la conversation. Passionnée par les secrets partagés à propos de la nature, elle laisse le tout-venant à Hélène. Elle gère l'administratif.

Denise connaît aussi les simples, sait fabriquer des potions, et concocte tous les remèdes dont la maison a besoin. Elle la première. Elle est atteinte d'un mal incurable qu'il lui faut apprivoiser. Elle n'en mourra pas trop vite mais en revanche elle en souffrira beaucoup. Pour l'heure, on ne voit encore rien, mais ça va devenir hideux : le milieu du visage est atteint d'un cancer du nez !

Diderot refuse d'y croire. Il a besoin que tout aille bien à Langres, besoin que Langres demeure le refuge idéal en son cœur, l'âge d'or, le paradis qu'on peut rouvrir à volonté.

Finalement après un temps pesant d'adaptation, l'absence de sa mère se fait légère, comme si elle flottait dans l'air. Légère, bienveillante, tendre. Tout le monde s'emploie à la remplacer un peu, chacun prend sa part. Surtout son père et Hélène.

À Denise en secret, Denis raconte ses enfants morts, qui ne sont pas sans évoquer leurs sœurs mortes absentes elles aussi. Elle dit le comprendre, partager, puis se révolte.

— Allez, assez pleuré. Moi rassure-toi, je ne prendrai pas ce risque, je ne ferai pas d'enfants. Mais toi maintenant, tu vas en avoir de beaux et de bien vivants, je le sais, je le sens. Ce n'est pas le curé qui va me faire tante, je compte sur toi pour me donner des petits à aimer.

— Je vais essayer, je te le promets.

— Tu te rends bien compte qu'il n'y a que toi pour perpétuer le nom de Père.

— Ça n'est pas un argument mais quelqu'un à aimer pour ma sœur chérie, si. Venger la mort de Catherine, la scandaleuse mort d'Angélique, oui, ça je veux. De tout mon cœur.

La ville est belle comme son enfance. Pour vivre, il n'aime que Paris, mais il s'y sent tellement mieux de savoir que Langres existe et demeure telle qu'il la veut. Sous un climat excessif, exigeant et rude, dressée face à une vallée immense, pleine de ses rêves de gosse à perte de vue, cette forteresse de pierres taillées l'apaise.

Le conflit avec son père semble réellement éteint, sa fraternité renouvelée avec sa sœur, il peut nourrir un amour simple et tranquille pour son pays natal. Sur le seuil du départ, humblement son père le prie de revenir vite avec sa femme.

« Je te promets de l'accueillir comme ma fille, et même si tu ne peux l'accompagner, elle sera la bienvenue, la mieux traitée. On s'en occupera bien. Envoie-la-moi vite. »

C'est son enquête sur le métier de la coutellerie qui a achevé de lui rouvrir le cœur de son père. Sa manière de chercher à connaître tous les détails de chaque étape, de rendre ses lettres de noblesse à son art. Il a été séduit par la façon dont son fils, ce savant tout de même, prenait le temps et la peine de mettre en valeur son humble artisanat.

Non, vraiment, il semble qu'il n'y ait plus le moindre contentieux entre eux. Même de son enfermement forcé dans le couvent glacé, Diderot a osé reparler. Et le fils a entrevu, sinon compris les motivations de son père. Aujourd'hui... Il est à même de l'en excuser. Peut-être éprouvera-t-il les mêmes tourments demain, si un sien enfant se conduisait pareillement.

Depuis qu'il a découvert qu'il n'aime plus Nanette « à en mourir », qu'effectivement « ce n'était pas une femme pour lui », il en a conclu que son père avait raison. Du coup, il a pris la décision de ne jamais la quitter. Après leurs enfants morts, sa conduite irréprochable et même davantage pendant ses mois à Vincennes, aujourd'hui Diderot en est sûr, peut-être aimera-t-il d'autres femmes, mais jamais il n'abandonnera Nanette.

Le père et le fils se sont parlé avec leur cœur, Diderot a pu tout dire à son père et tout entendre de lui. Et de son veuvage calme. Sa jeune réussite d'aujourd'hui justifie ses désirs de gloire d'hier, et pour un peu, il pourrait croire que son père l'approuve. Mieux, l'encourage.

Il a regagné ses forces, en a acquis de nouvelles, l'approbation de son père y contribue. Il rentre à Paris le 17 juin, sans plus de larmes, et même content, confiant dans son destin.

Denise prend soin de Langres, de tout à Langres. Il peut s'épanouir à Paris. C'est ainsi qu'ils se sont partagé le monde. Il a retrouvé Sœurette, il a pu lui redire cet amour né en même temps qu'elle, jamais démenti, malgré leur stupide fâcherie dans le cachot du couvent.

— Tu ne m'en veux pas d'avoir pris le parti de Père ?

— Mais non, follette. Et toi tu ne m'en veux plus d'avoir été si méchant et si bête ?

Ils s'aiment toujours.

Le dernier mot de son père avant de le bénir sur la marche de la chaise de poste est un miel incomparable que l'ancien enfant se répète tout le long du chemin : « Va et travaille. Tu es très doué, tu fais du bien. »

CHAPITRE 3

1752-1755

D'un privilège l'autre, entre deux interdictions

> Ne me sachez point de gré ; c'est pour moi et non pour vous que je vous dis que je vous aime de toute mon âme ; que vous m'occupez sans cesse ; que vous me manquez à tout moment ; que l'idée que je ne vous ai plus me tourmente même quelques fois à mon insu ; que si d'abord je ne sais ce que je cherche, à la réflexion je trouve que c'est vous ; que si je veux sortir sans savoir pourtant où aller, à la réflexion je trouve que c'est où vous étiez...
>
> *Correspondance (à Sophie Volland)*

En janvier 1752, en même temps que triomphe le *Micromégas* de Voltaire, l'interdit sur l'Encyclopédie est enfin levé. Officiellement. Le tome II tombe à pic pour orchestrer la Querelle dite des Bouffons. Les philosophes de l'Encyclopédie, la bande à Diderot comme on commence à dire, tiennent le haut du pavé. Hier tous plus ou moins menacés de prison ou d'exil, aujourd'hui ils supplantent leurs ennemis !

Les partisans des Bouffons occupent tout le paysage. Cette querelle plaît à tout le monde. C'est Grimm qui lance la controverse avec sa lettre sur *Omphale*, un opéra de Destouches qui vient d'être repris à Paris. Dans la brèche entrouverte par l'incroyable succès public de leur défense de la musique italienne, une dizaine de personnalités dont Buffon le naturaliste, d'Alembert le mathématicien, La Condamine le géodésien, l'abbé Nollet, le spectaculaire physicien qui a fait de la physique expérimentale un divertissement, et même Clairaut le délicieux chimiste, se lancent dans un soutien inconditionnel à la candidature de Diderot auprès de la Société royale de Londres. Demande rejetée par 50 voix contre 18. Terrible humiliation pour Diderot. Même son « petit assistant », le chevalier de Jaucourt, y est accueilli à bras ouverts, alors qu'il n'a encore rien fait, si tant est qu'il fasse un jour quelque chose. Diderot ne le tient pas en haute estime. Pour lui, c'est un tâcheron interchangeable, dont l'Encyclopédie ne peut pourtant se passer, très efficace, très dévoué, non seulement il paye de sa personne mais aussi de sa fortune pour la soutenir. N'empêche, Diderot le juge peu inventif. Oui, mais il est noble ! Seule explication à son entrée dans les Académies, comme aux refus réitérés d'y recevoir Diderot. Jaucourt à l'Académie ! Pas Diderot, jamais Diderot. Personne ne veut de Diderot.

Tant pis, il se rabat sur son grand'œuvre, l'Encyclopédie. Et s'investit apparemment beaucoup dans la « querelle ». Mais c'est surtout par amitié pour ses proches, eux très engagés dans l'affaire, qu'il prend part aux combats qui déchaînent les amateurs de musique. Pour Diderot, aimer la musique italienne ne l'oblige pas à rejeter la française. Mais l'amitié...

Ce n'est jamais que la très ancienne querelle des « anciens contre les modernes », avant-gardes contre conservateurs, le style noble contre le naturel... Les chantres de la modernité sont du côté italien, le « coin de la reine », c'est-à-dire le côté de la scène où se tiennent les dames d'honneur de la reine, et inversement pour le « coin du roi », les archaïques tenants des traditions immobiles penchent donc du côté du monarque, où l'on est censé n'aimer que la musique française.

Diderot qui aime beaucoup Jean-Philippe Rameau, ils ont même écrit un traité de musique ensemble, doit opter pour l'Italie. Le parti de ses amis. Marcello anime les débats, c'est son heure de gloire, quoique, en privé, il avoue à Diderot ne pas non plus détester la musique française, et même juger qu'elles se complètent. Mais chut, il ne faut pas le dire, leurs ennemis en feraient des gorges chaudes ! Ne s'agit-il vraiment que de musique ? Les enjeux ici prennent vite les couleurs politiques et idéologiques de l'heure, ce qui donne aux « Bouffons » tout leur lustre.

Entre-temps, une nouvelle amitié s'offre à Diderot. Encore un Allemand. Paul Thiry arrive à Paris avec son oncle maternel, très riche, le baron d'Holbach. Lequel s'empresse de mourir pour léguer à son neveu, son nom, son titre et sa fortune. Désormais c'est le jeune qui règne à Paris.

Lors d'un tapage organisé par Rousseau et Grimm, Diderot rencontre d'Holbach, et ils sympathisent tant qu'ils en oublient de manifester. Pourtant cette affaire musicale les excite, mais l'amitié... N'empêche, après avoir longuement pris langue au café le plus proche, fraternisé du fond du cœur et juré de ne plus se quitter, ils rejoignent la bande qui ne pense qu'à sa guerre en musique.

D'Holbach, Rousseau, Grimm et Diderot qui les suit mènent ensemble une espèce de combat esthétique et politique contre la vieille musique française. Querelle qui pendant deux ans a l'apparence d'une affaire d'État. C'est Rousseau qui la nomme « guerre des Bouffons ». Et dans sa folie d'aimer ou de détester avec passion, il force toute l'Encyclopédie à s'engager derrière lui. Tous de le suivre sauf d'Alembert, toujours soucieux de ne pas se compromettre. Et Condillac, qui commence à prendre ses distances.

Entre eux, l'amitié et une formidable entente intellectuelle ne se démentent pas. Ils ne mènent pas forcément les mêmes combats, mais la certitude de penser ensemble les unit au-delà des querelles de l'heure.

Si cette bande accorde tant d'importance à la musique, c'est qu'elle illustre la plupart de leurs interrogations. La musique, c'est à la fois le plaisir et la rigueur de la pensée, l'imagination et l'ordre mathématique, la science mâtinée de sensibilité, la théorie plus la pratique, outre une réflexion métaphysique, esthétique, morale, sociologique, pédagogique et même politique. La réformer, la dépoussiérer..., c'est la rendre accessible au plus grand nombre.

Encourager l'italienne sans rejeter la française, Diderot juge l'éradication des Français démagogique et réductrice. *On ne gagne pas durablement en descendant du théâtre des dieux au théâtre de gueux, mais en haussant idéalement les gueux à la grandeur tragique des dieux...*

Diderot est naturellement fou de musique comme il l'est de mathématiques, d'anglais, de théâtre ou du corps de Nanette... Il est toujours fou d'amour pour ce qui lui plaît. Tant de choses lui plaisent, toujours il s'y donne à fond. Le contraire d'un dilettante, il se lance à cœur ou à corps perdus dans tout ce qu'il touche. Les Bouffons soulèvent un temps son enthousiasme qui est d'une certaine façon sa marque de fabrique. C'est alors que le castrat Caffarelli arrive de Naples pour distraire la Dauphine enceinte. L'engouement du public parisien pour l'art italien est à son comble et provoque le délire dans la coterie.

Diderot se fait le champion de la nature contre toute convention périmée. Ici comme en philosophie, comme en théâtre, ou en peinture, il est naturaliste avant tout, il ramène tout à la notion du vrai, du simple, du naturel, du « vivant ». Son rôle dans la « querelle » n'a pas l'importance de celui de Grimm ni surtout de Rousseau, il n'a pas autant de temps qu'eux, l'Encyclopédie l'occupe de trop. Eh oui, il est plus tiède et, puisqu'il s'agit de musique, plus « mesuré ».

Le plus ferme adversaire de la musique française est d'Holbach. Comme Grimm originaire du Palatinat, né à Heidelsheim, du même âge que lui mais de dix ans le cadet de Diderot. Il cherche à paraître sinon plus royaliste que le roi, au moins le plus encyclopédiste de *la bande à Diderot*. D'ailleurs ce dernier le considère comme sa deuxième recrue pour le noyau encyclopédique, après d'Alembert. Il compte Rousseau et Grimm pour des membres plus éloignés. Moins exclusivement dévoués à la cause encyclopédique. Ils sont un très petit monde à partager les mêmes idées matérialistes, à flirter sans l'avouer avec un athéisme lié à la vertu et à l'utilitarisme social. De tous, et même d'Helvétius, c'est d'Holbach le plus convaincu et le plus péremptoire.

Au point qu'en tête du deuxième volume Diderot le présente : *Nous devons surtout beaucoup à une personne dont l'allemand est la langue maternelle, très versée dans les matières de minéralogie, métallurgie et physique...*

Diderot voit juste, le baron se révèle un de ses collaborateurs les plus précieux non seulement pour la quantité et la richesse de son travail, mais pour une autre raison que Diderot n'aurait pu deviner. D'Holbach est riche, très riche, généreux et accueillant. Sitôt qu'il rejoint les Encyclopédistes, il met sa fortune au service de leurs idées communes. Deux fois par semaine, il convie ses nouveaux amis à dîner dans sa maison de la rue Saint-Thomas puis dans celle de la rue Royale-Saint-Roch. Diderot devient un fidèle, comme beaucoup des collaborateurs de l'Encyclopédie, à l'exception de d'Alembert qui craint pour sa réputation ; il n'est pas encore assuré que ce soit un bon lieu. Mais son *Discours préliminaire* a rencontré un tel succès que l'introverti d'Alembert peut sortir de sa coquille et ose enfin fréquenter le salon de son amie Mme du Deffand et assidûment celui de Mme Geoffrin. Grandi par tant de reconnaissance, il fait aussi le joli cœur chez Mme de Créqui. Chaque jour il perd le reste de sa timidité d'origine. Et comme il est doué d'un caractère joyeux, d'une gaieté naturelle, et qu'il a l'esprit d'un homme frotté aux gens du monde, maintenant qu'il est célèbre, d'Alembert se sent aussi à l'aise dans la petite chambre qu'il occupe toujours chez sa nourrice que sur les tapis précieux d'une marquise.

Pendant ce temps, d'Holbach fait de sa maison à la campagne, le Grandval et surtout de son somptueux hôtel, rue Royale-Saint-Roch, des lieux de rassemblement d'intellectuels. Selon le camp où l'on se situe, on l'appelle « Synagogue », « Coterie holbachique », ou « Café de l'Europe ». C'est vraiment chez lui que se tient le laboratoire de l'Encyclopédie.

« Synagogue », ce sont ses détracteurs qui nomment ainsi cette petite bande d'Encyclopédistes. Être taxé de Juif est sensément infamant et marque toujours au fer rouge celui qui en est victime. On les traite de Juifs ? Fort bien. Les Encyclopédistes retournent l'injure et revendiquent aussitôt cette appellation, histoire de lui ôter son odeur de soufre et ainsi s'affirmer universalistes comme les Juifs sont censés l'être !

D'Holbach offre à Diderot, son invité permanent, tous les avantages sans les inconvénients du plus brillant salon de philosophie du moment. Pour une fois c'est un homme qui fait office de maître de maison. D'Holbach est avec Helvétius un des rares hommes à tenir salon. Chez l'un comme chez l'autre les épouses sont reléguées au second rôle. Et pour cet homme à femmes qu'est Diderot c'est paradoxalement un avantage : ses goûts et ses manières ont souverainement déplu dans certains salons de dames. Trop débraillé pour être le bienvenu chez la célèbre Mme Geoffrin ! Il se rend d'autant plus volontiers chez d'Holbach, on est entre hommes. Là il ne choque plus, et n'a plus besoin de se surveiller, il est tout lui-même. Aucune contrainte, une entière liberté de pensée, de parole et de manières. « L'homme le plus simplement simple », voilà ce qu'en dit cette Mme Geoffrin qui exige chez elle plus d'apparat. Chez les dames, on juge qu'il déplace trop d'air, s'en plaint à d'Alembert Julie de Lespinasse qui le juge « trop ». Trop débordant, trop bruyant, trop attrayant, trop clou du spectacle, il crée un déséquilibre dans l'ordre mystérieux qui règne en ces salons.

Amateur de femmes et de cuisine, la vraie passion du baron est la haine des prêtres ; et son pire travers, une curiosité médisante. Sérieux et rigoureux comme un Allemand, très vite, Diderot fait appel à lui pour des articles de physique, de politique et d'histoire naturelle.

En août, comme promis à son père, Diderot envoie sa femme à Langres et, à la surprise de tous les acteurs de l'aventure, ce séjour se passe au mieux. Des sentiments d'estime réciproque et de reconnaissance mutuelle s'établissent solidement entre Nanette et la famille Diderot. « Finalement, Denis n'est pas si tête brûlée que ça, il s'est choisi une compagne qui a la tête sur les épaules, elle ! Et saura tenir leur ménage et rappeler son rêveur et désinvolte mari à ses responsabilités », conclut Monsieur Père.

Même Denise est sous le charme. Aussi inculte que ses lettres de jeune amoureuse le laissaient présager, mais Dieu qu'elle est belle, solide, magnifiquement charpentée et efficace dans une maison. Rien ne lui résiste, elle sait tout faire et pas fière, aucune besogne ne la rebute. Pour un peu, même le curé l'approuverait s'il ne la jugeait forcément mal pensante puisqu'elle a épousé son coquin de frère.

Et ils ont raison. Si Diderot se montre d'avant-garde, ce n'est pas dans sa vie domestique ! Il n'y a pas plus conservateur, voire réactionnaire que lui dans le rôle du mari chef de famille. Ah çà, il ne déroge pas à l'ordre établi, il l'encourage. Le soutient. À croire qu'il n'a pris femme que pour qu'on tienne son ménage, qu'on s'occupe de son linge, de sa nourriture, qu'on réchauffe son lit, et qu'on élève peut-être un jour ses enfants... Aucun progrès depuis ses ancêtres. S'il fustige allégrement l'institution matrimoniale, dans sa vie, il en use à loisir et sans la moindre honte. Même s'il n'ose en tirer une morale. Il a raison d'oublier comment il vit quand il écrit sur le mariage. De son point de vue, il n'a pas tort, sa vraie vie a lieu en dehors. Il a espéré un temps que son amour pour Nanette l'attacherait au foyer, que ses qualités l'y retiendraient. Il s'est trompé, il a été trompé... Peu importe qui a trompé. Ça ne marche pas. Il s'organise donc autrement puisqu'il sait depuis la mort de leur petit François qu'il ne la quittera jamais. Ce mariage lui crée des contraintes et des responsabilités qu'il a eu besoin de s'inventer hier, quand il dilapidait sa vie, son énergie, sa jeunesse, papillonnant sans trêve... Il se défie encore de l'étudiant en lui, jamais loin. Il se sait un désir insatiable d'apprendre, de rencontrer, d'échanger, de partager ses idées. Il voit où cette dispersion mène un Eidous ou un Toussaint : de magnifiques dilettantes mais des quasi-clochards. Il le sait d'autant mieux que sa fidélité l'oblige à leur tendre la main chaque fois qu'ils en ont besoin. Par chance, l'Encyclopédie lui permet de les rétribuer de temps à autre pour divers travaux. Ou en cachette de Nanette, sa bourse les soulage en échange de rien, pour l'amitié. S'obliger à faire vivre une famille l'a définitivement attelé à sa table d'écriture. Pour toutes sortes de travaux alimentaires, plus sérieux que ceux glanés hier dans la bohème, en tout cas plus stables, puis demain enfin entreprendre son œuvre. Règle unique, sa femme ne doit jamais manquer, c'est elle qui l'a acculé à donner un début de réalité à ses rêves langrois, ses rêves de grandeur et de gloire. Passer des « songe creux » à une pratique nourrissante à tous égards, ça s'appelle grandir ! Il s'est inventé un contexte pour s'obliger à y parvenir. Et ça marche.

En février 1753 à nouveau Nanette est enceinte. À bon droit, près d'elle, comme au-dehors, Diderot vit une embellie. Sa grossesse se passe mieux que les précédentes. Bien sûr, la peur ne les quitte pas, ni elle ni lui. Ils guettent l'instant de la naissance où de mauvais génies risquent de s'emparer du petit d'homme tout neuf. Mais les futurs parents ont l'espérance chevillée au cœur — c'est obligé —, au point de décider ensemble que, si c'est une fille, ils l'appelleront encore Angélique ! Histoire d'affirmer ou même de se prouver qu'ils ne sont pas superstitieux.

Denis Diderot vient d'avoir quarante ans, intellectuellement, il se sent plus fort et plus libre que jamais. Il croit en son pouvoir d'écriture, le succès de l'Encyclopédie le démontre à l'envi. Il va être père à nouveau et cette fois, l'enfant vivra, il le veut de toutes ses forces, il se le promet comme s'il avait tué les premiers de sa main. En réalité, dans l'attente de ce petit-là, il mesure l'immense douleur que fut pour lui, et plus encore pour celle qui les a portés, la perte des trois premiers. Il prend soin de sa femme. Infiniment. D'être réconcilié avec son père favorise sa joie de le devenir. L'accalmie se prolonge, il croit que c'est pour toujours. Aussi se laisse-t-il à nouveau aller à l'un de ses penchants préférés : rendre service, faire du bien, se montrer aux autres mais aussi à lui-même le plus généreux des amis. Il s'aime assez dans cette posture.

Rien ne peut l'empêcher de dire ce qu'il pense. Il prend parfois de gros risques. Ainsi à l'heure où l'abbé de Prades demeure exilé chez Frédéric de Prusse, Diderot publie sa partie d'Apologie, celle qu'on appelle la troisième. Elle a déjà pas mal circulé sous le manteau mais jamais bénéficié d'une édition accessible à tous. Le prétexte est la défense de l'abbé, alors qu'en réalité Diderot lui brûle la politesse. Prades n'a pas fini d'essayer de rendre lisibles ses deux premières parties. C'est un auteur besogneux et sans grâce. Certes sa thèse a déclenché un scandale dépassant les bornes de la Sorbonne, mais depuis sa fuite, ça aurait dû retomber. Or « ça » ne cesse pas. Le feu couve toujours. Sitôt qu'on prononce le nom de Prades, toute la France traditionnelle, peureuse et rétive au changement, s'enflamme. Diderot le regrette, vraiment ce petit abbé n'a en soi aucun intérêt, mais c'est sur lui que la haine des ennemis de l'Encyclopédie se focalise, et le soldat Diderot ne laisse jamais tomber l'Encyclopédie. Ni ses membres. Il en profite pour enfoncer le clou, exagérer les idées de Prades et donner à la censure de meilleurs motifs de plainte.

Il fallait s'y attendre, à sa façon débraillée d'intervenir ici et là, de n'être d'aucun cénacle mais connu de tous, d'avoir des humeurs, des caprices, des opinions très tranchées mais sans être protégé par personne, aucun puissant d'Europe ni même d'un salon à la mode, c'est sur lui que se concentrent les inimitiés. Prades en fuite, reste Diderot. Même la querelle des Bouffons lui est attribuée, alors qu'il n'y va que du bout des lèvres.

Comme toujours, d'Alembert traîne les pieds pour défendre ce si petit abbé, autant dire un malotru, il ne veut pas risquer sa réputation de membre éminent de l'Académie des sciences ni sa renommée de mathématicien pour ce menu fretin. Sa réserve vis-à-vis du scandale de Prades laisse Diderot seul en première ligne, chef de la bande encyclopédiste. Qui n'est une « bande » que dans l'imagination de leurs adversaires. Leurs libraires eux-mêmes ont précisé « la manière dont se fabrique l'Encyclopédie, l'énorme charge de travail qui pèse sur Diderot et d'Alembert, la dispersion de leurs correspondants et de leurs collaborateurs, l'improvisation qui guide souvent leur choix, tout cela fait qu'ils ne se sont pas assemblés une seule fois. La plupart ne se connaissent même pas. Chacun travaille en son particulier sur un sujet qu'il a adopté. Il envoie ensuite son ouvrage à l'un des éditeurs sans rapport ni communication avec l'auteur des autres parties ». Et pourtant, quelle clique. Pourquoi pas une ligue... La France n'en doute pas. Et le roi tout le premier.

Comment tuer dans l'œuf toute idée de complot qui pousse actuellement comme du chiendent, entretenue et attisée par la sournoise guerre d'usure entre jansénistes et jésuites. La prison hier, l'affaire de Prades aujourd'hui, et même le rôle qu'on lui attribue dans ce complot imaginaire font de Diderot un redoutable chef de bande... Un dangereux agitateur. Mais le succès, même de scandale, lui plaît. C'est bon pour l'Encyclopédie, prétexte-t-il, mais c'est encore meilleur pour son ego. Il se complaît avec talent dans le rôle du Philosophe, de Socrate ou de Sage de la montagne, celle de Langres ou de Sainte-Geneviève !

Du coup, à nouveau, Malesherbes intervient. Une première fois il a empêché la mainmise des jésuites sur l'ouvrage : ils ont profité de l'interdiction pour tenter une usurpation. Mais le régime a du bon : droit de propriété oblige ! Le gouvernement rend leur bien à Diderot et d'Alembert. Puisque les jésuites n'ont pas réussi à leur voler l'Encyclopédie pour l'achever à leur convenance, ou la refaire à leur sauce, ils préfèrent la voir morte que de la laisser vivre sous la férule de ces mécréants. Par chance, les jésuites la détestent moins que les jansénistes, cette guerre entre eux est l'unique opportunité de Diderot. Qui sait se montrer triomphant et persécuté à la fois.

On sait qu'il aime à parler et s'y adonne avec éloquence. Du talent, de la grâce, parfois du génie. En cette époque où abondent les beaux parleurs, la conversation est élevée au rang des beaux-arts, Diderot y excelle, il brille au firmament des meilleurs. Doué d'une générosité et d'une passion qui le portent à accueillir les autres, à les aider, les encourager en paroles mais aussi en actions jusqu'à l'excès, au risque de dilapider sa formidable énergie aux quatre vents, il est celui vers qui l'on se tourne naturellement pour lui demander avis, conseils, interventions, intercessions, voire sa plume. Sa plaidoirie en faveur de l'Encyclopédie convainc presque tout le monde.

Il y a bien sûr dans sa posture d'homme à tout faire et toujours prêt à secourir quiconque, une pause excessivement théâtrale. Il ne peut s'empêcher de se regarder agir, vivre... ce qui ne l'empêche pas d'être sincère. Il ne triche pas. Il colle à son personnage.

Quand il doit l'être, il *est* Socrate. Et il le faut pour gagner le public à la cause de l'Encyclopédie. On l'a fait chef d'un parti qui ne veut rien moins que changer le monde, il est légitime qu'il se mêle de tout. Et son enthousiasme est inépuisable.

Qui l'a fait chef, et de quelle bande ? Celle des philosophes, ou mieux, le cabinet fantôme du lointain Voltaire qui a l'œil sur tout. Voltaire le veut ainsi. Effectivement Diderot règne sur une communauté dispersée, dont Voltaire est le grand maître, Montesquieu l'inspirateur, d'Alembert l'intendant, d'Holbach le trésorier, Rousseau le prieur ou le râleur selon l'humeur. Diderot le prêcheur est aussi le rabatteur en chef. La solidarité est assez forte entre cette petite centaine d'hommes et de femmes qui pensent dans la même direction même s'ils ne se sont jamais vus, pour qu'on les perçoive du dehors, et pas seulement leurs adversaires, comme « le parti des Encyclopédistes ». Mouillés dans l'affaire, tous, qu'ils travaillent ou non directement à sa rédaction, tous se sentent solidaires de Diderot, et tenus de se défendre mutuellement. Chaque scandale resserre leurs liens. Les femmes sont rarement citées parmi les Encyclopédistes, et c'est un tort. Voltaire et Diderot ne les oublient jamais. Celles qui tiennent salon jouent un rôle et exercent une influence considérable, spectaculaire.

Certes d'Alembert depuis quelque temps n'y trouve plus son compte, il songe à abandonner l'Encyclopédie, il le dit, le redit. Mais sitôt que se profile un scandale... il rentre au bercail. Et là, l'affaire Helvétius pointe son nez. Le brave Helvétius dont le dernier livre est poursuivi avec une hargne comme jamais la censure n'en a déployé, et pourtant... Aussitôt d'Alembert renonce à sa liberté et rentre dans le rang. Voltaire, même Voltaire, en vient à proposer des articles à Diderot, et s'il vous plaît, de son propre chef, sans attendre qu'on l'en supplie. Lequel, non par mesure de rétorsion, oh non, il n'a pas l'esprit à ça, mais par simple distraction, met un mois à lui répondre. Voltaire le prend mal. Il est un dieu vivant, à ses yeux d'abord, et en excellent propagandiste, il le fait croire à tous. Averti de sa bévue, Diderot abuse de redondance pour la rattraper. *Si je veux des articles de vous monsieur et cher maître ? Est-ce qu'il peut y avoir de doute à cela ? Est-ce qu'il ne faudrait pas faire le voyage de Genève* [où il s'est réfugié depuis la mort de Mme du Châtelet] *et aller vous les demander à genoux, si on ne pouvait les obtenir qu'à ce prix ? Choisissez, écrivez, envoyez et envoyez souvent. Je n'ai pu accepter vos offres plus tôt, mon arrangement avec les libraires est à peine conclu. Nous avons fait un beau traité comme celui du Diable et du Paysan de La Fontaine, les feuilles sont pour moi, le grain est pour eux.*

Mais au moins ces feuilles me sont assurées. Voilà ce que j'ai gagné à la désertion de mon collègue Da. Vous savez sans doute qu'il continue à donner sa partie mathématique. Il n'a pas dépendu de moi qu'il ne fît mieux. Il est tourmenté du désir de voir l'Italie. Qu'il aille donc en Italie, je serai content de lui s'il revient heureux.

À force de le clamer, d'Alembert s'éloigne vraiment. Diderot n'a pas les moyens de le retenir. Mais Da est assez girouette, pour que Di considère qu'il fait une pause, qu'il a besoin de vacances. Que tout ça n'est pas grave. Mais il supporte mal les brouilles, il y met beaucoup trop d'affect. Il aime tant ses amis. Tout ce qui les concerne le touche. Comme la fois où Rousseau s'est fâché parce que Diderot s'est encore mêlé de ce qui ne le concernait pas, lui reprochant trop violemment de refuser une pension royale. « Tu n'es pas si riche pour être si humble. »

Diderot l'a une fois guetté dans un fiacre devant chez lui pour lui sauter dessus à sa sortie et l'accabler de critiques. De quoi se mêle-t-il, se plaint Rousseau, qui se plaint autant si Diderot ne se soucie pas assez de sa vie. Rousseau est un ombrageux, capricieux et injuste. C'est vrai aussi que Diderot cherche à régenter la vie de ses amis.

— Tu sais bien que c'est sa nature, plaide Grimm.

— Peut-être, mais il n'a pas à me faire la leçon, crache Rousseau toujours colère.

Ce malentendu est comme un ver dans le fruit. On ne le voit jamais avant de le croquer.

De même, Diderot se rend chez La Condamine sans rendez-vous. On lui a dit qu'il se croyait brouillé avec lui. Toutes affaires cessantes il doit savoir pourquoi. Et depuis quand, et comment le lui a-t-il signifié ? Diderot qui ne fait ni ne veut jamais le moindre mal à quiconque, doit en avoir le cœur net. Il se rend à Canossa. La Condamine confirme qu'il est fâché. Diderot le prend dans ses bras, de toute sa force, de tout son cœur et ils se réconcilient. C'est forcément un malentendu. Personne ne peut refuser de se rabibocher avec Diderot, il s'y prend avec tant de naïveté et une si grande gentillesse. Il est irrésistible. Très doué pour l'amitié.

Et pour la paternité ? Peut-être. En tout cas il s'y met avec ardeur. Cette fois il ne veut rien manquer. Le 2 septembre 1753, Nanette met au monde la petite Marie-Angélique, un bébé costaud et en bonne santé, qu'on baptise le 3, avec des voisins pour parrains. Aussitôt, sa mère la voue au blanc, persuadée que si elle ne l'habille pas de blanc tous les jours de sa vie, l'enfant mourra. Comme les autres. Diderot laisse faire, ravi du rôle que joue Nanette avec passion. Qui lui rend quasi sa liberté d'étudiant. Même s'il tient à passer du temps avec sa fille, il attendra qu'elle se décide à parler.

Entre l'Encyclopédie et l'amitié, les heures dues à Nanette, et de temps en temps une orgie pour se dégourdir les jambes, trop d'alcool, de mets trop riches et quelques femmes faciles, il n'a pas une minute. Sa passion pour Grimm ne fait qu'empirer, d'Holbach occupe tous ses loisirs. Rousseau oscille entre la plus chaleureuse amitié et des scènes d'amant outragé. Et la vieille bohème avec qui Diderot ne rompt pas, contrairement à Condillac ou Rousseau, lui ne renie rien de ses amitiés arsouilles. Outre ce fond de malaise avec d'Alembert qui tente de se retirer de l'Encyclopédie chaque fois qu'elle vacille, et que Diderot chaque fois, rattrape par le paletot.

En octobre, c'est au tour du tome III de sortir des presses, précédé d'un avis de d'Alembert. Jugé moins sulfureux que Diderot, on l'expose seul dans la lumière après l'alerte précédente qui a quasi fait saisir l'œuvre avant de naître.

En décembre, Diderot achève la rédaction de ses *Pensées sur l'interprétation de la nature.* Longue réponse à un ouvrage de Maupertuis, ce futur ami que Diderot a de plus en plus hâte de rencontrer. Le matérialisme dynamique de Diderot a enfin trouvé son fondement : l'hétérogénéité de la matière qui suffit à engendrer le mouvement et la sensibilité par glissement des molécules les unes sur les autres. Il expose là toute sa philosophie de la nature. Ou philosophie naturaliste : « rien ne se perd, tout se transforme ». En exergue, il ose un *Jeune homme prends et lis. Si tu peux aller jusqu'à la fin de cet ouvrage, tu ne seras pas incapable d'en entendre un meilleur... Encore un mot et je te laisse, aie toujours présent à l'esprit que la nature n'est pas Dieu, qu'un homme n'est pas une machine, qu'une hypothèse n'est pas un fait...* Sa plume s'enhardit. Sa pensée aussi.

Pendant ce temps, à Berlin, l'abbé de Prades signe une rétractation complète de sa thèse. Et Diderot, d'Holbach et d'autres qui continuent de le défendre à Paris ! Un terrible reniement. Digne d'un renégat. Tant pis, si l'homme ne vaut pas grand-chose, les idées qu'il a inspirées à ses défenseurs tiennent la route, à Paris, où pourtant elles les mettent en danger de mort.

Avant qu'il n'aborde la lettre « C », Malesherbes convoque Diderot pour lui recommander une excessive prudence pour l'article sur la Constitution Unigenitus, et de s'en tenir à l'essentiel. Il s'agit de la thèse janséniste à l'odeur de soufre, à laquelle Diderot en bon théologien rêve pourtant de faire un sort. Malesherbes n'en doute pas, aussi lui enjoint-il la plus grande circonspection. On l'attend au tournant. Il le prie même de lui communiquer son texte avant impression. Au cas où... Le directeur de la Librairie protège Diderot et l'Encyclopédie tant qu'il peut. Il ne s'est jamais montré intrusif, c'est la première fois, mais là ils sont trop nombreux à le guetter. Il doit être vigilant pour deux. La défiance envers ces jansénistes, dont le pouvoir s'étend souterrainement tous les jours, est telle que Malesherbes se le permet. Il s'agit de sauver l'Encyclopédie. Ensuite il assure à son père, le chancelier, que l'article de l'Encyclopédie sur la Constitution Unigenitus est dépouillé de toute considération polémique.

L'ami Condillac, celui du Panier fleuri de leur folle jeunesse, avec qui on échafaudait une sulfureuse gazette nommée *Le Persifleur*, s'est autant éloigné de Diderot que de l'Encyclopédie. C'est pourtant grâce à son intercession auprès de ses libraires que le *Traité des sensations* est enfin publié après avoir longtemps circulé dans les salons. Chacun y vérifie que ces Encyclopédistes sont tous d'accord pour faire naître la pensée de ce matériau de base à leurs yeux qu'est le corps. C'est assez outrecuidant pour fâcher les clercs, mais plus tant la cour. Qui peu à peu adhère à ce genre de démonstrations. Pourtant en dépit des encouragements réitérés de Voltaire, Diderot refuse de se représenter à l'Académie française. On ne l'y prendra pas. S'il se réjouit toujours des bonheurs de ses proches, il refuse de continuer à s'humilier pour ces hochets. Et l'élection de d'Alembert lui cause une légère nausée. Aussi renégocie-t-il son contrat avec ses libraires : il a une bouche de plus à nourrir. Marie-Angélique semble vouloir vivre. Ne mérite-t-il pas un salaire de chef, puisqu'on le dit tel, et qu'on le contraint d'agir comme tel ? Diderot a tort de ne pas se féliciter de l'élection de d'Alembert comme secrétaire perpétuel de l'Académie française, si ça n'est pas la prise de pouvoir de la plus haute citadelle culturelle par l'Encyclopédie, ce sont des lettres de noblesse à tous les siens jusqu'aux canailles littéraires qui n'ont jamais songé à briguer un fauteuil. Revanche et entrisme. Après quoi le pouvoir près du roi, ministre, demain...

Las, d'Alembert s'éloigne à nouveau, encore... Diderot ne s'y habitue pas, mais ce chagrin est compensé par une grande joie. L'homme qu'il admire au moins autant que Voltaire, l'homme qui le premier lui a donné accès au monde de la pensée veut le voir en tête à tête. Diderot se jure de toujours se rappeler toutes les minutes où il ose enfin déclarer à Montesquieu son admiration, et comme il a pesé sur sa vie entière. *Vraiment vous êtes un homme selon mon cœur*, lui avoue-t-il.

Certes Montesquieu est plus âgé, plus distant aussi par nature, mais si heureux de participer à l'Encyclopédie dont mieux que Voltaire il perçoit l'immensité des changements qu'elle doit entraîner. L'admiration excessive et un peu exhibitionniste de Diderot le gêne, il ne sait comment dire qu'il est touché, lui-même, beaucoup, mais il souhaiterait qu'il parle plus bas...

Il sait comment le remercier. Il lui offre son bel article sur le goût. Une merveille. Diderot se sent anobli. Adoubé. Comme un passage de témoin. Ou plutôt, vu sa si grande joie, comme un enfant gâté à la Noël.

Il s'apprête à redéménager. Décidément il n'est toujours pas fixé. Le sera-t-il jamais ? Cette fois pourtant il signe un bail de six ans. L'appartement est situé rue Taranne au cœur de ce Saint Germain qu'il aime tant. Là il resterait bien un moment. Il y installe les siens en juillet. Au quatrième étage avec ses « femmes » et au cinquième dans une grande mansarde, il installe son bureau-bibliothèque. Là Nanette et demain Angélique seront interdites de séjour.

Las ! Fatigue, découragement, envie trop humble pour l'admettre de se trouver seul enfermé avec femme et fille, à peine installé avec enfin ses livres rassemblés, il redescend s'aliter au milieu d'elles. Sa santé l'alarme. Il a toujours été une force de la nature, sujet à des indigestions démesurées ; il mange trop, il le sait, c'est ça qu'il aime, le trop. À force, ça laisse des traces, il ne résiste plus si bien à ses beuveries. L'ami Bordeu lui prescrit un régime entièrement lacté, « comme un bébé », qu'il subit comme une punition. Mais qui produit son effet, il se remet. Il peut encore compter sur son corps et sa santé à toute épreuve. Il s'attable à nouveau.

CHAPITRE 4

1756-1758

La machine encyclopédique tourne à plein

> J'étais bien jeune lorsqu'il me vint en tête que la morale entière consistait à prouver aux hommes qu'après tout pour être heureux on n'avait rien de mieux à faire dans ce monde que d'être vertueux. Tout de suite je me mis à méditer cette question et je la médite encore.
>
> *Sur les caractères*

Malade un jour, guéri le lendemain ; le surlendemain, à nouveau attablé chez les uns, les autres, chez d'Holbach surtout. Il reprend ses travaux, la frénésie, la vraie vie.

Le meilleur ami de Diderot est toujours Rousseau. Pour preuve : celui-ci le bat régulièrement aux échecs. Diderot le laisse gagner de peur que perdre le fâche ! Avant, pendant et après les parties, ils discutent à perdre haleine musique, philosophie, mille projets... Pourtant une légère fêlure, quelques dissonances commencent à se faire jour. Mais Diderot nie toute idée de fausse note dans pareille amitié, oh il les entend, mais préfère se les dissimuler sous une sollicitude exagérée. Diderot ne parvient pas à croire sincère sa haine de la société, il la juge tactique et poseuse. Rousseau en fait trop, donc c'est de la comédie, juge l'acteur qui met en scène tous ses sentiments. Pourtant il se met en quatre pour lui obtenir aides et pensions que, le plus souvent, Rousseau repousse, au grand dam de Diderot. À côté de lui, Rousseau se sent comme une cousine de province, pauvre et sans charme, méconnue et méprisée, venue à la grand'ville vendre ses œufs fêlés. Hypersensible autant qu'introverti, égoïste comme les enfants ou les malades, brusque et même brutal à la façon de certains timides qui hésitent tellement avant d'oser dire ce qu'ils ont sur le cœur, que ça explose comme un orage d'été. Une nature difficile mais l'amour de Diderot pour ses amis est inconditionnel.

Rousseau collabore à l'Encyclopédie du bout des doigts, en pinaillant. Il rêve d'être publié, joué, ailleurs... Applaudi surtout. Il écrit des opéras et attend de se faire un nom sur la scène ! Quand finalement son premier ouvrage rencontre le succès, c'est encore à Diderot qu'il le doit, qui s'est battu avec ses libraires afin qu'ils impriment le *Discours sur l'origine de l'inégalité* qu'il admire sans réserve. Diderot n'hésite jamais à prendre sur son temps pour lire et relire les manuscrits de Rousseau. Il l'aime comme un frère. Frère jaloux, qui supporte de moins en moins que Diderot ait d'autres amis que lui. Et Dieu sait qu'il en a.

Sous le charme de Grimm qu'il retrouve deux fois par semaine chez d'Holbach. Lequel tient table ouverte les jeudi et dimanche, où se goberge la fine fleur des gens de lettres, Helvétius, Duclos, Raynal, Marmontel, Saint-Lambert, Roux, Darcet, La Condamine, Nollet..., Rousseau se joint parfois à eux, mais il ne prise pas ces gens, trop désinvoltes et joyeux, trop portés sur la bonne chère, bons mets, bons vins et plaisanteries du même tonneau. Rousseau se veut raffiné et sensible à l'excès. Il ne supporte pas cette odeur d'ail intellectuel. Le citoyen de Genève prétend à l'austérité qu'on prête à sa ville natale et même à sa raideur. Puis il souffre trop. La jalousie le tenaille. Tout ce qui plaît à Diderot à part lui est à blâmer. Diderot ne doit aimer que lui, ou lui tellement en premier qu'il ne doive pas souffrir d'autres intérêts en sa présence. Or on s'amuse énormément chez d'Holbach. D'Alembert n'y fait que passer, mais il y passe souvent, histoire de vérifier que c'est bien là que ça se passe, et donc ne rien rater. Helvétius y fait rire la compagnie et rougir les dames, quand il y en a, par son effronterie et sa mécréance affichées. Saint-Lambert fait des envieux par sa prestance de militaire... Tous les étrangers talentueux de passage à Paris se retrouvent chez cet hôte si généreux, au cuisinier expert. Sa table vaut sa conversation, ce qui n'est pas peu dire. On y fait ripaille, Diderot tout le premier. Les femmes y paraissent peu. Seule la franche camaraderie toujours vaguement négligée, l'esprit parfois même graveleux y ont droit de cité.

Rousseau et Diderot ne sont pas les seuls à vivre cette contradiction entre la tradition qu'ils honorent, et leur ferme volonté d'universalité éclairée. Voilà, le grand mot de l'heure est lâché. L'idée à la mode veut que demain chacun soit « éclairé ». Les Encyclopédistes se targuent de fourbir ces lumières nouvelles. Outre la « pensée naturelle » ou « naturaliste » qui régit la différenciation sexuelle, autre sujet de controverse caractéristique des soirées chez d'Holbach. Aucun des philosophes n'échappe à ce combat autour de la féminité. Le clivage se fait entre eux suivant leurs arrangements sexuels et amoureux.

Pour Voltaire et quelques autres, la solution réside en un célibat militant ou misogyne. Pour eux, la conjugalité est inconcevable. Invivable pour un créateur digne de ce nom. Ce qui n'interdit nullement à l'homme des *Lettres anglaises* de faire vivre ses femmes successives sur un grand pied. Le monsieur est aussi riche qu'il aime dépenser pour les siens, non sans une certaine ostentation. La dernière décennie, il a célébré une femme aussi savante que Mme du Châtelet. Il admirait sincèrement la savante en elle, et l'a encouragée à présenter ses travaux à l'Académie. Il lui a fait installer un laboratoire de physique et lui a offert les services personnels du meilleur professeur possible, le délicieux Maupertuis, qu'à ses frais il a installé avec Orion et sa ménagerie chez eux durant des mois entiers. Émilie du Châtelet a eu tôt fait de le mettre aussi dans son lit. Elle aimait les hommes et Voltaire était surtout épris de son intelligence.

Rien pour les mères ou les femelles en gésine, tout pour les savantes, professe-t-il. C'est la pente du moment. On peut être femme sans être mère et l'on a tout autant droit au respect des philosophes. Sinon...

Grimm aussi a noué une amitié amoureuse avec une belle intellectuelle. Cette fameuse Louise d'Épinay, hier généreuse protectrice d'un Rousseau rien moins qu'ingrat, se pique d'écrire. Et y réussit avec élégance et fait montre de quelques innovations en matière de pédagogie. D'aimer Grimm la fait basculer dans le piège amoureux : s'effacer comme intellectuelle, pour ne laisser parler que la mère attentive des enfants de son premier mari, le marquis d'Épinay depuis égaillé dans la nature et, surtout, avant tout, l'amoureuse. L'amoureuse, c'est-à-dire une femme qui attend un homme !

D'Alembert ne quitte Mme du Deffand, sa protectrice, que pour se mettre sous le joug de Julie de Lespinasse, toutes deux élégantes et lettrées, l'une est au service de la cécité de l'autre, l'aînée fait venir la seconde en 1754. À l'instant il en tombe fou d'amour mais n'en dit rien, n'en fait rien, ne sait pas s'approcher d'une femme. Timide et inhibé, il se range dans la niche du meilleur ami. Mais les deux femmes rivalisent en attirant les plus brillants savants et penseurs auprès d'elles. Julie de Lespinasse, l'orpheline, est une sorte de nièce de la marquise du Deffand qui effectivement l'a recueillie, élevée, formée au bel esprit... Mais elle a grandi en sagesse sinon en beauté. Et la du Deffand a vieilli. Julie de Lespinasse s'est sentie à l'étroit sous sa tutelle un rien castratrice, aussi elle a fomenté un mini-coup d'État. Un jour, sans crier gare, elle a quitté sa protectrice pour ouvrir son salon. Les meilleurs esprits et les plus assidus de la du Deffand l'ont suivie. En tout premier d'Alembert, son éternel fiancé à qui la rumeur ne connaît pas d'amour. Sa vieille amie, la du Deffand, de vingt ans son aînée, le prend mal. Pauvre d'Alembert ! Sa voix haut perchée et son physique précieux inclinent à le croire un homosexuel dissimulé, d'autant qu'il vit toujours chez sa nourrice, et que ses amies femmes ont le plus souvent l'âge de sa mère.

Personne non plus n'ignore l'impuissance du jeune Condorcet, ni les déviations érotiques d'un Grimaud de la Reynière qui substitue l'objet alimentaire à l'objet sexuel. Chacun ses mœurs... Mais aucun n'en a d'aussi ancillaires et de si peu glorieuses que Diderot et Rousseau. D'ailleurs aucun ne montre sa femme en public. Ce sont des femmes à demeurer cachées en leurs intérieurs, emmurées dans le domestique, exclusivement dévouées au ménage. Aussi les existences des deux philosophes sont-elles terriblement dissociées. Diderot ne mélange pas sa vie privée avec ses autres lieux d'évolution. Quant à Rousseau qui a fondé un ménage tout aussi improbable avec Thérèse sa servante, il lui fait régulièrement des enfants qu'il s'empresse d'abandonner à l'assistance. Contrairement aux autres, lui, il magnifie le couple en une sublimation de la femme-mère-épouse-ménagère qu'il oppose à l'intellectuelle coquette, forcément dénaturée. On pense à la Puisieux ! Ce n'est pourtant pas lui qui aurait un compte à régler avec elle ! Il s'en prend aussi à sa bienfaitrice, Louise d'Épinay. Elle élève pourtant ses enfants avec un amour et une intelligence tels qu'elle en fait un livre, que Rousseau ira jusqu'à copier avec son *Émile*. Cette Louise d'Épinay, aujourd'hui maîtresse de Grimm, écrit, pense et s'exprime mieux que beaucoup d'hommes de talent. Rousseau lui doit beaucoup. Pour ne pas dire plus. D'où peut-être son ressentiment envers toutes les femmes savantes. Il a aussi dans sa ligne de mire cette fameuse Emilie du Châtelet, savante à part entière, prétendant légitime aux Académies et qui a tout fait pour garder Voltaire près d'elle, loin de Paris...

Les relations de Diderot avec d'Alembert sont de plus en plus distantes. Si Diderot admire le savant, il trouve l'écrivain médiocre, le philosophe obscur, et surtout, l'homme trop porté sur les honneurs pour être honnête. Mais il demeure indispensable à l'Encyclopédie, aussi le ménage-t-il et réciproquement. D'Alembert garde son admiration de jeune homme pour la magnifique énergie de son « associé ».

Entre Diderot et Rousseau au contraire règne une amitié qui s'apparente par instants à la passion amoureuse. L'un et l'autre d'une sensibilité suraiguë s'engagent à fond dans ce qu'ils écrivent. Chez Diderot un goût du débat d'idées, qui ne perd jamais son sens de l'humour ni sa bienveillance, alors que Rousseau n'a pas une once d'humour et prend tout à cœur comme si sa vie en dépendait. Souvent d'ailleurs, elle en dépend : il souffre d'une affreuse manie de la persécution. Il se croit victime d'épouvantables complots qui tous cherchent à l'exclure...

Beaucoup de similitude dans leurs vies privées. Diderot et Rousseau rentrent chaque nuit chez leur femme-servante, après avoir passé la soirée à flirter avec des femmes savantes. Enfin, surtout Diderot.

Quant à Grimm, Diderot l'adore. Sans restriction. Il se croit son obligé. Il préfère ne pas rencontrer la femme qui l'aime, de peur d'en être jaloux, ou qu'elle lui déplaise. Cette Mme d'Épinay, avec qui Rousseau est fâché et qui l'a prévenu contre elle, quoique Diderot ne puisse s'empêcher de lui reconnaître du goût, elle aime les mêmes hommes que lui. Et du talent : ses écrits sur l'éducation l'impressionnent.

Mais l'amitié l'aveugle, Diderot juge Grimm plus doué que lui, plus brillant, plus talentueux. L'amitié lui fait tout mélanger. De jour en jour, il devient plus intime, confident et porte-parole de son héros. Diderot éprouve envers Grimm une manière de passion. Qui ne va pas sans douleur. Grimm est incapable de sentiments si élevés. Ce fils de pasteur luthérien n'a pourtant rien pour susciter l'affection d'un Diderot volubile, enthousiaste, sincère jusqu'à la maladresse, prompt aux larmes d'émotion comme aux éclats de rire... Seul Grimm se permet de traiter Diderot comme un gosse qu'il doit encore sermonner en public. Il lui donne des ordres et le plus stupéfiant, ce qui surprend tout le monde, c'est que Diderot obéit. D'un « apporte-moi à boire », et Diderot s'y rend en courant, à « écris-moi un texte sur tel ou tel sujet », connu ou non, et Diderot s'exécute dans les plus brefs délais. Au fond, en déduit Nanette, son mari aime à être commandé. Et Grimm fait ça avec un parfait naturel. Elle aussi.

Débarqué à Paris après de brèves études à Leipzig, Melchior Grimm est un jeune homme froid, brillant, exact, de goût très sûr et dévoré d'ambition. L'aveuglement que met Diderot à l'aimer est celui de toute sa vie, l'illustration de sa nature profonde. Quand il s'attache, quand il aime, c'est pour toujours. Nanette, Rousseau, Grimm et même d'Alembert, ils ont beau le trahir, le décevoir, le maltraiter, et parfois même n'être pas à la hauteur, Diderot demeure inconditionnel. Jamais il ne prend l'initiative de se fâcher, il aime trop l'amitié. Au fond, il ne se déplaît pas dans le rôle de l'ami abusé jusqu'à la bêtise.

Heureusement tout passe, le temps de l'union sacrée

en faveur de la musique italienne s'éloigne. Si l'italienne a gagné, elle n'a pas tué la française. La modération de Diderot l'a emporté. Reste, soudé, le trio que forment Diderot, Grimm et d'Holbach.

Du quatuor précédent, celui qui s'est réuni plus d'une année au Panier fleuri, avec d'Alembert, Condillac, Rousseau et Diderot, jusqu'à l'irruption de l'Encyclopédie dans leur vie à tous, ne restent que les deux derniers. S'éclipse Condillac. Diderot lui reproche d'avoir pillé sa *Lettre sur les sourds* pour alimenter son *Traité des sensations*, sans jamais le citer ni surtout le soutenir dans ses querelles avec le pouvoir. Ils ne se voyaient déjà plus beaucoup. Ils ne se voient plus du tout. Condillac s'exile à Parme, devient l'éducateur philosophe de l'Infant. Il s'agit de prouver que la mise en pratique des principes encyclopédiques doit fabriquer l'esprit le plus éclairé du siècle. Le pauvre Infant est livré à l'expérimentation tel un cobaye.

D'Alembert c'est l'intermittence dans l'âme. Diderot en souffre mais l'accepte comme il est. Avec Rousseau, c'est plus subtil, plus malheureux aussi. Le délitement d'une pareille amitié est un crève-cœur. On souffre de part et d'autre. Ça prend un temps fou, avec des revirements, des embellies et des drames intimes que personne, pas même les protagonistes, ne peuvent démêler. Ils sont trop liés pour se délier sans souffrir ni se faire souffrir.

La première fausse note part d'une anecdote aux responsabilités introuvables. Cette pomme de discorde s'est glissée entre les pages du tome IV de l'Encyclopédie. Le fameux article sur Genève, que Voltaire a soufflé à d'Alembert, qui déplaît tellement au Genevois qu'il en attribue la faute à Diderot. Rousseau se prend pour la ville de Genève. Voltaire qui le déteste et le sait, pousse d'Alembert à une critique excessive de la cité protestante. Diderot n'y trouve rien à dire : blâmer une cité pour son refus du théâtre lui paraît justifié. Surtout il ne voit pas en quoi critiquer Genève reviendrait à critiquer Rousseau. Il publie sans correction.

À qui la faute ? Rousseau a-t-il raison de se prendre pour Genève ? Voltaire de pousser d'Alembert à critiquer à ce point la cité protestante ? et Diderot de publier en toute confiance ? Indémêlable.

À l'heure où il rédige sa *Nouvelle Héloïse*, Rousseau tombe amoureux de Sophie d'Houdetot. C'est la cousine et belle-sœur de Louise d'Épinay chez qui Rousseau habite. Elle est toujours sa bienfaitrice. C'est d'ailleurs à cause de cette folle passion que Rousseau rompt avec elle. Comment lui pardonner d'être la cousine de celle qui ne l'aime pas ? C'est comme toujours avec lui, beaucoup plus compliqué. Mais cette première injure à Louise prend sa belle-sœur pour prétexte.

Quand il en tombe amoureux, Sophie d'Houdetot a 27 ans. Mariée à 17, séparée de son mari, elle est aimée par l'ambassadeur des États-Unis, Thomas Jefferson. Elle est aussi la maîtresse plus ou moins fidèle d'un homme qu'elle aime vraiment et qu'elle passe sa vie à attendre, le marquis de Saint-Lambert. À cette époque, il est à la guerre. On le dit poète. Elle lui parle en vers. Lui-même n'est pas trop fidèle. Lors d'une fugace liaison avec une Mme du Châtelet de plus de 40 ans, il l'a malencontreusement engrossée à un âge où ça n'aurait pas dû être possible. Elle a cru l'adorer, il ne l'a pas aimée. Il s'est moqué d'elle. Le drame c'est qu'elle est morte en accouchant de ses œuvres. Les amis d'Emilie ont accusé de meurtre le malheureux Saint-Lambert. Elle était un « grand homme » aux yeux du plus grand de tous, Voltaire a mal supporté cette perte, sans jamais en vouloir au pauvre Saint-Lambert. Les Encyclopédistes ont eux aussi pardonné au malheureux amant de la maîtresse de Voltaire. Mais le drame a eu lieu et laissé des traces.

La nouvelle passion de Rousseau, Sophie, demeure à Eaubonne près de l'Ermitage de Mme d'Épinay. Coquette et badine, vive et légère, poète en tout cas, auteur d'un hymne aux tétons localement célèbre, elle regarde de haut ce petit homme imbu de lui-même, hystérique et larmoyant. Rousseau l'aime à la folie. Elle pas. Elle se contente d'être un peu flattée par ses avances extravagantes.

Pour ferrer Sophie d'Houdetot, Rousseau joue sur de terribles ressorts psychologiques. Le vertueux Genevois cherche à éveiller des scrupules chez la maîtresse d'un autre. Étrange méthode pour séduire que de lui faire honte de sa passion adultère pour Saint-Lambert, pourtant de ses amis.

Diderot n'est bien sûr au courant de rien. Il a tant à faire et il est trop occupé et trop désinvolte pour s'informer des pseudo-peines de cœur de son ami l'ermite. Ce sont des affaires de la campagne.

Las, de plus en plus amoureux, Rousseau finit par venir à Paris pour implorer ses conseils. Diderot l'enjoint de tout écrire de sa passion à sens unique, à Saint-Lambert, l'amant en titre, puis avec élégance et discrétion, de s'éloigner de la dame. Conseil radical qui le libérerait de ces remuements sentimentaux. En théorie, l'idée lui plaît. Il promet de l'exécuter avec tant d'enthousiasme que Diderot est persuadé que la lettre est partie dans l'heure.

Effectivement, Rousseau a bien écrit à Saint-Lambert, mais sans souffler mot de sa passion pour sa maîtresse. Quand Rousseau revoit Diderot, il annonce avoir écrit à Saint-Lambert, et le remercie de son conseil. Reconnaître la moindre obligation envers quiconque le rend fou. Comme il met son honneur à ne jamais rien devoir à personne, Diderot le croit.

Quelques mois plus tard, c'est le drame. Blessé au combat, Saint-Lambert revient à Paris et découvre tout, y compris que sa belle maîtresse n'a pas résisté à la cour assidue du citoyen de Genève. Il exige qu'elle rompe sur-le-champ avec Rousseau. Elle prend la plume, « ces bruits sont parvenus depuis quelque temps à mon amant à cause de votre indiscrétion et celle de vos amis... ».

La foudre tombe sur Rousseau. Le délateur ne peut être que Diderot, le seul auquel il se soit confié.

Certes, lors d'une rencontre impromptue avec Saint-Lambert, du haut de sa nonchalante légèreté Diderot évoque ce qui relève pour lui de la vieille histoire, réglée depuis longtemps : les amours malheureuses de Rousseau avec sa maîtresse ! Saint-Lambert ignorait tout puisque Rousseau ne lui en a jamais dit un mot... Diderot gaffe irrémédiablement. Mais comment aurait-il pu le deviner, puisque Rousseau lui a affirmé le contraire ? Tout aussi irrémédiablement Rousseau se sent trahi. Poignardé dans le dos par son unique ami. Lequel est pareillement convaincu de son innocence. Que Diderot ait été trop bavard, pressé de s'entremettre, d'avoir l'air au courant, et pas mécontent de faire la morale à ses amis, c'est conforme à son caractère, de même que l'instinct de complot et de trahison si violent chez Rousseau lui fait subir en permanence des humiliations imaginaires. Mais que ça prenne pareilles proportions pour une peccadille, voilà qui n'était pas concevable cinq minutes plus tôt.

Rousseau m'a assuré lui avoir écrit sur le ton dont nous étions convenus... Aussi lui parlais-je de cette aventure comme d'une chose qu'il savait mieux que moi. Point du tout, c'est qu'il ne savait les choses qu'à moitié, et que par la fausseté de Rousseau, je tombais dans une indiscrétion... Nos amis communs ont tranché entre lui et moi, je les ai tous conservés, il ne lui en reste aucun.

Ce n'est pas exact. Mais ça en a l'air. Effectivement Diderot conserve tous ses amis, et Rousseau s'en fait de nouveaux. Sa plainte élevée à une forme d'art lui attire beaucoup de compassion. Quant aux ennemis des deux, ils usent de cette crise pour les discréditer. La vie fait le reste.

Dans la série des malentendus qui achèvent leur belle amitié, une phrase isolée de tout contexte, dans la première pièce de Diderot, sert à Rousseau d'incident déclencheur. Égocentrique comme un bébé, pas une seconde il n'imagine que cette phrase ait été écrite pour servir l'intrigue. À ses yeux, c'est un message personnel de Diderot à lui seul destiné. La phrase en question : *Interrogez votre cœur, il vous dira que l'homme de bien est dans la société et qu'il n'y a que le méchant qui soit seul*. Ainsi parce qu'il a choisi d'être seul, son meilleur ami le traite de méchant !

Diderot est trop libre quand il écrit pour songer à quiconque, il sert son action, son sujet. Cette phrase correspond intimement à ce que doit penser son héros. Qui peut imaginer que Rousseau la prenne pour lui ? Parce qu'il vit seul, enfin toutes proportions gardées, chez Louise d'Épinay, il y est tout de même avec sa femme, sa belle-mère et une flopée de domestiques ! Il refuse seulement la vie de salon et les sollicitations mondaines de Paris, uniquement parce qu'il a échoué à s'y faire une place. N'empêche, à tant revendiquer sa solitude, il y croit, et prend cette dénonciation pour lui. Il s'apprête donc à se fâcher publiquement avec Diderot, mais ses amis lui font valoir que, pour rompre, il faut de meilleurs prétextes. Alors, fin politique, il se rabat sur l'article à propos de Genève. Le patriotisme est assez noble pour faire l'affaire. « On ne souffre point à Genève de comédie... On craint le goût de la parure, de la dissipation et du libertinage que les troupes de comédiens répandent parmi la jeunesse... Le séjour de cette ville que bien des Français regardent comme triste... »

Voilà qui peut de droit le mettre en fureur. En s'en

prenant à Genève, c'est Rousseau qu'on vise. Preuve s'il en fallait de son absence d'humour. Comme Genève elle-même. Si cet article achève la querelle, c'est en fait une rupture annoncée, atermoyée, reprise, retardée, différée. Comme les départs successifs de d'Alembert, un jour sans doute sera-ce définitif ? Rompre là-dessus est plus noble pour Rousseau. Aucun des deux n'a pourtant voulu cette rupture. Quand ils s'aimaient, ils prisaient surtout chez l'autre l'énergie, la sensibilité, l'ambition, la passion, le refus de la société et de la pensée traditionnelles... Alors ? Ne sont-ils pas encore ceux-là ?

La trahison serait le vrai prétexte s'il était avouable. Las, dans ce malheureux épisode sentimental, Rousseau a joué le rôle du traître, et Diderot du gaffeur imbécile. Lequel ne serait plus lui-même s'il ne se mêlait avec ferveur et autorité de ce qui touche ses amis, s'il ne les assommait pas de ses conseils péremptoires.

Peu importe le partage affectif des torts. Quand c'est fini... Pourtant la question de savoir qui s'est bien ou mal conduit dans « la rupture amicale du siècle » est si sérieuse que les anciens intimes mobilisent leur entourage, prennent à témoin des tiers réputés neutres, les font écrire, publier, multiplier notes, lettres et protestations... Une affaire d'État, pas moins.

Rousseau et Diderot en sortent tous deux meurtris et blessés. D'avoir exhibé sur la scène intellectuelle leurs dissensions sentimentales les transforment en procès, en enjeu politique et pour Rousseau en haine inexpiable.

La partie est inégale, Diderot n'a pas une seconde pour alimenter la polémique, Rousseau n'a que ça à faire. Aussi annonce-t-il leur rupture au monde entier via la préface de sa *Lettre à d'Alembert*. « Le goût, le choix, la correction ne saurait se trouver dans cet ouvrage. Vivant seul, je n'ai pu le montrer à personne. J'avais un Aristarque sévère et judicieux, je ne l'ai plus, je n'en veux plus. Mais je le regretterai sans cesse et il manque bien plus encore à mon cœur qu'à mes écrits... » Pour enfoncer le clou il ajoute cette citation de l'Ecclésiaste : « Si tu as tiré l'épée contre ton ami ne te désespère pas, il peut revenir. Si tu as ouvert la bouche contre ton ami ne crains pas, une réconciliation est possible, sauf le cas d'outrage, mépris, trahison d'un secret, coup perfide car alors ton ami s'en va. » Ce qui achève de meurtrir Diderot. Ce coup de poignard l'atteint au cœur. Il n'a toujours ni le temps de pleurer, ni l'envie de contre-attaquer, de se défendre. À nouveau, le destin de l'Encyclopédie est menacé. Donc le sien. Au milieu des dangers qui se multiplient comme les nuages avant l'orage, il fonce seul comme jamais. Il traverse la crise la plus grave de sa vie. Car ce funeste article sur Genève vaut en outre de sévères ennuis à l'entreprise encyclopédique. S'ensuit une crise diplomatique, Genève s'en prend au royaume de France. À cause de quoi, le roi risque de révoquer le Privilège.

Survivre par ces temps de suspicion généralisée exige des ressources de stoïcisme, de confiance en soi, d'endurance et de conviction, qui font de Diderot le héros du moment. Comment songer à l'affaire Rousseau, cette peccadille de cour de récréation, alors qu'il peine à achever son *Père de famille*, sa seconde pièce de théâtre, le septième, unanimement le meilleur, et le huitième volume de l'Encyclopédie, tout en luttant pied à pied avec une censure renforcée par l'attentat du roi ?

Oh, l'attentat ! un accident de peu de gravité mais de grandes conséquences. Un léger coup de canif, porté par un dénommé Damiens, n'a qu'effleuré la côte droite du roi. Les représailles et la mise à mort du pseudo-assassin manquent de légèreté. Il faut frapper les esprits, et pour frapper, ça frappe. Ça autorise une opération de police sur le royaume qui donne lieu à des scènes atroces, arrestations systématiques, emprisonnements arbitraires, lettres de cachet, pendaisons sur les places publiques. On a osé s'en prendre au corps sacré du roi ! Allez, qu'on mette tous les gueux de France sous les verrous... Jusqu'à effarer tout ce qui pense dans ce pays. Et de raviver la mémoire de Diderot. À voir ces gibets sur toutes les places de France et donc de Paris, brutalement il lui revient qu'à trois ans, on l'a mené à Troyes sur une grand'place dans une foule, pour assister à une mise à mort par pendaison.

La scène s'était donc déroulée sous ses yeux, il l'avait totalement oubliée, elle lui revient aujourd'hui intacte. S'étaient aussi effacés ses cauchemars d'enfant au goût de vomi, ces images d'épouvante... Il revit toutes ces nuits d'horreur que son enfance a traversées. Au fond, il ne s'en est jamais remis. D'où sa haine définitive pour la peine de mort, cette pratique infâme. Ça remonte à la petite enfance. Hélas il a peu de temps à accorder à ses souvenirs. La censure se renforce. Si le roi est — ou a été — en danger, tout le monde est suspect et bizarrement les plus suspects sont les gens de plume ! On les accuse d'armer les mains qui attentent au roi.

Pour contrer la multiplication d'écrits clandestins, le 21 avril 1757, le Parlement prend un édit concernant l'impression et la vente des ouvrages imprimés sans permission. Sévères, les sanctions peuvent aller jusqu'à la mort.

Diderot est à la tâche. Sauver l'Encyclopédie. Répondre aux attaques de pamphlétaires qui, par un fait exprès, se déchaînent contre lui. Outre la susceptibilité de Voltaire, les faux départs de d'Alembert..., où trouver le temps de fomenter des complots contre Rousseau, comme celui-ci s'en plaint à tue-tête ?

D'autant que Rousseau se met à épouser les positions officielles, qui sont un démenti atterrant de tout ce que pense et défend l'Encyclopédie. Dans sa *Lettre à d'Alembert*, il écrit qu'« il est impossible d'être vertueux sans être d'abord religieux, d'avoir de la probité sans religion... ». Ça tombe mal. Mise en vente avec l'autorisation tacite de Malesherbes, le 28 septembre 1758, sa lettre contient une attaque contre l'utilité sociale du théâtre, pile au moment où Diderot cherche à faire jouer son *Père de famille !* Rousseau déclame contre les sciences et les arts, démontre aux Français qu'ils n'ont pas de musique à cause de leur horrible langue ! Et finit par faire l'apologie de l'ignorance contre tout progrès. Le contraire et l'opposé de tout ce que Diderot et l'Encyclopédie défendent. En devenant publique, leur querelle prend un tour politique. Et complique grandement la crise encyclopédique, qui mène Diderot au seuil de la catastrophe. La menace de lever le Privilège de l'Encyclopédie se rapproche.

Palissot et Fréron, les chefs de file des anti-Encyclopédistes, lancent un mot pour les ridiculiser, les Cacouacs. Ça ne veut rien dire, mais ça se retient et ça prend comme une traînée de poudre. Le mot fait fortune, chacun le répète en riant comme une rengaine. Les rieurs sont désormais du côté des anti, qui multiplient les pamphlets contre Diderot, sacré chef des « Cacouacs ». Les Fréron et autres Palissot sont à la mode, et triomphent sur le dos des Cacouacs. Ils croient avoir gagné la suppression pure et simple de l'Encyclopédie ! Eh oui, les anti-Cacouacs ont gagné. Et Malesherbes n'a rien pu empêcher, il n'est plus aux commandes de la Librairie.

Officielle en mars 1759, tombe l'interdiction du livre d'Helvétius, *De l'esprit*. Là encore, c'est à Diderot qu'on prête les passages les plus polémiques. Et Dieu sait qu'ils ne sont pas des plus suggestifs ! Helvétius croit pouvoir tout se permettre, protégé par son statut d'opulent fermier général, il a truffé son livre de violentes provocations contre, en vrac : l'esclavage, la colonisation, les miracles, les couvents, la misère des paysans français… Comme toujours, quand quelque chose scandalise dans le royaume, c'est la faute à Diderot. On ne prête qu'aux riches. La fortune polémique de Diderot enfle chaque jour.

À bout de forces, il s'effondre. Assiégé par tant d'ennemis, il n'a plus son ami Rousseau pour voler à son secours et il lui manque. En prime ce dernier choisit pile ce moment pour proclamer au monde que Diderot est un coquin. Cette dénonciation publique de Rousseau alimente, s'il en était besoin, le parti des anti-Cacouacs et précipite le naufrage. Accablé, Diderot juge exagérée sa solitude. Les rats quittent le navire. Une fois de plus, d'Alembert s'en va « sans retour ». Diderot l'apostrophe : *Vous quittez une entreprise à laquelle ils* [les libraires] *ont mis toute leur fortune, une affaire de deux millions est une bagatelle qui ne mérite pas l'attention d'un philosophe comme vous. Vous débandez leurs travailleurs, vous les jetez dans un monde d'embarras dont ils ne se tireront pas sitôt. Vous ne voyez que la petite satisfaction de faire parler de vous un moment. Ils sont dans la nécessité de s'adresser au public, il faut voir comment ils vous ménagent et vous sacrifient…*

Les libraires eux-mêmes informent le public que l'Encyclopédie est suspendue, ce qui n'est pas tout à fait exact : on en interdit la diffusion, mais pas la préparation des tomes suivants, ni leur impression clandestine. C'est donc un geste stratégique, concerté avec Diderot. Manœuvre pour faire revenir d'Alembert ? Mais Voltaire aussi cesse de l'encourager, il est acquis à d'Alembert, et même Rousseau prend le parti de Voltaire contre l'Encyclopédie. Où sont les lignes de partage ? Diderot est du côté du peuple, il n'a pas peur de la foule qui inspire à Voltaire et aux siens mépris et crainte. Quant à Rousseau, il est de plus persuadé qu'il faut rompre avec la société, revenir à l'homme sauvage aux vertus primitives, naturelles. Idéalisme du mépris contre celui de la rancœur. C'est dans l'anti-peuple qu'ils se rejoignent. Diderot, lui, ne trahit jamais ses origines ni sa philosophie. Ce coup-là il fait entendre raison au moins à d'Alembert. Qui reprend sa place, mais se tient exclusivement à la partie mathématique. Ce n'est ni la première ni la dernière fois qu'il se démet, se reprend et se démet... C'est sa forme de coquetterie pour masquer les moments où il manque d'argent. Il préférerait quitter l'entreprise comme Voltaire l'y encourage, lui qui sent toujours d'avance le vent tourner. Mais sans elle, il n'a pas de quoi mener sa vie de salon.

Malesherbes intervient auprès de son successeur pour sauver Diderot et son grand'œuvre. Et l'invite à toujours prendre sa défense. « ... Diderot a commis des fautes et il en a été puni sévèrement, mais sont-elles irréparables ? Les disgrâces qu'il a déjà éprouvées et celles qu'il éprouve encore puisque les Académies lui sont interdites ne sont-elles pas suffisantes ? » C'est donc officiel, Diderot est interdit d'Académie, et ça vient de très haut.

— De Louis XV, avoue l'ancien ministre pas fier.

— Sous quel prétexte ?

— Le roi a laissé tomber ces mots : « Il a trop d'ennemis. »

Rien à répondre.

Le successeur de Malesherbes, un certain Bernis, n'est autre que celui de l'enfance de Diderot, son meilleur ami à Louis-le-Grand. Depuis il a tracé, devenu cardinal, ministre bien placé à la cour, il ne prend même pas la peine de répondre à Malesherbes. « Si Diderot est puni c'est qu'il est coupable », va-t-il répétant dans les salons où traînent des oreilles encyclopédiques. Diderot l'apprend et se sent mal. À aucun moment, son ancien condisciple ne daignera poser les yeux sur lui. Une seconde fois trahi par celui qu'il a cru un jour son ami.

Le déchaînement contre Helvétius sent la cabale. Contre l'Encyclopédie parce qu'on ne touche pas un cheveu du fermier général ; si, on lui ôte sa fonction honorifique de maître d'hôtel de la reine ! Mais l'homme est épargné. Pour mieux s'en prendre à Diderot. Pour le perdre, en lui attribuant les passages révoltants. Ce qui fait de lui le chef de cette clique, dénoncée à grands cris par tous, jésuites et jansénistes, rejoints par la conspiration anti-Cacouacs. Un procureur harangue le Parlement de Paris en affirmant que le royaume est menacé par le poison de livres impies parmi lesquels l'Encyclopédie en première place. Entre la monarchie, le Parlement et l'Église, une terrible rivalité de despotisme a mis le parti des philosophes sur la sellette, et c'est à qui mieux mieux qu'ils la font tourner...

Le théâtre demeure la blessure de Diderot et sa passion secrètes. Tout jeune, il en a rêvé. Sitôt qu'il a osé, il en a écrit. Puis, déçu par le méchant accueil de son *Fils unique* à la Comédie-Française, saboté, boudé et jamais rejoué, il récidive néanmoins avec une nouvelle pièce, *Le Père de famille*, dont il espère beaucoup. D'où une nouvelle bourde. Quelle idée lui a pris de la dédier à une souveraine, petite souveraine, mais grande-duchesse de Saxe, alors qu'on trouve dans son texte ces mots qu'elle l'implore d'ôter : « Je me garderai bien de médire de la volupté... Croyez-vous que votre père se fût occupé de votre naissance, que votre mère eût exposé sa vie pour vous la donner sans ce charme inexprimable attaché à leurs embrassements ? C'est le plaisir qui vous a tiré du néant. » N'est-ce pas aller un peu loin avec une souveraine ? Diderot ne peut s'empêcher d'écrire cru. En ces temps de répression sournoise, il éprouve la nécessité d'assener. À quoi servirait-il de dédier ses œuvres à des têtes couronnées sinon à se débarrasser de la censure ?

La crise de l'Encyclopédie est chronique. Interdite de diffusion, on ne continue pas moins d'y œuvrer clandestinement, pour le jour où, Malesherbes le promet, « les interdits seront levés et vous pourrez tout publier ». Dans quel monde vit-il, le fils du ministre ? Chez les Encyclopédistes, c'est le retour au temps de la clandestinité.

À force que d'Alembert se démette, on apprend à s'en passer, mais pour Diderot, après la désertion de Rousseau, la solitude est violente. Travailler, pour lui, c'est d'abord penser à plusieurs.

Et Grimm part accompagner Louise d'Épinay qui doit se soigner à Genève. Sur la route, comme il le lui a promis, il fait le détour par Langres pour embrasser le père de Diderot de la part de son fils. Son père est malade, il fait de l'angine de poitrine, Denise lui écrit sans cesse, mais comment quitter Paris quand chaque jour, parfois chaque heure, apporte son lot de mauvaises nouvelles, à quoi il faut réagir au plus vite pour tenter de sauver ce qui peut l'être. La mise à l'index de l'Encyclopédie par le pape en est une... Le départ subreptice ou tapageur de plusieurs collaborateurs des premiers jours, comme Turgot ou Marmontel, en est une autre...

Diderot s'entête à refuser la proposition de Voltaire d'aller continuer son œuvre à l'étranger. Malesherbes lui apprend qu'il est derechef menacé d'une arrestation. *Il a fallu une fois encore enlever pendant la nuit tous les manuscrits, se sauver de chez soi, découcher, trouver asile, et songer à se pourvoir d'une chaise de poste, et à marcher tant que la terre me porterait*... Il a beau y être habitué, il ne s'y fait pas.

Un énième pamphlet circule dans Paris : *Mémoire pour Abraham Chaumeix contre les prétendus philosophes d'Alembert et Diderot*. Longue, maussade, ennuyeuse et plate satire attribuée au seul Diderot. Rien d'un peu scandaleux, excessif ou provocateur ne sort en librairie qu'on ne lui prête... Forme de gloire dont il se passerait bien.

Ses amis d'Holbach, Malesherbes soi-même, d'Alembert encore et même Morellet le pressent de prendre la fuite.

— Dans une affaire criminelle, le plus sûr est de plaider de loin.

— *Oui, le plus sûr. Mais le plus honnête*, répond Diderot, *c'est de ne pas s'accuser quand on est innocent.*

Malesherbes est ébloui par le courage et la justesse naïve de Diderot. Puisqu'il refuse la fuite, autant affronter. Comme un lion.

Non content de ne pas fuir, il prend rendez-vous avec le lieutenant général de la police, le conseiller juridique de la Couronne et même le procureur général. Auprès de chacun, il proteste de son innocence. Et plaide pour le parti des philosophes. Son attitude plus que bravache ne manque pas de panache, même Voltaire en convient.

Ensuite, tout tranquillement il rentre chez lui. Et y reste. Il a du travail. Il ne prend pas le risque d'amputer l'Encyclopédie. Pour la troisième fois en deux mois, Malesherbes fait transporter chez lui par ses gens d'armes ses papiers dangereux !

— Seul lieu où l'on ne viendra pas les chercher, décrète l'ex-directeur de la Librairie.

Comment tient-il le coup ? Tout semble ligué contre lui. Pourtant, il résiste, il persiste, il s'entête, il continue... Sous la mélancolie de l'instant, l'espérance palpite et son immense amour pour la vie ne s'efface jamais.

Qu'est-ce qui fait tenir Diderot ?

L'amour !

Un nouvel amour. Un amour secret dont il ne parle

à personne, mais qui prend de plus en plus d'importance dans sa vie et dans son âme, d'autant que tout se délite alentour. Mais d'où, comment cet amour prend-il son essor souterrainement, caché du monde, pendant cette crise, et s'épanouit-il malgré ses soubresauts, alors que Diderot est tellement exposé qu'il donne l'impression de vivre au vu de tous dans une généreuse transparence ? Il a donc des parts d'ombre. Drôlement bien cachées...

Ça remonte à la mort de Montesquieu au mois de février 1755. Pas très aimé en France, trop libéral, trop libre, trop fort surtout, pense Diderot qui, du coup, est le seul homme de lettres à se déplacer pour ses funérailles à l'église Saint-Roch. Là, il croise une femme, oh, une femme de son âge, et manifestement aussi triste que lui... Qui est-elle ? Qui est-il ? se demande-t-elle visiblement. Ils sont si peu nombreux à suivre le cercueil de ce grand mort, ne devraient-ils pas tous se connaître ? Ils se regardent, se scrutent dans cette église — cet homme, cette femme —, affligés d'un même chagrin. Entre eux, là, quelque chose se passe, ils s'intriguent mutuellement.

Après l'enterrement, ils échangent quelques mots. Assez peu, il fait très froid. Il est des sentiments qui se comprennent tout seuls. C'est une sorte de coup de foudre intellectuel ; elle a pour Montesquieu la même passion qu'il nourrit lui-même depuis l'enfance et qui ne s'est jamais démentie. Ils ne savent rien l'un de l'autre, mais d'admirer le même homme les unit plus que tout. Ils promettent de se revoir. Elle s'appelle Henriette Louise Volland. Denis Diderot se jure de ne pas oublier ce pur instant de grâce. Et pour ne pas oublier, ça, il n'oublie pas, il y pense même jour et nuit...

Il se réveille avec un rictus de sourire. Il n'y a pourtant pas de quoi. Ah ! si, en rêve, il l'a revue, cette belle étrangère, parisienne autant qu'il est langrois. Il se lève, vaque à ses multiples activités quand un battement de cœur l'interrompt, plus fort, plus puissant... C'est elle ! Régulièrement dans la journée, plusieurs fois, elle vient le déranger dans son travail. Il ne lui a plus jamais reparlé, pas encore osé lui écrire, elle occupe déjà toute cette place. Le désir monte, il ne va pas tenir, il va lui écrire. Il doit la revoir. On ne peut rester éternellement suspendu dans le ciel comme ça. Il lui écrit. Elle lui répond. Ils en sont au même point. Leurs cœurs battent exactement pareil. Ils vont continuer de s'écrire. Se voir ? Diderot attend une vraie, une belle occasion, il ne veut pas rater leurs retrouvailles.

Tout cela pendant que les tomes de l'Encyclopédie s'impriment en cachette mais sans désemparer, qu'il travaille comme un forçat, et que les cabales se multiplient contre lui... Diderot écrit moins d'articles mais de plus longs dans les volumes suivants.

Las ! Après trois mois, il n'y tient plus. Il le dit. Elle entend. Être d'avis pour le voir en cachette du monde entier. Il se rend ainsi à son premier rendez-vous avec « l'amie de Montesquieu ». Elle a beau s'appeler Henriette Louise, Diderot s'entête à la nommer Sophie. Pourquoi ? Instantanément en la voyant à l'enterrement, il a pensé qu'elle devait s'appeler Sophie, ou sinon qu'il le fallait. Pour la notion de sagesse enclose dans l'étymologie de ce nom ? Pour s'inscrire dans la rivalité avec Rousseau, fâché avec lui à cause de sa Sophie d'Houdetot ? Parce que c'est un prénom à la mode, et qu'il lui plaît, jure-t-il. Mais alors que n'a-t-il nommé sa fille Sophie plutôt qu'Angélique si lourdement chargé ?

Quand il la rencontre en 1755, elle a 39 ans et lui 42. Elle est petite, toute menue, fragile, et ses mains le sont plus encore, elle porte des lunettes, c'est une manière de bas-bleu. De bonne famille, son père Jean Robert Volland, inspecteur général des fermes de Sa Majesté, est mort il y a cinq ans, sa mère Elisabeth Françoise

Brunel de la Carlière est la fille du premier médecin du duc de Berry. Aisés et bien nés, les Volland ont trois filles. L'aînée Jeanne a 50 ans, la petite dernière Charlotte est de beaucoup plus jeune. « Sophie » n'est pas mariée. Ne l'a jamais été. Et s'y refuse obstinément. Pourquoi un tel refus de la commune condition des femmes ? Si cette situation est aujourd'hui favorable aux sentiments jaloux et excessifs de Diderot, il ne peut s'empêcher d'en chercher la raison. Ce n'est pas naturel, une femme de son âge et de sa condition, célibataire ! Elle répugne au mariage, dit-elle. Une forte volonté et une singulière capacité de résistance lui ont permis de s'opposer aux pressions matrimoniales de ses parents. À cause de quoi elle vit toujours sous la tutelle et la surveillance sans relâche de sa mère, gardienne de sa réputation sinon de sa vertu. La liberté pour oriflamme, elle a choisi l'étude contre le mariage.

Elle a d'ailleurs une immense culture, sans cesse en expansion. Elle lit plusieurs heures par jour, comprend les philosophes autant qu'elle goûte la musique et la poésie. Ce qu'on nomme la culture fait toute la joie de son âme. Diderot découvre rapidement qu'un amour passionné presque immodeste pour ses sœurs occupe la plus grande partie de ses loisirs.

Nuit et jour, tout en *encyclopédisant* sans trêve Diderot se défend contre Rousseau, tente de rattraper d'Alembert, de convaincre Voltaire de continuer à soutenir l'Encyclopédie, se débat contre ses assaillants, alors qu'en réalité, il ne rêve que d'elle... Il arrive même à lui écrire plusieurs pages tous les jours...

La révocation du Privilège l'oblige à réviser les sept volumes déjà parus. Heureusement Sophie Volland est près de lui. Sans elle il ne tiendrait pas. Éprise, tendre, amoureuse et libre, elle appartient à cette nouvelle génération de femmes que le siècle encourage à avoir un cerveau. Elle est assez sûre d'elle pour ne pas craindre le commerce intellectuel avec les hommes et risquer la confrontation, ce dont Diderot ne sort pas toujours gagnant. Elle est exceptionnelle et exceptionnellement vive, intelligente et brillante. Et espiègle. Même ce misogyne de Grimm s'étonne.

— *D'où vous vient, Sophie, cette passion de la philosophie, inconnue aux personnes de votre sexe et de votre âge ? Comment au milieu d'une jeunesse avide de plaisirs, lorsque vos compagnes ne s'occupent que du soin de plaire, pouvez-vous ignorer ou négliger vos avantages pour vous livrer à la méditation et à l'étude ? S'il est vrai que la nature en vous formant s'est plu à loger l'âme de l'aigle dans une maison de gaze, songez au moins que le premier de vos devoirs est de consacrer ce singulier ouvrage.*

Évidemment Grimm est le premier, longtemps le seul dans le secret de cet amour. Diderot, dans sa passion amicale, les place sur le même plan. Il est donc impératif qu'ils s'aiment aussi.

Contrairement à Grimm, Sophie requiert bien davantage que son esprit. Diderot a une santé de fer qu'il malmène tant qu'il a tout le temps l'air malade. Ce goinfre qui s'empiffre à en étouffer, retrouve avec et pour elle la frénésie de ses vingt ans, la ferveur et l'ardeur de sa folle jeunesse. C'est toujours une force de la nature. Malade, il se remet en vingt-quatre heures. Au point de faire le mur à l'envers, pour rejoindre Sophie en cachette de sa mère. C'est la première fois qu'il aime et qu'il est aimé par une femme aussi lettrée, aussi subtile, et qui satisfait aux exigences du cœur, du corps et de l'âme. L'amour, le plaisir et l'intelligence, ce mélange est chose inédite à quoi il s'adapte émerveillé. Il n'a jamais connu pareille symbiose. Pareille intensité. Il n'est plus qu'une éponge qui désire par tout son être. Il n'en peut plus d'amour. « C'est que ma Sophie est à la fois homme et femme quand il lui plaît. » C'est pour Diderot le plus captivant de ses attraits, d'où son incroyable trouble. Il la visite chaque jeudi et le dimanche matin quand elle est à Paris. Parfois il parvient à se glisser jusqu'à sa chambre, nuitamment, par un escalier dérobé. Mais la mère, fine mouche, dès qu'elle flaire anguille sous roche, fait tout pour séparer les amants. À commencer par emmener sa fille toujours plus longtemps à L'Isle-sur-Marne, dans leur petit château près de Vitry-le-François, où ces dames prennent leurs quartiers d'été plusieurs mois d'affilée.

En ses absences toujours trop longues, Diderot écrit, écrit, écrit. Plusieurs lettres par jour. Elle lui répond tout autant. Diderot invente des stratagèmes de passeur pour que leurs courriers mutuels leur parviennent.

Je vous désire et vous attends comme à notre première séparation. Je vous suis fidèle comme si cela me coûtait beaucoup, il n'y a que le mérite de la difficulté qui manque à tout ce que je fais.

Diderot aime Sophie. Sophie adore Diderot. Nul n'en peut douter, mais personne ne doit le savoir. L'amour pour Diderot est toujours générique. Diderot aime Sophie. Il aime sa fille Angélique. Aime-t-il Nanette ? Il oublie de se poser la question. Il aime Grimm. Il aime aimer. Paradoxalement, il use des mêmes mots pour exprimer ses amours et ses amitiés si dissemblables.

Sans tambour ni trompette, sans même que ça se voie, sans que lui-même s'en doute, cette femme-là, plutôt moins jolie que toutes celles dont il s'est épris jusqu'ici, devient le personnage cardinal de sa vie. Elle sait tout sur ce qui le passionne, s'intéresse aux mêmes sujets, lui en remontre parfois sur ses thèmes de prédilection où toujours il brille. Et elle ne lui demande absolument rien. Ni de quitter sa femme pour l'épouser, ni surtout de l'épouser. Elle semble tenir à sa liberté bien davantage que Diderot à la sienne, pourtant proclamée. Il est en réalité beaucoup plus entravé qu'elle. Sa femme avec qui, par comparaison avec Sophie, il n'a plus grand-chose en partage ; sa fille qu'il adore, mais qu'il juge assez sotte et beaucoup trop sous la coupe de Nanette et de sa bigoterie ; son Encyclopédie qui, cette décennie, comme la précédente, est marquée au fer rouge, et le prive de sommeil ; ses amitiés comme celle en déshérence avec Rousseau, capable de lui faire pleurer le cœur et verser des larmes de sang : *J'ai vécu quinze ans avec cet homme-là. De toutes les marques d'amitié qu'on peut donner à un homme il n'y en a aucune qu'il n'ait reçues de moi... en vérité cet homme est un monstre...*, et celle avec Grimm qui l'émeut jusqu'au tréfonds... C'est fou tous ces liens qui l'enserrent. Sans parler de sa famille langroise.

Sophie, elle, ne tient qu'à ses deux sœurs. Mais elle y tient sans doute davantage qu'il est d'usage. Ne dirait-on pas que de la sensualité s'en mêle ? Diderot jalouse d'abord sans comprendre. Plus encore quand il comprend. Mais en même temps qu'il la découvre, il accepte et finalement approuve qu'avec sa sœur Charlotte Legendre, Sophie entretienne une relation si passionnelle. Voire érotique. Paradoxalement au lieu d'en être choqué, Diderot n'est que troublé. Ça ne le scandalise pas. Il ne sait trop pourquoi ce lui est si familier. Sa sœur Denise a dû l'y préparer à mots couverts malgré lui, malgré elle. En revanche, ça le touche étrangement. Ça l'attire et ça l'excite. Il n'a de cesse de séduire aussi la sœur... Sur tous les fronts où Diderot s'exerce, et Dieu sait s'il y en a, Sophie lui devient indispensable, inséparable de sa vie amoureuse mais aussi de sa vie littéraire et intellectuelle. Elle l'aide, elle lui sert à penser. En secret de tous il reconnaît qu'il eût aimé que sa fille Angélique fût d'elle afin qu'elle lui donnât un cerveau digne de ses rêves. Mais n'ose le lui avouer.

Enfin, le théâtre décide de ne plus le bouder, son *Père de famille* est joué à Bordeaux, le succès est au rendez-vous. Après presque dix ans de guerre, il se sent renaître. Oh ! il est toujours vilipendé et moqué de tous côtés. Sans cesse, il subit cette alternance de succès et d'échecs, de malade à guéri. Ici à force de diètes lactées, il combat les effets de ses pantagruéliques orgies, là de diètes amicales ceux de ses chagrins, de ses peines...

Sa femme, depuis la naissance d'Angélique, s'est changée en dévote. Sa maîtresse est athée comme lui, sans haine ni esprit de revanche. Juste par raison. Pour la première fois de sa vie, la passion ne l'aveugle pas. Au contraire, elle le rend plus lucide, plus conscient. Plus incisif.

Cette merveille, cette chance qu'est la présence de Sophie, l'amante par excellence, l'amie idéale, et l'égale absolue, celle avec qui tout partager, parler de tout, celle dont son cœur a toujours rêvé et qui permet de tout encaisser.

Un monde se délite, des amitiés se font, des amitiés se défont, l'Encyclopédie est encore arrêtée, de quoi vivra-t-il demain ? Lui, mais surtout sa famille. Plus que jamais, il éprouve le besoin d'être libre pour vivre sa magnifique histoire d'amour...

Quand au milieu de cette étrange vie sous pression, qui depuis dix ans mobilise toute son énergie, toutes ses heures, tombe la nouvelle à quoi, même quand on est prévenu, on ne s'attend jamais. Son père vient de mourir !

Son père est mort.

Et une fois encore Diderot n'était pas à ses côtés.

CHAPITRE 5

1759-1766

De la mort du père à la fin de l'Encyclopédie

> Voilà le dernier coup qui me restait à recevoir : mon père est mort je ne sais ni quand ni comment.
>
> *Correspondance*

Son père est mort. C'était avant qu'il fallait être près de lui ! Avant qu'il aurait dû être à ses côtés ! Et il n'y était pas. Il ne se le pardonne pas. Et maintenant ? Eh bien, que Langres, son frère et Denise se débrouillent sans lui. Il a d'autres vivants à sauver, en premier lieu l'Encyclopédie et ceux qui en vivent, sa famille, ses libraires, ses collaborateurs... Comment les nourrir s'il laisse accroire aux autorités qu'il fuit Paris sous la tempête, comme l'y incitent derechef tous ses amis ? L'Encyclopédie est encore en danger. Certes, elle a désormais quelques bienfaiteurs, mais bien plus de détracteurs qu'hier, plus d'ennemis décidés à sa perte ou à la récupérer pour eux-mêmes... Impossible de quitter Paris, ce serait donner l'impression d'avoir peur, ou pis, d'être coupable.

Diderot reste. Et on lui fait savoir sous le manteau qu'intriguent pour l'Encyclopédie et donc pour lui, de hautes protections, on chuchote le nom de la Pompadour. Mais la crise est si profonde qu'elles ne peuvent se manifester au grand jour. Bien sûr Malesherbes sans relâche se soucie de Diderot et de son œuvre. Ça, plus le succès moral, et le nombre de souscripteurs qui ne cesse d'augmenter lui redonnent un peu confiance. Car en dépit de l'interdit royal, le public continue de souscrire pour les tomes non diffusés, et même non achevés de l'Encyclopédie.

Des semaines passent, immobiles.

On ne vient pas l'arrêter ni saisir les libraires, mais personne ne peut plus vendre ni acheter l'Encyclopédie. La lutte est sournoise, souterraine, invisible pour qui l'ignore. Semaines immobiles mais tendues, semaines de temps suspendu, incertain et angoissant.

Enfin un jour, sans qu'il ne se passe rien, sans que rien ne soit dit non plus, Diderot a gagné ! Rester à Paris a payé. On ne le prend plus pour un vil pamphlétaire mais bien pour ce qu'il est, le directeur responsable de la grande entreprise encyclopédique, un homme d'influence. Soudain c'est officiel, on lui rend son pouvoir. Pas le Privilège mais l'interdit est levé, comme un voile.

Est-ce l'accumulation des soutiens qui a joué, ou un parmi d'autres ? Celui de d'Argenson, du fidèle Malesherbes, de la Pompadour, toujours favorite du roi mais surtout amie de Voltaire, de feu Montesquieu et de d'Alembert ? Comme eux, elle déteste les jésuites. Apprenant qu'ils s'apprêtaient à mettre le grappin sur l'Encyclopédie, elle s'est déclarée en sa faveur ! Comment savoir ce qui a été déterminant ? Après tout Diderot a gagné, il se fiche de savoir grâce à qui.

— Est-ce si important ?

— Oui. Mieux vaut toujours connaître ses alliés, si ça doit recommencer, plaide Sophie, optimiste.

Sacré maître d'œuvre du grand livre, dont il peut reprendre l'édition, il rentre en possession de ses documents. Il n'a qu'à préparer les prochains volumes. Au travail, sans bruit certes, mais sans plus se cacher. Il suffit de ne pas imprimer avant d'en avoir licence.

Sa sœur lui envoie enfin une lettre où elle raconte avec détails la mort de leur père. Au retour d'une cure à Bourbonne qui lui avait fait grand bien (*sic*), il discourait au salon après dîner avec ses habituels commensaux, dans son confortable fauteuil, sa fille à ses côtés, aux petits soins, il a pris un long temps au milieu d'une phrase anodine, baissé la tête comme pour chercher ses mots. Et ne l'a plus jamais relevée. Il était mort.

Mourir plus paisiblement, on ne peut.

En revanche, son fils n'est pas en paix ! Il ne se pardonne pas de n'avoir pu se précipiter à Langres... Maintenant il regrette, alors il piaffe, il ronge son frein, il ne peut pas encore quitter l'Encyclopédie, il doit relancer la machine, s'assurer que tout roule. Au fur et à mesure que passe le temps, il a besoin de se recueillir devant le fauteuil où son père est mort. Oh, essentiellement pour lui-même.

Un bon mois et demi de bagarres plus tard, l'horizon se dégage, Diderot peut s'éloigner de Paris. Ça ne risque plus de ressembler à une fuite. Nanette comprend et le regarde partir sans drame.

Il va dire au revoir à Sophie Volland. Ils sont toujours amoureux certes, mais aussi terriblement amants. Il la désire avec un feu qu'il n'a jamais connu. Une passion de la maturité, pense-t-il. Si elle n'est pas en reste, sa pudeur la force à mettre en avant ses curiosités intellectuelles. Sa passion ne se dément pas, mais s'étend désormais à sa famille qu'il cherche à apprivoiser. Ses deux sœurs surtout, dont elle ne peut se passer, mais aussi sa mère Morphise comme il la surnomme, qui ne cesse de la chaperonner. À son âge !

Depuis la mort de son mari, le maintien des apparences est pour elle un travail à plein temps. Là, Madame Mère est si contente de le voir s'éloigner de sa fille et de Paris, qu'elle lui offre sa voiture pour raccourcir son retour au pays natal. Diderot est fou de joie.

Il se dit qu'il sera plus vite rentré. Il quitte Paris le 25 juillet. Il arrive à Langres le 27 ! Il se rappelle que pour venir à Paris la première fois avec son père, il y a un siècle, il y a trente ans, ils avaient mis plus d'une semaine !

Ses retrouvailles avec Denise sont tendres, tendres... en proportion de ce qu'elles ne sont pas avec Didier. Les rapports de la fratrie sont passablement tendus, mais Diderot qui se croit grand diplomate parvient à les convaincre qu'ils s'aiment ! Aussi le 13 août, sont-ils venus à bout de l'acte de partage où chacun se sent gagnant, personne n'est floué. Denis peut donc croire en ses talents diplomatiques !

Son père, devenu un gros monsieur, leur a légué à chacun 1 500 livres de rente. Ajoutée aux mille que lui assurent ses libraires, le voilà à la tête de huit ou neuf mille francs qu'il lui suffit de placer pour vivre bien. Outre quelques propriétés habilement partagées entre eux trois, et des fermes de rapport que Denise gère en lieu et place des deux purs esprits qui lui servent de frères, le voilà à l'abri des revers de fortune, même si ce n'est pas avec ça qu'il va doter Angélique comme une princesse. Pour elle, il songe de plus en plus sérieusement à vendre sa bibliothèque. *Les Aristote, les Horace et les Platon déguerpiront dans quelques années... Avec trois à quatre mille livres de rentes, on vit bien si l'on n'est pas fou*.

Ce séjour rend Diderot très fier de lui : convaincu d'avoir résolu tous les problèmes du partage. C'est qu'apparemment il n'y en avait pas ! Il croit aussi avoir réconcilié son frère et sa sœur qu'il condamne à cohabiter dans la maison du père pour ne pas vendre ni partager celle-ci ! Encore un effet de sa bouche d'or. Il a parlé, il a convaincu, on n'a rien trouvé à lui opposer, on s'est engagé à faire comme il a dit. Et très vite la réalité démontre l'impossible de cet arrangement. Diderot n'est pas rentré à Paris que les disputes entre Denise et Didier reprennent de plus belle. Sœurette qui, on ne sait pourquoi, maintient une correspondance avec Nanette depuis son séjour à Langres, le lui raconte sous le sceau du secret. À quoi bon chagriner ce grand rêveur de Denis ? Qu'il continue de penser que son voyage et son partage sont un succès sur toute la ligne puisque tel est son bon plaisir.

Le 17 août, après des adieux déchirants et sincères, Diderot part pour L'Isle-sur-Marne, dans la voiture des Volland, où le reçoit, seule, c'est-à-dire sans Sophie, Morphise alias Mme Volland mère. Ils rentrent ensemble à Paris. Diderot le long de la route plaide sa cause auprès de cette étrange belle-mère qui l'accepte autant qu'il la charme, c'est-à-dire en société. On ne se plaint pas de la compagnie d'un Diderot, ni jamais on ne s'ennuie. Mais elle ne le tolère pas comme amant de sa fille. Telle est pourtant la situation. Comme on est entre gens de bonne compagnie, on fait comme si de rien.

À Paris, Sophie l'attend comme le messie. Sophie l'aime, Diderot l'adore, ils n'en peuvent plus d'être séparés. Ils s'aiment à la passion. L'intensité qui les unit à ce moment-là semble contagieuse. Personne pas même Madame Mère n'y trouve à redire.

Aussi le 2 septembre, pour la première fois, Diderot s'affiche-t-il en public avec Sophie, la tenant par le bras au Salon de peinture, ne lâchant pas son bras chéri. Nanette couve toujours leur petite Angélique et ne la quitte pas d'une seconde. Choix qui arrange son mari et simplifie honteusement sa vie adultère.

Ce Salon est celui où tous les deux ans s'exposent peintures et sculptures récentes. Son amitié pour Grimm l'oblige à rédiger un article pour sa *Correspondance littéraire* ; cette gazette culturelle qu'il expédie à toutes les têtes couronnées de la planète curieuses des arts et des lettres qui y sont abonnées et en attendent une information circonstanciée, est l'œuvre de la vie de Grimm. Il exploite Diderot dès ses premiers envois.

Diderot l'aime tant qu'il ne peut rien lui refuser, même beaucoup de travail supplémentaire et non rétribué. Si content de lui rendre service, il y retourne plusieurs fois sans Sophie, pour s'imprégner des œuvres sur lesquelles il va devoir écrire. Il lui faut trouver un moyen de montrer des images rien qu'avec des mots. Inventer une manière de traiter ces œuvres faites pour la vue, dès la rédaction de son premier Salon. Il appelle ça des « critiques d'art ». Il veut en perfectionner la technique, l'exercice l'amuse énormément.

De sa passion renouvelée pour Sophie, sa vie conjugale se ressent. Diderot est mal doué pour la dissimulation. D'autant que plusieurs fois par jour, il se précipite pour chercher son courrier. Avant Sophie, les lettres arrivaient quand elles voulaient, il n'y songeait pas. Alors forcément, Nanette qui tient à son Nannot, comme elle l'appelle quand elle est de bonne humeur, Nanette comprend. Nanette ne peut se cacher qu'il la trompe, qu'il l'a toujours trompée, mais qu'en plus, là, il est vraiment épris. Elle est en danger. Diderot ne sait pas mentir et mieux vaut qu'il n'essaie pas. Quand il se cache, on dirait un exhibitionniste tant il est maladroit. Rue Taranne, les scènes se multiplient.

Mme Volland mère l'a clairement menacé de tout faire pour emmener Sophie au bon air le plus souvent et le plus longtemps possible : sa santé est fragile, allègue-t-elle. Et c'est vrai. Mais surtout, elle redoute la publicité de cette liaison entre sa fille, célibataire de 40 ans, et le tumultueux directeur de la non moins tapageuse Encyclopédie.

Entre sa Sophie souvent absente de Paris pour de longs mois, et Nanette toujours ombrageuse, recluse sur l'enfant et de plus en plus portée sur la religion, Diderot préfère s'exiler lui aussi de Paris, il accepte toutes les invitations à la campagne. À commencer par celle du baron d'Holbach, où entre le mois de septembre et la fin de l'année, il passe dix semaines, entrecoupées de brefs séjours parisiens pour chercher les lettres de Sophie, gérer l'Encyclopédie et se faire hurler dessus par sa femme.

De surcroît, la conspiration anti-Cacouacs n'a jamais été si déchaînée. Pis, elle se démultiplie. Elle a pris Diderot pour centre du motif, et le traite en ennemi principal. Fréron l'accuse d'avoir plagié une pièce de Goldoni. Palissot ne désarme pas non plus et commet pièce sur pièce, pour le caricaturer ignominieusement. La fuite à la campagne est un bon remède. L'air y est moins vicié. Les mêmes intensifient leur accusation de plagiat. Au point de mettre en péril l'Encyclopédie. La coterie anti-philosophique prétend que les planches de l'Encyclopédie ont été purement et simplement recopiées sur celles de Réaumur. Pis que du plagiat, maintenant c'est de vol qu'on l'accuse !

Voilà des années que Diderot et les libraires rémunèrent peintres et graveurs pour réaliser ces planches, supplément indispensable à l'ouvrage. Il y a du travail pour tant de monde qu'il est impossible d'avoir eu l'œil sur tous. Beaucoup d'artistes s'y sont attelés. Au début des visites d'ateliers que Diderot a entreprises pour alimenter ses Salons, il a croisé un artiste avec qui il a fait amitié et décidé de travailler, un jour, demain et tiens, pourquoi pas tout de suite, aux planches de l'Encyclopédie. Claude Henri Watelet est un peintre-graveur qui très vite a pris goût à ce travail. Aussi quand tombe l'accusation de plagiat, Diderot ne peut pas jurer que quelques-unes des planches de Réaumur n'ont pas été décalquées par des prédécesseurs de Watelet moins scrupuleux. Secrètement, il fait appel à son amitié et à son talent pour vérifier et éventuellement refaire les planches coupables, s'il en découvre. Watelet passe quelques nuits à reprendre celles qui, de près ou de loin, pourraient s'apparenter ou ne pas assez se démarquer de celles du grand Réaumur. Désormais les planches de l'Encyclopédie sont toutes absolument originales. Et il a fait vite. Tout est prêt pour le 19 décembre où la coterie antiphilosophique organise une confrontation de leurs planches avec celles de Réaumur. Séance qui lave publiquement Diderot de tout soupçon.

Watelet est seul au monde à savoir s'il y a eu plagiat ou non. Et emportera ce secret dans sa tombe. Même à Diderot, il ne dira rien. Si tant est qu'il y ait eu plagiat, il a été effacé et remplacé par ses œuvres personnelles.

Reste la pire accusation pour Diderot : celle de n'avoir pas écrit son propre théâtre, mais d'avoir recopié celui de Goldoni. Fréron l'en accuse officiellement. Ça va continuer longtemps ! Diderot en a assez. Mais comment traiter par le mépris d'aussi infamantes accusations ? Sophie lui conseille la patience et la sourde oreille et le convainc de ne rien faire. Sûr de lui, de n'avoir jamais copié un seul mot du grand dramaturge italien, Diderot attend qu'il vienne à Paris pour lui en parler directement. Et s'il le faut, confronter leurs œuvres respectives devant un jury, comme pour les planches ! Il voudrait laver son honneur en rencontrant Goldoni sur-le-champ, mais l'idée de voyager lui donne des crampes, pis, des angoisses. Cosmopolite, oui, mais casanier. Or pour se débarrasser de cette suspicion de plagiat, c'est avec le maître qu'il veut s'entendre. Il l'attend donc. Une question au moins mérite d'être débattue sur la place publique : est-ce qu'utiliser le même prétexte, traiter du même thème relève du plagiat ? Les artistes savent que ce qui compte avant tout, c'est leur style, le traitement et la manière qu'ils ont chacun d'aborder leurs sujets. Avec Goldoni, Diderot est sûr de s'entendre là-dessus.

Nanette lui fait vraiment une vie infernale. Elle a ses raisons. Il n'a plus une minute, plus un regard, ni un mouvement tendre pour elle. Elle sait qu'il en aime une autre. Ce n'est pas la première fois qu'il la trompe, mais l'intuition de Nanette est terrible. Une caricature de ce qu'on appelle l'intuition féminine. Effarante ! Elle devine tout sans erreur quand il s'agit de ses intérêts matrimoniaux. Elle peut à bon droit faire croire à son mari qu'elle est une sorcière, Diderot, le rationaliste, n'a pas tort d'y souscrire ! S'il ne l'aime plus d'amour, elle exerce toujours un profond ascendant sur lui. Elle sait avec certitude que son mariage est en danger. Elle n'a pas le choix. Elle n'a jamais eu le choix. Elle n'a aimé que lui et encore aujourd'hui, elle y tient comme à son chapelet. Elle ne peut pas davantage se passer de l'un que de l'autre. C'est une femme pieuse en tout. Fidèle à Dieu comme à Diderot. Là, elle sent, et elle sent juste, qu'il est follement épris ailleurs et que leur couple risque gros.

À sa façon, elle l'aime. Mais, avec le temps, sa « façon » s'est considérablement éloignée de ce que Diderot appelle l'amour. Entre eux le malentendu est profond. Alors qu'avec Sophie, tous les jours l'entente s'épanouit, l'amour s'étoffe...

Par chance, un homme que Nanette rêvait de connaître arrive enfin à Paris, et Diderot l'amène faire une visite au célèbre Maupertuis. Orion, le fameux nègre, leur ouvre. Déjà essoufflés après quatre mauvais étages, ce qu'ils voient en arrivant achève de leur couper le souffle. Un nombre insensé d'animaux leur font fête, Nanette est aux anges, ne sait plus lequel caresser, lequel complimenter pour sa beauté. Diderot est estomaqué. Ce Maupertuis a évidemment vieilli par rapport aux portraits qu'on lui en a fait, pourtant il ressemble idéalement à l'idée qu'il s'en était forgé : un original oscillant entre chat et ours. Un homme d'une grande bonté et sans doute d'une grande beauté. Il a dû être très beau, Nanette dit qu'il l'est encore. Il est surtout pétri d'humour et d'une certaine autodérision, pas de mise à Paris, mais si rafraîchissante. La sympathie est immédiate et mutuelle, entre eux tous, Orion et animaux compris. Le couple Diderot se promet de revenir le voir. Ce que Nanette ne manque pas de faire souvent, tant que Maupertuis réside à Paris. À Diderot, l'Encyclopédie n'en laisse pas le temps. À peine Nanette s'y attache-t-elle, que Maupertuis file à Bâle, accompagné de sa ménagerie, où il rend l'âme, comblé : il a eu le temps d'instituer Orion son héritier. Voilà une amitié trop brève mais d'une grande intensité pour Nanette — à qui il a offert un bébé chat bleu — et grâce à quoi elle tolère mieux les tocades *amicales* de son mari.

Mme Volland, quant à elle, n'a qu'une politique. L'ignorance. Elle ne veut pas savoir jusqu'où se déploie cette affaire d'amitié. Quand, patatras, elle surprend le couple au lit. Elle ne l'a pas fait exprès. Comment aurait-elle pu s'imaginer cet homme respectable s'introduisant clandestinement chez sa fille par un petit escalier dérobé ? Pressée, Morphise est entrée chez sa fille en courant pour chercher un papier et... les a trouvés endormis enlacés. À ce point de passion, l'amour relâche toute vigilance. Toute acuité sonore aussi. Bien sûr, Morphise s'esquive en coup de vent, comme elle est venue, mais son intrusion les a éveillés en sursaut. Personne n'en dira jamais rien, mais tous désormais savent qu'elle sait. Ils l'ont vue les voir. Vengeance. Cette année, le séjour de Sophie à la campagne sera spécialement long.

Du coup à peine quitte-t-elle Paris que Diderot prend ses quartiers au Grandval chez d'Holbach. Il y passe la fin de l'année, le début de l'autre... Pendant ce séjour, il trouve par hasard à venger sa sœur morte aux Ursulines. Folle en Dieu ! Au départ il s'agit d'une plaisanterie, une mystification à quoi Diderot se prête au nom de l'amitié.

Cette année-là, la petite bande est désolée de la défection de l'un d'entre eux, le marquis de Croismare, jusque-là assidu et délicieux convive. Il prétend avoir regagné sa Normandie pour toujours. Pour le ramener à elle, la bande penche pour une bonne entourloupe. Alors Diderot ressuscite l'histoire vraie qui a hier défrayé la chronique et beaucoup ému le marquis. Toute la France a suivi l'histoire simple et toujours atroce d'une jeune Suzanne Simonin, d'à peine 15 ans, enfermée au couvent contre sa volonté, où, pour mieux la mater et rendre sa foi plus pure, on lui fait subir de si mauvais traitements que Dieu lui-même ne saurait les autoriser. Elle n'est pas seule dans son cas, elles sont des centaines emmurées vivantes à subir humiliations et mauvais traitements, qui les tuent parfois ou en font d'impitoyables athées.

Celle-ci a eu le courage d'entamer un procès aux religieuses qui l'ont maltraitée. L'issue de ce procès s'est tant fait attendre qu'on l'a un peu oubliée. Diderot se souvient de la compassion du marquis pour cette Suzanne Simonin. Aussi use-t-il du nom de la malheureuse nonne pour lui écrire des lettres d'un pathétique achevé. Elle y implore l'aide du marquis. Afin que, si elle s'évade de sa sainte prison, ce qu'elle a bien l'intention de tenter, il ne la laisse pas sombrer dans la prostitution, gagne-pain « naturel » des nonnes défroquées. Si le bon marquis la prend en pitié et l'assure qu'il en fera sa domestique, alors elle va tenter l'évasion...

Une première lettre est envoyée dans cet esprit. Aussitôt le marquis y répond, s'engouffre tête baissée dans le piège, mord à tous les hameçons. Ferré avant d'avoir songé à une mystification. Au Grandval, tous sont dans la confidence, et chaque après-dîner est consacré à alimenter la prochaine lettre de détails plus vrais que nature. Docile, Diderot rédige et agrémente à sa sauce. Et le marquis répond et s'engage chaque fois davantage envers la malheureuse créature réanimée par Diderot et sa bande. Le marquis s'avance tant pour lui venir en aide que Diderot est finalement obligé d'annoncer sa mort. Toujours de façon romanesque. Mais le marquis qui ignore l'entourloupe en est très affecté. Les membres de la Synagogue qui s'étaient attachés à leur fiction aussi. Tous ont perdu au change. C'était pour récupérer le marquis de Croismare qu'ils ont monté cette mystification. Or en l'apprenant, le marquis se fâche tout de bon et promet de ne plus remettre les pieds chez d'Holbach.

Seul Diderot n'a rien perdu. Au contraire il y a gagné le sentiment d'avoir vengé sa sœur. Ainsi s'écrit ce livre si subversif qu'il en recule l'édition pour « après sa mort ». Pis, ce n'est qu'après la mort de sa fille qu'il en autorisera la publication. C'est dire s'il sait le soufre qu'il contient. En avançant dans l'écriture du calvaire de cette nonne, il sent quelque chose s'apaiser en lui. Même s'il se doit d'ajouter quelques scènes libertines pour faire passer la pilule, justifier pareil sujet, il sait que le cœur de son propos est cette implacable dénonciation des clercs contraignant des malheureuses à d'inexistantes vocations. Là, non seulement il sait sa sœur vengée, mais le clergé féminin et même masculin, couvert de boue. C'est le but. Blâmes et scandales en cascade dont normalement on ne se remet pas, sauf si on est l'Église. La honte doit faire partie du trousseau de la cléricature. Interdire sa publication n'empêche pas sa *Religieuse* de mener une petite existence clandestine.

Sous le manteau, en chuchotant on la lit dans quelques salons.

Bien que persiste l'interdiction légale de publier l'Encyclopédie, la bande de rêveurs n'en continue pas moins d'y œuvrer. Diderot est de plus en plus seul, d'Alembert toujours plus loin. Sa pseudo-désertion, il part, il revient au gré de ses besoins d'argent, permet à chacun de s'apercevoir que l'entreprise repose exclusivement sur Diderot. Qui du coup, n'a jamais mieux gagné sa vie. Même si on ne lui rend toujours pas le privilège de diffuser. Personne ne peut empêcher l'amitié et l'admiration que Malesherbes lui voue. Qui lui promet que ça va se tasser, forcément, et qu'un jour, dans un mois, dans un an, peut-être moins, l'Encyclopédie sera à nouveau publiée et distribuée. Déjà, on leur rend le privilège d'éditer les volumes de planches.

Cette vacance encyclopédique, c'est Malesherbes qui parle de « vacance », n'empêche pas la machine de tourner, toujours en cachette mais de tourner sous la gouverne du chevalier de Jaucourt qui supplée d'Alembert et de plus en plus Diderot, que cet intermède s'éternisant libère. Enfin, il a du temps. Il peut écrire pour lui, écrire de lui, écrire ce qu'il croit avoir à dire et qu'il repousse depuis des années. Au fond depuis la fin des années Puisieux.

La mort de son père lui permet d'étoffer sa pièce *Le Père de famille*, de l'humaniser suivant le modèle et la magnifique figure du disparu. Cette pièce, ajoutée à ces lettres qui composent sa fiction de *Religieuse* plus vraie que les vraies nonnes, le ramène de plain-pied dans la littérature. Cet univers où le fond vaut la forme, où la forme n'est jamais que le fond qui remonte à la surface. Diderot ne sait pas dissocier. Il écrit beau comme il respire, c'est-à-dire comme il parle. Ce n'est pas par hasard qu'on l'a surnommé « Bouche d'or ». Il retourne chaque matin à sa table d'écriture avec un plaisir renouvelé d'être gratuit puisque non publiable. À usage posthume.

Il ne perd rien de sa légendaire générosité, ou selon sa femme « sa dispersion ». Il accepte toutes sortes de travaux, écrit des textes pour les uns, relit ceux des autres, en plus d'être honteusement exploité par Grimm, comme tous leurs amis communs, mais Diderot est le plus sollicité, le plus *sollicitable*, et le moins capable de refuser. De plus en plus, il le dépanne en tenant à sa place sa *Correspondance littéraire*. Après sa longue critique de son premier Salon publiée en 1759 qui a eu un certain retentissement alors que Diderot n'en était pas très satisfait, Grimm lui commande tous les Salons à venir. Ce qui fait de sa « critique de l'art » un nouveau genre littéraire à part entière. Son œil de fils d'artisan passionné par le *comment faire*, l'amène à disséquer pour ses lecteurs toutes les techniques utilisées pour façonner la beauté. En réalité, il s'amuse comme un fou à narrer en détail ces œuvres peintes ou sculptées à des gens qui ne les verront vraisemblablement jamais. Pour qu'ils les visualisent, Diderot s'oblige à la même précision et à la même rigueur que l'Encyclopédie. Il doit faire mieux que décrire ; faire comprendre de l'intérieur. Il questionne les artistes afin que ses lointains lecteurs sachent comment ces œuvres ont été conçues, comment elles ont été exécutées. Diderot exige plus de détails, d'explications techniques, pratiques, mécaniques, comment fait-on ces aplats, comment ce relief, cette mise en espace, ces colorisations des fonds, le temps de séchage, combien de passages, et les vernis, et les liants, et quels autres matériaux nécessaires, etc. L'Encyclopédiste influence l'enquêteur. Il se livre à une inlassable investigation chez les peintres et les sculpteurs. Pour faire comprendre à ses lecteurs la peinture, de sa genèse à sa réalisation, Diderot visite les ateliers comme hier il interrogeait son père le coutelier sur les mille et une facettes de son artisanat. Penser qu'avant lui la critique d'art n'existait pas l'étonne le premier. Il invente bel et bien la critique en peinture et en sculpture que beaucoup vont imiter. Raconter des tableaux à des gens qui ne les verront jamais ! Ces circonstances d'écriture génèrent une nouvelle discipline. L'œuvre de l'artiste féconde le discours de l'écrivain, sa plume rivalise avec le pinceau quant à dire le beau. Un dialogue s'instaure là et quelques liens se nouent. Un jour chez Greuze, il reconnaît l'épouse du grand peintre, sur toile d'abord puis en chair et très peu d'os, c'est la fille du libraire Babuti chez qui il « empruntait » des livres quand il était sans le sou. Toujours accorte, espiègle et aguicheuse, elle lui saute au cou. Il se souvient avoir agréablement badiné avec elle. Las, le peintre est jaloux, et il a quelque raison à cela. Diderot repousse à plus tard l'évocation de leur amourette de jeunesse. Il tient à l'estime et même à l'amitié de Greuze.

Et il a du mérite à continuer à courir partout. Ses journées et ses nuits sont trouées de douleurs épouvantables. À force de ripailles, chez d'Holbach, dont la table est une part de son charme, Diderot s'est réellement fichu en l'air les intestins. Il a en permanence mal au ventre, des problèmes digestifs perpétuels, des coliques récurrentes. À tant compter sur son côté force de la nature, il s'est détérioré en douce. Il est puni de sa pantagruélique gourmandise — puni par où il n'a jamais cessé de pécher. Car ça ne le corrige pas. Il se soigne, fait d'atroces régimes de famine, à base de lait ou de rien, et à la première occasion, il se remet à table... juste pour quelques heures, chez le baron ou chez sa nouvelle amie, Louise d'Épinay, la maîtresse de Grimm, l'ancienne protectrice de Rousseau, une très bonne table, vraiment.

Cette fameuse Mme d'Épinay, on peut dire qu'il l'a

évitée longtemps. Ce qu'en ont dit Rousseau puis Grimm l'a armé de préjugés contre elle. Un jour, il la croise au chevet d'un Grimm fiévreux à qui il rendait un énième service. Elle lui a mis le grappin dessus. Et ne l'a lâché qu'après l'avoir conquis. Elle s'est présentée en lui exposant quel portrait d'elle lui avait brossé Rousseau, puis la version de Grimm, elle lui a alors proposé de voir par lui-même. Diderot a vu et l'a aimée d'une amitié sans ombre. Ils sont devenus les meilleurs amis du monde. Ils ont en commun une passion identique pour Grimm qui les traite l'un et l'autre avec une désinvolture à la limite de la décence. Ils se sont associés pour le seconder dans sa *Correspondance littéraire* et communier tous deux dans l'amour de leur grand homme. Lequel se complaît dans cette situation. S'y vautre avec volupté. Sa maîtresse et son meilleur ami, unis pour mieux le servir !

De son côté, Mme Volland ne tient toujours pas à savoir ni à faire savoir ce qui unit sa fille à ce philosophe débraillé, fantasque et incontournable. De plus en plus célèbre, on peut difficilement le passer sous silence ni le faire passer inaperçu. Mais voilà, tout amoureux qu'il soit, aussi follement épris et prêt à tous les camouflages, il ne parvient pas à se tenir au secret. D'autant que Sophie n'a pas le choix, elle suit toujours sa mère aussi longtemps que celle-ci le juge bon. Parfois, six mois d'affilée. Or Diderot est un grand anxieux et, quand il aime, il est perclus d'angoisse. Il s'inquiète encore plus cette fois qu'elle part alors qu'elle souffre des seins. Qu'est-ce donc que cette maladie « des seins » dont Diderot s'enquiert constamment, au point de consulter l'ami Bordeu ? Lequel, sibyllin, lui répond que si elle avait eu un enfant, si même elle avait avorté, ce pourrait être des problèmes de lait. Mais comme officiellement ce n'est pas le cas... il rend son tablier. Sauf si Diderot tient à ce qu'il l'ausculte ? Là, c'est elle qui refuse. Et continue de souffrir des *seins*. Autour d'elle personne n'utilise un autre mot. Et Diderot n'en saura jamais plus. Il ne peut s'empêcher de prendre des nouvelles de cette poitrine qu'il adore, chérit, baise et caresse dans toutes ses lettres. Tant pis ou tant mieux pour qui les lira ! C'est sa plus belle prose, ces lettres. Il le sait si bien qu'il propose à Sophie d'user de leur correspondance comme d'une chronique. Que chacun y raconte sa vie loin de l'autre dans les plus infimes détails, sans omettre confidences, conversations, racontars, pensées intimes, aveux, mots d'amour..., outre les spectacles, les concerts, les livres... Mais surtout pensées intimes... Marché conclu. Ils vont le tenter.

Malgré la révocation du Privilège encyclopédique, Diderot est parvenu à une certaine stabilité financière. Il ne s'investit plus autant dans chaque article, s'en décharge sur le petit chevalier de Jaucourt qui, laborieusement, consciencieusement, accomplit le gros du travail. Grâce à quoi Diderot peut se consacrer à l'essentiel. À être malade, souvent, et le temps qui reste à aimer Sophie et le lui écrire, à aimer Grimm et le lui écrire, ce sont souvent les mêmes lettres à quelques détails de *poitrine* près. Enfin à écrire des textes plus personnels. Écrire pour soi, sachant que ce ne sera pas publié de son vivant. Compte tenu de ce qu'il dit, ce serait trop risqué pour les siens, et surtout pour son indépendance. Ne plus envisager de rendre public ce qu'il écrit lui donne une formidable liberté, de ton mais aussi de propos.

Pour la première fois il est à l'abri de la nécessité. Il a assez d'argent pour ne pas publier, et mieux, avoir du temps pour lui. Écrire ce que bon lui semble, d'audacieux et même de radicalement dangereux. Son aisance intellectuelle et pécuniaire va crescendo. L'argent de l'héritage paternel géré par Denise et celui qui tombe de l'Encyclopédie sans qu'il ait besoin d'y travailler autant qu'avant, lui libèrent la tête et lui offrent surtout du temps. Un luxe pour ce forçat de la page noircie. Et, paradoxe qui le fait sourire, plus l'homme est riche, plus l'écrivain est clandestin. Hors de question de mettre en péril la réputation et le petit héritage de sa fille, péniblement acquis.

S'il s'inquiète toujours pour les seins de Sophie, lui-même depuis l'an dernier est malade de l'estomac. Voilà près de dix ans qu'il souffre de la poitrine. Récemment, il a craché du sang ! Pour confirmer le diagnostic de Bordeu, il consulte son bien-aimé François Tronchin, de passage à Paris, ce grand médecin qui est aussi un des bons auteurs de l'Encyclopédie. Comme tout le monde, il lui enjoint de se soigner. Comment ? Diète et repos ! C'est une plaisanterie. Il ne peut cesser de bouger. Manière de noyer le poisson pour rencontrer secrètement Sophie ou pallier le manque d'elle quand sa mère la retient à L'Isle. Tant pis, il garde ses maladies, qui l'obligent régulièrement à quelques diètes. D'où il ressort chaque fois guéri, en se jurant de ne plus jamais trop manger. Mais toujours il craque. Ce n'est pas manger qu'il aime, il n'est pas fin gastronome comme Grimm, ni mauvais mangeur comme Rousseau, ni chipoteur de famine comme d'Alembert ou gourmet capricieux comme Voltaire. Non, Diderot, ce qu'il aime, c'est trop manger, en trop grande quantité.

Il connaît quelques bonnes tables où l'abondance égale la qualité. À La Chevrette chez Louise d'Épinay. Mais aussi chez ce nouvel ami fourni par Voltaire, pour faciliter ses échanges de courriers secrets, ce si charmant Damilaville, chez qui il soupe d'abord par nécessité puis par agrément afin d'y attendre la lettre bihebdomadaire de Sophie : à Paris, c'est en effet au bureau de ce dernier, quai des Miramiones, qu'arrive tout le courrier. De là, des centaines d'agents le distribuent dans Paris. Par chance, Damilaville est très tôt adoubé par la société holbachique, il signe quelques articles dans l'Encyclopédie sous le pseudonyme de Boulanger. Devoir de réserve à qui possède une charge publique. Il arrive même à l'ami Damilaville d'amener Diderot dans sa voiture au Grandval. Ou mieux, s'il sait Diderot là-bas, de lui porter lui-même le courrier espéré. Il en profite pour faire le meilleur souper de la semaine car il est entendu que si c'est chez d'Holbach à Paris qu'on dîne le mieux, c'est meilleur au Grandval. On y a tout son temps pour festoyer.

Lors d'un séjour pendant l'hiver 1761, Diderot fait une chute. Non, pas de cheval, d'escalier ! Qui lui vaut une belle entorse à la cheville. Le voilà réduit à l'immobilité. Ravi, le peintre Garand en profite pour faire son portrait. Impossible le reste du temps, il est sans cesse en mouvement, en train de parler donc de gesticuler. De souligner les mots par son corps. À ce moment au moins, l'artiste l'a sous la main et sous le pinceau. Pendant ce temps Diderot achève sa *Religieuse*. L'immobilité le met de si mauvaise humeur que le livre finit mal. Il n'a jamais assez de nouvelles de Sophie et comme il ne peut plus courir à Paris voir si Damilaville n'a pas oublié de lui faire porter sa lettre du jour. Il maronne sec.

Il profite de son inertie forcée pour écrire à son frère une lettre d'incitation à la *tolérance*, qu'il juge si forte et si bien sentie qu'il la reprend dans l'Encyclopédie pour l'article du même nom. Décidément cette querelle d'une vie entière avec ce frère le chagrine, mais Didier tourne de plus en plus au fanatisme religieux. Et Diderot... plutôt à l'inverse.

Pendant ce temps, on n'entend parler que du dernier grand succès de Rousseau, sa *Nouvelle Héloïse* est sur toutes les lèvres, sur tous les guéridons, jusqu'au

Grandval... Bizarrement, même quand ils sont en froid, le succès des siens fait toujours autant plaisir à Diderot. Il a déjà ressenti ça quand *Les Mœurs*, ce très mauvais livre de Toussaint, a défrayé la chronique ; ou quand Condillac a enfin été reconnu... La gloire de ses amis, c'est toujours un peu son succès personnel. Vu le mal qu'il se donne pour les y faire accéder, ça se comprend.

L'*Héloïse* est un événement littéraire égal à la bombe encyclopédique. Sauf que le roman est beaucoup plus accessible au petit peuple qui se charge d'en faire un succès, la plus grosse vente du moment. Rousseau occupe, bouche et brouille tout le paysage. Seul Voltaire repère le danger, être éclipsé par celui qu'il juge fou. Après la déclaration de haine que Rousseau lui a postée, il a le choix entre fou et méchant, il a choisi fou d'abord, il finit par méchant. L'un n'empêche pas l'autre. Car contrairement à ceux que Rousseau ne cesse d'attaquer nommément, et qui se taisent, Voltaire est sûr que silence et passivité devant l'injustice valent acquiescement, alors il hurle le plus fort qu'il peut. Seul. Diderot ménage encore l'avenir sinon Rousseau soi-même.

Diderot est mieux au Grandval quand Sophie n'est pas à Paris. Il faut pourtant rentrer : sa femme, c'est bien son tour, est malade. Elle souffre de la petite peste, diagnostique Bordeu. On en guérit mais pas vite. Bordeu qu'il sollicite de plus en plus. Leurs liens se sont raffermis depuis ces années, Diderot lui voue confiance et amitié, et Bordeu reconnaissance pour ses appuis parisiens qui lui ont permis de s'y installer. Ils se voient souvent surtout ces temps-ci, où chez les Diderot, on est malade à tour de rôle. On alterne. Angélique ne se sent pas bien. La mésentente entre ses parents est à son comble, elle a atteint l'âge où Diderot ne veut plus la laisser entre les seules mains de sa mère — laquelle prétend que c'est encore une enfant et qu'il ne faut pas l'épuiser avec toutes ces belles choses que veut lui enseigner son père. Diderot soupçonne sa femme de vouloir en faire une dévote et tient à compenser à l'aide d'un surcroît de connaissance. Ils se disputent d'arrache-pied son éducation. Sans doute en souffre-t-elle.

Désespéré par la manière dont Nanette s'occupe de leur fille, il dit à Sophie combien il regrette qu'elle ne soit pas sa mère. Il l'a déjà pensé, les mois qui ont suivi leur rencontre, maintenant il ose le lui avouer. Terrible constat d'amertume chez un homme vraiment malheureux en ménage et vraiment fou d'amour pour une femme en qui tout l'enchante au point de vouloir la partager un peu avec son enfant.

Pendant qu'il reprend en main l'instruction d'Angélique, il cherche obsessionnellement à lui constituer une dot. Il est grand temps. Elle a 10 ans.

Pour aujourd'hui, il a de quoi vivre, s'il ne compte que trois bouches. Mais il n'a toujours pas de quoi doter sa fille. Pour elle, il veut le mieux. À qui, d'assez riche, d'assez éclairé, vendre sa bibliothèque ? Pour la doter comme une reine avec la somme obtenue. Perrette et son pot au lait n'est pas moins riche que Diderot quand il s'agit de son enfant.

Il se met en quête d'un acquéreur, ou plutôt, se sachant d'une rare incompétence mondaine, il en charge Grimm. Qui pense aussitôt à sa dernière idole, la toute neuve impératrice de Russie, Catherine II. Ne vient-elle pas d'empoisonner un peu le tsar son mari qu'elle avait d'abord rangé en prison le temps d'opérer un coup d'État et de se coiffer de la couronne de tsarine ? Peut-être est-elle un brin criminelle mais désormais c'est elle qui règne. Et comme elle se veut « despote et éclairée », profitons de l'épithète. Les principes quasi rigides de Diderot fondent comme neige au soleil quand il s'agit de sa fille. Incorruptible sur des nuances, il est prêt à se vendre à l'une des pires despotes du moment. Sa seule excuse, Angélique.

Grande revanche, son *Père de famille* est enfin monté au Théâtre-Français avec des comédiens respectueux de son texte, et qui se plient à ses innovations scéniques. Son plus grand chagrin lors des calamiteuses représentations du *Fils naturel* fut le sabotage systématique opéré par ces mêmes Comédiens-Français qui soit n'avaient rien compris à son théâtre « moderne », soit avaient décidé de le démolir.

Terrible dilemme, il doit se rendre à la première et il meurt d'envie d'y amener Sophie, exceptionnellement à Paris à cette date. Mais ne doit-il pas à la paix de son ménage d'y montrer Nanette ? La maladie tranche. Nanette fait une rechute. Trop grosse fièvre pour quitter le lit. Sans risque de blesser sa femme, Diderot peut offrir son bras à Sophie, espérant qu'elle l'aimera davantage en voyant son talent au théâtre.

C'est un franc succès. Un vrai succès, enfin ! Son *Père de famille* triomphe au Français. À la fin du premier acte, toute la salle tourne ses applaudissements vers sa loge. Aussi se lève-t-il pour saluer. C'est sa minute de gloire. Diderot pense à son père. Là aussi, il aurait essuyé une larme, comme le jour où il lui a rapporté ses prix de fin d'année. Et coïncidence exagérée, justement cette pièce rend hommage à ce père-là.

Après cette salve de *bravi*, la salle fait à nouveau silence pour l'acte II, les candélabres sont presque tous soufflés, le noir revient. Un olibrius se lève, sûrement très ivre, et tout seul, se met à applaudir à tout rompre, en hurlant des insultes à l'auteur de « cette misère », à ses acteurs, à cette horrible pièce...

Diderot ne saura jamais comment des gens sont parvenus à le faire taire, sortir ou rasseoir. Toujours est-il que la fin de la pièce se déroule normalement. Le succès ne se dément pas, mais Diderot n'écoute plus que de loin, assez secoué par les propos de l'olibrius. Ça a touché en lui quelque chose d'ancien et d'assez pénible. Pourtant cette représentation ressemble aux rêves de gloire du petit garçon débarquant à Paris. Il est enfin joué sur un théâtre, le plus grand de Paris, la Comédie-Française, il est sacré auteur à succès. Il veut profiter de cette soirée dont Sophie, tout près, lui souffle qu'elle est magnifique. Et oublier l'olibrius... C'est lui qui ne se laisse pas oublier. Sitôt la pièce finie, Diderot est certain que c'est un succès, que la pièce va continuer, que son amour pour le théâtre lui est enfin rendu. Le triste sire de l'entracte se mêle à la foule de ses admirateurs, et attend son tour pour prendre la parole.

Tout en écoutant les louanges des uns et des autres, Diderot observe ce visage qui ne lui est pas inconnu, mais qu'il ne parvient pas à resituer. Gras mais surtout sale, le cheveu long, sans perruque, vêtu d'anciennes belles frusques devenues haillonneuses... Mais c'est Rameau ! Jean-François Rameau, le neveu du célèbre Jean-Philippe, celui qui a déjà humilié Nanette, il y a... Oh longtemps. Dieu qu'il a vieilli, qu'il est abîmé ! Sans sa voix de stentor, Diderot ne l'aurait pas reconnu.

À sa façon de le présenter à l'assistance de ses amis et laudateurs, d'avance Diderot semble l'excuser des énormités insultantes qu'il a dites ou risque encore de dire. Car à nouveau, il l'apostrophe sur « l'infâme cochonnerie qu'il a commise » et qu'il vient « d'infliger au public » !

Tout le monde s'apprête à le jeter dehors, quand d'un geste, Diderot le fait relâcher. Il glisse quelques mots à l'oreille de Sophie, qu'il charge Grimm de raccompagner, et s'éloigne bras dessus bras dessous avec ce semi-clochard qui vient de l'agresser.

S'épaulant l'un l'autre ils ont l'air de courir vers la plus proche taverne, le grand philosophe de la montagne, le Socrate du siècle de Louis XV, l'homme que le Théâtre-Français vient d'adouber ce soir et de compter parmi les siens, accolé au Neveu déchu, au pathétique neveu du grand Rameau, qui eut jadis son heure de gloire mais l'a perdue, gâchée, irrémédiablement !

CHAPITRE 6

1767

Dialogue de Diderot avec sa part maudite

> Et j'entends par indigent quelqu'un qui demande.
>
> *Supplément au voyage de Bougainville*

Et voilà Rameau et Diderot en cavale tels deux étudiants qui n'ont rien de plus urgent que de filer s'en jeter un !

Ils n'ont pas poussé la porte du Procope qu'ils se retrouvent affalés à leur table d'hier, brocs et verres de vin, les mêmes, des habitués qui n'ont rien oublié.

Pourtant ce que Rameau a dit au théâtre aurait dû faire fuir Diderot. Mais il doit avoir en lui un fond de masochisme qu'il appelle son honnêteté, qui le force quasiment d'approuver toute critique à son endroit.

— Tu sais bien que ce n'est pas ça la gloire mais son bouillon, marmonne Rameau assez fort pour n'être pas entendu que de Diderot. Ne bois pas ce bouillon-là, il n'est pas bon. Ça n'est pas ça, c'est même assez éloigné de ce que tu rêvais de faire...

Diderot tente à peine de se défendre ou si mollement que Rameau ne lui laisse pas son tour de parole. Il continue.

— ... Alors, maintenant que monsieur a du foin dans son gilet, il ne se remet plus en cause. Il conserve et exploite ses avantages acquis. Et il n'a même pas honte !

Diderot est trop ébranlé pour rien trouver à répondre. Rameau l'attaque où lui-même se questionne les nuits sans sommeil. Tout le mal qu'on peut penser de Diderot, Rameau le lui balance sans hésiter. Ses femmes, ses lâchetés, ses travaux pour l'argent, sa quête d'honneur, sa frilosité par rapport à Voltaire... qui vient de s'illustrer magistralement dans la défense de Calas, ce protestant torturé ignoblement avant d'être mis à mort.

— ... Lui au moins met sa plume au service de nobles causes ! Et toi, pourquoi te bas-tu ? Pour ton petit gagne-pain... Pour doter ta fille et la marier à une paire de talons dorés, un vilain richard. *Là, Monsieur le philosophe : la main sur la conscience, parlez net. Il y eut un temps où vous n'étiez pas cossu comme aujourd'hui.* Je m'en souviens, j'étais pareil à vous, on se croisait souvent à regarder jouer les meilleurs pousseurs de bois. Tu ne vas plus au Luxembourg en été te réchauffer des nuits trop froides. *Alors, toujours couvert d'une sinistre redingote de peluche grise, éreintée d'un côté, manchette déchirée, et bas de laine noirs, recousus par-derrière avec du fil blanc, tu faisais une assez triste figure dans l'allée des Soupirs... Et maintenant que tu es un gros monsieur...*

— *Pas si gros.*

— *Que tu as du foin dans tes bottes...*

— *Très peu.*

— Je suis assez content de te rappeler ce que tu me serinais du temps que tu étais jeune, car pour moi, je le suis resté, puisque je suis aussi pauvre qu'à 20 ans. Tu disais : *Rien de stable dans ce monde. Aujourd'hui, au sommet et demain, au bas de la roue. De maudites circonstances nous mènent ; et nous mènent fort mal ! Et là, ça y est, Monsieur se croit arrivé ! À force de t'entendre louer comme un grand homme, tu t'es persuadé d'en être un.* On te dit, comme ce soir à la Comédie, que tu es un grand homme ; sans trêve tu lis dans les gazettes à la solde de tes amis et débiteurs que tu es un grand homme ; aussi te couches-tu le soir convaincu que tu es un grand homme ; même en dormant, je parie que tu as l'air satisfait, tu dois ronfler comme un grand homme... Ce soir, je crains que tu ne dormes pas si bien. Je te rappelle pour les avoir sinon partagés, au moins bien connus, que tes rêves avaient plus d'élégance et même d'élévation...

Diderot répliquerait bien mais Rameau est lancé et, le vin aidant, on ne peut l'arrêter. Après tout, si Diderot l'a suivi le soir de son plus grand succès, c'est qu'il a besoin de l'entendre plutôt que de festoyer... Déjà le Neveu a enchaîné, de plus en plus pâteux...

— Que tu te souviennes de chaque mot, c'est tout ce que je te souhaite. *Je n'ai pas tes prétentions, je sais, moi, que je ne suis pas un aigle, et que je suis trop lourd pour m'élever si haut. J'abandonne aux grues le séjour des brouillards. Je vais terre-à-terre. Je regarde autour de moi ; et je prends mes positions. Je suis excellent dans la pantomime...*

— *Mais comme tout le monde !* l'interrompt Diderot subitement excédé. *Tout le monde fait sa pantomime... Le roi prend une position devant sa maîtresse et devant Dieu ; il fait son pas de pantomime. Le ministre fait le pas de courtisan, de flatteur, de valet ou de gueux devant son roi. La foule des ambitieux danse de cent manières plus viles les unes que les autres devant le ministre. Ce que tu appelles la pantomime des gueux mais c'est le grand branle de la terre...*

— Et même toi, mon joli philosophe, qui te vantais hier d'être dispensé de pantomime. C'est qu'alors tu n'avais rien et ne demandais rien. Maintenant que tu es gros et gras, il te faut en prime la gloire et la fortune, l'encens et le séné, tu es piégé...

Au milieu de sa phrase, pourtant sensée et plutôt bien pensée pour un ivrogne, Rameau s'est endormi. Sa tête a chu sur son bras replié sur cette table de café où luisent encore des flaques de vin.

Diderot retient soudain un sanglot. Non tant à cause de la vérité, mais de l'endroit d'où naît cette vérité, de ce café minable, sinistre, où ils ont atterri quand le Procope les a chassés pour fermer. De la fatigue du plus gueux des gueux, qu'il n'a jamais repoussé et même, parfois, du fond de son désespoir, qu'il a trouvé lucide. Au fond toutes les fois qu'il l'a croisé, sauf la première, à cause de Nanette, il a apprécié sa singularité. Certes il lui a souvent servi de repoussoir pour mieux s'atteler au travail. Ce travail qu'il lui jette ce soir au visage mais d'où tout de même, Diderot a pris son élan. Son envol. Et qui a tant fait défaut à Rameau.

De la destinée, et des songes, ah !

Oui, douché par ces paroles errantes. Ou pis, touché au cœur.

Diderot sort, puis revient sur ses pas, et sans faire aucun bruit, comme pour ne pas éveiller l'enfant qui dort de son premier sommeil, tout doucement, il dépose sa bourse la plus pleine sur les genoux du soûlographe assommé...

De retour chez sa femme, cette nuit-là, il passe regarder Angélique dormir. Belle Angélique pour qui, grâce à qui, ou à cause de qui les propos de Rameau sonnent si justes. Oui, il rampe, il a rampé et rampera pour nourrir sa fille, et même pis, la doter comme une duchesse. Il a rampé, il s'est soumis sinon avili. Et il recommencera.

Puis il rejoint son bureau à l'étage de la rue Taranne, où hâtivement, comme poussé par la nécessité de ses 20 ans, comme à l'époque où il avait faim et devait rendre sa copie avant le jour, il jette fébrilement sur le papier un début de dialogue qui se souvient de tout ce que Rameau a débité.

Plusieurs fois dans la nuit, il lui faut pourtant filer à

la garde-robe. En écrivant, il est pris de violentes crises de coliques. Chaque fois, épuisé, blanc comme linge, vidé de toute son énergie, il remonte à son bureau tracer un portrait du Neveu sans indulgence et du récit de sa rencontre avec lui ce soir. De lui, si piètre face au Neveu, et du Neveu superbe face à lui, sous la forme alerte d'un dialogue entre un Moi philosophe qui lui ressemble comme un frère, et un « lui » proche du Neveu ou de ce qu'il a été. Fraternel aussi, et tendre envers cet indigne Neveu toute la soirée. Sous sa plume, on entend ce que l'esclandre de son ancien congénère a déchaîné en lui. Et inversement, Paris en a vite la démonstration. Depuis cette représentation du *Père de famille,* depuis que Rameau a hérité en songe d'une bourse bien garnie, chaque soir il se rend en tous lieux de la ville où se rassemble le monde. Et il y mène de terribles chahuts, d'effrayants tapages, feignant l'émeute ou l'insurrection. Il y convie ce que les bas-fonds de la capitale possèdent de surineurs et de crève-la-faim pour monter des scandales à l'Opéra. Il défraye la chronique. Personne, sauf Diderot, ne sait avec quel argent il sème la terreur, à sa manière velléitaire, de feu d'artifice où il régale ses amis les gueux, dont Paris regorge. Le spectacle ces soirs-là, c'est lui, multiplié par sa foule d'invités en état d'ébriété... Partout où il y a du scandale, c'est Rameau le Neveu, armé de la bourse de Diderot.

Tant mieux, se dit celui qui le recrée désormais chaque nuit sur papier. Au moins il s'amuse. Envers le Neveu, Diderot se sent d'une indulgence proportionnée à la force du portrait qu'il lui inspire. L'écriture est assez son métier pour qu'il ne doute pas qu'il est là en train d'écrire ce qu'il a toujours rêvé d'écrire. Et ça sonne enfin juste, en harmonie avec ses rêves de gosse. Le Neveu lui rend cette exigence. Il lui en est reconnaissant.

Toute la journée, attelé à la table des libraires, il révise les derniers tomes de l'Encyclopédie, tout est prêt, l'impression clandestine peut commencer. Oh, il ne rougit pas de ces travaux-là, mais en son for intérieur il sait qu'il existe une autre dimension à son écriture et qu'elle est tapie sous le Neveu. Tout ce qu'il ne s'est pas autorisé dans l'Encyclopédie, le Neveu lui extirpe.

Dans l'intervalle, il va voir Sophie. Ou il écrit à Sophie. Ou il va voir Sophie et lui écrit. Grimm continue de l'exploiter et Diderot de s'y soumettre avec tendresse. Il rédige ses Salons avec de plus en plus de précisions. Les peintres lui enseignent les arcanes de leur art, et il en fait bon usage. Sa vie est pleine comme un œuf car enfin, la nuit, il écrit pour lui. Il écrit pour n'être pas lu, ou seulement après la mort de sa fille... Autant dire jamais. Étrange sentiment d'écrire essentiellement pour avoir écrit, pour avoir tracé les lignes qu'on brûle de noter, les ciseler, les reprendre, et se réjouir quand enfin ça sonne comme on l'espère, sans attendre un autre jugement que le sien.

Ah ! Le Neveu a raison, Diderot est salement piégé, mais si heureux de l'être. Depuis qu'il a pris sa fille en main, elle progresse chaque jour, elle l'enchante, il la sculpte à sa mesure, il en fait une musicienne, une savante, elle est douée pour apprendre, il tâche de lui transmettre ce qu'il sait et qu'elle accepte. Car, après un temps de soumission stupéfaite, quand son père a entrepris de l'éduquer lui-même, elle a émis quelques réserves, puis s'est rebellée. Il est des matières qui la rebutent. Elle est fille et capricieuse. Mais assez docile dans l'ensemble, elle se plie avec intelligence aux rêves de son père. Sauf quand elle n'y consent pas. Et là il est content qu'elle montre du caractère, sa mère et son confesseur n'ont pas fait trop de dégâts. Elle s'entiche de musique et de Grimm, elle déteste les mathématiques et que son père aille trop longtemps chez Sophie. Elle est terriblement normale pour une fille de son âge. Et Diderot gâteux est trop exigeant en même temps. Angélique rêve de jolies robes, de chiffons et de rubans, il l'en blâme rudement. Elle veut aller danser et lui qui a été jeté du seul cours de danse où il se soit jamais risqué, préfère lui offrir davantage de cours de musique, de chant, et la mener à l'Opéra. Elle tempête, met sa mère dans son camp, obtient gain de cause, elle fera du clavecin et de la danse, achètera de belles robes et séchera avec ardeur les ennuyeux cours de mathématiques de son père, ou pis de son ami d'Alembert. Elle se trémousse devant son père dans ses belles toilettes, ébloui il est le premier à lui en faire compliment...

Lui-même reprend enfin les études qui le passionnent et qu'il a trop négligées pour l'Encyclopédie : les sciences naturelles et physiques... Sa pensée se renforce. Il devient athée. Définitivement. Radicalement. Sans plus se cacher derrière les mots de théiste ou de déiste. Non, entre Dieu et lui, la rupture est consommée et il le dit tranquillement sans équivoque. Pour lui c'est scientifique, c'est prouvé, seule la matière régit le monde. Et l'homme est la mesure de toute chose. Il en apporte la preuve aussitôt. Pas question de laisser ses contemporains dans l'ignorance, il le démontre, le révèle, l'écrit... L'écrire, mais... Et sa fille ? Sa réputation ? Son beau mariage, son avenir... Il met ses notes de côté pour plus tard.

En cachette de tous, il est en train de devenir le Diderot qu'il rêvait jeune homme. Maintenant qu'il couche sur le papier ce qu'il sait digne du bûcher, lui revient l'obsession de la prison.

« Elle ne tourne pas » se promet-il de jurer à son tour si, par hasard, quelqu'un trouvait ces textes de son vivant. Ce que Sophie appelle son « obsession Galilée », lequel s'est renié pour sauver sa tête. Sans barguigner,

Diderot jure d'en faire autant. Mais si le Neveu a raison et il n'a pas tort, pourquoi, comment, à quel titre viendrait-on encore perquisitionner chez pareil *gros monsieur* ?

Une lettre de Denise lui apprend que sa bonne amie Mlle Desgrez a dû venir s'installer près d'elle dans la maison du père, à cause des sévères progrès de sa maladie. Au lieu de s'alarmer pour la santé de sa sœur, Diderot réalise seulement aujourd'hui que Sœurette n'a jamais aimé que des femmes ! Si elle ne s'est jamais mariée c'est parce qu'elle aime les femmes ! Comme sa Sophie aime d'amour sa sœur cadette et a refusé tout hymen. Quelle étrange symétrie des formes et de situations ! Sa sœur chérie est éprise d'une femme, et son grand amour aime sensuellement sa propre sœur ! Tous ces entrecroisements d'amitiés subtiles non dénuées d'érotisme le troublent plus qu'il ne peut dire. Il s'étonne, se demande d'où lui vient ce goût pour les femmes qui aiment les femmes. Ça le passionne. Il faut aller y voir de plus près.

En attendant, Grimm a réussi : Catherine II propose d'acheter la bibliothèque du grand Diderot. La radicale, l'intransigeante Sophie lui fait valoir les vices politiques de la tsarine. Convaincu, toujours amoureux donc influençable, Diderot refuse. Mais s'en mord aussitôt les doigts. Jamais il ne retrouvera proposition plus avantageuse. Du coup, comme c'est à cause des principes de Sophie qu'il se prive de la manne russe, c'est à elle, sa maîtresse adorée, qu'il en veut. Le premier froid de leur amour a lieu pour ça et en plus, durant son trop long séjour à la campagne.

Quand survient la banqueroute du beau-frère de Sophie — le mari de Charlotte — Diderot rompt instantanément ce long jeûne amoureux et s'entremet autant qu'il peut pour sauver ce beau-frère pas très honnête de la faillite. Sophie voue un tel culte à sa sœur qu'elle est éperdument reconnaissante à Diderot de ses efforts. Leur amitié reprend avec plus de chaleur encore, et un surcroît de désir. Décuplée d'avoir été troublée.

Si elle l'a été c'est qu'elle pouvait l'être ? Ils se jurent de redoubler de vigilance. Ils n'ont l'un comme l'autre rien au monde de plus précieux. Leurs lettres sont de plus en plus tendres. Diderot est fou d'elle, elle ne vit que pour lui. Tous les jours comme au premier jour.

Diderot a 50 ans. C'est aussi l'année où Charlotte Legendre, la tendre petite sœur de Sophie, tombe malade alors que sa mère et ses sœurs sont à L'Isle. Et y restent. Comme si elles refusaient de croire à la réalité de sa maladie. Diderot prend soin d'elle comme si c'était sa femme. De fait, elle le devient. Enfin, sa maîtresse. Voilà Diderot l'amant des deux sœurs, elles-mêmes toujours d'une excessive proximité entre elles. L'une, de la campagne, l'aime par écrit ; l'autre, souffrante, le reçoit étendue. Comme elles s'aiment aussi avec passion, elles s'en font part et ce qui surprend Diderot, elles ne s'en veulent nullement. Sophie lui explique qu'en l'occurrence, elles partagent ce qu'elles ont de meilleur dans leur vie.

Ces étranges relations n'ont lieu qu'en tête à tête : même si Sophie ne peut être jalouse de sa sœur chérie, elle n'a pas envie de la voir dans les bras de son amant. Sait-elle seulement ce qu'elle lui doit ? Il lui garde sa sœur vivante. C'est lui qui la force à guérir, lui qui s'en occupe chaque jour ; c'est pour lui qu'elle accepte de remanger, de se redresser. Alors que sa mère n'a jamais été assez inquiète pour rentrer à Paris. Diderot la sauve réellement, pas ses soins, par son désir... Sa présence assidue. Ses caresses lui rendent la vie, elle en est sûre, elle l'en persuade. Rien n'est plus fat qu'un amant comblé.

La fuite de son mari pour cause de malversations est réparée par le désir fou que Diderot a de son corps pourtant meurtri de phtisie. Diderot n'a jamais peur de la contagion. Il a raison. Il n'attrape que des indigestions à table.

C'est encore l'année où, de toute part, il entend attaquer avec hargne et méchanceté, l'*Émile* de Rousseau, qu'il ne peut se résoudre à appeler un ancien ami. Leurs relations se sont terriblement distendues, mais Diderot aime toujours qui il a aimé. Il attend que revienne l'heure Rousseau. Surtout il l'espère. Son dernier ouvrage crée une polémique passionnante à propos de l'éducation des enfants. Entre-temps, le premier livre de Louise, corrigé par Diderot, est sorti en librairie. Versailles en a fait des gorges chaudes : comment ! Une femme de la plus haute noblesse qui s'abaisse à torcher elle-même ses enfants ! Et pis, qui préconise que chacune en fasse autant ! Pourquoi pas la reine pendant qu'on y est ! Et Louise d'enfoncer le clou à l'aide d'exemples de pédagogie appliquée.

Après qu'elle l'a somptueusement traité, nourri, logé, entretenu, consolé, Rousseau la considère comme sa pire adversaire. Il se comporte envers elle comme envers tous ses amis, avec une ingratitude désobligeante, il fait croire qu'elle lui est redevable d'avoir eu l'honneur de le faire vivre. Mais surtout, et pour elle c'est le pire, il a abondamment pillé son travail. Son *Émile* décalque des paragraphes entiers de son *Éducation de mon fils*.

Sauf dans le conflit avec Louise, où il doit se taire, Diderot prend toujours la défense de Rousseau. Il n'a jamais cessé d'estimer le talent de son ami et de le clamer.

Ça n'a pas l'art de le toucher. Rousseau, décidément,

ne veut plus entendre parler de Diderot. En dépit des émissaires qu'il lui envoie : ces Damilaville, ces d'Alembert, ces Grimm, ces Helvétius qu'il prie de lui ramener l'ami Rousseau comme avant. Ce dernier refuse obstinément de le revoir. Et le fait savoir.

« J'ai été son ami. Je ne le suis plus. Rien de plus à dire sur ce chapitre... » Et pourtant il ne va plus cesser : « Né meilleur que Voltaire, il est devenu bien pire »... « Je sais respecter les droits de l'amitié même éteinte, mais je ne la rallume jamais. »

Après que Louise lui montre pour le dessiller les nombreux emprunts que Rousseau lui a faits sans la nommer jamais, Diderot commence à se dégriser envers cet ami plus que défectueux. En même temps, ces deux amis qu'on n'appelle plus que frères ennemis ne se remettent ni l'un ni l'autre et n'ont de cesse de s'intéresser à l'autre.

En cette période de plus en plus trouble politiquement, un seul texte parmi les nombreux qu'il compose, bénéficie d'une autorisation de publication, c'est l'*Addition à* ses pourtant fameuses *Pensées philosophiques*, son premier livre jadis condamné à être lacéré et publiquement brûlé. À la demande de Malesherbes qui le protège toujours tant qu'il peut, et s'empresse de lui délivrer le plus d'autorisations possible, Diderot rédige un *État des lieux de ladite librairie* publié sous forme d'une *Lettre sur le commerce des livres*.

À la présentation de ce texte par d'Alembert chez Julie de Lespinasse, Diderot rencontre un des héros de sa jeunesse, le très célèbre David Hume, ce philosophe anglais qu'il a lu dans le texte toujours aussi novateur. Diderot est enchanté de pouvoir témoigner sa reconnaissance à un maître en scepticisme. Ils sont en accord sur l'essentiel quant aux grands sujets, Dieu, la nature, l'imagination... Ils sympathisent tant, qu'ils projettent de faire un livre ensemble. Là aussi, il fait la connaissance de Garrick, cet immense comédien anglais. Diderot, qui ne cesse de rêver théâtre, en le questionnant trouve enfin la forme d'un livre dont Garrick sera le héros. C'est à l'acteur anglais qu'il adresse le *Paradoxe du comédien*, encore à l'état embryonnaire. C'est lui qui l'inspire. Garrick est l'Acteur par excellence, par essence. Superbe et définitif roi Lear, la plus belle incarnation que Diderot a jamais vue au théâtre. Il rédige son « comédien, mode d'emploi », sorte de traité dialogué des règles nouvelles qu'il rêve d'édicter pour faire progresser la comédie moderne, c'est-à-dire son théâtre, et Sedaine, nouveau venu dans sa vie, sur les planches et dans son cœur. Plus jeune que lui, il écrit des pièces selon ses prescriptions. Un théâtre moderne qui ne cherche plus à imiter les inimitables Racine et Corneille et met sur scène des hommes et des femmes, contemporains du public, habillés pareil, débattant de sujets qui les concernent tous, et qui parlent comme on parle tous les jours. Garrick et Sedaine sont à la fois inspirateurs et récipiendaires de ce *Paradoxe du comédien* dont, d'une traite, Diderot rédige le premier jet.

Sa vie se déroule suivant un ruban de perfection tortueux, certes, mais perfection tout de même. Même avec Nanette, les choses se tassent un peu. Elle est guérie de sa petite peste, encore faible, et reconnaissante du soin qu'il a pris d'elle. Il y fait d'autant plus attention qu'il y a désormais dans sa vie, dans son cœur, dans sa couche, non plus une, mais deux sœurs Volland. Comment pourrait-elle lutter, pauvre Nanette ? Elle renonce. Et décide de prendre son mari quand il est là et comme il est. Du coup tout s'apaise. Il crée beaucoup. Il aime énormément. Il est très heureux. Depuis que l'autorisation leur a été rendue de diffuser les tomes suivants de l'Encyclopédie, le petit chevalier de Jaucourt veille sur leur sortie régulière, Diderot en est libéré. Il travaille autant mais moins dans l'urgence.

Le jour où il a besoin de consulter un article de lui dans l'Encyclopédie, il découvre l'étendue de l'escroquerie de ses libraires. Incroyable ! Il n'en croit pas ses yeux. Ils ont tailladé dans le vif de son travail. Et sauvagement, pis que des censeurs rédimés ! Ils l'ont allégrement censuré au point que Diderot n'y retrouve pas ses petits. Il cherche, il vérifie, il regarde d'autres articles, ceux de d'Holbach, d'Helvétius, de Prades... D'autres encore, de sa main... les relit, les compare à quelques-uns des rares manuscrits originaux qu'il arrive à retrouver... Partout, ils ont été retouchés, amoindris, minimisés, amputés... Oui, censuré, il n'y a pas d'autre mot. Sa colère, son chagrin, son ressentiment sont homériques. À l'échelle de la machine encyclopédique. Monstrueux. Le pire affront de sa vie. D'autant qu'il n'y a pas de réparation possible, c'est peine perdue... Il lui est absolument impossible de dénoncer ce forfait, ce serait se désavouer soi-même. Attaquer ses libraires, c'est incriminer son propre travail. Dire tout haut qu'il le renie, c'est en condamner la diffusion, discréditer l'Encyclopédie auprès du public, attenter à la vente des derniers volumes. Alors que depuis plus de vingt ans, il ne cesse de batailler pour que la publication continue, reprenne, finisse... ! Ce serait se tirer une balle dans le pied et brûler son travail que de rendre cette censure publique. Le rouge lui reste au front. Et la colère au cœur.

À sa grande surprise, aucun autre collaborateur du grand'œuvre ne se plaint ! À croire que personne ne remarque à quel point tous les textes un peu saillants, un peu impertinents ont été limés par les ciseaux des libraires plus frileux que la censure ecclésiastique ! Sauront-ils jamais qu'ils ont été caviardés ? Diderot ne dit rien. Après tout, c'est lui le responsable. Il a beau tempêter après les libraires... Ils sont allés jusqu'à détruire les originaux. Impossible de retrouver les manuscrits des auteurs. Ne reste que ces impressions mutilées. Ils ont effacé les traces. Ils ont jeté, détruit, mis au feu les originaux afin que nulle police ne tombe dessus. Pleutrerie quand tu nous tiens ! Plus jamais, Diderot n'adressera la parole à ces libraires bouchers ! Il s'en fait le serment.

Le grand silence des auteurs de l'Encyclopédie s'explique selon Diderot par la lenteur avec laquelle on achève de la publier. Sept volumes sont parus au début des années cinquante, puis après sept ans de suspension, dix autres sortent d'un coup comme une salve en moins de deux ans. Personne n'a pris le temps de se relire. Et puis on oublie. Pas Diderot. Quoique...

Aussi vite que sa colère est montée, elle retombe. Après tout, maintenant l'Encyclopédie, c'est fini. C'est derrière lui. Tant pis. Il s'en était détaché depuis un moment, n'a plus écrit que 28 articles dans le tome IX, et seulement 63 pour les huit derniers volumes ! Flottait déjà un air d'illusion perdue qu'au grand jamais Diderot n'a laissé percevoir mais qui a miné ses derniers travaux. Commencée dans l'exaltation, la certitude d'innover, de changer le monde, elle s'achève en pensum. Même sans les ciseaux des libraires, il sait qu'il n'a pas atteint son but. Oh ! il a bougé des lignes, mais pas assez. Allez basta ! Il tourne la page Encyclopédique. Vingt-deux ans de sa vie se referment net, et fait miraculeux, don de sa nature, aussi vite, il s'en remet, il oublie et passe à autre chose. Avec sa déconcertante désinvolture.

Il essaie encore de se réconcilier avec Rousseau lors d'un de ses passages, très commentés, par Paris. À nouveau celui-ci le dédaigne. Cette fois, Diderot se le tient pour dit. Il ne tentera plus rien vers lui. Jusque-là, il croyait l'aimer encore, pouvoir le retrouver, autre mais semblable dans ce jus d'amitié qui les a nourris. Désormais, il se tient à distance et pis, s'en défie. Comme tout le monde, il redoute ce qu'il sait Rousseau capable d'écrire pour nuire. Tout ce qui en France aime la littérature, bruit de la promesse sans cesse repoussée de ses fameux Mémoires, qu'il a l'audace ou l'impudeur d'appeler ses *Confessions*, histoire de faire trembler ceux qui l'ont jadis connu, aimé, se sont confiés à lui sans défiance... Et avec lesquels il a pris soin de se fâcher pour toujours.

Rousseau c'est comme l'Encyclopédie. Tant que Diderot y a cru, il l'a aimé, défendu, désiré. Maintenant c'est fini, il n'y changera plus rien, il décide de s'en balancer. Hauteur, dédain, oubli. Distance infinie...

Distance qu'il ne peut conserver envers ce sinistre clergé, épaulé par les Parlements, qui vient encore de commettre un crime d'autant plus virulent qu'on le dit affaibli par la sempiternelle querelle jésuite-janséniste.

Une histoire édifiante bouleverse le royaume. Celle d'un enfant de 18 ans, le malheureux chevalier de La Barre. On raconte qu'il n'a pas ôté son chapeau sur le passage d'une procession ! Ou qu'il a tiré la langue à un crucifix ! On n'est pas fixé, sinon qu'il a commis un crime. Que sait-on de son crime ? Que c'est une peccadille. Meurt-on en France pour une peccadille ? L'infamie de son procès, de son jugement et de sa mise à mort est telle que même Diderot en est affecté.

Le grand Voltaire dégaine le premier et s'élève pour prendre sa défense, publiquement. Le meilleur Voltaire déploie là une plume au faîte de son talent. Grand admirateur du maître, Diderot salue l'exploit. Voltaire fait du malheureux chevalier de La Barre la métaphore de toutes les injustices de cette fin de règne qui n'en manque pas, de cette Église aux pouvoirs disproportionnés, et du roi lui-même qui n'a pas daigné exercer son droit de grâce.

Libéré du travail à l'Encyclopédie, Diderot se rapproche chaque jour davantage de son époque. Maître de son temps, libre comme jamais, secrètement il écrit sur ce temps, mais n'ose encore parler au grand jour. Il témoigne sous seing privé dans un courrier à Voltaire.

Je sais bien que nous sommes enveloppés d'une nasse qu'on appelle police et que nous sommes entourés de délateurs ; je sais bien qu'un honnête homme peut en vingt-quatre heures perdre ici sa fortune parce qu'ils sont gueux ; son honneur parce qu'il n'y a point de lois ; sa liberté parce que les tyrans sont ombrageux ; sa vie parce qu'ils comptent la vie d'un citoyen pour rien...

Comme Voltaire, il aurait dû, il aurait voulu s'insurger contre tant d'atrocités et d'injustices, mais il n'a pas pu. Sa fille, sa liberté !

N'est pas Voltaire qui veut. Et Voltaire n'a pas d'enfant.

La fin définitive de l'Encyclopédie, ajoutée à son terrible détachement pour ce qu'elle deviendra, agissent sur lui comme une libération ! Mais pas encore aujourd'hui, pas maintenant. Plus tard.

Demeure la prison de son ambition paternelle. Tant qu'il ne l'aura pas bien mariée, il sera condamné au silence.

CHAPITRE 7

1767-1772

De sa liaison avec les trois sœurs au mariage de sa fille...

> Je ne sais rien prendre modérément, ni la peine ni le plaisir...
>
> *Correspondance*

Plus et moins que jamais Diderot a envie de rester chez lui. Plus, parce qu'Angélique lui offre une adolescence radieuse. De s'en être peu occupé dans l'enfance, d'avoir laissé vierge ce jeune cerveau lui donne d'ineffables joies depuis qu'il l'ensemence. Il a pris en main son éducation, lui fait donner des cours de morale, de clavecin, et, afin qu'elle n'arrive pas trop niaise au mariage, lui offre ce qu'il appelle un début d'éducation sexuelle en s'aidant des planches anatomiques de l'ami sculpteur Jean-Baptiste Pigalle.

Et moins, car le caractère de Nanette qui tendait à s'améliorer est vite retombé dans l'aigreur. Elle a désormais une alliée dans la place, sa sœur Marie. À la mort de son mari, elle est venue vivre chez eux. Impossible de refuser, veuve et ruinée. C'est une coalition. L'air est irrespirable. Diderot n'a qu'une idée, courir retrouver les sœurs Volland. Ses amies, ses amours. Ou ses frères de toujours, d'Holbach, Grimm... Ou encore ses quelques certitudes, le travail, les peintres, Greuze, Watelet, Pigalle, les imprimeurs... Oui, mais Angélique...

Drame existentiel pour ce père qui ne rêve que d'immobilité dans ses relations affectives, de paix, de confiance douce, huilée, calme. Angélique vient d'avoir ses premières règles ! Ce qu'il caressait comme une vue de l'esprit se rapproche soudain à vive allure. Elle peut désormais le faire grand-père du jour au lendemain. Il va vraiment falloir la marier. Elle a 14 ans. La marier, soit, mais pas comme lui s'est marié. Elle doit faire le meilleur mariage possible, avec l'assentiment des siens et surtout de son père. La guerre, c'est trop pénible, Diderot a de mauvais souvenirs de ses premières années, de son entêtement... L'idée que son tout petit enfant puisse demain attendre un bébé le bouleverse, d'autant que l'image suivante dans son imaginaire est un immense vide. La maison vide après la mort de ses premiers enfants. Et celle qui le sera davantage après le départ de cette merveille qu'est sa si jeune fille unique, adorée... Adieu à toute joie alors, joie de vivre, joie de comprendre et d'expliquer, d'apprendre pour transmettre...

Depuis qu'il l'a mise au clavecin, il ne rate aucune de ses leçons. Pour mieux ferrer son professeur, il lui a promis de faire un livre avec lui. Qu'il est déjà en train de composer. Les progrès d'Angélique sont époustouflants au clavecin, comme en toute chose... Elle est douée, elle apprend vite et passionnément. C'est magnifique à voir. Mariée, il ne la verra plus ! Même Grimm le dit... Tiens, Grimm ! Pourquoi ne pas prendre Grimm pour gendre ? Il lui garderait sa fille à portée, Grimm est toujours près de Diderot. Il s'attacherait en plus son meilleur ami par un lien de famille...

In extremis, une pudeur l'empêche de partager cette lumineuse idée. Grimm n'a jamais posé les yeux sur un tendron. Alors sa fille, ce bébé ! Depuis qu'il a cette liaison fort tiède avec Louise d'Épinay, le chapitre femme est clos. Les femmes ni les sentiments ne l'ont jamais intéressé. Maintenant il en a une, ça lui suffit.

Et Angélique, sa fille, sa toute petite, qu'en dirait-elle grands dieux ? Il se tait et conserve par-devers lui ce rêve fou, égoïste et stupide ! Inutile de déclencher l'ire des deux sœurs, Nanette et Marie n'auraient pas fini de le ridiculiser.

Dehors il est toujours très occupé. Sitôt Sophie parisienne, la même frénésie érotique et intellectuelle s'empare de lui. D'elle et de lui. Il doit, il veut, il lui faut la voir. Aimer à ce point sa meilleure amie est pour lui une incroyable réussite. Une femme à qui il peut tout dire, avant et après l'amour, tout confier. En cachette. Après tout, le mystère de ce désir toujours renaissant tient peut-être à sa clandestinité imposée ? Sophie est à Paris une période de l'année que Madame Mère réduit de plus en plus. De quatre à six mois selon les années... 1768 est pis encore, elles restent neuf mois parties. Et sa mère reçoit beaucoup pour distraire Sophie du manque de son amour !

Demeurent à Paris ses deux sœurs, de qui Diderot se rapproche. Faute de grives...

Le trouble qui s'est emparé de lui quand il a su la nature sensuelle des liens entre les deux cadettes ne faiblit pas. Il lui donne envie de s'immiscer davantage entre elles trois, d'y aller voir de plus près. Si ses deux sœurs Charlotte et Jeanne sont aimées de celle qu'il adore, pourquoi ne les aimerait-il pas aussi ? Jeanne de Blacy est plus rétive que Charlotte Legendre. Elle le connaît moins, l'excuse Diderot, et puis elle s'occupe à plein temps de sa fillette handicapée, Mélanie, une aveugle-née, qui émeut fort l'auteur de la *Lettre sur les aveugles*. Son mari, non content de la tromper ostensiblement, la ruine opiniâtrement : banqueroute frauduleuse... Par amour pour ces trois sœurs, Diderot aide l'escroc à fuir l'Europe où sa réputation est morte, afin de ne pas déshonorer sa famille. Diderot use de son crédit pour le faire nommer aux nouvelles colonies, et dissimuler l'infamie de la situation. Jeanne de Blacy née Volland, se retrouve comme Charlotte, seule à Paris. Charlotte, parce que sa santé ne lui permet pas de rejoindre son mari qui se refait une santé financière en province, ni sa mère. Sérieusement éprouvée par une crise de phtisie, affaiblie, elle ne sourit qu'à l'entrée de Diderot dans sa chambre qu'elle n'a plus la force de quitter. Du coup, il la visite chaque jour et s'y attache de plus en plus. Elle n'a que lui pour prendre soin d'elle ! Ni mari, ni mère, ni Sophie, ni Jeanne trop perturbée par ses problèmes du moment. Lui seul s'en inquiète et la soutient.

S'il lui fait l'amour sitôt que les forces lui reviennent, ce n'est pas seulement pour lui rendre ses couleurs, Diderot est toujours entraîné par ses sentiments au-delà de ce qu'il imaginait. Ces semaines d'intimité, si près de son corps étendu, ont vu monter le désir entre eux, Diderot n'osait pas avoir ouvertement envie d'elle, il a fallu qu'elle l'attire dans ses bras. Et qu'une embellie dans sa maladie leur offre un petit répit le temps d'avouer la nature sensuelle de leur désir. Diderot ne laisse jamais son corps à l'écart, il a toujours besoin de l'y mêler.

Charlotte, la petite dernière, hier encore coquette, trop gâtée, allumeuse mais pas prêteuse, ne s'abandonnant jamais de peur de ne pas se reprendre, ne cédant à aucun de ses courtisans pour mieux les garder tous, confrontée à la maladie, a perdu tous ses masques et faux-semblants. Deux choses ont joué, songe Diderot qui même enflammé conserve sa cruauté de jugement. Sa jalousie envers Sophie, qui, quoique plus âgée et moins jolie en termes de séduction à la mode et concurrence de fanfreluches, s'est passionnément attachée à cet homme à femmes à qui le monde prête son poids de conquêtes. Eh oui ! De n'avoir jamais retenu un compliment envers aucune femme lui a fait cette réputation dont il est au fond assez fier. Et Charlotte le sait mieux que quiconque, très sensible aux jolies phrases qu'il ne manque jamais de lui offrir quant à sa tournure, son sourire ou son chapeau. Ont joué aussi sa maladie, la conscience nouvelle de la mort, de la vanité des choses, qui l'ont guéri du papillonnage, et lui ont donné le même désir que Sophie de nouer des liens inaltérables. Diderot incarne cette promesse-là.

Les mois passant, il commence à trouver scandaleux l'absence de sa mère et de sa sœur à son chevet. Il la croit mourante, la Faculté aussi. Et elles ont décrété que c'était un caprice. Mortel caprice ! Elles se gobergent là-bas à la campagne. Elle se meurt ici en solitude. Car elle se meurt. Ce n'est pas qu'un prétexte pour la serrer encore plus fort dans ses bras.

Par chance, si l'on peut dire, le grand docteur Tronchin est nommé à Paris. Leur amitié et leur estime n'ont fait que croître au fil des années. Il a collaboré avec bonheur au grand'œuvre et s'en est félicité. Diderot a la plus absolue confiance en son jugement. Il l'a toujours mené au chevet de sa fille. C'est dire. Il le conduit donc auprès de Charlotte. Il confirme hélas le diagnostic de l'ami Bordeu. C'est bien la phtisie.

Il le mène aussi près de son épouse, victime de troubles de plus en plus fréquents. Tronchin murmure poliment à Diderot que sa femme ne souffre que d'amertume. Sa constitution est excellente, c'est toujours une belle et forte femme. Mais elle se sent délaissée et ne sait comment l'exprimer. Elle a raison ! Diderot n'a de cesse de la fuir. Le travail l'a toujours pourvu en prétextes, plus hier à l'heure de l'Encyclopédie qu'aujourd'hui, quand il se démenait pour leur fournir le vivre et le couvert au jour le jour. Alors Nanette respectait sans mot dire. Maintenant il se pique d'être un artiste, écrivain, philosophe... Elle et sa sœur se moquent allégrement. D'autant qu'il refuse de les publier, ses soi-disant chefs-d'œuvre !

Diderot multiplie ses visites à Charlotte et la trouve plus diaphane, plus transparente chaque jour. Bizarrement, plus désirable aussi, mais à force de l'étreindre il a peur de l'écraser. Comme un oiseau qu'une petite fille étouffe sans le vouloir. Plus douce et plus simple, elle qui le trouvait effrayant hier se sent en confiance comme jamais. De là, au désir, à une sorte de frénésie sexuelle comme pour ramener à tout prix la vie à ce corps meurtri, que la langueur étendue de Charlotte attise et amplifie...

Il l'écrit à mots couverts, à Sophie qui ne répond rien. Aussi se prend-il à rêver tout seul d'un somptueux trio d'amour... Hélas, Nanette... Trio idéal pourtant : « Je vous aime toutes les deux, à la folie. Vous vous aimez. Aimons-nous. » Si Sophie est jalouse, elle n'en montre rien. Elle s'est mise dans son tort en n'étant pas là depuis six mois, elle n'a rien à dire, décrète Diderot.

Charlotte malade, il ne la quitte pas. Doucement, elle se remet un peu. Diderot reprend une vie plus normale. Et le régime des scènes avec Nanette et sa sœur recommence autour de l'éducation de sa fille adorée. Dès qu'il s'éloigne, les dévotes la reprennent en main. Il revient, il en fait autant. Là, il l'amène voir son travail chez les libraires, où il corrige les ultimes planches de l'Encyclopédie : elles achèvent d'être imprimées, diffusées, vendues. L'autorisation qu'on lui rend est dite « tacite ». Ultime ruse de Malesherbes pour la tolérer sans l'admettre. Le pouvoir ferme les yeux, sans consentir explicitement, laisse sortir en province, loin de Paris, loin de Versailles. Le roi ne voit rien, reste à espérer que l'Église en fasse autant. Les jésuites viennent d'être bruyamment chassés du royaume ; ça permet aux derniers volumes de l'Encyclopédie de sortir tous en même temps de leurs fictives presses hollandaises. Avant de quitter sa charge de Libraire général, Malesherbes laisse l'ordre de diffuser l'Encyclopédie en province. Les Parisiens n'ont qu'à se la faire envoyer. En 1775, l'affaire est bouclée, la tâche achevée, Diderot soulagé et rajeuni d'au moins vingt-deux ans. Vingt-deux années consacrées jour après jour aux tracas de l'Encyclopédie. Finies les années de bagne. Pour quel enjeu ? Instruire les Français. A-t-il atteint son but ? Elle existe, elle est disponible à tout un chacun sachant lire. Diderot doute de ses effets espérés jadis : « répandre par le savoir justice, égalité, agrandir les domaines de liberté accessibles à tous, révéler la grandeur de la nature et le respect qu'on lui doit... » Il a tant rêvé de cette machine à mettre la connaissance à portée du monde entier. En cours de route et d'embarras, il a perdu la foi, mais n'y a jamais renoncé. Maintenant que ça se termine, il se sent libéré d'un poids immense. Il a surtout besoin de toute sa tête, pour penser à cette incroyable liaison avec les deux sœurs. C'est pour lui une telle transgression, il n'a jamais imaginé vivre si simplement pareille débauche. D'autant qu'il doit le reconnaître, il n'a jamais non plus traversé de période plus heureuse.

Il choisit de soigner sa réputation, polir sa statue, celle que lui doit la postérité. Puisqu'il a assez d'argent pour écrire sans publier, sans entamer l'honneur de son nom et pour doter sa fille, il dissocie davantage ses existences. Tout est permis tant que personne ne sait rien. Ne jamais se laisser rattraper ni par ce qui pourrait profondément blesser Nanette ou chagriner sa fille, ni par ce qui risquerait de le mener à la Bastille. Il jouit de toute sa liberté mais en cachette. Son grand amour pour les sœurs Volland, dissimulé sous la casaque du bon père et du bon mari ; celle du directeur de l'Encyclopédie qui écrit dans l'ombre des textes sulfureux, condamnés à demeurer cachés. Tel est son lot depuis Vincennes. Diderot a réduit à presque rien ses besoins d'argent pour lui-même, il n'accorde aucune importance à sa tenue, un austère habit de drap noir lui suffit, il n'a jamais envisagé autre chose qu'un petit logement, il aime vivre dans une économie domestique réduite au nécessaire. Nanette aussi qui a gardé de sa jeunesse des principes de frugalité qui ne laissent pas de place aux dépenses inutiles. L'argent qu'il gagne, ou dépense, est toujours pour les autres.

L'heure de marier sa fille approche, son chagrin augmente d'autant. Et la dot ? L'ami Grimm veille au grain. Pour la seconde fois, l'impératrice de toutes les Russies se porte acquéreuse de sa bibliothèque. Elle en a doublé le prix d'achat, croyant que telle était la cause de son premier refus. Cette fois, il ne la laisse pas passer. D'autant que ça ne le prive de rien, Catherine II lui laisse la jouissance, jusqu'à sa mort, de tous ses livres et outils de travail, mieux, elle lui fournit force subsides pour continuer de l'enrichir. Elle le nomme bibliothécaire personnel de sa propre bibliothèque. Contre de l'argent, beaucoup d'argent. On ne refuse pas deux fois si généreuse proposition. L'ambassadeur Galitzine, qui négocie au nom de la tsarine, plaît beaucoup à Diderot et réciproquement. Ils se voient pour négocier, et se revoient pour le plaisir. L'incroyable générosité de Catherine II fait le reste. Sa munificence change la vie des Diderot. Ce n'est pas la fortune, c'est mieux, un état philosophique auquel il n'a jamais cessé d'aspirer : l'indépendance matérielle ! D'abord il peut doter sa fille royalement. Ensuite, maître absolu de ses écrits, il n'a plus besoin de publier pour vivre. Et cerise sur le gâteau, plus jamais il ne devra solliciter faveurs, honneurs ou pensions. La libéralité de Catherine II le place matériellement dans la position qu'il occupait intellectuellement : à l'abri des vicissitudes de son temps, et prêt à entamer un dialogue avec la postérité. En échange de quoi ? Pour l'heure, rien.

Entre-temps, le « crime » de la tsarine s'est estompé des esprits. Après tout, elle règne sur un immense pays où le sang ne coule pas plus qu'ailleurs. Elle veut de la philosophie. Elle veut être éclairée par des « lumières » comme Voltaire appelle sa bande d'admirateurs, suiveurs et imitateurs parisiens, ainsi qu'il les considère tous en son for intérieur. Eh bien qu'elle se les offre ! Elle en a les moyens, et au prix fort, habilement négocié par Grimm : cinquante mille livres !

Damilaville est seul à oser exprimer publiquement, et la gratitude que le monde philosophique et artistique éprouve devant le geste magnifique de Catherine II, perçu par l'ensemble de la communauté pensante comme la reconnaissance envers l'Encyclopédie et ceux qui y contribuent, et le scandale d'une France qui laisse dans l'indigence ce qu'elle produit de plus élevé, de plus noble. *L'impératrice acquitte les dettes de la France...* Le geste de Catherine II envers Diderot devient pour l'Europe entière le symbole de l'incurie du royaume et élève Diderot au rang de martyr, sauvé *in extremis*. Même ses pires ennemis comme Fréron ont des sanglots dans la plume pour parler de ce malheureux acculé à vendre sa bibliothèque. Ça attendrit dans les chaumières lesquelles du coup s'ouvrent à la pensée encyclopédique. Tous les plumitifs de France, d'Alembert, Voltaire y vont de leur petit mot de remerciement à Catherine II : « Andromède, Persée, Calisthe... ces astres-là ne vous valent pas. Ils auraient laissé Diderot mourir de faim. Il a été persécuté dans sa patrie et vos bienfaits viennent l'y chercher. Nous sommes trois, d'Alembert, Diderot et moi qui vous dressons des autels. »

Diderot est aux anges, mais aux anges un peu déchus quand même. Il s'en ouvre à Sophie. Désormais il peut écrire toutes les cochonneries politiques et religieuses qu'il veut, et ne s'en prive pas. Et même marier sa fille comme une duchesse ! Consécration de sa carrière de miséreux. Grand jour qu'il aimerait fêter dignement par une orgie avec l'ami Rameau. Une pensée pour Rameau, le Neveu, oui, c'est là son ultime contradiction... Ultime mais considérable, et omniprésente. Le Neveu lui a mis le nez dedans ! Puisque c'est comme ça, il s'y vautre en conscience. Il a raison, Rameau. Il avait raison, se reprend Diderot, parce que après son énorme scandale, on raconte qu'il n'aurait plus toute sa raison. Du jour où Diderot lui a laissé sa bourse, dont il a fait l'usage qu'on sait, le bruit court qu'il est mort. En fait seul son oncle s'est récemment fait enterrer. En première classe et en le déshéritant, ce qui a dû achever son chagrin et sa rébellion, sa misère et sa déchéance. Le bon oncle a succombé tranquillement à son âge et à sa suffisance. Chacun l'a cru encore au clavecin tant il avait bien réglé les cloches de son enterrement.

La rumeur n'est pas précise, elle dit le Neveu tantôt mort, tantôt en prison, à l'asile des nécessiteux, ou carrément aux *petites maisons* chez les fous. Bah, il l'était bien un peu et relevait à la fois de toutes ces bonnes maisons mais jamais à plein temps.

Diderot veut en avoir le cœur net, le Neveu lui revient trop souvent à l'esprit. Il charge Naigeon, son nouveau souffre-douleur, un pâle lettré énamouré qu'en termes académiques l'on nomme un secrétaire, et qu'il rétribue comme tel, de le lui situer dans l'espace. Fût-ce au cimetière, il veut son adresse.

Régulièrement, il se remet à son dialogue avec lui, entrepris la nuit de leur dernière rencontre, inachevé, inabouti. Insatisfaisant. Il ne sait pas lequel des deux protagonistes doit l'emporter. Au fond de son cœur, c'est le texte de lui qu'il préfère, avec ce Salon de l'année 1767 où, en parlant de peinture, il s'est bien plu.

L'écriture prend de plus en plus d'importance, le travail sur la langue, la mise au clair de ses idées, et ce qu'il arrive parfois à en tirer. S'il n'était tenu au rationnel, il irait encore plus loin, avec les étranges matériaux, les trop audacieuses pensées qui lui tombent sous la plume depuis qu'elle n'est plus mercenaire et court en liberté. Même lui s'en étonne.

Merci à la tsarine grâce à qui il a le sentiment d'être sorti des turbulences de la vie dure et des chagrins de la pauvreté. De l'écriture vénale. Au fond toute sa vie, tant de travail, tant de passions, de sphères d'intérêts se chevauchant, il n'a jamais eu le temps d'aller mal. Trop de sollicitations des uns et des autres, trop d'aventures, d'amour et d'amitié. De désirs et de frustrations, tant de vies à vivre encore.

Sans parler des misères physiques assez bien réparties entre les siennes et celles des femmes Volland, celles de Nanette et d'Angélique, les trois sœurs et leur mère, sa femme et sa fille... Il y en a toujours une ou deux à visiter, à soigner, à consoler. Outre quelques amis qui commencent à faire défection, et pas seulement des amis... Il réalise qu'il n'a pas encore pris le temps de pleurer une de ses plus grandes admirations de jeunesse, un de ceux, à cause ou grâce à qui, il est là, occupé à ce qu'il fait. Peut-être que nier aussi effrontément la mort, c'est sa façon à lui d'aimer la vie. Après Montesquieu, c'est au tour du délicieux Marivaux de s'escamoter aussi élégamment qu'il a vécu. Mort de sa belle mort comme on dit, mais tout a toujours été beau chez lui.

Que reste-t-il de ses émerveillements d'hier ? Voltaire, toujours, l'immortel Voltaire.

Le tournis se ralentit un peu. Louise d'Épinay, son associée pour la *Correspondance littéraire* et dont il supervise les écrits, l'amie chérie, soupire toujours après Grimm absent ou distant. Un matin, elle lui apprend à grand renfort d'exclamations :

— Ça y est ! C'est fait, il a commencé !

— Quoi donc ?

— Rousseau, ça y est !

Le Rousseau qu'ils ont connu et aimé, qu'ils ont tous deux espéré revoir à chacun de ses passages à Paris et qui les a rejetés autant de fois qu'il y a fait escale. Oh, pas plus de trois-quatre fois en dix ans... Il a donc commencé de cracher son venin. De salons en salons, il va lisant les meilleurs extraits de ses *Confessions*, c'est-à-dire les plus sanglants. Diderot sait comme Louise qu'ils y sont tous deux les plus maltraités, en proportion de l'intimité qui fut hier la leur. « C'est trop facile ! » Jeanne, l'aînée des Volland, le confirme. Elle était l'autre soir chez Mme du Deffand, « davantage que du venin, c'est du fiel. Un vrai poison. Ça doit tuer ».

Jeanne est la seule personne que Diderot a jamais croisée au chevet de Charlotte. Ils ont souvent fini l'après-midi ensemble. Ils ont appris à se connaître sans Sophie, sans Charlotte, hors d'elles. Jusque-là Diderot n'était que l'amoureux d'une des sœurs, puis secrètement de la seconde, et maintenant ? Bien sûr qu'il aime Jeanne aussi ! Comment faire autrement ? Elle est bouleversante d'émotion. Si Sophie s'avise d'en prendre ombrage, il lui dira que c'est sa faute : c'est elle qui lui a montré l'exemple. Diderot est d'une mauvaise foi indécrottable quand il s'agit de ses amours. Ou de son bon plaisir.

Maintenant que Jeanne et Charlotte se retrouvent sans maris, mauvaise fortune pour l'un, banqueroute dissimulée aux colonies pour l'autre, les sœurs se rapprochent encore puisqu'elles s'installent ensemble, rue Saint-Thomas-du-Louvre, Sophie et sa mère au premier étage, Jeanne et sa fille Mélanie au rez-de-chaussée. On espère que Charlotte les rejoindra un jour. Si elle se remet. On lui garde un appartement entre les deux sœurs.

Il était temps que Sophie et sa mère rentrent relayer Diderot près de Charlotte, laquelle va tout de suite mieux. Apparemment. Comme une embellie. Lui à l'inverse est violemment immobilisé par une crise de goutte. Couché tout un mois, il dévore l'œuvre que Sterne lui a fait parvenir d'Angleterre, ce *Tristram Shandy* qui le fascine et qu'il ne peut quitter. Ravi d'être immobilisé et contraint de lire au lit ! Sterne, son alter ego anglais, a joint à son envoi sa traduction du *Fils naturel*, la première pièce de Diderot qui avait fait un four tel qu'il avait renoncé à la faire rejouer. Elle a bien plus de succès sur les planches anglaises.

Aujourd'hui Diderot est plus tranquille, en tout cas il n'est plus dupe de ses vieux rêves de gloire. Il a compris. Le succès c'est toujours hier. Or de plus en plus, il se contrefiche du passé, ne s'intéresse qu'au bel aujourd'hui. Ou à l'avenir lointain pour ses ouvrages impubliables.

De son dernier voyage à Langres, il a ramené pour Angélique un fiancé selon ses vœux, espère-t-il. Caroillon de Vendeul est le petit-fils de feu le meilleur ami de son père. Diderot est le parrain de son frère aîné, c'est dire qu'on est déjà quasi en famille. Ce rapprochement avec ces choses de l'enfance, noms et lieux familiers, cette rassurance... N'est-ce pas la preuve qu'il vieillit ?

Diderot envoie une prière à son frère récemment nommé chanoine de la cathédrale de Langres pour que ce soit lui qui célèbre le mariage de son unique nièce. Celui-ci refuse. Et refuse. Et refuse encore ! Suit un échange de lettres où Denis l'aîné supplie Didier, le petit dernier, de se montrer un peu fraternel, à tout le moins pas trop mauvais oncle, sinon bon chrétien. Même ça, il refuse. Angélique ne peut être qu'une horrible mécréante puisqu'elle est la fille de Denis Diderot. Il ne bénira pas son union. Nanette et Angélique lui écrivent à leur tour pour le supplier humblement. Refus et dédain pour toute réponse. Tous, il les rabroue avec humeur. L'échange entre eux, sans parler des intercesseurs, dure jusqu'à ce que Diderot, définitivement blessé, lui renvoie son ultime lettre sans l'avoir ouverte.

Outre sa bibliothèque achetée « en viager » et sa rente de bibliothécaire, Catherine II le rétribue pour qu'il lui constitue une collection d'œuvres d'art. Pas grande audace, la tsarine ! Diderot aurait préféré lui « vendre » ses amis artistes, les vivants, ceux qu'il a découverts et aimés lors de ses Salons, des peintres comme Greuze, Vernet, Vanloo, Fragonard, Boucher, des sculpteurs comme Pigalle ou Falconet... Elle préfère Rembrandt, Lorrain, Poussin, Le Titien ou Dürer... En général les siècles précédents ! Peur de se tromper, d'être trompée ?

La mort se rapproche de Diderot. Jusque-là et mis à part celle de ses enfants, il comparait le deuil porté en société à *un nuage qui cause en passant le silence momentané des oiseaux. Il passe et le chant recommence...* C'est fini. Maintenant il hésite entre déni, mépris et colère.

C'est le tour de son facteur chéri, qui outre lui avoir évité les frais de poste tous les jours pendant des années, lui a régulièrement fait porter les lettres de Sophie, où qu'il se trouvât. Ce délicieux Damilaville, messager des amours heureuses, que personne n'a jamais approché sans l'aimer, se meurt.

Il est atteint d'un mal foudroyant. Diderot passe trois mois à son chevet, rue Saint-Honoré, avec leurs amis communs et ses maîtresses. Une surtout, Catherine de Meaux, la dernière, et la plus assidue. Elle est drôle et mutine, elle a douze ans de moins que Diderot qui court quand même sur ses soixante... Mais un charme... Un charme fou. Ils sympathisent, dans le chagrin de la perte annoncée de cet ami si cher, tellement aimable et si fougueux, précise la jeune femme. Ça sonne comme un défi.

Grimm et Louise d'Épinay se succèdent à son chevet. Voltaire fait demander chaque jour de ses nouvelles. Grimm qui connaît son Diderot par cœur, le voit succomber sous ses yeux. Sans y pouvoir rien faire. La dame a du chien, et Diderot besoin d'émotions fortes pour compenser la peine de perdre Damilaville.

Leur histoire hésite entre cœur et sexe, peu importe puisque pour Diderot, *dans la plus belle histoire d'amour se niche toujours une part de testicules*. Le voilà pourtant pris. Ils se plaisent, ça le distrait, Diderot rêvait de distractions. À cette époque, Grimm dit pourtant de lui avec un rien d'agacement qu'il est l'homme des malheureux, qu'il donne tout son temps à qui le consulte ou en exprime le souhait. Il le traite d'énergumène ! Grimm est pourtant le grand exploiteur du temps des autres.

Une brève liaison unit Catherine de Meaux et Diderot, torride, implacablement sexuelle, qui ne lui suffit pas alors que la dame se détache assez vite. Il n'a pas le temps ou le loisir de s'en rendre compte. La mort le rattrape. Damilaville meurt dans les délais prédits. Diderot tient le coup, c'était une mort annoncée, puis il y a gagné une maîtresse. Qui n'a plus beaucoup de temps pour lui, mais plus c'est inaccessible, plus Diderot s'accroche.

Quelques semaines plus tard, c'est au tour de Charlotte de le lâcher, alors là, il est anéanti.

Qui sont ses amis, où sont-ils ? Qui demeure ? Charlotte est emportée en trois jours par une nouvelle crise de phtisie. Diderot est inconsolable. Il ne supporte pas qu'on le quitte comme ça. Abandon ? trahison ? Il ne sait. Mais c'est laid, affreux... Invivable. Il aimait cette femme, il avait besoin d'elle. Elle lui était devenue aussi indispensable que Sophie. Son deuil ne se fait pas aisément ; ne se fait pas du tout. Il demeure figé dans un chagrin fou. La mort de sa mère, de son père, de ses sœurs, ne l'a pas autant meurtri. Seuls ses enfants, peut-être... Chagrin redoublé par celui de Sophie qui, en plus, ne se pardonne pas d'avoir été négligente, si peu présente. Diderot commençait à croire en sa guérison quand, sans crier gare, la rechute l'a brutalement arrachée aux siens. Et maintenant elle est morte, et personne ne le supporte, même l'amour de Diderot pour Sophie est tout en deuil. Oh, l'amitié est là, qui les tient l'un près de l'autre, comme deux orphelins misérables, anéantis... Tristes à ne plus songer à s'embrasser.

Non, Sophie a tort, Diderot est toujours aussi désireux, il l'aime toujours d'amitié, d'amour et de tous ses sens.

Il ne sera pas dit que la mort le touche autant. Il aime trop la vie, il croit trop au bonheur pour se laisser anéantir, pour se rouler dans son chagrin. Non, il doit se reprendre, reprendre sa Sophie, lui refaire l'amour et la joie.

Grimm fait de son mieux mais justement... Avec les années, Diderot est contraint de reconnaître que le mieux de Grimm, c'est vraiment peu.

Ses amis... Comme il est soudain désabusé ! Dieu, mais qui sont encore ses amis ? D'Alembert s'est éloigné, drapé de ses lauriers, grisé de mondanités. Bien sûr Diderot se réjouit toujours de ses succès scientifiques, mais ne parvient pas à les fêter, où et comme d'Alembert les fête. Sinon à Versailles, du moins dans sa coulisse. Trop chic, trop guindé pour lui. Il n'oublie pas non plus ses nombreuses trahisons encyclopédiques, l'abandon au milieu du gué, la lâcheté qui l'a fait fuir toujours aux pires moments, soi-disant sur les conseils de Voltaire. Sans être particulièrement rancunier, Diderot ne peut se dissimuler qu'entre lui et d'Alembert quelque chose s'est fêlé. Il y a fort à parier que lui non plus ne tient pas tellement à la présence de Diderot à ses agapes dans le grand monde. Trop imprévisible, trop incontrôlable. Certains salons redoutent son apparition tant il déplace d'air. En même temps, on ne refuse pas Diderot, il parle trop bien, il est trop drôle, trop vivant, mais justement, *trop*. Et ça détonne.

Quant à Rousseau, il n'y va plus par quatre chemins et le traite de gueux, de méchant et d'hypocrite ! Hypocrite, Diderot ! Si seulement... Rousseau est devenu un parfait scélérat et ne mâche plus ses mots. L'était-il d'origine ou est-ce sa folie de la persécution qui l'a rendu si mauvais au fil des ans ? Il cogne dur. Et pas seulement contre ses anciens amis. Ça, Diderot l'aurait peut-être laissé passer, mais désormais ce sont leurs idées hier communes qu'il renie et dénonce. Rousseau frappe à bras raccourcis sur tous ceux qui font profession de penser. L'attaque est globale, sans appel. Un véritable délateur de philosophes et d'athées.

Louise a beau demander qu'on interdise la lecture de ses fameuses *Confessions* dans tous les salons, elle n'en peut mais. Aucune loi ne peut empêcher de lire en privé des écrits privés à des personnes privées.

Alors, ses amis, qui sont-ils ?

« Bien sûr il me reste d'Holbach. Mais il me tuera à force de m'engraisser. Lui au moins ne m'a jamais fait de mal. Au contraire. Il m'aime beaucoup, trop peut-être. Il veut toujours plus de temps, de conversations, d'agapes. Le temps passé avec lui est un des plus plaisants de ma vie, mais comment dire ? ... D'Holbach est trop riche, trop oisif aussi. Il ne sait rien des affres du pain à gagner. Il manque quelque chose qui fait de l'amitié un partage du fond. Quelque chose d'inégal, il m'aime plus que je ne l'aime. »

On en revient à Grimm qui mérite bien son ancien

surnom de « tigre hyrcanien » : sous sa poudre et ses sourires, c'est un homme dur, froid, sans cœur ou plutôt sans affect. Il a blessé Diderot par mégarde, inattention, négligence ou maladresse, il a blessé Louise de même. Et il les blessera encore. Il ne s'en rend pas compte parce que les autres sont rarement son souci, sauf pour les exploiter ou leur plaire quand il en dépend. Aussi au besoin, peut-il jeter ses prétendus amis par-dessus bord.

Diderot s'est trompé ainsi sur nombre de ses amis, trompé d'histoire d'amitié. La semaine dernière, il s'est encore une fois arrangé pour éviter Voltaire qui passait à Paris. Au fond, il meurt de peur de le rencontrer. Envers celui qui est à ses yeux, depuis la mort de Montesquieu, le plus grand des grands hommes, il accumule les actes manqués. Quand ce dernier, et c'est fréquent, lui écrit en premier, Diderot met plusieurs mois à répondre ! Jamais à l'heure, jamais au rendez-vous de Voltaire, comme s'il repoussait exagérément la confrontation. Aujourd'hui à près de 60 ans, il ne l'a toujours pas rencontré. À croire que le Sage de Ferney ne l'en estime que davantage, dans son dernier ouvrage sur les Scythes, il a glissé un mot très élogieux sur Diderot. Étrange non-relation, si parlante pourtant, de l'un à l'autre... Au fond peut-être ne sont-ils pas faits pour se rencontrer ? Ils sont de même nature sinon de même force, seuls ces deux-là peuvent se parler à égalité. Mais justement, la concurrence affleure trop, Voltaire veut toujours être le premier et Diderot ne joue pas à ce jeu, il s'en fout éperdument. Il rêve d'un aîné à aimer comme un frère, un égal sans arrière-pensée, sans rivalité ; comme une femme...

Finalement c'est ça, ses vraies amies sont les femmes. À commencer par les sœurs Volland, mais surtout sa meilleure amie, le modèle absolue de l'amitié, sa Sophie. Ne représente-t-elle pas pour lui toutes les femmes ? Ne lui suffit-elle pas ? Elle est l'amie tellement rêvée qu'on pourrait sans douleur n'en pas avoir d'autres.

Il y a Louise d'Épinay aussi, si chère, si merveilleuse Louise, avec qui il veille sur Grimm, et qu'il console de Grimm. Il regrette de l'avoir si longtemps évitée, désormais, il ne s'en passe plus. Elle est le souffre-douleur de Grimm, et seul Diderot la comprend. Ils sont tous deux sous l'emprise du même homme.

Aujourd'hui, il aimerait bien compter Catherine de Meaux parmi ses chères amies, mais les « testicules » ont encore leur mot à dire.

Et même sa Nanette, oui, ce sale caractère de Nanette compte parmi les siens, sinon amis du moins vrais proches... Il a du respect pour elle. Il la défend. Toujours. L'abbé Morellet vient d'en faire les frais. Ils se sont souvent croisés, au chevet de Damilaville où, bonne épouse et femme pieuse, elle a parfois accompagné son mari. Un jour, pour faire rire la galerie, Morellet a eu le malheur d'imiter Nanette, l'épouse du grand Socrate, de frère Platon, du Sage de la montagne Sainte-Geneviève..., l'a caricaturée avec son mauvais français (elle a gardé un fond d'accent patoisé dont l'origine se perd dans la province où elle a grandi), Morellet s'en est cruellement moqué. Et Diderot l'a si violemment remis à sa place, « on ne touche pas à mon épouse », que tout Paris en fait des gorges chaudes. Car si l'on n'ignore rien de ses passions illégitimes, on sait peu de choses de l'épouse de l'unique philosophe marié depuis toujours — et vivant très maritalement avec elle. Qu'est-ce donc que cette fille ? Rien, une lingère, une femme de peu, modeste, sans culture. Pas de sa condition, pas son genre ! Avec qui pourtant il vit depuis si longtemps ! Farouche, Diderot impose le silence à qui ose un mot déplacé. On ne touche pas à Nanette sous peine d'être rayé de ses amis.

En revanche, lui peut vanter le grand cœur de sa femme, ce qui la met parfois en danger. Récemment, un procès lui a été intenté parce qu'elle a frappé une femme en plein marché. Une méchante qui maltraitait un enfant. D'abord Nanette l'a poliment priée de cesser, mais l'autre, rouge de colère, a continué de cogner. Elle aurait pu le tuer ! Alors elle lui a foncé dessus, l'a immobilisée et pas mal décoiffée. Battue jusqu'à ce qu'elle cesse de frapper. Emportée, violente, mais dotée d'un sens aigu de la justice. Elle est toujours grande et charpentée, plutôt en forme pour son âge, belle aux yeux de Denis mais pas seulement aux siens, c'est objectivement une très belle femme. Quand elle croit la cause juste, elle se déchaîne, et ça laisse des traces. Elle n'hésite pas à faire le coup de poing. Et elle y va de tout son cœur. On ne fait pas de mal aux enfants ni aux bêtes. Voilà toute sa morale. C'est pour ça qu'elle a voué une amitié inconditionnelle à ce Maupertuis qui vivait en famille avec sa ménagerie. Diderot l'y a menée un jour et seule elle y est souvent retournée pour parler chien, chat, singe, toutes sortes de langues magnifiques. Non, elle ne laissera jamais faire du mal à quiconque de plus faible.

La méchante mégère a porté plainte, Diderot s'est résolument rangé aux côtés de sa femme ; ils ont gagné ce procès-là.

Certes, elle n'est pas facile à vivre, mais après toutes ces années, ils se sont accommodés l'un de l'autre, même si ça n'est que paresse de la part du philosophe. Il espère toujours le temps des grandes scènes révolu.

À nouveau très occupé, il vient de se jeter sur un petit *Supplément au voyage de Bougainville* dont il se régale comme d'une bonne farce en quelques jours. Une trentaine de pages plus moqueuses que jamais. Alors ? Publier ou pas ? Chaque fois qu'un sujet l'exalte, se repose la question de savoir si c'est publiable.

Ah ! Rameau ! Rameau, fichu Neveu, quel poison m'as-tu mis en tête ? *Aucun homme n'a reçu de la nature le droit de commander à d'autres...* Non. Rien de ce que pense Diderot n'est publiable, s'il ne veut compromettre sa fille, sa réputation et son statut de « gros monsieur ». D'autant que cette attaque en règle, et avec humour, de la colonisation et de la façon dont on se croit en droit de traiter l'indigène, ne peut faire plaisir à personne. Il ne s'en prend pas frontalement à l'esclavage, mais à ce qui le sous-tend, or personne n'ignore que la fortune de la plupart des nouveaux riches vient du trafic du bois d'ébène, à commencer par Voltaire.

Et puisque les cadeaux de ses amis les riches lui ont fait transformer le décor de son cabinet de travail, en guise de remerciement, il publie toujours dans la *Correspondance littéraire* de l'ami Grimm, ses *Regrets sur ma vieille robe de chambre*. Clin d'œil à Rameau, le neveu. Histoire de dire qu'au moins il n'est pas dupe.

Car en dépit de tout, d'Angélique et de sa bonne réputation, ceinture dorée et beau mariage à la clef, Diderot n'aime pas l'argent. Il en est sûr désormais. Il a attendu jusqu'à aujourd'hui pour en avoir la certitude. Ce n'est pas un hasard s'il n'a jamais eu de protecteur, c'était le prix de sa liberté ; pas un hasard non plus s'il a passé sa vie à la gagner, souvent médiocrement, au risque d'être méprisé par Voltaire le millionnaire, qui n'a jamais compris comment Diderot pouvait s'être livré pieds et poings liés au bon vouloir de ces épiciers de libraires. Il n'a jamais désiré l'argent, juste assurer sa survie et celle des siens. Il s'en défie et le croit toujours corrupteur.

Ah, Rameau ! Aucun de ses amis ne comprend ses *Regrets* sur sa vieille robe de chambre. Sauf les jeunots encore sans le sou, Sedaine ou Naigeon... S'il les avait à portée, il est certain qu'Eidous et Toussaint apprécieraient.

Au fond, il se sent maltraité par ses amis. Incompris surtout. Alors que l'Europe entière connaît son nom, que l'Encyclopédie lui confère la réputation de savant polyvalent, de chef des philosophes, il guigne encore la gloire, la vraie, celle dont il rêvait à 15 ans. Celle qui, issue d'idées fortes, change la vie des hommes, de phrases si belles qu'elles enchantent les heures... Aujourd'hui, c'est décidé, il opte pour une gloire posthume. C'est moins risqué. Il a davantage confiance dans la postérité que dans ses contemporains pour reconnaître ses talents. Et sa modernité. Tout sacré qu'il est par Voltaire le maître universel, respecté, reconnu, admiré de ses pairs, Diderot est un éternel recalé aux portes des Académies. Aucune ne veut de lui. Il ne souhaite plus qu'on l'y présente, mais Voltaire ne désarme pas et conspire encore à l'y faire élire. Ambigus, les sentiments de Diderot pour lui. Il l'admire profondément au point d'organiser chez Mme Necker, leur amie commune, une réunion de tout le gratin de l'Encyclopédie, dix-sept philosophes s'il vous plaît, pour les convaincre de se cotiser afin d'offrir sa statue au grand homme. Diderot a gain de cause. Il fait même agréer son ami Jean-Baptiste Pigalle comme sculpteur. Il court lui annoncer que le monde des lettres de France l'a élu à l'unanimité sculpteur du buste du grand Voltaire !

Tiens, Pigalle, en voilà un d'ami. Les années passant, leurs liens se sont resserrés, il n'y a pas de semaines où Pigalle et Diderot ne finissent une soirée ensemble. Après l'avoir sollicité à l'égal de Watelet pour ces fameuses planches de l'Encyclopédie, ils ont pris l'habitude de converser régulièrement. C'est décidément dans la compagnie des artistes qu'il se sent le mieux. C'est d'ailleurs sur ses planches anatomiques que Diderot a donné des leçons d'instruction sexuelle à mademoiselle sa fille. Au grand dam de Nanette. Mais Diderot s'entête, on ne se marie pas sans savoir comment tout cela fonctionne. En même temps qu'il est ce père ouvert et libéral, il veille à ce que les yeux de son enfant ne tombent pas sur les dessins polissons voire carrément coquins de son ami Fragonard. Que rien ne vienne gâcher son imagination avant l'heure. Il lui prépare les fiançailles les plus conventionnelles du monde ! Cependant qu'il écrit des choses impubliables, qu'il mène lui-même une vie de bâton de chaise, en façade il pose au père-la-pudeur dans sa niche de la rue Taranne. En privé, ça ne regarde personne.

Est-ce aussi à cause du respect dû à sa fille, qu'il prise et vante dans ses Salons la peinture des petites gens, ces scènes de famille édifiantes à la Greuze, à la Le Nain ou les paysages de Vernet ?

Ses amis célèbres peuvent bien l'abandonner, d'Alembert, Rousseau..., il vient de retrouver Belle avec qui il était en pension à Louis-le-Grand. Étienne Belle, ce fils d'artisan comme Diderot, c'est lui qui l'a jadis consolé quand la noblesse le fit fouetter. Diderot n'oublie jamais l'humiliation. Merci Rameau ! De ce côté, sa mémoire est intacte. Depuis cette lointaine époque, Belle a repris la fabrique de bijoux de son père. Il est devenu un des bons joailliers de Paris. C'est comme ça qu'ils se sont retrouvés, par hasard. Diderot voulait offrir une petite bague à Sophie pour dire l'immortalité de leur lien. Il a poussé la porte d'une bijouterie, c'était la sienne. Ils se sont reconnus sur-le-champ et tombés dans les bras. Infiniment heureux de se voir et de se revoir, comment dire, fidèles à eux-mêmes. Depuis ils ne se quittent plus. Retrouvailles si parfaites que Diderot lui dit tout, Sophie et ses sœurs, Mme de Meaux et ses tourments, sa femme et sa fille. Il passe à Sèvres dans sa maison de campagne des semaines entières. Et même, en toute confiance, y envoie Nanette et Angélique prendre le bon air sans lui. Il passe régulièrement les visiter. Belle est devenu son ami le plus sûr.

Pourtant il s'ennuie toujours. Pourtant rien ne l'amuse.

Pourtant il peine.

Partout sauf à sa table d'écriture, et encore, à condition de « narguer le Neveu ». En lui-même c'est comme ça qu'il nomme ses textes impubliables, et qu'il préfère entre tous.

Désespéré à mesure qu'approche la date inéluctable du mariage de sa fille. Il l'a promis, et ne trouve pas comment se dédire. Il a eu beau imposer aux fiancés de s'attendre trois ans, histoire pour lui d'être triste trois ans de plus, même ce temps-là a fini par passer. Et les deux enfants prétendent s'aimer à la folie et tiennent à convoler au plus vite. Puisque c'est lui qui a choisi ce mari, pourquoi rechigne-t-il tellement ?

Un soir de printemps, il mène sa fille et sa femme voir triompher sa seule pièce à succès reprise régulièrement dans toute l'Europe, son *Père de famille*, et ce soir-là par les Comédiens-Français. Comme en miroir, une mise en abyme intime, la pièce dans la pièce... Hélas il n'y croise pas Rameau. Il faut pourtant évacuer du parterre une femme évanouie. Après la représentation, la famille Diderot s'enquiert de ce qui s'est passé, comment va cette femme, quand paraît le mari de ladite, éperdu de reconnaissance. Sa femme s'est remise, mais pour ce qu'il lui est arrivé, il doit remercier à genoux « Diderot, le grand maître des émotions, car c'est bel et bien d'émotion que son épouse a défailli. Elle a cru mourir... Une si belle émotion que son cœur n'en a pas supporté davantage, c'est si rare des émois de cette qualité »...

Diderot devrait se rengorger, c'est ce qu'on appelle le succès. Il peut savourer une gloire sans ombre, faire une roue de paon vaniteux devant les siens. Pas s'il songe à Rameau, ni devant Sophie, elle a trop d'humour et de distance. Justement, elle n'est pas là, toujours à L'Isle, et pour combien de temps encore ? Elle n'est pas assez souvent là. Trop de distance. Et Diderot est toujours aussi chagrin.

Il redoute le prochain Salon qu'il a promis à Grimm de chroniquer. S'il écrit à l'occasion de la fête de Mme de Meaux *Est-il bon est-il mauvais*, c'est qu'il se pose justement en permanence cette question. À propos d'à peu près tout. Le Salon de cette année ? Diderot ne le juge ni bon ni mauvais, simplement mesquin. Rien ne l'amuse, ne le distrait ni ne l'intéresse. Inspiré par le *Tristram Shandy* de Sterne, il commence mollement à écrire une histoire de candide nommé *Jacques*. Il s'en amuse, mais n'entre pas complètement dans son travail, s'interrompt sans cesse. Bordeu, consulté, diagnostique du néphritisme.

— Qu'est-ce ? demande Nanette.

— Ce sont les nerfs.

— Tiens donc, moi aussi, j'en aurais, se moque Diderot.

— Ah, comme toutes les femmes, rétorque-t-elle.

Oui, mais surtout *pour* une femme, et ça, il ne le dit à personne. Longtemps, il ne se l'avoue pas, même à lui-même, qu'en réalité, son ennui a une cause toute simple, il est amoureux. À son âge, dans son état, à l'heure d'être incessamment grand-père, après avoir juré fidélité et amour éternels à Sophie, il est ridiculement amoureux d'une autre. Cette Catherine de Meaux le titille depuis tout ce temps. Il n'est plus jamais parvenu à ses fins et ne s'en console pas. À voir la dame et sa fille, la belle Cécile de Prunevaux, chacun hésite. La mode est aux barbons riches ou célèbres s'offrant des jeunesses... Eh non. Pas lui. Jamais à la mode, Diderot ! C'est de la mère qu'il est épris. Il lui court après au propre comme au figuré, sans résultat. Sa fille vient de perdre un enfant, elle est tout accaparée par son chagrin. Mon Dieu, il est amoureux d'une grand-mère ! « Vieux fou, vieux gueux, quand donc cesseras-tu de t'exposer à l'affront d'un refus ou d'un ridicule ? »

Chez Mme d'Épinay, on tire les rois, Diderot est le « roi » de la fève, donc, il compose brillamment et à vue un « code Denys ». Il accepte d'être roi pour mieux prôner tous les plaisirs et, ultime joie, se démettre de sa couronne qui l'entrave pour bien jouir.

Catherine de Meaux compte parmi les commensaux. Cet exercice n'a pour but que de lui arracher un baiser. Ça, il ne l'écrit pas à Sophie. Sinon, il consigne tout, presque tout, dans ces deux paquets de lettres qu'il lui fait parvenir chaque semaine. Ne jamais briser ce fil-là, par lequel il se tient en vie, du moins le croit-il. Il pense à la mort de plus en plus souvent. Il se sent même tenu de constituer une rente viagère pour sa femme et sa fille, « en cas de ». Il ne le leur dit pas, on n'est jamais assez prudent... Ah Rameau ! Il chasse Rameau de son esprit. Celui-ci revient la nuit le tirer par les pieds. Mauvais ange. Âme damnée... Inoubliable.

Le nouveau ministre de la police nomme Diderot censeur. Voilà Diderot le censuré, censeur à son tour ! Malesherbes a chaudement recommandé Diderot à Sartine, qui lui aussi devient l'ami du philosophe. Les lie instantanément un penchant partagé pour les mauvais lieux de Paris où brillent parfois quelques merveilleux pousseurs de bois, rimailleurs et rêveurs, des « Rameau » quoi. Lui est hanté par le sien, il n'oublie pas qu'il vient du ruisseau. La première besogne de Diderot le censeur est d'interdire une mauvaise pièce de Palissot. Pure vengeance, Palissot, le père des Cacouacs, Palissot l'homme qui s'est le plus publiquement, avec le plus d'acharnement et le plus souvent moqué de Diderot. En plus sa pièce est réellement nulle. Pas plus qu'à Fréron, Diderot n'a pardonné la conspiration des Cacouacs qui faillit lui faire tout perdre, à l'heure où il pouvait tout perdre. Cette heure est-elle réellement révolue ? Diderot n'en jurerait pas.

Tant qu'à exercer quelque pouvoir, autant se faire plaisir. Il donne aussi un avis défavorable à un ouvrage de l'abbé Morellet. Nanette est vengée. Il règle quelques comptes. Peu. Finalement censeur n'est pas un métier amusant.

Pour la fille de Catherine de Meaux, il compose *Le chef-d'œuvre des charades*. Par tous les moyens, il cherche à la séduire. Sa fille, Mme de Prunevaux, ne se console pas de la perte de son enfant, sa mère l'accompagne faire une cure à Bourbonne. Diderot persuade aussitôt Grimm de venir avec lui. Lui se rend officiellement à Langres tenter une ultime conciliation avec son intégriste de frère, envisager le mariage de sa fille avec la famille de son gendre, la messe à la cathédrale, célébrée par son frère... En réalité aux trousses de Catherine de Meaux.

Diderot et Grimm quittent Paris le 2 août, sont à Langres le 6. Denise leur fait fête. Didier refuse de le voir. Le 10, les deux amis sont à Bourbonne où Mme de Meaux et sa fille prennent les eaux. Diderot y tient compagnie à Grimm ! Lequel n'a jamais eu besoin de prendre les eaux. D'ailleurs il rentre le 15 à Paris. Déjà Grimm est peu serviable, mais vraiment Bourbonne n'est pas un séjour enchanteur. Il préfère les cours européennes.

À Sophie, il ne dit mot sur Catherine, ça ne l'intéresserait pas, elle ne la connaît pas. Las, il ne peut demeurer plus longtemps sans raison dans cette ville de cure sans rien à soigner qu'une indicible blessure d'orgueil mâle. Il se plaint à Langres d'être soumis au jeu atroce des mondanités de province, de l'ennui le plus profond. Plus qu'à Paris ! C'est un des paradoxes de Diderot : à Paris, il sait se claquemurer, se faire rare, se ménager des heures de travail. À Langres il se doit de tout accepter. C'est pour s'échapper qu'il retourne à Bourbonne. Qui le croit ? Lui !

Pendant ce séjour, pas un instant il ne s'inquiète de la santé de Denise, laquelle cache à son frère l'étendue de son mal et de son malaise, dissimulée sous voiles et voilettes. Il impute à une lubie de femme coquette tous ces voiles qui couvrent son visage. En revanche, il n'a de cesse de retourner au chevet d'Hélène, la magnifique servante qui vit ses dernières heures, couchée dans la chambre qu'occupait jadis Angélique, sa pauvre sœur, morte folle en Dieu.

Hélène est arrivée à la fin de son existence sans s'être jamais allongée. Là, c'est sûr, prophétise Denise, elle ne se relèvera plus. C'est d'ailleurs un murmure d'Hélène qui révèle à Denis que le nez de Denise est en train de disparaître, rongé par la maladie. Hélène lui fait promettre de s'occuper de sa sœur, de la faire soigner... Elle s'est tournée vers le mur, elle s'est tue, elle est morte sans rien déranger... En présence de Denis comme si elle l'avait attendu. Ce que croit Denise. C'est vrai qu'elle a rendu l'âme la main de son petit Denis sur sa poitrine, souriante, l'œuvre accomplie. Tranquillement.

Hélène est morte en se souciant des autres, de ses petits qu'elle a élevés et aimés sa vie entière, à qui elle s'est consacrée. Digne et fière, tendre et bonne, elle est morte comme elle a vécu. Le frère et la sœur l'enterrent dans le caveau familial, comme une proche parente. Ils pleurent dans les bras l'un de l'autre. Les voilà vraiment orphelins. Didier a daigné paraître à la messe. C'est tout. En habit ecclésiastique pour s'assurer que Denis n'osera le serrer contre son cœur. Pas un mot pour Hélène. Pas une larme. Pas de messe non plus, ce n'était qu'une servante !

Incroyable tout de même qu'il n'ait rien vu, rien perçu de l'état de sa sœur ! Il est salement tourneboulé par Catherine de Meaux. Même Grimm, qui n'est pourtant pas resté longtemps, tente de l'alerter quant à la santé de Denise. Là non plus, rien entendu. Diderot se réjouit seulement que son meilleur ami s'entende si bien avec sa sœur chérie. Il n'a la tête qu'à la coquette qui la lui tourne. En attendant qu'elle la lui rende, il rédige des contes, *Les Deux Amis de Bourbonne, Madame de la Carlière* (qui n'est autre que le nom de jeune fille de Mme Volland mère, la célèbre Morphise)... Ainsi croit-il justifier cet injustifiable séjour. Mi-septembre, il rentre. Elles sont parties.

Il quitte Denise en lui arrachant le serment de venir au plus vite à Paris consulter ses amis médecins Tronchin et Bordeu. Puisqu'elle se dit malade, il va s'en occuper, quoique ça ne l'alarme nullement.

Il fait le trajet de retour avec le fiancé de sa fille. Emballé au départ, quelques grincements naissent des cahots du chemin. La route est assez longue pour lui laisser le temps de déchanter. Et si ce petit Caroillon qu'il a quasiment nourri en son sein n'était qu'un pâle arriviste ? Non, impossible. Pas en ayant été élevé à Langres, par cette famille que Diderot honore comme la sienne. Il se dit qu'à mesure qu'approche l'échéance de ce mariage, il invente n'importe quoi pour le récuser.

Une halte impromptue due à un courrier de Sophie qui l'attend au relais de poste lui annonce la présence chez elle à L'Isle, des dames de Meaux et de Prunevaux. Détour obligé ! Il y a aussi parmi la compagnie, un jeune chevalier de Foissy, inculte mais charmant. Pour qui est-il ici ? Sophie pense que c'est pour la mère. Diderot préfère croire qu'il courtise la fille.

Et lui, depuis combien de temps poursuit-il Catherine de Meaux ? Depuis la mort de Damilaville dont ils se consolèrent ensemble. C'était fin 1768. Comment aurait-il pu s'imaginer qu'il entamait là son chant du cygne, brûlait ses dernières flammes, exécutait ses dernières prouesses sexuelles ! Impossible. Elle va lui revenir, tout va revenir, la puissance et la gloire, le sexe et la joie. Ils ont joué au chat et à la souris, le vieux chat a perdu.

Depuis ce temps, la dame s'est mille fois reprise, il l'a parfois reconquise, il y a cru quelques secondes, mais elle n'a cédé que du bout des lèvres, s'est toujours reprise au bord du lit et de l'abandon. Elle ne veut plus coucher avec lui ! Ça ne l'empêche pas d'aimer ses compliments. Un charme est rompu. Définitivement ? Le petit chevalier de Foissy se charge de lui en administrer la preuve. Visiblement, il a pris le pas sur le vieux Diderot. Mme de Meaux flirte avec lui éhontément devant toute la compagnie. Sophie avait raison. Ce jeune homme tellement trop jeune. Celui-là, plus le Caroillon qu'il ramène tel un trophée à sa fille... Les jeunes gens n'ont décidément aucun intérêt. Soudain, grand seigneur, il rend sa liberté à Mme de Meaux, « puisque vous en aimez un autre... ». Il est grotesque. Elle est mariée, elle dispose d'elle comme elle l'entend, il n'a rien à lui rendre. Elle le lui fait savoir. Il souffre. Lui-même n'est-il pas marié, ajoute-t-elle perfide, pour mieux enfoncer le clou.

Amant d'une sœur Volland, d'une seconde, et fugacement de la troisième, il ne va pas en plus faire la morale. Mais si ! la morale c'est son péché mignon, reconnaît-il. N'empêche, ce petit chevalier est vraiment beaucoup trop jeune, trop ignare ! Ridicule, conscient de l'être, et incapable de s'en empêcher, Diderot prend en grippe tous ces jeunes gens, même Jacques André Naigeon qui travaille énormément pour lui. Mais qui s'est permis une réflexion persifleuse et même médisante sur Voltaire. *Ah non ! pas Voltaire ! Peut-être est-il né jaloux de toute espèce de mérite, mais ce jaloux est un octogénaire qui tint toute sa vie son fouet levé sur les tyrans, les fanatiques et autres grands malfaiteurs de ce monde. Un jour cet homme sera bien grand et ses détracteurs bien petits.* Pas Voltaire. Que les jeunes fassent silence.

Il ne peut décemment demander à Sophie de le consoler. Elle seule pourtant le comprend. Oscillant entre chagrin d'amour et dépit d'amour-propre, Diderot souffre et met tout sur le dos du mariage à venir ! Très mécontent de lui et de son futur gendre, douloureux et fâché, il rentre chez sa femme.

Nanette et Angélique sentent qu'il n'est pas bien. Le mariage de la petite a bon dos. Grimm seul est au courant. Il ne le juge pas, mais ne comprend rien à ce qui le perturbe. Lui-même n'a pas passé dix minutes de sa vie à souffrir d'amour. D'ailleurs il traite Louise d'Épinay, qui lui consacre sa vie et lui sacrifie son talent et sa réputation, avec une négligence, une désinvolture qui sont au fond sa marque de fabrique. Dans sa façon de tyranniser sa maîtresse, Diderot reconnaît toutes les petites cruautés que Grimm inflige à leur amitié.

De quelque côté qu'il se tourne, il souffre. Il en veut à Catherine de jouer avec ses sentiments ou ses testicules, qu'il persiste à confondre. Mais lui-même, le moraliste, que fait-il ? Il trompe sa femme et même sa maîtresse adorée. Il écrit des contes, se prétend philosophe et souffre d'amour, d'amitié, et encore d'amour. Et pis que tout, d'amour paternel.

Il retourne à son cabinet de travail. Allez ! *Une belle page est plus difficile qu'une bonne action...* À l'écriture, sans plus tergiverser. *Travaillons, donc. Le travail entre autres avantages a celui de raccourcir les journées et d'étendre la vie.* À l'œuvre. Mais telle une femme séduite et abandonnée, Monsieur a des migraines ! Ne pouvant se plaindre de ses peines de cœur, son corps prend le relais. Il faut qu'il souffre visiblement, pour ainsi dire légalement, afin d'être plaint...

On fait venir l'ami Tronchin, médecin plus de l'âme que du corps. Il trouve Diderot en forme et désespéré, mais vraiment en forme. En revanche, il l'alerte sur la santé de Mme Volland mère. Elle n'en a plus pour longtemps, juge-t-il utile de préciser. Que deviendra Sophie quand sa mère n'y sera plus ? Diderot a l'air de s'en ficher. Il n'y a pas jusqu'à sa fille, son trésor, l'amour de sa vie, qui vomît sans trêve. « Il faut la marier », concluent-ils tous. Tous sauf Diderot. Qui décidément ne s'intéresse qu'à ses propres maux, et n'arrive plus à prendre fait et cause pour les siens proches ou lointains, comme il l'a fait toute sa vie.

Une diversion plus ou moins bienvenue débarque rue Taranne. Pour honorer sa promesse, Denise et son amie de toujours, son amie de cœur, Mlle Desgrez, viennent à Paris pour la première fois de leur vie. Là, le grand frère ne peut plus faire comme si de rien n'était. Ni mine de ne pas voir. Ça crève les yeux : sa sœur n'a plus de nez. Il a été dévoré par la maladie. À la place un trou percé de deux autres plus petits, plus profonds, le tout d'un rose vif qui fait peine à regarder. D'où les voiles dont elle se pare depuis des années. Et son propre frère n'a rien vu, rien compris ! Il n'a jamais consolé de ces terribles misères l'être au monde qu'il préfère, qu'il aime depuis le plus longtemps. Il a affreusement honte.

Elle fait du bruit en respirant, elle souffre atrocement à chaque expiration, mais tout autant de son image, de se voir enlaidir, et chaque jour, c'est pire. Pas tellement dans son miroir, mais dans l'œil des enfants, de sa nièce... Denise a une sensibilité aiguisée que sa maladie rend encore plus fine, elle sait exactement l'effet qu'elle produit. Elle préfère rester seule.

« Tronchin, Bordeu, Petit, à moi tous les docteurs de Paris, pour ma sœur chérie, à moi tous les grands médecins de France que l'Encyclopédie m'a donné la chance de côtoyer. Dites, par pitié, je vous en prie, que peut-on faire, que faut-il faire pour sauver le nez de ma sœur ? »

Pour le nez, il est perdu, irrémédiablement. On va lui en fabriquer un, artificiel, à poser sur le trou, mais il ne sera jamais fixe ; quant à la douleur, on a des opiacés, de nouvelles drogues aptes à la soulager. Diderot en fait des réserves. Qu'elle n'en manque jamais ! Il ne se pardonne pas de n'avoir rien vu, rien compris.

Nanette s'avère une hôtesse délicieuse, il s'est noué un lien chaleureux, très fort quoique incompréhensible entre elle et Denise, et même avec Mlle Desgrez l'entente est formidable. Quand Denise n'est pas requise par les soins médicaux, les trois femmes font le tour de Paris, des boutiques, des jardins. Elles vont écouter de la musique à l'Opéra, tout ce dont Diderot a parlé à sa femme et à sa sœur c'est Nanette qui l'offre à sa belle-sœur. Étonnantes cette entente, cette finesse même pour soulager Denise sans en avoir l'air. Diderot découvre sa femme et regrette de ne pas lui avoir donné plus souvent l'occasion de se montrer sous ce jour-là. Surtout devant l'enthousiasme que met Denise à goûter les charmes de Paris, il se repent de ne pas avoir honoré ses promesses de jeune homme en la faisant venir près de lui à 20 ans. La fraternité entre eux n'est pas un vain mot, et finalement c'est aussi ce qui unit sa femme à sa sœur.

Vain regret, oublions, occupons-nous du présent, qu'elle ne manque plus jamais d'antidouleurs. De faux nez pour cacher le manque, la peine surtout... Quand elle quitte Paris, six semaines plus tard, soignée, en tout cas soulagée, elle tient serrées dans son sac des réserves de morphine pour ne pas souffrir. La tension durant sa visite était si forte qu'à peine dans sa chaise de poste, toute la maisonnée s'effondre, Nanette, Angélique et son père, chacun, tous, ensemble... Le docteur Bordeu prend pension rue Taranne. Marie, la sœur de Nanette, qui s'est absentée pendant la visite de Denise, leur sert de garde-malade.

Bon, Angélique n'a que le mal des jeunes filles, « besoin de se marier ». Entre tous ce diagnostic a le don d'énerver son père, victime lui d'une rageuse crise de goutte. Nanette s'offre une « fausse apoplexie ». C'est comme une vraie sauf qu'on en guérit vite.

Il est temps de rompre avec médecine et médecins. Diderot remonte dans son cabinet de travail : la paix. Immense besoin d'être seul après toute cette noria. Mais las, rien n'est jamais fini, voilà Caroillon qui vient lui « marchander » son enfant, fait monter le prix de sa dot. En dépit de toutes ses relations, Diderot ne parvient pas à lui trouver un emploi. À Paris. Exclusivement. Pas question qu'en prime, il escamote sa fille dans une lointaine province. Si personne ne veut de son gendre, c'est que c'est un bon à rien, médit le père en son for intérieur. Ni travail, ni charge, ni rente, ni situation. Pour vivre, il compte exclusivement sur la famille de sa fiancée ! Jolie mentalité ! Décidément il lui est de plus en plus antipathique. Profiteur et dilettante, Diderot ne peut plus le supporter : niais, fat, superficiel. Il le renverrait bien d'où il vient, mais Angélique s'en est entichée.

Helvétius meurt. L'ancienne Synagogue, toute la coterie « holbachique » dispersée, plus quelques survivants de l'Encyclopédie, se reconstitue pour porter son cercueil. Ils ont vieilli, se sont rabougris, Diderot les regarde, il n'a pas de chagrin. Étrange, son vieux cœur est sec. C'est comme s'il n'arrivait plus à rien ressentir. Catherine de Meaux et les fiançailles de sa fille l'ont asséché.

Allez, trêve de diversion, au travail ! Il est temps d'avancer son *Jacques*. Pour changer du Neveu, cette fois il s'attaque à un ingénu et, à sa façon taurine de tout abattre, il fonce, il s'y plonge, il s'y immerge. Il s'amuse beaucoup... Il se remémore sa semaine en chaise de poste...

Jusqu'à la mort de Mme Volland. Là, quand même, un vague sanglot l'étreint. Mais surtout une terrible angoisse pour sa Sophie. Comment va-t-elle le supporter ? Elle si soumise, si dépendante de sa mère. Eh bien, elle le supporte on ne peut mieux. Elle prend aussitôt en main les rênes de la famille, déménage à nouveau, avec sa sœur et sa nièce, s'occupe de vendre le château de L'Isle, organise une vie dont elle est désormais seule maîtresse. Les deux sœurs s'installent rue Montmartre, chez la célibataire.

Elle y reçoit Diderot quand elle veut. Elle règne sur sa vie, lui fait lire des textes, les commente avec lui. Vit enfin. Elle découvre un très vilain écrit d'un affreux Thomas, elle le montre à Diderot, et le prie de façon autoritaire de ne pas laisser ce crime impuni, ce texte sans réponse. Eu égard à ses sentiments pour elle en particulier, et pour les femmes en général, Diderot s'exécute. C'est la première commande littéraire de sa maîtresse, il la consulte, ils en discutent. Ce Thomas, inconnu au bataillon et qui devrait le rester, ne mérite pas tant d'attention, mais Sophie ne lui a jamais rien demandé, alors... Dans la soirée, installé à un petit guéridon d'acajou du boudoir de Sophie, l'encre à peine sèche, il lui lit le texte final *Sur les femmes*, et qui n'est aux dires de Sophie, « pas piqué des vers ». Il le lui lit, elle discute pied à pied chacun de ses mots. Par endroits elle n'est pas de son avis et l'exprime haut et fort, particulièrement sur ce texte qui lui tient à cœur. Ils sont un vrai couple de philosophes — chacun sa théorie —, leurs confrontations sont infinies. Il est très libéral mais seulement par rapport à son temps, Sophie est femme et n'envisage pas moins qu'une réelle égalité entre les sexes. Aussi pense-t-elle le plus grand mal de la réponse de son amant. Depuis qu'elle n'est plus sous la tutelle de sa mère, elle s'émancipe de tout et de tous, même de son grand amour. Elle le consulte pourtant pour rédiger son testament. La partie matérielle revient à ses neveux bien sûr, mais l'essentiel, ses lettres, ses livres et surtout sa petite bague, elle les lègue à l'unique amour de sa vie. Non, elle n'est ni malade ni affaiblie, mais un tel climat de deuil, de mort, de brièveté s'est emparé de leur cercle, qu'on a du mal à songer à autre chose.

Ah bon, elle aussi !

Pour un peu, ça rassurerait Diderot.

L'heure de ce mariage qui lui est un déchirement arrive. Chez le notaire, Me Le Pot (!) Diderot remet à sa fille l'entièreté de son contrat restant à courir avec ses libraires. Il y en a pour toute sa vie. C'est une rente de quinze mille livres. Outre sa dot de trente mille. Premier cadeau de Catherine II qui, ayant appris que Diderot n'avait rien touché, alors qu'une année s'est écoulée depuis qu'il s'est *vendu* à elle, somptuairement lui a fait verser « les cinquante *premières* années de son traitement de bibliothécaire impérial ».

Ça y est, cette fois c'est fait, il a 60 ans et il est riche ! « Ah Rameau ! Rameau, tu as raison, je ne suis qu'un gros monsieur, un vendu, un perdu. Et je me déleste de cet or amassé pour ce mauvais gendre qui me vole ma fille, tout le bonheur de ma vie... »

Nanette a refusé de toutes ses forces, qu'aucun, elle a dit *absolument aucun*, des amis de son mari ne paraisse au mariage de son enfant. Ni Grimm ni d'Alembert qu'elle aimait pourtant bien, ni d'Holbach qu'elle déteste, ni même Belle chez qui sa fille et elle ont pourtant pris du bon air. Personne ! Le seul qui aurait trouvé grâce à ses yeux, c'est Maupertuis, mort depuis longtemps. Elle a des fidélités tenaces comme ses rancunes.

Diderot n'a pas osé mentionner le nom des Volland. Personne, a dit Nanette. Ni à la noce, ni à la grand' messe à Saint-Sulpice, l'entrée est libre pourtant dans les églises. Mais la volonté de Nanette prévaut sur celle de Dieu. Denise est venue, bien sûr, mais elle n'est restée que trois jours, prétextant son état. En vérité l'humeur des parents de la mariée ferait fuir n'importe qui.

Mais, et Diderot ne l'a su qu'après, Sophie s'est dissimulée au fond de l'église. Elle a échangé quelques mots de politesse banale « belle musique, jolie la mariée » avec Denise. Elle était avide de rencontrer cette sœur si chérie. Et de pouvoir raconter à Diderot comme sa fille était jolie, et les menus détails de cette noce qu'il était bien incapable de repérer. Elle a pris garde de ne pas se faire voir. Mais c'était inutile, il ne voyait rien. Rien.

Jusqu'au dernier moment de ce triste 9 septembre, il a espéré la venue de son frère. Didier n'a évidemment pas fait le voyage. Il fait déjà froid dans la grande nef où sanglote Diderot tout brouillé de larmes, tout à sa fille. Nanette ne montre son chagrin qu'au retour dans sa maison désertée par Angélique.

Le tête-à-tête définitif entre eux deux promet d'être un cauchemar. Surtout arbitré par Marie, toujours du côté buté, du côté de la mauvaise foi. Nanette est si désagréable avec son gendre, qu'après quelques tentatives ratées, le nouveau couple décide de ne plus mettre les pieds chez les parents Diderot. L'appartement est trop vide. Diderot s'arrange pour passer en fin d'après-midi, le plus souvent qu'il est décent, au domicile des nouveaux époux, muni d'un petit cadeau en viatique ou pour prétexte. *Seule consolation (...) visiter le nid de ces jeunes oiseaux (...) apporter dans mon bec la plume ou le brin de paille qui y manquait. Je ne veux pas qu'ils attendent ma mort pour jouir de ce qu'ils peuvent espérer de moi...* Il vérifie surtout que sa fille s'épanouit, que sa fille est heureuse, qu'elle fait régulièrement son clavecin, qu'elle n'a pas les yeux rougis... Mais quelle solitude en rentrant rue Taranne ! Nanette aussi est seule, sa sœur ne lui est d'aucune aide. Sans Angélique, elle n'a rien en commun avec son mari.

Aussi Diderot passe-t-il le plus clair de ses soirées

chez Sophie, chez Louise d'Épinay, d'Holbach, Pigalle, Bordeu, Belle, Watelet ou quelques autres. Il erre le long de la Seine, dans un désarroi inconnu de lui mais bizarrement familier, en fait pas très éloigné de celui qui lui fit mettre fin à sa jeunesse débauchée. Tout ce qui a fait sa vie s'est évanoui. L'Encyclopédie définitivement achevée... Mariage, paternité...

Le 14 octobre 1772, nouveau drame. Angélique fait une fausse couche. Mariés un 9 septembre... ils n'ont pas traîné. C'est pour ça l'urgence, elle était enceinte, elle le lui avait caché, mais pas la fausse couche ! Elle perd son bébé, mais aussi beaucoup de sang. Diderot craint pour sa vie... Manqué la perdre, perdu l'enfant...

Diderot revit ces horribles années quand Nanette perdait ses bébés et lui tant d'espérances. Comme alors, ces chagrins qui auraient dû les réunir les éloignent infiniment. La peine est solitaire. Définitivement. Diderot pleure bêtement, ne sait même plus quoi.

Pour le distraire, il n'y a même pas de Salon cette année ! Pas de Grimm non plus. Il passe de plus en plus de temps chez Frédéric de Prusse, grand bien lui fasse ! Sans raisons précises, Diderot le hait. D'Alembert est toujours aussi absent... Il le voit davantage sur le papier que dans sa vie : il vient de commencer, un brouillon, certes, mais qui le distrait. Une chose étrange, genre dialogue métaphysique, *Le Rêve de d'Alembert*, qu'il enchaîne sur un autre *Entretien avec d'Alembert*, et encore...

Il clarifie ses idées, et pour ne pas user du couple scandaleux de Diogène et Laïs, il choisit de faire parler ses plus proches en philosophie : d'Alembert, Julie de Lespinasse, Bordeu et lui dans le rôle d'un Socrate pratiquant la maïeutique. Tous incarnent la personne qu'ils sont dans la vie : d'Alembert s'endort, d'Alembert se met à rêver pour aller beaucoup plus loin qu'il n'est licite. Le but de Diderot est d'affirmer une sensibilité universelle, l'hétérogénéité de la matière, et traiter de la vie éternelle via les molécules... Il maîtrise son sujet mieux que jamais. Il a tout lu et se permet de récuser tranquillement ses contemporains tels La Mettrie, Maupertuis, et les matérialistes empiristes. Il a assez étudié avec les médecins, les vingt-deux de l'Encyclopédie et surtout Tronchin et Bordeu. Voisin de l'hôpital de la Charité où exerce ce dernier, il s'y fait admettre pour observer les monstres, assister à des opérations. Son point de départ, du caillou au savant, une seule substance, la matière qui permet de remonter la chaîne des êtres, en postulant une sensibilité universelle..., conscience et mémoire sont des produits de l'organisation..., l'homme est un clavecin sensible dont les cordes sont les nerfs... De l'œuf qui donne la poule, à l'œuf qui fait d'Alembert le savant, quelle différence ? Voilà le thème. D'Alembert grippé, rêve à haute voix et Julie de Lespinasse, avant d'appeler le médecin, passe sa nuit à prendre en notes les mots qui surgissent de sa fièvre. Il délire, ce qui autorise Diderot à tout dire, mais sur le thème de la conversation éveillée du dialogue précédent. Ensuite Julie de Lespinasse lit ses notes à Bordeu qui lui explique le sens des phrases du mathématicien endormi. Diderot va jusqu'à traiter l'homme de *polype humain*... Le génie de « don de nature », comme la bien ou la malfaisance, et la liberté ne serait qu'illusion... Jamais Diderot ne s'est risqué si loin. Dorénavant le matérialisme n'est plus une hypothèse mais le cadre inflexible pour expliquer le monde et la vie.

Quand il en donne lecture au Grandval devant Louise, Grimm, d'Holbach, Suard, Naigeon... un silence stupéfait l'accueille.

Suard avertit d'Alembert de l'existence de... ce... cette audacieuse chose... D'Alembert demande à Diderot de la détruire. Du coup, il sait à quoi s'en tenir quant à sa publication. Aussi par égard pour d'Alembert, Diderot prie-t-il Naigeon de ranger ce texte et de veiller à ce que rien n'en filtre avant la mort « des *da* et *di* ». Malheureusement Grimm, qui ne respecte rien ni personne, fait circuler une copie qu'il ne diffusera dans sa *Correspondance littéraire*, promet-il, qu'après la mort de d'Alembert.

Le Rêve de d'Alembert a relancé la machine, Diderot prend son élan, se rassemble pour un nouveau saut, fait surgir des dizaines d'idées nouvelles sur les sciences, les arts, la vie, la morale, la langue, la nature, la politique..., il ouvre d'innombrables chantiers... Sans rien conclure, sans s'enfermer dans le carcan d'un système. Persuadé que les réponses, si elles existent, n'apparaîtront que lorsque toutes les questions auront été posées. Et correctement.

Il croit toute forme de vie provisoire, toute organisation éphémère, mais la matière éternelle, simplement dans l'immensité des siècles, prend, elle, des formes différentes, « je suis homme aujourd'hui je serai poussière demain et après-demain, la matière qui me constitue sera associée à d'autres formes matérielles ».

« Il s'ensuit qu'il n'y a pas de sens de la vie !... » ça, il ne peut le publier aujourd'hui. « Elle fonctionne suivant un cycle qui n'a pas de finalité. Corollaire, le temps n'existe pas, il n'a rien à voir avec la matière, il est de l'ordre du monde humain dont il est une projection subjective. »

Mais alors, s'exclame Sophie, s'il n'y a pas de liberté, il n'y a pas de morale ! Au contraire, clame Diderot, s'il n'y a pas de liberté objective, la morale comme l'art est plus nécessaire que jamais.

En mémoire de Garrick, à ses yeux le plus grand acteur du monde, parce qu'il interprète le plus grand dramaturge du monde qu'est Shakespeare, il reprend son texte sur le *Paradoxe du comédien*. Mais n'achève pas... Il se lance comme un fou, il fonce passionné, puis il s'interrompt. Malheureux, triste, plus la foi... En tout, il manque d'assiduité.

Que reste-t-il de ses amitiés qui l'ont tenu debout jusque-là ? De ses amours, de ses projets ?...

Quitter Paris pour aller au-delà du Grandval ? Allez ? Oui, mais il rentre au plus vite parce qu'il s'ennuie. C'est nouveau mais profond. Il a pris avec la Synagogue des distances inconscientes : ce monde n'est plus tout à fait le sien, il y perd son âme et sa santé, il risque de finir en jouisseur grassouillet. Il souffre d'un trop-plein de luxe et d'oisiveté. Repartir ? Où ?

Là-bas, il est temps.

Accepter d'aller enfin remercier la main qui l'a tant gâté. Aux deux sens du mot. Grâce, ou à cause de qui, ce mariage, qui fait son malheur aujourd'hui, a pu s'accomplir. Mais hier sa fortune, et demain son indépendance...

Entreprendre ce trop lointain voyage, repoussé depuis près de onze ans...

Allez.

La mort dans l'âme, il annonce son départ pour Saint-Pétersbourg. Était-il désespéré quand il a pris cette décision ? Il prévoit de s'arrêter quinze jours en Hollande pour y faire publier quelques-uns de ses textes, trop sulfureux...

Vite, s'organiser, faire partir toutes sortes de courriers, assurer ses arrières, prendre des initiatives. On souffre toujours moins quand on s'agite. Quitter les siens avant qu'ils ne le quittent tous.

Prendre les devants.

Partir. Fuir.

CHAPITRE 8

1773-1774

Aller-retour en Russie

> C'est une sotte chose que de voyager. J'aimerai autant un homme qui pouvant avoir une compagnie charmante dans un coin de sa maison passerait toute sa journée à descendre du grenier à la cave et à remonter de la cave au grenier.
>
> *Correspondance*

Tout est en règle. Il peut mourir. Ou partir en Russie.

Il a obtenu de l'administration royale l'autorisation de quitter la France. On ne se défie plus de lui : qu'il aille où bon lui semble. Il a fait du petit Naigeon le légataire de ses manuscrits, charge à lui de les revoir et de publier ce qu'il juge nécessaire, après sa mort, qui peut bien le rattraper à Saint-Pétersbourg.

À Nanette, il a donné procuration sur tout ce qu'il possède. Il a même dit adieu à ceux qu'il craint de ne pas revoir à son retour, dans moins d'un an espère-t-il. Les plus malades ou les plus âgés. Comme La Condamine, le plus grand voyageur du moment. Diderot ne manque pas de lui demander conseil. Il a très peur de partir si loin. La Condamine a navigué sur l'Atlantique, il a vu le pôle et franchi beaucoup d'Amériques.

Il recule tant que chacun spécule qu'il ne partira pas.

Puis le 1er juin, c'est le départ sans tambour ni trompette. Il file comme s'il allait souper chez d'Holbach.

Le 15, il est à La Haye. La Hollande lui plaît tant qu'il y demeurerait volontiers, plutôt que de pousser plus au nord. L'enchante l'accueil du prince Galitzine qui lui offre sa maison, met un domestique et un carrosse à sa disposition.

Dimitri Alexandrievitch Galitzine est ambassadeur de Catherine II aux Provinces-Unies. Diderot l'a connu quand il l'était en France, et négociait pour la souveraine l'achat de sa bibliothèque. L'intermédiaire est devenu un ami, leurs retrouvailles sont une vraie joie, sa générosité est à la hauteur des sentiments qu'il exprime. Le premier soir, il apprend que Diderot n'a jamais vu Venise ni même celle du Nord, jamais vu de ville sur l'eau. Jamais vu la mer ! Demain, toutes affaires cessantes, on l'y mènera. C'est une expérience qu'il doit faire d'urgence. Le lendemain, Thomas, le serviteur qu'il lui donne pour la durée de son séjour, l'attend, carrosse prêt. Une demi-heure plus tard, Diderot est à Scheveningen et n'en veut plus bouger jamais.

L'émerveillement est instantané. Total, définitif. Stupéfait, ébahi, impréparé — l'est-on jamais pour les grandes choses ? —, n'en croyant pas ses yeux ni ses oreilles, car en plus, ça fait un fracas de tous les diables ! C'est donc ça, la mer ! Indescriptible, il comprend pourquoi il n'a pu l'imaginer. Il faut la voir pour y croire. Il n'y a pas de mot pour dire cette étendue bleue, verte, grise ou moirée selon l'instant, lisérée d'un blanc changeant aux crêtes mouvantes montantes, descendantes... Comment restituer l'assaut des sensations qui s'emparent de lui ? Il laisse Thomas sur la digue et descend sur le sable où il s'enfonce. Il s'approche, il descend longtemps. Le sable luit au loin, mouillé, par plaques, dessin maladroit et pourtant savant. Harmonieux. Thomas n'a-t-il pas dit, « dommage c'est marée basse » ? Ça peut donc être mieux ?

Autant de plage partout à perte de vue. Une plage blanche et grise, infiniment longue, et sur cette lande de sable brillant, des varechs et des coquillages jetés là comme si Dieu jouait aux dés. Le reflet des nuages dans ces larges flaques d'eau abandonnées par la marée dessine des paysages fabuleux, inconnus d'un Diderot émerveillé pour au moins dix mille ans. Il demeure là, à la lisière ourlée des vaguelettes, fasciné par cette gigantesque nouveauté, tellement inattendue en dépit de tous les récits et des descriptions lus. Ce qu'il voit, il ignorait que ça existât autant, aussi grand, avec ses odeurs fortes, sa lumière comme lavée, ses couleurs réinventées sans trêve... Une nouvelle planète lui est donnée d'un coup. La nuit tombe. Il est toujours sous le charme, pris dans l'envoûtant sortilège de cette immensité en mouvement.

Il doit rentrer. Thomas, son chauffeur, est sorti de la voiture où il a dû somnoler tout son saoul. Il ôte ses chaussures et descend prendre respectueusement Diderot par la manche pour l'aider à remonter. « La mer monte et nous ne sommes pas loin des marées d'équinoxe ; elle remonte alors très vite, et très fort. Venez, il faut y aller. »

Le jour suivant, il y retourne. Là, elle est haute comme si elle était venue à sa rencontre. « Étale », dit Thomas. Pourtant trépignante, écumante, encore plus bruyante... Et il fait grand soleil. Thomas l'observe regarder la mer, de loin. Sans trop oser bouger. Puis après un long temps, elle s'est déjà un peu retirée, Diderot ose se déchausser et y tenter un orteil frileux, inquiet. Puis il y risque le pied en entier, la vague qui remonte ne l'épargne évidemment pas ; il est trempé. Même si l'eau semble froide, c'est l'été, le soleil est haut, il fait déjà chaud. Il ôte quelques frusques qu'il abandonne là, sur le sable sec, et s'enhardit. Oh ! sans risque, il se baguenaude à la hauteur des pêcheurs de crevettes, de l'eau pas plus haut que les mollets, même s'il éprouve l'envie enfantine, irrépressible de foncer dedans, de courir en éclaboussant tout alentour. De s'engloutir au-dedans. Il n'y a personne, ça ne doit pas se faire. C'est peut-être dangereux. Pourtant l'eau ne résiste pas, elle l'accueille si gentiment.

Après tout, il n'a pas attendu soixante ans pour voir la mer et rester au sec ! Allez, il ose. Il fait de plus en plus chaud, pourquoi résister à cette somptueuse tentation ? Il avance, il a de l'eau jusqu'aux reins, c'est incroyablement bon... Jusqu'aux épaules, c'est merveilleux. Il soulève ses pieds du fond, il flotte. Il suffit de bouger jambes et bras, et il continue de flotter. Il y met la bouche, c'est terriblement salé. C'est incroyable d'ailleurs que ce soit si salé. Comme si elle était vivante. Elle l'enserre de partout comme une femme amoureuse, elle le submerge de même. Il est fou de joie, il saute et retombe lentement, merveilleusement. Il saute encore et encore, il joue avec les vagues qui remontent en rangs serrés vers la digue, il se laisse emporter par elles, puis se redresse et saute dedans comme on danse, éperdument. Indéfiniment, il se laisse ramener puis redescend en courant, en s'éclaboussant. Peut-être crie-t-il de joie. Comment savoir ? Il n'est plus dans sa tête mais exclusivement dans son corps. Un corps d'enfant qui joue, qui jouit, qui s'épanouit à plein. Il s'est pris au jeu, il a dix ans, cinq ans, un corps de môme allégé de toute peine, il jubile. Un bonheur physique indescriptible, mieux que l'amour, renouvelable à l'infini. À nouveau, comme l'enfant des bois et des fourrés qui ne savait rien des tourments du temps. La mer, c'est pareil et c'est bien pire ! C'est magnifique, la mer. C'est plus grand que tout. Ça peut consoler de tout. Et nettoyer aussi, jusqu'à l'âme, de tout chagrin. Ça lave de toutes les souillures, de toutes les misères. Il saute dans les vagues pendant des heures, la fatigue abolie, la tristesse engloutie, il est neuf, il est fou, il est heureux. Un bonheur de sensations pures qui ne lui vient que de son vieux corps. Il rit tout seul, comme si une joie sauvage s'était emparée de lui, un terrible sabbat de sorcière a lieu au-dedans de sa poitrine, et ça trépigne de plaisir. Parce qu'en plus d'être incroyablement beau, l'océan, c'est drôle, très drôle, il s'amuse comme un gosse. Ses mouvements changeants n'en finissent pas de le surprendre.

Un grain soudain le chasse, subit, violent, drôle aussi, il ramasse ses frusques jetées sur le sable sec, enfin de moins en moins sec, et se rhabille dans la voiture tant le vent a forci. Vite...

Thomas a cessé d'être poliment étonné, il ne peut être que complice d'un pareil maître, si peu cérémonieux, si simple. Pour un peu, il lui apprendrait à nager ! Non, tout de même, il est l'hôte du prince. Puis il s'en tire très bien, rien qu'en sautant dans les vagues et en jouant à flotter.

Le soir au souper, le palais le régale de tous les fruits de la mer, poissons, œufs de poissons, crustacés... Tout est tellement bon dans la mer. Vraiment une nouvelle jeunesse, presque une nouvelle vie sourd de ces vagues qu'on dit glacées. Diderot n'est pas frileux, ou l'été 1773 est particulièrement chaud. Et puis, c'est si nouveau, il a tant à rattraper. Le bord de mer, ah, s'il y avait une mer à Paris. *Je ne l'ai encore vu ni calme ni agitée, sa vaste conformité accompagnée d'un certain murmure, encline à rêver, c'est là que je rêve bien*, écrit-il aussitôt à Sophie.

En moins d'une semaine, il a recouvré sa santé, son exubérance, et sa joie de vivre, englouties dans les préparatifs du mariage. Thomas lui apprend à ramasser les bons coquillages sur la grève. Il court et danse dans les vagues, il apprend tout seul sinon à nager du moins à flotter avec aisance. À se laisser glisser entre deux eaux comme une feuille de papier immobile et souple, bercée. Entre deux eaux, l'image le fait rêver...

Pendant ce séjour qu'il aimerait prolonger à l'envi, il se lève tôt pour passer ses matinées dans ou près de la mer et rentrer travailler, revigoré, ragaillardi. Nouvelle passion, nouvelle dévotion, il aime la mer, il s'y adonne. Et hop, au travail, dans une forme sensationnelle. Est-ce l'air marin, la beauté neuve de ces lieux, l'éloignement de sa femme, de sa fille, de ses proches, une forme de solitude inaccoutumée ? Il n'a jamais aussi bien travaillé. Travaillé pour lui-même. Absolument libre de lui.

Être à l'étranger, c'est n'avoir plus de comptes à rendre à personne, plus de censure, plus d'épouse, plus de femmes pour le rendre jaloux. Rien qu'à lui ! Rien que pour lui. Il peut enfin confier au papier tout ce qu'il n'a pas osé jusqu'ici. Que peut-il lui arriver ? Sa femme est rentée, protégée s'il lui arrive malheur, elle a toutes ses procurations, sa fille est mariée, mal mais mariée, à un autre homme.

Ses amours excessives, mais adoucies, moins exigeantes, plus amicales. Même avec Catherine de Meaux, il a fini par devenir ami. Sophie est libre, sa mère est morte, elle a pris sa vie en main, elle tient sa maison et ils n'ont plus à se cacher. Ils se voient tous les jours, c'est la meilleure partie de sa vie. Oui, de loin ces liens ne sont plus si serrés, le voyage les délace. Il respire mieux. Il s'empresse de l'écrire à Sophie !

Sa plume est libre. Libéré : il ne publiera plus. Aussi court-il sur le papier avec la même folle excitation qu'il saute le matin dans les vagues. Et successivement, il reprend et espère cette fois achever le *Neveu*, le *Jacques*, le *Paradoxe*, sa réfutation aux propos d'Helvétius... Il sait qu'il écrit enfin ce qu'il doit, ce qu'il a toujours rêvé d'écrire. Si ça n'est pas bon, au moins c'est ce qu'il peut faire de meilleur.

Il a à peine le temps de faire quelques rencontres intéressantes, de nouer quelques liens qu'il se réserve d'approfondir à son retour. Il n'est là qu'en escale sur la route de Russie. Dieu qu'il redoute ces steppes du Nord et cette impératrice despotique. Il anticipe son retour ici dans peu de temps. Alors il reverra ceux avec qui il n'a pas eu le loisir de se lier plus avant. Il écrit de moins en moins à ses familiers, requis par ses écrits clandestins, lui qui toute sa vie a tenu une correspondance régulière et intense, se relâche. Sa liberté littéraire et poétique n'a jamais été si grande, comme si la force de l'océan lui rendait l'exubérance du jeune homme amoureux de sa future gloire en débarquant à Paris.

En France, la censure l'a toujours à l'œil, il le sait. Aussi dans l'état d'immense liberté où il se sent, il fait attention de ne rien envoyer, fut-ce par courrier, que les censeurs saisiraient. Le « roi bien-aimé », Louis XV, en cours de règne, s'est fait haïr, en instaurant une suspicion généralisée. Aujourd'hui sa police a liberté de saisir les correspondances privées de qui elle se méfie. Dans son cas, ne pas écrire est plus prudent.

Il croise là une idée très proche du bonheur. Ah ! s'il était resté libre, célibataire, sans enfant, sans libraires, sans engagements, sans contrainte encyclopédique... Mais serait-il lui-même sans tout ce barda qu'il ne peut, qu'il ne veut plus porter ?

Tous les jours, quand même, il guette la poste. Il a laissé Angélique enceinte. Très enceinte. Il attend. Il appréhende, elle risque la mort. L'enfant aussi. Il ne le sait que trop. Elle en a déjà perdu un. S'il y pense, l'angoisse l'étreint. Pourtant il se réjouit d'être « bientôt *grandpérisé* » ! La peur de l'accouchement nimbe d'une sourde anxiété la toile de fond de son voyage...

Jusqu'au 20 août, il est l'hôte joyeux du prince Galitzine à La Haye. Il faut pourtant honorer sa parole et porter sa reconnaissance aux pieds de la seule personne sur terre qui lui donne les moyens de sa liberté. Il s'éloigne comme s'il partait à la plage. C'est la longue route pour la Russie.

Par défiance ou par délicatesse, Catherine II lui a envoyé un « chauffeur guide », son chambellan personnel, Naritzine, afin de le mener à bon port jusqu'à elle. Et dans sa propre voiture et avec ses chevaux. Il ne peut plus reculer. Il doit vraiment y aller. L'hiver approche, il faut passer avant les neiges, Naritzine le presse.

Il traverse Leyde, visite Amsterdam... Il adore la Hollande. Les mœurs de ce pays le séduisent, il est sous le charme de l'esprit républicain qui souffle si calmement ici. Il y écrit des ouvrages qu'il juge assez gais, et pour cause, il est follement joyeux. D'ailleurs on ne devrait jamais écrire triste : la pensée est ce qu'il y a de mieux et donc de plus heureux à vivre, philosopher est un plaisir, apprendre une joie. Et ici cette liberté transparente comme les fenêtres des maisons offertes aux regards, lui plaît. Il adore comme on vit ici, il y vivrait bien. *Une des choses dont on est continuellement et délicieusement touché dans toute la Hollande, c'est de n'y rencontrer nulle part ni la vue de la misère ni le spectacle de la tyrannie.* Mais il faut y aller. Il doit honorer sa parole, et reprendre la route. *Le vin du Rhin trempé de beaucoup d'eau a tout à fait raccommodé mon estomac. Qui sait si la fatigue d'une longue route n'achève pas de remédier aux inconvénients d'une vie sédentaire et si le métier de voyageur n'est pas le véritable antidote au métier de littérateur.*

Le 24 août c'est Düsseldorf, le 25, Duisbourg où il est pris de si violentes coliques qu'il veut retourner se soigner chez le prince. Non, il doit continuer. Il continue. Leipzig, Dresde, Riga. Partout des rencontres, partout des musées, des visites, des tableaux, partout des savants qui l'honorent... Il découvre sans déplaisir que son nom est assez bien connu dans cette Europe du Nord où s'est réfugiée la liberté de penser. Partout l'envie de traîner se heurte à celle plus brutale d'expédier ses obligations russes au plus vite, afin de revenir en ces terres hospitalières. Il n'a jamais aimé ni souhaité voyager, maintenant il sait pourquoi. Jusqu'ici il tolérait qu'on s'y emploie « de dix-huit ans jusqu'à vingt-deux ». À soixante, c'est grotesque.

Enfin, le 8 octobre, Diderot arrive à Saint-Pétersbourg, brisé, moulu, malade. Vraiment malade. Naritzine est assez inquiet pour l'accompagner jusque chez Falconet qui s'est engagé à le recevoir chez lui durant son séjour russe. Falconet, c'est cet ami sculpteur qu'il a jadis chaudement recommandé à la tsarine. Depuis il a fait son trou à la cour, sans jamais cesser de correspondre avec Diderot dans l'espérance de publier leur échange de lettres sur le thème de la postérité, sa seule croyance. Aussi tient-il à héberger l'ami à qui il sait devoir énormément. Diderot a donc décliné toute autre invitation, y compris celle, insistante, du charmant chambellan de Catherine II. Naritzine qui pendant la route s'est montré plein d'attentions, l'a soulagé autant qu'il lui était possible des misères du voyage. Ils ont beaucoup sympathisé aussi, quand sous ses yeux, Falconet claque quasiment sa porte au nez de Diderot, il insiste pour l'accueillir en son palais. Perdu et fiévreux, Diderot accepte, en désespoir de cause, il ne voulait pas devoir aussi ça à son hôtesse. Las, il est trop mal-en-point pour faire des coquetteries.

Venir de si loin, dans un tel dérangement d'entrailles, pour se voir fermer la porte au nez par un ami qui vous doit tout, c'est très dur, rapporte-t-il sans vergogne à sa femme. Il est extrêmement déçu par Falconet. C'était un ami, croyait-il, ils envisageaient de publier leur correspondance. Fini, après ça, Diderot refuse définitivement de rien faire avec lui. Il croyait vraiment qu'ils s'aimaient. Eh non, encore une erreur d'amitié ! Diderot le vit comme un camouflet d'autant plus violent qu'il souffre comme un damné. Toutes affaires cessantes, il a besoin de disposer d'un cabinet de toilette. Et d'un répit pour se remettre de pareil voyage.

Naritzine s'est sincèrement attaché au caractère, aussi incroyablement naïf que supérieurement intelligent, de Diderot. D'avance, il redoute pour lui les chausse-trappes que la cour ne manquera pas de dresser sous ses pas. Il espère l'aider à les affronter, lui servir de guide dans cette pétaudière qu'est la cour de l'Empire russe. Il se fait une joie d'être celui qui loge le grand philosophe qu'attend si impatiemment sa suzeraine.

Diderot, affalé au fond de la voiture qu'il vient d'habiter près de deux mois, se détend enfin. Puisqu'il sera bientôt couché dans un lit, dans un endroit chaud. Il lui faut incessamment se remettre sur pied avant de rencontrer sa bienfaitrice.

Le lendemain a lieu au palais un grand mariage. Peu au fait des arrangements de la noblesse, Diderot n'a pas saisi les liens de parenté qui unissent son hôtesse aux mariés. Ces histoires de têtes couronnées qui se partagent l'Europe l'ennuient. Il sait y retrouver Grimm qui, lui, ne loupe jamais une mondanité princière. Mais il est trop malade pour s'y rendre, et sa malle s'est égarée, il n'a donc aucun vêtement décent. Il n'est pas là pour jouer à ces jeux de courtisans. Il n'aime pas ça et n'a plus l'âge de se forcer. Du coup, il ne voit pas Grimm, qui n'a pas trouvé une seconde pour se précipiter à son chevet et prendre de ses nouvelles, comme lui l'aurait fait.

Décidément, sous la lumière crue du Nord, les amitiés de Paris se décolorent, pâlissent et fondent comme neige... Non. Pas complètement. Diderot est encore trop entiché de son Grimm. Il l'espère chaque jour. En vain. Il boira le calice jusqu'à la lie. Les semaines suivantes, il l'attend encore.

Quand ils se reverront enfin, c'est à la cour alors que

Diderot est déjà devenu le meilleur ami de la tsarine. Tout de suite, c'est l'affrontement. Grimm le tance comme un enfant désobéissant, de n'être pas passé par Berlin où l'attendait Frédéric de Prusse. Diderot l'a fait exprès, il se défie de ce tyran-là comme de la peste. Grimm ne l'entend pas ainsi et lui ordonne d'y passer au retour ! Estomaqué, Diderot ! Grimm lui ordonne réellement de faire allégeance à Frédéric ! Ce lâche courtisan qui n'a jamais fini ses petites courbettes diplomatiques voudrait l'enrôler dans sa suite de vil flatteur ! Il veut qu'il courbe l'échine avec la même souplesse dorsale que lui... Las de ses intrigues pusillanimes, Diderot cesse d'avoir envie même de le croiser au palais d'Hiver. Et il y parvient, Grimm ne paraît qu'aux fêtes, Diderot qu'aux heures de travail pour ses tête-à-tête avec Catherine II.

Leur entretien dure habituellement jusqu'à cinq heures, parfois six. Il entre, s'assoit face à elle de l'autre côté d'un petit guéridon qu'elle déplace pour l'avoir toujours entre lui et elle. Depuis qu'elle l'a compris, elle se protège les cuisses contre sa gesticulation trop cordiale. Il réussit pourtant à lui prendre la main, à lui secouer le bras, et ne se gêne pas pour taper sur la table comme chez lui. Diderot appelle Catherine II, *ma bonne dame*, il jette au loin sa perruque pour lui faire apprécier la ressemblance entre lui en chair et son buste modelé de mémoire par Mlle Collot, qui trône sur sa cheminée. Catherine n'en use pas moins familièrement. L'étiquette n'est pas celle de Versailles, les murs de l'Ermitage s'ornent de cet avis : « *asseyé vous si vous voulés, et cela ou vous plaira sans qu'on vous le repéte cent fois, la maîtresse de maison n'aime pas les cérémonies.* »

Diderot se concentre sur ce qu'il espère son grand' œuvre près d'elle. Vrai cerveau politique, Catherine II éprouve une vive gratitude envers Diderot. Qu'il ait finalement fait l'effort de venir jusqu'à elle... Elle sait ce que ça lui a coûté et tout le bien qu'elle peut tirer de sa présence et de son soutien dans l'opinion publique dont elle use en experte. Lui ne veut que travailler assidûment, élaborer avec elle les réformes qu'il juge indispensables à la survie de son règne. Rien que ça ! Elle l'a certes fait venir dans ce but, mais ça ne l'oblige pas à les suivre trop vite. Elle est la reine. Lui le philosophe. Il croit encore à son pouvoir. Ils savent l'un et l'autre que la cour de Russie est éclairée par la présence de Diderot. Comme lui, Catherine spécule sur la postérité. Elle est emballée par lui, lui par elle, ils se le disent sans manières, ils comptent l'un sur l'autre en toute franchise. Ça démarre bien, ils s'entendent « comme larrons en foire ». La cour est furieuse. On chuchote sur son passage, on se moque de lui, on lui rit au nez. On le déteste, ce malheureux philosophe qui ne sait rien des usages locaux, s'habille tous les jours de son vilain petit habit noir sans éclat ni falbala, et se moque éperdument du qu'en dira-t-on. En même temps, il est si facile à duper ! Mais il bénéficie de l'appui de la plus puissante souveraine du monde ! Ça agace. Ça donne de mauvaises pensées, ils en ont tous. Quand il en prend conscience Diderot souffre : on conspire dans son dos. Mais comme plaire à la cour n'est pas le but de son voyage, il met un certain temps à comprendre que sa chute dans l'esprit et le cœur de la tsarine est désirée, programmée.

D'abord il est en mission. Amener Catherine II à un régime moins despotique. *Elle a l'âme de Brutus, le charme de Cléopâtre, l'art de mettre à l'aise, gentille et gaie, encline à la philosophie comme à la sensualité, ne dédaignant pas la bagatelle, encore fraîche*, elle met sans cesse Diderot en appétit avec un rien de sournoiserie. Allemande au fond. Est-elle bien le monarque qu'il va savoir guider ? Elle le lui fait accroire, et il en rêve. Trois heures par jour, sans témoins, enfermés dans son cabinet d'étude du palais d'Hiver... Tel est le rythme de leurs entretiens. Diderot arrive avec un nouveau texte de l'ordre du jour, suggestions, propositions... Ils étudient, amendent, et boivent du thé. Il rentre mettre au propre le texte du jour et perfectionner le thème du lendemain.

On jase beaucoup. C'est un vieillard, elle une femme au faîte d'une quarantaine sensuelle. L'engouement pour les idées annule ces différences au point qu'elle se plaint d'avoir les cuisses noires, pleines des bleus qu'il lui fait en parlant, en abattant avec véhémence ses deux mains sur ses cuisses pour mieux scander sa pensée. Elle ne quitte plus son guéridon bouclier. Il la protège de ses assertions trop physiques. L'exubérance de Diderot est célèbre, et même face à l'impératrice de toutes les Russies, il ne contrôle pas plus ses gestes scandant ses propos, signes de sa véhémence familière, que chez d'Holbach ou au Procope. Il la secoue, l'attrape par l'épaule pour mieux la convaincre, elle s'en rit. Pas fière ou plutôt si, très fière d'afficher sa royale simplicité. Il lui tape même dans le dos comme à un vieux copain, histoire de souligner ses propos, ou il cogne à coups répétés sur son fragile guéridon qu'elle retire de peur qu'il le brise. C'est une sorte d'entente parfaite dont personne ne peut dire si elle se prolonge physiquement au-delà de ces démonstrations d'enthousiasme. Diderot ne s'en vante pas, il risque sa tête et le sait. Qu'il laisse croire l'avoir ou ne pas l'avoir aimée, de toute façon il déplaira. Catherine n'a rien à gagner à ce qu'on lui attribue un amant de cet âge. Ils s'en tiennent en riant aux rumeurs qui leur prêtent « peut-être » une aventure. Ni l'un ni l'autre ne démentent. Ni n'accréditent. Catherine est amoureuse de toute forme de sensualité, Diderot est un homme à femmes, il n'y a pas d'âge pour plaire, et ça ne se perd pas. Sa réputation de grand sensualiste le précède. Et lui suffit.

Maternelle pourtant, à l'arrivée des froids, elle se soucie de son confort, s'assure qu'il a de quoi se couvrir. Elle lui offre manchon et pelisse de fourrure. Se charge de son entretien chez son chambellan, se conduit princièrement, sans un faux pas. Elle dit partout qu'il est un des hommes les plus extraordinaires qui aient existé. Sans une fausse note. Despote assurément, mais élégante.

Les semaines passent, Diderot ne voit rien se réaliser, se plaint de conseiller en vain. Aucune application pratique ne découle de ses recommandations pourtant précises.

— Pourquoi ?

— C'est trop tôt.

Il insiste.

— Il faut essayer, au moins sur une région expérimentale. Mettre en place, ajuster les réformes vitales...

Rien ne se fait. Il râle ouvertement.

— *Mais mon cher philosophe, avec tous vos grands principes, on ferait de beaux livres et de mauvaises besognes. Vous ne travaillez que sur le papier qui souffre tout, n'oppose d'obstacle ni à votre imagination ni à votre plume, tandis que moi, pauvre impératrice, je travaille sur la peau humaine qui est bien autrement irritable et chatouilleuse.*

Tout est dit. La déception de Diderot est considérable. Si ses idées ne sont valables que sur le papier, si Catherine II refuse de les appliquer grandeur nature, alors ce n'était pas la peine, qu'elle lui fiche la paix. Qu'elle cesse de le solliciter pour des réformes, si ce n'est pour s'en servir et évoluer. Il ne lui dit pas franchement qu'elle lui fait perdre son temps, mais si on lui ôte l'espérance de jamais rien changer au monde, il ne voit plus ce qu'il fait ici. Il veut rentrer. C'est le plein hiver. Les eaux de la Neva le rendent malade. Ou le refus de la tsarine de tester ses idées.

Il est triste, il tourne en rond. Leurs rendez-vous s'espacent. La cour jubile, qui n'a supporté ni l'influence de ce Français, ni l'indifférence aux mœurs locales de ce vieux monsieur toujours vêtu de noir, qui a tenté d'endoctriner leur souveraine. Le voilà en disgrâce, Grimm s'inquiète pour son avenir à lui, si son alter ego est renvoyé. La cour spécule un départ proche !

Personne n'a rien compris, sauf Catherine II. C'est Diderot qui veut partir et l'impératrice qui le retient. C'est lui qui la quitte, elle qui s'accroche. Il n'a plus rien à faire ici. Il est en proie à un vrai désespoir philosophique. Quel échec que ses idées, si elles ne sont pas même capables de changer un empire !

Un autre chagrin s'en mêle qu'il ne peut différer plus longtemps : Grimm. Après la perte de Rousseau, la trahison larvée de d'Alembert, la veulerie de Falconet, Grimm est sa plus grande déconvenue. Il veut s'en aller mais Grimm insiste pour faire le voyage de retour avec lui. Évidemment ce serait plus agréable, mais Grimm ne veut que l'obliger à faire allégeance à Frédéric en passant par Berlin ! Non, pas Frédéric ! Sitôt que Diderot comprend sa manœuvre, il décide de partir vite et seul.

Il doit quand même attendre la fonte des neiges. Ici, dans la matité du silence amorti par tout ce blanc, les bruits disent la tsarine vexée de la volonté de Diderot de lui échapper. Mais non, elle l'a compris. Il voulait changer la Russie, or c'est elle qui règne sur le pays. Certes il a des idées exceptionnelles, elle est d'accord avec lui pour les mettre en pratique, mais dans un siècle ou deux. Elle aurait aimé le garder près d'elle, mais elle lui confie des travaux qui lui importent tout autant. En échange, elle lui promet de publier une nouvelle Encyclopédie non expurgée. Surtout elle attend ses prescriptions pour une refonte de l'enseignement dans son pays, de la petite école à l'université... Depuis La Haye Diderot compte faire ce rapport.

Depuis le début du règne de Louis XV, Versailles s'inquiète de la faveur dont jouissent les philosophes auprès des potentats étrangers. Dès qu'on a pris la mesure de l'influence de Diderot sur Catherine II, on le tient à l'œil. De cour en cour, ses trois heures d'audience quotidiennes ont fait jaser. N'est-il pas passé au service de l'étranger ? Alors qu'on l'a laissé partir sans crainte, le jugeant trop vieux, trop émoussé pour nuire. Le gouvernement français mande son ambassadeur d'embaucher Diderot au service du roi de France. Bizarrement, l'ambassadeur Durand est un homme de bien, sans la moindre dentelle. Naturel en quelque sorte, et pour son milieu, sa sincérité étonne. Aussi convainc-t-il Diderot de conseiller à Catherine un retournement d'alliances. De rompre avec la Prusse pour signer la paix avec la Turquie. Ce qu'il fait sous forme de court mémoire. *Ma rêverie à moi, Denys le philosophe*. Fureur de la tsarine à sa lecture. Fureur mais paradoxalement succès de Diderot. Certes elle déchire son rapport, le jette au feu en le priant de rapporter à la France quel usage elle fait de ses avisés conseils. Mais comme elle est loin d'être sotte, avant de le brûler, elle le lit, et, à terme, infléchit en ce sens sa politique étrangère, jusqu'à, effectivement, changer d'alliance.

Elle aime son Diderot, il lui plaît toujours. Elle l'écoute autant qu'au début, il la fait toujours rêver, même si ce sont des rêves pour dans mille ans. Elle sait que la Russie n'est pas prête.

Plus qu'un chagrin d'amour-propre, c'est la faillite d'une idée qui a guidé sa vie, structuré sa pensée, celle de l'utilité sociale et politique des philosophes, pour aider au bonheur de ses contemporains.

Ici, il a froid, il est malade, la cour le rejette bruyamment. À Paris, sa fille a mis au monde une petite fille qui soudain lui manque atrocement. Il lui faut la connaître tout de suite, cette petite Minette. Il veut fuir Grimm, rentrer au plus tôt. D'un coup il se sent vieux, seul et malade.

Catherine II le comprend qui charge un diplomate grec, Athanasius Bala, de le ramener à La Haye. Six mois après son arrivée, Diderot quitte Saint-Pétersbourg sous les lazzis des courtisans. Il refuse tous les cadeaux de la tsarine sauf la tasse et la soucoupe qu'elle a utilisées pour prendre le thé avec lui tout l'hiver.

Le retour est pis que l'aller. Trois voitures cèdent sous eux. La glace se rompt. Ils versent plusieurs fois. Diderot manque mourir. Par chance, mais surtout par hasard, partis le 5 mars, ils parviennent vivants à La Haye le 5 avril. Comme à l'aller, il se pose chez son ami Galitzine. Pour quelques mois. Catherine II lui a confié des tâches. Non seulement ils ne se sont pas quittés fâchés, la cour a crié victoire trop tôt, mais en plus, elle attend son *Mémoire sur le Nakaz*. Nakaz est le nom du Code qui régit la grande Russie. Il le rédige avec encore assez de passion. Dans ses *Règles pour les établissements de charité et d'éducation* s'expriment ses « principes sur la politique » et dans ses *Observations sur le Nakaz*, il se montre sans masque farouche partisan de la démocratie. Ce qui demeure un crime de lèse-majesté. Désillusionné de l'utopie du despotisme éclairé, il finit par rejoindre Voltaire ou Helvétius, revenus avant lui de ce mirage. *Quand meurt le despote soi-disant éclairé, ne reste que le despotisme obscur et toujours mauvais*. Ici lui poussent les idées les plus folles. Ici, il y a droit à condition de modérer ses propos publics. Il peut tout écrire, tout publier, tout vendre, mais ne jamais rien dire à haute voix qui choque l'opinion publique.

Une fois posé à une table de travail, pour la millième fois peut-être il reprend son *Neveu* et toujours avec délectation !

Parmi les nombreux courriers qui l'attendent à La Haye, un mot de Naigeon l'informe qu'il a mis la main sur Rameau le Neveu et l'a localisé. Il est interné dans un asile à Armentières sur ordre de sa famille. Même mort, l'oncle sévit encore. Armentières est proche de Lille, autant dire sur la route du retour... Il suffit de suivre la côte le plus longtemps possible pour rentrer en France. Un rêve pour Diderot qui ne veut plus se priver de la mer. Pour nourrir son dialogue entre un Philosophe et un Neveu il a besoin de cette halte. Car il veut en avoir le cœur net. Qui a raison, du Neveu ou du Philosophe, de « Moi » ou de « Lui ». Au retour de Russie, la tentation est violente de donner raison au Neveu.

À peine un crochet de La Haye, il est à Armentières en deux jours de voiture. Ce n'est pas un asile, c'est pire. Sorte d'entrepôt pour vieux, malades, fous, aliénés, débauchés, simples d'esprit ou roués terrifiants, dont les familles se débarrassent. Une poubelle d'humanité loqueteuse. Dans un amas de tristesse et de saleté, des syphilitiques débiles mêlés aux agonisants se disputent un maigre territoire et quelques quignons de pain. Tous invariablement maigres et décharnés, tous visiblement victimes de mauvais traitements.

Diderot a honte que des êtres humains en réduisent d'autres à cet état de déréliction. Il demande à voir le Neveu. On met un long temps à le lui amener au parloir. Paradoxalement, celui-ci ne semble pas différent de ce qu'il a toujours été, en revanche totalement indifférent au sort de ses congénères, pas le moins du monde affecté par leur état, trop proche du sien. Sa norme à lui !

Diderot n'informe personne de cette étrange escale sur sa route, pourtant si pressée vers Paris et les siens... Comme s'il allait visiter sa part maudite. Il ne s'est jamais caché d'une certaine fascination horrifiée pour les grands criminels, mais comment dire, là c'est de fascination littéraire qu'il s'agit. À sa façon, son Rameau est un grand criminel littéraire, à force de se vouloir méchant, cynique et profiteur, et il sait l'être à l'occasion. Mais il est aussi tissé de la tunique des grands malheureux que la vie ou le talent n'ont pas reconnus. En le faisant parler, Diderot qui se croit désenchanté, découvre qu'il est loin d'être descendu aussi bas que ce Neveu. Qui l'accueille tel un prince en son royaume, en tout cas comme un grand recevant un plus petit.

— Depuis la Bastille où tu as failli quand tu as dénoncé tout ton monde, même tes plus proches [il parle de la Puisieux, diantre comment s'en souvient-il, et même comment le sait-il ?], tu poses au Socrate, alors que tu as toujours eu une âme de traître. Tu te pavanes, mais où est ta ciguë ?

Diderot est interloqué. Comment a-t-il pu avoir vent de ces lâchetés enfermées dans le donjon de Vincennes ? Ses anciennes lâchetés... C'était il y a trente ans passés... Certes, c'était à Vincennes, pas à la Bastille, mais ça ne change rien à la mémoire démoniaque de ce Rameau. Et qu'il s'en souvienne du fond de sa déchéance... Pourquoi Diderot s'est-il arrêté chez lui ?

— De mes amis, je ne retiens que les défauts. Ça les rapproche de moi, ajoute-t-il, comme s'il lisait dans les pensées de Diderot.

Il continue de l'attaquer, ne tenant pour rien sa visite, son déplacement pour venir le voir, lui porter des provisions de bouche. Ou plutôt, l'en punissant. Sans doute est-il fou de rage d'être vu ici en cet état ? Il va lui faire payer de l'avoir surpris au fond de sa misère et s'en contentant.

— Alors maintenant tu vis comme un gros bourgeois. Tu ne te refuses rien, même un petit voyage au fond des abîmes chez les fous. Expérience intéressante, n'est-ce pas ? Tu veux que je t'expose certains cas de mes amis ?

Diderot fait violemment non de la tête.

— Tu ne te mouilles même pas. Le vieux méchant millionnaire de Ferney, lui au moins il a pris des risques pour défendre Calas ou le chevalier de La Barre. Lui, il ose.

Diderot ne répond rien, se mord les lèvres. Comme toutes les fois qu'il parle avec Rameau, celui-ci tape pile à l'endroit où ça fait mal.

— Ah, ah ! Toi qui voulais changer le monde ! À peine es-tu parvenu à changer ta place dans le monde. Maintenant tu frayes avec les têtes couronnées. Pas gêné, le philosophe ! Il bosse même pour elles, me suis-je laissé dire. Foin de la justice, tu conseilles les plus injustes de profession. Gros monsieur comme tu es, tu fais encore semblant de croire que ceux qui ont le pouvoir vont gentiment suivre tes conseils de réformes...

Qu'est-ce qu'il peut répondre ? Ne dirait-on pas la voix de sa conscience, celle qui l'a finalement chassé de Russie.

— Reçu par les reines, traité comme un prince, tu n'empêches pourtant pas qu'elles nous traitent pis que des bêtes, nous affament et nous méprisent. Tu n'es pas assez gros pour t'en moquer, tu dois encore faire des courbettes aux tyrans. Dis-moi l'ami, tu ne souffres pas trop de tes vertèbres lombaires ? Tu les appelles comment aujourd'hui tes tyrans, ah oui, « éclairés », par toi, j'imagine ! Ah, tes Lumières... ! Mais elles ont toujours la couleur des abus d'hier, tes Lumières, de tous les abus de pouvoir... À commencer par celui d'affamer les pauvres. Quand ce n'est pas de les réduire en esclavage. Est-ce qu'au moins tu as vu les serfs en Russie, des « âmes mortes », il paraît qu'on les appelle là-bas, des âmes à vendre, à acheter, donc forcément mortes. Mais il n'y a pas de quoi se réjouir, on a les mêmes à la maison. Même s'ils n'ont pas le même nom. Seule varie la qualité de la trique.

Diderot s'est déjà fait ces réflexions, mais jamais avec autant de hargne, de ressentiment, de haine. Que répondre ? Il n'a rien à rétorquer à ce fou enfermé parmi les fous : il a atrocement raison. Il vise juste. Que l'aliéné verrouillé dans son asile soit tellement plus lucide que lui ajoute à son désarroi. Quel chagrin d'abandonner ce cerveau qui fonctionne si bien au milieu des bêtes brutes qui l'environnent. « Mes pareils », comme il dit avec emphase.

— Bon, assez ri, je retourne à mes pareils. Ma misère et ma paresse m'ont rendu semblable à eux, à qui m'en plaindre ?

C'est encore lui, du fond de sa détresse, qui congédie son philosophe.

D'après le directeur des lieux, Diderot est l'unique visite qu'il ait jamais reçue depuis qu'il est enfermé là.

Il laisse au Neveu un petit viatique pour soulager sa conscience.

Sa fatigue, sa déconvenue sont telles qu'il n'a même plus envie de rentrer chez lui. Encore une lâcheté...

Oui. Rameau a raison, on peut dire que j'ai pignon sinon opinion sur rue comme il se moque. Désormais je suis admiré, fêté, honoré même par des impératrices... Et alors ? Alors rien. Justement et c'est ça le pire...

Il profite de ces sentiments pour fignoler son *Neveu*, mais surtout il en use pour enrichir ce drôle de récit qu'il nomme son *Jacques*, ou *Le Fataliste*, dont le personnage principal ressemble comme un frère à celui de sa chaise de poste d'il y a trente ans, est aussi une des faces, la face gaie du Neveu. *Il fut toute sa vie véridique et menteur, triste et gai, sage et fou, bon et méchant, ingénieux et sot, sans qu'on ait jamais pu effacer entièrement les traits qu'il tenait de son père ou de sa mère, de son parrain, de la sage-femme.*

Est-ce de Rameau dont il parle, ou de lui ? Sont-ils si différents ? Seule résolution qu'il ramène à Paris, fortifier sa radicalité, son *côté Rameau*. Sa jeunesse psychique recouvrée dans les vagues hollandaises, et aussi sa force.

Parti le 15 octobre de La Haye, il arrive à la maison le 21 du mois.

Paris ! Quelle ville somptueuse ! La calèche prêtée par la tsarine l'accompagne jusque chez lui. Traverser le paysage parisien l'enchante. Diderot est si content de revoir sa ville. S'est-il réellement cru perdu ? Maintenant il comprend que l'angoisse qui ne l'a pas lâché tout le voyage, c'était de mourir sans revoir Paris. Sophie. Sa fille...

Il profite de chaque place, de chaque jardin, de toutes les perspectives, Paris est un cadeau qui se renouvelle chaque saison. Il regarde avec une tendresse inouïe les rues du Quartier latin, comme s'il retrouvait sa maison d'enfance. L'automne finissant a un parfum d'ors et de fumée.

Ému et heureux. Nonobstant ce goût de cendres laissé par Rameau. Il monte chez lui et clame avec fierté à sa femme : *Compte mes nippes, tu n'auras pas de motifs de me gronder, pas perdu un mouchoir !* Il passe sa perruque sous silence. Chacun sait qu'il n'a jamais supporté de passer une heure tête couverte ! Vient toujours un moment dans la soirée où, d'un geste agacé, il la balance sur une cheminée ou dans les plis d'un fauteuil ; et au moment de partir, il l'oublie ou ne la retrouve pas. Dans l'économie domestique de Nanette, une perruque, c'est très grave, c'est surtout très cher.

À peine restauré, changé, épousseté du voyage, il se rue chez sa fille pour être intronisé très officiellement le grand-père d'une Minette très éveillée qui n'a pourtant pas un an. Il a l'âge et la fatigue du rôle, il l'endosse à la perfection. Il recommence à sourire en sa présence pour tirer le même éclat mimétique de ses mirettes aussi noires que les siennes.

Avec sa fille, les retrouvailles sont des plus fraîches, elle est très remontée contre ce père qui a laissé tout en plan plus d'un an, alors qu'elle et son mari ont tant de mal à joindre les deux bouts. Diderot n'en croit pas ses oreilles, vu toutes les dispositions qu'il a prises en leur faveur, et le mal qu'il s'est donné, et la peine, toutes ces années, pour lui constituer une dot. N'était-il pas à Saint-Pétersbourg pour remercier celle qui lui a permis de faire d'Angélique une presque princesse ? Parce qu'une vraie princesse témoigne forcément de la reconnaissance. Et de la délicatesse.

Triste, il repart de chez elle blessé, vexé, et furieux contre ce gendre qui a tellement besoin que sa femme change de toilette dix fois par jour. Et claque en stupidités l'argent de sa dot !

Avant tout, parer au plus urgent, un bulletin de bonne santé, et de succès. Il griffonne quelques lettres triomphales sur son séjour, sa réussite auprès de l'impératrice, y compris quand la cour de France l'a prié d'infléchir sa politique étrangère, et qu'elle s'y est résolue. Une vraie victoire diplomatique, Diderot a bien servi la France. Cela peut-il aider à l'avancement professionnel de son dilettante de gendre ? Eh oui, on en est encore là. Le Neveu a raison. Ses lettres sont triomphalistes, le cœur lui est désabusé. Il tente de faire bonne figure, mais l'entretien avec Rameau a achevé de le désespérer.

À Sophie même, il n'ose donner les détails de l'épisode Rameau. Il reste étendu près d'elle après l'amour, victorieux et vaincu. Il peut toujours la rendre heureuse, mais en a-t-il encore envie ? Et elle ? Leur tendresse mutuelle permet de tout se dire. Ils conviennent qu'eux seuls savent se lover dans les bras l'un de l'autre jusqu'à la guérison, et qu'ils n'ont pas de raison de s'en priver. La notion d'exploit érotique semble avoir quitté les ambitions de Diderot. Il en tire un nouvel art de la caresse.

Il se remet au travail. Il ne sait rien de mieux pour guérir de tout. De n'importe quoi. Pourquoi pas du chagrin de vivre ? L'écriture est son unique colonne vertébrale, non assouplie par la bassesse et la flexion de nuque devant les puissants, et surtout cette écriture secrète, ces choses qu'il ne publiera pas de son vivant, donc jamais.

Il corrige les rapports promis à Catherine, imprimés à La Haye. Il les expédie en Russie, persuadé qu'elle n'en fera rien, si tant est qu'elle prenne même le temps de les lire. Non, ce n'est pas elle qui est fâchée, c'est lui qui n'y croit plus, et qui s'est soudain refroidi. Un ressort a lâché. Le cœur n'y est plus. Merci Rameau !

Il sent bien qu'il n'est pas rentré intact et qu'il ne sera plus jamais comme avant ce voyage. Désormais place à sa majesté la vieillesse !

L'âge où nos tempes grisonnent et où nous aurions mauvaise grâce à écrire une lettre galante.

Il insiste, puisque décidément, on ne lui fiche pas la paix.

Laissez-moi être vieux tranquillement. Je me délabre de partout, le voyage m'a littéralement brisé, mais intellectuellement, c'est décidé, je vais tout dire, tout écrire, la vérité quoi ! Avec le temps sa conviction que seule la vérité libère, se renforce. L'obscurantisme est son ennemi personnel qui n'offre que superstition, mensonge et déraison.

Depuis Armentières, Diderot sait avec certitude que Grimm, Rousseau, d'Alembert, sans doute quelques autres, que pour s'épargner il ne cherche pas à énumérer, n'étaient que de faux amis. C'est définitif, la mondanité où il n'a pourtant jamais donné ne lui volera plus une seconde du peu de vie qui lui reste. Fini ! Il n'est que temps de se consacrer à son œuvre, à la postérité, à tout ce qu'il n'a pas osé dire pour ne pas nuire à sa liberté, à sa fille, ou pis, à la réputation de son freluquet de gendre !

C'est encore Rameau qui a raison. *Rira bien qui rira le dernier*.

CHAPITRE 9

1774-1778

Beaumarchais, l'ambition retrouvée, La Fayette, l'appel des Amériques

Pourrir sous du marbre ou pourrir sur de la terre c'est toujours pourrir.

Le Neveu de Rameau

Épuisé, il est comme mort. Seules les caresses de Sophie l'apaisent de ce qui ressemble plus à de la tristesse qu'à de la fatigue, quoique l'une engendre toujours l'autre... Ne pas se laisser abattre. Non. Chez Sophie, il comble son immense désir d'amour et de réconfort. De se retrouver près d'elle le rend libre d'être lui-même.

Elle n'a pas changé, pas vieilli. Toute menue, si mince qu'en l'étreignant il a toujours peur de la casser. Leur entente intime ne souffre pas de l'absence, jusqu'ici elle s'en est même nourrie.

Elle lui propose de l'accompagner ce soir en ville.

— Ce soir, mais où ? Pour faire quoi ? Non, ce soir, je vais me coucher. Je reviens d'une si longue angoisse, ce voyage, tu n'as pas idée.

— Non, tu ne vas pas te coucher ce soir, en tout cas pas avant d'être allé à la Comédie-Française...

— Oh non, pas encore ! Pas déjà retourner au théâtre, j'en viens. La cour de Catherine II est une telle mascarade.

— Écoute avant de râler. Ce soir c'est la première de Pierre Augustin Caron de Beaumarchais... Tu sais, ce jeune homme dont tu attendais tant avant ton départ. Tu t'en souviens ? Sa première pièce s'appelle *Le Barbier de Séville ou la Précaution inutile*. Je ne veux rater ça pour un empire. Viens, tu seras heureux. C'est une bonne manière de rentrer à Paris. Tout le monde y sera.

Tout le monde, c'est au moins d'Holbach, Louise d'Épinay, sans doute Catherine de Meaux avec qui Sophie Volland a eu l'intelligence de faire amitié, d'Alembert peut-être, bref, tout son monde, Sophie a raison. Ce petit jeunot de Beaumarchais, Diderot l'a effectivement repéré avant son départ. Avec lui il s'est senti en famille.

D'abord parce qu'il n'a pas commencé par les lettres. Et, à la différence de beaucoup d'autres écrivains, il n'a pas échoué dans ses autres activités... Fils d'horloger, horloger lui-même assez ingénieux pour inventer un système de montre à porter au poignet, l'heure sur soi en permanence, il a créé « l'échappement » pour transmettre le mouvement du ressort à l'ensemble des rouages d'un mécanisme. D'aucuns prétendent qu'il en a volé l'invention à un ouvrier de son père. Qu'importe, c'est lui qui l'a breveté. Et la montre au poignet aujourd'hui porte son nom.

La boutique familiale se trouve toujours à l'angle des rues Saint-Denis et de la Ferronnerie, Beaumarchais y passe encore chercher parfois quelques subsides. Lui aussi a exercé moult métiers pour survivre et se pousser dans le monde. Puis il a écrit à Diderot pour le rencontrer sous prétexte que seules ses pièces de théâtre lui étaient source d'inspiration, qu'elles incarnaient la modernité. Pas moins ! C'est dire l'indulgence que le philosophe nourrit d'avance pour lui.

Bien sûr qu'il y va.

À la première ce soir, tout Versailles et tout Paris semblent s'être donné rendez-vous pour le démolir. Un immense et retentissant silence fait face à ses cinq actes. On se croirait à une cérémonie mortuaire, un échec sans repentir. Un four, comme on dit. Enterrée, sa pièce. Affreux...

Quoique fatigué de son voyage, Diderot ne se sent pas de laisser un jeune confrère seul face à cet affront pis qu'un crachat. Il abandonne ses amis si heureux pourtant de le retrouver et entraîne le malheureux auteur au Procope. Et là il parle, il parle, il parle à toute vitesse, il ne tarit pas d'éloges.

— Un chef-d'œuvre, en vérité, trop en avance sur son temps. Voilà la raison du manque de réaction du public, mais il y viendra, il y viendra. Impossible autrement, un chef-d'œuvre pareil mais c'est une révolution dans l'art dramatique...

À quoi Beaumarchais l'interrompt brusquement.

— Mais je m'en fous. Je m'en fous que dans dix mille ans, les gens m'apprécient et m'acclament. C'est maintenant que je veux plaire, c'est ce public-là, c'est lui qui doit m'aimer, maintenant et pas dans dix ans. S'il n'y croit pas aujourd'hui c'est que quelque chose cloche dans mon travail, c'est tout. Je vais réparer ma pièce cette nuit, et demain elle sera applaudie, je vais couper dans le milieu, refaire la fin, supprimer le dernier acte, élaguer dans le début. Je veux que ça marche, comprends-moi, je veux être riche, célèbre, que les femmes m'aiment et que les hommes me jalousent...

Trait pour trait, Rameau jeune. Ou plutôt les théories mises en pratique de Rameau le Neveu. Diderot est dépassé. Il parle à un génie de son œuvre qu'il juge réellement d'exception, et ledit génie est prêt à saboter son travail pour avoir de la gloire, de l'argent et des femmes !

Diderot insiste, Beaumarchais s'en fiche. Il parle cuisine, comment s'y prendre, quelles coupes faire, comment diriger ses acteurs plus efficacement... Plaire, plaire, plaire par tous les moyens. D'ailleurs, il le quitte subitement pour aller travailler.

— Il faut que ce soit prêt pour la prochaine représentation dans quatre jours.

Diderot le regarde filer sans un merci, sans un regard. Vexé. N'empêche, Beaumarchais a raison. Il ne lui faut que deux jours pour réécrire sa pièce, deux autres pour faire travailler ses acteurs. Des cinq actes originaux, il en fait quatre. Et c'est un triomphe. Remaniée, raccourcie, la pièce subjugue. Il voulait plaire, il séduit et durablement. Diderot tire son chapeau. Il n'est pas sûr que son *Barbier* ait tant gagné au change. Oh, ça reste très bien, il y retourne avec Nanette et sa fille, il ne va pas bouder son plaisir pour une fois que sa femme s'enthousiasme ! Sophie aussi avait adoré, elle prétend même qu'avec son *Barbier*, Beaumarchais rend hommage à Diderot. Il ira loin, ce jeune ambitieux, prédit-il.

Diderot a sincèrement résolu de rompre en visière avec le monde. Mais le monde ne l'entend pas de cette oreille ; il n'en a pas encore fini avec le diplomate du roi, le protégé de l'impératrice, l'inventeur de l'Encyclopédie, le philosophe de la Montagne, le Socrate des temps modernes comme le nomme toujours Voltaire... Oh ça, ils n'arrêtent plus de l'encenser, maintenant qu'il n'en a plus ni envie ni besoin.

Avant de partir en Russie, il a promis à Pigalle de poser pour son buste. Rien ne l'agace davantage que d'être regardé de cette bizarre façon, presque indifférente, comme font les artistes pour vous portraiturer. Comme si vous étiez déjà de marbre, au mausolée. Mais une promesse est une promesse, un ami un ami. Sinon cette désagréable flatterie de sa vanité, plus vaine encore depuis sa dernière rencontre avec Rameau, il pose avec dégoût de soi. Mais Jean-Baptiste Pigalle est si tendre, jamais médisant, ça repose. Bienveillant, pour le dire d'un mot si peu usité sous le climat des capitales. La séance dure trop longtemps. En descendant de l'estrade, Diderot trébuche sur un plâtre et se fend le crâne. Beaucoup de sang mais rien de grave. On le soigne, on lui bande la tête. L'après-midi, la petite Minette qui s'est décidée à parler depuis qu'elle a un grand-père bavard, se moque de lui. « Toi aussi grand-père, tu enfonces les portes avec ta tête sans les ouvrir ! » Diderot de sourire jaune. A-t-il jamais fait autre chose depuis qu'il est au monde que de prendre des portes dans le nez !

Nanette préfère râler, « si seulement tu avais une perruque... ». Oui, il a décidé de poser tête nue et chemise ouverte ! De poser comme il est. Ou plutôt comme la pensée du Neveu le fait, le retenant de jouer au gros monsieur. Finalement, sur le tard il tente de renouer avec l'image de l'artiste qui errait dans la bohème littéraire de sa jeunesse, souvent la faim au ventre, mais l'ardeur au cœur. Merci Rameau !

À l'époque, Diderot l'ignorait, mais nombre de ses camarades de beuveries étaient de vils espions au service du roi et de sa police, « mouches » se faisant passer pour des bohèmes épris de poésie. Eidous, Toussaint, Wille, où sont-ils, que sont-ils devenus ? Il charge Naigeon d'enquêter, et comme pour Rameau, de les lui retrouver.

Pourquoi « vils » ? s'insurge Beaumarchais, à qui Diderot raconte sa folle jeunesse. Espion, c'est son rêve, il l'a réalisé une fois au service de Louis XV et ne désespère pas de le redevenir près de Louis XVI.

Parce que durant son séjour à La Haye Diderot a appris la mort du roi. Vive le nouveau roi. Tant qu'il n'est pas à Paris, l'événement l'a laissé indifférent. Maintenant ? Bah, ça ne change pas grand-chose. Les pauvres le sont toujours autant, les riches méprisants comme avant. Louis XVI est tout jeune, il a bonne réputation et il a promis d'effectuer les réformes que précisément Diderot préconisait à la tsarine. Supprimer le servage, assouplir les impôts, annuler toutes les lettres de cachet, les supprimer, rendre du pouvoir aux Parlements, instaurer quelque égalité...

Beaumarchais parle toujours, Diderot perd le fil de ce qu'il a dit, mais ça n'est pas grave avec lui, on le retrouve vite. Ça parle toujours de lui, de ses rêves de grandeur, comment s'introduire près du roi, s'en faire écouter... L'influencer...

Décidément, pour le semi-retraité du monde que Diderot aspire à être, ce Beaumarchais est trop arriviste, trop ambitieux et peut-être trop vivant. Trop Rameau. Ou comme lui au même âge ? Oui, sans doute et c'est exaspérant.

Diderot n'est plus d'humeur à rencontrer ses pairs. Beaumarchais le relance. Il tient à l'enrôler dans ses nouveaux combats contre les acteurs et les directeurs de théâtre qui font la loi, chacun la sienne, et comme ça les arrange au détriment des malheureux auteurs. Tout-puissants, ils poussent le culot jusqu'à changer des passages entiers de textes, ou imposer un jeu de scène en totale contradiction avec les intentions de l'auteur... Diderot en a assez souffert quand ils ont de la sorte saboté son *Fils naturel*.

Beaumarchais rassemble des auteurs comme Sedaine, Mercier, les quelques-uns qui revendiquent descendre non plus de Racine ni de Voltaire mais de Diderot. Aussi espère-t-il, en le tirant par la manche, le voir présider sa nouvelle entreprise. Qu'il appelle pompeusement Société des auteurs et compositeurs dramatiques. Charge à elle de surveiller les acteurs pour les empêcher de tout changer, de tenir la dragée haute aux directeurs de théâtre qui croient que l'argent peut tout acheter, et, cerise sur le gâteau, de protéger et de recouvrer les droits des dramaturges. Avec un vrai tarif, de vraies règles : tant par représentation, en fonction du remplissage de la salle. Si ça marche, quelle révolution !

Beaumarchais veut Diderot, Diderot se défile. Non

tant par désaccord, faire reconnaître le rôle des auteurs et rémunérer leur travail, il ne peut qu'approuver. Mais il est fatigué. Si fatigué. Il prend la tangente et reçoit en échange une implacable leçon de savoir-faire.

Beaumarchais est formidablement doué d'entregent, d'esprit d'à-propos et d'efficacité.

Grâce à quoi cette même année, pour la première fois de sa vie, Diderot obtient le règlement immédiat de ses droits d'auteur de théâtre. C'est là qu'il découvre que depuis sa création, son *Père de famille* n'a cessé d'être joué dans toute l'Europe. S'il avait lui-même tenté la même démarche, il aurait échoué, là où Beaumarchais triomphe sans la moindre modestie, il plastronne même. Oui, force est de reconnaître que Diderot n'a jamais su y faire. Heureusement Sophie a quelques souvenirs des combats, autour de l'Encyclopédie notamment, qu'il a tout de même menés à bien !

— Et gagnés, non ?

— Si.

— Ah, tu vois !

— Mais c'est si loin...,

Diderot a presque oublié à quel point il a couru, souffert et haleté pour livrer à l'heure, faire rendre les articles, corriger, relire, obtenir des autorisations...

— Ah oui ! C'était la guerre, c'est vrai, terrible... Où et comment en ai-je trouvé l'énergie ? La jeunesse ? La fièvre, la nouveauté de l'entreprise ou cette folle ardeur à imposer mes idées ?

Il a un peu oublié. Pas Sophie.

Amusé et sans la moindre amertume, il applaudit aux succès théâtraux et politiques du petit Beaumarchais. Dire que celui-ci prétend prendre Diderot pour modèle ! A-t-il jamais été si arriviste ?

— Mais non, le rassure Sophie, tu voulais juste que tes idées adviennent, que tes projets aboutissent et qu'on t'en rende acte.

Elle est assez moqueuse.

Au moins elle le connaît autant qu'elle l'aime. Et si elle l'aime encore après tout ce temps, c'est qu'il n'est pas aussi méchant qu'elle dit !

— Beaumarchais sacrifie son travail à la gloire, et toi, la gloire à ton travail, si bien que tu la renvoies aux calendes de la postérité.

Grimm est enfin rentré de ses cours étrangères. Passée la première pulsion de le serrer sur son cœur, Diderot se souvient de sa déconvenue à la cour de Russie et repousse ces retrouvailles. Du coup, Grimm est obligé de les provoquer et grimpe les cinq étages de sa rue Taranne.

Désormais, Diderot passe dans son cabinet le plus clair de sa vie. Et il tient à ce que tout le monde le sache afin qu'on ne le dérange plus. Mais Grimm a des choses à lui dire, urgentes et... déplaisantes. Un message de la tsarine. Elle a reçu ses conseils sur le Nakaz.

« Elle a appris ce que tu envisageais comme remise à plat de ses universités, et elle te donne l'ordre, *l'ordre*, insiste Grimm à plaisir, de ne rien publier concernant les entretiens qu'elle a eu la bonté de t'accorder. En bonne et due forme, elle t'interdit de faire état de ce qui s'est échangé entre vous. »

Eh oui, Grimm parle comme ça maintenant, certes au nom de la tsarine, mais il semble s'en gargariser. Et dire qu'il s'adresse au meilleur de ses amis ! Diderot est estomaqué. Son meilleur ami changé en ventriloque de despote ! Et pour le censurer. Non ? Si ! De rage, Diderot brûle ses notes sur ces fameux entretiens. Jamais il ne dira un mot en mal sur l'impératrice, et officiellement, il ne tarira pas d'éloges sur la cour de Russie, le génie de ce grand et beau pays, l'âme russe, etc. Mais en privé, dans une lettre à Mme Necker, s'insinue sa vérité. *Du climat septentrional, ma prose ni mes vers ne diront jamais rien. Je serais un ingrat si j'en disais du mal, je serais un menteur si j'en disais du bien.* Après moult commissions, livraisons et informations encore chaudes de Russie, Diderot se *dérussise* peu à peu, comme dit Nanette, ou se *dérussifie*, comme dit Sophie. Il s'éloigne. Pourtant il est le seul de toute la bande à écrire, lucide et pas fier : « Que les souverains ne feraient-ils pas de nous s'ils daignaient en prendre la peine ! »

La naissance de son premier petit-fils au pli de l'année 1775 lui rend le sourire, en plus, ils l'ont appelé Denis. Il l'aime, il est radieux. Malheureusement Diderot est inapte à s'occuper d'un bébé garçon, au fur et à mesure qu'il pousse, il se montre maladroit. Il n'est vraiment à l'aise qu'avec les filles. Quel que soit leur âge !

En fin d'année, le voilà débarrassé des constantes doléances de ce gendre qu'il n'est pas loin de prendre en grippe. Il a rempli son contrat, il lui a enfin obtenu la charge qui le met à l'abri du besoin. Il va pouvoir l'oublier, ce Caroillon qu'au fond, il méprise. Sa fortune est faite. Débarrassé.

« Fini, j'arrête, je rentre en moi », se re-promet Diderot. Il veut se consacrer à son œuvre, et aux aspects de son œuvre qui justement déplairaient fort à monsieur son gendre, ce conventionnel petit-bourgeois. Si plus rien ne le menace, rien ne doit non plus le parasiter.

Le nouveau roi a pris certaines des mesures que Catherine II a refusées, il a mis Turgot aux affaires, rappelé les Parlements, on dit partout que les philosophes peuplent les bureaux. Le parti de Diderot au pouvoir !

Las, en juillet 1776, ça recommence. Beaumarchais revient le tirer par la manche. Physiquement. Urgent. Rien n'est plus important. Tout arrêter sur-le-champ. Il est comme ça, Beaumarchais, d'une urgence l'autre.

La célébrité est censée mettre Diderot à l'abri de ce genre d'importuns, non ? Normalement, si. On lui écrit et il répond. Ou pas. Il sait très bien faire le mort, il s'entraîne. Au besoin ne s'en prive pas. On l'a déjà enterré plus d'une fois, l'opinion est si volatile qu'elle le voit sans surprise ressusciter régulièrement. En plus, il prend la peine de s'éloigner de Paris. Rien n'y fait. Les affaires du petit Beaumarchais sont toujours de la première urgence. Cette fois c'est l'Amérique. L'histoire qui le captive s'appelle « la révolte des Insurgents ».

Il mène, rue Taranne, un jeune homme d'à peine 20 ans, Marie Joseph Paul Yves Roch Gilbert du Motier, marquis de La Fayette. Celui-ci montre à Diderot avec une belle fierté un texte recopié de sa main et contresigné par Benjamin Franklin, en réalité rédigé par Thomas Jefferson, suite à sa lecture de Montesquieu, précise le détenteur du précieux manuscrit. Diderot est en terrain connu. Il lit. Il est sans doute le mieux placé du parti des philosophes pour apprécier ce texte à sa juste valeur. Il tombe sous le charme, il a un coup de foudre pour ces Insurgents, ce Jefferson et même pour le fier petit La Fayette. Il demande la permission de le copier, quoique instantanément, il en retienne par cœur des pans entiers :

« ... En conséquence, nous, représentants des États-Unis d'Amérique, assemblés en Congrès général, prenant à témoin le Juge suprême de l'univers de la droiture de nos intentions, publions et déclarons solennellement au nom et par l'autorité du bon peuple de ces Colonies, que ces Colonies unies sont et ont le droit d'être des États libres et indépendants ; qu'elles sont dégagées de toute obéissance envers la Couronne de la Grande-Bretagne ; que tout lien politique entre elles et l'État de la Grande-Bretagne est et doit être entièrement dissous ; que, comme les États libres et indépendants, elles ont pleine autorité de faire la guerre, de conclure la paix, de contracter des alliances, de réglementer le commerce et de faire tous autres actes ou choses que les États indépendants ont droit de faire ; et pleins d'une ferme confiance dans la protection de la divine Providence, nous engageons mutuellement au soutien de cette Déclaration, nos vies, nos fortunes et notre bien le plus sacré, l'honneur. (...)

« Nous tenons ces vérités pour évidentes par elles-mêmes — que tous les hommes naissent égaux, que leur Créateur les a dotés de certains droits inaliénables, parmi lesquels la vie, la liberté et la recherche du bonheur ; que pour garantir ces droits, les hommes utilisent des gouvernements dont le juste pouvoir émane du consentement des gouvernés. Mais lorsqu'une longue suite d'abus marque la volonté de les soumettre à un despotisme absolu, il est de leur droit, il est de leur devoir de renverser le gouvernement qui s'en rend coupable... »

Il y a de quoi être fier et Diderot s'extasie. Avec un rien de jalousie envers ce Jefferson et cette Amérique. Bien sûr, le mois suivant, il accepte de venir de Sèvres à Paris chez Mme Necker, pour rencontrer un des héros de là-bas, Benjamin Franklin, avec qui il s'entend sur tout, à l'image du peuple français qui lui fait fête.

Comme tous ces Américains courageux, celui-ci est accueilli en France avec un enthousiasme étonnant, à déclencher des vocations. De nombreux Français s'embarquent pour les Amériques afin de prêter la main aux Insurgents, motivés par l'occasion ou animés par les idéaux sincères de liberté et de modernité. Beaumarchais et La Fayette ont raison, c'est là-bas que ça se passe ! Que ça va se passer. Là-bas que pousse un avenir au goût de liberté. Diderot rêve d'avoir quarante ans de moins pour aller y faire sa vie. Beaumarchais ne manque pas de souligner que ce ne sont pas seulement les idées de Montesquieu mais aussi celles de Diderot, de l'Encyclopédie, qui ont fait triompher la cause des Insurgents. Et celles de Voltaire, qu'il admire au point de vouloir rassembler tous ses textes égarés en « œuvres complètes ». Diderot soutient Beaumarchais dans ce projet, mais lui Diderot, qui va s'occuper de le réunir en volumes ?

Une lettre du directeur de l'asile d'Armentières apprend à Diderot, son unique visiteur, que Rameau, le Neveu, s'est éteint. Il lui décrit sa fin : admirable de dignité. « De grandeur, surtout pour un homme qui ne croyait pas au ciel », précise-t-il. Ça renvoie Diderot à son texte toujours inachevé de sa fictive conversation entre le Neveu et un Philosophe qui lui ressemble. Il s'y remet, avec plus de radicalité encore, comme si la mort « sublime » de son héros le sauvait au point de faire pencher Diderot le philosophe, en faveur de son fou.

Avec sa femme, depuis son retour, le climat est sinistre. Angélique refuse de monter chez sa mère tant l'ambiance est maussade. Pendant les mois où son mari faisait le joli cœur avec l'impératrice, Nanette est devenue plus acariâtre encore. Elle a été tellement trompée qu'elle n'imagine pas qu'il s'éloigne pour un autre motif. Elle aurait pu craindre pour sa vie, ce voyage est célèbre pour ses dangers ; se réjouir de ses succès à la cour. Non, elle a opté pour la jalousie. À son âge ! Diderot juge sa posture ridicule. Il l'a toujours trompée, pourquoi s'en offusque-t-elle aujourd'hui ? Sur le tard, un besoin vital de respectabilité...

Alors Diderot prend ses quartiers d'hiver chez d'Holbach au Grandval, de printemps à La Chevrette chez Louise mais seulement en l'absence de Grimm. Dont il la console. Et ses quartiers d'été, chez Belle, l'ami d'enfance retrouvé. Ses quartiers d'automne chez les Necker ou Mme de Meaux, à droite à gauche, n'importe où, partout où on lui parle avec douceur, tendresse, aménité, et amitié. Donc pas chez sa femme. Il passe plus de neuf mois par an hors de Paris, où il retourne toutes les semaines pour une course urgente, une pièce à voir, sa fille et ses petits-enfants à embrasser, Sophie Volland à consulter et à aimer. Il part sans partir. Il a quand même l'impression de vivre à la campagne. *J'y vis comme l'ours en hiver, de ma propre substance, en me léchant la patte. Pauvre régime direz-vous mais je le préférerais à la table somptueuse de la rue Royale, et au charivari de dix-huit à dix-neuf convives dont le ramage bizarre m'étourdit et ne me laisse pas le temps de tirer de mon gosier une chétive note.*

Il se partage parfois entre Sèvres chez Belle où, à la belle saison, il fait venir sa femme quitte à l'y laisser la semaine, et Boulogne chez Mme de Meaux. Toute passion refroidie, l'amitié demeure.

Il n'est pas seul à vieillir, parce que bien sûr toute cette morosité, ce n'est pas autre chose. D'Holbach est torturé de coliques néphrétiques, l'amoureuse de d'Alembert, la tendre et malicieuse Julie de Lespinasse, vient de s'éteindre dans un épique climat de drame et de jalousie. Paradoxalement, alors qu'on était prêt à le consoler, d'Alembert n'a pas l'air si inconsolable que ça. Diderot ne saura donc jamais s'il a un cœur.

À Grimm, en ses cours étrangères, en dépit de ses griefs, un jour de nostalgie, il envoie ce mot : *Pressez-vous un peu si vous voulez retrouver quelqu'un. Songez qu'au deux octobre prochain, j'aurai soixante-trois, quatre ou cinq ans, que sais-je, c'est un âge où l'on compte les mois et qui est tout voisin de l'âge où on est au jour la journée. Nous devenons presque tous infirmes. Lorsque nous nous revoyons le matin à déjeuner, l'un a mal dormi, l'autre est plus las en se levant qu'à son coucher, c'est l'estomac, c'est le dos, c'est la poitrine, ce sont ou les dents ou les yeux. Nous traînons une misérable voiture à laquelle il y a toujours quelque chose qui hoche, et ces hocheries ne feront que croître et embellir jusqu'au moment heureux ou malheureux où le conducteur et la voiture s'en iront au diable... Même la coquette Catherine de Meaux s'abîme, c'est la maigreur, c'est l'ennui, c'est le dégoût de la société, de l'amitié, de la vie peut-être. Moi j'ai toujours l'âme et l'esprit dans le berceau, mais le reste du corps se traîne vers Saint-Sulpice.*

Le gouvernement l'a toujours à l'œil, lui apprend Necker qui remplace Turgot aux finances. Necker, leur Necker ministre ! Mazette, on riait si bien chez lui avec sa femme. Fin diplomate, Diderot invite leurs amis communs, les philosophes dont les Necker se sont toujours entourés, à ne plus paraître dans leur salon. *Pas de confusion des genres. Sachons être discrets, on ne reste pas si longtemps ministre que l'amitié ne supporte cette diète.* Surtout ne pas incommoder les puissants pendant qu'ils le sont, ça dure si peu. L'amitié peut attendre.

Diderot veut garder confiance en Necker. *Je souhaite que l'impossibilité de faire le bien ne le dégoûte pas de la simple fonction d'empêcher le mal.* C'est dire s'il l'aime bien. Et tient tout pouvoir en piètre estime. Il mesure l'étendue de ses désillusions. Le voyage en Russie lui a ruiné le corps autant que l'âme. Il a beau manifester son ironie caustique, sa disparition à venir l'attriste... *Toutes mes dents s'ébranlent, incessamment il faudra manger de la bouillie comme les enfants, incessamment je ne saurai plus parler, ce qui sera un assez grand avantage pour les autres et un très petit inconvénient pour moi, incessamment l'oreille se racornira, les yeux s'obscurciront. Le gros bagage s'en ira...*

Il a l'impression de se dégrader de partout. En dépit de ses mots cyniques ou désabusés, il en a du chagrin. Il ne veut pas penser à sa mort. Il n'en a pas du tout envie. N'empêche, il s'ennuie rue Taranne. À force de n'y être jamais, il n'a pas pu se rendre compte que le caractère de Nanette s'améliorait un peu. Elle s'est mise à lire pour échapper aux bavardages niais de sa sœur. Elle a lu *Gil Blas*, et elle a aimé *Gil Blas*. Alors elle a lu autre chose, conseillée par Denise, elles s'écrivent toujours, et elle a aimé lire. Elle a trouvé à rire en lisant. Et maintenant elle en redemande. C'est tard, mais elle y vient. Diderot va jusqu'à lui lire à voix haute *Le Diable boiteux*, puis *Le Bachelier de Salamanque... J'avais toujours traité les romans comme des productions assez frivoles, j'ai découvert qu'ils étaient bons pour les vapeurs.*

Vieillesse et infirmité finissent par le réconcilier avec cette femme qu'il a certes toujours trompée mais jamais quittée.

Étrange répit pour Denis. Depuis son retour, il s'est replié, sinon chez lui, du moins sur lui-même et sur son travail. Rien d'autre au fond.

Là, il ne peut plus reculer... Toute sa vie, il y est arrivé. Toujours, il a trouvé une parade pour l'éviter... C'est tout de même le plus grand philosophe, le plus grand penseur, le plus grand écrivain, et même, et peut-être surtout, le combattant le plus pugnace de son siècle ! Diderot n'est pas seul à le juger tel, l'Europe entière le révère. Or, justement, après vingt-sept ans d'absence, il risque un retour à Paris. Depuis la mort de Louis XV, une brise de liberté l'autorise à espérer la fin de l'exil, sinon un retour en grâce. Rien d'officiel, un air du temps.

Avec quatorze mois d'avance, le grand Voltaire prend donc la peine de réclamer à Diderot ce déjeuner, ce rendez-vous, ce long entretien tant espéré. Et voilà, c'est maintenant, il arrive à Paris. Il lui envoie un nouveau mot pour le rencontrer « à sa convenance ».

« J'ai quatre-vingt-trois ans et je vous répète que je suis inconsolable de ne pas vous avoir vu. Votre gros garçon [c'est Naigeon que Diderot agite devant lui comme un grand parapluie quand quelque chose le gêne] dit que vous demeurez dans la rue Taranne depuis déjà longtemps. Ne soyez pas étonné que je l'ignorasse, il y a près de trente ans que je n'ai pas vu Paris, et je n'y ai jamais demeuré deux ans de suite dans toute ma vie qui est assez longue. Je reviendrai volontiers y passer mon dernier quart d'heure pour avoir le plaisir de vous entendre... »

Diderot ne peut plus se défiler. Il va enfin croiser le fer, ou à tout le moins le verbe, avec monsieur de Voltaire — il est le seul à l'anoblir ainsi —, qu'il admire depuis qu'il est né à la pensée, et qu'il a toute sa vie cherché à égaler. C'est l'heure de savoir s'il y est parvenu.

On est le 10 février 1778. Tout Paris pavoisé en liesse fait fête à son grand homme ! Même le petit peuple qui ne l'a pas lu. Mais l'affaire Calas ! Mais le chevalier de La Barre... Le peuple est infiniment reconnaissant à qui se dresse contre l'injustice dont il est constamment victime. Ça ressemble à un sacre. Une apothéose. Une cohorte de fidèles, il n'y a pas d'autre mot, défile et implore audience. Le grand homme passe toutes ses heures à savourer sa célébrité, qui est gigantesque, à la sucer, la suçoter comme un bâton de guimauve, son rictus de sourire permanent aux lèvres. Comme une vengeance. Avide d'être vénéré comme un héros, il attend son Diderot, qui ne vient pas. Il est donc obligé de le relancer d'un mot de billet. De le relancer, de lui rappeler la libéralité de leur rendez-vous : « Où et quand vous voulez, à votre heure, mais ne tardez pas trop, je n'en ai plus pour longtemps. » Diderot s'y résout. Rendez-vous soit, mais sans publicité, ni avant, ni pendant, ni après.

Il y a de quoi avoir peur. Voltaire ne fait pas un pas dans Paris sans qu'on ne jette des pétales de roses sous les roues de son carrosse, qu'on ne lui tende des joues d'enfants à baiser. C'est à peine s'il ne guérit pas les écrouelles.

Tête-à-tête exigé, chez Voltaire bien sûr. On ne déplace pas pareil monument ! Et tard dans la soirée, qu'on ne le voie pas entrer. La mise en scène est réglée par Voltaire, Diderot l'agrée. Donc rendez-vous quai des Théatins où il règne. Il est partout chez lui. Il fait allumer les flambeaux qui éclairent le petit théâtre, construit par le marquis de Villette son propriétaire et mécène, exclusivement pour y représenter les pièces de Voltaire. Il s'installe sur la scène dans un grand fauteuil haute époque, comme un trône, et fait disposer quelques petites chaises de bois doré dans le parterre. Il tient à faire impression.

Il s'extirpe de son grand fauteuil à l'instant où l'on introduit « le jeune » Diderot dans la pénombre de sa mise en scène. Les voilà donc face à face. Un nain et un géant. Sinon que Voltaire a l'avantage de l'estrade, à croire qu'il a absolument tout prévu !

Ils s'étreignent, et c'est sincère. Tant d'années de correspondances, d'admirations mutuelles, réciproques, d'encouragements, de soins attentifs à la renommée, à la victoire de l'autre sur les tyrans et leurs noires puissances... Oui, le premier instant est de pur bonheur. Qui dure. Ils se regardent, ils s'étreignent, puis se scrutent à nouveau. Dans l'entrelacs des rides, le cadet déchiffre la joie sincère de l'instant, joie sans réserve. Si l'on y voyait mieux, il chercherait à lire toute sa vie sur le parchemin de son visage. L'aîné ne lui en laisse pas le temps.

L'écart de taille entre eux contraint Voltaire à se rasseoir au plus vite. Ne pas paraître inférieur plus longtemps. D'un geste nonchalant, il propose à Diderot de prendre place sur une des petites chaises du public. Il en attrape une et avec son aisance désinvolte, la pose près du trône de Voltaire, sur l'estrade. Côte à côte ou face à face, en tout cas, à égalité. S'il doit y avoir représentation, au moins seront-ils deux à donner la comédie ! Comme si d'être sur une scène de théâtre les dévêtait du carcan de l'âge, Diderot recouvre l'apparente entièreté de sa force physique, et Voltaire, son brillant de diamant intact. Avec un côté teigneux et virevoltant, qui n'a jamais dû le quitter. Malin, menu, rusé, fin comme une brindille face à Diderot qui lui oppose sa masse puissante et bardée d'énergie.

Voltaire commence par se plaindre. Ces dernières années, il a perfectionné la plainte, l'a élevée au niveau d'un genre littéraire indépendant, d'un style qui n'appartient qu'à lui, où il brille.

— Quel chagrin que cette flétrissure que les magistrats impriment aux livres et aux personnes...

— Mais cette flétrissure qui vous afflige, vous savez bien que le temps l'enlève et la reverse au centuple sur le magistrat injuste. La ciguë valut un temple au philosophe d'Athènes.

Clin d'œil malicieux au surnom dont Voltaire l'a très tôt affublé. Ravi, le vieillard l'enlace alors de ses bras maigres, le presse tendrement contre sa poitrine de glace en murmurant :

— Vous avez raison, voilà exactement ce que j'attendais de vous. Le réconfort de l'intelligence et de la rapidité.

Après l'évocation des maux de chacun évoqués à grand renfort de rivalité dans la douleur...

— Et mes yeux qui me lâchent..., se lamente Voltaire.

— Moi, ce sont les oreilles..., renchérit poliment Diderot.

— Et mes dents, je ne mange plus que des bouillies, j'ai tant aimé la viande...

Comment de là en sont-ils arrivés au style et au goût,

bon ou mauvais ? Mystère. Reste que pour le mauvais goût, Voltaire n'a qu'un exemple, un seul, un unique exemple qu'en trépignant il martèle *ad nauseum*. Sa voix grimpe dans les aigus à force d'épeler ce nom maudit. Et c'est Shakespeare, le plus grand, le plus gigantesque dramaturge au monde, qu'il traite paisiblement de « barbare ».

Quand on sait tout ce que le théâtre doit à Shakespeare, donc tout ce que Voltaire doit à Shakespeare ! Diderot ne peut l'ignorer, grand connaisseur du théâtre en général et de celui de Voltaire en particulier, n'a-t-il pas appris par cœur sa *Henriade* à 20 ans ? Voltaire a raison de s'en glorifier, personne en France ne connaîtrait ce « chantre du mauvais goût » si, tout jeune encore, il ne s'était donné la peine de le traduire en français. N'empêche, Diderot s'insurge. Voltaire élude. Et passe aux généralités. La supériorité génétique de la grande culture française opposée à l'anglaise si pâle, si mièvre, ou pis, oscillant entre vulgarité et poil de cul léché, conclut le grand homme, sûr de l'effet de sa dernière formule. Il ignore à quel point Diderot passe pour mal élevé au point d'être *persona non grata* dans certains salons, justement pour ne pas assez châtier son langage. Les gros mots, les audaces de langage des autres ne lui font ni chaud ni froid, les siens sont toujours plus crus. En revanche rien ne fâche davantage Diderot que de cracher sur ce qu'on a adoré. Il se rebelle. Aimer l'Angleterre n'empêche pas d'aimer la France, personne n'est obligé de choisir Molière ou Racine contre Shakespeare, ni même d'en préférer un... Toute cette affaire de goût le fait tourner en bourrique.

— Mais enfin, qui décide du bon ou du mauvais goût ?

— Moi, répond Voltaire en toute simplicité. Je sais absolument quand quelque chose est de bon ou de mauvais goût. Et je suis très chatouilleux. Je ne peux pas me tromper là-dessus.

— Alors convenez que vous avez commencé votre carrière en étant vous-même de très mauvais goût. Si proche de Shakespeare...

— Mais j'en conviens, j'en conviens.

Diderot ne veut pas rester sur cet aveu qui n'avoue rien. Qui n'est qu'une ruse pour accabler le vieil Anglais. Qui n'en peut mais. Il se mue en impitoyable avocat.

— Certes il y a de la fureur, du bruit, des horreurs, du sang, des meurtres, des injustices et des criminels plus grands que nature... Mais tout au théâtre est plus grand que nature, même la vie est plus grande que nature. Et les misérables encore plus misérables qu'il n'est permis. Mais c'est ça, la vie, la vie... Vous opposez le bon goût à la vie ?

— Vous avez raison, la vie est aussi parfois de très mauvais goût.

Voltaire ne le calmera pas avec ces bêlements-là. Diderot est lancé. Rien ni Voltaire ne pourra l'interrompre. Sauf par chance, après une bonne demi-heure de plaidoirie déchaînée, sa bronchite — chronique depuis la Russie — interrompt sa belle envolée sur Shakespeare. Voltaire s'engouffre dans la quinte.

— Il y a deux tomes imprimés de Shakespeare qu'on prendrait pour des pièces de la Foire d'il y a deux cents ans. Il n'est point en France assez de camouflets, assez de bonnets d'âne, assez de piloris pour un pareil faquin. Le sang pétille dans mes vieilles veines, en vous parlant de lui. S'il ne vous a pas mis en colère, je vous tiens pour un homme impassible. Ce qu'il y a d'affreux, c'est que le monstre a un parti en France, et pour comble de calamité et d'horreur, c'est moi qui autrefois parlais de Shakespeare, moi qui le premier montrais aux Français les quelques perles que j'avais trouvées dans son énorme fumier ! ... Bon, allez, l'incident Shakespeare est clos, décide soudain le grand homme qui a dit ce qu'il avait à dire et ne veut pas en entendre davantage — on ne lui vole jamais la conclusion, c'est la loi. Nous avons parlé de tout, surtout vous, en évitant avec précaution le seul sujet dont nous savons pour nous être bien lus, qu'il nous sépare irrémédiablement. Celui à cause de quoi nous ne nous sommes jamais rencontrés, alors que tout le reste nous rapproche tant.

— Alors que tout nous rapproche, vous avez raison et j'en suis persuadé, reprend naïvement Diderot, sauf ce chapitre-là, que vous l'appeliez foi, Dieu ou Église, enfin ce qu'il vous plaira. « Pas Dieu ! Surtout n'abordons pas le chapitre de Dieu », nous sommes-nous dit chacun avant de nous voir, n'est-ce pas ?

— Oui. Mais Shakespeare nous a servi d'exutoire pour n'être pas du même avis. Je suis le premier à l'avoir aimé, au point de le traduire pour mes contemporains. Je sais de l'intérieur de quoi il retourne. Avec lui, je sais à quoi m'en tenir. Mauvais goût ! Et souffrez que je m'offre le luxe aujourd'hui de préférer Racine. Oui, de préférer, vous avez raison, nul ne m'y oblige, mais j'ai le droit de choisir, de préférer, de comparer. Sur « Dieu Shakespeare », on est en désaccord, mais voulez-vous que nous trouvions un sujet d'accord avant de nous séparer ? On a beaucoup dit, surtout ces temps-ci, mais on dit tant de choses, par exemple que vous et moi *éclairions* le siècle... Vous Diderot, moi Voltaire... Mais vous n'ignorez pas qu'on nous accole généralement un troisième compère, hélas, que la stupide opinion publique croit pouvoir mettre sur le même plan...

— Rousseau ?

— Parfaitement. Ce médiocre, ce râleur, ce malotru — qui, vous ne l'ignorez pas, veut dire mal astré, né sous une mauvaise étoile... ce qui est son cas de toute évidence. Là, je présume que nous pourrions trouver une certaine unanimité. Le bonhomme et l'œuvre, qu'en dites-vous ? Ce citoyen de Genève n'est qu'un pâle renégat...

— J'en dis, j'en dis...

Diderot est furieux, piégé et furieux de l'être.

Il redoute les futurs écrits de Rousseau comme la peste, mais ne peut se résoudre à penser contre son cœur.

— ... J'en dis qu'il fut mon ami, même s'il ne veut plus l'être. Et que jamais je ne m'autorise à dire du mal d'un ami. Ni à en entendre. Jamais personne n'a médit de vous en ma présence qu'une terrible semonce ne le fît cesser, voire sortir. Comme vous-même, j'en suis sûr.

Voltaire aussi redoute la publication des fameuses *Confessions* annoncées à corps et à cris. Mais lui, au moins, n'a jamais été intime avec Rousseau. Et il a toujours su à quoi s'en tenir quant aux aspects mesquins et étriqués du personnage. Peut-être Diderot espère-t-il encore quelque aménité dans les propos d'un qui lui fut si proche ?

Voltaire est dépité. Il respecte la posture de l'amitié, d'ailleurs a-t-il le choix ?

— Adieu Monsieur, portez-vous toujours bien, c'est l'essentiel aujourd'hui. Je viens de comprendre pourquoi nous ne nous étions jamais rencontrés de toutes nos si longues vies. C'est signe de grande intelligence de notre part. N'en parlons plus. Je continuerai de vous admirer à distance et de vous louer. Et vous ne manquerez pas d'en faire autant comme je sais que vous avez toujours fait.

Au sortir de chez Voltaire, Diderot court tout rapporter à Sophie qui lui apprend la raison d'une telle détestation envers Shakespeare. « À l'accueil de son *Zaïre*, un malencontreux critique l'a traité de pâle plagiat d'*Othello* ! »

Diderot sait qu'il ne reverra plus Voltaire. Rien n'a été dit dans ce sens, mais en réalité, c'est décidé de part et d'autre. Voltaire s'est plaint de Diderot en termes mesurés : « Cet homme a de l'esprit comme un diable, mais la nature lui a refusé un talent essentiel, celui du dialogue. » Ce qui est évidemment faux et perfide quand on connaît l'œuvre quasiment toute dialoguée de Diderot, même quand il traite de philosophie. Quant à l'appréciation de Diderot, elle le sauve de toute mauvaise pensée : *Voltaire ressemble à un de ces châteaux de fées qui tombe en ruine de toutes parts, mais on s'aperçoit bien qu'il est habité par quelque vieux sorcier.*

Un mois plus tard, étouffé sous les lauriers, le vieux sorcier s'éteint.

On a beaucoup critiqué sa mort, on lui a attribué un reniement de dernière heure pour bénéficier d'un « enterrement quand même » ! L'Église aurait escamoté son corps en douce ! Diderot n'en croit rien, il savait l'homme en règle avec soi-même, courageux et calmé quant au bon Dieu. Pourtant, le 1er juin 1778, il a droit à un enterrement de première classe. Où toute la populace parisienne se donne rendez-vous, c'est la grande fête de la liberté. Le peuple de Paris en profite pour chômer et faire la fête jusque tard dans la nuit. Seul Naigeon l'a suivi et rapporte l'événement à la Synagogue reconstituée pour une veillée mortuaire. Même d'Alembert est là, tous communient dans la fraternité de la perte mais surtout de l'admiration.

Tant mieux si l'Église a cru pouvoir le récupérer. Ou plus vraisemblablement en a reçu l'ordre du roi. Ça n'ennoblit pas l'Église, mais ça n'ôte rien à Voltaire. Il a toujours le dernier mot. C'est pourquoi Diderot n'est pas triste, même s'il est quand même très ému. Dans le panthéon de son cœur, Voltaire figure parmi ses premières admirations, avec Montesquieu, ces deux phares qui ont éclairé sa route. C'est chaud comme l'amitié, l'admiration, et ça dure bien au-delà de la mort. C'était un immense esprit, sinon une belle âme. Un grand homme, vraiment, une magnifique incarnation de la France. Las ! Le grand homme est mort ! Buvons.

C'est donc ça un grand homme, se dit en même temps d'assez mauvaise foi celui que Voltaire avait surnommé Socrate. Cet unique entretien lui a laissé un goût amer. Il se juge de parti pris et ne s'aime pas si rogue. Mais le moyen de faire autrement quand tout, dans le souvenir de sa visite au grand homme, le renvoie à un sentiment d'injustice et d'aigreur ?

Oublier. N'en parlons plus. Seule Sophie est au courant, et elle ne dit jamais rien. Passer à autre chose. Reprendre loin du monde ses bonnes résolutions de solitude et de travail inspirées par Rameau plus que par la tsarine, même si officiellement c'est à elle qu'il les attribue. Lui, Diderot n'en dit mot à personne.

Rameau demeure à jamais sa part maudite.

Et Voltaire son phare.

CHAPITRE 10

Du 2 juillet 1778 au 29 octobre 1783

De la mort de Rousseau à celle de d'Alembert

> Quand je me promets une vie heureuse je me la promets longue.
>
> *Correspondance*

Le glas des lettres vives...

Après Voltaire, qui ? Rousseau. À un an près, il a le même âge que Diderot et meurt pourtant un mois après Voltaire, au château d'Ermenonville où le marquis de Girardin lui a donné asile. On chuchote qu'il aurait mis fin à ses jours. C'est assez son genre, persuadé que le monde entier veut sa perte. Un jour de plus grande mélancolie pourquoi ne se serait-il pas tué ? Diderot est sûr qu'il est mort étouffé par son propre fiel, que sa mesquine rumination l'a empoisonné.

Grimm et Louise d'Épinay sont beaucoup plus intransigeants.

— La nature de Rousseau est à la pleurnicherie, décrète Grimm, depuis des années excédé par son comportement.

Louise qui l'a mieux connu que lui, précise que son jeu préféré a consisté à attendrir ses victimes pour vivre en parasite à leurs dépens.

— Jusqu'au moment où il éprouve subitement une haine pour sa bienfaitrice ou son bienfaiteur, lui fait des scènes, reprend l'homme trop poudré, et justement moqué pour son blanc par Rousseau.

— Et à partir en hurlant qu'on le martyrise et en disant le plus de mal possible de ses ex-amis, ajoute Louise.

— Puis il trouve un autre naïf, et le jeu recommence.

— Moi je ne lui en veux pas de sa nature, s'empresse de dire Diderot que ces médisances posthumes mettent très mal à l'aise. C'est tout bonnement l'ingratitude irresponsable des enfants.

— Tu as raison, abonde Grimm. Toujours la main sur le cœur et la vertu à la bouche, mais capable des pires infamies envers ceux qui s'intéressent à lui. C'était plus fort que lui : toujours une maman à apitoyer puis, quand il l'a trouvée, sa dépendance se transforme en haine. Ce n'est pas par hasard que ses premières victimes furent des femmes riches, et ce jusqu'à la trentaine bien sonnée.

— Jusqu'à nous ? interroge Diderot.

— Oui, quand il nous a rencontrés, il menait encore une existence de raté sous la dépendance des femmes. Il ratait tout ce qu'il entreprenait, ce qui ne l'empêchait pas d'être d'une odieuse insolence avec tous. Grâce à toi — Grimm pointe un index accusateur vers Diderot, affalé dans son fauteuil — son petit succès littéraire lui a servi d'introduction dans la partie oiseuse et libérale de la noblesse.

— Louise se reconnaît dans la branche oisive et libérale ? plaisante Diderot.

Tout à sa passion de haïr, Grimm enchaîne comme s'il n'avait pas entendu.

— Désormais, c'est à leurs crochets qu'il a vécu. Partout se plaignant, à chacun racontant sa triste histoire, qu'il est le plus malheureux, le plus persécuté des hommes, en même temps le plus vertueux, l'ami du genre humain, réclamant qu'on lui érige des statues.

— Son comportement sexuel était tout aussi infantile, masochiste et exhibitionniste, renchérit Louise, dont on n'a jamais su si elle l'avait eu pour amant ou pas. Pensez, il appelait ses maîtresses « maman » !

— Oui, l'interrompt Diderot décidément gêné par ce règlement de comptes, infantile, exhibitionniste et méchant comme il se montre dans les *Confessions* à cause de sa délectation maladive à se croire persécuté, pourchassé, objet de haine... Mais génial. Est-ce la rançon de son talent ?

Diderot cherche à excuser Rousseau par la maladie, mais Grimm veut l'enfoncer et n'en démord pas... Il sait avoir l'assentiment de Louise.

— ... Incapable d'un attachement normal envers sa progéniture. Ce n'est pas seulement par égoïsme qu'il a arraché à cette pauvre Thérèse ses enfants à peine nés, malgré ses supplications, pour les jeter aux enfants trouvés, sans même leur donner de nom, les vouant à une mort quasi certaine, à cause de sa terrible jalousie infantile envers tout enfant qui lui vole sa place.

Diderot cherche à changer de sujet. Il biaise.

— On a beaucoup dit qu'il serait mort fou, après des crises de délire répétées, qu'en pensez-vous ?

— Ou suicidé, ce qui serait encore une manière de trahir sa compagne. Que va devenir Thérèse, abandonnée à elle-même ? s'inquiète Louise. Elle n'a rien pour vivre, et comme il ne l'a même pas épousée...

Devant ses deux amis, Diderot prend la décision d'aller la voir. Ce qu'il fait les jours suivants. Le dénuement où il l'a trouvée, l'émeut plus qu'il ne s'y attendait. Il y a si longtemps qu'il ne l'a pas revue. Les riches amis du Genevois n'ont que faire de Thérèse. Diderot lui donne de l'argent et s'engage par-devant notaire en cas de sa propre mort, à ce que sa fille continue de lui verser une petite mensualité. Où place-t-il le sens de l'amitié ? La peur de la mort, aurait dit Grimm s'il l'avait su. Mais

Diderot n'en a rien dit. C'est seulement Nanette que ça exaspère...

Tout de même, quel chagrin ! Et quelle angoisse aussi cette triste fin déclenche-t-elle dans le petit monde de ses anciens amis : quel coup de pied de l'âne leur a-t-il réservé ? Quelle vilenie, quelle félonie a-t-il glissées dans ses écrits désormais posthumes et donc inamendables ?

Diderot a beau redouter les chausse-trappes semées par son ex-meilleur ami, quel grand écrivain c'était, quel génie même ! Voltaire a refusé de le reconnaître. Il le détestait, le méprisait. Par rejet de ses idées, il n'a pas vu le réel talent de Rousseau.

C'est la première fois qu'un ami meurt sans que Diderot se soit réconcilié avec lui. Jusqu'au bout ses sentiments d'hier lui ont interdit l'anathème définitif. Une ombre sentimentale toujours pesait sur les colères et la peine que Rousseau n'a pourtant cessé de lui infliger. Mettons qu'il perde là un ennemi très aimé, très estimé. Et qu'il n'aime pas ça. D'autant qu'après Rousseau, qui ? Des trois souvent associés comme rénovateurs, provocateurs ou penseurs de l'époque, il ne reste que lui. Mais il résiste. Mal. En dépit de sa santé, il s'accroche au fil ténu de sa plume. Plume clandestine, exclusivement. Depuis 1758, officiellement en tout cas, il n'a rien publié. Rien de personnel, pas de livre propre. Et par publier, il entend « faire paraître chez un éditeur parisien autorisé, avec tout le tralala des privilèges effectifs... ». Voilà vingt ans qu'aucune œuvre ne peut être attribuée à celui qu'on compare ou qu'on associe toujours aux deux monstres. Voltaire et Rousseau ne sont plus, et lui, Diderot, est toujours là, bien en vie, il peut encore leur damer le pion. Il est conscient qu'en volumes, épaisseur et nombre de publications, il ne fait pas le poids face à ces deux-là dont l'ombre enveloppe le siècle. Mais le siècle non plus n'est pas fini, et Diderot se sent une âme, sinon un corps à dépasser les cent ans. L'orgueilleux pari de la postérité ne l'emplit pas de joie. C'est beaucoup escompter de la mort, ça ne rend pas heureux et il aime tant à rire.

La joie de vivre le quitte peu à peu mais pas l'envie. Aujourd'hui, il n'est plus réduit qu'à une fonction, celle de grand-père. Or par définition un grand-père ne publie pas de textes susceptibles de mettre en péril la réputation de ses petits-enfants.

En ces moments sombres que multiplie sa solitude, il a le sentiment d'avoir raté sa vie. Voltaire et Rousseau n'ont pas eu ses scrupules. Ni mariés ni pères attentifs, c'est le moins qu'on puisse dire quant au citoyen de Genève, à couvert hors de France et des griffes du roi, les trois quarts de leur vie, ils ont pu tout dire, tout écrire, tout publier. Ne se sont jamais souciés du bien ou du mal qu'ils pouvaient faire ; d'ailleurs, eux seuls comptaient à leurs yeux. Ils occupaient toute la place. Il n'en reste plus pour Diderot, qui leur jalouse cette disposition remarquable qu'il ne saurait feindre. Il doit s'arranger de sa complexion et de sa nature.

Ah ! Vieillesse heureuse ! Le lui a-t-on assez répété ! Pour l'heure, malheureuse, ressassante et solitaire pour ne plus se fâcher avec personne. Ces brouilles le blessent trop, le forçant de rompre en visière avec l'idée qu'il se fait de l'amitié et de la fidélité. Reste la seule et définitive consolation de sa vie. Le travail. La table d'écriture, « l'exercitation » de son cerveau. Il relit Montaigne, trop négligé dans sa jeunesse. Avec Montesquieu, c'est l'autre Bordelais de sa vie, l'autre modèle... Bien sûr, c'est par là qu'il doit se diriger, la littérature, la vraie, peaufiner son *Jacques*, reprendre sa *Religieuse*, repeigner son *Neveu*... Voilà à quoi il dévoue ses journées, ses heures, son espérance. Les finir avant de passer.

Mais toutes affaires cessantes, Naigeon insiste pour que Diderot fourbisse une préface à son *Sénèque*. Naigeon est un énervé chronique. Avec lui, tout est toujours urgent. Pressé. D'avance en retard. C'est peut-être pourquoi Diderot l'a choisi comme exécuteur testamentaire. Au moins ne tardera-t-il pas à rassembler ses œuvres complètes, ce que lui-même a tant de peine à faire. Donc il faut à Naigeon une préface circonstanciée pour mettre en valeur une nouvelle traduction de Sénèque qu'il publie. Pour ne pas contrarier le tempétueux jeune homme, Diderot s'y attelle. Et bascule corps et bien dans Sénèque.

Il a atteint l'âge d'aimer Sénèque. Il se passionne littéralement pour ce génial auteur, ne s'en déprend plus... Sénèque tombe à pic ! Ne fut-il pas le précepteur de Néron, c'est-à-dire, comme Diderot, compromis jusqu'à l'âme au service d'un tyran ? Pour le laver du péché de complaisance envers la Sémiramis du Nord, Sénèque ne pouvait mieux tomber. Le défendre, lui qu'il a tant attaqué jeune homme, offre à Diderot une sorte de réhabilitation de soi-même. Après tout, si le maître de Néron n'a pu empêcher l'œuvre de destruction du tyran, comment lui, Diderot, aurait-il pu amender le despotisme de Catherine II ? Véritable plaidoyer *pro domo*. Il s'adonne à Sénèque comme à un nouveau vice. Il relit avec gourmandise tous les latins de sa jeunesse et révise profondément son verdict. Merci Sénèque. Il va mieux.

Il se croit parvenu à une forme de sagesse heureuse ou de bonheur tranquille. Et chacun alentour pour des raisons opposées, de s'en réjouir. Femme et fille, parce que, enfin calme, il ne met plus en permanence sa vie et leur réputation en péril ; Sophie, parce qu'elle craint toujours qu'une lettre de cachet ne le lui enlève arbitrairement. Avec les poètes latins, qu'est-ce qu'il risque ? Grimm, parce qu'il s'attaque de plus en plus ouvertement à ceux qu'il aime, lui, servilement, toutes ces têtes couronnées d'Europe dont une au moins le protège et lui apporte la sécurité. Qu'il travaille avec acharnement sur des héros de l'Antiquité, Claude, Néron, Sénèque, au fond, ça rassure tout le monde. Comme si le passé avait perdu sa force de subversion.

Sénèque à la place de Socrate ? Aujourd'hui, résolument oui. D'une courte préface, Diderot glisse à l'essai et ne peut s'en tenir là. Il étoffe, étoffe, à son tour l'essai dégénère en essai sur les règnes de Claude et Néron.

Publiera-t-il ou non ? Éternel dilemme. Et sous son nom ? Et en France ? Et en demandant des autorisations au roi ? Ou pas ? Au risque de la censure ? Il a tant à dire... Mais sait que tout ce qu'il veut transmettre lui sera reproché, ou pis, lui vaudra les ciseaux d'Anastasie. Décidément, toute sa vie, il doit se cacher pour dire ce qu'il croit devoir dire.

Pourtant l'ombre de Voltaire et Rousseau qui s'étend chaque jour davantage sur le royaume l'incite à se rendre plus visible, plus lisible, qu'on sache qu'il les vaut largement et souvent les dépasse. Comme un retour du rêve langrois ?

Le nouveau Sénèque est tellement occupé qu'il ne prend pas le temps de jeter un œil sur une corvée imposée par Raynal. Ce dernier l'a supplié de réviser, corriger, revoir et pis, réécrire son *Histoire des deux Indes*. Diderot a dit oui, il n'a jamais su dire non, mais évidemment il n'a pas que ça à faire. *Les Deux Indes* peuvent attendre. Sénèque d'abord.

Ce gros manuscrit dort sur son bureau depuis six mois, quand, pour publier en feuilleton dans la *Correspondance littéraire* son *Supplément au voyage de Bougainville*, Diderot cherche des informations nouvelles sur la colonisation. Ce Bougainville à qui il se réjouit d'avoir une première fois répliqué vertement n'est pour lui qu'un prétexte pour dénoncer l'esclavage. Et critiquer la colonisation : « Une contrée déserte est la seule qu'on puisse s'approprier. »

Entre tous les philosophes de son époque, Diderot est le plus bouleversé par la monstruosité de cette aventure. Donc pour trouver un supplément d'informations, il entrouvre l'*Histoire des deux Indes* de Raynal dont c'est exclusivement le sujet. Guillaume Thomas Raynal, abbé défroqué par abus de philosophie libertaire, l'abbé Raynal comme on continue cependant de l'appeler, n'a aucun talent. Diderot le sait qui est systématiquement passé derrière lui pour ses articles de l'Encyclopédie ; en revanche, c'est un excellent compilateur. Il a collationné tout ce qui concerne les modes de colonisation et d'exploitation négrière de chaque pays d'Europe qui s'y adonne. Diderot s'y plonge, s'en passionne, commence à annoter, à en rajouter, à commenter... À faire ce que Raynal lui a demandé, améliorer son texte en y mêlant son grain de sel. Que Diderot a fort piquant sur le sujet. À lui de mettre en valeur, en exergue, en beauté les bouts de phrases, épaves éparses de l'abbé qui manque de souffle, il écrit plat, mais ses statistiques valent toutes les dénonciations. Ce travail que Diderot entreprend d'abord distraitement, à titre de consultation furtive, lui prend un an, puis deux, puis trois... Bref, n'en finit plus. Ces *Deux Indes* sont de plus en plus importantes. Vitales pour lui, une vengeance. Aucun homme n'a reçu de la nature le droit de commander les autres... à graver en lettres de feu au fronton des palais !

Du vivant du grand Voltaire, la politique était en quelque sorte son domaine réservé, Diderot ne pouvait s'y avancer sans lui faire allégeance. Personne d'ailleurs ne s'y serait aventuré sans son aval. Là, sur ce sujet, précisément, personne ne l'aurait obtenu. Oh, Voltaire aurait fait mine de soutenir, mais du bout des lèvres. S'il a critiqué de loin l'esclavage, Diderot n'ignore pas qu'une partie de sa gigantesque fortune provenait de la traite du « bois d'ébène ». Diderot peut s'insurger de tout son cœur, il a les mains pures.

Son voyage en Russie a renforcé sa pensée. Il hait désormais toute forme de despotisme, même celui prétendument éclairé de Catherine II. Il a théorisé son goût pour la liberté sans se leurrer sur ses effets. Le vieux militant de l'Encyclopédie reprend donc une plume guerrière pour hurler au massacre de l'humanité noire sous prétexte de colonisation. Il ne la lâchera plus. S'y tiendra comme à un vieux parapet branlant avant ou plutôt au lieu de sombrer. Quand il s'arrête d'écrire pour Raynal, il se remet à Sénèque. Sa pensée se radicalise, il y va de plus en plus fort. Plus il va loin, plus il ressent l'impossibilité de donner ces textes sous son nom. Pour la colonisation, Raynal tombe à pic, tout sera édité sous le sien. Mais pour Sénèque ? Comment le publier en France ? Obtenir une « permission tacite » ? La menace que son texte soit amputé et mutilé le fait renoncer à le présenter à la censure. Il le fait donc imprimer à Bouillon, lieu fictif désignant nulle part ou partout sauf en France. Quand le livre est prêt, Diderot consulte l'actuel lieutenant général de police, un certain Jean Charles Pierre Le Noir, de vingt ans son cadet, à qui son œuvre comme son nom en imposent. Grand amateur de philosophie, franc-maçon, homme des Lumières et réformateur dans et hors la police... Sitôt qu'il lui est donné d'approcher Diderot, il lui voue un culte.

Le ministre qui vient de remplacer Turgot est l'ami Necker, dont l'épouse protège sa fille Angélique, et qui a longtemps fait partie sinon de la coterie holbachique au moins du parti des philosophes. On est entre soi. D'ailleurs sitôt demandé, le privilège royal est accordé d'éditer le *Sénèque*, mais pas de le diffuser. On ne sait jamais. Ce Diderot qui n'a rien sorti depuis si longtemps, qu'a-t-il pu trouver de sulfureux chez Sénèque ?

L'intolérance augmente ici de jour en jour, écrit-il à son futur éditeur des Pays-Bas, *bientôt on n'imprimera plus avec privilège que des almanachs et que le Pater mais avec des corrections. Imaginez qu'on a fait effacer des paragraphes entiers de Plutarque...*

Le lieutenant général Le Noir l'autorise à importer quelques exemplaires de Bouillon, à condition de se les faire adresser sous sceau privé chez lui. Quelques exemplaires, c'est combien ? Diderot en reçoit 600. Les libraires l'apprennent vite en voyant le livre surgir de partout. Furieux, ils saisissent le parquet. Et voilà les livres saisis à leur tour, non par la police du roi, mais par la corporation des libraires parisiens qui doivent tant à Diderot ! Mauvais joueurs devant une vente qui leur échappe, ils préfèrent l'empêcher. Cette bisbille a le don d'attirer l'attention de tous, à commencer par les autorités, sur ce petit opus *a priori* sans conséquence. Du coup, on se met à le lire, et ça ne plaît pas, mais alors pas du tout.

L'affaire fait assez de bruit pour parvenir à Versailles. Louis XVI est passablement armé contre ce Diderot, seul survivant semble-t-il de ce parti des philosophes qui s'est tant moqué de son père. Aussi donne-t-il l'ordre de punir cet insolent. Son garde des Sceaux lui fait valoir l'âge avancé du conspirateur. « Bon, faites au mieux. Faites-lui peur, au moins. » Le très redouté garde des Sceaux de l'heure, le fameux Miromesnil, convoque donc le philosophe.

Et c'est reparti ! Le garde des Sceaux n'est pas bête et il est ambitieux. Armand Thomas Hue de Miromesnil se bat depuis qu'il est en âge de penser pour faire abolir la « question préparatoire », autrement dit la torture. Auprès de Louis XVI, il a marqué des points. Il peut gagner, mais quelques potentats s'y opposent. Il ne peut être tout à fait mauvais. Voyons voir.

Haï de tous, célèbre pour sa sévérité, il jouit d'une

fausse mauvaise réputation, plaide Le Noir. Diderot se rend à la convocation, assisté par Le Noir qui veut lui souffler ses réponses.

— Alors toujours aussi galopin, Monsieur le philosophe.

— Oh hélas non, je n'en ai plus les jambes, Monsieur le Garde des Sceaux.

— Mais la cervelle bondissante visiblement. Elle trépigne toujours d'indignation infantile. Vous préférez que je vous traite d'incorrigible vieillard ?

— Je me suis contenté de relire Sénèque, Monsieur le Ministre, et d'en tirer des enseignements pour notre époque. Les Stoïciens, à ma connaissance, ne sauraient déplaire au grand Roi. Marc-Aurèle était empereur, vous ne l'ignorez pas.

— Pour un vieillard usé, comme d'aucuns m'ont dit que vous étiez, quelle alacrité, quelle plume alerte, quelles pensées frondeuses, quelle repartie aussi !

— C'est que les deux grands exorcistes, les deux procureurs de l'humanité, la misère et la maladie, m'y auront poussé malgré moi. Je ne suis qu'un honnête grand-père...

— Oui ça aussi, on m'a dit. Et même que vous en pratiquiez les plaisirs avec talent. Ne dirait-on pas que la grand-paternité n'a pas chez vous d'effets assagissants ?

— Mais que peut trouver à redire à Sénèque un roi comme Louis XVI que j'admire pour son soutien aux Insurgents et aux réformes contre la question préparatoire, auxquelles je me suis laissé dire que vous-même n'étiez pas étranger...

— L'honneur des précédents. Toute la royauté repose sur sa couronne, donc sur l'ensemble de sa lignée. Louis XV par exemple que vous assimilez à Claude ne sort pas grandi de votre opus. Or un roi digne de ce titre soutient toujours son royaume, présent et passé.

— Monsieur le Ministre, je ne suis qu'un malheureux philosophe, pas un politique.

— Oui, et nous savons en outre que notre ami Necker veille sur vous. Après Sartine qui m'a recommandé l'indulgence à votre endroit, je ne sais pourquoi. Et Malesherbes qui vous protège comme tout le monde le sait.

Le Noir fait des signes désespérés à Diderot de se taire, à tout le moins de cesser de relancer la conversation vers l'ironie. Miromesnil est visiblement bien disposé à son endroit, qu'il ne gâche pas tout pour un bon mot.

Diderot se tait, enfin.

— Désormais évitez de vous en prendre au souverain.

— Oh ! je puis vous le jurer sur ce que j'ai de plus sacré.

— Allez, et qu'on ne vous revoie plus.

Diderot n'a nulle envie de s'écraser. Mais s'exécute pour Le Noir.

À la sortie, libre, il bout de rage. Il jure en évoquant Rameau le Neveu. Il se sent traître à la patrie des artistes. Des vrais artistes, sa vraie patrie. Le Noir lui fait remarquer qu'il ne s'est rien passé d'offensant ni d'humiliant, qu'on l'a à peine et très légèrement tancé...

— Mais enfin, on ne me tance pas comme un garçonnet qui a maraudé des cerises. J'ai plus de soixante ans.

— Vos écrits n'en ont ni l'âge ni l'allure. Il vous fallait bien éponger le scandale déclenché par vos bons amis libraires, que vous avez engraissés toute votre vie. Qu'est-ce que cette visite vous a coûté ? Rien. Ce garde des Sceaux a une réputation odieuse, et il vous a traité avec beaucoup d'égards.

— Et ironie !

— Et ironie, c'est vrai. Manière de se mettre à votre

hauteur, et pourquoi pas de votre côté. Vous n'avez tout de même pas beaucoup ménagé ses maîtres.

— Bon, soit... Il a joué le rôle du méchant, moi celui du repenti. Ça suffit, quittons-nous bons amis, suggère un Diderot excédé.

Diderot décide qu'effectivement ça ne lui a rien coûté. Et que son honneur peut l'autoriser à n'y plus penser. Après tout c'est vrai, il ne s'est rien passé.

De retour dans son cabinet de travail, il se rue sur la table d'écriture et entonne de plus belle l'air de la liberté. Tout en rédigeant, sur les conseils de Le Noir, une lettre de résipiscence impeccable, bourrée de repentir littéraire pour ses mauvaises pensées à faire hurler de rire Miromesnil soi-même. Avoir reçu 600 exemplaires d'un de ses ouvrages, quel crime tout de même, insiste-t-il...

Sa contrition paraît sinon sincère du moins suffisante. Miromesnil demande à Le Noir de ne plus importuner le vieux philosophe. Voilà que le pouvoir spécule sur sa mort ! Ça tombe bien, Diderot aussi. Il y a plus de vingt ans que tout ce qu'il écrit s'entasse dans ses tiroirs. Il songe sinon à publier, du moins à rassembler, et si possible corriger ses œuvres complètes. Charge à Naigeon de les faire imprimer à l'étranger. L'imprimeur Marc Michel Rey rencontré en Hollande lui confirme que, sitôt prêt, ce sera vite fait. Diderot pense à l'avenir. Un avenir sans lui. À la postérité en laquelle il croit comme il n'a jamais cru en Dieu. Le temps est venu de s'en occuper : c'est bientôt fini, ne laissons pas trop de friches. En attendant il fait paraître, abrégés, expurgés dans la *Correspondance littéraire* quelques-uns de ses morceaux choisis. Il embauche Roland Girbal pour rassembler avec l'aide de Naigeon qui joue à l'historiographe amateur, ses œuvres complètes, tout ce qu'il a publié dans le *Mercure*, ici ou là, pour les uns ou les autres dont il ne se souvient plus. Girbal emploie des copistes afin d'en fournir trois versions. Une pour Catherine II, une pour sa fille, et la troisième pour la *Correspondance littéraire* dont Diderot demeure le principal fournisseur. Grimm en a cédé la direction à Meister, ancien contributeur de l'Encyclopédie, qui est encore plus avide de textes de Diderot que son prétendu meilleur ami Grimm ne l'était. Meister compte encore plus sur Diderot depuis que Louise d'Épinay s'est retirée pour se soigner. Elle est vraiment malade, ce qui laisse son amant froid et affecte terriblement son ami.

Diderot met ses textes au propre et tente de les récupérer. Rude épreuve ! Par peur des saisies policières, il a passé sa vie à les disséminer à droite à gauche, il ne sait même plus où. Aujourd'hui pour les confier à la postérité, il doit rassembler ces textes sur lesquels repose l'idée que les générations futures se feront de lui. Il ne pense qu'à ça désormais car il sait, sans trop d'amertume, qu'il n'a pas récolté ce qu'il a semé. Sa mise dans le jeu de la pensée ne lui a pas été rendue. La place qu'occupe un Rousseau est usurpée, abusive en regard du travail accompli. C'est la première fois de sa vie qu'il pense en termes si mesquins. Mais au moins c'est clair : Rousseau lui fait de l'ombre, et il n'en a pas honte. Lui, il a toujours vécu en accord avec ses principes, sauf quelques mois au service de Catherine II, contrairement à l'auteur de l'*Émile*, traité de pédagogie neuve, tu parles, il a expédié tous ses enfants à l'assistance. Pauvre et précaire, Diderot n'a jamais craché sur l'argent et écrit sans rougir : *Oui, Monsieur Rousseau, j'aime mieux le vice raffiné sous un habit de soie que la stupidité féroce sous une peau de bête...*

Et puis surtout Dieu les sépare. *Un philosophe qui n'aime pas causer est toujours un prêtre qui s'ignore.* Rousseau haïssait les salons parce qu'il croyait en Dieu. Voilà le fin mot de l'histoire. Rousseau croyait au ciel, pas Diderot. *Dieu est un être dont je n'ai pas la moindre idée, un être difficile à admettre...* Plus que Voltaire, d'Alembert, d'Holbach ou Grimm. Outre leur absence de foi, ils ont compris ce que l'Église tentait de leur refiler comme obligation, soumission, oppression. Rousseau croit en Dieu et se tait sur le reste.

Son mérite est totalement usurpé mais aussi surfait. Rousseau, c'est une mode qui passera. Un engouement pour âmes basses qui ont besoin qu'on les flatte dans le sens du poil. Un menteur doublé d'un démagogue. Dans ses *Confessions*, il témoigne d'une pensée sinon veule, au moins le plus souvent simpliste. Diderot ne décolère pas contre sa gloire posthume. Ce qu'il y confesse est ridicule, obscène, ignominieux, concernant Diderot, mais pas seulement, loin de là. Tous ses anciens amis en prennent pour leur grade, à tort, pour de mauvaises raisons, de sordides querelles d'intérêts, de concurrence, d'influence...

Hélas, Diderot ne comprend pas qu'en l'attaquant de la sorte, il contribue à gonfler sa célébrité factice. Un mot contre Rousseau, et voilà Diderot indigne !

Une violente polémique intellectuelle escorte la sortie de son premier *Sénèque* et c'est pire avec les deux autres versions. Enrichies chaque fois de plus d'effronterie. Répondre à la polémique lui donne l'occasion de s'absoudre de sa complaisance envers Catherine II. S'il n'est plus Socrate, s'il consent à n'être que Sénèque, c'est qu'il a perdu une part de son intégrité au service de la despote du Nord, et là il s'en affranchit par des incursions dans son siècle, à la Voltaire, croit-il : un coup de patte à droite, un autre à Rousseau.

Sa dernière version est pire que celle pour laquelle Miromesnil l'avait convoqué. Qu'en dira-t-il ? Rien, suppose Diderot, il ne prendra pas la peine de la relire une seconde fois. Après les « boutiquiers de la rue Saint Jacques », pour ne plus nommer « libraires » ceux qui l'ont dénoncé, c'est la Sorbonne qui l'attaque. Mais

« on » fait vite entendre raison à sa majesté la Sorbonne. « Le temps des anathèmes est révolu... » Miromesnil insiste : « Une condamnation de Diderot n'aurait d'autre effet que d'accroître sa notoriété et celle de son ouvrage. »

Pour cracher sur Rousseau, Diderot est aiguillonné par tous leurs amis trompés, abusés et furieux de se retrouver dans les *Confessions*, à jouer de si piètres personnages. Aussi lâche-t-il quelques piques, anonymes mais aisément identifiables, contre le citoyen de Genève dont la réputation ne cesse de grandir au fur et à mesure que paraissent ses cruelles *Confessions* posthumes. *Détestez l'ingrat qui dit du mal de ses bienfaiteurs, détestez l'homme atroce qui ne balance pas à noircir ses anciens amis, détestez le lâche qui laisse sur sa tombe la révélation des secrets qui lui ont été confiés ou qu'il a surpris de son vivant*.

On n'a pas le droit de traiter ses amis, même anciens, de la sorte ! Diderot est le plus maltraité d'entre tous ceux que Rousseau a choisi d'avilir, grâce à quoi, dit-on, les *Confessions* se vendent comme des petits pains. Louise d'Épinay, que le public connaît moins, est encore plus affectée que Diderot. Malade, affaiblie, ces *Confessions* et l'indifférence de Grimm achèvent de la tuer. Diderot la soutient autant qu'il peut.

Dire qu'il espérait avoir atteint un âge tranquille ! Mais cette angoisse qu'il partage avec tous les anciens de l'Encyclopédie, cette angoisse qui les a tous assaillis à la menace de la publication de ces *Confessions*, révélations au compte-gouttes de misérables petits secrets volés. Tous en redoutent le contenu, à raison, l'intention de Rousseau est bien de nuire *post mortem* à un maximum de gens. Et ça marche... Terrible coup porté à qui ne peut répondre.

Sinon Diderot coulerait des jours heureux.

Il a tous les jours Sophie à portée de main, à portée de voix, de cœur. Et ne s'en prive pas.

Il soupe avec sa fille presque chaque soir, ainsi voit-il grandir sa petite-fille, il en est tellement fou, il oublie tout en jouant avec elle. Cette Minette lui ressemble tellement qu'elle le met en joie. Même sa femme, la terrible Nanette, se radoucit. Apprend à protéger sa fille de ses anciens deuils à elle.

Et d'Holbach qui, maladie aidant, s'était mué en grincheux, s'amende à son tour. On peut à nouveau profiter de sa compagnie avec plaisir et de sa table.

Le voilà donc à cet âge où il peut être absolument tranquille et même, pourquoi pas, heureux. « En vacances du monde, enfin au repos, disponible pour lui-même et libre pour l'écriture. » À nouveau comme il l'a écrit, désiré et pressenti à La Haye, il se sent l'âme neuve et libre, prête à tout oser.

Demeurent ces terribles chagrins d'amitié. Celui que lui cause Grimm n'en finit pas. Diderot n'ose lui en parler.

Renaissent aussi quelques ambitions scientifiques trop longtemps tenues sous le boisseau. Il recueille des éléments de physiologie, travail préparatoire à un livre-somme, une histoire naturelle et expérimentale de l'humanité qui lui fait souvent défaut, dont il rêve d'être l'auteur ou, s'il n'en a pas le temps, le concepteur. Seules les intermittences de sa santé l'empêchent d'aller plus avant. Restent ses notes préparatoires qu'il se décide, faute de pouvoir aller plus loin, à publier sous le titre d'*Éléments de physiologie*. « Ce que nous connaissons le moins, c'est nous. » Au travail ! Ça fait près de vingt ans qu'il tente de rassembler toutes ses connaissances dans le domaine médical... Il a tenté un premier essai non publié, non publiable, *Le Rêve de d'Alembert*. Il récidive aujourd'hui. Tous ses matériaux compilés témoignent de sa foi dans cette médecine qui tient compte de l'esprit autant que du corps. Une médecine pour laquelle il forge ce mot impossible, presque barbare, de « psychosomatique ». Ses conclusions ont pour but de justifier sa vie, pas moins. Et autant que possible, d'en adoucir la fin.

Qu'aperçois-je ? Des formes. Et quoi d'autre ? Encore des formes. J'ignore la chose. Nous nous promenons entre des ombres. Ombres nous-mêmes pour les autres et pour nous-mêmes... Il n'y a qu'une vertu la justice, qu'un devoir se rendre heureux, qu'un corollaire ne pas se surfaire la vie, et ne pas craindre la mort... C'est sur la vertu, le bonheur et la justice qu'il veut conclure son œuvre. Et sa vie. Mais c'est sur sa révolte qu'il enchaîne. C'est à l'indignation qu'il revient. Il noircit les plus violentes pages de sa vie pour l'*Histoire des deux Indes* de l'abbé Raynal. Diderot continue son travail clandestin en liberté puisqu'il écrit sous ce nom. Raynal l'y encourage : tout ce qui est de Diderot assure le succès des *Deux Indes*. Peu à peu elles ne sont plus que de lui seul, par chance elles sont toujours signées par Raynal. Passionné par son sujet, ce réquisitoire contre toutes formes de colonisation passées, présentes et à venir, est de plus en plus virulent. Il frappe si fort que le malheureux abbé ne s'y reconnaît plus. Diderot éprouve une obligation joyeuse à ce travail. Il crée une expression et une notion dont il n'est pas mécontent : le crime de lèse-société. L'idée lui semble neuve et intéressante puisqu'elle encourage à l'émergence d'une société et d'un peuple qui oserait avoir des avis en propre.

Depuis la mort de Voltaire, sur qui Diderot se reposait entièrement quant à la surveillance du monde, personne ne s'élève plus contre les injustices du temps qui ne cessent jamais. Diderot se doit de reprendre le flambeau. Le doit à son grand homme. Bizarrement la chose publique l'intéresse de plus en plus. Désormais, ce qui se passe dans le monde le concerne. De Bougainville et de ses sauvages, aux dernières lois iniques d'imposition du royaume...

Voltaire la vigie est mort, qui va défendre Calas demain ? Diderot, le temps qui lui reste. Sous la chasuble de l'abbé Raynal, il a toutes les audaces, et le culot de tout oser. Il nourrit une animosité croissante contre Frédéric de Prusse, il l'écrit. Ses *Observations sur le Nakaz* témoignent d'une intimité grandissante entre son amour pour la liberté et son horreur du despotisme. Sous condition d'anonymat, sa radicalisation passe inaperçue. On ne peut pas se fâcher avec tout le monde. Vivent les masques. Diderot ne veut plus tenter l'aventure à visage découvert. Pourtant ça le démange comme jamais de dire sa vérité. Oui mais sa fille, sa réputation et toujours la menace de la prison... Écrire masqué s'il veut rester libre, Miromesnil le lui a rappelé. Dissimuler ses opinions toujours plus révolutionnaires, afin de ne nuire ni à soi ni aux siens. Pas d'autre choix. Raynal est le meilleur truchement ! Parfois, tout de même, le doute s'insinue. Soit il se défie de l'abbé Raynal qui, pour se protéger, pourrait bien le dénoncer, soit une forme de lassitude lui donne envie de tout plaquer.

— Mon ami, dit-il à Raynal, qui donc sera assez culotté pour vous publier... ? Ne craignez-vous pas que tous vos écarts — ainsi appelle-t-il ses propres contributions —, quoique éloquents que vous les supposiez, ne gâtent un peu votre ouvrage ?

— Non, non, répond l'abbé, faites ce que je vous demande. Je connais mieux que vous le goût du public. Ce sont vos lignes qui raviveront l'ennui de mes éternels calculs.

Et l'abbé, mauvais écrivain mais bon stratège, a raison, ses *Deux Indes* de Diderot atteignent un énorme tirage en Europe, un succès de librairie.

Les « écarts » de Diderot sont considérables. À la liste de ses œuvres, il peut ajouter l'*Histoire des deux Indes* de l'abbé Raynal de Diderot ! Il affirme qu'un tiers de l'ouvrage seulement est de sa main. Que l'abbé se serait contenté d'en unifier le style afin de le fondre au sien. Il en aurait le droit, ne rétribue-t-il pas son « petit pigiste » ? Tant pis, la vie est trop courte. Il faut tenter de tout dire, et Raynal lui en donne l'occasion.

Quand on demande à Diderot ce qu'il fait ces temps-ci, il répond : « Je fais du Raynal. » Contraint de fuir Paris en catastrophe pour échapper à la police — les murs ont vraiment des yeux et des oreilles, et si Louis XVI est plus vivable que son père, les mauvaises habitudes sévissent toujours —, Raynal dit, lui, assez drôlement, « avoir quitté la France parce qu'il en avait assez de vivre avec son auteur » ! Il a eu raison. Et même il a eu chaud. Avant toute publication, sur calomnie, médisances ou rapportages anonymes, ses *Deux Indes* sont condamnées et son auteur en titre pourchassé. La chaîne des anciens amis, anciens Encyclopédistes et peut-être anciens espions fait savoir à Raynal qu'il doit fuir dans l'heure. Aussi quand la police vient s'en saisir, il est déjà loin.

La censure ne va pas s'en tenir là. D'autant qu'une rumeur persistante donne Diderot parmi les auteurs dudit brûlot. Le voilà à nouveau convoqué chez Miromesnil.

— ... Un livre brûlant, séditieux en diable, il ne manquerait plus que de placarder sur les murs de nos villes la Déclaration d'indépendance des Insurgents dont personne n'ignore que vous les soutenez, et le royaume s'effondre...

— C'est trop d'honneur, Monsieur le Ministre. Le texte de Jefferson comme d'ailleurs m'a-t-on rapporté celui de Raynal leur appartiennent, même si je vois des beautés dans le premier, je me suis laissé dire que le second regorge de vérités...

— Avez-vous seulement conscience d'avoir contribué

à un infernal brûlot, qui peut vous envoyer tout droit en prison ? Vous-même ou votre abbé y prônez un droit à l'insurrection qui mérite à lui seul les galères.

Le Noir, qui a décidément Diderot à la bonne, ne l'accompagne à nouveau chez Miromesnil que pour tenter d'infléchir ses réponses dans le sens de l'apaisement. Histoire de l'en sortir indemne. Peine perdue. S'il doit finir ses jours en prison, alors allons-y carrément. Diderot bascule corps et biens côté Rameau.

Ah c'est lui qu'on soupçonne ? Cette fois c'est la bonne !

Ah, c'est lui qu'on convoque à la Police, lui qu'on menace de la Bastille ?

Mais qu'ils osent, qu'ils l'emprisonnent. Ainsi se monte-t-il la tête.

— Mais envoyez-moi à la Bastille ! Vincennes, je connais déjà, j'y ai goûté dans ma jeunesse, ce château-là a des charmes exquis, son donjon pendant quelques mois m'a paru... comment vous dire ? d'une délicate austérité. Et je ne vous dis rien de son parc, c'était alors Monsieur du Châtelet son gouverneur, un homme charmant, à la table de qui je ne me suis jamais ennuyé.

— Mais vous mériteriez encore d'être enfermé, empêché, interdit...

— Oh ! mais vous êtes loin du compte, je le mérite bien plus qu'hier, Monsieur le Garde des Sceaux. Jadis quand on m'emprisonna, j'avais l'excuse de la jeunesse, de l'enthousiasme, de la ferveur, l'irréligion des premiers émois, vous avez connu ? Alors qu'aujourd'hui, je suis proprement impardonnable. Mes extravagances d'hier ne sont rien comparées aux écrits que vous m'imputez...

— Écrits dont le roi et moi-même sommes prêts à oublier qu'ils ont jamais eu le moindre lien avec vous, si seulement vous consentez à affirmer haut et fort que cet ancien abbé Raynal et vous n'avez rien en commun, et que ses scandaleux propos n'appartiennent qu'à lui.

Là, s'il s'avise de répliquer, Le Noir se jure d'envoyer un violent coup de pied dans les tibias du vieux philosophe. Mais bizarrement Diderot semble en avoir fini avec son numéro de forfanterie provocatrice.

— En vérité, Monsieur le Ministre, ce n'est pas très flatteur à vous de m'attribuer une si piètre littérature. Ces *Deux Indes* me sont tombées des mains, tant c'est torché à la va comme je te pousse. Que vous dire d'autre ? Si j'avais si mal écrit, je m'en repentirais bien sincèrement.

Diderot joue sur du velours. La première version des *Deux Indes*, celle qui sommeillait sur son bureau quand il lui a traversé l'esprit de l'ouvrir, est effectivement exécrable. Torchonnée par l'abbé maniant on ne peut plus mal la langue de Molière, laquelle le lui rend bien. Sous sa plume, elle est inepte ou incompréhensible. La lecture en est pénible, indigeste, et le sens, jamais acquis. À cette version-là, Diderot n'a pas prêté sa main. Pour la seconde version, sa patte paraît de-ci de-là. En revanche la dernière, quelque deux ans après, est intégralement de lui. Et elle est magnifique. Elle se lit avec plaisir, sinon le sujet qui fait horreur ou pitié, selon le lecteur.

À peine sortis de la chancellerie, Le Noir se lâche.

— À quoi rime pareil échange ? C'est de la folie, lui reproche-t-il.

— À me rétracter formellement. Sur le fond, je n'ai rien à retirer. Quand ce n'est ni fait ni à faire, je ne supporte pas qu'on me l'attribue. Pour les idées, je ne me suis pas renié, n'est-ce pas ? Et ne les ai ni approuvées ni blâmées. Tu es d'accord ?

— Non. Tu n'as cessé de te mettre en danger, tu n'as jamais récusé le travail de Raynal sauf pour le style. Tu es dangereux pour toi-même.

— Alors à ton avis, toi qui es de la boutique, pourquoi ai-je bénéficié de tant d'indulgence ?

— Ordre du roi. On n'emprisonne pas Voltaire.

De fait, Voltaire n'est plus là pour soulever l'opinion en sa faveur. Mais bizarrement, après toutes ces crises de doute, après les médisances posthumes de Rousseau, après les trahisons de Grimm... Diderot a confiance en sa bonne étoile comme rarement. Il ne s'est jamais senti si bien avec lui-même. Mettons, sous la protection de Rameau ! Et peut-être de Louis XVI, puisque Le Noir le dit !

Le lendemain, sur le bureau du garde des Sceaux, une lettre de Le Noir recopiée par Diderot : *Je promets de m'amender et de ne plus jamais rien faire de mal jusqu'au dernier jour de ma vie...*

Sauvé !

Au réveil, Diderot crache le sang. Il tousse, ses reins le torturent, il a les jambes enflées, il perd ses dernières dents, à quoi l'on n'a garde d'oublier une vieille gastrite et un reste de pituite, un peu de lithiase... Bref, il se déglingue à grande vitesse. Oh, ça, il peut tranquillement jurer de se bien tenir jusqu'à la fin de sa vie, il s'engage à court terme. C'est pour bientôt.

Par la suite, il rend fréquemment visite à Le Noir, au point que de méchantes langues s'interrogent : est-il en liberté surveillée, comme ça s'est dit un moment, et donc tenu de visiter régulièrement l'officier chargé de sa surveillance ? Un soir que Diderot et Le Noir déambulent hilares bras dessus bras dessous, peut-être un peu éméchés, sortant visiblement d'une auberge à côté, ils croisent Eidous.

L'ami Eidous réapparaît après plusieurs années à l'étranger. Toujours le même Eidous, tendre, admiratif, fraternel, chaleureux ! Diderot, qui n'a plus eu de ses nouvelles depuis son départ, est ravi. Pas Eidous qui s'inquiète terriblement de le voir en compagnie de celui que tout Paris considère comme l'inquisiteur des lettres. Le voir ainsi plaisanter et rire avec lui ! Fugitivement Eidous imagine son ami passé du mauvais côté des « mouches ». Mais il le connaît et l'aime depuis trop longtemps, il pense qu'il a dû se faire piéger ou qu'il est réellement en liberté surveillée. Aussi le lendemain aux aurores, frappe-t-il discrètement rue Taranne pour en avoir le cœur net. Diderot le rassure et lui exhibe sous le nez sa dernière lettre de contrition — maintenant il les numérote, pourquoi ne pas en faire un nouveau genre littéraire ? —, celle qu'il conclut par le serment sur l'honneur de se tenir bien jusqu'à son dernier jour ! Qui ne sourirait de voir pareil vieillard faire ce genre de promesse ? De qui se moque-t-il ? De lui d'abord. De sa mort imminente. Et bien un peu aussi des autorités qui le surveillent toujours. À son âge !

Se doutent-ils, Miromesnil, Le Noir et les autres, que Diderot et Sophie s'amusent énormément de la coïncidence entre ses débuts d'écrivain et sa fin ! D'un bout à l'autre de sa vie, des ennuis avec les autorités, des menaces de prison, des mises au ban de la société. À trente comme à soixante ans passés, on le traite avec la même défiance ! Quelle fidélité à soi-même.

Le répit, c'est toujours à Sophie qu'il le réclame et qui le lui donne. Cette tendresse ne tarit pas, l'estime réciproque se renforce de la présence continue. Toute l'année. Elle ne l'abandonne plus des mois entiers. Ils se voient tous les jours. L'essentiel de sa vie a maintenant lieu sur sa table d'écriture. Très loin.

Au passage, il lui arrive encore de participer à quelques belles après-midi de printemps chez Belle, sur sa terrasse à Sèvres, ou à Boulogne chez Mme de Meaux, mais elle se porte de plus en plus mal, ou chez Louise d'Épinay qui ne va pas bien non plus. Diderot, fidèle d'entre les fidèles, lui tient la main, celle qui écrit, elle ne se lève plus. Louise veut finir son travail...

Eh non, ce n'est plus en Prusse, bien fait pour Frédéric, ni en Russie et là encore, tant pis pour Catherine II, elle n'avait qu'à l'écouter, que se passent les choses importantes. Désormais toute l'attention de Diderot, surtout depuis qu'il a rencontré La Fayette et Benjamin Franklin, est tournée vers l'Ouest. Les Insurgents sont en passe de prendre la tête d'un gigantesque pays, et se préparent à y appliquer des règles de gouvernement passionnantes. Ces Américains sont réellement en train de créer un pays de toutes pièces ! D'inventer une somptueuse histoire de liberté ! Pour y parvenir, ils fabriquent les conditions pour ne pas rééditer les erreurs, ni surtout les horreurs de la vieille Europe. Diderot se prend à rêver. Puisse la révolution qui vient de s'opérer au-delà des mers — en partie pour offrir aux habitants de l'Europe un asile contre le fanatisme et la tyrannie —, instruire ceux qui gouvernent quant au légitime usage de leur autorité. Diderot rêve, mais mesure aussi les changements accomplis depuis l'avènement du nouveau roi. Surtout, Louis XVI a eu l'intelligence de rappeler le bon Malesherbes, le protecteur de tous ces penseurs et gens aux plumes un peu acérées. Diderot note que *la faiblesse qui ne sait ni empêcher le mal ni ordonner le bien multiplie la tyrannie*. Eh oui, la mort de Voltaire le libère, il écrit de plus en plus politique. Il a compris que la politique et les mœurs se tiennent la main, or jusqu'ici il s'est trop préoccupé de morale, et pas assez de politique. Il se rattrape et même, se déchaîne. *On me demandait un jour comment on rendait les mœurs à un peuple corrompu, je répondis comme Médée rendit la jeunesse à son père, en le dépeçant et en le faisant bouillir*.

Une fois encore Diderot ne sait pas dire non. Après le *Sénèque* pour Naigeon, les *Deux Indes* de Raynal, comment refuser sa plume à sa si chère amie Louise d'Épinay ? Trop faible pour écrire, elle pense encore beaucoup. Sous sa dictée, il étoffe ses *Contre-Confessions*. Elle ne se résout pas à laisser le dernier mot à Rousseau, elle tient à rétablir la vérité, sa vérité, à donner sa version des faits. Il ne l'aide pas seulement à assouvir sa rancune : Louise a réellement du talent, et des choses à dire qu'elle est seule à savoir.

Son traité d'éducation vaut largement et par endroits surpasse l'*Émile*. Au moins Louise est-elle fondée à l'écrire : elle est crédible quand elle parle des enfants, elle parle d'expérience. Les siens, elle les a élevés, sculptés à main nue, seule, sans son époux parti jouer sa vie et leur réputation au loin. Avec un sens de la projection rare, elle invente une théorie de la pédagogie moderne. Tandis que Rousseau a systématiquement jeté à l'assistance les cinq gosses qu'il a faits à Thérèse et qu'il lui a arrachés de peur qu'elle ne s'y attache.

Louise se venge, Diderot lui prête la main. Louise les venge tous. Ses *Contre-Confessions* rendent justice à la Synagogue, à l'esprit des philosophes qui soufflait sur l'Encyclopédie. Bref, au clan Diderot. Mais c'est idiot ! D'Alembert et Grimm les mettent en garde : en attaquant Rousseau, ils apportent de l'eau à son moulin. Diderot qui prône la fidélité aux amis jusque dans la tombe, déblatère sur Rousseau qui fut son ami le plus intime. Il commet ainsi le crime qu'il reproche à Rousseau. Bien en vain : les adorateurs du citoyen de Genève sont indignés d'avance par tout propos non hagiographique. Les fanatiques de Rousseau font tout pour décrédibiliser Diderot, d'Épinay et la vieille clique encyclopédique comme ils disent. Ils iraient jusqu'à la délation s'ils pouvaient dénoncer un autre crime que de critiquer Rousseau. Par-delà sa mort, il peut encore nuire.

Si vivants les trois plus grands ont été mis en concurrence, comme la postérité se présente mal ! C'est la démagogie qu'a tôt pratiquée Rousseau qui l'emporte,

Diderot semble perdu pour les siècles à venir. Était-ce la peine de gâcher sa vie à aider ses amis, à écrire et à publier sans respirer, à passer vingt-cinq ans dans les affres de l'Encyclopédie, à construire, dissimulé de tous, une œuvre à venir pour, de son vivant, se sentir déjugé et déjà remisé, au profit du plus méchant, du plus hargneux, du plus grand faiseur, du pire tricheur que le siècle ait porté ? Diderot s'étouffe de rage et de chagrin mêlés. Comment une si belle amitié a-t-elle si mal tourné ?

Pourtant on commence à lui tresser quelques lauriers. Pas en France, non ! Mais tout de même, voilà Diderot élu « membre honoraire de la société des Antiquaires d'Écosse ». Il est flatté. Mais comment dire ? domine un sentiment de « trop tard ».

Au milieu de la fronde rousseauiste qui le touche d'un chagrin profond, sa ville natale décide de lui rendre justice. Langres, oui, ce minuscule bourg d'à peine quatre kilomètres de circonférence, si loin de Paris, donc du monde, Langres, cette introuvable aiguille sur la carte, se rappelle à lui. Un ancien mousquetaire de la garde du roi, aujourd'hui magistrat local, fait don à la cité de sa collection complète des vingt-huit volumes de l'Encyclopédie, afin que tous les Langrois puissent y accéder gratuitement.

La ville se réunit pour décider si elle peut ou non accepter ! Le cadeau sent le soufre, comme son auteur, comme tout ce qui touche à Diderot. Langres concourt toujours pour le titre de plus pieuse cité de France. Sa tendance naturelle la porte à honorer plutôt l'autre frère Diderot, le méchant évêque, fâché à mort avec l'Encyclopédiste. Mais l'heure politique est au renouveau, même à Langres, le vent des réformes a soufflé et c'est par acclamation et à l'unanimité que la cité accepte d'abriter en ses murs le grand'œuvre supervisé par Diderot. Mieux, pour honorer l'enfant du pays, qui fait rayonner le nom de la ville aux frontières de l'Europe, Langres vote des crédits pour acquérir le portrait du grand homme, assorti d'un banquet pour l'inaugurer et témoigner, au moins à sa famille, si Diderot lui-même ne peut faire le déplacement, de l'immense considération où on le tient. Hé ! hé ! bien fait, Monseigneur l'évêque...

À généreux, généreux et demi, Diderot n'est pas en reste. Il s'offre le luxe de donner à sa ville natale son buste sculpté par Houdon. Mais il est trop épuisé pour venir au dévoilement de sa statue, Denise lui envoie le menu pantagruélique du banquet, et surtout lui narre l'événement en détail. Car c'en fut un, même si l'évêque n'a ostensiblement pas paru. Mais un balayeur municipal l'a vu se glisser nuitamment dans la mairie, histoire d'inspecter le buste de son frère à l'aide d'une torche d'église dissimulée sous sa chasuble !

Sophie presse son grand homme — depuis que Langres l'a honoré, elle ne l'appelle plus que « mon grand homme » — de mettre son œuvre au propre. Et propose ses services d'excellente copiste afin d'aider à l'avancement du travail.

Depuis ses derniers démêlés avec la police, Diderot ne peut se retenir d'opérer quelques ajouts au *Neveu*, et même à son *Jacques*. Plus ça va, plus son cœur penche de leur côté, contre lui-même.

Une sournoise forme de police des mœurs sévit jusque dans son petit cercle, qui l'exaspère au point de le faire systématiquement basculer côté Neveu, le contraint à donner plus souvent raison à Rameau qu'au philosophe, à lui faire tenir des propos qu'à coup sûr le grand-père de Minette désapprouverait. Minette qui, s'il la laissait faire, ferait la loi dans sa vie. Heureusement Angélique veille au grain qui empêche son père d'interférer dans son ménage.

Des petites joies mais aussi de vraies peines domestiques. Aveugle depuis des mois, le malheureux chien Griffon de Nanette, sa consolation depuis le mariage de sa fille, n'a pas pu voir sa sœur la grosse Marie s'asseoir dessus ! Et elle l'a tué avec son derrière mauvais, hurle Nanette au faîte du chagrin et de la rancœur envers son unique sœur qu'elle ne peut décemment envoyer à l'asile, même si, confie-t-elle à son mari, « je préférerais que ce fût elle qui soit morte ». Diderot lui-même en la consolant se sent très affecté par la disparition et surtout l'absence de l'animal. Maupertuis avait raison, on peut s'attacher aux bêtes avec qui on partage l'air qu'on respire autant qu'à un enfant. Et, réplique Nanette, autant qu'à un amant.

Vieillesse paisible, tu parles ! Diderot est furieux. Il ne décolère pas, et c'est à nouveau Grimm l'objet de sa rage. Dans sa *Correspondance littéraire*, à laquelle Diderot contribue toujours autant, au détriment de son œuvre propre, Grimm publie un premier article, puis un second hostiles aux *Deux Indes* de Raynal, comme Diderot la nomme. Grimm est l'un des rares à savoir le rôle que Diderot y a tenu. Et il a commis cette mauvaise critique ! Mais pourquoi ? Qu'est-ce qui lui prend ? Lui aussi, comme Rousseau, a besoin d'étrangler ce qu'il a adoré ! Est-ce le début d'une épidémie ? Grimm use de la connaissance intime qu'il a de Diderot, sa connaissance amicale, étalée sur des années, pour s'en prendre efficacement à lui. C'est dire s'il le blesse. Depuis la Russie, Diderot sait à quoi s'en tenir à son égard. Il ne rompt pas et ignore pourquoi : lâcheté, fatigue, haine des conflits ? C'est pourtant un coup bas très excessif. Il en profite pour lui torcher une de ces missives dont il a le talent, mais qu'il est préférable de ne jamais envoyer sous peine de guerre totale. Sophie, à qui il en fait lecture en gesticulant et en hurlant comme un diable, lui recommande de s'en tenir là.

Si Grimm n'a jamais eu un commencement de notoriété ni même cette vulgaire popularité qu'a aujourd'hui Rousseau, il a en revanche partie liée avec tout ce qui a une once de pouvoir en Europe, les têtes couronnées et leurs affidés. Catherine II, la toujours généreuse protectrice de Diderot, l'écoute, Frédéric n'en parlons pas, le roi de Suède, tant d'autres... Même Versailles ne peut l'ignorer. Il jouit d'une réelle influence. Sophie a raison, mieux vaut ne pas lui adresser sa lettre. Diderot y consent. Il a peur pour sa fille. Avoir couché sur le papier son ressentiment lui suffit. « Allez, ménageons encore l'avenir. Un avenir où je ne serai pas, mais est-ce une raison pour compromettre celui des miens ? Tiens, voilà où gît la grande différence entre Rameau et moi. Entre le Neveu et le philosophe. Entre d'Alembert, Voltaire et moi. C'est qu'eux rendent coup pour coup, vite et bien, magistralement même, et que moi je me tais. Je vais donc continuer. »

Pour Rameau, l'idée de compromettre ses proches ne l'arrête nullement, pour Diderot c'est simplement impossible.

Tout de même, quel chagrin de s'être à ce point trompé d'amis. Presque toute sa vie, Sophie aura compensé ce malheur et dans une très large mesure, elle a réussi la performance de rester sa meilleure amie, en demeurant amante intermittente voire amante trompée. *L'amour et l'amitié ne sont pas pour moi ce qu'ils sont pour le reste des humains... Ils sont à la tête des plus violents enthousiasmes de ma vie...*

Diderot pleure sa déception dans ses bras, elle seule le comprend.

La saison des corbillards est déjà bien entamée. Après Voltaire et Rousseau, c'est le tour du gentil chevalier de Jaucourt, à qui la fin de l'Encyclopédie doit tout. Sans lui, sans son travail, son dévouement, son argent, elle n'aurait jamais touché au but. Il a remplacé Diderot partout où ce dernier s'escamotait, veillé à tout ce que Diderot désenchanté laissait tomber. Sa mort l'afflige particulièrement, elle sonne le glas d'une époque. Et le « grand maître de l'époque » s'en veut de n'avoir pas réussi à y associer davantage Jaucourt. C'est une mort triste et solitaire. Jaucourt est mort ruiné par l'Encyclopédie et ces libraires escrocs. Le chevalier y a perdu sa maison, rachetée par Le Breton, le censeur, et sa réputation : pensez, un noble mouillé jusqu'au cou dans l'Encyclopédie ! Et sa santé, il est mort d'épuisement. Il était jeune. Que le seul nom accolé au sien soit celui de d'Alembert, qui l'a lâché au tome VII, lui semble injuste quand il pense au gentil Jaucourt. Qui, lui, a tenu jusqu'au bout, même après que Diderot désabusé s'est éloigné.

Maintenant il le sait. D'Alembert, l'immense savant, adoubé par le grand Voltaire, n'a pas peu contribué au désaveu dont souffre Diderot comme philosophe et écrivain. Sans qu'il y soit pour grand-chose, mais l'opposition de leur naissance a joué en sa défaveur. Noble contre artisan. Pauvre contre riche, célèbre dans les salons contre héros des cafés. Leur amitié n'a jamais connu ces pics d'amour-passion comme avec Rousseau ou Grimm. Diderot et d'Alembert ont eu l'intelligence de se tenir à bonne distance afin de préserver intacte cette amitié tissée d'estime et de reconnaissance. Diderot sait ce qu'il ne lui doit pas.

Diderot a une conscience obsédante du vieillissement et de la décrépitude, il compte ses morts et ses heures.

Voltaire, bon, il avait 84 ans à l'heure de sa mort. Jaucourt, bien trop tôt ! À présent d'Alembert appelle Diderot au secours. S'ils se sont passablement éloignés, leurs relations se sont distendues, mais l'affection était forte et n'est pas morte, Diderot le fidèle n'oublie jamais le passé. Hors de question de ne pas courir à son chevet, de ne pas laisser sa femme pour le veiller quand il s'absente, et de ne pas chercher tout ce qui peut le soulager. Chaque fois que Diderot est à Paris, il le visite, se partage entre d'Alembert et Louise, qui elle aussi se meurt de chagrin. Nul n'en a rien su mais c'est depuis la mort, et surtout la découverte de la trahison de Julie de Lespinasse que d'Alembert est tombé en prostration.

Quant à Louise, elle vient de comprendre qui était le vrai Grimm, quel rôle il lui a fait tenir dans sa vie et dans quel but. Il a abusé de sa situation de noblesse pour affermir son état. Pour le reste, on peut croire que Grimm n'a jamais fait partie de sa vie, tant il y laisse peu de traces. Ce même Grimm qui a fait souffrir Diderot, accable sa vieillesse d'indifférence. Il est l'homme qu'elle a aimé le plus au monde, qu'elle aime toujours, et dont elle meurt. Pour qui elle a sacrifié sa réputation et un peu de sa gloire. Grimm n'a aimé personne. Pas plus Louise que Diderot. Il s'est servi d'eux tant qu'ils lui ont été utiles, il les a instrumentalisés, parfois même esclavagisés... Il n'en a plus besoin. C'est fini. Il les laisse tomber.

Là, c'est d'Alembert qui retient l'attention, le temps et la peine de Diderot. Jeune homme, simple et sans prétentions, il a été un merveilleux compagnon, sans falbalas ni états d'âme. Ces deux-là se sont compris parfaitement, s'intéressant aux mêmes choses. Son rire étincelant bravait toutes les lois, toutes les conventions. Prompt à saisir les ridicules, habile à les imiter, excellent mime, et quelquefois bouffon, d'Alembert a caricaturé les gens les plus bouffis de suffisance qui l'entouraient. Il a toujours eu de l'humour en des lieux où c'était follement inattendu, donc très drôle. Ils se sont assez connus, assez estimés, assez aimés pour que l'annonce de sa mort prochaine immobilise Diderot à son chevet.

Un nom demeure imprononçable, celui de Julie de Lespinasse. Elle l'a tant trompé, il l'a tant aimée, que le rouge à son front est resté gravé.

La fin est proche, Diderot passe de longues heures à évoquer les beaux jours, leur folle jeunesse... Tant que d'Alembert peut parler, il se réjouit rétrospectivement d'avoir été à la naissance de l'Encyclopédie, et surtout d'en avoir recruté les plus prestigieux collaborateurs, souligne généreusement Diderot. L'Encyclopédie lui doit toutes les célébrités qui l'ont rejointe. Ils savent l'un et l'autre que d'Alembert n'a cessé de vouloir l'abandonner, mais aujourd'hui quelle importance ? L'œuvre a vu le jour, elle est même en passe d'être démodée ! Que c'est court une vie d'homme ! Trop court, vraiment.

D'Alembert était fêté dans les salons où Diderot n'était pas convié. L'Académie ne l'a jamais voulu. Alors que d'Alembert en est le secrétaire permanent. Chez la du Deffand, il frôlait les plus grands. Le premier, il a approché Montesquieu. Pendant que Diderot recrutait toujours dans les bas-fonds et embauchait ses compères Eidous et Toussaint, Rousseau et Condillac.

— Les deux premiers lascars, tu as idée de ce qu'ils ont pu devenir ? s'intéresse encore le mourant.

— Oui, bien sûr. Toussaint est mort chez Frédéric II. Ruiné. Il était allé se cacher en Prusse après le scandale de sa publication. Tu sais, celle qu'on avait essayé d'empêcher, *Les Mœurs*. Tu te souviens du scandale pour un livre tellement ennuyeux... À ne rien comprendre à la censure !

— C'est vrai, se rappelle d'Alembert, c'est lui qui a ouvert le ban. Avec ses mauvaises *Mœurs*, il est le premier à avoir écrit un livre athée. Il a inauguré l'époque. C'était mauvais, mais le public est toujours content de lire des choses comme... attends, je m'en souviens encore par cœur, tu vois, moi aussi je suis bon public ou j'ai mauvais goût. Il a osé, « il n'y a pas deux manières d'aimer : on aime de même son Dieu et sa maîtresse ». Le style populaire plaît plus que le nôtre, on n'a pas su être aussi populaire.

— Si tu vas par là, Toussaint a été aussi un des premiers adversaires de la peine de mort, la jugeant contre la loi. Tiens, moi aussi j'ai des restes de mémoire : « Je n'ai jamais été persuadé que Dieu ait permis aux hommes de se détruire les uns les autres. Un citoyen trouble la police de l'État, empêchez-le de le faire, vous le pouvez sans l'attacher à un gibet. » Ça ne te rappelle rien ? On trouvait ça culotté, à l'époque ça l'était.

— Et alors, que lui est-il arrivé ?

— Eh bien, ça ne l'a pas empêché de finir dans la peau d'un fieffé réactionnaire. Il est mort en laissant une veuve et sept enfants, à qui j'envoie régulièrement un peu d'argent. Pour Eidous, écoute, ça m'étonne tout le premier, mais il va plutôt bien, il s'en est sorti. Il a passé des années à voyager, il est rentré à Paris depuis peu et a repris son travail de traducteur avec son élégance singulière. Il fait toujours autant d'erreurs, mais ce sont à ses yeux des nécessités d'adaptation idiomatiques. Tu te souviens ?

— Ah oui ! Quel toupet ils avaient ! C'étaient de belles canailles littéraires, la police de l'époque avait raison de les appeler comme ça, non ? Tu les avais recrutés dans des bouges...

— Oui, on peut dire ça. Mais tu sais, je les ai trouvés où j'étais moi-même. Dans ces cafés, ces bouges ou pis encore, où toi non plus, tu ne dédaignais pas de nous rejoindre, je te rappelle. Oui, c'étaient des miséreux qui rêvaient de gloire et de littérature, tout comme nous. On ne peut quand même pas leur en vouloir d'avoir moins bien réussi !

C'est sûr que le statut d'académicien a ouvert à d'Alembert nombre de portes fermées à Diderot et à tous les gueux qui firent cortège à leur jeunesse.

Les premières années de leur collaboration, leurs relations furent d'une grande densité intellectuelle. Convaincus de l'importance de leur projet commun, d'accord sur l'essentiel, l'heure n'était pas aux nuances, oppositions et fâcheries. Au point que rien qu'en évoquant ces temps-là, d'Alembert partage avec Diderot un gigantesque fou rire au souvenir de Voltaire qui les avait surnommés « les *da* et *di* ».

À le voir rire ainsi, Diderot croit qu'il peut encore guérir. Non, le mal est trop profond. D'Alembert préfère penser que c'est sa vie chez Frédéric qui a ruiné sa santé. Depuis son retour de Berlin, il souffre d'un mal chronique que ni régimes ni diètes n'ont apaisé. Plutôt que d'avouer qu'il meurt d'amour. D'un terrible chagrin d'amour. Sa fragilité physique et psychologique réclamait les soins attentifs d'une femme aimante. Fou d'amour pour Julie de Lespinasse qui, légère et ambitieuse, a fait de lui l'idéal du cocu. Déjà « philosophe et amoureux, ce n'est pas glorieux ; mais en plus un savant de son acabit, amoureux à quarante-sept ans d'une femme dont les salons parisiens récitent en chœur la liste de ses amants, quel personnage ridicule ! » répètent les gens jamais à court de méchancetés.

Des bruits les plus variés et les plus contradictoires ont couru sur sa vie sexuelle et sentimentale... « Impuissant aux dires de Rousseau toujours bienveillant, homosexuel selon un rapport de police, entretenant une obscure liaison avec une humble demoiselle à Montmartre, d'après Watelet, son meilleur ami. » D'Alembert n'a lui jamais laissé voir que son amour pour Julie. Cette dépression dont il meurt aujourd'hui, qui l'a alité pour ne plus se relever depuis la triste fin de Julie de Lespinasse, en est le parachèvement.

Les traces de son enfance douloureuse de bâtard abandonné ont ouvert en lui un abîme de manque. Un gigantesque besoin de tendresse et d'affection. D'en donner autant que d'en recevoir. Fidèle à ses vieux amis comme Watelet ou Voltaire, toujours disponible pour soutenir l'un ou l'autre, toute sa vie il a accueilli avec générosité les jeunes savants doués. Comme si dans leur ombre et par leur truchement, il pratiquait une manière de paternité frustrée. Sa dernière découverte et peut-être la plus belle est celle d'un jeune mathématicien de 20 ans. Un grand timide à qui il permet de démarrer une carrière fulgurante. Une étonnante relation s'est tissée entre eux : le savant au faîte de la gloire devenu une sorte de père spirituel, de mentor pour le jeune orphelin, le marquis de Condorcet.

Jusque dans les années 1770, d'Alembert, plein d'humour, a été le plus bel ornement des salons des grandes dames, qui se l'arrachaient. Il fut le héros des soirées parisiennes. Nonobstant, aux très rares intimes dont Diderot ou Watelet, il avouait que la mélancolie ne le quittait jamais. « Nous sommes de vieux écoliers toi et moi, nourris au lait de nostalgie. »

Son effondrement radical d'un jour à l'autre en est une parfaite illustration. Chute spectaculaire dans l'abîme. Julie meurt, le lendemain plus personne, un noir profond comme après une bougie qu'un coup de vent intempestif... Diderot s'interroge, le chagrin d'amour paraît trop ténu pour un esprit de cette envergure. Le plus célèbre savant de l'époque, littéralement effondré après la mort de la femme aimée. Il a du mal à y croire.

Tout s'efface devant pareille douleur, y compris les anciens contentieux entre amis. Certes d'Alembert ne supportait plus la compagnie de la Synagogue, ni l'ironie de Diderot. Et n'a peut-être pas pardonné le fameux *Rêve* qui porte son nom. Mais qu'est-ce à côté de la trahison de Julie de Lespinasse ? Elle est morte le 22 mai

1776 d'amour et de phtisie, soignée jusqu'au dernier souffle par un d'Alembert désespéré et très impuissant à la consoler. Jusqu'à sa mort, elle est arrivée à lui dissimuler ses malheurs avec ses deux amants, Mora et Guibert. Malheurs d'aimer qui ont hâté sa fin. Tout Paris sauf d'Alembert, a su sa passion pour Mora. Celle pour Guibert, son cadet de onze ans, et qui la jugeait vieille, est demeurée secrète. Julie a tout caché à d'Alembert ; sa culpabilité était invivable. Après le mariage de Guibert, sa douleur fut si violente que dissimuler est devenu impossible. Au soir de sa mort, d'Alembert a trouvé ses lettres à son amant, abandonnées comme à dessein sur la table de nuit. Il a cru mourir. « Personne ne m'attend et ne m'attendra plus », répète-t-il à ses amis Watelet et Diderot.

À dater de ce jour, l'ancien bébé exposé après sa naissance sur les marches de l'église Saint-Jean-Le Rond, voué à l'abandon et à la solitude, ne s'en remet pas. Telle est du moins la conclusion de Diderot et de leurs amis.

Puis tout s'est dégradé. Ne pouvant continuer d'habiter chez Julie, rue de Bellechasse, où après la mort de sa nourrice, il avait trouvé refuge, il s'installe dans l'appartement de fonction du secrétaire perpétuel de l'Académie qu'il n'a cessé d'être.

— Une soupente indigne, s'offusque Watelet, qui insiste pour le prendre chez lui.

— Indigne, peut-être, mais c'est la mienne. C'est moi le secrétaire perpétuel, quoique plus pour très longtemps ! Tu vois, ne pleure pas, il me reste l'humour. Là aussi, plus pour très longtemps.

Désespéré, sans force, il maigrit, dépérit, s'amenuise, ne quitte plus sa soupente, se laisse mourir comme d'autres se laissent vivre.

Un matin, c'est la fin, il le sait, il le sent. Il guette le fidèle Watelet pour l'envoyer quérir Diderot.

Puis il meurt, avec de part et d'autre de son lit, le visage de Watelet ruisselant de larmes et celui de Diderot au sourire mouillé d'amitié, ému jusqu'au tréfonds. Les deux reflets du meilleur de sa vie.

À tous ceux qui se demandent pourquoi Diderot est si assidu au chevet de son ancien associé, alors que le temps les a éloignés, dépositaire de l'ironie de son ami mort, il répond : Après lui, c'est moi. Il m'a montré comment ça se passait. Maintenant c'est mon tour...

CHAPITRE 11

1784

Le dernier abricot

On ne veut pas mourir et l'on finit toujours un jour trop tôt.

Un jour de plus, et l'on eût découvert la quadrature du cercle.

Correspondance

Diderot n'en peut plus de la grand'ville, de ses complots, ses rumeurs, ses indiscrétions, toutes ces interruptions à son travail, à sa pensée. Il va quitter Paris. Mais d'abord, il va chez Sophie lui dire au revoir. Aucun d'eux ne se sent très bien. Pas exactement malades, non, mais fatigués. Vieux, pense Diderot, mais par galanterie, il ne prononce pas le mot. Il trouve toujours sa Sophie hors du temps, éternelle comme son amour... Tout de même, ils ne sont pas en bon état. Pour ne pas parler de leur fin, ils évoquent leurs morts chéris. Ses chagrins sont définitifs.

Louise d'Épinay vient de mourir. Tout doucement, elle s'est endormie, sa fille près d'elle. Diderot ne pardonne pas à Grimm de n'avoir pas été à ses côtés.

— Et d'Alembert ? Tu vas encore dire que c'est la faute à Julie de Lespinasse ? se moque Sophie.

— Non, mais pour Louise, je peux t'affirmer qu'il l'a laissée mourir d'absence, d'indifférence...

— Ça n'a jamais été une maladie.

— Non, mais ça peut tuer quand même. La preuve.

— C'est pour ça que tu pars à la campagne, pour que je ne t'achève pas ?

Ils rient. Au moins personne ne peut leur ôter cette ironie jumelle. Inaltérable.

— Je suis seulement venu te dire au revoir, quoique à mon âge, ça puisse toujours être un adieu.

— Au mien aussi, note bien. Mais dis-moi plutôt, toi qui réfléchis à tout, pourquoi plus la vie est remplie, moins on y est attaché ?

— Parce qu'une vie occupée est une vie innocente. On pense moins à la mort, on n'a pas le temps d'avoir peur.

— Tu veux dire qu'on ne s'aperçoit plus que le temps file quand on le dépense sans compter ?

— Oui, surtout quand on est passionné.

— C'est pour ça que tu n'arrêtes jamais de travailler ?

— Désolé, je n'ai pas eu le temps d'y penser.

Elle éclate de rire. Il est heureux de la faire toujours rire autant.

— Ainsi sans s'en apercevoir, on se résigne au sort commun des gens qu'on voit sans cesse naître et mourir alentour.

— Oh tu sais, je crois que c'est plus simple. Après avoir satisfait des années à des obligations et des travaux que la nature ramène tous les ans, pfuitt... on s'en lasse, on s'en détache. Les forces se perdent... On s'affaiblit, on en vient à désirer la fin de la vie. Exactement comme après avoir bien travaillé, on désire la fin de la journée pour se reposer.

— Et tu penses, toi, qu'on cesse de se révolter contre l'ordre universel de disparaître ? Qu'on meurt tranquille parce qu'on a enfin atteint l'âge de s'y résigner ?

— Oui, je le crois, ou peut-être je l'espère. Comme après avoir fouillé la terre des centaines de fois, on a moins de répugnance à s'y coucher. Après avoir sommeillé tant de fois à sa surface, on est plus disposé à sommeiller un peu au-dessous...

— Tu es sérieux ?

— Oui, enfin, il me semble. Je ne connais personne qui, après s'être beaucoup fatigué, ne désire son lit, ne voit arriver l'heure de se coucher avec un plaisir extrême. La vie n'est pour certains qu'un long jour de fatigue, la mort un long sommeil, le cercueil un lit de repos, et la terre un oreiller où il est doux, à la fin, d'aller mettre sa tête pour ne la plus relever.

— De ce point de vue la mort pourrait-elle m'être plus agréable ? *A priori*, je ne pense pas, mais je vais essayer de m'accoutumer à la voir ainsi.

Sophie aime au moins autant la vie que son amant, elle est désappointée par sa soudaine philosophie stoïque, il doit aller mal, ça n'est pas son genre. Ou alors le voilà atteint par la paresse ou la résignation ce qui, de toute façon, n'est pas bon signe. Depuis toutes ces années, ils ont mis au point une philosophie du bonheur qu'ils ont tenté d'illustrer au moins entre eux.

Il l'enlace. Elle l'embrasse.

Ils restent enlacés en arrêt sur image. Ni l'un ni l'autre n'ose formuler que c'est ainsi qu'ils aimeraient mourir, mais les deux y songent. Diderot a du mal à la quitter. Du mal a partir. Une voiture l'attend dehors, il file.

Il va chez Belle à Sèvres. Dès l'arrivée, il est contrarié de voir que son ami a disposé de « sa » chambre et l'a donnée à d'autres. Bien sûr, on le loge, mais il n'a plus sa fenêtre sur la Seine, ses habitudes ; du coup, il se sent mal. Aussi s'enfuit-il rapidement chez d'Holbach au Grandval. Mais ici aussi son malaise le poursuit. Et là, il n'y a aucune raison. Ça doit venir de lui, se dit-il enfin. Son corps le lâche. Encore un coup.

Il maronne, il ressasse, il ne sait même plus à quoi il pense, mais toutes ses pensées sont tristes. Au souper avec d'Holbach, Diderot s'interroge à haute voix sur les causes de sa si profonde mélancolie. D'Holbach le reprend.

— Ah non. Non, n'appelle pas tristesse cette méchante humeur dont tu nous gratifies depuis ton arrivée. C'est de la colère. Tu n'es pas triste, tu es furieux. Et ce qui serait bien c'est que tu nous dises pourquoi tu fais peser sur nous ce caractère de cochon.

Diderot tombe des nues, il se croyait déprimé, chagriné sans savoir par quoi, mais pas en colère. Pourtant les mots de d'Holbach sonnent juste.

— À ton avis qu'est-ce qui m'aurait mis dans cet état ? Je ne vois pas d'où ça vient.

— Tu te moques de moi ?

— Non, je suis sincère, et sincèrement embrouillé, je ne sais plus où j'en suis.

Quelques semaines passent, sans que Diderot démêle mieux ses états d'âme. Puis l'arrivée intempestive de Grimm les surprend tous. Diderot l'aperçoit en plein conciliabule avec d'Holbach, ils se taisent à son approche. Des conspirateurs. Il ne doute pas un instant qu'ils parlent de lui, lui cachent quelque chose. Mais quoi ?

Il insiste. Ils ne veulent pas lui répéter ce que Grimm est pourtant venu lui dire.

Quand une autre visite aussi inattendue qu'inédite les interrompt tous. C'est Jeanne de Blacy et sa fille Mélanie. Instantanément Diderot comprend. Toutes les deux ont les yeux rouges, et l'air affligé de qui ne cesse de pleurer.

— C'est Sophie ?

— Sophie !

— Quoi, Sophie ? Morte Sophie. Oh, non !

Elle est morte, si. Ça n'est pas croyable ! Ils s'entendaient si bien, ils commentaient la mort de leurs proches — il y a quoi ? à peine un mois.

Mais comment ? Mais de quoi ? Mais pourquoi elle ? Pourquoi maintenant, pourquoi, comment ?...

La mort de Sophie n'est pas acceptable, il faut expliquer, dire comment... Mélanie est devenue une belle jeune femme. À voix très basse, elle tente d'atténuer l'immense peine qui les a tous saisis, et Diderot maintenant.

— Hier matin, elle ne s'est pas levée. Je me suis inquiétée, je suis entrée dans sa chambre. J'ai tout de suite su. J'entends mieux que les gens qui voient, donc j'ai immédiatement entendu qu'elle ne respirait plus, sans avoir besoin de la toucher, ni de m'approcher. J'ai su qu'elle ne respirait plus. Maman a appelé Bordeu qui a confirmé. Il est toujours près d'elle, il cherche à comprendre pourquoi son cœur s'est arrêté. Ça n'y changera rien...

— Elle est morte pendant son sommeil..., la coupe Jeanne.

— Une belle mort, dit Grimm qui dit vraiment n'importe quoi.

— Il n'y a pas de belle mort, hurle Diderot. Rien de beau dans la mort.

Au bord de l'étouffement, Diderot s'évanouit. Un malaise ? Il ne parle plus. Rien, il a chu à même le sol, il est inconscient, il tremble encore de ce chagrin fou. Et ça dure, ça dure. Il tremble... Il ne revient pas à lui. Comme s'il avait choisi de rejoindre Sophie. D'Holbach et Grimm s'alarment.

Les deux femmes sont obligées de rentrer à Paris organiser les funérailles.

— Ne dérangez pas Diderot et surtout qu'il ne revienne pas l'enterrer à Paris.

Elles promettent d'envoyer Bordeu toujours au chevet de Sophie.

Diderot ne se remet pas. Inconscient encore, quand

arrive Bordeu qui diagnostique une attaque d'apoplexie.

C'est aussi le nom qu'il donne à la mort de Sophie. Donc on en meurt !

Pour le soigner de ce qu'on appelle aussi une congestion cérébrale, Nanette accourt à son chevet. Chez d'Holbach.

Un mois et demi s'écoule entre saignées, crachements de sang, vésicatoires aux cantharides, émétique... Diderot refuse de se remettre, dit sa femme.

Depuis le 23 février, jour où il apprend la mort de Sophie, l'arrivée de Nanette à son chevet le 25, et le 6 avril où elle repart à Paris précipitamment, sans explication, l'état de Diderot n'a pas changé. Plongé dans une hébétude douloureuse, il dépérit. Il demande à d'Holbach pourquoi Nanette l'a subitement abandonné. Celui-ci ne répond pas. Essuie une larme.

— Angélique ?

— Non, non, Angélique va bien.

D'Holbach préfère se retirer...

Diderot est fou d'angoisse.

Le mois d'avril est très chaud, un petit échantillon d'été, après ces mois de brumes intérieures. L'alarme force Diderot à relever la tête. L'hydropisie lui a tant gonflé les jambes qu'il peine à se tenir debout et ne parcourt pas dix mètres.

Il réclame sa fille. Il ne comprend pas pourquoi on ne lui amène pas sa petite-fille. Elle serait tout de même mieux à la campagne qu'à Paris. Au moins elle l'égaierait, s'il pouvait encore l'être.

Puisque c'est comme ça, Diderot part à Paris. Non, c'est Nanette qui revient. Elle n'est plus la même.

— Non, ce n'est pas Angélique, lui jure-t-elle en sanglotant.

Diderot en déduit tout seul que c'est Minette. Sa

petite Minette, sa petite-fille adorée, celle qui lui ressemblait, celle qui le consolait...

Personne ne parvient à le lui dissimuler.

— Une mauvaise toux l'a emportée.

Très bien. Dans ce cas, il va les rejoindre, *ses* deux mortes chéries, et dans pas longtemps.

Furieux de son isolement au Grandval, il rentre chez lui. Une voiture le ramène à Paris, où d'abord il va embrasser sa fille. Elle est éteinte, absente, il n'est pas mieux, on dirait deux spectres qui s'étreignent sans force. Il se fait conduire rue Taranne. Et, là, impossible, il ne peut absolument pas monter ses étages ! Maintenant il fait nuit, il doit pourtant retourner au Grandval.

Comment occupe-t-on les heures qui nous séparent de notre mort — mais elles le sont toutes, des « heures d'avant » ? Alors ? Au travail. Comme d'habitude. Il s'occupe plus activement de son œuvre posthume. Pleurer Minette, à quoi bon ? Il va la retrouver dans si peu de jours, affirme-t-il.

— Bien, s'étonne Nanette, toute chavirée. Il s'est remis au travail.

Maintenant, il peut répondre à d'Holbach : il sait d'où vient sa colère, innommée, il y a trois mois. La mort des autres le rend fou de rage. Voltaire, Rousseau, d'Alembert, Louise, et comme si ça ne suffisait pas... Sophie, Minette... C'est insupportable, inacceptable... Invivable. Il lui faut mourir au plus vite. Oh, ça vient. Il le sent. Et paradoxe supplémentaire, plus sa mort approche, moins celle des autres est tolérable.

Oui, de la colère vraiment. D'Holbach a raison. Il est enragé.

Il y a de quoi, quand on aime autant la vie, les autres, les étés, les cerises, l'amitié, le vin du Rhin, les balades dans la nature, les marches nocturnes dans les rues de

Paris, les petites cantates de Bach, les textes d'Horace, le ris de veau, la conversation...

Un nouveau chat bleu de Nanette, venu la consoler de la mort de Griffon, par les toits de la rue Taranne, s'est réfugié sur les genoux du philosophe bougon, et n'en bouge plus. Il lui sert de bouillotte et tient sa colère au chaud. Mais oui. Colère. Parce que désormais il en est certain, avant rien, après rien, et pendant ? Combien de temps ça dure en tout ? Soixante à quatre-vingts ans, à tout casser. Et dans le meilleur des cas. Encore faut-il compter toutes ces vies pour rien, tous ces enfants perdus, avant de voir le soleil, la mer, l'été, tous ces enfants fauchés avant de savoir lire. Jouir et aimer. Vivre si peu, si peu de temps, et mourir tellement.

En pleurant dans les bras de Nanette, Diderot songe à leurs enfants morts, à ces journées et à ces nuits blanches, vides, désolées. La mort à tout âge est intolérable. Mais ces nouveau-nés, ces tout-petits, qu'on leur a arrachés si violemment, si souvent. Et ce si joli petit garçon, ses rires en trilles dans le parc de la prison de Vincennes, toutes ces promesses...

Au fond, grande découverte : Diderot n'aime autant la vie, n'est un si grand vivant que parce qu'il déteste la mort. D'une haine toute pure. Jusque-là, il la trouvait ridicule, inopportune, mal élevée, mais là... Sophie, Minette, il la trouve ignoble, abjecte, féroce.

Il voudrait rentrer chez lui, à Paris, et puis aller embrasser Sophie, et dîner chez sa fille afin de jouer tard avec sa petite Minette... Il a peur d'y retourner à cause de tous ces fantômes qu'il ne pourra s'empêcher de croiser dix fois par jour. Nanette lui propose de retourner chez Belle à Sèvres. Il pourra se réinstaller dans « sa » chambre. Elle l'accompagne. Naigeon l'y rejoint pour travailler.

Oui, c'est ça, rien d'autre à faire, travailler. Et mourir.

Il se remet pourtant de sa dernière attaque du cerveau, comme dit Nanette. Reste l'hydropisie qui lui interdit la marche, l'angine de poitrine qui l'empêche de respirer large, la pituite... Pourtant il va mieux. De la mort qui pouvait le plus l'atteindre, et dont il aurait aimé ne jamais se réveiller, il ne se remet pas. Mais il va mieux.

Pour lui changer les idées, Naigeon le ramène à l'inventaire de ses textes pour l'édition de ses œuvres complètes. Il demande s'il faut y insérer *La Religieuse*.

— On en a dit tant de mal. Elle a tant nui à votre réputation, ajoute Naigeon. On lui impute un érotisme et une impiété qui rivalisent.

À nouveau, la colère. Diderot manque s'étouffer de colère.

— Ah ! Ma *Religieuse* salit mon nom, penses-tu ! Ah ! elle me vaut une mauvaise réputation, penses-tu ! Mais, bougre d'âne, ce sont les crimes qu'elle dénonce et qui se commettent tous les jours derrière les murs des couvents qui sont les vraies monstruosités, et la honte...

Une quinte l'interrompt. Naigeon s'alarme.

Mais non.

Diderot reprend son souffle, exactement où il s'est arrêté :

— ... La honte que ces clergés triomphants impriment à ces malheureuses emmurées vivantes. Et ça, ce n'est pas mal ? Ça n'entache pas la réputation de l'Église, ça n'entame pas le nom de Dieu ? Combien en ont-ils rendu folles de ces malheureuses comme ma sœur. Allez, Naigeon, je ne me dédis pas d'un mot de cette *Religieuse*. Publie, s'il te plaît.

Et le « gros garçon » comme l'appelait Voltaire, à qui on a dit que son maître était mourant, et qui voudrait bien le ménager, s'il le voit pour la dernière fois, doit aussi absolument savoir quoi faire de ses *Bijoux indiscrets* dont Diderot lui a parfois dit du mal.

— Et tu as raison, j'en pense même grand mal : pas toujours bien écrit, mal fagoté dans l'ensemble, mais vois-tu, mon petit Naigeon, j'ai commencé à comprendre le monde le jour où, pendant qu'on me fouettait publiquement, le petit noble de quinze ans qui m'avait fait condamner me regardait, que dis-je, me toisait, me bravait droit dans les yeux. La Tour-du-Pin, il s'appelait ! Terrible, la mémoire, c'était il y a cinquante-cinq ans. Dans son regard, j'ai lu très distinctement tout le mépris de la noblesse. Toute la bave qui coule de leur gueule quand ils peuvent s'en prendre impunément à plus faible qu'eux. Ce jour où les jésuites, à la solde de la noblesse et surtout de sa richesse, exécutaient les vingt coups de fouet sur mes fesses dénudées, j'ai pensé qu'il fallait couper le cou de ces privilégiés, que le monde ne tournerait pas rond tant que ces injustices seraient légales. La puissance d'un seul côté, contre les humbles eux aussi toujours les mêmes de siècles en siècles, reproductibles comme l'héritage et la particule. Il faut que ça change, qu'au moins les puissants ne soient plus inattaquables. Eh bien, c'est ça les *Bijoux*. C'est fait pour se moquer d'eux, le rire est une arme aussi utile aux pauvres que fourches et bâtons. C'est ce que l'Encyclopédie a tenté en plus sérieux. D'accord, ça n'a pas suffi.

Prêt à se retirer, Naigeon se le tient pour dit. Quand Diderot reprend :

— Que dit-on encore de moi, de mes textes ?

Naigeon a appris à ses dépens qu'il est impossible de rien dissimuler à celui qu'il appelle son maître. Depuis il se fait un devoir d'inventorier le plus grand nombre possible des médisances, en priant pour qu'elles s'annulent mutuellement.

— Les Palissot et autres nouveaux Fréron vous ont décrété dans la notice de *Trois siècles de littérature* : « Écrivain incorrect, traducteur infidèle, métaphysicien hardi, moraliste dangereux, mauvais géomètre, physicien médiocre, philosophe enthousiaste, littérateur qui a fait beaucoup d'ouvrages mais jamais un bon livre. »

— Tiens, pour une fois, ils n'ont pas tort. Je me suis beaucoup trop dispersé.

Sans doute est-ce un effet de l'habitude, mais à force d'être dénigré sans trêve, Diderot écoute comme s'il s'agissait d'un autre. Il ne s'en désintéresse pas, non, mais n'y met point de sentiments. Bien ou mal, ça le laisse neutre, froid, indifférent. Mais curieux des mots du jour, il tente d'imaginer ceux de demain. Il croit en la postérité comme Nanette en la Sainte Vierge.

— Quoi encore ?...

— Un nouveau venu a écrit : « Je ne puis souffrir des hommes qui croient qu'on peut rendre un peuple libre... » Heu, attends, je l'ai noté : « ... en étranglant le dernier roi avec le boyau du dernier prêtre ». Il paraît que tu as vraiment écrit ça.

— Oui, j'ai écrit ça. Et mieux et en vers. Lors de l'Épiphanie de je ne sais plus quelle année, dans un poème où, moi, roi de la fève pour la troisième année de suite, je me retrouvais de corvée de composition fleurie, alors j'abdiquais ma couronne de papier. Et je disais pourquoi. Voilà d'où viennent ces mots mieux choisis que dans ta piètre citation, mais enfin l'esprit y est ! Si je me rappelle bien, c'était « *et ses mains ourdiraient les entrailles du prêtre, au défaut d'un cordon pour étrangler les rois* ». Ce n'était qu'une pochade d'Épiphanie, mais si on ne peut plus tirer les rois !

— J'imagine que je dois joindre ces poèmes-là à vos œuvres complètes ?

— Je n'y aurais pas pensé, mais c'est une bonne idée. Retrouve-les. Peut-être chez Mme de Meaux.

Diderot lui fait signe que c'est assez pour aujourd'hui. Naigeon se retire. Nanette le remplace. Elle veille sur lui avec la même patience qu'elle a passé sa vie à l'attendre. Il lui confie qu'il ne se sent plus très bien chez Belle malgré la gentillesse de tous, qu'il veut rentrer chez lui. Ses maladies lui interdisent les étages.

Alerté par sa dernière tentative ratée de monter chez lui, l'ami Grimm en a fait son affaire. Il a averti la tsarine, et par retour de poste diplomatique, Galitzine a donné à Grimm toute licence et tous moyens de loger celui que Catherine II garde dans son cœur, dans « une maison digne de lui, et à la hauteur de sa pensée » a-t-elle dit, et de son besoin de confort, précise Galitzine.

Ça urge, ses palpitations reprennent de plus belle. Nanette n'en peut plus. Elle fait venir sa fille, Diderot l'a à peine vue depuis « le drame ». La mort de Minette n'est jamais évoquée autrement. Onze années de joie sans pareille, de rire, d'intelligence. Son grand-père a tout de suite su s'y prendre avec elle. Dès son retour de Russie, il s'est mis à quatre pattes et n'a cessé de lui apprendre tout ce qu'il savait. Elle avait ses yeux, son sourire, sa gourmandise, sa curiosité. À Angélique, il ose demander de quoi l'enfant est morte. D'un mal de tête, répond sa fille, encore abasourdie.

Mal de tête, répète Diderot incrédule. Mal de tête...

La disparition de son unique petite-fille entraîne une lente dégradation. La mort de Sophie lui a causé une attaque, celle de Minette, une hébétude dévastée. Mais son état physique le laisse désormais indifférent, la colère remplit tout, sa cervelle, la maison de Belle... Même son chagrin se dissimule sous la colère. Angélique trouve « consolant » l'état de fureur dans lequel ces morts ont plongé son père. Elle se dit qu'il résiste mieux à l'approche de la sienne.

Il dort mal, des cauchemars le réveillent en sueur. Il se revoit à Vincennes, emprisonné. C'est l'immobilité qui crée cette confusion. Aujourd'hui il est enfermé dans un corps souffrant, invalide. Comme en prison. Sa conversation s'en ressent, il ne peut plus « bouger ses mots ». Aussi il parle petit, à voix basse. Assis, il n'a pas cette aisance qui donnait à ses discours ce côté torrentiel toujours prêt à déborder, à ses phrases cette ponctuation physique, trouées de suspens respiratoires, de ruptures de ton ! Hier encore, il avait un dos exclamatif, il ne parlait qu'en arpentant l'espace, en l'emplissant de sa voix comme de ses gestes. Aujourd'hui réduit à chuchoter, il rassemble autour de lui les bouches et les oreilles comme au confessionnal.

N'empêche. Naigeon lui a lu la critique de Grimm sur son « Apologie de l'abbé Raynal ». Il en est tout retourné. Tiens, il retrouve même un peu de vivacité pour engueuler Grimm sitôt qu'il paraît. Pourtant quelle énergie ce dernier déploie pour le faire emménager à Paris. Et Diderot lui hurle dessus à donner raison à feu Julie de Lespinasse qui n'appréciait pas ses façons, jugeant qu'il « s'imposait aux gens en s'animant comme un volcan ».

Il faut dire que Grimm a apostrophé Raynal de façon déloyale : « Ou vous croyez que ceux que vous attaquez ne pourront se venger et c'est lâcheté de les attaquer, ou vous croyez qu'ils pourront et voudront se venger et c'est folie que de s'exposer à leur ressentiment. »

Angélique qui assiste à l'échange, se range du côté de Grimm, ce qui navre Diderot. Elle n'ignore pas que le texte de Raynal est de son père.

— *Ah, mon ami, comme votre âme s'est amenuisée dans les antichambres des grands, je ne vous reconnais plus. Vous êtes devenu un des plus cachés mais des plus dangereux antiphilosophes. Vous vivez avec nous, mais vous nous haïssez.*

C'est ce qu'il pense depuis longtemps du meilleur de ses amis, mais il ne le lui avait jamais dit. Toute sa vie, il s'est plié au jeu de Grimm, qui l'a toujours rabaissé, infantilisé, traité comme un enfant immature. À l'heure de mourir, Diderot, lucide, ne doute pas que c'est bien de ça qu'il s'agit, il ose enfin lui dire merde. Il n'oublie pas Louise son amie, qui le calmait jadis en lui disant que Grimm avait tout ce qui leur manquait à tous deux : fermeté de caractère, conduite raisonnée et modérée de sa vie, indifférence à tout ce qui ne le sert pas directement. C'est sûrement vrai, mais ces qualités-là si utiles en société, Diderot les rejette encore aujourd'hui. Il n'a rien à perdre.

Nanette et Angélique tentent de le calmer, Grimm se donne tant de peine pour améliorer ses dernières années. « Dernières semaines », rectifie Diderot. Peine perdue. Il y a trop longtemps qu'il se retient. D'ailleurs placide, Grimm le laisse dire. Au fond, il n'est pas surpris. Peut-être même est-il d'accord. C'est vrai que leurs idées les ont éloignés depuis quelques années. Selon lui parce que Diderot s'est radicalisé, alors que lui, Grimm, est un adulte responsable qui sait s'y prendre avec les puissants, s'en accommode et s'en trouve fort bien. Telle est aisément la pente d'Angélique. Ce qui navre son père qui préfère la société de ses égaux à celle des grands qui lui font perdre son temps. Après avoir dit ce qu'il pensait, Diderot retrouve un peu de calme. Visiblement rompu à ses foucades, Grimm ne lui en tient pas rigueur. Complaisant jusqu'au bout !

Ses nuits sont toujours traversées de cauchemars, l'immobilité où il est tenu le ramène chaque fois qu'il s'endort à l'enfance à Langres, au couvent incarcéré où son père l'avait fait enfermer, à Vincennes... Ou à la pire image d'enfermement qui se soit imprimée sur sa rétine : Rameau à Armentières. Une nuit, il s'éveille en tremblant : il s'était retrouvé à la cour de Catherine II, emmuré dans les glaces de Saint-Pétersbourg.

Ah bouger ! Marcher. Et parler en gesticulant, Dieu qu'il a aimé ça ! Gesticuler, parfaitement oui. Lucide il connaît ses travers, et n'ayant plus le temps de les corriger ni de les désavouer il s'en drape.

Il veut sortir, tente de se lever, le mois de mai est magnifique, les premières cerises dans le jardin de Belle. Les cueillir lui-même, les manger encore tièdes sur l'arbre... C'est trop tentant. Allez, un effort, il se lève. Il titube. Il ne trouve rien pour se retenir. Il s'étale de tout son long. Pas de cerises ! Et personne pour le relever. Il est seul ce matin-là, c'est encore l'aube. À Sèvres, tout le monde dort. Toujours à terre, incapable de bouger, alors se relever ! Il attend que la maisonnée se réveille. Rompu à la lecture des livres de médecine, pour patienter, il s'ausculte de l'intérieur et fait lui-même le diagnostic. Nouvelle crise d'apoplexie. Il n'en a plus pour longtemps. Quand au fil des heures, il recouvre l'usage de ses membres, il se couche sur le dos. Nanette le trouve ainsi gisant, les mains jointes. Il la prévient qu'il pense mourir dans la journée. C'est la fin, il faut se dire adieu.

Un jour, deux passent... Et rien. Il est à la diète, puisqu'il va mourir, mais il ne meurt pas, sinon de faim. Ça n'est pas pour cette fois, ce qui le surprend, mais le réjouit. Finalement tout stoïcien qu'il soit, il n'a pas envie de finir. Pas maintenant, il y a des cerises sur l'arbre. Il pensait que Sénèque l'avait fait basculer dans son stoïcisme. Il faut croire que non. Pas complètement. Lors de ses adieux aux siens, un rien mélodramatiques, Nanette est redevenue Toinette, depuis elle ne cesse de pleurer. Il tente de la rassurer : « Je ne suis pas encore tout à fait mort. » Ce n'est pas seulement lui qu'elle pleure, mais sa petite-fille, sa vieillesse solitaire...

Ils auront été longtemps mariés, ils auront peu vécu ensemble, se seront beaucoup disputés.

— Mais au fond, on a tenu.

C'est ce qu'il tente de lui dire pour la consoler de sa

disparition. Fidèle pour deux, elle continue de nourrir des griefs envers lui. Elle lui reproche toute cette activité perdue à s'occuper des autres, les soutenir, les encourager comme récemment le petit Sedaine, Naigeon tout l'après-midi d'hier, et tous ceux qui le sollicitent encore. Il en est même aujourd'hui qui se rendent chez Belle pour le rencontrer. Pour l'avoir croisé. Et lui tout content écoute, rencontre, recommande et adoube ses cadets avec générosité et chaleur, comme hier, comme toujours. Prodigue de lui et du temps qui lui reste.

Ça déplaît à Nanette. À quoi, péremptoire et grandiloquent, il réplique :

On ne me vole point ma vie, je la donne.

En même temps qu'il prononce ces mots, il se trouve ridicule. Grotesque. Aussi pour se rattraper il admet avec drôlerie et justesse que, décidément, c'est un sacré tic chez lui de moraliser et qu'il est peut-être temps de se calmer. Puis il prend la main de Nanette, et la lui baise.

— Tu sais, je ne crois toujours pas que l'homme soit libre, mais modifiable, oui. Tu vois, même dans mon état, la vieille carne est encore malléable.

Cette nouvelle crise d'apoplexie n'a pas fait trop de dégâts. Du coup il ne rêve que de rentrer à Paris.

Grimm fait accélérer les travaux dans l'appartement qu'il a loué pour lui aux frais de la tsarine. Et comme il piaffe, Grimm le lui annonce. Il aurait préféré lui en faire la surprise, mais Diderot est trop coléreux et Bordeu interdit qu'on le contrarie.

— Elle se souvient de moi, s'émeut le vieil homme malade.

— Tu plaisantes ! Elle a gardé une grande place dans son cœur pour ce « Français exubérant et sans gêne » dont la conversation lui a laissé une « impression d'éblouissement et de vertige », ce sont ses mots.

— Oh oui, je connais ton talent pour citer avec exactitude.

Grimm ne tient décidément jamais compte des reproches et enchaîne :

— Elle m'a chargé de te trouver un logement « digne de ta gloire et des services que tu as rendus à l'humanité », pas moins. Mais je suis au regret de t'avouer que c'est rive droite et que les travaux ne sont pas tout à fait terminés.

— Où ça ?

— Rue de Richelieu, au rez-de-chaussée de l'hôtel du maréchal de Bezons, à côté de la fontaine Molière.

— Oh, oui. Je vois très bien. Il y a très longtemps, je suis resté enfermé trois mois juste en face chez un percepteur Randon de Massane à instruire ses enfants. Une horreur ! Non, j'y ai très bien mangé. J'ai fait des réserves pour les années d'indigence qui ont suivi.

De plus en plus colère, il est urgent de le ramener à Paris. Son installation rue de Richelieu est brusquée. Il fait son entrée dans « le superbe appartement de l'impératrice » le 17 juillet. En sortant de voiture au bras de Nanette, il examine la maison — fort belle : « Oui, là c'est sûr, je peux mourir tranquille et même avec élégance. »

Ses facultés intellectuelles sont intactes. Le reste du corps ne peut en dire autant, ses forces le lâchent un peu plus chaque jour. Il ne se plaint plus maintenant qu'il est à Paris, il convoque les visiteurs du jour qu'il désire et se ménage quelques heures de travail avec ou sans Naigeon. Ne voulant peiner ni Grimm ni Nanette, ni les déménageurs, il fait mine de s'intéresser à la disposition des meubles. De ses livres, de ses estampes. Le 30 juillet, un lit plus commode, pour surélever ses jambes, lui est livré de la part de d'Holbach.

— *Mes amis*, dit-il aux ouvriers, *vous prenez là bien*

de la peine pour un meuble qui ne me servira pas quatre jours.

Il se doute que ni sa femme ni son gendre ne vont le laisser mourir tranquille. Ils ont déjà par le passé tenté une offensive. Diderot s'est alors poliment débarrassé du curé de Saint-Germain-des-Prés, « sa » paroisse, « son » curé sollicité par Nanette. Il apprend aussi de la bouche de Malesherbes, venu lui dire adieu, que pour le pouvoir, Diderot se confessant à l'heure de mourir, ça aurait de la gueule ! Il fallait au moins essayer. Ce curé-là s'était fait éconduire sans ménagement, et avait réveillé le Diderot des grands jours. C'était avant sa première attaque. Avant la mort de Sophie, il avait encore du mordant.

La menace de l'Église a de quoi effrayer sa femme, sa fille et son petit-bourgeois de gendre. L'Église est bien décidée à se venger, en faisant subir à son cadavre toutes sortes d'avanies. Il demeure un ennemi. Sauf bien sûr s'il consent à « satisfaire à l'extérieur » comme on dit. Qu'il fasse seulement croire qu'il se repent, qu'il s'est confessé et a reçu les derniers sacrements.

Sérieusement quelqu'un s'imagine-t-il Diderot jouer au bon chrétien à l'heure de mourir ? La menace est pourtant claire : « S'il ne se soumet pas, le curé lui refusera une sépulture chrétienne. Il sera enterré dans le cimetière des indigents, autant dire à la fosse commune. Ou l'on jettera son corps à la voirie ».

D'Alembert ne s'est jamais dédit d'un athéisme déterminé. Et on l'aurait jeté aux chiens si la noblesse n'était intervenue. C'est le roi qui a ordonné à l'Église de l'enterrer dignement. Diderot n'est pas protégé comme d'Alembert ou Voltaire. On a quelque raison de craindre que l'Église ne se venge sur lui des précédents enterrements des deux grands athées qui lui ont été arrachés.

Alors que faire ?

D'autant que personne ne l'ignore, plus il vieillit, plus il est matérialiste, ce qu'il appelle humaniste, et radical comme personne n'ose le dire. *L'homme n'est ni le tout ni le maître de tout. C'est un maillon, tardif sans doute, éphémère certainement, infime et fragile en tout cas !*

À son tour, le curé de son nouveau quartier vient lui rendre visite. Tout le monde l'a prévenu, peut-être même a-t-il son idée quant à l'énergumène en question. L'Église en a fait un tel repoussoir. Diderot lui tient à peu près ce discours.

— *Convenez monsieur le curé que je ferais là un impudent mensonge. Vous n'avez pas voulu enterrer Voltaire parce qu'il ne croyait pas à la divinité du fils, eh bien, quand je serai mort, on m'enterrera où on voudra, mais je déclare, moi, encore vif, que je ne crois ni au Père ni au Fils, ni au Saint-Esprit, ni à personne de la famille.*

C'est clair. Le curé est assez bonhomme ou peut-être a-t-il des ordres comme Diderot le soupçonne. Malesherbes n'occupe plus aucun poste, il a même osé démissionner quand son roi a refusé d'appliquer ses réformes. Il veille toujours sur Diderot. N'est-il passé rue de Richelieu que pour prévenir ceux qui voudraient le maltraiter ensuite ? Il le protège même s'il n'est plus rien.

Après le départ du curé, Diderot, sincère, s'excuse auprès de Nanette.

— C'est toute ma vie que je renierais, et avec moi, toute l'Encyclopédie.

Nanette a toujours été très pieuse. Pourtant elle lui prend la main et lui dit qu'elle sait, qu'elle comprend.

— Je crois en Dieu, tu sais, mais si tu étais un jour inconscient et qu'un curé veuille t'administrer le Saint Chrême, je lui ferais un barrage de mon corps. Je ne te laisserai pas traiter comme tu ne veux pas.

Finalement ils ont tenu. Et pas si mal.

Autre chose qui ne fait pas plaisir à Nanette, Diderot exige qu'après sa mort, son corps soit autopsié par Bordeu. Ils en ont souvent parlé, ils se sont organisés en ce sens. Nanette promet de ne pas s'y opposer.

Naigeon vient tous les jours, et demeure autant d'heures que Diderot peut consacrer au travail. Il fignole un texte sur la réforme de l'éducation que Grimm lui avait interdit de publier, mais « posthume, posthume »... La postérité est bonne fille ! Conçu hier pour la Russie, mais pouvant s'appliquer à tous les pays. *Une université est une école dont la porte est ouverte indistinctement à tous les enfants d'une nation, et où des maîtres stipendiés par l'État les initient à la connaissance élémentaire de toutes les sciences... Une aristocratie de l'éducation doit se dégager d'une démocratie des chances. (...) L'enseignement est ce qu'il y a de plus important pour l'avenir d'un pays. Primordial.*

Diderot ressent une terrible urgence de clarté. Souvent, pour échapper aux persécutions, il s'est montré ironique, hermétique et ambigu dans ses textes publiés. Il a dissimulé le meilleur de lui sous le manteau des siècles à venir. Alors, vite il lui faut épurer, nettoyer, simplifier tant qu'il parvient à garder les yeux ouverts.

Presque tous les jours depuis qu'il est rentré à Paris, sa fille, son gendre, Bordeu passent la fin de l'après-midi près de lui. Un jour qu'il discute comme à l'accoutumée, chacun s'étonne qu'il affirme soudain péremptoirement, compte tenu de ses pauvres forces, que le premier pas vers la philosophie est l'incrédulité !

Bordeu argue que c'est vers où doit mener la philosophie, mais que ça ne peut pas être son commencement.

— Tu ne peux pas questionner le monde si tu crois avoir une réponse. Seule l'absence de foi conduit à philosopher.

Toujours vaguement en colère et très ferme pour son état, il réaffirme :

— Le premier pas vers la philosophie c'est l'incrédulité.

Comme s'il ne venait pas de prononcer déjà cette même phrase. Il se répète si rarement que ça inquiète Bordeu. Mais peut-être qu'il martèle simplement ce qu'il juge essentiel ?

L'excessive douceur de l'air oblige Nanette à lui donner à boire de toutes les manières. Elle sert des fruits. Elle propose de courir chercher de la glace, Diderot refuse mais remercie. Tout va bien, il fait trop beau pour aller mal. Sa fille et son gendre se retirent pour la soirée, ils ne sont pas inquiets, Diderot se porte plutôt mieux.

Bordeu reste souper. Nanette dresse la table, invite les deux hommes à la rejoindre. Bordeu le soutient, mais il marche et s'installe à table assez naturellement. Il mange sa soupe avec plaisir, un peu de mouton bouilli à la chicorée. Nanette pose sur la table une belle coupe de fruits. Diderot choisit un abricot. Nanette s'inquiète, elle trouve qu'il a déjà trop mangé. Il insiste pour avoir au moins une moitié d'abricot.

— C'est si joli, si féminin, l'intérieur de l'abricot. Quel mal veux-tu que cela me fasse ?

Une lumière luit dans l'œil de Diderot.

— Parce que c'est beau, c'est bon, et ça ne peut pas faire de mal ? C'est ça ?

Pour toute réponse, Diderot se penche vers la table, pour attraper seul, sans l'aide de sa femme, le fruit convoité. Il l'ouvre en deux et s'extasie. Vraiment, une perfection.

Il commence de déguster sa moitié de fruit orangée, quand Nanette lui pose une question.

— Sérieusement, tu crois que je ne dis ça que pour

t'embêter ? Même Bordeu est de mon avis, il n'ose pas te le dire aussi crûment, c'est tout. N'est-ce pas Bordeu ?

Et Bordeu d'acquiescer mollement : en trente ans d'amitié, il ne s'est jamais opposé frontalement à Diderot. Contente, Nanette reprend :

— Ah, ah ! Tu vois bien, tu ne dis plus rien.

C'est vrai, Diderot ne répond rien. Et comme de sa part, ce silence prolongé n'est pas naturel, Nanette se penche vers lui. Elle le regarde sans y croire. Elle lui touche la main, lui prend le bras. Le secoue. Elle refuse ce qu'elle voit.

Bordeu s'est levé, il a pris le pouls de son ami. Non. Plus rien. C'est fini.

Il est mort.

Un abricot pour ciguë.

Mourir si frugalement, comme un philosophe en son jardin.

C'était le samedi 31 juillet, un des plus beaux jours de l'année 1784. Chaud, parfumé, sensuel.

Une journée comme Diderot n'aurait voulu la manquer pour rien au monde. Une journée à se baguenauder dans les jardins du Palais-Royal aux trousses d'un joli jupon.

Une vraie journée de jeunesse.

Écrit à La Mitre
Merci Geneviève

POSTFACE

D'abord une passion pour cette phrase : « Mes pensées ce sont mes catins. » Il n'est pas certain qu'à 15-16 ans je comprenne le sens que Diderot lui donne. En revanche, m'éblouit sur-le-champ celui qui dit que le plaisir peut aussi venir de la tête et être si puissant qu'il s'apparente à un vice. Celui qui affirme que réfléchir, penser, approfondir peut rendre aussi heureux que l'érotisme et la volupté. Je viens à peine de faire l'expérience des premiers orgasmes intellectuels de synapses. Et j'en redemande. Je n'ai pas encore rencontré, et donc adopté la formule du bonheur de Jean-Paul Sartre : « Faire craquer les os du crâne au moins une fois par jour », que déjà la phrase de Diderot s'inscrit dans ma vie en oriflamme.

Puis je bascule corps et biens dans le *Neveu* tout entier. *Le Neveu de Rameau*. Texte auquel je reviens régulièrement comme à mon centre de gravité. *Le Neveu de Rameau* pour exprimer mes contradictions, mes identités multiples et fragiles, fluctuantes et si peu sûres. À l'âge des amours errantes, le *Neveu* est aussi un idéal d'homme, les deux personnages bien sûr : sorte de Jason, savant et voyou à la fois.

Autour de 18-19 ans, je suis comédienne au Conservatoire national supérieur, et je rêve de le jouer sous forme d'un exercice d'élève. Persuadée qu'il doit pouvoir être incarné aussi par deux femmes. Personne ne veut me donner la réplique. Pour me consoler, je relis le *Neveu*.

Du plus loin que je me souvienne, chaque année de ma vie, j'ai relu ces quelques pages, y puisant force, foi et désir de continuer. À la naissance de mes enfants, je leur lis très (trop) tôt le *Neveu* en guise d'histoire pour s'endormir ! Au point qu'ensuite, « je vais te lire » — et c'est implicitement « te lire le *Neveu* » — reste la menace de toute leur enfance. Mes filles n'ont pas toujours été assez sages pour échapper à une énième lecture à voix haute du *Neveu de Rameau*. C'est dire s'il fait partie de la famille.

Plus tard encore, m'intéressant enfin à l'auteur, les écoles m'en avaient dégoûtée en le peignant comme un vieux, né vieux, et acharné à son Encyclopédie, je lis une, deux, dix biographies de Diderot. Et stupéfaite, je découvre que personne ne sait rien de sa genèse : comment on devient Diderot. Ses nombreux biographes avouent en chœur tout ignorer de la période qui court de ses seize ans à ses trente ans. Tous laissent un trou d'une quinzaine d'années dans la vie de leur héros. Et pas n'importe quelles années, celles de l'apprentissage, de la formation ! De 1726 à 1746, que s'est-il passé ? Deux, trois anecdotes. Et rien. Ni ce qu'il fait, ni de quoi il vit, ni comment il subsiste, ni ce qui le passionne, ni à quoi il se forme et se frotte. Rien, du blanc.

De mon amour pour l'auteur du *Neveu* naît alors en moi une intime conviction, impérieuse. Je l'ai si bien connu, si ardemment pratiqué que j'ose affirmer le connaître de l'intérieur, et je ne doute pas que le Neveu, c'est aussi lui. Il ne décrit si bien les hurlements d'un estomac qui crie famine que parce qu'il a connu la faim ; la fraternité des bas-fonds que parce qu'il y a séjourné. La difficile existence des gueux que parce qu'il en fut, un temps. Et les ruses de la misère, que parce qu'il a dû en user. Ce silence dans sa biographie, c'est sa vie de Neveu qu'il cache et si on y regarde d'un peu près, elle émerge ici ou là dans nombre de ses écrits.

Puis le plaisir et le succès de mes romans sur Lippi, Botticelli et Vinci aidant, et l'entente avec mon éditeur m'y encourageant, je décide d'oser une autre vie romancée, et propose mon Diderot, celui des années *Neveu*. Nous topons là, et je me plonge aussitôt dans tout ce qui peut alimenter « ma » période. Très vite je croise un certain Watelet, graveur parmi d'autres des planches de l'Encyclopédie et ancêtre de mon éditeur à qui je dis en plaisantant : « C'est pour qu'ensuite je fasse le roman de votre ancêtre que vous m'avez commandé le Diderot ? » Pince-sans-rire, il m'avoue espérer que mon Diderot sera le premier d'une longue série. Oh, mais je n'en suis pas du tout là.

Pourtant, plus je travaille sur le XVIIIe siècle et la bande à Diderot, plus je me sens cernée. D'abord j'habite depuis dix ans rue Nollet, le nom d'un abbé fameux, ami et physicien proche de Diderot, qui a participé à l'Encyclopédie ; à l'angle de ma rue, La Condamine, académicien et grand voyageur, ami de Diderot et de l'Encyclopédie. Alentour les rues de Clairaut, Legendre, etc. Je vis au milieu, autour, à côté d'eux... Pas loin de Malesherbes, à qui l'Encyclopédie doit sa survie et Diderot de n'avoir pas été embastillé. J'ai passé vingt ans chez Miromesnil, pas loin de Berryer, deux hommes qui ont mis ou voulu mettre Diderot en prison. Jusqu'au bout, sa vie est une aventure picaresque. S'il est toujours en danger, c'est qu'il est toujours dangereux.

Initialement, je voulais clore mon Diderot sur son séjour en prison de 1749, censé sonner le glas des années *Neveu* et l'avoir assagi. Impossible. Voyou il fut, voyou il est resté jusqu'au bout. Voyou doublé d'un génie, voyou épris de vérité, voyou qui dit tout mais qui, bourgeois, ne publie plus rien de compromettant pour ne pas nuire à sa famille, tout en pariant désespérément sur la postérité pour être enfin reconnu.

Après toutes ces années dans l'intime proximité de l'homme comme de l'œuvre, je proclame haut et fort que Diderot n'est toujours pas reconnu. N'occupe pas encore aujourd'hui la place qu'il mérite et qui lui revient. Sa vraie place est la toute première du XVIIIe siècle, la première des Lumières, la première de notre modernité. Cette postérité qu'il a tant convoitée s'est montrée pis que chiche envers lui, ingrate ! Elle l'a trahi. Aussi est-il toujours traité en second couteau ou plutôt en troisième, après Voltaire et Rousseau, quand ce n'est pas carrément après d'Alembert, ou plus bas encore... Il m'a donc fallu comprendre pourquoi.

De son vivant déjà, on lui refuse sa place, mais ça peut se comprendre : il n'a de cesse de se dissimuler. Il camoufle ce qu'il fait de meilleur pour ne pas retourner en prison, puis pour ne pas entacher la réputation de sa fille. Interdit à vie d'Académie, il demeure un paria, non dans le monde naissant des lettres, mais aux yeux des puissants.

Ensuite, c'est pire. Il meurt en 1784, cinq ans avant la Révolution française. Qui va pourtant l'utiliser à tort et à travers. La Révolution fait feu de tout bois. Elle pioche dans les Lumières pour éclairer sa sombre fin. On fera le tri plus tard.

Plus tard donc, il est à la fois le grand absent jamais cité dans les journaux, et le mauvais démon, mauvais démiurge de la période. Dans les bottes du Directoire se décante le bon du mauvais, l'heure des bilans s'épanouit sous le bicorne de l'Empereur. Et là, patatras !

Tout le bon de la Révolution est offert à tort, mais sur un plateau d'argent, au citoyen de Genève. Le positif, l'intelligent, le nécessaire de la Révolution à Rousseau. À lui seul, il aurait apporté la démocratie à la France ! Avec cet infime bémol, excusez du peu, son immense mépris pour les femmes qui nous vaut d'associer irrémédiablement démocratie à phallocratie. Tous les hommes sont égaux sauf les femmes.

À Voltaire, vivant comme mort, le rôle de phare éblouissant. Son « Écrasez l'infâme » lui vaut de récupérer toute la mise anticléricale. Pour le meilleur : la laïcité offre aux filles la liberté de n'être plus enfermées de force dans les couvents ; mais aussi le pire : la nationalisation des biens du clergé, la décapitation des prêtres réfractaires et même des autres, jusqu'au génocide des Chouans, sans oublier monastères et églises rasés, nonnes jetées à la rue, autant dire à la prostitution...

Pourtant ce n'est rien à côté de ce qui est attribué à Diderot. On lui impute carrément la Terreur. Pas moins. Son exécuteur testamentaire, Jacques-André Naigeon, n'y est pas étranger. Enflammé, il implique Diderot dans la Révolution, excessivement. Son amour pour l'une et sa dévotion à l'autre lui font les marier en dépit de toute raison philosophique. Dix ans avant sa mort, Diderot avait fait de ce Naigeon, son singe comme l'appelaient ses amis, le dépositaire de sa pensée, le gardien du temple diderotien, en lui confiant la publication de ses œuvres complètes. Ce qu'il n'a ni su ni pu mener à bien.

Dès la mort de son héros, Naigeon le dénature pour le tirer à lui. Radicalement sans-culotte, furieusement athée et anticlérical, ce que Diderot ne fut jamais. « Écraser l'infâme » à la façon de Voltaire lui a toujours déplu. Ce qui ne l'a pas empêché de défendre un athéisme tranquille et sûr de soi. « Ce n'est pas parce que l'athéisme n'est pas tout, professe-t-il, qu'on doit oublier qu'il est au commencement de tout. »

Ainsi la Révolution française qui se déclare fille des Lumières via l'Encyclopédie boude-t-elle son principal architecte.

Or si Diderot était républicain sous la monarchie — ce qui est vite dit —, il ne pouvait approuver les excès de la Révolution. Difficile de l'imaginer promoteur ou complice des abominations de la Terreur.

En prime, il est souvent assimilé à Babeuf, aux idées de Babeuf, puisque lors de sa tentative de renverser le Directoire, celui-ci s'en réclame. Jusqu'à sa montée à l'échafaud. Diderot n'est plus là pour contester.

Dans l'atmosphère chaotique des temps qui suivent ce grand branle-bas, l'éloge du matérialisme inventé par Diderot est vite assimilé à une remise en cause de l'ordre social et de la propriété, très mal vue dès le Directoire, plus encore sous l'Empire. Babeuf ne fait pas seulement de Diderot l'ennemi des rois et des prêtres, mais celui de la famille, de la société et de tout gouvernement. C'est évidemment très exagéré.

Certes Diderot parle la langue houleuse torrentielle des futurs orateurs de la Révolution, mais n'est-ce pas d'abord celle des grands tribuns latins ? On ne prête qu'aux riches : on peut tout autant lui attribuer un langage bizarre anticipant le surréalisme ; ou encore d'avoir introduit le premier cette ironie particulière qui va enfanter le romantisme ; ou en faire l'ancêtre du nouveau roman par l'invention de textes discontinus, cassant systématiquement l'illusion pour la recréer *ex abrupto*, tel l'enfant tout puissant qui se déclare le roi des étés et de toute vie rêvée... Il est aussi le grand inventeur du dialogue philosophique au théâtre à l'aide d'une écriture de confidence intime. Il est tout cela à lui seul, la modernité en marche ! Dans ses œuvres protéiformes comme dans sa vie, sa jeunesse aux improbables petits boulots, sa vieillesse terriblement active, anticolonialiste et toujours inflammable... S'il l'avait connue, jamais il ne se serait arrêté à la seule Révolution. S'il en avait eu l'âge et n'avait pas été si sédentaire, c'est La Fayette qu'il aurait accompagné dans son soutien aux Insurgents d'Amérique.

Alors d'où vient ce malentendu qui fait de Diderot un auteur de seconde zone et de Lumière terne ? D'une pochade. Lors d'un dîner d'Épiphanie, Diderot est par le sort désigné roi de la fève. Aussi rédige-t-il à chaud un poème, *Les Eleuthéromanes*, histoire d'abdiquer cette royauté de carton-pâte en un dithyrambe au ton libertaire où il glisse cette phrase à l'avenir prolifique :

« Et ses mains ourdiraient les entrailles du prêtre
À défaut d'un cordon, pour étrangler les rois ».

On sait la fortune de cette prédiction pourtant émise dans un cadre des plus ludiques.

À cause de ces mots-là, repris sans rire par Naigeon, Babeuf et des milliers d'autres militants, par définition sans humour, Diderot s'est retrouvé encarté du mauvais côté de l'histoire.

Les ennemis de la République ont eu beau jeu de brandir cette phrase comme preuve accusant Diderot d'avoir prémédité la Terreur. Depuis, tous les réactionnaires considèrent que Voltaire a détruit l'autel mais préservé le trône, Rousseau détruit le trône mais reconstruit l'autel, et que Diderot seul a tout détruit, trône et autel, rêvant d'une émancipation totale des esprits. C'est sûr qu'il a incité les esclaves noirs à la révolte, et tous les peuples à se libérer de leur joug, alors qu'esclaves comme peuples opprimés ne pouvaient ni le lire ni l'entendre.

Ensuite, ce n'est guère mieux. Cette mauvaise réputation, l'invention de la Terreur — à lui seul tout de même ! — lui vaut d'être tenu à l'écart, considéré comme dangereux par tout le XIXe siècle. À quelques notables exceptions, Michelet « le voyant » : « Nul monument achevé n'en reste mais cet esprit commun, la grande vie qu'il a mise en ce monde, et qui flotte orageuse en ses livres incomplets source immense et sans fond. On y puisa cent ans, l'infini reste encore. » Nodier, Sainte-Beuve, Sand, Balzac, Baudelaire, quand même Baudelaire, mais lui aussi sent le soufre, Auguste Comte qui tient « Voltaire et Rousseau pour des démolisseurs incomplets résidus de l'âge métaphysique, et exalte en Diderot le plus grand génie du XVIIIe siècle, précurseur de l'école suprême qui a compris l'importance de la biologie et donné la première esquisse du culte de l'humanité ». Ou Pierre Larousse : « La faveur conquise par la philosophie positiviste vaut à Diderot une véritable popularité qui le venge des injustes dédains dont on l'a accablé pendant la première moitié du siècle. » Même son ennemi juré, Barbey d'Aurevilly, en le dénigrant lui reconnaît du génie : « Cet homme qui était suprêmement artiste par l'enthousiasme et l'expression... c'est par l'art que son génie reprend des ailes, c'est par l'art, la forme spontanée, l'accent, la chaleur de l'accent que Diderot a devancé son siècle... » Ce qu'à sa façon narquoise Flaubert confirme par l'absurde dans son *Dictionnaire des idées reçues* : « Diderot : toujours suivi de d'Alembert. »

Pas en odeur de sainteté sous le second Empire, il trouve néanmoins — ou faut-il dire hélas ! — dans la seconde partie du siècle, trois hagiographes, trois grands esprits ensemencés par son verbe toujours actif. Tour à tour, Hegel, Marx et Engels tombent sous le charme de l'intelligence de Diderot ! Rien que ça ! Dès 1867, Marx et Engels font du *Neveu de Rameau* traduit en allemand par Goethe leur livre de chevet. Également, plus tard, mais on peut l'oublier, le camarade Lénine en personne.

Avec sa guerre déclarée à « Dieu, le seul être qui n'a

pas besoin d'exister pour faire le malheur sur la terre », Diderot entérine le principe de séparation du monde moral et physique que reprend le communisme. Mais en faisant de Diderot leur ancêtre quant à ce matérialisme reposant sur des fondements scientifiques, les marxistes le rendent encore plus subversif. Le modèle du penseur communiste avant l'heure !

Tous les militants des années 1950-1960 se souviennent d'avoir eu entre leurs mains quelques volumes de Diderot édités par les Éditions sociales, émanant d'un PCF florissant ces décennies-là, et qui prétendait encore à « l'éducation des masses »...

On n'a pas beaucoup évolué. Depuis le début du XXe siècle, Diderot a mille fois raté son examen de grand écrivain national. Plusieurs ministres lui ont refusé l'entrée au Panthéon, il n'est quasiment jamais compté parmi les pères fondateurs ou inspirateurs de la Nation. Voltaire et Rousseau trouvent toujours à s'épanouir sous les ors de la république, Diderot peine encore à y faire son trou. Même Langres, sa ville natale, ne parvient pas à l'honorer sans arrière-pensées. Pieuse et rigide cité, elle préfère toujours le méchant petit frère intégriste mais évêque, à l'aîné libertin et parisien.

De la Terreur au communisme, on a pas mal chargé la mule du malheureux Diderot qui n'en demandait pas tant, ou alors bien davantage. Le poids de ces millions de morts obscurcit son génie, lui qui, de quelque manière qu'on le prenne, n'appela jamais à la mort de personne.

Longtemps on ne l'a pas pris au sérieux ; Voltaire est toujours considéré comme plus intelligent et Rousseau, plus sensible, plus profond. En dépit du tort qu'ils lui ont causé, c'est pourtant grâce aux marxistes qu'on a commencé à voir en lui le vrai grand philosophe du XVIIIe siècle. Puis la critique américaine est venue discerner en lui le précurseur de Virginia Woolf, de James Joyce et des temps modernes.

Pour découvrir sa grandeur, il fallait d'abord le lire, c'est-à-dire rassembler tant ses œuvres que les multiples facettes de l'homme. Aussi insaisissable que ses écrits étaient dispersés, et comme eux, multiple ; drapé à l'ancienne et déguenillé, athée et chrétien, grand théologien et hédoniste, prêchant la froideur au comédien tout en cultivant son délire...

Pour ne rien arranger, jusque dans les années 1970-1980, personne ne peut avoir une vue d'ensemble de son œuvre, sa publication en est trop lente, trop sporadique, et toujours inachevée. Encore aujourd'hui, en 2009, la France se déshonore de ne toujours pas posséder une édition de l'intégralité de ses écrits[1].

N'est-il pas temps de prendre la mesure de l'homme, celle de l'œuvre, et en additionnant les deux, de se rendre compte qu'on tient là un génie encore méconnu ?

C'est ce que j'ai modestement, et à ma façon, tenté de faire.

9 septembre 2009

S. C.

1. La majeure partie de son œuvre ne fut connue que tardivement : les feuilles manuscrites que Diderot a laissées, jalousement conservées par la famille ou par les institutions de Saint-Pétersbourg, n'ont été scientifiquement répertoriées qu'en 1951 par Herbert Dieckmann, ou indirectement par des copies. L'édition en est dispersée dans d'innombrables collections, aucune n'est complète à ce jour. L'édition scientifique de l'intégralité des œuvres et manuscrits de Diderot est en cours et les volumes déjà imprimés. On ne peut la consulter qu'en bibliothèque : Diderot, *Œuvres complètes*, édition critique et annotée, dirigé par J. Fabre (†), H. Dieckmann, J. Proust et J. Varloot, Paris, Hermann, 1975 — 33 volumes prévus, 25 parus.

CHRONOLOGIE

1694 Naissance de Voltaire

1712 Naissance de Rousseau

1713 5 octobre : naissance de Denis Diderot, fils de Didier, maître coutelier, et d'Angélique Vigneron, fille d'un marchand tanneur à Langres sur le plateau champenois. Deux oncles maternels voués à Dieu, l'un curé, l'autre chanoine. La Bulle *Unigenitus* condamne le jansénisme

1715 Naissance de Denise, alias Sœurette, Socrate femelle
Mort de Louis XIV
Régence de Philippe d'Orléans
Rameau : *Cantates*

1716 Naissance de Catherine Diderot, première de ce prénom, elle meurt en 1718
Naissance de Sophie Volland

1717 Naissance de Jean le Rond d'Alembert

1718 Voltaire : *Œdipe*

1720 Naissance d'Angélique Diderot, sœur et filleule de Denis

1721 Montesquieu : *Les Lettres persanes*
Bach : *Concertos brandebourgeois*

1722 Naissance du frère benjamin de Denis, Didier, futur prêtre et chanoine

1723 Diderot est élève chez les Jésuites de Langres.
Mort du régent
Marivaux : *La Double Inconstance*

1726 Diderot reçoit la tonsure en vue de la succession au

canonicat de son oncle Vigneron, il est autorisé à porter l'habit des abbés.
Voltaire à la Bastille puis en Angleterre

1728 Diderot arrive à Paris
Voltaire : *La Henriade*
Chardin : *La Raie*

1730 Marivaux : *Le Jeu de l'amour et du hasard*

1732 Diderot est reçu maître ès art et entre à la Sorbonne en théologie.
Voltaire : *Zaïre*

1735 Diplômé de théologie, Diderot reçoit le bénéfice de l'évêque de Langres mais renonce à l'église fin décembre.
Mort de sa sœur Catherine (la seconde du nom)
Rameau : *Les Indes galantes*

1736-1740 Vie de bohème
Diderot est précepteur des enfant Randon de Massane.
Il rencontre Wille, Preisler, Eidous, Toussaint.
Pergolèse : *Stabat mater*
Maupertuis en Laponie
Nollet donne des leçons publiques de physique.

1741 Diderot écrit ses premiers articles de compte rendus au *Mercure de France*.
Première traduction : *L'Histoire de Grèce* de Stanyan
Il rencontre Rousseau et Condillac.
Guerre de succession d'Autriche
Crébillon : *Le Sopha*
Hume : *Traité de la nature humaine*

1742 Marivaux est élu à l'Académie contre Voltaire.

1743 Diderot séjourne à Langres et est mis au cachot par son père. Il s'enfuit.
6 novembre, il se marie en cachette.
Contrat avec Eidous et Toussaint pour la traduction du *Dictionnaire de médecine* de James

1744 Naissance (13 août) et mort (29 septembre) d'Angélique, première fille de Diderot
Rousseau revient de Venise.

1745 Diderot traduit *L'Essai sur le mérite et la vertu* de Shaftesbury.

1746 Publication de sa traduction du *Dictionnaire de médecine* de James
Premier Privilège accordé à l'Encyclopédie
22 mai : naissance de François Jacques Diderot, son premier fils
Publication clandestine des *Pensées philosophiques*
Condillac : *Essai sur l'origine des connaissances*
De Gua, premier directeur de l'Encyclopédie, présente d'Alembert à Diderot.

1747 Diderot écrit la *Promenade du sceptique* (texte non publié de son vivant) et *Les Bijoux indiscrets*.
De Gua renonce à l'Encyclopédie. Diderot et d'Alembert le remplacent.
Voltaire : *Zadig*
La Mettrie : *L'Homme Machine*

1748 Diderot écrit *L'Oiseau blanc, conte bleu*
Publication de ses *Mémoires sur différents sujets de mathématiques*
Nouveau Privilège pour l'Encyclopédie

1749 Publication anonyme de *La Lettre sur les Aveugles à l'usage de ceux qui voient*
Perquisition au logement de Diderot, lettre de cachet, il est emprisonné à Vincennes.

1750 30 juin : mort de son fils de 4 ans, François Jacques
Naissance (29 septembre) et mort (25 décembre) de son second fils Denis Laurent
Mise en circulation du *Prospectus de l'Encyclopédie* qui lance la souscription
Le Discours des sciences et des arts de Rousseau est unanimement salué.
Malesherbes est nommé directeur de la Librairie jusqu'en 1763.
Mort de J.-S. Bach

1751 Permission tacite et publication de la *Lettre sur les sourds et muets*
Sortie du premier volume de l'Encyclopédie
Diderot est nommé membre de l'Académie de Berlin.
Thèse de l'abbé de Prades
Voltaire : *Le Siècle de Louis XIV*

1752 Sortie du tome 2 de l'Encyclopédie
Condamnation au pilon des deux premiers volumes de l'Encyclopédie et interdiction des suivants
La Pompadour s'entremet pour en suspendre l'arrêt.
Voltaire : *Micromégas*

1753 Naissance de sa fille Marie Angélique Diderot
Parution du tome 3 de l'Encyclopédie à 3000 exemplaires
Buffon : *Discours sur le style*

1754 Diderot séjourne à Langres.
Parution du tome 4 de l'Encyclopédie.
Les Jésuites attaquent l'Encyclopédie.
Condillac : *Traité des Sensations*
D'Alembert est élu à l'Académie française.

1755 Début de la guerre franco-anglaise au Canada
Tremblement de terre à Lisbonne
Mort de Montesquieu
Tome 5 de l'Encyclopédie qui s'ouvre sur un éloge de Montesquieu par d'Alembert
Liaison de Diderot avec Sophie Volland (première lettre perdue)
Il rencontre Melchior Grimm.
Rousseau : *Discours sur l'inégalité*

1756 Voltaire s'installe aux Délices près de Genève.
Diderot visite Rousseau à l'Ermitage chez Louise d'Épinay.
Tome 6 de l'Encyclopédie
Début de la guerre de Sept Ans

1757 Attentat contre Louis XV par Damiens
Raidissement du pouvoir contre les cafés de la bohème littéraire et le mouvement des philosophes réunis autour de l'Encyclopédie
Attaques de Palissot contre l'Encyclopédie
Diderot publie *Le Fils naturel* et d'Alembert son fameux *Article sur Genève*.
Rousseau : Première partie de *La Nouvelle Héloïse*
Mort de Fontenelle et de Réaumur
Campagne anti-philosophes menée par Palissot et Fréron : Les Cacouacs

Rousseau s'installe à Montmorency.
Échec de Diderot à l'Académie des sciences

1758 Rousseau rompt idéologiquement et affectivement avec les encyclopédistes et publie sa *Lettre à d'Alembert*.
Diderot : *Le Père de famille* et *De la poésie dramatique*
Diffusion dans la *Correspondance littéraire* d'un *Poème à Sophie Volland*
Hélvétius : *De l'esprit*

1759 Le Parlement condamne *De l'Esprit* et l'Encyclopédie.
Condamnation entérinée par le pape, révocation du Privilège
Malherbes sauve Diderot d'une perquisition.
Voltaire : *Candide* et s'installe à Ferney
Mort de Didier Diderot père : Denis ne peut aller à l'enterrement.
Diderot rédige son premier *Salon* de 1759 pour Grimm.

1760 Diderot : *La Religieuse*
Voltaire répond par une autre pièce *L'Écossaise* aux *Philosophes* de Palissot.

1761 *Le Père de Famille* est représenté à la Comédie Française : réel succès.
Début probable de la rédaction par Diderot du *Neveu de Rameau*
Rousseau : *La Nouvelle Héloïse*, immense succès
Greuze : *L'Accordée de village*
Suicide de Calas

1762 Rousseau : *Le Contrat social* et *Émile*, condamnés à l'autodafé
Rousseau, chassé de Berne, se réfugie à Neuchâtel.
Coup d'État de Catherine II qui empoisonne son mari
Suppression de la Compagnie de Jésus

1763 Diderot a 50 ans
Diderot : *Salon* de 1763 dans la *Correspondance littéraire*
Il défend Rousseau dans l'affaire de l'*Émile*.
Il rencontre David Hume et Garrick.
Voltaire : *Traité sur la Tolérance*
Mort de Marivaux
Premier séjour de Mozart à Paris

1764 Voltaire obtient la cassation du procès Calas.
Mort de La Pompadour
Voltaire : *Dictionnaire philosophique*
Début de la construction du futur Panthéon de Paris

1765 Diderot : *Jacques le Fataliste*
Catherine II achète la bibliothèque de Diderot pour 15 000 livres et lui verse une pension annuelle de 1 000 livres outre la jouissance à vie de ses ouvrages.
Début de correspondance avec Falconet
Impression des derniers volumes de l'Encyclopédie
Diderot accepte d'aider l'abbé Raynal pour son *Histoire des deux Indes*.
Diderot : *Salon* de 1765 dans la *Correspondance littéraire*
Débuts de Fragonard remarqués par Diderot
Réhabilitation de Calas
Accusation du chevalier de la Barre
Rousseau est à Paris, il refuse de se réconcilier avec Diderot.

1766 Exécution publique du chevalier de la Barre
Voyage de Bougainville à travers le monde
Diffusion en province des dix derniers tomes de l'Encyclopédie
Le Breton est embastillé pour avoir distribué l'Encyclopédie à Versailles.
Diderot achève les *Essais sur la peinture* pour la *Correspondance littéraire*.

1767 Diderot : *Salon* de 1767 dans la *Correspondance littéraire*
Diderot retrouve son ami d'enfance Étienne Belle.
Les Jésuites sont expulsés d'Espagne.
Beaumarchais fait jouer son drame *Eugénie* à la Comédie Française.
Voltaire : *Les Scythes*
Gluck : *Alceste*
Voltaire : *L'Ingénu*

1768 Diderot : *Mystification*
Il achète pour Catherine II des tableaux de la collection Gaigniat.

Maupéou chancelier
Madame du Barry favorite
Acquisition de la Corse par Choiseul
Crise de subsistance dans l'est de la France due à de mauvaises récoltes
Voltaire fait ses Pâques avec ostentation.
Mozart : *Bastien et Bastienne*

1769 Diderot : *Regrets sur ma vieille robe de chambre* dans la *Correspondance littéraire*
Il a une liaison avec madame de Meaux.
Diderot : *Entretien entre d'Alembert et Diderot, Le rêve de d'Alembert, La Suite de l'entretien entre d'Alembert et Diderot*. L'ensemble est diffusé un peu tronqué dans la *Correspondance littéraire, Salon* de 1769

1770 Diderot et seize philosophes chez Madame Necker lancent une souscription pour une statue de Voltaire confiée à Pigalle.
Parution de la première édition de *L'Histoire des deux Indes*
Diffusion de *La Religieuse* dans la *Correspondance littéraire*
Diderot : *Les Deux Amis* et *L'Entretien d'un père*
Arrivée à Versailles de Marie-Antoinette d'Autriche la Dauphine
Malesherbes s'attaque aux Lettres de cachet.
Campagne de Voltaire pour l'affranchissement des derniers serfs
Disgrâce de Choiseul
Beaumarchais : *Les Deux Amis*
Rousseau commence la lecture de ses *Confessions* dans les salons.
Une comète dans le ciel de Paris
Vernet : *La Tempête*
Watt : invention de la machine à vapeur
Élection du nouveau pape Clément XIV

1771 Lettre à Frédéric de Prusse
Diderot négocie pour Catherine II l'achat de la collection Thiers.

Il publie les *Leçons de clavecin et principes d'harmonie*, d'après les leçons à sa fille, de Bemetzrieder.
Il ébauche *Est-il bon, est-il méchant ?* pour Madame de Meaux.
Germe du *Supplément au voyage de Bougainville*
Version courte de *Jacques le Fataliste* achevée
Un édit royal remplace les Parlements par des Conseils supérieurs. Voltaire approuve. Diderot condamne.
Louise d'Épinay veut faire interdire les lectures des *Confessions* de Rousseau et rédige ses *Contre-Confessions*. Diderot lui prête la plume.

1772 Partage de la Pologne entre l'Autriche, la Prusse et la Russie
Coup d'État de Gustave III de Suède au service des Lumières
Mariage de la fille de Diderot avec Caroillon de Vendeul à Saint Sulpice
Première publication à Amsterdam des *Œuvres philosophiques* de Diderot en 6 volumes
Diderot décide d'aller rendre grâce à Catherine II.

1773 Diderot a 60 ans
Abolition des Jésuites par le pape
Beaumarchais déconsidère Maupéou.
Diderot donne procuration à sa femme sur ses biens et nomme Naigeon légataire de ses manuscrits, charge pour lui de les publier après sa mort.
Diderot part pour Saint-Pétersbourg mais s'arrête plusieurs mois à La Haye chez Galitzine.
Il travaille beaucoup à la *Satyre première, les Mots de caractère*, avance *Le Neveu de Rameau, Jacques le Fataliste, La Réfutation d'Helvétius*, ébauche *Le Paradoxe du comédien, Le Voyage en Hollande*.
Naissance de sa petite-fille Minette
Il arrive malade à la cour de Russie.
Entretiens quotidiens avec Catherine II
Il est reçu à l'Académie de Saint-Pétersbourg.

1774 Mort de Louis XV. Avènement de Louis XVI qui rappelle Maurepas et Turgot, nomme Miromesnil garde

des Sceaux, rappelle les Parlements. Les philosophes peuplent les bureaux. Liberté du commerce des grains
Goethe : *Werther*
Histoire des deux Indes, deuxième édition que Diderot révise encore
Diderot rentre de Russie en octobre.
Il arrive à Paris.

1775 Diderot envoie à Catherine II le *Plan d'une Université pour la Russie*.
Naissance de Denis Simon de Vandeul, son unique petit-fils
Diderot : *Salon* de 1775
Il ébauche *Les Deux Amis*
Guerre des farines : disette à Paris
Washington à la tête des Insurgents
Pie VI élu pape
Première du *Barbier de Séville* à la Comédie-Française : échec
Beaumarchais : *Mémoire au roi en faveur des Américains*

1776 Turgot est renversé.
Déclaration d'indépendance américaine
Benjamin Franklin est à Paris, il rencontre Diderot.
Rousseau répand ses dialogues, écrit les *Rêveries du promeneur solitaire* et les *Promenades*.
Voltaire : *La Bible enfin expliquée*
Querelle piccinistes contre gluckistes

1777 Diderot travaille à l'édition complète de ses œuvres et achève : *Est-il bon ? Est-il méchant ?*
Retour de Grimm après deux ans d'absence
La Fayette en Amérique
Necker aux finances contribue à l'effort de guerre d'Amérique.
Deuxième séjour de Mozart à Paris, hébergé par Louise d'Épinay
Rousseau : *Dernières Rêveries*

1778 Diderot publie son *Essai sur la Vie de Sénèque* et achève *Jacques le Fataliste*.
Voltaire rentre à Paris et rencontre Diderot.

Mort de Voltaire
Mort de Rousseau
Beaumarchais : *Le Mariage de Figaro*
Traité franco-américain et guerre aux Anglais
Diffusion de *Jacques le Fataliste* dans la *Correspondance littéraire*
L'*Essai sur Sénèque* est publié à Paris avec Privilège.

1779 Necker abolit le servage.
Mort de Chardin
Goethe et Gluck : *Iphigénie en Tauride*

1780 Réforme des prisons par Necker
Le roi abolit la question préparatoire (torture).
Publication posthume des *Dialogues* de Rousseau
Mort de Condillac
Diderot travaille à ses *Éléments de physiologie*, complète le *Supplément au voyage de Bougainville* et achève de réviser sa *Religieuse*.
Troisième édition de *L'Histoire des deux Indes*, publié officiellement à Genève

1781 *Lettre apologétique de l'abbé Raynal à M. Grimm* par Diderot
Installation du buste de Diderot par Houdon à Langres
Condamnation des *Deux Indes* par le Parlement
Mort de Turgot
Démission de Necker
Victoire de Washington, La Fayette et Rochambeau
Condorcet : *Réflexions sur l'esclavage*
Diderot est élu à la société des Antiquaires d'Écosse.
Salon de 1781 et dernière main aux *Pensées détachées sur la peinture*

1782 Diderot remanie encore *La Religieuse*
Il publie *Essai sur les règnes de Claude et de Néron*, qui fait suite et complète son *Sénèque* imprimé à Bouillon.
Publication des six premiers livres des *Confessions* et des *Rêveries d'un promeneur solitaire* de Rousseau

1783 Mort de Louise d'Épinay
Mort de d'Alembert
Traité de Versailles : indépendance des États-Unis
Hiver très rude, la santé de Diderot s'en ressent.

1784 22 février : mort de Sophie Volland
Début avril : mort de Minette, sa petite-fille adorée
Diderot est installé par Catherine II dans l'hôtel de Bezons au 39 rue de Richelieu
31 juillet 1784 : Diderot meurt à soixante et onze ans à Paris vers trois heures de l'après-midi.
Autopsie de Diderot selon ses vœux
Obsèques organisées par son gendre à l'église Saint-Roch. Sans reniement de sa part.

LES ANNÉES BOHÈME (1728-1749)

DU MÊME AUTEUR

Aux Éditions Gallimard

LÉONARD DE VINCI, 2008 (Folio Biographies n° 46).

Aux Éditions Télémaque

LA PASSION LIPPI, 2004 (Folio n° 4354).

LE RÊVE BOTTICELLI, 2005 (Folio n° 4509).

L'OBSESSION VINCI, 2007 (Folio n° 4880).

DIDEROT, LE GÉNIE DÉBRAILLÉ, 2009 et 2010 (Folio n° 5216).

Aux Éditions Robert Laffont

MÉMOIRE D'HÉLÈNE, 1988.

PATIENCE, ON VA MOURIR, 1990.

LES BELLES MENTEUSES, 1992.

LE SOURIRE AUX ÉCLATS, 2001.

Chez d'autres éditeurs

DÉBANDADE, *Éditions Alésia,* 1982.

CARNET D'ADRESSES, *Éditions HarPo,* 1985.

COLLECTION FOLIO

Dernières parutions

4929. Judith Perrignon	*C'était mon frère...*
4930. Danièle Sallenave	*Castor de guerre*
4931. Kazuo Ishiguro	*La lumière pâle sur les collines.*
4932. Lian Hearn	*Le Fil du destin. Le Clan des Otori.*
4933. Martin Amis	*London Fields.*
4934. Jules Verne	*Le Tour du monde en quatre-vingts jours.*
4935. Harry Crews	*Des mules et des hommes.*
4936. René Belletto	*Créature.*
4937. Benoît Duteurtre	*Les malentendus.*
4938. Patrick Lapeyre	*Ludo et compagnie.*
4939. Muriel Barbery	*L'élégance du hérisson.*
4940. Melvin Burgess	*Junk.*
4941. Vincent Delecroix	*Ce qui est perdu.*
4942. Philippe Delerm	*Maintenant, foutez-moi la paix!*
4943. Alain-Fournier	*Le grand Meaulnes.*
4944. Jerôme Garcin	*Son excellence, monsieur mon ami.*
4945. Marie-Hélène Lafon	*Les derniers Indiens.*
4946. Claire Messud	*Les enfants de l'empereur*
4947. Amos Oz	*Vie et mort en quatre rimes*
4948. Daniel Rondeau	*Carthage*
4949. Salman Rushdie	*Le dernier soupir du Maure*
4950. Boualem Sansal	*Le village de l'Allemand*
4951. Lee Seung-U	*La vie rêvée des plantes*
4952. Alexandre Dumas	*La Reine Margot*
4953. Eva Almassy	*Petit éloge des petites filles*
4954. Franz Bartelt	*Petit éloge de la vie de tous les jours*
4955. Roger Caillois	*Noé* et autres textes
4956. Casanova	*Madame F.* suivi d'*Henriette*
4957. Henry James	*De Grey, histoire romantique*
4958. Patrick Kéchichian	*Petit éloge du catholicisme*
4959. Michel Lermontov	*La Princesse Ligovskoï*

4960. Pierre Péju — *L'idiot de Shangai* et autres nouvelles
4961. Brina Svit — *Petit éloge de la rupture*
4962. John Updike — *Publicité*
4963. Noëlle Revaz — *Rapport aux bêtes*
4964. Dominique Barbéris — *Quelque chose à cacher*
4965. Tonino Benacquista — *Malavita encore*
4966. John Cheever — *Falconer*
4967. Gérard de Cortanze — *Cyclone*
4968. Régis Debray — *Un candide en Terre sainte*
4969. Penelope Fitzgerald — *Début de printemps*
4970. René Frégni — *Tu tomberas avec la nuit*
4971. Régis Jauffret — *Stricte intimité*
4972. Alona Kimhi — *Moi, Anastasia*
4973. Richard Millet — *L'Orient désert*
4974. José Luís Peixoto — *Le cimetière de pianos*
4975. Michel Quint — *Une ombre, sans doute*
4976. Fédor Dostoïevski — *Le Songe d'un homme ridicule* et autres récits
4977. Roberto Saviano — *Gomorra*
4978. Chuck Palahniuk — *Le Festival de la couille*
4979. Martin Amis — *La Maison des Rencontres*
4980. Antoine Bello — *Les funambules*
4981. Maryse Condé — *Les belles ténébreuses*
4982. Didier Daeninckx — *Camarades de classe*
4983. Patrick Declerck — *Socrate dans la nuit*
4984. André Gide — *Retour de l'U.R.S.S.*
4985. Franz-Olivier Giesbert — *Le huitième prophète*
4986. Kazuo Ishiguro — *Quand nous étions orphelins*
4987. Pierre Magnan — *Chronique d'un château hanté*
4988. Arto Paasilinna — *Le cantique de l'apocalypse joyeuse*
4989. H.M. van den Brink — *Sur l'eau*
4990. George Eliot — *Daniel Deronda, 1*
4991. George Eliot — *Daniel Deronda, 2*
4992. Jean Giono — *J'ai ce que j'ai donné*
4993. Édouard Levé — *Suicide*
4994. Pascale Roze — *Itsik*
4995. Philippe Sollers — *Guerres secrètes*
4996. Vladimir Nabokov — *L'exploit*
4997. Salim Bachi — *Le silence de Mahomet*
4998. Albert Camus — *La mort heureuse*

4999. John Cheever	*Déjeuner de famille*
5000. Annie Ernaux	*Les années*
5001. David Foenkinos	*Nos séparations*
5002. Tristan Garcia	*La meilleure part des hommes*
5003. Valentine Goby	*Qui touche à mon corps je le tue*
5004. Rawi Hage	*De Niro's Game*
5005. Pierre Jourde	*Le Tibet sans peine*
5006. Javier Marías	*Demain dans la bataille pense à moi*
5007. Ian McEwan	*Sur la plage de Chesil*
5008. Gisèle Pineau	*Morne Câpresse*
5009. Charles Dickens	*David Copperfield*
5010. Anonyme	*Le Petit-Fils d'Hercule*
5011. Marcel Aymé	*La bonne peinture*
5012. Mikhaïl Boulgakov	*J'ai tué*
5013. Arthur Conan Doyle	*L'interprète grec et autres aventures de Sherlock Holmes*
5014. Frank Conroy	*Le cas mystérieux de R.*
5015. Arthur Conan Doyle	*Une affaire d'identité et autres aventures de Sherlock Holmes*
5016. Cesare Pavese	*Histoire secrète*
5017. Graham Swift	*Le sérail*
5018. Rabindranath Tagore	*Aux bords du Gange*
5019. Émile Zola	*Pour une nuit d'amour*
5020. Pierric Bailly	*Polichinelle*
5022. Alma Brami	*Sans elle*
5023. Catherine Cusset	*Un brillant avenir*
5024. Didier Daeninckx	*Les figurants. Cités perdues*
5025. Alicia Drake	*Beautiful People. Saint Laurent, Lagerfeld : splendeurs et misères de la mode*
5026. Sylvie Germain	*Les Personnages*
5027. Denis Podalydès	*Voix off*
5028. Manuel Rivas	*L'Éclat dans l'Abîme*
5029. Salman Rushdie	*Les enfants de minuit*
5030. Salman Rushdie	*L'Enchanteresse de Florence*
5031. Bernhard Schlink	*Le week-end*
5032. Collectif	*Écrivains fin-de-siècle*
5033. Dermot Bolger	*Toute la famille sur la jetée du Paradis*
5034. Nina Bouraoui	*Appelez-moi par mon prénom*

5035.	Yasmine Char	*La main de Dieu*
5036.	Jean-Baptiste Del Amo	*Une éducation libertine*
5037.	Benoît Duteurtre	*Les pieds dans l'eau*
5038.	Paula Fox	*Parure d'emprunt*
5039.	Kazuo Ishiguro	*L'inconsolé*
5040.	Kazuo Ishiguro	*Les vestiges du jour*
5041.	Alain Jaubert	*Une nuit à Pompéi*
5042.	Marie Nimier	*Les inséparables*
5043.	Atiq Rahimi	*Syngué sabour. Pierre de patience*
5044.	Atiq Rahimi	*Terre et cendres*
5045.	Lewis Carroll	*La chasse au Snark*
5046.	Joseph Conrad	*La Ligne d'ombre*
5047.	Martin Amis	*La flèche du temps*
5048.	Stéphane Audeguy	*Nous autres*
5049.	Roberto Bolaño	*Les détectives sauvages*
5050.	Jonathan Coe	*La pluie, avant qu'elle tombe*
5051.	Gérard de Cortanze	*Les vice-rois*
5052.	Maylis de Kerangal	*Corniche Kennedy*
5053.	J.M.G. Le Clézio	*Ritournelle de la faim*
5054.	Dominique Mainard	*Pour Vous*
5055.	Morten Ramsland	*Tête de chien*
5056.	Jean Rouaud	*La femme promise*
5057.	Philippe Le Guillou	*Stèles à de Gaulle* suivi de *Je regarde passer les chimères*
5058.	Sempé-Goscinny	*Les bêtises du Petit Nicolas. Histoires inédites - 1*
5059.	Érasme	*Éloge de la Folie*
5060.	Anonyme	*L'œil du serpent. Contes folkloriques japonais*
5061.	Federico García Lorca	*Romancero gitan*
5062.	Ray Bradbury	*Le meilleur des mondes possibles* et autres nouvelles
5063.	Honoré de Balzac	*La Fausse Maîtresse*
5064.	Madame Roland	*Enfance*
5065.	Jean-Jacques Rousseau	*« En méditant sur les dispositions de mon âme... »*
5066.	Comtesse de Ségur	*Ourson*
5067.	Marguerite de Valois	*Mémoires*
5068.	Madame de Villeneuve	*La Belle et la Bête*
5069.	Louise de Vilmorin	*Sainte-Unefois*
5070.	Julian Barnes	*Rien à craindre*
5071.	Rick Bass	*Winter*